Ann de Witt

Die Tränen des Mangrovenbaums

Zu diesem Buch

Als die junge Anna Lisa mit ihrem frisch angetrauten Gatten nach Java zieht, wo er als Verwalter einer Kaffeeplantage arbeiten soll, erwartet sie sich ein Puppenhaus in einem exotischen Paradies. Die Wirklichkeit der tropischen Insel überwältigt sie völlig. Sie gerät zwischen die Fronten der aufkeimenden Rebellion der Einheimischen gegen die Kolonialherren und verliert ihr Herz an einen Javaner. Nach kurzer Zeit steht sie vor gleich zwei großen Entscheidungen: Soll sie bei ihrem Gatten bleiben oder auf ihr Herz hören? Soll sie der Kultur ihres Heimatlandes treu bleiben oder sich der Leidenschaft für die Sache eines unterdrückten Volkes anschließen, für dessen Freiheit ihr Geliebter kämpft?

Anne de Witt, geboren 1969 in Heidelberg, ist als Anglistin in der Erwachsenenbildung tätig und lebt mit ihrer Familie in Schleswig-Holstein. Als Ehefrau eines Niederländers interessiert sie sich besonders für die holländische Kolonialgeschichte. Nach »Im Land der Mond-Orchidee« ist »Die Tränen des Mangrovenbaums« ihr zweiter Roman.

Anne de Witt

Die Tränen des Mangrovenbaums

Roman

Piper München Zürich

Mehr über unsere Autoren und Bücher:
www.piper.de

Von Anne de Witt liegen bei Piper vor:
Im Land der Mondorchidee
Die Tränen des Mangrovenbaums

MIX
Papier aus verantwortungsvollen Quellen
FSC® C083411
www.fsc.org

Originalausgabe
Oktober 2013

Umschlaggestaltung: Cornelia Niere, München
Umschlagmotiv: Artwork Cornelia Niere; Getty Images (Bäume), Shutterstock (Landschaft, Vögel)
Satz: Kösel, Krugzell
Gesetzt aus der Quadraat
Papier: Pamo Super von Arctic Paper Mochenwangen GmbH, Deutschland
Druck und Bindung: CPI – Clausen & Bosse, Leck
Printed in Germany ISBN 978-3-492-30324-8

Blutige Tränen weint der Mangrovenbaum,
weint in die salzigen Wasser.
Knirschend trampeln die Stiefel der schmerbäuchigen
Fremden
über das stöhnende Land.
Steht auf, o steht auf, ihr Geschlagenen!
Ihr Enkel des Elefanten-Generals,
ihr Kinder der Fürsten von Majapahit,
das grau in die Nebel der Vergangenheit sank,
ihr Freunde des Ratu Adil, des gesegneten Prinzen,
schärft eure Waffen, ballt eure Fäuste,
trocknet die Tränen der weinenden Bäume,
der Palme, des Banyan-Baumes, der sanften
Mangroven …

Herr Raharjo, Enkel des Adhipati von Bandung

»Willst du diesen Mann …«

Und so frage ich dich: Willst du, Anna Lisa Lobrecht, diesen Mann zu deinem dir angetrauten Gatten nehmen?«

Anna Lisa blinzelte. Wie unheimlich dunkel es in der Kirche war, trotz der glühenden Hitze, die die vielflammigen Kerzenleuchter verbreiteten! Die Stimme des Pfarrers hallte ihr in den Ohren. Schweiß brach ihr unter den Achseln und am Haaransatz aus, eine eisig tropfende Feuchtigkeit, die sie so gern abgewischt hätte. Aber womit? Womit nur? Sie blickte an sich hinunter – die reich gefältelten Manschetten aus Brüsseler Spitze hingen bis zum Boden hinab, ja, schleiften wie Schleppen auf den Fliesen entlang, sodass sie ihre Hände kaum finden konnte. Ihr Brautkleid hatte sich in eine ständig wachsende weiße Wolke verwandelt, die sie zu ersticken drohte. Ihre Umgebung wurde immer eigenartiger. Der Geruch nach Kerzenrauch und süßen Blumen stach ihr aufdringlich in die Nase. Sie bekam Angst. Sie musste weg, musste von hier fliehen, bevor es zu spät war.

»Ich frage dich, willst du diesen Mann …«

Die Stimme schien sich im Kreis um sie herum zu bewegen, während kein noch so winziger Laut aus dem versammelten Publikum drang. War da überhaupt ein Publikum? Oder war sie allein mit dem Priester und dem Bräutigam in dieser ungeheuren grauen Kirchenkaverne? Nach Atem ringend, einer

Ohnmacht nahe, stützte Anna Lisa sich auf das Altargitter und setzte zu einer Antwort an. Sie spürte die tödliche Kälte, die vom Fußboden herauf zu ihr aufstieg. Ihre Füße schienen in Bleischuhen zu stecken. Ihr Hochzeitskleid fiel in Kaskaden von weißer Seide und isabellfarbenen Spitzen über ihre Füße zu Boden. Es lag dort nicht einfach nur ausgebreitet, so weit, dass es den gesamten Altarraum wie ein Teppich bedeckte – es schien auf den Steinplatten festgenagelt zu sein, denn wie sie auch daran zog und zerrte, es rührte sich nicht!

Wollte sie diesen Mann zu ihrem angetrauten Gatten nehmen? Wollte sie das? Aber um welchen Mann ging es denn überhaupt? Da stand er in seinem glänzend schwarzen Anzug, aber sein Gesicht konnte sie nicht sehen. Er war so tief verschleiert wie sie selbst. In nebelhaften Falten hing ein Spitzenschleier, weiß wie Raureif, über seinen Kopf. Eisige Kälte durchschauerte die Braut. Man wollte sie mit einem Toten verheiraten, deshalb war sein Gesicht vermummt!

Sie musste weg, musste von hier fliehen, bevor es zu spät war!

Aus weiter Ferne klang die Stimme des Pfarrers, kam näher und näher mit einem Ton wie einer über den Boden rollenden Kegelkugel, und sie beide waren die Kegel! Das Rollen erschütterte den Boden, widerhallte bis in die letzten Winkel der von schwarzen Schatten und zuckenden Lichtlein erfüllten Kirche. Die Kegel schwankten. Ein Stoß, und sie würden beide tot umfallen …

»So erkläre ich euch für Mann und Frau.«

Jemand, der einen penetrant süßen Schokoladenduft ausströmte, flüsterte ihr ins Ohr: »Nur ruhig, Anna Lisa, lass dich nicht verwirren! Es ist in Holland so Sitte, dass auch der Bräutigam einen Schleier trägt, wenn er vor der Hochzeit stirbt. Aber heb ihn ruhig! Jetzt bist du verheiratet und darfst den Bräutigam küssen. Ja, jetzt *musst* du ihn küssen. Sieh nur, du trägst ja schon sein Zeichen.«

Sie senkte den Blick auf ihre Rechte. Am Ringfinger glänzte kalt und grell ein goldener Ring. Das Metall brannte auf ihrer Haut, es klebte daran, wie Haut bei Frost an Eisen haften bleibt. Nie wieder würde sie diesen Ring abnehmen können!

Plötzlich waren da viele Menschen um sie, eine zischelnde Menge gesichtsloser Personen, deren Wispern alles andere als wohlwollend klang. Man drängte sie, schob sie vorwärts, zupfte und schubste sie – aber ein erstickendes Grauen befiel sie bei dem Gedanken, den kostbaren weißen Spitzenschleier zu lüften und das Gesicht darunter zu sehen, denn obwohl sie ihren Bräutigam nicht kannte, wusste sie, dass sein Gesicht entsetzlich sein würde. Sie schrie und schlug um sich und verwickelte sich immer mehr in die Wolken aus Seide und Klöppelspitze ihres Brautkleides …

»Fräulein, um Himmels willen, Sie fallen mir ja aus dem Bett!«

Mit einem heftigen Ruck kehrte Anna Lisa Lobrecht zurück in die Realität – in ihr Vaterhaus im Hamburg des Jahres 1880. Knotige Hände packten zu, befreiten sie aus den erstickenden Stoffwolken. Als wäre sie noch ein Kind, streichelte und liebkoste ihr ehemaliges Kindermädchen sie, tätschelte ihr die Wangen, um sie vollends aufzuwecken, kämmte ihr mit den Fingern das Haar aus der Stirn. Anna Lisa kehrte allmählich ins Bewusstsein zurück. Keuchend saß sie im Bett, während Elsa eine zweite Kerze entzündete und das Fenster öffnete, um frische Luft hereinzulassen. Feuchte Kälte machte sich im Raum breit, untermischt mit den für Hamburg typischen, unauslöschlichen Gerüchen nach Salzwasser, Heizkohle und Fisch.

Anna Lisa sah sich, von den Spinnennetzen des Albtraums befreit, erleichtert in der vertrauten Umgebung um. Das Zimmer – einst ihr Kinderzimmer, jetzt das »Fräuleinzimmer«, wie die Dienstboten es nannten – umgab sie mit altmodischer, großbürgerlicher Behaglichkeit. Die blakende Kerzenflamme warf ihr Licht über massive Kirschholzmöbel, einen jadegrünen Teppich mit einem eingewebten Muster aus Kirschblüten und die einfallslose Dekoration einer Reihe kolorierter Kupferstiche, die Pfauen, Papageien und andere Ziervögel darstellten. Es war ein Zimmer, in dem sie sich von klein auf wohlgefühlt hatte, und die Tränen sprangen ihr in die Augen bei dem Gedanken, dass sie als Ehefrau hier ausziehen musste. Am liebsten hätte sie einen Mann geheiratet, der bereit gewesen wäre, seinen Wohnort ins Fräuleinzimmer zu verlegen.

Ein scharfer Geruch nach Äther und Alkohol mischte sich mit der Nachtluft, als Elsa ihr ein Glas Wasser einschenkte, in das sie ein Dutzend Tropfen Hoffmannsgeist träufelte, das Allheilmittel für jedes nur erdenkliche Leiden junger Damen. Dabei plapperte das greise Kindermädchen unaufhörlich mit dem halb zahnlosen Mund vor sich hin. »Mein armes Schätzchen, mein Fräulein, was ist denn passiert? Sie haben wohl am Abend zu viel von der Hummer-Mayonnaise gegessen! Oder ist es Ihre Verlobung, die Ihnen einen solchen Schrecken einjagt? Da müssen Sie nichts fürchten, Ihr Herr Vater ist ein guter Mann, er wird Ihnen auch einen guten Mann aussuchen, selbst wenn's der Ausländer wäre ... Aber was sage ich da, ich dumme Gans! Nun trinken Sie, mein Kindchen ...«

Langsam kehrte wieder Ruhe im Inneren der jungen Frau ein. Ihre Stimme klang noch ein wenig zittrig, als sie – inzwischen schon beschämt über ihre Ängstlichkeit – erzählte: »Ich hatte einen so grausigen Traum, Elsa. Der Mann, den ich heiraten sollte, war schrecklich … ich weiß, dass er schrecklich war, obwohl ich ihn gar nicht sehen konnte, denn sie hatten sein Gesicht verschleiert …« Plötzlich quollen Tränen unter ihren langen Wimpern hervor. »Wenn der Traum nun die Wahrheit gesagt hat, und mir steht ein Unheil bevor …«

»Ach wo!« Elsa, die selber vor Aufregung zitterte, so sehr hatte das nächtliche Geschrei ihres Schützlings sie erschreckt, wickelte sich in ihr Umschlagtuch und wedelte mit den Zipfeln, als müsste sie unsichtbare Insekten wegscheuchen. »Ach wo, was redet mein Schätzchen da für einen Unsinn zusammen! Keiner der Herren ist hässlich, gewiss nicht! Sie haben doch die Fotografien gesehen! Alle sind sie groß und schön und … nun, der Kapitän könnte wohl ein wenig größer sein, dafür aber hat er breite Schultern und einen mächtigen Brustkasten, das sieht gut aus bei einem Mann …«

Die Alte schnatterte weiter, aber Anna Lisa hörte ihr kaum noch zu. Jetzt, wo sie vollkommen erwacht war, wunderte sie sich über den Traum, der so wenig zur Realität passte. Als die mit Abstand jüngste Tochter nach drei strammen Brüdern war sie es gewohnt, in einem Haus voller Männer zu leben, ein Paradiesvögelchen unter kräftigen, kampflustigen Hähnen. Es war ihr nichts Neues, von ihnen beschützt und beherrscht zu werden. Sie hatte keine Angst davor, ihr Leben auch weiterhin einem Mann anzuvertrauen. Tatsächlich kannte sie zwei der Bewerber persönlich, und von zweien, die außer Landes waren – einem Kapitän, der sich zurzeit auf Weltreise befand, und einem holländischen Kaffeehändler –, hatte sie Fotografien gesehen. Keiner der vier hatte irgendwelche starken Gefühle in ihr erweckt, weder der Zuneigung noch des Abscheus. Sie fand, dass sie aussahen, wie Männer eben aussehen, nicht besser oder schlechter als andere – obwohl ihre Freundin Dörte behauptet hatte, der junge Holländer hätte einen Blick wie ein scheuendes Pferd und sei wohl ein wenig verrückt, und der Kapitän könnte mit seiner klobigen Nase einen Nagel einschlagen. Sie hatte unbekümmert darüber gelacht, wie sie über allerlei Mädchengeschwätz lachte.

Und Elsa hatte recht: Ihr Vater hätte sie niemals mit einem als böse bekannten Mann verheiratet. Keinem, der sie schlug oder ihr eine Mätresse vor die Nase setzte oder sie vor den Dienstboten lächerlich machte. Elmer Lobrecht war zwar Geschäftsmann bis ins Mark seiner mächtigen Knochen, aber er war ein ehrenwerter Mann; bei allem Interesse an einer guten Partie hätte er es nie in Kauf genommen, sein Kind unglücklich zu machen. Soweit man das jemals mit Gewissheit über einen anderen Menschen sagen konnte, waren alle vier, von denen einer ihr Gatte werden sollte, ehrbare Männer, gesellschaftlich angesehen und frei von gröberen Lastern. Was wollte man mehr? Obwohl Anna Lisa wie alle Mädchen von der großen Liebe träumte, machte sie sich keine Illusionen. Sie wusste längst, dass es bei den meisten Ehen nicht um Liebe ging, sondern um Vermögen und Familienpolitik. Frauen heirateten nicht, sie wurden verheiratet. Und den jungen Männern ging es nicht nennenswert besser. Obwohl sie von Gesetzes wegen in ihrer Wahl frei waren, hatten sie kaum eine Chance, sich dem Druck ihrer Familien zu widersetzen.

Als sie mit ihrem Debüt bei einem Ball im letzten Winter in die Gesellschaft eingeführt wurde und damit als heiratsfähig galt, hatten sich viele Augen mit Interesse auf sie gerichtet. Sie war ja auch eine exzellente Partie, die einzige Tochter der weltbekannten Reederei Lobrecht, siebzehn Jahre jung, nach dem frühen Tod der Mutter aufs Beste erzogen von Gouvernanten und Hauslehrerinnen und vom Vater mit einer üppigen Mitgift versehen. Es war hauptsächlich die Höhe dieser Mitgift, die sie von den anderen Debütantinnen unterschied, denn ihr Aussehen und ihr Wesen waren in keiner Weise außergewöhnlich.

Sie war eine blasse, noch sehr kindlich wirkende junge Frau mit vollem, hellbraunem Haar, das im Licht der Lampe wie Bernstein schimmerte, und einem ebenmäßigen, aber seltsam ausdruckslosen Gesicht. Elsa, die ihren Schützling sehr aufmerksam beobachtete, schien es manchmal, dass Anna Lisa eher einem Gemälde als einem lebenden Menschen glich. Obwohl sie zumeist ein charmantes Lächeln zur Schau trug und ihre großen, nougatbraunen Augen mit den breit gefächerten Wimpern sich lebhaft bewegten, fehlte es ihrem Gesicht an Persönlichkeit. Sie lächelte, sie schmollte, sie lachte, sie seufzte – aber es schien so wenig Zusammenhang zwischen diesen äußerlich zur Schau getragenen Regungen und ihrem inneren Wesen zu bestehen, wie sich die von einer Schauspielerin dargestellten Gefühle vollkommen von ihrem wirklichen Inneren unterscheiden mögen. Ihr Vater nannte sie in familiären Augenblicken sein Püppchen, und tatsächlich hatte sie noch viel zu wenig vom Leben gesehen, um mehr zu sein als ein unschuldiges, reizvoll anzusehendes Dekorationsobjekt.

Sie hatte beim besten Willen nicht gewusst, was sie antworten sollte, als ihr Vater sie gefragt hatte, ob sie einen der Kandidaten bevorzugte. Ihr war zumute gewesen, als sollte sie unter vier verschlossenen Flaschen Wein wählen, deren Etiketten sich alle ähnelten und deren Inhalt sie nicht schmecken konnte.

»Einen musst du aber nehmen, und zwar bald«, hatte der Vater sie mit Nachdruck ermahnt. »Mit siebzehn sollte ein Mädchen verlobt sein, und die Auswahl in unseren Kreisen ist nicht groß. Wenn du nicht aufpasst, schnappen dir die anderen die fetten Bissen weg. Du kannst schließlich keinen Leierkastenmann heiraten. Für dich kommt nur ein Kapitän oder der Sohn eines reichen Kaufmanns infrage.« Er überlegte, dann fragte er: »Hast du eine besondere Abneigung gegen einen von ihnen, sodass wir ihn ausschließen können?«

Sie schüttelte den Kopf.

»Dann«, sagte der Vater in entschiedenem Ton, »kann ich mit gutem Gewissen die Wahl für dich treffen. Ende Februar hast du deinen siebzehnten Geburtstag, das ist der richtige Termin, um die Verlobung öffentlich zu verkünden. Ich sage dir rechtzeitig Bescheid.«

Und nun lag sie da in ihrem jungfräulichen Bett – wie lange noch, und sie würde in einem Ehebett liegen? – und sah im Kerzenschein das besorgte Gesicht ihres treuen Kindermädchens. »Ist das nicht seltsam, Elsa?«, murmelte sie nachdenklich. »Alle meine Freundinnen reden ständig vom Heiraten, ich meine oft schon, sie können an rein gar nichts anderes denken. Ständig wählen und verwerfen sie Männer und tun, als wären die einen Engel und die anderen Teufel, aber mir erscheinen sie alle gleich langweilig. Gewiss, es gibt ein paar, die ich ganz sicher nicht heiraten möchte, wie jenen schrecklichen Offizier, der immer puterrot vor Zorn zu sein scheint, oder einen Säufer wie den Sohn des Senators, aber im Großen und Ganzen sind sie wie Hähne, die alle laut krähen und heftig scharren und sich doch nicht voneinander unterscheiden. Dörte Fendrichs sagt, ich hätte kein weibliches Herz, dass ich so gleichgültig bin.«

»Kein Herz! Mein gutes Kindchen und kein Herz! Was für ein Unsinn!« Die Alte zog ihren Stuhl an den Bettrand, ergriff Anna Lisas kalte Hände und rieb sie, wie sie es in ihrer Kindheit getan hatte, wenn das zarte Kind in dem mächtigen Alkovenbett fröstelte. Dann änderte sich plötzlich ihr Ton, und sie sprach Anna Lisa als Erwachsene an. »Fräulein, ich weiß, was Ihre Freundin damit andeuten will, aber glauben Sie mir: Dass Sie zurzeit kein Interesse an Männern haben, heißt nicht, dass das immer so bleiben wird. Sie sind noch sehr jung. Es ist nicht gut, dass man heutzutage Mädchen in Ihrem Alter schon drängt, zu heiraten, aber die Welt, in der wir leben, ist nun einmal, wie sie ist, und Ihr Herr Vater hat recht: Wenn Sie jetzt keinen Mann wählen, werden Sie vielleicht später überhaupt keinen bekommen. Das ist auch kein schönes Schicksal.«

Anna Lisa nickte. Sie kannte einige dieser alten Jungfern, die ungeliebt, ausgenutzt, widerwillig geduldet am Rande der Großfamilien dahinvegetierten. Man nahm sie jederzeit nach Belieben in Anspruch, rechnete ihnen aber jeden Bissen Brot vor. Hielten sie ihre Einsamkeit nicht aus, galten sie rasch als liederliche Personen. Lebten sie ihren jungfräulichen Stand mit aller Konsequenz, ignorierte man sie völlig. Nein, Elsa hatte recht, und ihr Vater hatte recht. An einer Ehe führte kein Weg vorbei. Wenn sie in der Gesellschaft etwas gelten wollte, musste sie verheiratet sein.

»Es ist schon gut, Elsa«, sagte sie ein wenig schuldbewusst, als sie sah, wie die Greisin in der klammen Nachtluft fröstelte. »Geh nur wieder schlafen. Es war nichts weiter als ein dummer Traum. Ich hätte dich nicht aufschrecken sollen.«

Elsa widersetzte sich erst, aber sie war in einem Alter, in dem man es nicht mehr leicht nimmt, unvermittelt aus dem Schlaf gerissen zu werden und Nachtwache zu halten. Also gab sie zuletzt nach, streichelte Anna Lisa das Haar und wünschte ihr eine gute Nacht.

Das Mädchen lag noch eine Weile wach. Ein Detail des Traums war ihr wieder eingefallen, über das sie jetzt nachdachte. Die unsichtbare, nach Schokolade duftende Person an ihrer Seite hatte ihr zugeflüstert, in Holland sei es Sitte, auch den Bräutigam zu verschleiern. Es war also der junge Mann aus Amsterdam, der im Traum ihr Bräutigam gewesen war: Simeon Vanderheyden, Sohn eines schwerreichen Kaffee- und Kakaohändlers, dem mehrere Kaffeeplantagen in Java gehörten. Den Vater kannte sie; er war zwei oder drei Mal kurz zu Besuch gewesen, um neue Geschäfte zu besprechen, wenn eines der Lobrecht'schen Handelsschiffe von seiner Fahrt zu den Gewürzinseln nach Hamburg zurückkehrte. Sie hatte ihn als plumpen, protzig gekleideten Menschen in Erinnerung, dessen possierlich schnarrender Akzent sie amüsiert hatte.

Ein Glück, dass Simeon äußerlich nicht nach seinem Vater geraten war! Er musste eine sehr schöne Mutter gehabt haben. Auf der Fotografie, die man ihr übergeben hatte, stand er im Studio des Fotografen vor einem Hintergrund mit gemalten Palmen, auf eine Säule aus Papiermaschee gestützt, zu Füßen einen riesigen, wie ein Leopard gefleckten Fila Brasileiro, ein brasilianischer Mastiff, der wohl auch zu den Requisiten des Fotografen gehörte. In den Augen der meisten Frauen war Simeon gewiss ein sehr ansehnlicher Mann: ein hochgewachsener, etwas schmalbrüstiger Jüngling mit weichem, tabakbraunem Haar, einem gepflegten kurzen Bart und vornehmen Gesichtszügen. Nur seine Augen waren ihr merkwürdig erschienen – entweder schielte er und suchte es zu verbergen, oder er wollte nicht angesehen werden, nicht einmal von der Linse einer Kamera. Sie wusste nicht recht, wie sie diesen Blick nennen sollte. Scheu. Verschlagen. Unsicher. Der Blick eines Mannes, der sich von etwas Unsichtbarem verfolgt und bedroht fühlte.

Er sei wahrscheinlich ein wenig verrückt, hatte Dörte vermutet.

Elmer Lobrecht nahm sich nur selten die Zeit, ein längeres Gespräch mit seiner Tochter zu führen. Er hätte auch nicht gewusst, worüber er mit ihr reden sollte. Es war ihm schon schwer genug gefallen, mit seiner Gattin ein gemeinsames Thema abseits der Haushaltsfragen zu finden, wie sollte es nun erst mit einem kaum siebzehnjährigen Mädchen vonstattengehen! Aber er konnte ihr schließlich nicht von den Dienstboten ausrichten lassen, dass er einen Mann für sie gefunden hatte. Also biss er in den sauren Apfel und lud sie zu einer Kutschenfahrt ein, der sich ein längerer Spaziergang durch den Hagenbeck'schen Tiergarten anschloss.

Es war kein angenehmer Tag, um spazieren zu gehen. Olivbraune Wolken hingen so tief über der Hansestadt, dass die Spitze des berühmten Michel sich in ihre Bäuche zu bohren schien, und ein kalter Wind wehte. Anna Lisa hatte ihren Hut mit doppelten Schleifen unter dem Kinn festgebunden, damit die immer wieder durch den Tiergarten brausenden Windsbräute ihn ihr nicht vom Kopf rissen, und sich ein seidengefüttertes, mit Pelz verbrämtes Cape um die Schultern gewickelt.

»Du kannst dir wohl bereits denken, worüber ich mit dir sprechen will«, begann der Reeder steif. Als müsste er die Worte unterstreichen, stieß er bei jedem Schritt mit der Spitze seines Spazierstocks aufs Pflaster. »Ich habe die Wahl eines Gatten getroffen. Es ist mein Wunsch und Wille, dass du Simeon, den Sohn meines bewährten Geschäftsfreundes Bartimäus Vanderheyden, heiratest.«

Also war es doch der Holländer, der ihr Mann werden sollte. Einen Augenblick lang stockte Anna Lisas Herzschlag. Bis dahin hatte sie ernstlich gedacht, es sei ihr gleichgültig, welchen Kandidaten ihr Vater bevorzugte, aber als er den Namen nannte, überkam sie die Erinnerung an ihren Albtraum und ein leichtes Schwindelgefühl, als wollte sie ohnmächtig werden. Mit einem tiefen Atemzug straffte sie die Schultern, und der Schwindel ließ nach.

»Du schweigst?«, fragte Lobrecht irritiert. »Ist es dir doch nicht recht?«

»Oh, nein. Ich meine: Ja, es ist mir recht.« Vor Verlegenheit begann sie zu kichern. »Er ist mir jedenfalls viel lieber als der Kapitän mit seiner Kartoffelnase.« Der Reeder schnaufte irritiert. Was war so ein Mädchen doch für ein dummes Huhn! Da ging es um die Zukunft von Handelshäusern und Kompagnien, und sie machte sich Gedanken darüber, ob ihr Zukünftiger eine dicke Nase hatte oder nicht! Gott in seiner Weisheit hatte es schon richtig angeordnet, dass Männer über Frauen herrschen sollten, sonst wäre die Welt in ein heilloses Durcheinander geraten. »Anna Lisa«, fuhr er sie scharf an, »ich bitte mir aus, dass ich über ein derart ernsthaftes Thema ernsthaft mit dir reden kann!«

Beschämt ließ sie den Kopf hängen. »Es tut mir leid, Vater. Ich wollte ja nur sagen, ich bin sehr froh über deine Wahl.« Und um ihn nicht weiter zu verärgern, stellte sie rasch eine vernünftige Frage. »Wenn ich ihn heirate, werde ich dann in Amsterdam wohnen?«

»Nein. Sein Vater besitzt, wie du weißt, mehrere große Kaffeeplantagen, darunter eine an der Westküste von Java, das Gut Buitenhus in der Nähe von Batavia. Sobald Simeon verheiratet ist, wird er dessen Leitung übernehmen. Das heißt, du wirst mit ihm nach Java ziehen.«

»Oh.« Was sollte sie dazu sagen, um nicht erneut angeschnauzt zu werden? Soviel sie wusste, war Java sehr schön, aber auch sehr weit weg. Ein leiser Schauder durchrann sie. Wie mochte das sein, in ein so fernes Land zu reisen? Sie sah zwar jeden Tag durch die Fenster des väterlichen Hauses die Schiffe kommen und gehen, war aber noch nie selbst an Bord eines Schiffes gewesen. Für ein Mädchen, das bislang gerade einmal bis Altona gekommen war, hatte die Reise etwas Erschreckendes an sich und noch mehr der Gedanke an das dunkle, fremdartige Feuerland, aus dem all die Gewürze, der Kaffee und Tee und die kostbaren Hölzer in den Laderäumen der väterlichen Schiffe stammten.

Naturgemäß waren die Wasserwege ein Hauptthema der Gespräche mit den Kapitänen und Kaufleuten, die im Haus ihres Vaters verkehrten. Sie wusste daher, dass Java eine große Insel in Niederländisch-Ostindien war, umgeben von der Javasee im Norden, der Sundastraße im Westen, dem Indischen Ozean im Süden und der Straße von Bali im Osten. Es gab dort mehrere große und bedeutende Häfen, allen voran die Residenzstadt Batavia in West-Java, am nördlichen Ende der Sundastraße. Wie das Land jedoch im Inneren aussah, davon hatte sie nur verschwommene Eindrücke bekommen, denn die Schiffsherren wussten selbst nur, was Händler und Beamte ihnen erzählten. Was sie darüber gehört hatte, war sehr zwiespältig gewesen: Die Kapitäne erzählten von paradiesischen Landschaften und den schier unermesslichen Schätzen an Kaffee, Kakao, Kokosöl, Gewürzen wie Muskat und Pfeffer, Rohrzucker, Reis, bunten Seidentüchern, Elfenbeinschnitzereien und anderen Kolonialwaren, aber auch von Feuer speienden Bergen, Fieberepidemien und heimtückischen Wilden, die nachts die friedlichen Siedler mit vergifteten Pfeilen angriffen. Sie war überrascht gewesen, als sie dann hörte, dass die Hauptstadt Batavia eine äußerst moderne Stadt sei, edler als so manche in Europa, mit marmornen Prunkbauten, Ehrfurcht gebietenden Kirchen und Palästen, Orten der Wissenschaft und Kunst und luxuriösen Hotels. Die reichen Engländer, Deutschen und Holländer, zu denen sie ja dann gehören würde, lebten in aufwendig ausgestatteten Villen mit Gärten und hielten sich eine große Dienerschaft, ganz wie sie es aus Deutschland gewohnt waren.

»Wir bleiben für immer dort?«, erkundigte sie sich vorsichtig.

»Das wird sich zeigen. Vorderhand einmal für ein paar Jahre. Sein Vater will, dass er das Handwerk eines Pflanzers von Grund auf beherrscht, ehe er die Firma übernimmt. Eine sehr kluge Entscheidung, möchte ich dazu sagen.«

Lobrecht spielte unbehaglich mit seinem Spazierstock. Er fand, dass er alles Nötige gesagt hatte und es eigentlich an der Zeit war, sich wieder seinen Geschäften zu widmen. Andererseits wollte er seine einzige Tochter – die er ja doch sehr gern hatte – bei einem so entscheidenden Gespräch nicht kurz und knapp abfertigen. Also fügte er einige Schnörkel hinzu. »Ich kenne Simeon persönlich. Ich meine, ich habe ihn bei einer meiner Geschäftsreisen nach Amsterdam schon einmal getroffen. Ein ruhiger junger Mann. Sehr intelligent und belesen. Angenehm. Unaufdringlich.«

Damit meinte er eigentlich, dass der Jüngling den Eindruck eines schwächlichen Bücherwurms auf ihn gemacht hatte, dass er ihm beinahe weibisch erschienen war, jedenfalls allzu sehr in sich gekehrt, um ein tüchtiger Geschäftsmann zu werden. Aber das brauchte er Anna Lisa nicht auf die Nase zu binden. Für sie war es gleichgültig. Für die Familie Lobrecht insgesamt auch, denn bei drei Söhnen, von denen jeder einzelne ein Prachtkerl war, die ganze Freude des alternden Vaters, konnte er sich auch einen eher wenig befähigten Schwiegersohn leisten. Bartimäus Vanderheyden hatte dafür bei seinen Forderungen nach Mitgift ordentlich zurückstecken müssen. Lobrecht rieb sich in Gedanken die Hände, als er an das gute Geschäft dachte.

»Ja, ich denke«, beschloss er seine Ausführungen, »wir werden alle sehr zufrieden sein. In zwei Wochen wird dein Bräutigam uns einen offiziellen Besuch abstatten. Dann wollen wir mit der Hochzeit nicht mehr allzu lange herumtrödeln, denn die Reise ist lang, und ihr wollt nicht mitten in der Regenzeit in Java ankommen.«

In den Tropen, erklärte er ihr, gäbe es statt vier Jahreszeiten wie in Europa nur zwei, eine trockene und eine nasse, die von Oktober bis März andauerte und im Januar und Februar ihren Höhepunkt erreichte. Der Wechsel von der glühend heißen Trockenzeit vollzog sich mit einer ganzen Reihe von furchtbaren Gewittern, wie man sie sich außerhalb der Tropen gar nicht vorstellen konnte, danach goss es jeden Tag wie aus Eimern. Bei einer Luftfeuchtigkeit zwischen siebzig und fünfundneunzig Prozent wurde nichts mehr richtig trocken, die Hausmauern soffen sich voll wie Schwämme, auf den Kleidern bildeten sich Stockflecken. Die unbefestigten Landstraßen verwandelten sich in Schlammkuhlen. Wer mit Pferd und Wagen unterwegs war, musste damit rechnen, alle paar Meilen bis zu den Achsen im zähen Lehm stecken zu bleiben. Dann mussten Boten ins nächste Bauerndorf geschickt und die widerwilligen Landleute beschwatzt und bestochen werden, um mit ihren Wasserbüffeln den Karren aus dem Dreck zu ziehen. Währenddessen standen die Reisenden, schlammbespritzt bis an die Hutkrempe, im strömenden Regen, um sich schließlich nach all den »Hau-ruck!« und »Ho! Ho!« durchnässt und verdrossen in die schimmlig miefende Kutsche zu zwängen. Meistens wiederholte sich ein paar Meilen weiter dasselbe Spektakel.

Herr Lobrecht fuhr fort: »Die Plantage liegt ein gutes Stück abseits der Hauptverkehrsrouten, ihr würdet sie gar nicht erreichen, wenn alle Straßen knietief im Schlamm versinken und alle Furten überflutet sind. Spätestens im Juni solltet ihr dort sein. Ein Monat Aufgebot sollte genügen, denke ich. Einwände wird ja niemand erheben.«

»Ich gewiss nicht, Vater«, stimmte sie zu, eifrig bemüht, ihn in gute Laune zu versetzen.

»Das möchte ich dir auch nicht geraten haben, jetzt noch deine Meinung zu ändern. Von einem Kontrakt, der einmal geschlossen wurde, tritt man nicht mehr zurück.« Es klang brummig, aber in Wirklichkeit machte er sich keine Sorgen, dass sie den gewählten Bräutigam plötzlich doch noch ablehnen könnte. Sie war ein gutes Mädchen, das seinem Vater keinen Ärger machte. Und außerdem, welchen Grund hätte sie gehabt, unzufrieden zu sein? Heiratsfähige Söhne reicher Handelshäuser schüttelte man nicht von den Bäumen, und wenn sie noch dazu einen bekam, der gut aussah – worauf die Frauen ja solchen Wert legten –, konnte sie sich wirklich alle zehn Finger ablecken.

»Also«, fügte er freundlicher hinzu, »kannst du dich bereits an die Vorbereitungen machen. Ich überlasse es dir und der Wirtschafterin, alles zu arrangieren. Und was das Hochzeitskleid angeht und die Kleider und alles Nötige für die Reise, da wollen wir nicht knausern. Mach mir deine Vorschläge, ich werde großzügig sein.« Er fand, dass das ein sehr guter Abschluss für ein Gespräch war, dessen Länge ihn jetzt doch schon nervös machte. »Ich wünsche dir alles Glück der Welt für dein Leben als Mevrouw Vanderheyden, Anna Lisa. Und jetzt komm, wir fahren zurück. Ich muss wieder an die Arbeit.«

»O Elsa, ich habe mit Papa gesprochen, und er sagt, ich bekomme den Holländer!«

Wenn ihr irgendetwas Aufregendes widerfuhr, verwandelte das fast erwachsene Fräulein Lobrecht sich immer noch in das Lieschen, das mit allen Freuden und Sorgen als Erstes einmal zu ihrem Kindermädchen rannte. Zu wem hätte sie sonst auch laufen sollen? Ihre Mutter war so lange tot, dass sie sich nur sehr unbestimmt an eine freundliche Frau erinnerte – eine schemenhafte Gestalt, von der ihr kaum mehr als die langen, im Nacken aufgesteckten Zöpfe in Erinnerung geblieben waren. Im Haus lebten zwei unverheiratete Tanten, die aber beide wenig Interesse an kleinen Mädchen zeigten. Anna Lisa erschienen sie wie zwei mürrische Wiesel mit langen spitzen Schnauzen und kleinen, unfreundlich funkelnden Augen. Von ihren Brüdern war der Jüngste, Michel, bereits auf die Schule gegangen, als sie zur Welt kam, und der Älteste, Carl Gustav, hatte sich gerade bereit gemacht, als Lehrling in die väterliche Firma einzutreten. Sie hatte mehrere Gouvernanten gehabt, die sie in allem unterrichteten, was ein junges Mädchen wissen musste, aber obwohl die Gouvernanten angenehme junge Frauen waren und Anna Lisa eine gefügige Schülerin, hatte sich zu keiner von ihnen ein solches Vertrauensverhältnis herausgebildet, dass sie ihnen ihr Herz ausgeschüttet hätte. Nein, es blieb dabei, selbst als sie schon ihr Ball-Debüt hinter sich gebracht hatte: Wenn sie weinte, weinte sie in Elsas Armen; wenn sie glücklich war, hüpfte sie lachend und rufend die Stufen ins Dachgeschoss empor.

»Wirklich, Fräulein?«

»Wenn ich es dir doch sage!« Anna Lisa zog einen Schemel herbei und kauerte sich neben dem Lehnstuhl zusammen, in dem die Alte, zusammengeschrumpft wie ein Herbstblatt, mit ihrer steif gestärkten Schürze und der faltigen Haube saß. Sie griff nach der kalten, knotigen Hand und drückte sie. »Papa hat schon alles arrangiert, aber stell dir vor, das Aufregendste ist, wir fahren nach Java und werden dort wohnen!«

»Wie? Zu den wilden Heiden dort?« In Elsas Gedankenwelt waren alle Menschen, die außerhalb von Europa lebten, Heiden und zudem: wilde Heiden, die grausame Bräuche pflegten, vielleicht sogar ihrem Liebling ein Leid antaten! »Da lässt Ihr Vater Sie hinfahren? Hat er denn keine Angst um Sie?«

Anna Lisa versicherte ihr, dass sie sich keine Sorgen zu machen brauche. In Batavia gab es gewiss keine Heiden. Oder doch? Nun, jedenfalls keine Wilden, und wenn es doch welche gab, so sorgten die holländischen Behörden schon dafür, dass sie nichts anstellten. Die junge Frau fand sich in der Lage, ihrem Kindermädchen Dinge erklären zu müssen, von denen sie selbst nichts verstand. Ihre Vorstellungen von den Kolonien waren einer einzigen und höchst zweifelhaften Quelle entsprungen: Vor ihrem Ankleidetisch stand schon seit ihren Kindertagen ein mannshoher, dreiteiliger Paravent, der mit buntem Cretonne bespannt war. Der Stoffdruck zeigte eine Landschaft, in der sie als Kind oft lange in Staunen versunken war. Da sah man Schiffe auf stürmischer See, rauchende und Flammen speiende Berge, schuppige Seeungeheuer, fremdartige, leuchtend bunte Blumen und Früchte und zwischen all diesen Seltsamkeiten wunderliche kleine Wesen, schwarz und braun wie verbrannte Pfefferkuchenmännchen, die phantastische Kostüme und Federkrönchen auf dem Kopf trugen – wie Wiedehopfe sahen sie damit aus. Die Person, die das Muster entworfen hatte, hatte sich wohl keine großen Gedanken darüber gemacht, ob die Menschen in den Kolonien wirklich so aussahen, schon gar nicht darüber, dass ein Afrikaner etwas ganz anderes war als ein Balinese oder ein Haitianer. Über solche Unterschiede machte man sich in Deutschland kein Kopfzerbrechen. Was außerhalb von Nordeuropa wohnte, waren die »Söhne Hams«, im besten Fall possierlich, im schlimmsten Fall gefährlich.

Anna Lisa hegte eine unbestimmte Vorstellung, dass diese Menschen von alters her nichts anderes getan hatten, als in ihren paradiesischen Landschaften ziellos umherzulaufen, vielleicht dann und wann einmal eine Blume zu pflücken oder eine Frucht zu essen. Sie waren wie die Lilien auf dem Felde, von denen in der Bibel die Rede war: Sie ackerten nicht, sie ernteten nicht, sie spannen und webten nicht. Das alles hatten erst die tüchtigen europäischen Siedler getan, die an den Küsten dieser Landstriche landeten. Sie waren es gewesen, die Plantagen anlegten, Kaffee und Tee, Reis und Bananen anbauten, gossen, jäteten und schließlich die Früchte ihrer harten Arbeit ernteten.

Anna Lisa wusste, dass die Leute auf Java dunkelhäutig und zierlich waren – »kleine braune Affen«, hatte einer der Kapitäne sie genannt; sehr flink und geschickt in allen Dingen, fröhlich und gefällig, aber natürlich in keiner Weise mit Europäern vergleichbar. Das schien überall der Fall zu sein, wo die Lobrecht'schen Seeleute an Land gingen: Nirgends auf der Welt gab es Menschen, die den Europäern, vorzugsweise den Deutschen, gleichkamen. Viele dieser schwarzen, gelben und zimtbraunen Leute hatten durchaus ihre Vorzüge, aber es waren eben Vorzüge, wie Hunde, Katzen und Pferde sie hatten, die man ja auch bewundern konnte, ohne sie deshalb den Menschen gleichzustellen.

In Elsas Gedankenwelt war das eine direkte Folge der Tatsache, dass diese Menschen eben keine Christen waren oder immerhin keine Christen von der ernsten, bibelfesten Art, wie Elsa eine war. Woher hätten sie denn höhere Tugenden haben sollen, wenn ihnen keine Taufe zuteilgeworden war? Man sah es ja selbst hier in Deutschland an den Juden, dass die eben anders waren als getaufte Menschen, und die Mohammedaner waren überhaupt Türken – in Elsas Vokabular ein Ausdruck finsterster Verachtung. Türken plünderten, brandschatzten, raubten und spießten kleine Kinder auf ihre langen, geschwungenen Säbel, wie man es in den Geschichtsbüchern nachlesen konnte.

Anna Lisa hatte ein Leben lang den Ansichten ihres Kindermädchens gelauscht und sie als die ihren übernommen, ohne sich viel Gedanken zu machen. Sie kannte keine Türken und nur zwei Juden, von denen einer Herrn Lobrechts Bankier war und der andere ein schmuddeliger, langbärtiger Mann mit einem Sack auf dem Rücken, der einmal in der Woche im Hinterhof auftauchte und mit seinem »Hand-leee! Hand-leee!« die Dienstboten zum Kauf von Sockenhaltern und Talmischmuck an die Fenster lockte.

»Mach dir keine Sorgen, Elsa!«, tröstete sie. »Ich kann mir nicht vorstellen, dass es in einer so schönen und ordentlichen Stadt wie Batavia Türken und wilde Heiden gibt. Wenn es überhaupt welche gibt, wohnen sie wahrscheinlich weit draußen im Dschungel, wo wir ohnehin nie hinkommen. Wir werden in Batavia nicht viel anders leben als hier. Komm, lass uns einmal Meyers Konversationslexikon herausholen und nachsehen, was darin über Java steht!«

Elsa lehnte ab. Ihre Augen seien zu alt und müde zum Lesen, und außerdem traute sie dem Lexikon nicht. »Meyer«, hatte sie Anna Lisa erklärt, war ein jüdischer Name, und man wusste nie, ob die Dinge, die in solchen von Juden geschriebenen Büchern standen, auch stimmten.

Also machte Anna Lisa sich allein auf die Suche nach dem Lexikon und studierte auch eine Weile darin, aber sie fand es schließlich recht langweilig – alle die umständlichen Beschreibungen, aus denen sich für sie kein rechtes Bild formen wollte. Was die Landschaft betraf, so musste Java im Ganzen merkwürdig widersprüchlich sein, denn einmal war die Rede von smaragdgrünen Küstengewässern, Palmenstränden, üppig wuchernden Mangrovenwäldern und feuchtem, dampfendem Regenwald, in dem wie Juwelen glitzernde Vögel herumflatterten und Schmetterlinge, so groß wie die aus Seide und Elfenbein gefertigten Fächer, mit denen die Damen sich Kühlung zufächelten, und ebenso leuchtend bunt. Es gab jedoch auch andere Bilder, so finster wie die Höllenvisionen in barocken Kirchen, Beschreibungen von den schrecklichen Feuerbergen, von Kaskaden glühender, rauchender Lava, schauervollen, turmhohen Wolken, Ascheregen und berstender Erde. Man stieß dort auf Teiche, die von siedendem Schwefelwasser brodelten wie Kochtöpfe, und gelegentliche unruhige Fluten, weil die Vulkane auch unterhalb des Meeres ihre Glut emporschleuderten. In manchen Gegenden bebte das Land, als tobten Ungeheuer unter seiner Oberfläche. Die Türen und Fenster ratterten ständig, weil die Erde sich ruckartig hob und senkte. Es sei nichts Ungewöhnliches, dass mitten während einer Mahlzeit plötzlich die Gläser vom Tisch und die Teller von den Wandborden fielen! Nein, was für ein Land! Wie sollte man da anständig essen, wenn alles auf dem Tisch wackelte und einem Senf und Soßen aufs Kleid spritzten?

Schließlich legte Anna Lisa das Lexikon weg. Sie würde das alles bald mit eigenen Augen sehen, da brauchte sie sich jetzt den Kopf nicht zu belasten!

Ein Vater und zwei Söhne

Bartimäus Vanderheyden und sein Sohn Simeon saßen einander im Empfangszimmer des Patrizierhauses im vornehmsten Viertel von Amsterdam gegenüber. Das Licht der tief am Horizont stehenden Sonne kämpfte gegen die Schatten des Abends an, sodass jene merkwürdig fleckige, goldgetönte Beleuchtung im Raum herrschte, wie sie für flämische Malereien typisch war. Noch waren die Lampen nicht angezündet. Nur unbestimmt tauchten rote Seidentapeten in barock verschnörkelten Goldrahmen aus dem Zwielicht auf, ein paar samtbezogene Bänke und Stühle, künstliche Blumenbouquets von überbordender Größe in bronzenen Bodenvasen. Ein Großteil des Raumes war mit mannshohen Vitrinen und Ladenschränken aus poliertem Walnussholz umgeben, was ihm Ähnlichkeit mit einer Apotheke verlieh. Die Fächer mit den Glasfronten enthielten jedoch keine Arzneien, sondern Schaustücke der Kaffeesorten, von denen es zwischen Brasilien und Hawaii immerhin an die vierzig verschiedene gab.

Zwischen diesen Vitrinen hing ein fast lebensgroßes Gemälde im goldenen Rocaillerahmen, das einen Mann in altmodischer Tracht darstellte. Sein spitzes, eingefallenes Gesicht ragte aus einer spanischen Halskrause, er trug ein enges, reich besticktes, schwarzes Wams und hatte die Hand auf den Griff eines Degens gelegt. Am unteren Rand war der Name des Dargestellten angegeben: Jan Pieterszoen Coen. Vierter Generalgouverneur von Ostindien. Ihn hielt Bartimäus Vanderheyden in hohen Ehren, denn dieser bleiche Mann mit dem bedrohlich spitzen Schnurrbart galt allgemein als der Begründer des holländischen Handelsimperiums. Er war es, der 1618 ein winziges britisches Fort an der Mündung des Ciliwung-Flusses, ganz in der Nähe eines Dorfes namens Jayakarta, überfiel, eroberte und daraus die Keimzelle der Stadt Batavia machte. Sie blühte rasch auf: 1621 war Batavia bereits eine Stadt, in der Handel und Gewerbe aller Art, aber auch die Wissenschaften und Künste gediehen. Obwohl die junge Stadt eigentlich sehr ungünstig lag, tief im fieberverseuchten Schwemmland, wurde sie unter Coens geschickter Regentschaft in kürzester Zeit zur Kommandozentrale eines Imperiums, das weit über Java, ja, weit über den Malaiischen Archipel hinausging. Der Einflussbereich des Gouverneurs erstreckte sich bis Japan, Formosa, Indochina, Laos, Thailand und Ceylon. Das kümmerliche Sumpfnest Batavia stieg in schwindelerregendem Tempo auf zur »Königin des Ostens«, zur Drehscheibe des Handels in einem Reich, in dem die Sonne nicht unterging. Militärischer Stützpunkt, Verwaltungssitz und Handelsstützpunkt, war die Stadt an der nördlichen Mündung der Sundastraße inzwischen der wichtigste Umschlagplatz für den Handel mit Kaffee und Kakao, der Bartimäus Vanderheyden reich gemacht hatte.

Der Handelsherr – klein, vierschrötig, mit derben Zügen und einem Busch von aschblondem Haar – saß an der Seitenwand des Salons auf einem Armstuhl mit geschweiften Lehnen und Löwenklauen-Füßen. Es war boshafte Absicht, dass er seinen Sohn trotz der wichtigen geschäftlichen Besprechung nicht ins Kontor gebeten hatte, sondern hierher in den Salon, der eigentlich für fremde, wenn auch prominente Gäste gedacht war.

Simeon sollte spüren, dass er im Geschäftsbereich nicht zu Hause war. Dummerweise ging die geplante Kränkung ins Leere. Der Jüngling begriff die Absicht seines Vaters sehr wohl, aber es war ihm gleichgültig, dass er von einem Bereich ausgeschlossen wurde, den zu betreten ihn ohnehin nicht interessierte.

Er saß steif und sehr aufrecht in dem üppig verzierten Lehnstuhl, die Knie zusammengepresst, die Hände um die Lehnen geklammert, als hockte er in einem Zahnarztstuhl. Zu seinen Füßen lag ein riesiger, seltsam aussehender Hund, ein Fila Brasileiro, braun und gelb gescheckt wie ein Leopard, mit einem klobigen Schädel und Pfoten wie die Pranken eines Tigers. Die Augen des Tieres waren zu Schlitzen geschlossen, als döste es, aber hätte jemand seine Flanken berührt, so hätte er angespannte Muskeln und einen unruhig vibrierenden Atem gespürt. Die Hündin mochte den Vater ihres Herrn nicht. Im Augenblick war ihre ständig schwelende Antipathie besonders ausgeprägt, denn sie fühlte, dass der alte Mann Simeon unglücklich machte.

Ein kaltes Schweigen hing zwischen Vater und Sohn, das der Jüngere schließlich mit der Bemerkung brach: »Ich weiß, dass letztendlich die Väter die Entscheidungen treffen und diese Entscheidungen wohlbegründet sind …« Seine Stimme klang gepresst.

Der Ältere blies den Rauch seiner Pfeife in einer langen weißen Wolke durch den Raum. »Dann sehe ich keinen Anlass, noch weiter über das Thema zu diskutieren.« Er bemühte sich, sarkastisch zu klingen, aber auch seine Stimme war angestrengt. So viel Abneigung vonseiten des eigenen Sohnes zu erfahren – und selbst so viel Abneigung gegen ihn zu empfinden –, belastete selbst den kühlen Geschäftsmann, dessen niederländisches Phlegma sonst selten von Emotionen gestört wurde. Mit plötzlicher Heftigkeit setzte er hinzu: »Abgesehen davon: Was, bitte, ist an Anna Lisa Lobrecht auszusetzen, dass du dich gegen eine Heirat mit ihr sträubst, als wollte ich dir ein Ungeheuer an den Hals hängen? Sie ist jung, sie ist hübsch, sie ist wohlerzogen, sie ist gesund und kann zweifellos Kinder bekommen, und ihr Vater schwimmt im Geld.«

Der Jüngling presste die Lippen zusammen wie einer, den eine Speise anwidert. Er bemühte sich jedoch, ruhig und leise zu sprechen, als er antwortete. »Ich kenne das Mädchen nicht einmal. Ein Lichtbild habe ich gesehen, das ist alles.«

»In ein paar Tagen wirst du sie kennenlernen.«

»Aber wer weiß, wie es dann zwischen uns sein wird? Wenn sie mich nicht mag? Oder ich sie? Es macht mir Angst, so ins Blaue hinein zu heiraten.« Er zögerte; dem Gesicht seines Vaters war bereits anzusehen, welche schneidende Antwort ihm auf den Lippen lag, aber dann nahm er seinen Mut zusammen und sprach aus, was ihn quälte. »Ich weiß, man heiratet selten aus Liebe. Aber wenn nicht einmal Zuneigung da ist? Wenn sie mich das erste Mal sieht und ich spüre, wie alles in ihr vor Widerwillen zu Eis erstarrt?«

»Und wenn schon? Sind wir hier im Theater, dass ihr vor Sentimentalität zerschmelzen müsst, wenn ihr einander in die Arme sinkt?« Der Vater lachte verächtlich dabei. Als er jedoch die mühsam unterdrückte Wut und Bitterkeit auf dem Gesicht seines Sohnes sah, ruderte der Alte zurück. Es tat nicht gut, den Burschen allzu sehr zu reizen. Simeon war ein lebendes Beispiel für den alten, warnenden Spruch: Stille Wasser sind tief. Und außerdem war da dieses gräuliche Vieh an seiner Seite, das bei dem geringsten Verdacht, seinem geliebten Herrn könnte ein Unheil drohen, die Lefzen zurückzog und riesige gelbe Fangzähne zeigte.

»Lass uns vernünftig miteinander reden, Simeon.« Es klang, als versuchte er, einem Kind etwas begreiflich zu machen, so sorgsam artikulierte der alte Handelsherr jedes einzelne Wort. »Blick den Tatsachen ins Gesicht. Ich bin der Inhaber der größten Kaffee- und Kakao-Importfirma von Amsterdam. Elmer Lobrecht ist einer meiner ältesten und besten Geschäftspartner, jede einzelne Kaffeebohne in meinen Warenspeichern ist mit seinen Schiffen nach Holland gekommen. Es geht um zwei sehr bedeutende Firmen.«

»Und zwei unbedeutende Menschen, die aneinandergekettet werden wie ein Gespann Ochsen, um das Vehikel dieser Firmen zu ziehen.«

Das Gesicht des Kaffeehändlers war weicher geworden; bei diesen Worten jedoch – einem für den scheuen Simeon ganz ungewohnten Ausbruch von Impertinenz – verhärtete es sich wieder. Mit einer aggressiven Geste legte er die Pfeife weg und hakte die Daumen in die Armlöcher seiner Weste. »Ich finde, wir haben das lange genug durchgehechelt. Ich frage mich, warum ich überhaupt mit dir diskutiere! Ich bin dir keine Rechenschaft für meine Entscheidungen schuldig. Wir alle haben unsere Pflichten im Leben, ich die meinen und du die deinen. Vor ihnen können wir nicht davonlaufen. Ich habe diese Kompagnie nicht aufgebaut, um sie nach meinem Tod irgendeinem dahergelaufenen Fremden zu hinterlassen, und ich habe keinen anderen Sohn als dich. Leider.«

Mit einem Mal brach der seit Jahren in ihm schwelende Groll aus ihm heraus; er hätte den Jüngling angeschrien, wäre da nicht die Angst vor den ständig lauschenden Dienstboten gewesen. »Ja, ich weiß, was du denkst, und ich denke dasselbe. Aber da deine Mutter meine angetraute Gattin war und die seine nur eine … eine …« Er schluckte das Wort hinunter. Man wusste nie, wer von den verflixten Kammerkätzchen und Staubwedlern hinter der Tür die Ohren spitzte. »Du kannst mir glauben, ich wünschte oft, es wäre anders. Dann wüsste ich meine Firma in den Händen eines tüchtigen Mannes, und du könntest dich jeden Tag deines Lebens damit lächerlich machen, Blumen zu pflücken wie ein kleines Mädchen, ohne dass es mich störte.«

Die Augen des jungen Menschen funkelten. Sie waren seltsam gefärbt: in der Grundfarbe braun, aber grün und golden gesprenkelt. Mit zischender Stimme gab er zurück: »Kaffee ist auch eine Blume. Wäre niemand auf die Idee gekommen, sie zu pflücken, gäbe es unsere Firma nicht und auch keine andere.«

Der Alte grunzte erbost. Mit einem Ruck stand er auf. Wie immer, wenn der Gedanke an seine ungleichen Söhne ihn überkam, rötete sich sein Gesicht vor Wut und Frustration. »Nun, die Dinge sind, wie sie sind, und keiner von uns kann sie ändern. Hier« – dabei klopfte er mit der flachen Hand auf einen Stapel Papiere, die auf dem Beistelltischchen lagen – »habe ich Lobrechts Brief mit seiner schriftlichen Zusage, und heute noch wird der Kurier meinen Brief nach Hamburg befördern, ob es dir passt oder nicht. Du kannst gehen.« Mit einer Handbewegung, wie man sie einem Domestiken gegenüber macht, entließ er den Sohn.

Simeon erhob keinen Widerspruch mehr. Wortlos stand er auf, machte seinem Vater eine knappe Verbeugung und schritt mit seinen immer ein wenig linkischen Bewegungen aus dem Raum. Die Hündin erhob sich und folgte ihm auf leisen Tatzen – aber nicht, bevor sie sich zu Bartimäus umgewandt und ihn aus ihren bernsteingelben Augen angefunkelt hatte, wobei sie feindselig die Nase kräuselte.

Simeon zog sich in sein Zimmer zurück, um das unerfreuliche Gespräch noch einmal zu überdenken. Es war ein elegant eingerichtetes Herrenzimmer, in dem er wohnte, nur dass es vollgeräumt war mit langen Tischen, auf denen seine dickleibigen Herbarien-Bücher lagen, und Arbeitstischen mit all dem Handwerkszeug des Botanikers wie Skalpellen, Pinzetten, Spezialpapier, Kleber und den Behältern für die empfindlichen Präparate. In einem Winkel stand eine Buchdruckpresse. An der Wand gegenüber der Tür hing das einzige Schmuckstück des Raumes: eine fremdartige Maske mit einem porzellanglatten, grünen Gesicht, schmalen, lang geschlitzten Augen, einer geraden, spitzen Nase und zarten, halb geöffneten Lippen. Jeder Kenner des javanischen Wayang, des Puppenspiels, hätte darin den Charakter »Panji« erkannt, einen legendären Fürsten, dessen tragische Liebesgeschichte Thema zahlloser Gedichte, Theaterstücke und Puppenspiele war. Mevrouw Beatrix hatte ihrem Sohn die Maske geschenkt, weil sie fand, dass er so edel, so elegant, so romantisch war wie der mythische Prinz.

Diesmal hatte der junge Mann jedoch keinen Blick für seine Schätze. Er fühlte sich hin- und hergerissen zwischen zwei gegensätzlichen Bündeln von Emotionen. Es ärgerte ihn, dass sein Vater einfach über ihn verfügte, ihn gewissermaßen an diese Reederstochter verkaufte – denn zweifellos hatte der dicke Geldsack des Deutschen dabei eine entscheidende Rolle gespielt. Sensibel wie er war und sehr unsicher, ob er auf andere Menschen liebenswert wirkte, fürchtete er sich davor, dass man ihn womöglich in die Arme einer Frau stieß, die ihn nicht haben wollte. Auf der anderen Seite war er erleichtert, dass es jetzt ernst wurde mit der Ehe. In den letzten zwei Jahren waren seine körperlichen Bedürfnisse zu einem ernsthaften Problem geworden. Der Pfarrer hatte ihn ermahnt, es sei sündhaft, als alleinstehender Mann die eigene Sinnenlust zu erwecken. Jedoch, was hieß da erwecken? Sie schlief ja kaum einen Augenblick! Seine Sehnsucht nach einer Frau war geradezu überwältigend. Kaum eine Nacht verging, ohne dass er besudelt aus feuchten Träumen aufwachte, und untertags hatte er Mühe, es sich nicht anmerken zu lassen, wie sehr die Gier ihn quälte. Der Dämon in seinen Lenden ließ ihm keinen Frieden, zu den unpassendsten Zeiten und Gelegenheiten meldete er sich, jede Kleinigkeit weckte ihn aus seinem unruhigen Schlummer.

Dass er solche Triebhaftigkeit von seinem Vater geerbt hatte, wusste Simeon; auch dessen unehelicher Sohn Godfrid litt unter diesem Erbe. Aber Bartimäus und Godfrid hatten es sich leicht gemacht. Wenn man nicht wählerisch war und keine Skrupel hatte, fanden sich genug Ziegen für zwei unersättliche Böcke. Simeon jedoch war zu unbeholfen, eine Affäre mit all ihrer Leidenschaft, ihrer Heimlichkeit und ihrem Risiko anzufangen, und zu empfindsam, um sich mit irgendeiner Allerweltshure einzulassen. Seine Zurückhaltung hatte beim Vater den Verdacht genährt, er habe kein Interesse an Frauen – was seine Abneigung gegen den aus der Art geschlagenen Sohn verdoppelt hatte.

Aber Simeon war durchaus interessiert. Er wollte nur nicht einfach irgendeine. Die Frau, von der er träumte, war sauber und ehrbar, und er wollte Brief und Siegel darauf haben, dass er sie zu Recht besitzen durfte. Eine hübsche, freundliche, willige junge Frau ganz für ihn allein – das war für ihn wie Wasser für einen Verdurstenden.

Er trat an die Kommode heran und nahm das in massives Silber gerahmte Lichtbild in die Hand, das dort an prominenter Stelle stand. Obwohl Mevrouw Beatrix vor zwölf Jahren gestorben war, spannte sich noch immer eine Trauerschleife aus schwarzem Krepp über eine Ecke des Rahmens. Das Lichtbild zeigte eine sehr schöne dunkelhaarige Frau, unverkennbar die Mutter des jungen Mannes, der Zug um Zug ihr Ebenbild war, soweit Männer und Frauen einander gleichen können.

Sooft der Jüngling das Bild betrachtete – und das tat er oft –, überkam ihn von Neuem der Hass auf seinen Vater. Ihm gab er die Schuld daran, dass die Mutter so jung gestorben war. In der Todesanzeige war von einem tragischen Unfall die Rede gewesen, einem Sturz in eine Glasscheibe, aber der damals zehnjährige Junge hatte alles gesehen. Er war Zeuge gewesen, wie der Vater die kränkelnde Frau, deren Äußeres seinen Glanz verloren hatte, mit höhnischen Worten über ihr Aussehen reizte, bis ihr wildes Temperament mit ihr durchging und sie die geballte Faust in den Spiegel schmetterte. Ein Splitter hatte sich so unglücklich in ihr Handgelenk gebohrt, dass sie verblutet war, ehe Hilfe eintraf.

Bartimäus hatte den vor Entsetzen wimmernden Jungen angeschrien, es sei nicht seine Schuld, wenn die verrückte Gans sich in einem ihrer Tobsuchtsanfälle selbst umgebracht hatte. Es waren Worte, die jede innere Bindung zwischen Vater und Sohn zerschnitten, wie die Spiegelscherbe die Pulsader der unglücklichen Frau zerschnitten hatte. Bis dahin hatte Simeon, der ein weichherziger und harmoniebedürftiger Junge war, sich bemüht, den Widerwillen seines Vaters zu überwinden. Von diesem Tag an war sein Herz zu Stein geworden, soweit es Bartimäus Vanderheyden anging.

Als der Alte eines Tages beim Mittagessen eine Fischgräte verschluckte und, in Todesnot röchelnd, blaurot im Gesicht, in entsetzlichen Konvulsionen zuckend auf dem Boden lag, war der damals vierzehnjährige Simeon nicht von seinem Platz am

Tisch aufgestanden. Reglos, mit verschränkten Armen hatte er dagesessen und den verzweifelten Rettungsversuchen der Diener zugesehen. Bartimäus, dem man schließlich die Gräte aus dem Hals zog, war sein Verhalten nicht entgangen. Sobald er wieder keuchen konnte, hatte er gesagt: »Du bist der Mörder deines Vaters.« Und sein sanfter, scheuer, weibischer Sohn hatte ihm mit unbewegter Stimme geantwortet: »Du bist der Mörder meiner Mutter, was erwartest du also von mir?«

Simeon küsste das Bild und stellte es auf die Kommode zurück. Erschöpft von der durchlittenen Aufregung machte er es sich bequem, schlüpfte aus den Schuhen, legte den Leibrock ab und streckte sich auf einer mit tabakbraunem Leder bezogenen Récamière aus. Die massige Hündin nutzte die Gelegenheit, setzte sich vor das Möbelstück und legte ihren Tigerschädel auf seinen Bauch. Die Anspannung wich aus ihrem Körper, als ihr Geliebter sie zärtlich liebkoste, sie schloss die Augen und gab tiefe, vibrierende Töne von sich, halb ein Schnaufen, halb ein Schnurren. Hin und wieder glitt die scharlachrote Zunge aus dem Maul und schlang sich um seine Hand.

Der junge Mann streifte die Ärmel zurück und warf einen Blick auf seine blassen, haarlosen Unterarme. Was würde seine Frau sagen, wenn sie alle die Narben entdeckte? Zwei oder drei Narben hätte er noch mit Zufall und Ungeschicklichkeit erklären können, aber seine Unterarme waren eine pergamentene Landkarte voll feiner Linien, krumme und gerade, zwischendurch ein paar runde, wo er das Stanzmesser in sein zuckendes Fleisch gedrückt hatte. Er wusste sehr wohl, dass er das unglückliche Temperament seiner Mutter geerbt hatte – ihre hemmungslosen Wutanfälle und ihre Neigung, sich selbst zu verletzen, wenn andere sie verletzten. Aber konnte der Leopard seine Flecken verändern? Nein. Simeon war in dem Wesen seiner

Mutter gefangen, wie sein schöner Körper in der Ähnlichkeit mit dem ihren gefangen war.

Mit einem tiefen Seufzer schloss er die Augen.

Bartimäus starrte dem Jüngling aus verkniffenen Augen nach. Fahr zur Hölle, dachte er. Welche Sünde hatte er begangen, dass Gott ihn mit diesem Wechselbalg gestraft hatte?

Wäre er ehrlich mit sich selber gewesen, so hätte er gewusst, dass seine heftige Abneigung gegen Simeon im Grunde auf seinem eigenen Schuldbewusstsein beruhte. Selbstsüchtig, wie er war, hatte er Mevrouw Beatrix, seine junge Gattin, während der Schwangerschaft mit einer Geliebten betrogen – wozu er ein gutes Recht gehabt hatte, wie er sich einredete; schließlich war er kein Mönch, und wenn die rechtmäßige Frau nicht zur Verfügung stand, um die Glut seiner Lenden zu stillen, musste eben eine andere herhalten. In diesem Fall war das eine schöne, zu jedem Abenteuer bereite Französin gewesen, ein geborenes Fräulein Delphine Lafayette, damals Gattin und kurz darauf Witwe eines betagten holländischen Handelsherrn namens Brägens. Was war dabei? Er, Bartimäus, hatte ja nicht die Absicht gehabt, die Französin ihrem rechtmäßigen Gatten auszuspannen. Es war eine kurze, stürmische Affäre gewesen, ein Zwischenspiel, ausgelöst allein von der Ungeduld seiner Männlichkeit.

Mevrouw Beatrix hatte das freilich ganz anders gesehen. Temperamentvoll und leicht erregbar, hatte sie ihm eine so wütende Szene gemacht, dass er zu fürchten begann, sie könnte tobsüchtig werden, und sie hatte ihm den Fluch entgegengeschleudert, er sollte keine glückliche Stunde mit dem Kind haben, dem unschuldigen Anlass für seinen Ehebruch.

»Du beleidigst und kränkst mich dafür, dass ich dir einen Sohn und Erben zur Welt bringe«, hatte sie ihn angeschrien.

»Nun, du wirst ihn haben, aber er wird dich mehr Tränen kosten als mich!«

Geweint hatte Bartimäus seines Sohnes wegen bislang nicht, aber geärgert hatte er sich, bis ihm das Herz im Hals klopfte und der Arzt ihn warnte, dass Zornanfälle bei einem korpulenten Mann seines Alters leicht mit einem Schlagfluss enden konnten.

Nun, er würde ihn nicht mehr lange um sich haben. Java war genau der richtige Aufenthaltsort für einen Sohn, der einem nur Ärger bereitete. Verdammte Kaffern-Insel. Bartimäus selbst war nur kurze Zeit auf seiner Plantage Buitenhus nahe Batavia und den beiden anderen, im Osten der Insel gelegenen, gewesen. Nach einem Aufenthalt von wenigen Monaten hatte er sich geschworen, seine Geschäfte in Zukunft von seiner Heimat aus zu führen. Ja, wenn man sie auf Bildern gemalt sah, war die Insel ein Paradies; einen Augenblick lang hatte er sie auch als ein solches empfunden, als er an seinem ersten Morgen dort auf die Veranda des Gästehauses getreten war und die schwarzen Silhouetten der Palmwedeln gegen einen bronzefarbenen und goldenen Sonnenaufgang gesehen hatte – aber dann war ihm von Neuem der Schwefelgeruch in die Nase gestiegen, der das beste Essen ungenießbar machte. Die rosafarbenen und violetten Orchideen hingen einem von den Bäumen herab ins Gesicht, und Schmetterlinge mit Flügeln so groß wie eine Männerhand flatterten glitzernd herum, aber Luft und Wasser waren verseucht. In der tief im Schwemmland gelegenen Altstadt von Batavia musste man tagsüber die Fensterläden geschlossen halten, damit einem die feuchte Hitze nicht das Hirn im Schädel kochte, und kaum sank der Abend herab und es wurde kühler, konnte man die Fenster schon gar nicht aufmachen, ganz im Gegenteil, es floh dann jeder, der konnte, aus der

Stadt, denn mit der Dämmerung stiegen die Fieberdämonen aus den Sümpfen auf.

Er war dem Rat erfahrener Kolonialherren gefolgt und hatte sich so rasch wie möglich auf den Weg zur Hochebene gemacht, wo die Luft gesünder war, aber dort hatte es ihm auch nicht gefallen. Nirgends schien der Boden wirklich fest zu sein. Heißer Schlamm wallte auf, wo das Pferd seine Hufe hinsetzte. Auf Schritt und Tritt blubberten Schwefelquellen und winzige Schlammvulkane aus dem Boden, die einen Würgereiz hervorrufenden Gestank nach faulen Eiern verbreiteten. Und was ihn beinahe wahnsinnig gemacht hatte, war das ewige Rumpeln und Grollen der unruhigen Berge. Einmal lauter, einmal leiser, manchmal nur ein kaum noch hörbares Hintergrundgeräusch, aber ständig gegenwärtig. Dabei war es auf der Hochebene über der Küste entlang der Sundastraße noch harmlos im Vergleich zu den Orten, die in der Nähe der hohen, Feuer speienden Berge lagen wie der Kelud, der Guntur, der Merapi und der Lamongan. Die Sundastraße war zwar auch gespickt mit Vulkanen, aber sie waren klein und ihre Ausbrüche weitgehend harmlos, nur ein lästiges Hindernis für die Schifffahrt.

Henry Wolkins, der die Plantage für ihn verwaltete, hatte ihm erzählt, dass die gesamte Insel ihre Existenz den Ausbrüchen dieser Vulkane verdankte. Sie wurde ständig größer, denn sooft die Vulkane an ihren Rändern ausbrachen, schleuderten sie glühende Lavamassen in die Höhe, die dann hinunterflossen zum Meer und dort im Wasser erstarrten. Im Landesinneren wiederum war es die Vulkanasche, hatte Wolkins gesagt, die den Boden so unglaublich fruchtbar machte. Unter den Kolonialherren ging der Witz um: Wenn man auf Java etwas anpflanzte, musste man schnell zurückspringen, damit einem die Schösslinge nicht ins Gesicht fuhren.

Wolkins hatte bereits einen Vulkanausbruch miterlebt, denn jenseits des breiten Tales hinter der Hochebene erhob sich ein Feuerberg, ein kahler brauner Kegel, den die Holländer wegen seiner geringen Größe und seiner häufigen, lärmenden Ausbrüche den Blaaskaak, »Wichtigtuer«, nannten. Er war vergleichsweise klein, immer wieder aktiv, ohne besonders gefährlich zu sein, ständig vor sich hin knurrend wie ein übellauniger Hund, nur einmal war seine Aktivität höchst bedrohlich gewesen. Der Schlot, hatte Wolkins seinem Brotherrn erzählt, spuckte damals Steine und Schlick und flüssiges Gestein, sodass es am hellen Tag finster wurde wie in einer Winternacht. Und es sah zudem aus, als hätte es geschneit, denn aus dem verdunkelten Himmel fielen Unmengen feiner, grauweißer Asche.

Der sonst so unerschütterliche Engländer hatte sich nur mit lebhaftem Unbehagen an diese Tage erinnert. »Sand und kleine Steine fielen so dicht, dass wir nichts mehr sehen konnten ... Einen Augenblick lang war der Himmel tintenschwarz, im nächsten flammte er wie von tausend Blitzen zugleich. Überall waberte schwefliger Dunst. Heftige Druckwellen prallten eine nach der anderen gegen das Haus, dass die Mauern ächzten und die Dachbalken knarzten.« Eines Tages, hatte Wolkins prophezeit, »wird die ganze verdammte Insel in die Luft fliegen wie ein brennendes Pulverschiff«.

Bartimäus schnaufte unwillig bei der Erinnerung. Dann verzerrte ein hässliches Lächeln sein breites Gesicht. Ja, das war genau der richtige Aufenthaltsort für seinen Sohn. Hoffentlich flog das Pulverschiff in die Luft, während er dort war.

Dann klingelte er nach dem Diener und befahl, seinen Buchhalter ins Kontor zu rufen.

Godfrid Brägens erschien mit raschen, leichten Schritten.

Wie Bartimäus in seiner Jugend war der uneheliche Sohn auf eine herbe Weise attraktiv, kurzbeinig und breitschultrig, blauäugig, blond, mit einem markanten Gesicht, ein Mann, der Kraft und Dominanz ausströmte. Obwohl er nur mittelgroß war, schien es oft, als ob er andere auch körperlich weit überragte. Die Seeleute hatten eine hohe Meinung von ihm, obwohl er kein Seemann war, und die Frauen waren verrückt nach ihm, obwohl sie wussten, dass er zur Grobheit, ja, zur Grausamkeit neigte. Als er die Tür hinter sich schloss und höflich, aber selbstbewusst vor den Handelsherrn hintrat, tat er es als die Verkörperung all der geheimsten Wünsche, die dieser je gehegt hatte.

Wieder fühlte Bartimäus den Hass in sich aufsteigen, den er gegen seinen legitimen Sohn empfand. Es war ihm, als hätte Simeon auf irgendeine hinterlistige, magische Weise seinem unehelichen Bruder den Platz im Leben gestohlen, der diesem von Rechts wegen zustand. Eine faule Frucht verdrängte den gesunden Apfel von seinem Platz am Baum. Godfrid war Fleisch von seinem Fleisch, ein kluger und tüchtiger Bursche, vor allem aber – und das zählte für den alten Kaufmann am meisten – durch und durch Geschäftsmann.

Schon als Kind hatte er seine Freude daran gehabt, die ein- und auslaufenden Schiffe zu beobachten. Er hatte rasch ihre Namen gelernt, woher sie kamen und wohin sie Segel setzten, er kannte die Namen der Kapitäne auswendig. Vor allem aber hatte ihn die Fracht interessiert. Bartimäus hatte viele vergnügliche Stunden damit verbracht, mit dem Knaben – der offiziell als sein Mündel, das Kind einer entfernten Verwandten, galt – am Kai zu stehen und ihn zu fragen: Was enthielten die Bündel und Ballen, Säcke und Kisten, die von schwitzenden Schauerleuten von Bord geschleppt wurden? Woher kamen die Waren?

Was bezahlte man an der Börse für ein Pfund Kaffee, ein halbes Pfund Pfeffer, einen Sack Zucker? Später hatte er ihn dann an die Börse mitgenommen, wo er mit wachen, intelligenten Augen dem Kaufen und Verkaufen der Aktien folgte. Der Junge bewegte sich in der Welt des Gewürzhandels wie ein Fisch im Wasser. Er hatte daran ein natürliches Interesse und eine natürliche Begabung dafür. Gerade eben zweiundzwanzig Jahre alt, arbeitete er bereits in verantwortlicher Stellung als Buchhalter für seinen Vater. Viel weiter würde er es freilich nie bringen. Bartimäus konnte ihn zum Geschäftsführer und zu einem reichen Mann machen, aber niemals würde er der legitime Erbe des Handelshauses sein. Über seinem ganzen Leben breitete sich der Schatten seiner unehelichen Abkunft – und der noch viel schlimmere Schatten eines üblen Skandals.

Wenn Flüche wirken konnten, dann hatte der Fluch der betrogenen Mevrouw Beatrix gleich doppelt gewirkt. Bartimäus hatte nicht nur einen Sohn bekommen, mit dem er keine Freude hatte. Er war auch in den Skandal hineingezogen worden, als seine Geliebte in Batavia vor Gericht gezerrt wurde unter der grausigen Anklage, sie habe ihren Gatten vergiftet. Vanderheyden war damals nichts anderes übrig geblieben, als in aller Eile Java zu verlassen, um wenigstens dem Schauplatz des Skandals fern zu sein, aber – oh, die Tücke der Telegrafendrähte, die seit einigen Jahren die halbe Welt miteinander verbanden! Nachrichten huschten wie der Wind zwischen Holland und Ostindien, auf den Flügeln der Telegramme erreichte der Klatsch seine Heimatstadt schneller, als er mit Ross und Wagen davor fliehen konnte. Gut, Delphine war freigesprochen worden, aber was änderte das schon? An Bartimäus Vanderheyden klebte fortan der Verdacht, er sei mit einer Giftmörderin liiert gewesen. Den Sohn dieser Frau als den seinen anzuerkennen, hätte die kaum verschorfte Wunde wieder aufgekratzt. Und was galt ein unehelicher Sohn schon?

Nein, es war Simeon, der nach Recht und Gesetz die Firma erben und den Namen weitertragen würde. Bartimäus biss die Zähne zusammen. Verfluchtes Schicksal! Da wurde einer mit einem goldenen Löffel im Mund geboren, war groß, gesund, hinreichend attraktiv, hätte in jungen Jahren der Kompagnon einer mächtigen Handelsgesellschaft für Kaffee und Kakao sein können – und vertrödelte sein Leben damit, dass er botanisierte! Als Schulknaben hatten sie ihn gehänselt, weil er Blumen pflückte wie ein Mädchen, aber sie hatten vergebens gehofft, es würde vorbeigehen, wenn man ihn nur laut genug auslachte. Nichts dergleichen. Jetzt war er zweiundzwanzig Jahre alt, sprach vier Sprachen, las Bücher wie ein Oberlehrer und verbrachte jede freie Minute damit, dass er Blumen sammelte, presste, zerschnitt und in dicken Bänden mit kolorierten Zeichnungen katalogisierte. Ständig musste man hinter ihm her sein, damit er wenigstens seine dringendsten Pflichten erfüllte. Und es sollte sich nur keiner täuschen lassen von seinem sanften Gelispel und seiner geduckten Art! Er war stur wie ein Maulesel. Bartimäus war bald draufgekommen, dass es mehr Kraft und Mühe kostete, den widerspenstigen Sohn bei der Stange zu halten, als die Arbeit jemand anderem zu übertragen. Aber er sollte nicht glauben, dass er ein Leben lang auf Kosten des Vaters Blumen zeichnen konnte. Wenn er schon sonst nichts zustande brachte, sollte er wenigstens reich heiraten.

Der alte Mann atmete tief durch und schloss die Augen. Er wusste, dass er in Gedanken eine schwere Sünde beging, aber immer wieder schlich sich der Dämon an ihn heran und flüsterte ihm ins Ohr, wie schnell ein schwachbrüstiger Europäer dem mörderischen Tropenklima und den ständig grassierenden Fiebern von Batavia zum Opfer fallen mochte.

Entschlossen schüttelte Bartimäus den Gedanken an Simeon ab und wandte sich dem Buchhalter zu, der in tadelloser Kleidung und Haltung vor ihm stand, jeder Zoll ein holländischer Handelsherr. »Setz dich«, befahl er. »Ich wollte dir nur sagen, es ist alles erledigt. Wir reisen übermorgen nach Hamburg und machen unseren Antrittsbesuch. Im April findet die Hochzeit statt. Danach schicke ich ihn nach Java.«

Godfrid seufzte und lächelte zugleich. »Als Verwalter der Plantage.« Es brauchte keine Worte, der Spott in seiner Stimme genügte. Beide Männer wussten, dass Simeon niemals zum Verwalter einer Kaffeeplantage taugen würde, selbst wenn er sich Mühe gegeben hätte – was er nicht tat. »Henry Wolkins wird begeistert sein.«

Henry Wolkins, fast so alt wie Bartimäus selbst, leitete seit zwei Jahrzehnten die Plantage mit kundiger Hand. Ihm war es zu verdanken, dass die Erträge Jahr für Jahr reichlich in die Laderäume der Handelsschiffe flossen. Er war mit den gelegentlichen Angriffen von Aufständischen ebenso fertiggeworden wie mit der Gier der örtlichen Beamten, die beständig die Hand nach Schmiergeldern ausstreckten. Henry Wolkins garantierte, dass der Plantage selbst dann kein Schaden entstehen würde, wenn Simeon dort herumpfuschte; höchstwahrscheinlich würde er aber ohnehin keinen Finger rühren, sondern durch die duftenden Wälder streichen und Orchideen pflücken.

Godfrid war insgeheim froh, dass er nicht derjenige war, der nach Java geschickt wurde. Er hatte keine hohe Meinung von dem Land, das die Quelle des familiären Reichtums bildete. Die Landschaft mochte wunderschön sein, wenn man den Gemälden und Fotografien Glauben schenkte, aber es war in letzter Zeit ziemlich ungemütlich geworden. Der Schrecken der Niederlage von 1825, als 200 000 Gefolgsleute des aufständischen Prinzen Diponegoro ums Leben gekommen waren, begann nach 55 Jahren allmählich zu verblassen. Das geschlagene Volk raffte sich wieder auf. Da und dort gab es lokale Aufstände, Häuser wurden angezündet, Europäer angegriffen, Fuhrwerke überfallen. Das listige braune Geschmeiß flitzte wie Eidechsen aus dem Dschungel heraus, verübte seine Untaten und verschwand wieder. Weder die holländischen Behörden noch die einheimischen Regenten, die diesen Behörden eigentlich zur Seite stehen sollten, wurden ihrer Herr. Für jeden, den die Kolonialherren aufhängten, wuchsen zehn andere nach.

Nun, es war Simeons Sache, wie er mit der Situation zurechtkam. So schlecht stieg er nicht aus dabei. Für jemand, der rein gar nichts im Leben zustande brachte, war ein Dasein als wohlversorgter Pflanzer auf einer javanischen Plantage immer noch eine sehr gute Option, vor allem, wenn er dabei eine niedliche junge Frau mitnehmen konnte.

Es war der findige Godfrid gewesen, der den Vorschlag gemacht hatte, Simeon mit der Tochter des deutschen Geschäftsfreundes zu verheiraten. In den Kreisen der holländischen Kaufleute war der Firmenerbe nämlich trotz des dicken Geldsacks, auf dem sein Vater saß, nicht als gute Partie angesehen worden. Seine geschäftliche Unfähigkeit und Gleichgültigkeit waren weithin bekannt, und die Mijnheers wünschten einen Schwiegersohn, der beim Vermehren des familiären Reichtums ordentlich zupacken konnte. Anna Lisa Lobrecht war genau das richtige Mädchen für ihn. Ihr Vater brauchte keinen tüchtigen Schwiegersohn; er hatte selbst drei stramme, fleißige Söhne, die sich auch im Handelshaus Vanderheyden nützlich machen würden. Wenn Bartimäus – so waren die beiden Väter auf Godfrids Rat hin übereingekommen – sich bei der Forderung nach der Mitgift zurückhaltend zeigte, bekamen sie beide zu einem guten Preis, was sie wollten. Die bedeutenden Handelshäuser waren miteinander verbunden, Anna Lisa wurde kostengünstig unter die Haube gebracht, was ja auf jeden Fall einmal geschehen musste, und Simeon verschwand auf unauffällige Weise von der Bühne. Sollte er im Dschungel glücklich werden mit seiner lächerlichen Botanisiertrommel.

Das war vor allem Bartimäus wichtig gewesen, denn der Kaffeehändler wollte nicht, dass man sich über seinen Taugenichts von einem Sohn in den Kreisen der Kaufmannschaft öffentlich lustig machte. Er hatte jetzt schon genug versteckten Spott zu ertragen. Da war Godfrid auf den Gedanken gekommen, ihn ins ferne Java abzuschieben, wo nichts, was er anstellte, einen Widerhall in Deutschland oder Holland fand. Vor der Öffentlichkeit stand er da als Inhaber eines ehrenvollen Amtes, als Statthalter seines Vaters und Schwiegersohn eines mächtigen deutschen Reeders. In Wirklichkeit verschwand er samt seiner jungen Frau im Dschungel, kontrolliert von der eisernen Faust des getreuen Henry Wolkins.

Man hätte meinen können, dass Godfrid seinen Halbbruder hasste, der doch zwischen ihm und der Verwirklichung all seiner Träume stand. Er war jedoch ein viel zu pragmatischer Mensch, um seine Zeit mit Gefühlen zu verschwenden. Was ihn anging, konnte der arme Narr in Java glücklich werden. Ihm war nur wichtig, dass der Stolperstein aus dem Weg geräumt wurde, dass der unnütze Nebenbuhler verschwand. Wenn man lange genug nichts von ihm sah und hörte, würden die Leute sich daran gewöhnen, in Godfrid Brägens den rechtmäßigen Nachfolger auf dem Thron der Kaffee-Handelsgesellschaft zu sehen. Erst Buchhalter, dann Geschäftsführer und rechte Hand des alten Kaufmanns, dann Kompagnon.

Godfrid seufzte. Das Problem Simeon war so gut wie gelöst. Jetzt konnte er sich einem weitaus ernsteren Problem zuwenden: seiner Mutter. Die wohnte zwar nach wie vor in Batavia, aber sie hing mit einer Affenliebe an ihm, die ihm einerseits schmeichelte, ihm aber andererseits immer wieder Ärger bescherte. Ständig schmiedete sie Pläne, wie sie es erreichen könnte, dass er und Simeon die Plätze tauschten. »Ich tue doch alles nur für dich, damit du zu deinem Recht kommst!«, schrieb sie in ihren langen Briefen jedes Mal, wenn er sie zur Vernunft zu bringen versuchte. Schönes Recht! An den Galgen würde sie ihn bringen. Wenn Simeon und seine junge Frau von Mörderhand aus dem Weg geräumt wurden, wen würde man denn dann als Ersten verdächtigen? Ihn, Godfrid Brägens!

Vorderhand aber waren ihm die Hände gebunden. Er konnte nicht nach Batavia reisen, um die närrische Alte zur Räson zu bringen, und er hatte dort keine Vertrauten, in deren Hände er die heikle Aufgabe legen konnte. Auch Bartimäus Vanderheyden konnte ihm dabei nicht helfen. Bartimäus war die Erinnerung an Delphine Lafayette so widerwärtig, dass er nichts mehr von ihr hören und sehen wollte. Er hatte das Seine getan, als er den Jungen zu sich nahm, der als Waise in der Welt zu stehen drohte – der nominelle Vater, Herr Brägens, tot und vergiftet, die Mutter unter schwerer Anklage im Gefängnis. Darüber hinaus war er froh, dass alle die tiefen Wasser des Indischen Ozeans zwischen ihm und der Frau lagen, mit der er einst das Bett geteilt hatte.

Nein, Godfrid würde allein einen Weg finden müssen.

Braut und Bräutigam

»Und du wirst tatsächlich den Holländer nehmen?«

Drei junge, neugierige Gesichter hatten sich Anna Lisa Lobrecht zugewandt, mit einem Ausdruck, als wären sie Besucher eines Pferderennens, die atemlos den Zieleinlauf beobachteten. Die vier Fräulein aus der besten Hamburger Gesellschaft saßen im Schatten einer Ulme im Garten der Villa Lobrecht und hielten auf dem gepflegten Rasen ein Picknick ab. Vor dem dunkelgrünen Hintergrund der Büsche und Bäume, die den Rasen säumten, wirkten sie in ihren reich gefältelten und gebauschten Sommerkleidern aus Taft, Seide und Organza wie vier bunte, flauschige Bälle, die der Wind dorthin geweht hatte. Die Sonnenschirme lagen säuberlich gefaltet am Rand der Decke, denn unter der riesigen Ulme, die schon den Urgroßeltern Lobrecht Schatten gespendet hatte, brauchte keine noch so zarte Haut die Sonnenstrahlen und ihre bösen Folgen, die Sommersprossen, zu fürchten. Auf einem mächtigen Silbertablett, das ein Geschäftsfreund der Familie Lobrecht als Geschenk aus Java mitgebracht hatte, standen das Teegeschirr und die Schalen mit belegten Brötchen und Gebäck. Die beiden Dienstmädchen, die serviert hatten, waren auf einen Wink hin verschwunden. Die Damengesellschaft wusste genau, wie die Domestiken die Ohren spitzten, wenn es um ein Thema wie die Verlobung der Haustochter ging. Ein unbedachtes Wort, und ganz Hamburg würde Bescheid wissen – oder jedenfalls jener Teil Hamburgs, der sich für die Familienangelegenheiten der Reederei Lobrecht interessierte.

»Mein Vater findet, dass er der Beste ist«, erwiderte Anna Lisa wohlerzogen. »Und ich vertraue meinem Vater vollkommen.«

»Lass uns das Bild sehen!«

Sie lachte und entnahm ihrem mit Jettperlen bestickten Retikül ein Ledertäschchen. Darin steckte die Fotografie des Mannes, der jetzt offiziell ihr zukünftiger Gatte war. Alle drei Mädchen griffen gleichzeitig danach. Neugierige Augen bohrten sich in das sepiabraune Papier. Dann brach zwitscherndes Gelächter los.

»Hu, wie dünn er ist! Gibt es in Holland denn nichts zu essen? Eure Köchin wird den mageren Hering erst ordentlich auffüttern müssen!«

»Ich finde, er sieht gut aus. Was er für schönes Haar hat! So lang und weich. Ist es dunkelbraun oder schwarz?«

»Und die Augen! Ach, sieht er nicht aus wie der italienische Tenor, der im Winter hier gastierte und den Lohengrin sang? Der hatte auch so wunderschöne, große dunkle Augen.«

Dörte, die als Einzige die Fotografie schon vorher gesehen und den Dargestellten kritisiert hatte, schüttelte erneut den Kopf. »Ich weiß nicht. Es stimmt, er hat schöne Augen, aber sein Blick gefällt mir nicht. Leute, die Opium nehmen, sehen so aus.«

Die anderen protestierten. Allgemein war man der Ansicht, dass Vater Lobrecht eine gute Wahl getroffen hatte. Anna Lisa, die sich doch selbst schon Gedanken über das Aussehen ihres Zukünftigen gemacht hatte, widersprach Dörte mit aller Heftigkeit. »Mein Vater weiß genau, was er tut. Nie würde er einen

Mann für mich auswählen, der Opium nimmt, und auch keinen, der verrückt ist. Viele Leute schneiden komische Gesichter, wenn sie zum Fotografieren so lange still stehen müssen. Ich bin sicher, dass er ganz normal und vernünftig ist. Mein Vater kennt seinen Geschäftsfreund doch schon seit Jahren.«

»Jemand als Geschäftsfreund zu kennen, heißt noch nicht, dass man über seine persönlichen Angelegenheiten Bescheid weiß, noch weniger über die seiner Familie. Aber ich will dich nicht kopfscheu machen. Dein Vater ist ein kluger Mann; er hat sicher die beste Wahl für dich getroffen.«

Es klang tröstend, und gerade weil es tröstend klang, machte es Anna Lisa ein wenig Angst, ihre Freundin so reden zu hören. Entschlossen schüttelte sie die Beklemmung ab, die sie bei den Worten ergriffen hatte. »Ach was, du siehst überall Schatten und Gespenster! – Übrigens werden wir nach Java fahren.«

»Nach Java!«

»Ja, mein Mann wird dort eine der Plantagen leiten, auf denen der Kaffee seines Vaters wächst. Sie heißt Buitenhus und liegt in der Nähe von Batavia.«

Georgina bemerkte: »Da wirst du immer einen Sonnenschirm brauchen, ich habe gehört, dass die Sonne in Java sehr heiß brennt. Viele Europäer werden krank davon. Aber du kannst ja die Läden schließen und dich in dein kühles Schlafzimmer legen, bis die Sonne untergegangen ist.«

Frida, die vierte in der Runde, prustete hinter der vorgehaltenen Hand. »Schade, dass dein Mann den ganzen Tag arbeiten muss, sonst könnte er sich über Mittag immer zu dir legen.«

Allgemeines Gekicher folgte. Da sie unter sich waren, widmeten sie sich ausgiebig dem Thema, das sie wie alle heiratsfähigen jungen Mädchen am meisten interessierte. Freilich waren sie zu gut erzogen, um geradeheraus darüber zu sprechen, was Anna Lisa an ehelichen Pflichten erwartete. Sie wussten auch nur halb Bescheid. Ihre Köpfe und Herzen waren voll von zweideutigen Warnungen besorgter Mütter und biblischen Drohungen mit dem Höllenfeuer für Unkeuschheit, von dumpfen, schwülen Gelüsten und einer brennenden Sehnsucht nach der romantischen Liebe, die die Langeweile und Leere ihres Lebens allein zu verwandeln vermochte. Also kicherten und gicksten sie durcheinander, erröteten und hielten die Hand vor den Mund, machten einander Vorwürfe: »Pfui, wie kannst du so etwas sagen! Das ist unanständig!« und gackerten von Neuem los.

Anna Lisa spielte verlegen mit dem Blumensträußchen, das sie an die Schulter ihres Kleides gesteckt hatte. Die Bemerkungen ihrer Freundinnen waren ihr peinlich, aber sie waren die einzige Möglichkeit, überhaupt von Dingen zu sprechen, von denen ihr Herz und Mund übergingen. Wen konnte sie, die keine Mutter mehr hatte, denn fragen? Ihre ehelosen Tanten wollten von dem Thema nichts wissen. Elsa scheute sich, der Tochter ihres Herrn Flöhe ins Ohr zu setzen, die ihr vielleicht dessen Missfallen zuzogen. Und ansonsten gab es nur Männer im Haus. Was Anna Lisa an Informationen erhielt, erschöpfte sich in dem Satz: »Das ist Sache deines Mannes; der weiß schon, was zu tun ist. Überlass alles ihm.«

Aber wenn sie es war, die von dieser »Sache« ein Kind bekam, dann war es ja wohl auch ihre Sache – oder? Und überhaupt war es nicht angenehm, einer Nacht entgegenzugehen, in der ihr unheimliche, unbekannte, andeutungsweise unappetitliche und vielleicht sogar schmerzhafte Dinge angetan werden sollten. Wenigstens gewarnt wollte sie sein, wenn sie sich der Gefahr schon nicht entziehen konnte.

Dörte, die als Einzige schon verlobt war und sich viel darauf zugutetat, besser als alle anderen Bescheid zu wissen, fragte: »Hast du überhaupt schon einmal einen Mann nackt gesehen?«

»Gewiss, den Adam in der Bibel, wie er mit Eva und der Schlange unter dem Baum steht.« Trotz klang aus ihrer Stimme. Sie wusste ja genau, dass Dörte mit »nackt« nicht einen Mann mit einem Feigenblatt vor den Lenden gemeint hatte.

»Ohne Weinlaub, meine ich«, beharrte Dörte.

Anna Lisa schoss das Blut ins Gesicht. Tatsächlich hatte sie so etwas schon einmal gesehen, aber es war keine angenehme Erinnerung. Ein betrunkener Seemann hatte am helllichten Tag mitten auf dem Gänsemarkt an die Mauer gepisst, und bevor die entsetzte Elsa ihr noch die Augen zuhalten konnte, hatte sie das dicke, graugelbe Ding gesehen, das er in der Hand hielt. Nachher hatte sie geschworen, sie hätte gar nichts gesehen, aber es war ein kindlicher Meineid gewesen. Es war ihr entsetzlich peinlich gewesen, daran erinnert zu werden, dass Männer auf dieselbe Weise pissten wie Pferde und Hunde, sogar Männer wie ihre Brüder und ihr Vater, ja, der Herr Pfarrer persönlich!

»Ich will nichts davon hören«, protestierte sie und stand rasch auf. Die anderen lachten. Sie waren nach dem Gespräch in einer bösen, hitzigen Stimmung, und dass die frischgebackene Braut sich schämte, stachelte sie auf.

Dörte, deren Vater ebenfalls im Ostindien-Handel Geschäfte machte, bemerkte boshaft: »Vielleicht wirst du auch gar nicht viel davon hören. Die meisten weißen Männer in den Kolonien nehmen sich eine farbige Geliebte fürs Bett, denn die einheimischen Frauen sind schön, unterwürfig und anspruchslos. Ihre Ehefrauen brauchen sie nur, damit sie Kinder bekommen und die Familie repräsentieren.«

Dass viele Männer ihre Ehe nicht sonderlich wichtig nahmen, hatte sogar die naive Anna Lisa schon mitbekommen. Sie lebten für ihre Plantage, für die Armee, für ihr Schiff oder ihre Pferde. Soweit sie sich noch an ihre Mutter erinnern konnte, hatte diese immer sehr im Hintergrund gestanden. Elmer Lobrecht, der seine Schiffe mehr liebte als alle Frauen der Welt, hatte sich keine Geliebte gehalten, aber andere Männer taten es, obwohl sie am Sonntag breit auf ihren Plätzen in der Kirche saßen und fromme Gesichter machten.

In Java und anderen Kolonien, behauptete Dörte, galt es unter weißen Männern trotz der nach außen hin zur Schau getragenen kalvinistischen Frömmigkeit als durchaus akzeptabel, die Ehe zu brechen, solange man es mit einer Einheimischen tat und die farbige Geliebte nicht allzu aufdringlich in der Öffentlichkeit präsentierte. In Batavia, wo viele Chinesen lebten, gab es auch zahlreiche Beziehungen zwischen Holländern und asiatischen Frauen, aber sie blieben immer ohne kirchlichen und staatlichen Segen. Wozu hätte ein Mann sich an eine Frau binden sollen, die ihm nicht in sein heimatliches Holland folgen durfte? Denn obwohl die Einwohner Javas dem Gesetz nach Untertanen der holländischen Krone waren, durften sie deren Stammland nicht betreten. Da die Männer aber fleißig Kinder zeugten, gab es zahlreiche Mischlinge – in Batavia, darunter viele Mulatten, die Nachkommen von Europäern und den schwarzafrikanischen Sklaven der Portugiesen. Die jungen Männer unter diesen Mischlingen reisten häufig nach Europa, um dort zu studieren, und konnten es weit bringen. Die Töchter jedoch durften Batavia nicht verlassen. Sie bewegten sich auf einer sozialen Ebene mit den Sklaven und sprachen auch deren Sprachen, Portugiesisch und Malayalam. Ihre einzige Chance war die Hochzeit mit irgendeinem Händler oder Seemann der *Vereenigde Oost-Indische Compagnie.*

»Wenn du Pech hast«, verkündete Dörte, »endest du als *snaar*. Das sind Frauen, deren Männer für immer nach Holland zurückkehren und die Frauen praktisch als Witwen zurücklassen. Oft nehmen sie ihnen auch die Kinder weg.«

»Wie ungerecht!«, rief Georgina, die vom rebellischen Gedankengut der Frauenrechtlerinnen angekränkelt war. »Wenn die Männer es dürfen und die Frauen nicht!«

Die welterfahrene Dörte zuckte die Achseln. Es war eben so, und zwar auf allen Seiten. Auch ein einheimischer Mann, der Gefallen an einer Europäerin fand, war ein Pechvogel. Niemals würde man ihm diese Liebe gestatten. Die Europäer empfanden es als eine Beleidigung, dass einer aus dem Kolonialvolk sich in ihre Reihen drängen wollte, und für die Javaner galt Adat*, das Gewohnheitsrecht, das die Heirat mit einer fremden Frau verbot, sei sie nun Europäerin, Afrikanerin oder Chinesin. Überhaupt seien die Moralgesetze auf der Insel sehr eigenartig. Selbst der Verkehr der Kolonialvölker untereinander war streng geregelt. Ein Deutscher durfte sich mit einer deutschen Frau unterhalten, solange sie dabei nicht den Eindruck erweckten, »sich in dunklen Ecken herumzudrücken«. Mit einer Holländerin oder Engländerin hätte man ihn schon schief angesehen, und die Portugiesen, die entmachteten Kolonialherren, standen auf den untersten Sprossen der gesellschaftlichen Stufenleiter, verhasst bei den Einheimischen, verachtet von den erfolgreicheren Eroberern.

* Eigentlich leben auf Java zwei Ethnien, von denen nur die im Osten der Insel Javaner genannt werden, während die im Westen der Insel – wo diese Geschichte spielt – sich Sundanesen nennen. Da hier aber oft von dem gesamten Inselvolk die Rede ist, werden der Einfachheit halber auch die Sundanesen als Javaner bezeichnet.

Die betrogenen Frauen konnten sich also nicht rächen, und sie konnten auch nicht davonlaufen und sich scheiden lassen, denn eine alleinstehende Frau war auf Java noch viel mehr als in Europa ein gesellschaftliches Nichts. Niemand respektierte sie, niemand achtete auf sie.

Noch viel schlimmer als den Weißen erging es den Frauen der Einheimischen. Sie standen in der allgemeinen Wertschätzung kaum höher als Nutztiere, auch wenn sie aus einem reichen Haus kamen. Die Familie kaufte dem Sohn – der auch nicht gefragt wurde – eine nach Ansicht der Eltern passende Frau, die für ihn kochte, putzte und ihm Kinder gebar. In dem islamischen Land war die Vielehe erlaubt, reiche Leute kauften ihren Söhnen daher mehrere Frauen, für die Armen gab es nur eine, aber alle teilten dasselbe Schicksal als Sklavinnen ihrer Gatten.

Anna Lisa fühlte, wie der Groll in ihr aufstieg, als Dörte ihr mit süffisantem Lächeln den Teufel dieses zukünftigen Daseins an die Wand malte. Das sollte Simeon nur wagen, sie so schlecht zu behandeln! Aber im Grunde wusste sie trotz ihrer siebzehn Jahre bereits, dass sie rein gar nichts dagegen tun konnte, wenn er es dennoch tat. Viele junge Frauen bekamen altersschwache, bösartige oder ausschweifende Männer an den Hals gehängt und konnten sich nicht dagegen wehren. Gewiss, es gab inzwischen die Möglichkeit einer zivilen Scheidung, aber die durchzusetzen war schwierig, und was hatte eine Frau schon davon? Von den Kirchen wurde sie als Sünderin gegeißelt, von der Familie verachtet, und wovon sie ohne die Zuwendungen ihres Mannes leben sollte, wusste sie zumeist auch nicht.

Anna Lisa spürte, wie eine dumpfe Angst ihr Herz umklammerte.

»Sie sind da, Fräulein, sie sind da! Und ich habe den jungen Herrn schon gesehen!« Das Dienstmädchen Mette steckte die Nase durch die einen Spaltbreit geöffnete Tür und sprudelte die Neuigkeit so hastig hervor, dass sie sich beinahe verschluckte. »Der Wagen ist gerade vorgefahren! Sie sind ausgestiegen, und der junge Herr sieht wirklich sehr hübsch aus, er wird Ihnen gefallen ...«

»Schon gut, schon gut! Mach hier kein solches Theater.« Anna Lisa winkte dem aufgeregten Dienstmädchen, sich zurückzuziehen, überlegte es sich dann jedoch anders. »Wenn sie schon da sind, wird mich mein Vater bald rufen lassen – komm, ich will mich gleich zurechtmachen, damit er nicht warten muss.«

Mette huschte herbei. Ihr rundes Gesicht glühte in einer Aufregung, als sei sie selbst es, die mit dem jungen Holländer verlobt werden sollte. Unter den Dienstboten waren die Liebesgeschichten und Heiratssachen der Herrschaften immer schon das Thema Nummer eins gewesen. Es gab nichts Schöneres, als aus der Perspektive von Küche und Hintertreppe zu beobachten, wie sich Romanzen, Komödien und auch Tragödien zwischen den Herren und Damen abspielten. Während das Mädchen Hand anlegte, um Anna Lisa zu frisieren und ein geeignetes Kleid auszusuchen, schwatzte sie unablässig. Die holländischen Gäste waren kaum durch die Tür verschwunden, da hatte die Dienerschaft schon deren Kutscher ins Verhör genommen, aus dem sich – anders als die hochnäsigen Kammerdiener – leicht ein paar Brocken Information herausquetschen ließen. Daher wusste Mette auch genauestens Bescheid darüber, dass Simeon ein »feiner junger Herr« war, der höflich mit den Bediensteten umging und nicht mit Trinkgeldern sparte, dass er sich immer sehr vornehm und sittsam betrug, aber »auch ganz anders sein konnte«.

»Was meinte er damit?«, fragte Anna Lisa, während sie krampfhaft den Hals stillhielt, damit Mette eine symmetrische Frisur zustande brachte – eine volle, weiche Haarschnecke auf jeder Seite des Kopfes, die im Nacken zu einem Chignon verbunden wurden.

»Nun, er sagte, als er – der junge Herr – einmal dazukam, wie ein Mann seinen Hund trat, dass das arme Tier heulte und jaulte, da hätte er ihn mit dem Spazierstock ins Gesicht geschlagen. Ohne vorher ein Wort zu ihm zu sagen, einfach so. Mitten ins Gesicht, sodass er ihm die Nase brach und das Blut nur so herabrann. Und wenn er nicht der Sohn eines so bedeutenden Mannes wäre, dann hätte er es dafür mit dem Gericht zu tun bekommen, sagte der Kutscher, aber wie die Dinge standen, wagte der Kerl nicht zu murren. Er ist wie ein Maulesel, sagte der Kutscher, so sanft und still, dass man meint, man könne alles mit ihm machen, aber wenn er dir einmal einen Tritt verpasst, dann merkst du dir den. Verzeihung, Fräulein, aber das sagte der Kutscher, nicht ich.«

Anna Lisa wusste, dass sie Mette eigentlich für ihren Klatsch hätte zurechtweisen müssen. Es war schlechte Sitte, mit den Dienstboten über andere Menschen herzuziehen, schon gar solche der eigenen Klasse. Aber sie würde ja nicht mehr lange Mettes Herrin sein, und außerdem war sie brennend neugierig.

»Und den Hund«, fuhr Mette atemlos fort, »hat er damals mitgenommen, den hat er jetzt auch mit, und den müssen Sie erst einmal sehen, hoffentlich kriegen Sie keine Angst, so ein geflecktes Ungeheuer ist das.«

»Was? Ein gefleckter Hund – so wie Herbstlaub?«

»Ja, braun und schwarz und gelb gefleckt. Und so groß, dass er quer über den ganzen Teppich im Arbeitszimmer des gnädigen Herrn liegt.«

Das war zweifellos übertrieben, denn in dem Fall hätte das Tier gute fünf Meter lang sein müssen, aber sie empfand auch so einen leichten Schrecken bei der Vorstellung, dass dieser unheimliche Zerberus wohl der ständige Begleiter ihres Verlobten war. Wenn er ihn auf Brautschau mitnahm, nahm er ihn sicher auch überall anders hin mit. Im Hause Lobrecht hatte man keine Hunde gehalten, weil der Hausherr in ihrer Nähe immer zu husten und niesen anfing, daher wusste Anna Lisa recht wenig darüber, wie man mit diesen Tieren umging. Es sah ganz so aus, als müsste sie nicht nur über Männer noch einiges lernen.

Sie trat vor den Spiegel und betrachtete mit Wohlgefallen ihre eigene Erscheinung. Sie neigte nicht zu der Narretei vieler junger Mädchen, sich ständig selbst zu bekritteln. Dass sie angenehm aussah, ohne indes eine wirkliche Schönheit zu sein, wusste sie und akzeptierte es ohne Wenn und Aber.

»Ich bin doch schön genug für einen Kaffeehändler, Mette – was meinst du?«, wandte sie sich an das Mädchen.

»Oh, Fräulein, Sie wären schön genug für einen Diamantenhändler!«, rief Mette, die manchmal auf eine ganz eigene Weise poetisch sein konnte. »Alle zehn Finger kann er sich abschlecken, dass er jemand wie Sie bekommt! Übrigens sagte der Kutsch-…«

Anna Lisa erfuhr aber nicht mehr, was die neugierigen Dienstboten noch aus dem Kutscher herausgeholt hatten, denn da klopfte es an der Tür, und sie erhielt die erwartete Nachricht ihres Vaters, sie möge in sein Arbeitszimmer kommen.

Der feierliche Augenblick war da.

Im Arbeitszimmer erwarteten sie ihr Vater und ihr ältester Bruder, Carl Gustav, der bereits als Kompagnon der Firma angehörte und einiges mitzureden hatte. Auf dem Sofa saßen die beiden Holländer. Zu Füßen des Jüngeren lag, zusammengerollt, aber dennoch ganz und gar unübersehbar, der Fila Brasileiro, ein riesiger, unförmiger, faltiger Haufen leopardenfleckigen Fells. Seine bernsteingelben Augen musterten sie aufmerksam und argwöhnisch. Es musste ein kluges Tier sein, das genau wusste, wie bedeutsam sie für seinen Herrn war, auch wenn es natürlich die Situation nicht verstand.

Anna Lisa knickste. Den Kaffeehändler ignorierte sie, ihr erster Blick – unter wohlerzogen niedergeschlagenen Lidern hervor – galt seinem Sohn. Das Foto hatte nicht gelogen. Er sah sehr hübsch aus. Die hohe Gestalt, das weiche Haar, der gepflegte Bart, die schwermütigen Augen, alles war genau wie auf dem Lichtbild und doch in Wirklichkeit noch viel anziehender. Seine Bewegungen, als er bei ihrem Eintritt aufstand und sie mit einem leichten Neigen des Kopfes begrüßte, wirkten hölzern, aber schließlich war er nicht weniger befangen als sie selbst. Eine leichte Röte stieg in seine Wangen, er stand mit den Händen auf dem Rücken da, während der Kaffeehändler an seiner statt das Wort ergriff. In wohlgesetzten Worten sprach Bartimäus, es sei ihm eine Ehre und eine Freude, sie als zukünftige Gattin seines Sohnes zu begrüßen, eine Verbindung, von der die Reederei ebenso wie die Kaffeefirma profitieren würde.

Anna Lisa, die genau wusste, was von ihr erwartet wurde, antwortete: »Ich danke meinem Vater für die Umsicht, mit der er meinen Gatten gewählt hat, und freue mich, Sie als meinen Schwiegervater und Ihren Sohn als meinen zukünftigen Gatten kennenzulernen.«

Danach herrschte Schweigen, bis der Kaffeehändler seinen Sohn in den Rücken knuffte und mit gedämpfter Stimme aufforderte: »Sag endlich etwas!«

Simeon öffnete die großen Augen, als erwachte er allmählich aus einer Trance. Lange hing sein Blick an ihr, so lange, dass sein Vater schon dazu ansetzte, ihn ein weiteres Mal zu stoßen. Dann sprach er. Mit weicher Stimme, deren Schmelz nur durch seinen heiseren holländischen Akzent gestört wurde, sagte er: »Sie erscheinen mir sehr schön und lieb, und ich wünsche, Sie können mich mögen.«

Anna Lisa, die eine weitere formelhafte Rede erwartet hatte, war überrascht, und völlig aus dem Konzept gebracht erwiderte sie: »Oh – schön finde ich Sie auch, und ich glaube, ich – ja, ich mag Sie. Verzeihen Sie.«

Lobrecht warf seinem Sohn mit verdrehten Augen einen Blick zu, dann wandte er sich entschuldigend an den Kaffeehändler.

»Meine Tochter ist noch ein halbes Kind und ein wenig naiv; Sie müssen ihre Unbeholfenheit entschuldigen. Carl Gustav«, sprach er seinen Sohn an, »willst du mit Mijnheer Vanderheyden und deiner Schwester einen Spaziergang durch den Garten machen, während ich mich mit meinem Geschäftsfreund auf ein Gläschen zusammensetze? Es ist ja noch etwas Zeit bis zum Abendessen.«

Carl Gustav erhob sich sogleich, nahm seinen zukünftigen Schwager kameradschaftlich am Ellbogen und steuerte ihn vor sich her durch die Tür. Der Fila Brasileiro sprang auf und folgte seinem Herrn auf seinen dicken Pfoten so leise wie eine Katze, während Anna Lisa verlegen hinterherlief. Sie hatte sich ernstlich bemüht, sich wohlerzogen zu benehmen, aber Simeon hatte sie völlig durcheinandergebracht, sodass sie nichts als Unsinn geredet hatte. Sicher war ihr Vater ärgerlich. Nun, wenigstens ging es ihrem zukünftigen Gatten nicht anders: Bevor sie die Tür hinter sich schloss, hörte sie deutlich, wie der alte Kaffeehändler ihm hinterherzischte: »Tölpel!«

Carl Gustav wenigstens wusste sich zu benehmen. Er plauderte freundlich mit dem Gast, während er ihn in den Garten führte, und dort zog er sich so diskret zurück, dass sie zwar zu dritt spazieren zu gehen schienen, die Brautleute aber die Möglichkeit hatten, unter vier Augen miteinander zu sprechen. Wenigstens eine kurze Gelegenheit sollten sie haben, einander persönlich kennenzulernen, ehe der Pfarrer sie für Zeit und Ewigkeit miteinander verband. Sie schlenderten, auf den Fersen gefolgt von dem samtpfötigen Hund, die verschlungenen Wege zwischen den Rasenflächen und Lorbeerhecken entlang. Erst fiel ihnen beiden das Reden schwer, aber dann fragte Simeon plötzlich: »Man zwingt Sie doch nicht, mich zu heiraten, oder?«

Es klang so besorgt, dass sie hastig antwortete: »Aber nein, keineswegs. Mein Vater hat es mir freigestellt, jeden Bewerber abzulehnen, den ich um keinen Preis möchte.«

»Das freut mich«, sagte er. »Es würde mich sehr unglücklich machen, mir vorzustellen, dass man Ihnen meine Gesellschaft gegen Ihren Willen aufgezwungen hat. Ich bin ein Gegner arrangierter Ehen. Es wäre viel besser, wenn man sich seinen Gatten, seine Gattin selbst wählen könnte.«

Anna Lisa empfand einen Stich der Eifersucht, der sie selbst überraschte. »Hätten Sie denn eine andere gewählt, wenn Sie könnten?«

»Nein. – Nein«, wiederholte er nach kurzer Überlegung mit festerer Stimme. »Ich trage das Bild keiner anderen Frau im Herzen, wenn Sie das meinen.« Dann, aus einer wunderlichen Gedankenverbindung heraus, blieb er stehen und wies auf den Fila Brasileiro, der augenblicklich ebenfalls innehielt und ihn aufmerksam ansah. »Das ist übrigens Tietjens.* Sie weiß, dass ich Sie heiraten werde. Deswegen wird sie immer auch Ihre Freundin sein. Sie müssen keine Angst vor ihr haben, weil sie so groß ist, sie ist sanft wie ein Kätzchen, wenn sie jemanden zu ihren Freunden zählt.«

Anna Lisa lag es auf der Zunge zu fragen: Und wenn sie jemanden nicht mag? Aber sie fand es klüger, die Frage zu unterdrücken. Ein wenig unbehaglich wandte sie sich der Hündin zu. Die klugen Bernsteinaugen betrachteten sie mit einem Blick, der zu besagen schien: Weil *er* es will, mag ich dich, denn *sein* Wille ist mein Gesetz. Ob ich dich um deiner selbst willen mag, werden wir noch sehen.

»Wir hatten nie Hunde«, erklärte sie entschuldigend. »Ich habe also nicht viel Erfahrung mit ihnen.« Dann fügte sie lächelnd hinzu: »Aber wenn Tietjens Ihre Freundin ist, dann ist sie auch die meine.«

»Das ist gut«, erwiderte er mit einem Ernst, bei dem es wie ein kalter Windhauch über sie hinging. »Wir müssen zusammenhalten, auf Gedeih und Verderb, und jetzt gehören Sie auch zu uns. – Wissen Sie Bescheid darüber, dass man uns nach Java abschieben wird?«

»Abschieben? Was für ein Wort, Mijnheer! Ich hörte, dass Sie die Plantage Ihres Vaters dort leiten werden.«

»So!«, erwiderte er, blieb stehen und wandte sich ihr zu, einen Ausdruck auf dem Gesicht, der ihr keimendes Unbeha-

* Tietjens ist der Name der riesigen Hündin, die in Rudyard Kiplings indischer Kriminalgeschichte »Imrays Rückkehr« eine bedeutende Rolle spielt. Die Erzählerin hat sich die Freiheit erlaubt, ihn als Hommage an die formidable Hundedame – die von Einheimischen als vertrauter Dämon des Polizisten angesehen wird – für Mijnheer Vanderheydens ähnlich imposante Hündin zu übernehmen.

gen verstärkte. »Hörten Sie das? Man hat Sie belogen. Ich möchte, dass Sie Klarheit gewinnen, ehe Sie die Ringe mit mir tauschen. Mein Vater wird es mir zweifellos übel nehmen, aber Sie sollen nicht hinters Licht geführt werden – nicht von mir. Hören Sie mir zu, und unterbrechen Sie mich nicht.«

Er schritt langsam weiter, dicht begleitet von Tietjens, deren Kopf die Höhe seiner Hüfte erreichte. »Ich bin meinem Vater zutiefst verhasst. Schon seit meiner Geburt, glaube ich, auf jeden Fall aber, weil ich eine bittere Enttäuschung für ihn bin. Er lebt für sein Geschäft, aber ich sehe keinen Sinn darin und finde kein Vergnügen daran, Kaffee abzuwiegen und den täglichen Aktienkurs für das Pfund zu studieren. Mich hat von Kind auf die Botanik interessiert. Sie wissen, was das ist?«

Leicht verärgert, dass er sie für so ungebildet hielt, erwiderte sie: »Aber gewiss. So nennt man die Wissenschaft von den Pflanzen.«

»Das stimmt. Es ist inzwischen eine sehr komplizierte Wissenschaft mit vielen Seitenzweigen geworden, von denen mich das Anlegen von Herbarien am meisten interessiert. Ich bin ein guter Zeichner und Kupferstecher und liebe es, der natürlichen getrockneten Pflanze auf dem Herbarbogen ein künstlerisch gestaltetes Gegenstück hinzuzufügen. Ich beschäftige mich intensiv damit, sehr zum Ärger meines Vaters, der dies für eine törichte Spielerei hält, eines Mannes unwürdig. Kaffee interessiert mich nur insoweit, als der Kaffeestrauch ebenfalls zu den Pflanzen zählt; der gesamte Kaffee*handel* kann mir gestohlen bleiben.« Mit einem sardonischen Lächeln, das seinem schönen Gesicht jäh einen unheimlichen Ausdruck verlieh, fügte er hinzu: »Das ist in seinen Augen ein schweres Verbrechen – eine Verletzung meiner Sohnespflichten, die ihm das Recht gibt, mich zu verstoßen. Natürlich nicht vor dem Gesetz.

Ich bin und bleibe sein ehelicher Sohn und rechtmäßiger Erbe. Aber er kann meinen Anblick nicht ertragen, er schämt sich für mich, weil die anderen Händler über mich spotten, und so ist er auf den Gedanken verfallen, mich nach Java zu schicken. Aber keinesfalls, damit ich die Plantage Buitenhus leite. Niemals würde er seinen kostbaren Kaffee mir anvertrauen. Wie heißt es doch in der Bibel? Man soll keine Perlen vor die Säue werfen.«

Seine Rede verwirrte Anna Lisa derart, dass sie das Gebot missachtete, ihn zu unterbrechen, und fragte: »Aber was werden Sie denn dann in Java machen?«

Er antwortete mit leiser, ruhiger Stimme und ohne sichtbare Erregung: »Wenn alles nach seinem Plan geht, werde ich in ein, zwei Monaten krank werden und sterben. Viele Menschen, die zum ersten Mal in die Tropen reisen, sterben nach ein paar Wochen. Sie bekommen Fieber, oder sie werden von einem Skorpion gestochen, oder sie essen etwas Verdorbenes … Niemand würde es wundern, wenn ich bald sterbe. Und niemand würde es interessieren. Wie gesagt, viele Europäer werden dort krank. Die Hafenstadt Batavia ist die übelste Pesthöhle, die man sich vorstellen kann, sie liegt im Schwemmland an der Mündung des Flusses Ciliwung, und die Sümpfe brüten alle erdenklichen Fieber aus. Man nennt sie *Het kerkhof der Europeanen* – den ›Friedhof der Europäer‹. Schon Captain James Cook, dessen Männer dort starben wie die Fliegen, warnte alle Europäer eindringlich davor, sich an diesem Ort anzusiedeln. Die Plantage Buitenhus liegt zwar auf einer Hochebene und in besserer Luft, aber das Tropenklima ist mörderisch, glühend heiß in der Trockenzeit, ständig nass in der Regenzeit und am schlimmsten in der Zeit dazwischen, die man die Wechselzeit nennt. Es wäre wirklich kein Wunder, wenn Sie schon in einem halben Jahr wieder Witwe wären.«

Anna Lisa war so verwirrt und entsetzt, dass es ihr die Sprache verschlug. Das konnte er doch nicht ernst meinen? Welcher Vater würde denn seinen Sohn in die Tropen schicken, damit er dort starb? Und so gefährlich, wie er behauptete, konnte Java auch gar nicht sein; Tausende Europäer lebten seit Generationen dort, Engländer, Deutsche und Holländer. Es waren ja nicht mehr nur einige wenige Abenteurer, die den großen Schritt wagten. Alle Welt schien in die Ferne zu strömen, alle in der Hoffnung, dort ein besseres Leben zu erlangen. Ja, das Klima war unangenehm, das hatte sie auch schon gehört, im Sommer brannte einem die Sonne durch den Hut, in der Regenzeit steckte alles im Schlamm. Dafür tobten dort keine Schneestürme wie in den klirrend kalten deutschen Wintern, und man konnte wochenlang die strahlende Sonne genießen, nicht nur ein paar blassgelbe Tage, die wie welke Blumen verstreut den grauen Sommer schmückten. Jedes Land hatte eben seine Vorzüge und Nachteile. Eine Reise nach Java war kein Todesurteil. Viele Deutsche wanderten freiwillig dorthin aus. War der schöne junge Mann am Ende wirklich nicht ganz bei Sinnen, wie Dörte behauptet hatte? Aber welche Verzweiflung musste er empfinden bei dem Gedanken, dass am Ende einer langen Reise der Tod auf ihn wartete, ob seine Sorgen nun gerechtfertigt waren oder das Komplott nur in seiner Phantasie existierte!

Sie konnte ihm nicht sagen, er solle sich doch nichts einbilden; das wäre unhöflich gewesen. In ihrer Hilflosigkeit fiel ihr nichts weiter ein, als nach seiner schlaff herabhängenden Hand zu greifen und ihre Finger mit seinen zu verschlingen. Es fühlte sich gut an. Seine Hand war glatt und trocken, freilich auch sehr kühl, wie es die Hände alter Menschen oft sind.

Alarmiert spannte Tietjens die mächtigen Muskeln an, als ihr Herr berührt wurde. Sie grollte leise, aber sehr eindrucksvoll.

Anna Lisa hatte die Regung des Hundes sehr wohl bemerkt und war erschrocken, sie atmete erst wieder tief durch, als Simeon den Druck ihrer Finger zärtlich erwiderte und gleichzeitig die freie Hand auf den Kopf des Tieres legte. Tietjens erinnerte sich, dass ihr Herr das Mädchen zu ihren gemeinsamen Freunden zählte, und sie entspannte sich wieder.

Er lächelte Anna Lisa traurig an. »Sie glauben mir nicht«, sagte er mit sanftem Vorwurf. »Sie können sich eine solche Verschwörung nicht vorstellen. Nun, Sie kennen noch nicht alle Tatsachen. Es geht nicht nur um die persönlichen Gefühle meines Vaters mir gegenüber. Er hat einen zweiten Sohn, den er liebt und in dem er alles findet, was ihn glücklich macht – Interesse und Verstand für seinen Kramladen. Denn was ist es anderes als ein Kramladen, wenn auch ein riesiger mit Hunderten von Angestellten?« Bittere Ironie klang in seiner Stimme mit. Anna Lisa wurde bewusst, dass er seinen Vater nicht weniger verachtete als der ihn.

»Ich wusste nicht, dass Sie einen Bruder haben.«

»Godfrid ist ein unehelicher Sohn meines Vaters. Als meine Braut können Sie das ruhig wissen; ich bitte Sie nur, das Gesagte bei sich zu behalten – als Geheimnis der Familie, der Sie bald angehören werden. Ist das nicht grotesk? Ich selber wünschte oft, wir könnten die Rollen tauschen, dann wären mein Vater und mein Bruder glücklich mit ihrer Kaffeekrämerei, und ich könnte mich der Botanik widmen, ohne ständig aus der Arbeit gerissen und an die Börse gejagt zu werden. Aber es ist nun einmal so, wie es ist.«

Vorsichtig, um nach keiner Seite hin einen falschen Tritt zu tun, stimmte Anna Lisa zu: »Das muss eine schlimme Situation für Sie alle sein.«

Er nickte. »Ja, gewiss. Sie können sich vorstellen, dass ich außer meinem Vater auch meinem Bruder sehr unwillkommen bin. Das Naturrecht ist auf meiner Seite, aber ihm scheint es, genau wie meinem Vater, dass ein höheres Recht ihn zum legitimen Sohn macht – das Gesetz der Kompatibilität. Sie sind so einig in allem, was sie tun, und ich bin ein Außenseiter. Aber ich will nicht im Einzelnen davon reden. Sie sollen nur wissen, dass man Sie getäuscht hat, als man Ihnen vorgaukelte, Sie würden als die glückliche Gattin eines reichen Pflanzers nach Java fahren. Sie reisen vielmehr als die Gefährtin eines zum Tode Verurteilten. Und es kann überdies durchaus sein, dass Sie mein Schicksal teilen.«

Anna Lisa war so verwirrt von seinen seltsamen Worten, dass sie ihn am liebsten stehen gelassen hätte und zu ihrem Bruder gelaufen wäre, um bei ihm Schutz zu suchen.

Er missdeutete ihr Zögern und Schweigen. »Sie schwanken! Ja, es ist Ihre letzte Chance! Noch haben Sie Gelegenheit, sich von mir zu trennen, ehe Sie mit in den Strudel gerissen werden«, sagte er. »Und am liebsten möchte ich Ihnen sagen: Tun Sie es! Aber ich kann nicht; ich wünsche so sehr, dass Sie bei mir bleiben. Das Schicksal hat Sie mir gegeben, ich möchte nicht, dass Sie mir wieder genommen werden.«

Den Tränen nahe, bemühte sie sich, Ruhe zu bewahren. Nicht auszudenken, wenn sie jetzt zu flennen anfing und Carl Gustav besorgt herbeigestürzt kam! Mit gepresster Stimme antwortete sie: »Mir scheint, dass Ihre familiären Beziehungen nicht die glücklichsten sind; das ist sehr bedauerlich, doch wir können es nicht ändern. Und ist es da nicht das Beste, dass wir in ein fernes Land reisen und mit Ihrem Vater und Ihrem Bruder gar nicht mehr viel zu tun haben werden? Ich denke auch, Sie machen sich zu große Sorgen wegen Ihrer Gesundheit. Es würden nicht Jahr für Jahr so viele Menschen dorthin auswandern, wäre das Klima derart tödlich, wie es Ihnen erscheint. Wir müssen eben vernünftig sein und uns an die gesünderen Gegenden halten.« Hauptsächlich, um ihn von seiner Melancholie abzulenken, fragte sie: »Haben Sie die Plantage schon einmal gesehen?«

»Nur auf Lichtbildern und kolorierten Zeichnungen.«

»Ist es schön dort?«

Er gestand zögernd ein, dass die Landschaft, soweit man das einem Abbild entnehmen konnte, schön war und das Herrenhaus ebenfalls. Es hatte früher einem Javaner gehört, einem hohen Beamten am Hof des Adhipati, der es in jenem skurrilen Stil erbauen ließ, den die reichen Einheimischen liebten. Sein Dach erhob sich hinten und vorne zu beträchtlicher Höhe, schmal geformt wie der Bug eines Kahns, und es war rundum geschmückt mit holzgeschnitzten, bunt bemalten und vergoldeten Ornamenten.

»Wie eine Amsterdamer Drehorgel sieht es aus«, sagte Simeon. »Man erwartet immer, jeden Augenblick müssten alle die Figuren anfangen, sich zu drehen, zu tanzen und die Trommel zu schlagen. Aber es steht in einem sehr schönen Garten.«

Listig fragte sie: »Die Pflanzen und Blumen dort sind wohl ganz anders als hier?«

Es gab in der Tat keine bessere Medizin für ihn als diese Frage. Er verwandelte sich schlagartig wie eine Pflanze, die halb vergilbt mit hängenden Blattwedeln dasteht, in Dunkel und Dürre dahinsiechend, und plötzlich Licht und Wasser erhält. Seine Haltung straffte sich, seine Augen leuchteten auf. Seine Stimme gewann Kraft und Melodie. »Oh, und wie anders!«, rief er aus. »Sie würden staunen! Ich habe Freunde und bezahlte Leute unter den Seefahrern, die mir Blüten und Blätter für meine Herbarien mitbringen; leider sind sie solche

Tölpel, dass sie die Hälfte der *specimen* ruinieren, bevor sie in Amsterdam ankommen. Es ist nämlich nicht so einfach, eine Pflanze auf diese Weise zu konservieren, schon gar nicht auf einer langen Schiffsreise. Als Kind haben Sie wohl auch ein paar Veilchenblüten zwischen Löschpapier gelegt und gepresst, nicht wahr? Aber wenn es mehr sein soll als eine kindische Spielerei, muss man mit viel Geschick und Umsicht vorgehen …«

Anna Lisa erkannte ihn kaum wieder. Der Gedanke an die phantastische Pflanzenwelt Ostindiens hatte ihn völlig aus seinem Trübsinn gerissen, er schien sich geradezu darauf zu freuen, das geheimnisvolle Land zu betreten. Wie so viele Menschen, die von einer Sache begeistert sind, schwatzte er ohne Punkt und Komma daher; erklärte ihr, wie man die Pflanzen mit einer Botanisiertrommel sammelte, wie man sie presste, ordnete, aufbewahrte … Sie verstand nicht das Zehnte von allem, was er sagte, vor allem, da er oft auch lateinische Wörter gebrauchte, aber sie war von Herzen froh, dass sie es geschafft hatte, ihn wieder zur Vernunft zu bringen. Erleichtert sagte sie sich, dass er wohl doch nicht verrückt war, bloß ein wenig überängstlich, was seine Gesundheit anging, und seelisch niedergedrückt von seiner unerfreulichen Familiensituation. Wenn sie nur erst weit genug weg waren von Bartimäus und Godfrid, würde er sich bald wieder aufheitern.

Mitten in ihre Erleichterung schlich sich jedoch ein ganz anderer Gedanke. Sie selbst war nie in irgendeiner Weise von etwas so begeistert gewesen wie Simeon von seinen Herbarien. Wenn er sie nun gefragt hätte: »Und was tun Sie am liebsten?« –, was hätte sie ihm da antworten sollen? Sie tat einfach immer das, was gerade angebracht und erforderlich war. Ihre Pflichten waren wenige und wurden nicht ernst genommen, da eine altgediente, überaus tüchtige Wirtschafterin dem Haushalt seit dem Tod der Hausfrau vorstand. Und in ihrer Freizeit? Sie traf sich mit ihren Freundinnen zu Gartenpicknicks im Sommer und Schlittenfahrten im Winter, las illustrierte Zeitungen, stickte, machte Familienbesuche bei entfernteren Onkeln und Tanten, bei denen sie sich bei Tee und Gebäck langweilte. Sie kaufte ein, ging sonntags in die Kirche und nahm als unbedeutender Aufputz an gesellschaftlichen Ereignissen teil. Ihr Leben unterschied sich ganz beträchtlich von dem eines Mannes, der offenbar einen zähen Kampf täglicher Streitereien darum kämpfte, dass er tun konnte, was er tun wollte.

Die Worte schlüpften ihr ganz spontan heraus. »Wie bewundernswert von Ihnen!«

»Bitte?«

Sie wurde puterrot vor Verlegenheit, aber da sie nun einmal A gesagt hatte, musste sie auch B sagen. »Ich meine, ich habe nie so viel Willensstärke aufgebracht, und ich habe mich auch noch nie so intensiv für irgendetwas interessiert. Es kostet Sie doch sicher sehr viel Kraft und Energie, sich gegen Ihren Vater durchzusetzen und Ihrem eigenen Weg zu folgen.«

»Da haben Sie recht. Jetzt ist es nicht mehr so schlimm; er hat mehr oder minder resigniert, vor allem, da ja Godfrid sofort herbeispringt, wenn ich nicht auf den ersten Ruf komme. Aber als ich ein Junge war, da hat er mich regelrecht gequält. Was musste ich mir an Hohn und Spott anhören! Als ich elf war, schenkte er mir zum Geburtstag vor den Augen der ganzen Familie einen Hut. Ich machte die hübsche Schachtel auf, die er mir reichte, und darin steckte dieser Strohhut mit blauem Voile-Schleier und einem Strauß künstlicher Veilchen daran. ›Damit unserem kleinen Fräulein beim Blumenpflücken die Sonne nicht auf den Kopf brennt‹, sagte er dazu.«

»Wie niederträchtig!«, rief Anna Lisa ehrlich erzürnt aus. Ihre Brüder hatten sie wohl auch manchmal geneckt, aber keiner von ihnen wäre jemals auf den boshaften Gedanken gekommen, sie mit einem Geschenk ernstlich zu kränken.

»Er nannte mich oft kleines Blumenfräulein, auch vor anderen Leuten. Zum Glück wurde ihm später bewusst, dass er damit nicht nur mich lächerlich machte, sondern auch sich selber. Sie können sich vorstellen, dass man in Kreisen reicher Handelsherren keine besonders hohe Meinung von einem Mann hat, der einen Kaffeestrauch nicht höher achtet als eine Orchidee.«

»Das kann ich mir allerdings vorstellen.«

Plötzlich lachten sie beide.

Dann jedoch wechselte Simeons seelisches Aprilwetter wieder, der Sonnenschein in seinen Augen erlosch, sein Gesicht verfinsterte sich. »Das ist mit ein Grund, warum es ihm wichtig ist, dass ich heirate. Und zwar nicht irgendwen und irgendwie im Zwielicht, sondern mit allem Pomp einer großbürgerlichen Hochzeit in den besten Kreisen. Er will sich damit absichern gegen das Gerede ... Er selbst hat es mir ja ins Gesicht gesagt: Nur ein unnatürlicher Mann könnte sich damit beschäftigen, Blumen zu pflücken und zu zeichnen.«

»Ich verstehe«, sagte Anna Lisa, die aber gar nichts verstand, weil sie viel zu unerfahren war. »Nun, dann ist es ja gut, dass Sie mich haben. Papa plant eine Hochzeit mit so viel Pomp, als wäre er der Kaiser von China und ich seine Tochter.« Wieder griff sie spontan nach seiner Hand. Diesmal ließ Tietjens, die ihre Lektion gelernt hatte, es ohne Grummeln geschehen.

Simeon seufzte leise und drückte ihre Finger. Wieder empfand sie die unnatürliche Kühle. Vielleicht war er wirklich von schwacher Gesundheit, und seine Sorge war nicht so unberechtigt, wie sie gedacht hatte. »Ich versichere Ihnen«, sagte er sehr ernst, geradezu feierlich, »dass meine Empfindungen für Frauen ganz … ganz der Norm entsprechen. In dieser Hinsicht werde ich Sie nicht enttäuschen. Verzeihen Sie, dass ich das Thema anspreche; ich will Ihnen einfach nur die Sicherheit geben …« Seine Stimme verebbte.

»Ja gewiss«, stammelte Anna Lisa, in deren Kopf sich die abscheuliche Erinnerung an den pissenden Soldaten vermischte mit den spitzzüngigen, lüsternen Bemerkungen ihrer Freundinnen und dem wohlgemeinten männlichen Rat, sie möge sich nur ihrem Ehemann anvertrauen, der würde alles Nötige wissen und tun. Mit einem Mal war ihr so ängstlich zumute, dass sie am liebsten davongelaufen wäre.

»Ich habe Sie erschreckt!« Sein dunkler Blick war schuldbewusst. Er blieb stehen, hob ihre Hand an die Lippen und küsste sie. »Mein Vater hat nicht unrecht, wenn er mir vorwirft, dass ich mich zuweilen wie ein Tölpel benehme. Verzeihen Sie mir!«

Anna Lisa war drauf und dran, ein weiteres Mal ein »ja gewiss« hervorzustottern, als zu ihrer immensen Erleichterung Carl Gustav hinter ihnen aufholte, seine Taschenuhr in der Hand. Er rief ihnen zu, es wäre allmählich an der Zeit, sich zum Abendessen frisch zu machen.

Eine Verlobung in großbürgerlichem Hause, das wusste Anna Lisa aus ihrem Bekanntenkreis, fand in drei Etappen statt. Zuerst wurde sie im Kreise der unmittelbar betroffenen Familien verkündet, dann in einer Zeitungsannonce veröffentlicht und schließlich mit einem Fest gefeiert, das in vielen reichen Familien nur wenig bescheidener ausfiel als die eigentliche Hochzeit. Simeon wurde Anna Lisas Brüdern vorgestellt, ein Bericht in den Gesellschaftsnachrichten informierte die neugierige Öffentlichkeit, und eine Woche nach dem ersten Besuch der beiden Holländer fand eine Abendgesellschaft im Hause Lobrecht statt. Danach würde der junge Mann wieder in seine Heimat zurückkehren, bis Ende April die kirchliche Hochzeit stattfand – nur drei Tage, bevor der Hochseedampfer Anne-Kathrin nach Batavia auslaufen sollte.

Die Anne-Kathrin, nach der früh verstorbenen Frau Lobrecht benannt, war das Schmuckstück der Lobrecht'schen Flotte und das persönliche Lieblingsschiff des Reeders. Sie war klein für einen Hochseedampfer, aber schnell und elegant, ein Schiff mit einem starken Herzen und einem schönen Körper, ganz wie es die Frau gewesen war, deren Namen es trug. Man betrachtete es allseits als gutes Vorzeichen, dass Anna Lisa ihre Hochzeitsreise an Bord dieses Schiffes verbringen würde.

In der Woche nach ihrer ersten Begegnung wohnten die Vanderheydens in einem Hotel, denn es geziemte sich nicht, dass der Bräutigam im Haus seiner Braut übernachtete. Aber die zukünftigen Eheleute hatten Gelegenheit genug, einander zu treffen. Es war jetzt auch nicht mehr notwendig, dass Carl Gustav sie begleitete. Da sie ja in Kürze verlobt werden sollten, genügte als Anstandsdame die alte Elsa, wenn sie ihre Spaziergänge in dem weitläufigen Garten machten. Die feinfühlige Elsa berief sich nach wenigen Schritten auf ihre gebrechlichen Beine und blieb auf einer Bank sitzen, während das junge Paar dahinschlenderte. Tietjens dagegen ließ sich nicht abschütteln. Sie blieb ihnen auf den Fersen.

Anna Lisa fand rasch heraus, dass Simeon launisch war und zu plötzlichen Anfällen von Melancholie neigte, wenn irgendeine beiläufige Bemerkung eine missgestimmte Saite in ihm anschlug. Das war der Fall, als sie bei einem solchen Spaziergang – in der löblichen Absicht, ihm zu schmeicheln – sagte:

»Mir gefällt Ihr Name: Simeon. In Hamburg hat er einen guten Klang, denn es war ein Mann dieses Namens, der die Stadt von der Plage der Seeräuber befreite: Kapitän Simon von Utrecht, der Klaus Störtebeker und seine Spießgesellen überwältigte. Er war ein Held, dessen man heute noch mit Hochachtung gedenkt.«

Der Blumenstrauß fiel ins Leere. Simeon gab mürrisch zurück: »Wenn es Sie nach Helden gelüstet, haben Sie mit mir den falschen Mann gewählt.«

Betroffen hielt sie inne. »Ich sagte doch nur, dass mir Ihr Name gefällt.«

»Und mir gefällt er nicht. Wussten Sie nicht, dass Simon Petrus ›der Fels‹ genannt wurde? Bin ich etwa ein Mann von Stein? Bin ich ein Felsen, auf den man bauen kann? Als ich getauft wurde, hätte man besser an Simon von Kyrene gedacht, der Jesu Kreuz tragen musste.«

Anna Lisa wusste aus Erfahrung, dass es sich nicht lohnte, mit einem schlecht gelaunten Mann zu diskutieren, also gab sie dem Gespräch eine völlig andere Richtung. »Jedenfalls«, sagte sie ernsthaft, »bin ich froh, dass Sie nicht Bartimäus heißen wie Ihr Vater.« Und vertraulich zu ihm geneigt flüsterte sie: »Was für ein lächerlicher Name!«

Der Satz war wie ein frischer Wind, der die Wolken von Simeons finsterer Stimmung wegblies. Er lachte laut auf und stimmte ihr zu. »Ja, das dachte ich auch immer. Aber er ist sogar noch recht stolz darauf. Es ist ein guter alter holländischer Name, und er ist stolz auf alles, was gut und alt und holländisch ist.«

Seine Stimmungen wechselten ununterbrochen wie ein leichtes Schiffchen, das von heftigem Wellengang umgetrieben wird. War er gut gelaunt, so konnte er ein sehr amüsanter

Unterhalter sein, wenn ihn ein Thema interessierte. Zwar galt sein Interesse an Blumen und Pflanzen hauptsächlich deren Gestalt, ihrem Aufbau, der Anlage ihrer Wurzeln, Blätter und Blüten. Er wusste jedoch auch viel darüber zu erzählen, wie Blumen und Kräuter zu ihrem Namen gekommen waren, welche Kräfte man ihnen zuschrieb und welche Arznei- oder Giftwirkung ihnen innewohnte. Anna Lisa betrachtete ihre morgendliche Schale Kaffee mit ganz neuen Augen, seit er ihr erzählt hatte, wie die Mohammedaner den Ursprung dieses Getränks deuteten: Ihrem Gott Allah hatte es missfallen, dass die Gläubigen bei ihren langen nächtlichen Gebeten so oft einschliefen, und da sie sich den Geboten ihres Glaubens folgend nicht mit Wein erfrischen durften, hatte er den Kaffeebaum aus der Erde erweckt und ihnen mit seinen Früchten ein erlaubtes stimulierendes Getränk geschenkt. Daher hieß der Kaffee in ihrer Sprache auch *qahwa*, »anregendes Getränk«, gleichbedeutend mit »Wein«, und man nannte das *qahwa*, woraus dann bei den Türken *kahve* geworden war, auch den »Wein der Araber«.

»Es gibt eine hübsche Legende dazu«, sagte er. »Es wird erzählt, dass sich ein Hirte, der in der Nähe des Klosters Schehodet im Jemen seine Ziegen weidete, über die Tiere wunderte: Diese sprangen nämlich die ganze Nacht wie toll herum und brachten ihn um den Schlaf. Gemeinsam mit den Mönchen fand er die Ursache: Die Ziegen hatten von den Samen des Kaffeestrauches gefressen. Neugierig versuchten die Mönche, ob die Beeren bei ihnen dieselbe Wirkung hatten – und sieh an, nach dem Genuss einiger Kaffeebohnen war es ihnen möglich, die ganze Nacht hindurch zu beten, ohne einzuschlafen.«

Es sprach sich schnell herum, dass man eine Pflanze entdeckt hatte, deren Samen munter und gut gelaunt machten. Das wild wachsende Gottesgeschenk wurde schon bald kultiviert: Bereits im 11. Jahrhundert pflanzten die Araber auf künstlich bewässerten Küstenhängen des Roten Meeres erstmals Kaffeesträucher an.

»Geschmeckt hätte Ihnen aber dieser urtümliche Kaffee ganz sicher nicht«, sagte Simeon. »Anfangs wurden nämlich die rohen Kaffeebohnen gekaut, wie man heute noch in Java die Betelfrüchte kaut, die eine ähnliche Wirkung entfalten.«

Sie verstand nicht, was er meinte, also erklärte er ihr: Wie man in Europa und Amerika Tabak kaute, so kaute man auf Java einen Betelpriem, einen Bissen aus den roten Früchten des Betelstrauches, der zusammen mit einem kleinen Stück Kalk für die bessere Wirksamkeit in ein Blatt gewickelt wurde. Die Früchte enthielten eine Substanz, die heiter und zufrieden machte, sodass das Betelkauen sehr beliebt war, obwohl es, wie andere Drogen auch, langfristig böse Folgen zeigte – durch den ätzenden Kalk entstanden nämlich Geschwüre im Mund.

Anfangs war es auch beim Kaffee so gewesen, dass man die Bohnen zerbiss. Erst später wurde der Saft daraus gepresst, vergoren und mit Wasser verdünnt getrunken, und es dauerte wiederum eine ganze Weile, bis man die Entdeckung machte, dass die zerstoßenen Bohnen viel ergiebiger zubereitet werden konnten und ein weit besseres Aroma hervorbrachten. Erst ganz zuletzt wurde dann der geröstete Kaffee entdeckt: Wahrscheinlich durch Zufall kam man im Jemen darauf, Kaffeebohnen auf Steinplatten zu rösten und danach erst zu kochen.

Es gäbe eine Sage, erzählte Simeon Anna Lisa, dass der Kaffee in Europa bekannt geworden sei, als man nach der Belagerung Wiens durch den Großwesir Kara Mustafa Pascha im Jahre 1683 in den Zelten der vertriebenen Türken Säcke mit Kaffeebohnen fand. Ein polnischer Weltreisender, Abenteurer und Spion namens Kolschitzky hätte sich diese Bohnen als Lohn für seine Kriegsdienste ausbedungen und bald darauf in Wien das erste Kaffeehaus eröffnet. Das sei aber vermutlich nur eine Sage. Kaufleute und Pilger, die ins Morgenland reisten, hätten den Kaffee sicher schon viel früher kennengelernt. Nur wurde er – anders als Kartoffeln und Tabak, die ebenso aus fernen Ländern nach Europa übersiedelten – hier nicht heimisch, da die empfindliche Pflanze ein warmes Klima brauchte.

Anna Lisa lauschte und fand das alles recht interessant. Um ihren zukünftigen Gatten bei Laune zu halten, bemühte sie sich, intelligentes Interesse an seinem Fachgebiet zu zeigen. »Warum haben nur die Kaffeebohnen diese Wirkung, dass sie einen munter machen, und die anderen Bohnen nicht?«

Simeon lächelte über ihre Unwissenheit, freute sich aber, dass sie sich um Anteilnahme bemühte. »Weil Kaffeebohnen gar keine Bohnen sind. Eigentlich heißen sie auch Kaffeekirschen – aber mit den roten Kirschen, die auf Bäumen wachsen, haben sie genauso wenig zu tun wie mit den grünen Bohnen. Sie gehören in eine eigene Pflanzenklasse, zu den Rubiaceen, wie Labkraut und Waldmeister.«

»Waldmeister!« Den kannte sie. Im Frühling erfrischte man sich oft mit prickelnder Waldmeisterbowle oder einem Bier mit »grünem Schuss«, zu den beliebtesten Leckereien zählten Waldmeisterlikör, -torte, -sirup und -gelee. Erfreut zählte sie ihrem Zukünftigen auf, was sie alles über den heimischen Verwandten des exotischen Kaffees wusste. Jetzt guckte er! Über Pflanzen wusste er ja eine Menge, aber was eine deutsche Köchin daraus für Leckerbissen zubereiten konnte, das war ihm neu!

Simeon lächelte ein wenig süffisant. »Köstlich, gewiss! Aber

Kaffee und Waldmeister haben noch etwas gemeinsam: Beide sind giftig. Waldmeister enthält das Gift Kumarin, Kaffee das Gift Koffein.«

»Gift! Aber man trinkt ihn doch überall und jeden Tag! Wie kann da etwas Schädliches daran sein?«

»Dennoch werden Sie schon bemerkt haben, dass Sie sich nicht wohlfühlen, wenn Sie zu viel Kaffee trinken. Sie bekommen Magenschmerzen, Sodbrennen, Kopfschmerzen und Herzklopfen davon und können nicht einschlafen. Das ist die Wirkung des Giftes darin. Aber wie schon Paracelsus sagte: Die Dosis macht das Gift. Was in großen Mengen schadet, kann in kleinen Mengen wohltun oder sogar heilen. Deshalb wurde Kaffee sehr früh auch schon als Heilkraut gegen Müdigkeit, Trübsinn und Verstopfung verwendet.«

Anna Lisa blickte verlegen beiseite. Das stimmte – nach der ersten Tasse Kaffee am Morgen hatte sie es gleich immer eilig.

Simeon schwieg kurz, dann setzte er mit unterdrücktem Grinsen hinzu: »Es gibt übrigens auch noch eine andere Legende, wie der Kaffee auf die Erde kam.«

»O ja?«

»Nach dieser anderen Erzählung soll der Erzengel Gabriel dem Propheten Mohammed den Kaffee gebracht haben, damit dieser beim Beten nicht einschlafen sollte. Schon nach einigen Schlucken wurde der eben noch schläfrige Prophet sogleich so frisch und munter, dass er auf der Stelle vierzig Krieger besiegte und in einer Nacht vierzig Jungfrauen in die Liebe einweihte.« Er kicherte wie ein Schuljunge. Als er jedoch merkte, dass Anna Lisa nicht verstand, errötete er und entschuldigte sich. »Verzeihung, ich hätte Ihnen das nicht erzählen sollen.«

»Aber nein, warum denn nicht? Das mit den vierzig Reitern habe ich verstanden, nur das mit den Jungfrauen nicht. Meinen Sie denn, dass er auch mit den Mädchen kämpfte? Wie seltsam!«

»Nein, so war es nicht gemeint.« Simeon wand sich vor Verlegenheit, aber jetzt ließ sie nicht mehr locker.

»Sie müssen es mir erklären! Sie haben gelacht, und ich will auch lachen.«

Er wünschte, er hätte es bleiben lassen, ihr die leicht anrüchige Legende zu erzählen, aber jetzt war es zu spät. Wie sollte er ihr die Pointe klarmachen, ohne vor Verlegenheit im Boden zu versinken? Er wusste zwar Bescheid, aber er wusste nicht, wie er diese Kenntnisse einem jungfräulichen Mädchen vermitteln sollte. Sein Vater hatte ihn auf eine ziemlich rüde Art in die Geheimnisse der ehelichen Liebe eingeweiht, indem er ihn auf einen Hengst hinwies, der eben eine Stute bestieg, und ihm erklärte: »So machst du es einmal auch mit deiner Frau, aber nicht von hinten, das ist eine Sünde. Du musst ihr ins Gesicht sehen dabei.«

Simeon hatte eine Weile gebraucht, bis diese Erklärung für ihn einen Sinn ergab, aber schließlich war ihm ein Licht aufgegangen.

Jetzt fand er einen listigen Ausweg. Mit gespielter Zerknirschung sagte er: »Ich habe Ihnen etwas Unanständiges erzählt, das hätte ich nicht tun dürfen. Aber wenn wir verheiratet sind, dann erkläre ich Ihnen alles. Und noch mehr: Ich zeige es Ihnen.«

Bartimäus Vanderheyden hatte viel Wert darauf gelegt und viel Geld eingesetzt, damit die Verlobungsfeier seines Sohnes zum Tagesgespräch in der Hamburger Gesellschaft wurde. Sie fand an einem Sonntag statt. Man begab sich am Vormittag gemeinsam in die Kirche, damit die Öffentlichkeit das zukünftige

Paar in Augenschein nehmen konnte, dann gab es im Theatersaal des Lobrecht'schen Hauses ein Mittagessen für die Familien und die wichtigsten Honoratioren. Entlang der Saalwände war auf weiß gedeckten Tischen ein kunstvolles Büfett aufgebaut, eine abwechslungsreiche Landschaft aus Delikatessen, die in Kränzen von frischem Asparagus, Orangen und Zitronen zu bunten Ornamenten angeordnet auf den silbernen Platten lagen. Es begann mit den heißen Würzbissen wie Käsegebäck, Blätterteiggebäck, Schinkenhörnchen und Pastetchen in weißen Papierkrausen und endete am anderen Ende der Tafel mit den Süßspeisen: Eispunsch und Sorbet, Cremeschnitten, Apfelstrudel, Quarktorte, schneeweiße, braune und punschrosa Cremes mit Sahnehäubchen. Nachdem sich alle erst einmal gründlich vollgestopft hatten, folgte eine bescheidene Zeremonie. Die Väter hielten kurze Ansprachen, Anna Lisa lächelte, errötete und sah so entzückend aus wie nie zuvor in ihrem eigens für diesen Anlass gefertigten Kleid – einem Wasserfall schneeweißer Spitzen, deren Kaskaden von kobaltblauen Bändern und Schleifen aus glänzendem Satin im Zaum gehalten wurden. Das junge Paar erhielt kräftigen Applaus, als hätten sie allein schon durch ihre Bereitschaft, einander zu heiraten, etwas Besonderes geleistet.

Simeon reichte ihr eine zierliche, mit Perlmutt-Intarsien eingelegte Dose. Als Anna Lisa sie öffnete, fand sie darin ihren Verlobungsring, ein glattes Silberband mit einem herzförmigen Mondstein. Auf der Innenseite waren Worte eingraviert, die sie jedoch nicht lesen konnte.

»Es ist Holländisch«, erklärte Simeon. »Der Ring gehörte meiner Großmutter, die sehr glücklich verheiratet war, deshalb möchte ich ihn an Sie weitergeben.«

Bartimäus fühlte den scharfen Seitenhieb: Die Ehe von

Simeons Mutter war nicht glücklich gewesen. Aber er beherrschte sich und schwieg.

»Die eingravierten Worte«, fuhr der junge Mann fort, »lauten: *Als je geeft zul je ontvangen*. Zu Deutsch: Wie du gibst, so wirst du empfangen. Ich finde, das ist ein sehr gutes Motto für eine Ehe.«

Anna Lisa steckte den matt leuchtenden Ring an den Mittelfinger und wunderte sich, wie gut er ihr passte. Er saß an ihrer zierlichen Hand, als sei er für sie gemacht worden.

Dann ging das Fest weiter mit Essen, Geplauder, Trinksprüchen, Musik und noch mehr Essen. Später am Nachmittag wurde getanzt. Auf der Bühne, die von schweren, rotsamtenen Vorhängen umrahmt wurde, spielte ein Orchester. Die Musik erfüllte den Saal mit ihren süßen, schwebenden Kadenzen, als wäre sie etwas Körperliches, ein lauer Wind, der durch das Gewölbe strich und in den Palmwedeln raschelte.

Auch das zukünftige Paar tanzte. Zu ihrem Leidwesen stellte Anna Lisa fest, dass Simeon beim Tanzen so ungeschickt war wie beim Kaffeehandel. Nachdem er ihr ein paar Mal schmerzhaft auf die Zehen gestiegen war, entschuldigte sie sich und entzog sich weiteren Tänzen, indem sie sich mit Trüffelscheiben und Schnepfenwürfeln gefüllte Torteletts auf den Teller lud und sich mit diesen Leckerbissen in einen Winkel zurückzog. Tietjens – die niemand eingeladen hatte, die aber auch niemand wegzuscheuchen wagte – folgte ihr und legte eine ihrer Tigerpranken auffordernd auf ihr Knie. Anna Lisa reichte ihr hastig eine Pastete, ehe sie sich am Ende mit der zweiten Pranke auch noch hochstemmte. Die Pastete verschwand in dem Maul mit den faltig herabhängenden Lefzen, ohne dass auch nur ein Schlucken sichtbar wurde. Da Tietjens keine Anstalten machte, sich zu entfernen, angelte das Mädchen verstohlen nach einem

Savarin – einem ringförmigen, glasierten Hefekuchen, der mit Sahne und frischen Früchten gefüllt war – und schob ihn nach. Die Hündin leckte erst ausgiebig ihre eigene, zuckersüß verschmierte Schnauze, dann mit flüchtigem Dank die Hand der Gastgeberin und entfernte sich in ihrer so erstaunlich lautlosen Art.

Anna Lisa schloss die Augen. Ihr war ein wenig schwindlig, denn auf ihr Betreiben hatte die Köchin eine Waldmeisterbowle auf den Tisch gebracht, und in ihrer Nervosität hatte sie zu viel davon getrunken. Jetzt spürte sie, wie das Krummerin – oder wie immer das Gift in dem lieblich grünen Getränk hieß – seine boshafte Wirkung in ihr entfaltete.

Simeon kam etwas schuldbewusst herbei. »Ich bin kein guter Tänzer, fürchte ich«, gestand er. »Aber wenn Sie gerne tanzen, es sind so viele Herren da …« Erklärend fügte er hinzu: »Ich bin ein geschickter Zeichner, und es heißt, dass Menschen, die gut zeichnen können und leicht Sprachen lernen, im Gegenzug schlechte Rechner und unmusikalisch sind … was auf mich leider tatsächlich zutrifft.«

»Das macht nichts. Ich möchte ohnehin lieber ein wenig an die frische Luft. Das viele Essen und das enge Korsett … und es ist so heiß hier drinnen.«

Sie legte ihr Cape um und trat mit ihm auf den Balkon hinaus. Lampen brannten in der Mitte der langen steinernen Balustrade, aber die Winkel lagen im Dunkeln, und in schweigendem Einverständnis zogen sie sich in einen der Winkel zurück.

Simeon seufzte leise. »Wenn schon die Verlobung so anstrengend ist, frage ich mich, wie ich die Hochzeit überstehen soll«, bemerkte er, halb im Scherz, aber doch mit einem Unterton von Verdruss in der Stimme. »Ich habe nicht viel übrig für solche lärmenden Festlichkeiten. Andererseits …« Er ließ einen weiteren Seufzer folgen. »... heiratet man ja nicht jeden Tag. Und in Java werden wir wohl kaum große Gesellschaften geben müssen.«

Anna Lisa fasste sich ein Herz. Es musste einfach einmal gefragt werden, sie hielt es nicht länger aus. »Da Sie in Kürze mein Gatte sein werden«, sagte sie, wobei sie sich dicht an ihn kuschelte, »darf ich Ihnen wohl eine sehr persönliche Frage stellen?«

»Gewiss«, antwortete er, willfährig, aber auch ein wenig argwöhnisch. »Was möchten Sie denn wissen?«

Obwohl sie beide für sich allein in einem Winkel des Balkons standen, dämpfte das Mädchen die Stimme. »Ob alle Männer gleich aussehen. Dort, wo sie Männer sind, meine ich.«

Simeon war sichtlich verblüfft. »Aber gewiss«, antwortete er. »Alle sehen ganz gleich aus, sogar die Chinesen und die schwarzen und braunen Männer. Soviel ich weiß, jedenfalls«, fügte er einschränkend hinzu. »So viele nackte Männer habe ich nun ja noch nicht gesehen. Ich weiß das auch nur aus Büchern.« Dann merkte er, dass seine Antwort etwas Niederschmetterndes für sie hatte, und während er sanft ihre Hand ergriff, fragte er: »Warum erschreckt Sie das?«

Anna Lisa suchte nach höflichen Worten und fand keine, und halb erstickt von dem Kloß in ihrer Kehle platzte sie schließlich heraus: »Ich wünschte, es würde bei Ihnen nicht so hässlich aussehen.«

»Es gab also jemand, bei dem es hässlich aussah?« Er war betroffen und verwirrt, aber bei dem Gedanken, sie könnte bereits einen Mann nackt gesehen haben, schwang auch ein unterdrückter Groll in seiner Stimme mit.

Anna Lisa spürte seine Missstimmung und war den Tränen nahe. »Ja!«, rief sie so laut, dass er ihr erschrocken den Finger auf den Mund legte und »Husch!« machte. Sie beherrschte sich nur mit Mühe. »Und ich wünschte, ich hätte es nie gesehen! Mir ekelte so davor – dieser betrunkene Lump – und er pisste wie ein Pferd – und der Gedanke … die Vorstellung …«

Simeon begriff erleichtert, dass sie offenbar nicht von einem verflossenen Liebhaber sprach. Er legte den Arm um ihre Schulter und zog sie nahe an sich. »Erzählen Sie mir, was Sie bedrückt.«

Die junge Frau gehorchte unter Tränen. Er lauschte aufmerksam, dann hob er die Hand und strich mit einem Finger die nassen Perlen von ihrer Wange. »Ich verstehe«, sagte er. »Nun, das war ein sehr schlimmes Erlebnis, da haben Sie recht. Aber sehen Sie, als ich Ihnen die Antwort gab, dass alle Männer gleich aussähen, da meinte ich es in dem Sinne, wie alle Menschen einen Kopf und vier Gliedmaßen haben oder alle Blumen einen Stängel, Blätter und Blüten. Und dennoch, wie verschieden sind sie! Außerdem kommt es sehr auf den Besitzer an. Wenn Ihnen ein Mann gefällt, dann wird Ihnen auch das an ihm gefallen.«

Anna Lisa war nicht ganz überzeugt, aber sie lächelte tapfer.

Er fuhr in einem sanft belehrenden Ton fort: »Gewiss, zuerst ist alles ein wenig ungewohnt. Es ist jedoch sehr wichtig, dass Sie sich damit anfreunden. Sehen Sie, für einen Mann hat dieser Teil seiner selbst eine große Bedeutung, viel wichtiger, als eine Frau sich das an ihrem Körper vorstellen kann. Die weiblichen Teile sind bescheiden und verborgen, aber die männlichen sind groß und prunkvoll, sie sind von Gott dazu gemacht, angesehen und beachtet zu werden – natürlich nicht von jedermann, aber auf jeden Fall von der Gattin. Es gibt keinen Grund, sich angewidert zu zeigen, wie es manche überempfindliche Frauen tun; das kränkt und verärgert den Mann.

Wenn Sie mich wirklich glücklich machen wollen, dann wenden Sie diesem Teil Ihre Aufmerksamkeit und Zärtlichkeit zu. Sie müssen es einfach nur freundlich behandeln, dann werden Sie immer einen zufriedenen und gut gelaunten Gatten haben.«

Anna Lisa missfiel die Vorstellung, dass sie das eklige Ding auch noch verhätscheln sollte, aber er hatte so eindringlich gesprochen, es war ihm so offensichtlich wichtig, dass sie mit entschlossener Stimme versprach: »Das werde ich gerne tun – wenn Sie mir nur zeigen, was Sie wünschen.«

»Fühlen Sie es«, flüsterte er. Im Schutz des Mantels, den er um sie beide geschlagen hatte, fasste er die Hand seiner Braut und führte sie mit sanftem Druck zwischen seine Schenkel. Anna Lisa, die nicht damit gerechnet hatte, dass den Worten so schnell Taten folgen würden, erstarrte vor Verblüffung. Sie fürchtete sich, jemand könnte sie überraschen; sie fürchtete sich auch vor der Berührung an sich, und Simeon erschien ihr erschreckend entschlossen, seinen Willen durchzusetzen. Aber zugleich war sie ungemein neugierig. Geführt von der seinen, schmiegte ihre Hand sich unter dem zur Seite geschobenen Cutaway an seine Hosen und darunter an etwas Kräftiges, Festes, ungestüm Pulsierendes, als suchte ein Tier nach einem Ausweg aus den Kleidern.

Ein halb ersticktes »Oh!« entschlüpfte ihr. »Das zappelt ja!«

Der junge Mann stöhnte lustvoll bei der Berührung, schob aber ihre Hand wieder weg. »Nicht zu viel davon«, flüsterte er. »Sonst macht es meine Hosen und Ihre Hand nass. Es wird leicht ungebärdig.« Angesichts ihres angewiderten Ausdrucks sah er sich zu einer weiteren Erklärung genötigt. »Das hat nichts mit Wasserlassen zu tun. Wenn ein Mann sein Wasser abschlägt, ist es klein und schlaff. Wenn es groß und hart und unruhig wird, bringt es eine andere Art von Flüssigkeit hervor, die wie Sahne aussieht und angenehm schmeckt, und durch diese Flüssigkeit entsteht in Ihnen ein Kind.«

Anna Lisa nickte, aber ihr Unverständnis war so offensichtlich, dass er sie am Arm fasste und zurück in den Festsaal führte. »Genießen wir erst einmal das Büfett und den Tanz, alles andere hat noch Zeit.«

Der Mann im Dschungel

Henry Wolkins, Verwalter der Kaffeeplantage Buitenhus, erwachte wie jeden Morgen schon vor Anbruch der Dämmerung. Im Alter von einundsiebzig Jahren brauchte er nicht mehr viel Schlaf, und so war er immer der Erste, der aus dem Bett stieg, früher noch als die Dienerschaft. Er zog es vor, die kühlen Morgenstunden in aller Ruhe für die wichtigen Arbeiten zu nutzen, ehe die dumpfe Hitze des Tages in die Meerenge zwischen den Küsten von Sumatra und Java kroch. Das Klima war ihm verhasst; er träumte oft von Englands sanften Regenschauern, von grünen Wiesen und blühenden Hecken, die er freilich nie mit eigenen Augen gesehen hatte, denn schon sein Großvater war in Java geboren worden.

Die Familie Wolkins war, wie die meisten Engländer in Java, ein Relikt der kurzfristigen britischen Herrschaft Anfang des 19. Jahrhunderts unter Sir Thomas Stamford Raffles, einem kühnen Staatsmann und Eroberer, dem es im Zuge der Napoleonischen Kriege gelungen war, den Holländern und Franzosen beträchtliche Teile ihrer javanischen Kolonien zu entreißen. Raffles hatte den Einheimischen die Stadt Singapur auf der Nachbarinsel Sumatra hinterlassen, die er gegründet hatte, und eine Menge böser Erinnerungen an die Brutalität des British Empire. So war Henry Wolkins schon von Kind auf daran gewöhnt worden, dass er ein verhasster Fremder in einem gefährlichen Land war. Er hatte sein Schlimmstes dazu getan, dass er nicht nur als Engländer, sondern auch als die Person Henry Wolkins verhasst war. Tüchtig, fleißig und intelligent, zugleich aber durchtrieben, roh, selbstsüchtig und heimtückisch, war er ein erfolgreicher Verwalter und genoss den Respekt der Menschen, seien sie Einheimische oder Kolonisten, mit denen er zu tun hatte – und sie alle freuten sich auf den Tag, an dem er seinen letzten Atemzug tun würde.

Es kam nicht selten vor, dass er mit Blut gemalte Zeichen an der Tür des Gutshofes fand oder einen geköpften schwarzen Hahn auf den Treppenstufen oder wunderliche Gebilde aus dürren Zweigen, Steinen und Muscheln. Das schreckte ihn jedoch nicht. Ein Mann, der sich nicht einmal vor seinem eigenen Gott scheute – wie sollte der die Götter der Einheimischen fürchten?

Wolkins schob das Moskitonetz beiseite, schwang die Beine aus dem Bett und angelte nach seinem Morgenrock, der bequem in Griffweite am Bettpfosten hing. Ächzend richtete er den vom Schlaf verkrampften Rücken auf: Ein vierschrötiger, kurzbeiniger Mann mit übermäßig langen, knochigen Armen und einem dicken, rötlich grauen Haarschopf, was ihm das Aussehen eines greisen Orang-Utans verlieh – nur dass er weitaus weniger liebenswert war als diese sanftmütigen Affen. Seine Augen waren klein, hellblau und hart. Er zog seine Stiefel unter dem Bett hervor und schüttelte sie gründlich aus, da sich des Nachts oft Kakerlaken, ja sogar Schlangen und Skorpione darin einen Unterschlupf suchten. Dann zog er sie an und schnürte sie sorgfältig zu, denn trotz einer fleißig fegenden Dienerschaft wuselte auf dem Boden allerhand mit Giftstacheln bewehrtes Ungeziefer herum.

Wolkins begann jeden Tag mit demselben Ritual. Mit einem Glas Whisky in der Hand trat er auf die weiß gestrichene

Veranda hinaus, die rund ums Haus lief. Sein Vorrat an Whiskyflaschen füllte ein ganzes Regal. Er verabscheute den landesüblichen süßen Palmwein und den Limonenlikör und verweigerte den würzigen holländischen Wacholderschnaps, den Genever. Stattdessen genoss er eine halbe, zuweilen auch eine ganze Flasche Whisky am Tag. Der Whisky erleuchtete seine Gedanken und schärfte seine geistigen Fähigkeiten auf außergewöhnliche Weise, und genau das brauchte er jetzt. Er befand sich nämlich in einer äußerst unangenehmen Zwickmühle. Wie man es in seinem Heimatland ausdrückte: *You're damned if you do and you're damned if you don't.*

Er atmete tief durch. Um diese Zeit, da die Dämmerung sich eben erst verzogen hatte, war die Luft noch erfrischend, vor allem hier oben, denn das Herrenhaus – ein buntes Gebäude in dem überladenen Stil, der für den Geschmack reicher Javaner typisch war – lag auf der Hochebene, deren steile, in Terrassen abfallende Hänge die Sundastraße säumten. Noch war alles still, nicht einmal die Pferde in den Ställen rührten sich.

Als der Verwalter gemächlich die Veranda entlangschritt, fiel ihm etwas Ungewöhnliches auf. Der weiß gekieste Weg, der zur Haustür führte, war nicht wie üblich säuberlich gekehrt, sondern mit frisch abgerissenen, stachelbewehrten Blättern bestreut. Wolkins stützte sich auf das Geländer und spähte hinunter. Die Blätter waren die einer wild wachsenden Pflanze mit Namen Mengkuang, und Wolkins kannte das Land gut genug, um ihren Zweck zu verstehen. Diesmal war kein Suduk am Werk gewesen, keiner dieser Schamanen, die ihm mit ihren Hexenkünsten die Pest an den Hals wünschten, im Gegenteil, jemand hatte versucht, das Haus zu schützen. Die aromatischen Blüten und Blätter auszustreuen oder die Dornenranken des Mengkuang um Fenster und Türen zu flechten, galt als sicherstes Mittel gegen Angriffe einer Penanggalan, dieser scheußlichsten der vielen scheußlichen Unholde Javas. Vermutlich, dachte Wolkins, war irgendwo in der Umgebung eine Bäuerin im Kindbett gestorben, und jetzt zitterten die braunen Dummköpfe vor dem blutgierig herumschweifenden Monster.

Mit einem kurzen Schlag gegen den an der Eingangstür hängenden Gong rief er seinen Diener herbei und ordnete an, ihm das Frühstück auf der schattigen Veranda zu servieren.

»Und sieh zu, dass die Wege gekehrt werden! Ich will keine welken Blätter auf meinen Wegen!«

Dem Gesicht des Dieners war anzusehen, wie gerne er widersprochen hätte, aber er tat es nicht. Wolkins war flink zur Hand mit der kurzen Schweinslederpeitsche, die in seinem Stiefelschaft steckte. Wehe dem Diener, der nicht außer Reichweite war, wenn der Engländer seinen langen, knochigen Arm danach ausstreckte! Dabei war den Mohammedanern die Tatsache, dass sie bei einem Hieb mit dem unreinen Schweinsleder in Berührung kamen, fast noch widerwärtiger als der brennende Schmerz, also hüpften sie flink wie Geckos, sobald ihnen ein Befehl erteilt wurde.

Wolkins verließ den Balkon, zog die innere Tür mit dem Fliegengitter hinter sich zu und setzte sich an seinen Schreibtisch. Vor ihm lag die allerneueste – das heißt zwei Tage alte – Ausgabe des *Java-Bode*. Er blätterte sie eilig durch, wie immer auf der Suche nach einer bestimmten Nachricht. Diesmal fand sich jedoch in der Zeitung kein Bericht über den geheimnisvollen europäischen Schurken, der in Komplizenschaft mit eingeborenen Rebellen den Kolonialherren das Leben schwer machte. Wolkins war enttäuscht. Er hatte eine gewisse unbestimmte Ahnung, um wen es sich handelte, und hatte auf neue Meldungen gehofft, die seine Ansicht bestärken oder entkräften konnten. Entweder war der Bursche den Häschern der Holländer in die Hände gefallen und getötet worden, ohne dass seine Identität dabei aufgedeckt wurde, oder er bereitete neue Teufeleien vor.

Der Rest der Zeitung war weniger interessant. Der Engländer blätterte gleichgültig durch die eng bedruckten Seiten, die mit marktschreierischen Annoncen für Genever und Gin, abgepackte Currysuppe, Kakaogetränke und Limonenlikör nur so zugepflastert waren. Bei einer Meldung auf der letzten Seite jedoch hielt er inne.

Mehrere Fälle von heftigen Erkrankungen in der Umgebung von BATAVIA.

Eine neue Typhusepidemie wird befürchtet.

Es erkrankten mehrere Personen unter verdächtigen Symptomen wie anhaltendem, hohem Fieber um die 40 Grad, dem ein allgemeines Unwohlsein mit Mattigkeit, Verstopfung und heftigen Kopfschmerzen vorangegangen war. In zwei Fällen wurden rötliche Flecken auf Brust und Bauch der Patienten beobachtet, die nach Ansicht einiger Ärzte als die für Typhus charakteristischen »Roseolen« anzusehen sind. Andere Mediziner widersprechen dieser Diagnose und vermuten einen harmlosen, durch Hitze und aufgestaute Feuchtigkeit hervorgerufenen Nesselausschlag. Jedenfalls konnte bei keinem Kranken das entscheidende Merkmal festgestellt werden, die sogenannte Typhuszunge, die in der Mitte deutlich grau-weißlich belegt ist, an den Rändern und der Zungenspitze jedoch freie rote Bereiche zeigt. Die Behörden nehmen diese Erkrankungen, auch wenn sie aller Wahrscheinlichkeit nach harmloser Natur sind, zum Anlass, den Bewohnern dringend in Erinnerung zu rufen, wie gefährlich verseuchte Brunnen sein können …

Der Engländer überging den Rest des Artikels. Krankheiten hatten ihm noch nie imponiert. Er war überzeugt, gegen Typhus ebenso immun zu sein wie gegen Malaria und Ruhr, denn jeden Morgen genehmigte er sich unmittelbar nach dem Aufstehen einen Teelöffel Chinin zur Vorbeugung gegen Fieber, den er in seinen Whisky einrührte. Er registrierte nur, dass er jetzt wusste, warum seine Eingeborenen sich vor der Krankheiten verbreitenden Penanggalan fürchteten. Typhus brach zumeist als Erstes in den Kampongs mit ihren schmutzigen Wasserstellen aus.

Sein einheimischer Diener huschte die hölzernen Treppenstufen herauf. Er meldete, das Frühstück sei fertig, und die Wächter am Tor der Plantage hätten einen Reiter auf silbergezäumtem Araberhengst den Bergpfad heraufkommen gesehen.

Wolkins runzelte die Stirn. Er bekam selten Besuch. Das lag nicht nur daran, dass er keine persönlichen Freunde hatte. Die europäischen Völker, die sich auf Java angesiedelt hatten, hielten Distanz voneinander. Ursprünglich waren die Portugiesen gekommen, dann die Engländer, dann hatten die Holländer diese beiden entmachtet und ihnen das üppige Land entrissen, was zu viel Ärger geführt hatte. Die Portugiesen hatten jede Bedeutung verloren. Die Holländer sahen sich als die eigentlichen Kolonialherren, während die Engländer und die Deutschen nur die Bröckchen aufpickten, die unter ihren Tisch fielen. Diese beiden wiederum waren traditionell keine Freunde. So hatte es sich eingebürgert, dass man unter sich blieb, wo es nur ging. Für Wolkins wäre also nur ein Engländer als freundschaftlicher Besucher infrage gekommen, und von denen gab es wenige in der Umgebung.

»Hast du gesehen, wer es ist?«

Der Diener nickte. Der Besucher war, seinem Pferd und seinem kostbar bestickten roten Mantel nach zu schließen, Herr Raharjo, der Enkel des Adhipati von Bandung – ob man für ihn auch mitdecken sollte?

Wolkins nickte nach kurzem Zögern. Normalerweise hätte er sich nicht mit einem Mann an einen Tisch gesetzt, der weder eine weiße Haut noch eine anständige Religion hatte. Aber das Dumme an diesem Land, dachte er, war, dass viele Kaffern hier reiche und mächtige Kaffern waren. Leute, die sich nur durch ihre zimtbraune Haut von einem europäischen Fürsten unterschieden. Man musste einen langen Löffel haben, wenn man mit ihnen essen wollte. Zwar unterstanden sie, rechtlich gesehen, der niederländischen Krone, aber in ihrem eigenen Wirkungsbereich sahen sie sich weiterhin als die Abkömmlinge alter Fürstengeschlechter, die sie ja auch tatsächlich waren: autoritär, machtbewusst, geldgierig und oft grausam; gefürchtet und zugleich vergöttert von ihren Untertanen. Die Beziehungen zwischen den Kolonisatoren und den Kolonisierten in Ostindien waren enorm gespannt, denn die Eroberer waren hier nicht auf ein Volk einfältiger Wilder gestoßen, sondern auf eine straff durchorganisierte Gesellschaft, die seit Jahrhunderten auf einem unverrückbaren Fundament ruhte: Für jeden Javaner, ob mächtig oder gering, galt als Richtschnur seines Handelns das *Adat*, das jahrhundertealte Gewohnheitsrecht, das alle Beziehungen regelte. Es widerstand allen Versuchen, mit Waffengewalt eine neue Gesellschaftsordnung einzuführen. Es erwies sich stärker als jede Religion, die an den Gestaden der Insel gelandet war: Ob es der Hinduismus war, der

Buddhismus, der Islam oder das Christentum, letzten Endes wurde alles zu einer Abwandlung des Adat.

Wolkins zuckte die Achseln. Wenn der Besucher Herr Raharjo war, würde er ihm nicht allzu sehr den Appetit verderben. Der Jüngling, mochte er auch in einer braunen Haut stecken, war ein feiner Bursche. Nicht umsonst nannten ihn die Holländer halb spöttisch, halb widerwillig anerkennend »das Goldhähnchen«. Er war intelligent, tüchtig, gewandt, höflich, ohne ein Stiefellecker zu sein. Der Engländer mochte keine Kriecher. Er hatte es lieber mit einem zu tun, der ihm offen zeigte, dass er ihm nur aus Notwendigkeit höflich begegnete, als mit einem Schöntuer, der ihm hinterrücks das Messer zwischen die Rippen stieß. Sollte Herr Raharjo ihm jemals seinen scharf geschliffenen Kris ins Herz rammen, was er sicher gerne getan hätte, würde er das von Angesicht zu Angesicht tun.

Der alte Mann grinste zynisch. Er klatschte laut in die Hände zum Zeichen, dass sein Frühstück aufgetragen werden sollte. Kaum hatte er sich an den Tisch gesetzt, erschienen auch schon zwei junge, zimtfarbene Küchenmädchen mit einem Servierwagen aus Bambus, auf dem Keramikschalen mit frischen Früchten – Bananen, Kokosnüsse, Mangos und Pampelmusen – standen. Rasch war der Tisch bedeckt mit köstlich gefüllten Tellern, Schalen und Schüsseln, denn das Frühstück war die Hauptmahlzeit des Tages, ehe einem die Hitze den Appetit verschlug. Eine Platte mit Ayam Goreng – gebratenem Huhn – wurde aufgetischt, Reis und Gemüse und als Nachtisch Sojabohnenkuchen und in Eierteig frittierte Bananenschnitze. Wolkins griff mit deftigem Appetit zu. Während er auf seinen ungeliebten Gast wartete, meldete sich der erwachende Dschungel draußen lautstark zu Wort. Die zunehmenden Geräusche und Bewegungen auf der Plantage scheuchten Vögel auf, die pfeifend und zwitschernd emporflatterten und dabei ihre bunte Farbenpracht präsentierten.

Dann jedoch wurde über ihrem Gezwitscher ein Geräusch hörbar, das der Wind aus dem Urwald herantrug, schwach zwar, doch deutlich wahrnehmbar. Wolkins stockte mitten in der Bewegung, hielt den Löffel zwischen Teller und Mund. Ein paarmal ertönte ein fernes, aber nichtsdestotrotz durchdringendes Gebrüll. Ein Tiger! Wolkins lief ein kalter Schauder über den Rücken. Er war wahrhaftig kein Feigling, aber an den gelb gestreiften Menschenfresser konnte er sich nicht gewöhnen. Der Tiger war heimtückisch, blutgierig und gnadenlos. Und er wurde von den Javanern nicht nur als Raubtier gefürchtet, sondern auch als der gespenstische Sima Gadhungan – der Wiedergänger eines Ermordeten, der in Gestalt einer Bestie seine Mörder heimsuchte.

Der Wiedergänger eines Ermordeten …

Der Verwalter füllte sein Glas Whisky nach. In den Träumen, die ihn während der letzten heißen Nächte gequält hatten, waren ihm Ermordete erschienen, ein junger Mann mit blauen Flecken im verfärbten Gesicht und eine totenbleiche junge Frau. Die Träume hatten Wolkins missfallen. Er hatte in seinem Leben eine Menge Dinge getan, die nicht lupenrein waren, und einige, die ausgesprochen übel waren. Aber ein junges Ehepaar kaltblütig umzubringen, das war etwas anderes. Ein junges *weißes* Ehepaar. Ein paar von den braunen Kaffern abzumurksen, hätte ihm keine schlaflosen Nächte bereitet, aber Weiße – das war ein richtiger Mord. Einer, für den man gehängt wurde, wenn sie einen erwischten. Und außerdem traute er der Auftraggeberin nicht. Die Erfahrung hatte ihn gelehrt, dass Menschen wie Madame Lafayette ihre Werkzeuge zerbrachen, nachdem sie sie benutzt hatten.

Eine verhängnisvolle Hochzeit

Anna Lisa verbrachte den Monat bis zu ihrer Hochzeit in hektischer Geschäftigkeit. Ein Glück, dass die erfahrene Wirtschafterin den häuslichen Teil der Vorbereitungen in die Hand nahm, denn die junge Frau war mit etwas sehr Wichtigem beschäftigt. Sie lernte reiten. Auf Java, hatten die Vanderheydens sie gewarnt, waren befestigte Straßen rar, man verbrachte viel Zeit im Sattel. Also widmete sie sich täglich mehrere Stunden lang der neuen Kunst, und sie machte rasche Fortschritte. Vorausgesetzt, das Pferd war fromm und der Weg nicht allzu steil und steinig, machte Anna Lisa bereits eine recht gute Figur im Sattel.

Die zweite wichtige Aufgabe war das Erlernen der holländischen Sprache. Ihre Hauslehrerinnen hatten ihr Englisch und Französisch beigebracht, beides Sprachen, die ihr leicht von der Zunge gingen. Sie fand, dass die Sprache ihres Gatten nicht schwierig zu erlernen war, allerdings viele Wörter enthielt, über die sie lachen musste, weil sie so komisch klangen, wie »bellen« für »anklingeln« oder »verkocht« für »verkauft«.

Außerdem musste sie sich auf die Suche nach einer neuen Zofe machen. Mette hatte lieber gekündigt, als sich den Gefahren einer Reise in ein fernes und obendrein heidnisches Land auszusetzen. Simeon hatte ihr geraten, sich ein tüchtiges, in Reisen erfahrenes und am besten etwas älteres Mädchen zu suchen. Eine Kaffeeplantage in Java sei kein Platz für ein Zimperlieschen. Also gaben im Hause Lobrecht die Stellung suchenden Mädchen einander die Klinke in die Hand. Es war nicht leicht, eine passende Person zu finden, aber schließlich traf Anna Lisa die Entscheidung, ein Fräulein Pia Bertram anzustellen. Das war eine hagere, etwas kurzsichtige, ernste und tüchtige Person Ende zwanzig, die bereits für Missionare in Afrika und Australien gearbeitet hatte. Sie war stets bescheiden gekleidet und trug ihr schwarzes Haar in einem strengen Knoten.

Auch in Amsterdam war man mit Vorbereitungen beschäftigt. Simeon hatte als Kammerdiener bisher einen der Diener des Hauses gehabt; an dessen Stelle nahm er einen etwas seltsamen Mann unbestimmten Alters an, den einer der Kapitäne ihm empfohlen hatte. Dieser Mann, mit Namen Pahti, war ein gebürtiger Sundanese, wie man die Bevölkerung von West-Java nannte. Zierlich, mager, faltig, mit kurz geschorenem weißem Haar und einem Ziegenbärtchen, war er ein geschickter und in vielen Notwendigkeiten erfahrener Bursche. Vor allem sprach er außer Deutsch, Englisch und Holländisch die Hauptsprachen Javas, Basa jawa, Basa sunda und Malayalam sowie den weit verbreiteten westjavanischen Dialekt Banten.

Simeon war vom ersten Tag an sehr zufrieden mit ihm. Er war leise, sauber, zuverlässig und sehr höflich – und er brachte Tietjens die unterwürfige Verehrung eines Mannes entgegen, in dem unter einer dünnen Schicht aufgepfropften Islams der urtümliche Geisterglaube des Inselreiches lebendig war. Die Abangan, deren Glaubensrichtung der Diener angehörte, hatten viele Vorstellungen der alten javanischen Religion bewahrt.

Obwohl sie sich nach außen hin zum Islam bekannten, waren sie im Grunde immer noch Animisten – Gläubige, die jeden Baum, jeden Stein, jeden Fluss und jede Feuerflamme als beseeltes, ja göttliches Wesen ansahen, am meisten aber die Tiere. Das bedeutete freilich auch eine ständige Angst vor Geistern, die sich in allem und jedem verbargen. Sie lauerten selbst in leblosen Gegenständen. Die Abangan fürchteten sich vor Blutsaugern und Totengeistern, vor allem aber vor Werwölfen – die bei ihnen, wo es keine Wölfe gab, Wer-Jaguare und Wer-Tiger waren –, und sie hatten von den Mohammedanern den Glauben an Dschinn übernommen. Es erschien Pahti nicht weiter sonderbar, dass sein neuer Herr einen dienstbaren Dämon in Hundegestalt beschäftigte; ihm war nur wichtig, Tietjens' Wohlwollen zu gewinnen. Wenn er mit ihr sprach, machte er den *slamat*, indem er beide Hände gefaltet anhob bis zu seiner tief niedergebeugten Stirn, und brachte ihr bei jeder Gelegenheit kleine Opfer in Form von Leckerbissen und Liebkosungen dar.

Bartimäus Vanderheyden war für gewöhnlich ein sparsamer Mann, wie es einem erfolgreichen Handelsherrn anstand, aber bei seiner Beteiligung an den Kosten der Hochzeit ließ er sich nicht lumpen. Er litt seit Langem unter der fixen Idee, Simeons unmännliche Vorliebe für die Botanik hätte diesen in den Ruch gebracht, ganz allgemein zur Ehe untauglich zu sein, und hoffte durch eine prunkvolle Hochzeit den guten Ruf seines Sohnes wiederherzustellen. Während ein Schiff eine Kiste voll Gulden nach Hamburg transportierte, nahm er sich den Jüngling vor und schärfte ihm ein, unter allen Umständen einen glücklichen Eindruck zu machen.

Simeon, der sich seit seiner Verlobung beträchtlich wohler

fühlte als bisher, lachte. »Aber Vater, ich brauche mich nicht darum zu bemühen. Ich bin glücklich. Sie ist ein gutes und schönes Mädchen mit einem feinen Charakter; ich hatte meine Zweifel, aber jetzt bin ich sehr zufrieden mit deiner Wahl.«

Bartimäus war noch nicht ganz beruhigt. »Du musst ihr so schnell wie möglich ein Kind machen«, mahnte er. »Wir warten auf einen Stammhalter.« Ihm war nämlich in einer der langen, düsteren Stunden, die er mit Grübeln über seine Familienschande verbrachte, der Gedanke gekommen, dass Simeon einen Sohn zeugen mochte, in dem ein besseres Erbe durchschlug. Er selber war noch nicht so alt, er konnte es erleben, dass der Enkel zu seinem Nachfolger heranwuchs. Besorgt fragte er: »Wirst du das zustande bringen?«

»Mach dir darum nur keine Sorgen, Vater.« Die Augen des Jünglings blitzten vor Schalk. Tatsächlich konnte Simeon es kaum erwarten, diesen Teil seiner Pflichten zu erfüllen. Seine ständig schwelende Lüsternheit hatte angesichts der schönen Braut ihren Siedepunkt erreicht. Er fühlte sich von Anna Lisa körperlich ebenso sehr angesprochen wie seelisch. Ihre zarten Glieder, das weiche kastanienbraune Haar, die kindlichen Züge ... nein, es würde ihm nicht schwerfallen, sie zu lieben. Und sie hatte ja gesagt, dass sie ihn ebenfalls schön fand, das machte alles noch viel leichter. Sensibel, wie er war, hätte er es nicht übers Herz gebracht, sich einer Frau aufzudrängen, der er widerwärtig war.

Wenn er allein war, gab er sich bis zur körperlichen Erschöpfung der Lust hin, die von jedem Gedanken an Anna Lisa neu angefacht wurde. Dabei hatte er ein schlechtes Gewissen, denn über das Notwendigste hinaus wusste er auch nicht viel von der Liebe, er hatte nur gehört – und vor allem von seiner Mutter gehört –, dass Frauen die Begierde der Männer als eine grobe Misshandlung empfanden. Mevrouw Beatrix hatte den schlimmen Fehler begangen, ihren unreifen und unaufgeklärten Sohn zu ihrem Vertrauten zu machen, wo es um ihren Widerwillen gegen den rücksichtslosen Gatten ging. Zwar hatte sie prüde Zurückhaltung geübt, was konkrete Einzelheiten anlangte, sodass der Knabe kaum verstand, wovon sie eigentlich redete – aber was er verstanden hatte, war ihr überwältigender Groll und ihr Abscheu. Er hatte sich geschämt, derselben elenden Spezies anzugehören wie sein Vater. Treuherzig hatte er der weinenden Mutter versprochen, dass er niemals eine Frau auf diese Weise kränken würde. Und er war entsetzt gewesen, als er mit zwölf, dreizehn Jahren, als Mevrouw Beatrix schon tot war, feststellte, dass derselbe Dämon in ihm hauste wie in seinem Vater. Er hatte alles versucht, aber alles vergebens. Wenn er das Drängen ignorierte, machte der Quälgeist sich im Schlaf über ihn her. Wenn er ihn zu beschwichtigen suchte, indem er nachgab, wurde er nur immer unersättlicher wie ein verzogenes Tier, das gewohnt ist, für sein lästiges Drängen mit Leckerbissen belohnt zu werden. Und das Schlimmste war, dass er das Teufelsding bei allem Abscheu bewunderte, ja verehrte, wie man die schreckliche Kraft eines Menschen fressenden Tigers oder die fürchterlichen Windungen der Anakonda bewundert.

Er befürchtete, dass er Anna Lisa lästig fallen würde, und um sein schlechtes Gewissen zu beschwichtigen, versprach er seiner Braut in Gedanken, dass sie es gut bei ihm haben sollte – sehr gut, so gut wie Tietjens, der er ja auch keinen Wunsch abschlug.

Dann erwachte Anna Lisa eines Morgens und sah, dass ihr Hochzeitstag angebrochen war. Ein paar Stunden noch, und aus Fräulein Anna Lisa Lobrecht würde Mevrouw Anna Lisa Vanderheyden geworden sein.

Es war ein wunderbarer Tag, wie Hamburg ihn seinen Bewohnern nur selten gönnte. Schon am frühen Morgen blitzte der Himmel blau und wolkenlos, eine freundlich leuchtende Sonne stieg über den Horizont. Kaum ein Windhauch wehte. Anna Lisa fiel ein Stein vom Herzen, denn schlechtes Wetter hätte sich sehr übel auf die Festlichkeiten ausgewirkt. Diese fanden nämlich nur teilweise im Inneren des Hauses statt. Damit es nicht aus allen Nähten platzte, hatte man auf den weiten Rasenflächen des Parks etliche Gourmet-Zelte aufgestellt, aus deren Inneren der Duft von gebratenem Fleisch und frischem Gebäck, Suppen und Süßspeisen drang. Auch spielte eine Kapelle im Freien; für sie hatte man einen mit Wimpeln geschmückten Kiosk errichtet, unter dem die Musiker in historischen Seefahrerkostümen saßen. Nicht auszudenken, wenn ein Regenguss diese Pracht zerstört hätte!

In den letzten vier Wochen war viel zu tun gewesen, und in den letzten Tagen hatte sich die Geschäftigkeit der Vorbereitungen zu einer Hektik gesteigert, dass die Braut kaum wusste, wo ihr der Kopf stand. Simeon und sein Vater waren angekommen und hatten sich im Hotel einquartiert. Das Lobrecht'sche Patrizierhaus schwirrte von Gehilfen, die den Theatersaal mit Grün und Blumen schmückten. In der Küche ging es zu wie in einem Bienenstock. Die teils von weit her zu Besuch gekommenen Verwandten summten so aufgeregt im Haus herum, als seien sie es, die heiraten sollten. Jetzt, am Hochzeitsmorgen, erreichte der Trubel seinen Höhepunkt. Die junge Frau fühlte sich, als drohte sie, in einem stürmischen Meer zu ertrinken. Alles schwärmte um sie herum, man zog sie an, frisierte sie, schmückte sie. Ach, dachte sie, Simeon hatte es gut – der brauchte sich nur zu waschen, zu kämmen und einen neuen Anzug anzuziehen, während sie hier stundenlang aufgeputzt wurde! Aber gleichzeitig fand sie eitlen Gefallen an dem eleganten Brautkleid, dem lang herabfallenden Schleier und der prächtigen Brautkrone aus Perlen und wächsernen Myrten, die schon ihre Großmutter getragen hatte. Mette hatte sich bereit erklärt, bis zur Hochzeit ihrer jungen Herrin zu dienen, da »diese Missionarin«, wie sie Pia Bertram abfällig nannte, niemals imstande sein würde, die Braut ordentlich zurechtzumachen. Sie wuselte um Anna Lisa herum und zwitscherte dabei vor Aufregung wie ein Kanarienvogel.

Seit dem frühen Morgen erschienen immer mehr Besucher von außerhalb, Verwandte und Geschäftsfreunde. Lärmend fuhren die Kutschen in den Hof ein, die Gäste stiegen aus und wurden von Scharen livrierter Diener in den Park geleitet, um sich an den Gourmet-Zelten schon einmal zu erfrischen, bevor die kirchlichen und behördlichen Zeremonien begannen. Den besonders vornehmen Gästen, wie der Geistlichkeit und den eingeladenen Senatoren, war der Gartensaal vorbehalten, durch dessen weit offene französische Türen man in den Park hinausblickte. Im Theatersaal mit seiner reich verzierten Decke, den gläsernen Lüstern, den Wänden voller Spiegel, sollte später getanzt werden. Eifrige Handwerker hatten ihn mit kunstvollen Aufbauten in ein Feenreich verwandelt, umgeben von Statuen, Topfpalmen und zarten Gazevorhängen. Handtellergroße Spiegel an den Streben fingen das Licht der Gaslampen auf und bildeten einen künstlichen Sternenhimmel über den Tanzenden. Noch lag die weite Fläche des polierten und mit Schneiderkreide bestäubten Teakholzbodens leer und verlassen da, aber nach dem Tee würden sich hier prächtig gekleidete Paare bis in die Morgenstunden beim Tanz drehen.

Anna Lisa war froh, als ihr Vater sie endlich energisch am Arm nahm und zu der Kutsche führte, die sie in die Kirche bringen sollte. Sosehr sie sich freute, jetzt drohte ihr alles zu viel zu werden, und außerdem meldete sich eine abergläubische Angst in ihrem Inneren, mit der kirchlichen Zeremonie könnte der Albtraum wiederkehren, der sie einst so erschreckt hatte. Was, wenn ihr nun plötzlich übel wurde? Wenn die Gespenster des Traums sie überwältigten und sie davor zurückschreckte, ihren Gatten zu küssen? Wenn die Zeremonie, die Glück verheißen sollte, sich in ein Schrecknis verwandelte?

Aber nichts dergleichen geschah. Sie hatte nur mächtiges Kopfweh, als der Pfarrer sie fragte, ob sie Simeon Vanderheyden zu ihrem angetrauten Gatten nehmen wollte, und ihre Hand war kalt vor Nervosität, als er ihr den Ehering ansteckte. Er beugte sich vor, um sie als seine Ehefrau zu küssen, und sie schloss die Augen und schmeckte Bartpomade. Hoffentlich, ging es ihr durch den Kopf, hatte er dieses ölige Zeug nur für den hohen Festtag aufgetan und würde es im Alltag bleiben lassen; es war ja, als küsste man einen frisch gewichsten Stiefel!

Man zog aus der Kirche zurück zum Haus des Brautvaters. Anna Lisa nutzte eine kurze Pause, wusch sich das Gesicht mit kaltem Wasser und rieb sich die Schläfen mit Kölnisch Wasser ein, um das Kopfweh zu vertreiben. Es half immerhin ein wenig. Sie konnte lächeln, als sie mit ihrem frischgebackenen Ehemann auf den grün bekränzten Ehrenplatz an der Tafel gesetzt wurde.

Wenigstens einmal erfüllte Simeon die Hoffnungen seines Vaters. Selten hatte man einen so strahlenden Bräutigam gesehen. Zur großen Erleichterung des alten Bartimäus machte er einige frivole Bemerkungen des Inhalts, dass er fest damit rechne, in einem Jahr zur Taufe eines Stammhalters nach Hamburg zurückkehren zu können. Er werde es jedenfalls an nichts fehlen lassen, um dieses Ziel zu erreichen! Die schon leicht angetrunkenen Männer lachten laut und klopften ihm auf die Schultern. Anna Lisa errötete, lächelte jedoch, als er ihre Hand nahm und küsste. Sie fröstelte ein wenig, als er bei diesem Kuss mit der Zungenspitze zwischen ihre Finger fuhr, und wusste nicht, ob sie lachen oder die Hand wegziehen sollte.

Die folgenden Stunden zogen in einem Wirbel erregender Eindrücke an der jungen Braut vorbei. Das endlose Essen, bei dem sich der Tisch unter immer neuen Köstlichkeiten bog, das Geschwätz und Gelächter rundum, die zahllosen Glückwünsche … Überwältigende Gerüche feuerten ihren Kopfschmerz an. Die Parfüms der versammelten Damen mischten sich mit dem Duft der riesigen Blumenbouquets, dem Zigarrenrauch und dem kräftigen Aroma des Essens zu einer atemberaubenden Symphonie. Mehrere Fotografen waren bestellt worden, um das Ereignis festzuhalten. Ein Magnesiumblitz nach dem anderen erhellte den ohnehin bereits von Lichtern strahlenden Saal, und zu allem anderen mischte sich der Geruch des verbrannten Pulvers mit den in der schwülen, völlig übersättigten Luft wabernden Dünsten. Anna Lisa schloss die Augen. In ihrem Kopf dröhnte ein Hammerwerk.

Zweifellos war das alles zu viel für sie gewesen. Simeon bemerkte ihr Unwohlsein und fragte leise, ob sie Kopfschmerzen hätte. Als sie nickte, kramte er eine Pillenschachtel aus der Innentasche seines Anzugs, winkte einem der vorbeieilenden Lakaien, ihm ein Glas Sekt zu bringen, und warf die Pille hinein. »Trink«, befahl er. »Dann wird dir besser.«

Sie warf einen misstrauischen Blick auf das perlende Getränk, das beim Zerfallen der Pille eine graugrüne Farbe annahm, gehorchte jedoch. Es schmeckte bitter, und einen Augenblick lang drohte ihr übel zu werden. Sie musste sich zwingen, das Gebräu nicht gleich wieder auszuwürgen, aber als sie das einmal geschafft hatte, wurde ihr von Minute zu Minute besser. Die bohrenden Kopfschmerzen ließen nach. Anna Lisa fühlte sich wieder wohl, allerdings auch so beschwipst, als hätte sie mehrere Gläser Sekt rasch hintereinander getrunken.

»Sie sind ein Wunderdoktor, mein Herr!«, sagte sie. »Was haben Sie mir gegeben?«

Simeon lächelte, gab jedoch keine Antwort auf ihre Frage. Er fasste sie unterm Kinn und sah ihr in die Augen. »Ich bin jetzt dein Ehemann, und wir sagen Du zueinander. Und wir werden nicht allzu lange tanzen, nur einen Tanz oder zwei, denn ich will dir heute noch erklären, wie das mit dem Propheten und den vierzig Jungfrauen war.«

Inzwischen hatten die Gäste bereits angefangen, sich in den Ballsaal zu begeben, aus dem die ersten heiteren Klänge heraufdrangen. Der Park, über den sich nun schon die Dämmerung breitete, war mit chinesischen Lampions illuminiert. Bunt geputzte Menschen strömten in Scharen ins Haus, während andere im Park zu den Klängen der kostümierten Kapelle im Schein der Lampions tanzten. Plötzlich hatte Anna Lisa gar keine Lust mehr zu tanzen, am liebsten wäre sie allein gewesen mit ihrem neuen Ehemann, aber die Höflichkeit verlangte, dass sie zumindest, wie er gesagt hatte, an einem oder zwei Tänzen teilnahmen und sich dann erst entschuldigten.

Hand in Hand schritten sie auf die Treppe zu, die hinunter in den Ballsaal führte.

Üblicherweise zogen die Brautleute zur Hochzeitsnacht in ihr eigenes Haus, aber da ihre Abreise so kurz bevorstand, hatte

Elmer Lobrecht das beste Gästezimmer als Hochzeitsgemach einrichten lassen. Das Doppelbett war mit dem schönsten Damast aufgedeckt, im Badezimmer nebenan standen die Kannen bereit, die frischen Handtücher hingen an den Stangen. Ein köstlicher Imbiss wartete, mit einer weißen Serviette bedeckt, auf der Anrichte, im Schränkchen daneben schimmerten hinter der Glastür mehrere Flaschen mit exquisitem Inhalt.

Quer über der Bettdecke aus meergrünem Brokat ausgestreckt ruhte Tietjens, den schweren Kopf auf den Pranken. Sie betrachtete aus Schlitzaugen Pahti, der mit gefalteten Händen vor dem Bett kniete, einen Teller mit Leckerbissen neben sich, und sie mit gedämpfter Stimme anflehte: »Möge die Erhabene sich bitte wegbegeben ... es wird großen Ärger geben, wenn man mit dem Brautpaar heraufkommt und die Erhabene hier sieht ... hier, ein Stückchen frisch gebratenes Fleisch ... hier eine knusprige Pastete ... ich bitte die Erhabene inständig, sich auf ihr eigenes Bett zu begeben ... seht nur, welch feine Leckerbissen ich darauf lege!«

Mit diesen Worten entfernte er sich in eine Ecke des Zimmers, wo die Rollmatratze lag, auf der die Hündin zu Hause zu schlafen pflegte. Pahti war den Tränen nahe. Simeon hatte ihm zwar befohlen, Tietjens ins Zimmer zu lassen – sie habe immer in seinem Zimmer geschlafen und werde auch in Zukunft nichts anderes tun –, aber von der Brokatdecke auf dem Ehebett war nicht die Rede gewesen. Nur: Wie sollte er den Dämon von dort entfernen, ohne dessen Unwillen zu erregen? Ziehen oder schieben kam nicht infrage. Tietjens brachte um einiges mehr auf die Waage als der schmächtige Insulaner, und außerdem hätte er nie gewagt, sie derart respektlos zu behandeln. In Gedanken wog er ein Unheil gegen das andere ab. Verärgerte weiße Herren schlugen mit der Reitgerte zu, wenn man ihr Missfallen erregte, das wusste er. Aber niemand wusste, was ein verärgerter Dämon alles mit einem anstellen mochte!

In seiner Ratlosigkeit begann er, Tietjens in seiner Muttersprache anzureden – und o Wunder! Die Erhabene streckte sich, sprang mit einem lässigen Satz vom Bett und begab sich auf ihre Matratze. Zutiefst erleichtert stopfte Pahti ihr alle mitgebrachten Leckerbissen ins Maul, streichelte und schmeichelte und dankte ihr mit unterwürfigen Worten.

Die Hündin legte sich auf die Seite, streckte mit knackenden Gelenken alle viere von sich und belohnte die Ergebenheit ihres Dieners mit einem flüchtigen Schlecken – einem bloßen Wischen der Zungenspitze, das Pahti dennoch als Zeichen allerhöchsten Wohlwollens empfand. Rasch glättete er die Bettdecke, zündete das duftende Öllicht an, das zwischen Rosenblättern und Minze in einer Schale mit Wasser schwamm, und machte sich auf den Weg, um nach seinem Herrn zu sehen.

Die Kapelle spielte einen Tusch, als das lächelnde und winkende Brautpaar oben auf der Treppe erschien, und ein lärmender Chor von Glückwünschen schallte ihnen entgegen. Und dann geschah es.

Einer der Gazevorhänge, die die Decke des Treppenhauses schmückend verhüllten, war wohl nachlässig befestigt gewesen, denn der meterlange bunte Schleier löste sich plötzlich und fiel von der Höhe herab auf die Menschen, die eben die Treppe herabstiegen. Seine hauchzarte Fülle allein hätte niemand verletzt, aber als ein gutes Dutzend Leute so unversehens eingehüllt wurden, brach ein plötzliches Durcheinander aus. Viele stolperten, mehrere stürzten, und Simeon hatte das Pech, sich inmitten des Gedrängels die Füße in dem Schleiertuch zu verwickeln. Mit einem Aufschrei suchte er nach dem Geländer zu fassen, verfehlte es jedoch und fiel sich überschlagend die halbe Länge der Treppe hinunter.

Die Musik verstummte jäh. Geschrei ertönte von allen Seiten. Man stürzte herbei, um ihn und zwei andere, die dasselbe Unglück getroffen hatte, aufzuheben. Die beiden anderen Männer rappelten sich, von hilfreichen Händen gestützt, fluchend und stöhnend auf, rieben sich Rücken und Hüfte und verlangten nach einem ordentlichen Schluck auf den Schreck. Als man Simeon jedoch auf die Füße stellte, schrie er gellend auf und brach sogleich wieder zusammen. Betroffenes Schweigen machte sich breit. Anna Lisa stand wie erstarrt vor Entsetzen da, an das Treppengeländer geklammert, den Blick auf das Durcheinander am Fuße der Treppe gerichtet, in Gedanken jedoch bei der schrecklichen Szene in ihrem Traum, als sie ihren Gatten von einem Schleiertuch bedeckt gesehen hatte. Der entsetzliche Gedanke überkam sie, ihr Traum könnte eine Vorschau seines Todes gewesen sein.

Da drängte sich aber bereits ein Arzt durch die Menge. Seine Diagnose war weniger schlimm als befürchtet. Das Bein war nicht gebrochen, aber Knie und Knöchel waren gestaucht und gezerrt, Hüfte und Schulter bei dem harten Sturz geprellt. Der Verunglückte würde wohl eine Weile das Bett hüten und dann auf Krücken dahinhumpeln müssen.

Anna Lisa folgte mit feuchten Augen, als man ihren Gatten in das Zimmer trug, das unversehens vom Hochzeits- zum Krankenzimmer geworden war. Ein Diener, der vorauseilte, öffnete die Tür – und schlug sie mit einem Schrei wieder zu, als er sich unversehens Tietjens gegenübersah, die von dem Lärm beunruhigt aufgesprungen war. Erst als Simeon der Hündin zurief, sie solle sich legen, gab diese die Tür frei und verkroch sich auf ihrem Lager, beobachtete aber argwöhnisch grollend die Vorgänge.

Der Arzt half, den Patienten auszuziehen, und legte dann um Knie und Knöchel einen Kompressionsverband an. Das verletzte Bein wurde auf zwei dicke Kissen hochgelagert, um ein weiteres Anschwellen zu verhindern. Jede Bewegung schmerzte offenbar heftig, denn Simeon ließ einen holländischen Fluch nach dem anderen hören. Schließlich aber, nachdem der Arzt ihm einen Löffel Opiumtinktur verabreicht hatte, beruhigte er sich. Mit verkniffenem Gesicht lag er still da, blass vor Zorn, Scham und Schmerzen. Pahti eilte in die Küche, um Eisbeutel zu holen.

Elmer Lobrecht gelang es schließlich, die Situation einigermaßen zu retten. Er trieb alle unnötigen Gaffer aus dem Zimmer und ließ den Gästen verkünden, es sei nichts wirklich Schlimmes passiert, der Bräutigam habe sich nur den Knöchel verknackst, sodass er sich vom Tanz entschuldigen müsse. Es bestehe kein Anlass, lange Gesichter zu machen, man solle nur ruhig nach Herzenslust tanzen, trinken und essen. Den Gästen war diese Nachricht sehr willkommen. Bald setzte der Trubel wieder ein, als sei nichts geschehen.

Fernab von Tanz, Gesang, Lärm und Lichtern war Anna Lisa damit beschäftigt, ihren Hochzeitsschmuck abzulegen. Sie tat es allein und ohne Hilfe, denn Mette wollte sie in dieser unangenehmen Situation nicht um sich haben, und Fräulein Bertram würde ihren Dienst erst am nächsten Tag antreten. Pahti, so dachte sie, war ein Segen. Lautlos wie eine Fledermaus huschte er durchs Zimmer, beschwichtigte die nervös brummende Tietjens, wechselte die Eisbeutel, half Anna Lisa, das voluminöse Hochzeitskleid wegzuräumen. Sie fühlte sich gar nicht gestört von dem Umstand, dass auch er ein Mann war, so sehr erschien er ihr wie ein freundlicher dienstbarer Geist. Unbekümmert um seine Anwesenheit schlüpfte sie ins Badezimmer, wusch sich, kämmte die aufgesteckte Ballfrisur aus und kehrte in Nachthemd und Schlafrock zu ihrem kranken Gatten zurück. Sie setzte sich auf ihre Seite des Bettes und sah ihn hilflos an.

Sein bleiches Gesicht sah greisenhaft verkniffen aus, Haar und Bart waren feucht von Schweiß. Man hatte ihm Socken, Rock und Hosen ausgezogen, aber nicht das Hemd, um ihm weitere schmerzhafte Bewegungen zu ersparen.

»Ich würde dir gerne helfen, aber ich weiß nicht, was ich tun soll«, sagte sie.

»Im Moment kannst du nichts weiter tun. Such dir ein hübsches Zimmer im Haus und geh schlafen.«

»Ich will in keinem anderen Zimmer schlafen. Mein Platz ist hier.«

Er schnaubte gereizt. »Du tust mir aber weh, wenn du im Bett herumrollst und ständig die Matratze wackelt!«

»Dann schlafe ich auf dem Sofa. Wenn dein Hund bei dir bleiben darf, warum dann nicht deine Frau?« Es war nämlich Tietjens' Gegenwart, die sie zu einem für sie ganz ungewohnten Widerspruch reizte. Schlimm genug, wenn man sein Hochzeitsgemach mit einem Hund teilen musste – aber hinausgeschickt zu werden, während Tietjens dem Kranken Gesellschaft leistete, das wollte sie nicht dulden.

Er machte eine Handbewegung, die besagte: Ach was, mach, was du willst.

Niedergeschlagen rollte sie sich auf dem Sofa zusammen und deckte sich mit der Brokatdecke zu. Da ihr Mann offensichtlich in Ruhe gelassen werden wollte, stellte sie sich schlafend, aber wirklich einschlafen konnte sie nicht. Das Nachtlicht brannte mit bläulicher Flamme. Da war Tietjens, die vor Mitgefühl wie ein Mensch seufzte; da war Pahti, der in regelmäßigen Abständen mit neuem Eis aus der Küche kam und sich um alles kümmerte, was der Kranke brauchte. Simeon, der bei dem Fest reichlich getrunken und gegessen hatte, musste immer wieder sein Lager verlassen, um sich, auf seinen Diener gestützt, auf den Abort zu begeben – ein qualvolles Unternehmen, und zu dem Schmerz kam der Zorn, dass seine Hochzeitsnacht ein so enttäuschendes und demütigendes Ende nahm.

Irgendwann war Anna Lisa so erschöpft, dass sie doch einschlief. Sie erwachte zu ihrer gewohnten Stunde, um sieben Uhr, und sah im Morgengrauen das Zimmer vor sich. Pahti saß im Türkensitz auf dem Boden neben dem Bett und döste mit herabhängendem Kopf. Ihr frisch angetrauter Gatte lag auf dem Rücken, das verbundene Bein hoch auf Kissen gelagert, und schlief unruhig, vom Opium betäubt. Neben ihm im Ehebett ruhte lang ausgestreckt Tietjens und beleckte zärtlich seine bärtige Wange.

Was immer sie von ihrer Hochzeitsnacht erwartet hatte, es war jedenfalls nicht diese Szene gewesen!

Das Gold der Toten

Die drei Männer in den lang herabhängenden Kapuzenmänteln ritten schweigend hintereinander auf dem Fahrweg, der dicht am Absturz der Klippen entlangführte. Der Tag neigte sich dem Ende entgegen. Nebel waberte aus den Kronen des Regenwaldes, der die wellige Hochebene bedeckte, und schwebte über der Meerenge. Die Männer ritten so knapp am Abgrund, wo Reisterrassen wie riesige Treppen zur Meerenge hinunter abfielen, dass sie geradewegs auf die blauen Wasser der Sundastraße hinabsahen und hinüber auf die jenseits der Meerenge ansteigende avocadogrüne Landmasse der Insel Sumatra mit ihren zerklüfteten Bergketten und der flachen, von zahlreichen Flüssen durchzogenen Küste.

Der Reiter ganz hinten, auf einem breitrückigen Packpferd, war ein Sklave; ein Mann mit tintenschwarzer Haut und geschorenem Schädel, krummbeinig und von beinahe zwergenhafter Gestalt, aber mit Schultern und Armen, deren Muskelstränge eine ungeheure Kraft verrieten. Der Mittlere, an der zierlichen Statur selbst in den voluminösen Falten seines Kapuzenmantels als Javaner erkennbar, gehörte zu den Vornehmen des Landes; er ritt einen feurigen Araberhengst, dem es missfiel, vorsichtig über die Wurzeln zu trippeln; ungeduldig biss das Tier auf der silbernen Trense herum und verlangte schnaubend nach einem breiten Weg, auf dem es wie ein Pfeil dahinfliegen konnte. Aber die Männer ließen sich Zeit. Alle drei wussten, dass Hast und Eile in den Tropen gleichbedeutend mit einem frühen Tod waren, vor allem für Europäer und Asiaten, die sich auch nach Generationen nicht wirklich an die Hitze und die triefende Luftfeuchtigkeit gewöhnten.

Schließlich fragte der vorderste Reiter, ein bärtiger Europäer: »Und Sie wollen es wirklich wagen? Sie kennen die Gefahr.« Er stellte die Frage auf Malayalam, der Hauptsprache der Insel.

Der Javaner wandte ihm seinen schönen Kopf zu mit einem maskenhaften, zimtbraunen Gesicht unter einem Schopf blauschwarzen Haares. Schwarze Mandelaugen blitzten im Schatten der Kapuze, als er ebenfalls auf Malayalam antwortete. »Gibt es eine Gefahr, die ich nicht auf mich nehmen würde, um der Sache unseres Landes zu dienen?«, sagte er mit leiser, melodischer Stimme. »Und so gefährlich ist es nicht, man muss nur vorsichtig sein, nichts ohne Handschuhe berühren und nachher seine Kleider verbrennen. Wenn Sie es wagen, dann kann ich es auch.«

»Ich weiß. Nun, dann kommen Sie. Sie werden Ihren Mut nicht bereuen.« Der Europäer zügelte sein Pferd und bog in einen halb überwucherten Pfad ein. Er war nicht mehr jung, saß aber im Sattel wie ein Junger, mit kräftigem Schenkeldruck und aufrechten Schultern. In seiner Jugend musste er ein sehr attraktiver Mann gewesen sein, aber jetzt umrahmte die Kapuze ein vom zehrenden Klima der Tropen gelb verwittertes Gesicht, in dem wiederholte Anfälle von Malaria und die dafür gebrauchten Hausmittel Chinin und Genever tiefe Spuren hinterlassen hatten.

Von allen Seiten umdrängte sie ein turmhoher Wirrwarr aus Farnen, Palmen, Luftwurzeln und Ranken, so eng verfilzt, dass man wie in einem Netz darin hängen blieb, wollte man einen Schritt vom sorgfältig freigehackten Wege tun. Wunderbar schöne Vögel erschienen sekundenlang im Dickicht wie aufblitzende Juwelen. Schließlich erreichten sie einen verwilderten Bananenhain, der sich einen Hügel hinaufzog, ein erstes Anzeichen, dass sie sich der Plantage näherten, denn die großblättrigen Bananenbäume wurden als Sonnenschutz und Windschirm zwischen den Kaffeestauden gepflanzt.

Vor ihnen tauchte ein Palisadenzaun auf und darin ein Tor, dessen scharlachrot lackierte Flügel geschlossen waren. Es wurde von einem zierlich geschnitzten, ehemals reich vergoldeten Vordach vor dem Regen geschützt, und von diesem Vordach hing als leuchtendes Warnzeichen eine gelbe Fahne – die Pestflagge.

Der Europäer zog einen Schlüsselbund aus der Tasche und sperrte auf. Das Tor, an dem sich bereits kniehohes Gras hochgerankt hatte, stemmte sich gegen den Druck seiner Hände; es quietschte und knackte, bis es endlich nachgab und die Männer einließ. Hastig schlossen sie es wieder hinter sich. Im Inneren banden sie ihre Pferde an und gingen zu Fuß weiter. Der schwarze Sklave trug auf der Schulter drei derbe Hanfsäcke.

Da stand das Haus, immer noch groß und prächtig, aber umgeben von den Überresten eines Gartens, der schon beinahe wieder zum Dschungel geworden war. Aufgestört von den unerwarteten Besuchern, schwangen sich ein paar Affen durch das wirre, wie lange Haarflechten herabhängende Luftwurzelgeflecht der Banyan-Bäume und schnatterten misstönend in den Baumkronen. Überall im smaragdgrünen Moos und unter den graugrünen Spinnennetzen der Lianen huschten unsichtbare Tiere herum. An einer Stelle, wo ein Steilhang dem Weg nahe kam, glotzten die bemoosten Steinschädel zweier mythischer Ungeheuer aus den Ruinen einer Mauer heraus.

Sie näherten sich dem verlassenen Haus. Wieder zückte der Weiße die Schlüssel. Der Javaner bedachte ihn mit einem schrägen Lächeln. »Mein Herr! Standen Sie so gut mit dem alten Schurken, dass er Ihnen seinen Schlüsselbund anvertraut hat?«

»Er hat jedenfalls nicht protestiert, als ich die Schlüssel einsteckte.«

»Ja, weil er tot war oder so gut wie tot. Wie haben Sie eigentlich von der Sache erfahren?«

Der Europäer lachte, riss die Augen auf wie ein Käuzchen, drehte die Ohrmuscheln mit den Zeigefingern nach vorne. »Augen auf, Ohren auf, lieber Herr Raharjo. Es gibt Dinge, die kann man einfach nicht verbergen. Aber wir sind uns einig über die Teilung?«

»Vier Fünftel für die Freiheitskämpfer, den Rest für Sie.«

Sie stülpten sich die Kapuzen über den Kopf, zogen die langen Reithandschuhe straff und banden Tücher über Mund und Nase, in deren Falten aromatische Kräuter eingelegt waren. Zwar war zumindest der Europäer überzeugt, dass die Krankheit sich nicht durch die Luft übertrug und auch durch Berührung nur im schmutzigen Wasser, aber Vorsicht schadete nie. Außerdem waren vermummte Gesichter sehr zweckdienlich, wenn sie durch irgendeinen verteufelten Zufall jemand begegnen sollten.

Sie stiegen die hölzerne Treppe hinunter in den Keller, durchquerten die Vorratskammern und betraten einen niedrig gewölbten Raum, der nur Gerümpel enthielt.

»Hier.« Der Europäer deutete auf einen Schrank, der schief auf nur noch drei Knubbelfüßen stand. »Helfen Sie mir, ihn wegzuschieben.«

Der Javaner bedeutete seinem Sklaven, den Schrank zu entfernen. Der Mann stemmte seine von Muskelknoten durchwachsenen Schultern dagegen, und das Möbelstück, das der Kraft zweier Männer widerstanden hätte, rutschte ächzend und knarrend beiseite.

Raharjo pfiff leise, als er in dem Mauerstück, das der Schrank bislang verdeckt hatte, ein eisernes Türchen sah. Der Europäer lachte. Er schob einen der Schlüssel an seinem Bund in das winzige Schlüsselloch, drehte ihn um und zog das Türchen auf. »Bitte sehr!«, sagte er. »Nun rechnen Sie einmal im Kopf aus, wie viele Gewehre für Ihre Leute Sie dafür kaufen können!«

Raharjos schwarze Augen glühten, als er die aufeinandergestapelten Geldbeutel in der Höhlung sah. »Ich fasse es nicht! Wie hat er das alles abgezweigt, ohne dass es jemand bemerkte?«, fragte er. »Das ist ein Vermögen!«

»Denken Sie nicht lange nach, greifen Sie zu. Dongdo wird heute noch schwer zu tragen haben.« Dabei wies er auf den Schwarzen, der bereits die Säcke auf dem Boden ausbreitete.

Nach außen hin hatte der Europäer einen schlechten Handel gemacht. Niemand hätte ihn gehindert, das Gold, von dem er jetzt nur ein Fünftel bekam, zur Gänze für sich zu behalten. Er war dennoch zufrieden. Er wusste, dass Raharjo ihm nicht vergessen würde, was er heute für ihn und seine Männer getan hatte. Und außerdem empfand er eine ganz persönliche Freude bei dem Gedanken, wie viele der verfluchten Kolonialherren den Gewehren zum Opfer fallen würden, die die Rebellen für das Gold des verstorbenen Henry Wolkins kauften.

»God verdom je, Mijnheers!«, flüsterte er auf Holländisch – seiner Muttersprache.

Die tropische Nacht war hereingebrochen, und nur das Licht eines vollen Mondes erhellte den Weg. Es war eine schwere Arbeit gewesen, all das Gold aus dem Haus zu schleppen, auf das Packpferd und auf die behäbige Stute des Europäers zu laden, es dann in ein sicheres Versteck zu schaffen und schließlich in tiefer Nacht heimzukehren in das bescheidene Landhaus, das zu den Gütern des Adhipati von Bandung gehörte. Die beiden Männer waren müde, und ihre Unterhaltung tröpfelte dahin. Allerdings ging Herrn Raharjo etwas im Kopf herum, das er schließlich zögernd in Worte fasste. »Woher hatte Wolkins all das Gold? Er schien mir nicht der Mann zu sein, der seinen Auftraggeber betrügt, im Gegenteil, seine Treue zu dem alten Krämer in Amsterdam war eine seiner wenigen guten Eigenschaften.«

»Warum beschäftigt Sie das so, mein Freund? Denken Sie lieber an die Freude, die Ihr Waffenhändler haben wird, wenn er alle die Geldbeutel sieht, und an die Jubelschreie Ihrer Männer.«

»Ich denke daran«, erwiderte der Javaner. »Aber ich kann trotzdem nicht aufhören, über den Ursprung des Goldes nachzugrübeln. Suchte Wolkins nicht immer nach einer Goldader auf dem Grundstück?«

»Gesucht hat er, das stimmt, er grub Löcher wie ein Hund, der seinen Knochen nicht mehr findet. Nur gefunden hat er nie etwas. Wie denn auch? Ich habe einmal mit einem Geologen gesprochen. Hier gibt es kein Gold. Zinn vielleicht, aber nicht genug, dass es den Abbau lohnte. Außerdem findet man in einer Mine kein gemünztes Gold.«

Als der Javaner längere Zeit keine Antwort gab, fuhr der bärtige Mann fort: »Sie denken an die Schätze von Pajajaran, nicht wahr?«

Der Jüngling nickte, ging aber nicht weiter auf die Frage ein.

Sie ritten schweigend nebeneinanderher, bis sie den Fahrweg erreichten. Dort trennten sie sich. Obwohl ihre Bekanntschaft kein Geheimnis war und sie nicht verdächtig machte – es gab kaum jemanden, den der umtriebige Herr Raharjo nicht kannte –, hielten sie es für besser, in dieser Nacht nicht miteinander gesehen zu werden. Der bärtige Europäer bog in einen bergwärts führenden Pfad ab, der Javaner mit seinem Begleiter ritt noch eine Meile weiter, bis er an ein hübsches Landhaus kam.

Wie alle Häuser in dem so häufig von schweren Regenfällen heimgesuchten Java stand es auf Stelzen – in diesem Fall mannshohen steinernen Säulen – und hatte ein steiles Dach, damit die Wassermassen rasch ablaufen konnten. Im Übrigen jedoch machte es einen beinahe europäischen Eindruck. Es war weiß getüncht und mit rosafarbenen Majolika-Ziegeln gedeckt, die Treppe führte auf einen gemauerten Arkadengang, der das gesamte Haus umrundete. Alle Fenster waren tagein, tagaus mit zierlichen hölzernen Gittern verschlossen, um die Affen fernzuhalten, die gern an allem menschlichen Komfort teilhatten und sich ungeniert an gedeckten Tischen bedienten, wenn sie ins Innere gelangen konnten.

Der Hauswart hörte die Reiter kommen, eilte mit einer Laterne hinaus und erging sich, als er den Araberhengst des jungen Edelmannes erkannte, in unterwürfigen Begrüßungen. Sofort erschienen noch weitere Diener, die die Zügel des Pferdes ergriffen, die Packtasche abnahmen und den Hausherrn ins Innere geleiteten. Raharjos Page, ein Bürschchen von etwa zehn Jahren, stürmte freudig herbei. Er war gekränkt gewesen, dass man ihn auf den Ausflug in der Dämmerung nicht mitgenommen hatte, und bemühte sich nun mit verdoppeltem Eifer um seinen Herrn.

Obwohl Dongdo all die schwere Arbeit getan hatte, war der junge javanische Adelige rechtschaffen müde. Ihm fielen beinahe die Augen zu, während er sich im Badezimmer nackt auf einem Hocker niederließ und das Vergnügen genoss, sich mit einem Schöpflöffel nach dem anderen voll kühlen, frischen Wassers aus der Zisterne übergießen zu lassen. Der Staub rann aus seinem Haar und von seiner zimtbraunen, im Licht der Deckenampel golden schimmernden Haut. Wie er da nackt saß und das Wasser von ihm abperlte, war er ein Jüngling von außergewöhnlicher Schönheit, sowohl nach den Maßstäben seiner eigenen Rasse als auch in den Augen vieler Europäer. Der Spitzname »Goldhähnchen« bedeutete durchaus, dass manche weiße Frau gern seine Henne gewesen wäre, obwohl eine solche Beziehung ein Skandal übelster Sorte gewesen wäre. Und er verfügte über ein unscheinbares, aber für jeden Javaner leicht lesbares körperliches Kennzeichen, das ihn zum Liebling seines Großvaters und dem Anführer leidenschaftlicher Patrioten gemacht hatte: Auf seinem Hinterkopf ringelte sich das schwarze Haar in einem doppelten Wirbel, und ein solcherart ausgezeichneter Kopf, so besagte eine ehrwürdige Tradition, war dazu bestimmt, eine Krone zu tragen. Die Schwärmer unter seinen Anhängern sahen in ihm einen vom Schicksal bestimmten Nachfolger des Prinzen Diponegoro.

Als ein Enkel des Adhipati gehörte Raharjo zum hohen Adel des Landes. Er stammte aus einem Geschlecht, dessen Wurzeln bis in die graue Vorzeit der alten javanischen Imperien zurückreichten; einer seiner Vorfahren war der »Elefanten-General« gewesen, der Premierminister des mächtigen Reiches von Majapahit. Er hätte seinen Platz im Palast des Fürsten einnehmen können, wo auch seine beiden jungen Frauen wohnten, aber Raharjo war ein unruhiger Geist. Anders als die meisten Javaner, die sich nur ungern aus den Armen ihrer Familie lösten, war er am liebsten allein unterwegs, immer in irgendwelchen Geschäften für seinen Großvater, den er über alles liebte. Er besorgte vertrauliche Aufträge für ihn, vor allem aber kaufte er für ihn ein, seit der betagte Fürst seine Tempelburg nur noch selten verließ. Der Adhipati war ein begeisterter Sammler von Kunstwerken, seien sie einheimischer oder ausländischer Herkunft. Sein Raritätenkabinett erweckte selbst die Bewunderung gelehrter Europäer. Raharjo, der seinen erlesenen Geschmack und sein Geschick im Erwerb solcher Seltenheiten halb geerbt, halb von ihm erlernt hatte, fungierte als sein Agent bei den europäischen Schiffseignern ebenso wie bei den chinesischen Händlern in Batavia und den islamischen Mullahs, die Devotionalien aus Mekka ins Land brachten. Der Adhipati dachte oft an sein hohes Alter, und wie andere Menschen auch, die den Tod nahen fühlen, umgab er sich gerne mit Geistlichen und den Schätzen der Religion. Neben Mullahs und Suduks aller Art hatte er sogar einen katholischen Priester seinem Geistlichkeiten-Harem einverleibt. Sein Enkel beschaffte ihm, was er wollte; er brauchte nur einen Wunsch zu äußern, und Raharjo machte sich auf den Weg wie der Jüngling im Märchen, der dem sterbenden König das Wasser des Lebens gebracht hatte.

Raharjo bedeutete dem Pagen, der ihn mit Wasser übergoss, damit aufzuhören und ihn abzutrocknen, danach warf er ein leichtes Hausgewand aus farbenfrohem Batik über und wies den Knaben an, ihm ins Schlafgemach zu leuchten.

»Dongdo!«, rief er in den Vorraum des Bades, wo der schwarze Sklave wartete. Dongdo – ein Abkömmling jener Schwarzafrikaner, die die Portugiesen einst ins Land gebracht hatten und von denen noch viele in Batavia wohnten – war sein Begleiter auf allen Wegen, aber man sah ihn kaum jemals anders als stumm in einem Winkel hockend, den Blick der gelblichen, hervorquellenden Augen unter halb geschlossenen Lidern verborgen, schwer durch die allzu flache Nase schnaufend. Es war nicht seine Aufgabe, seinem Herrn aufzuwarten, das taten andere, zierliche, wohlerzogene Haussklaven mit hübschen Gesichtern und feinen Händen. Dongdo war einfach da, wartend, dass er gebraucht wurde, und bereit, alles zu tun, was Raharjo ihm auftrug. Wie der junge Adelige zu seinem ungeschlachten Sklaven gekommen war, wusste niemand. Eines Tages war er da gewesen und nicht mehr von der Seite des Jünglings gewichen. Mochten die vornehmen Javaner ihm angewidert ausweichen und die Europäer die Nase rümpfen! Dongdo kümmerte es nicht. Ein seltsames, urtümliches Geschöpf, hatte er eines Tages aus unbekannten Gründen sein Leben mit dem des jungen Edelmannes verbunden und würde diese Verbindung von sich aus nicht mehr lösen.

Jetzt stand er auf und folgte Raharjo, der in sein Schlafgemach ging, wie ein grotesker Schatten. Die Haussklaven ängstigten sich vor ihm, die Bauern auf den Reisfeldern blickten beiseite, wenn er vorbeiging, und fürchteten seinen glotzäugigen Blick. Die Europäer in ihrer groben Art stellten manchmal rundheraus die Frage, warum Raharjo die Missgestalt mit sich herumschleppte. Sie bekamen keine Antwort. Eine Kunst, die alle vornehmen Javaner und viele der einfachen beherrschten, bestand darin, in aller Höflichkeit der Beantwortung einer Frage auszuweichen. Man mochte sie tausend Mal stellen und bekam tausend Mal ein sanftes, lächelndes Nichts zur Antwort.

»Lass uns schlafen, Dongdo. Wir haben viel gearbeitet.« Raharjo winkte den Pagen hinaus auf seinen Schlafplatz im

Vorraum und streckte sich, nachdem Dongdo die Tür hinter ihm verriegelt hatte, auf dem Bett aus. Der feine Spitzenvorhang, der die Mücken fernhielt, fiel von allen Seiten herab und umhüllte das Lager. »Viele weiße Schmerbäuche werden sterben.«

»Die Seelen der Helden werden glücklich sein, Herr«, erwiderte der Schwarze und bekreuzigte sich, küsste aber gleich darauf ein verborgenes Amulett, das in einem Ledersäckchen auf seiner Brust hing. Welcher Religion er eigentlich angehörte, hatte nicht einmal Raharjo aus ihm herausbekommen, aber das war seine stehende Redewendung, wenn sie von einem ihrer nächtlichen Unternehmen zurückgekehrt waren, die sie beide den Kopf kosten konnten: »Die Seelen der Helden werden glücklich sein.« Die meisten dieser Afrikaner und Mestizen waren Christen, sie hatten sogar ihre eigene Kirche in Batavia, aber wenn Dongdo ein Christ war, dann von einer ebenso wunderlichen Art, wie Herr Raharjo ein Mohammedaner war. In der schwülen Hitze der Insel und ihrer langen, von dunklen Träumen erfüllten Vergangenheit begann jeder von außen hereingebrachte Glaube, mochte er noch so klar und rein sein, wie Wachs in einer heißen Sommernacht seine Form zu verlieren; er schmolz in sich zusammen bis zur Unkenntlichkeit und vermischte sich mit den anderen zu Brei zerronnenen Religionen. Buddha, Christus und Mohammed hätten die von ihnen gestifteten Religionen nicht wiedererkannt, wären sie ihnen auf Java begegnet.

»Ja, das glaube ich auch«, stimmte der Jüngling zu. »Und weißt du was? Ich glaube, wir haben heute einen ersten Schritt getan, dem noch weitere folgen werden. Es will mir nicht aus dem Kopf gehen, woher der alte Schurke von einem Engländer so viel Gold hatte. Es waren holländische Gulden, also hat er etwas verkauft. Aber von dem Land fehlt kein Fußbreit, das wüsste ich.«

Dongdos Antwort bestand darin, dass er mit seinem massiven Schädel nickte und eine Art murmelnden Singsang von sich gab, dem keine Worte zu entnehmen waren. Es war nicht seine Aufgabe, den Gedankengängen seines Herrn einen Kommentar hinzuzufügen. Tatsächlich verstand er oft gar nicht, worum es ging; er war ein sehr einfacher, ja einfältiger Mann, dem komplizierte Überlegungen fremd waren. Aber Herr Raharjo, der nicht mit sich selber reden wollte, schätzte ihn als Zuhörer.

»Du kennst doch Bogor, das die Mijnheers Buitenzorg nennen, Dongdo«, fuhr der Jüngling fort, der seinen Sklaven gelegentlich zur Residenz des Generalgouverneurs mitgenommen hatte – freilich nicht bis ins Innere, denn dort hätte das missgestaltete schwarze Geschöpf nur unliebsames Aufsehen erregt. »Weißt du, dass Bogor einst die Hauptstadt des Reiches der Prinzessin von Pajajaran war? Und dass sie viele Landgüter, Jagdschlösser und Sommerpavillons im Umkreis von Batavia hatte? Und dass eines ihrer Landhäuser auf dem Grund und Boden stand, den jetzt Vanderheydens Kaffeeplantage einnimmt?«

Dongdo wiegte sich hin und her, nickte und sang.

Raharjos Stimme flüsterte in der Stille des Schlafgemachs. »Die weißen Schmerbäuche haben ihren Palast zerstört, wie so vieles anderes auch, und ihre Ländereien geplündert. Aber was tun die reichen Leute, mein Freund, wenn Krieg das Land überzieht und sie nicht wissen, welche Seite gewinnen wird? Sie verbergen, was sie haben. Es kann gut sein, dass der Verwalter dieses Landhauses alles, was von Wert war, versteckte … dass er getötet wurde … und niemand mehr herausfand, wo er seine heimliche Schatzkammer angelegt hatte. Das alles ist lange her, Dongdo, die Ereignisse gerieten in Vergessenheit, zurück blieb nur wie ein Schatten das Gerede, auf der Kaffeeplantage sei Gold zu finden.« Er setzte sich mit einem so scharfen Ruck auf, dass Dongdo mitten in der Bewegung stockte und seinen murmelnden Gesang unterbrach. »Ich sage dir: Wolkins hat die Schätze der Prinzessin gefunden und einen kleinen Teil davon zu Geld gemacht, dem Geld, das wir heute gefunden haben!« Leise, mit einem breiten Lächeln fügte er hinzu: »Aber die eigentliche Schatzkammer muss noch da sein, hundert Mal mehr wert – irgendwo auf dem Gelände. Und da er sie gefunden hat, können wir sie auch finden. Aber genug für heute; jetzt wollen wir ruhen.«

Er drehte sich zur Seite und schlief ein, während Dongdo sich auf einer Strohmatte im Winkel des Schlafgemachs zur Ruhe bettete. Eng zusammengerollt, glich er einer knorrigen schwarzen Wurzel, die aus der Mauer herauswuchs. Zwischen seinen Armen und Knien geborgen steckte in der schweren ledernen Scheide sein Dolch, von dem er sich keinen Augenblick lang trennte. Kein eleganter, wie eine züngelnde silberne Flamme geformter javanischer Kris, sondern eine plumpe, mit fremdartigen Zeichen ziselierte Waffe, krumm und scharfschneidig wie der Fang eines Raubtiers. Raharjo konnte in Frieden schlafen. Sein Wächter wich ihm nicht von der Seite.

Der bärtige Europäer, mit Namen Edgar Zeebrugge, ritt im Mondlicht seinem Zuhause entgegen, das auf einer Lichtung im Dschungel stand, umringt von Kretek-Bäumen, Zykadeen und Palmen. Fast hatte er es erreicht – schon sah er die Lampen der Diener durch die Holzgitter schimmern.

»Gleich bist du in deinem gemütlichen Stall, Hepzibah«,

ermunterte er seine müde dahintrottende Stute, als sie das Haus bereits passiert hatten und sich dem abseits liegenden Stall näherten.

Im nächsten Augenblick wurde er vom Rücken des scheuenden Pferdes geschleudert. Ohne jeden erkennbaren Grund stieg die sonst so gemächliche Hepzibah auf die Hinterbeine und wieherte gellend – nein, es war mehr ein halb menschlich klingendes Schreien als ein Wiehern! Die Hufe der Stute wirbelten durch die Luft, landeten mit einem nervenzerrüttenden Krach auf dem Weg, links und rechts neben dem zu Tode erschrockenen Reiter, den sie um ein Haar zerschmettert hätten. Dann raste die Stute davon, blieb aber in einiger Entfernung wieder stehen und stampfte schnaubend, den Kopf hin und her werfend, im Kreis.

Der Reiter lag reglos auf dem Rücken, erstarrt vor Entsetzen bei dem Gedanken, er könne versuchen, seine Glieder zu bewegen und nicht dazu imstande sein. Wenn er sich nun das Genick gebrochen hatte? Wenn er nie wieder fähig sein würde, mehr als die Augen zu bewegen? Vom Haus her hörte er die Rufe einer Männerstimme, sah ein flackerndes Licht näher kommen. Da rührte er sich, erst zaghaft, dann rappelte er sich hoch, machte ein paar ungelenke Schritte und kam auf der vom Tau feuchten Böschung ins Rutschen, kollerte auf den Weg und zog unwillkürlich Arme und Beine an. Gott sei es gedankt – er konnte sich bewegen, hatte sich nicht das Rückgrat verletzt.

»Mir ist nichts passiert!«, rief er dem Stallknecht zu. »Fang das Pferd ein, aber vorsichtig, sie ist vollkommen aus dem Häuschen!«

Das war Hepzibah tatsächlich. Sie, die sonst kaum etwas aus dem Gleichgewicht brachte, schnaubte heftig, hin- und hergerissen zwischen Wut und Furcht und dem Bedürfnis, sich in die Hände der Menschen zu geben, die sich bislang immer um sie gekümmert hatten. Nur allmählich gelang es dem Stallburschen, durch gutes Zureden das Tier zu beschwichtigen und in den Stall zurückzuführen. Andere Diener hatte der Lärm geweckt. Sie halfen dem Hausherrn auf die Beine und brachten ihn, der bei jedem Schritt vor Schmerzen ächzte, zurück ins Haus.

Der Hauswart, der sich zugleich auf die nötigste Heilkunde verstand, untersuchte seinen Herrn. Er konnte ihn beruhigen. Nichts war gebrochen, nichts verrenkt oder verstaucht, nur etliche blaue Flecken begannen sich bereits zu bilden, die sich in den nächsten Tagen zweifellos zu vielfarbig schillernden Blutergüssen auswachsen würden.

Der Verletzte war froh, als der Trubel der besorgten Dienerschaft abflaute und man ihn, versorgt mit Eisbeuteln, Brandy und Opiumtropfen, in seinem Nachtquartier allein ließ. Er lag still im Bett und lauschte den Geräuschen des Hauses. Der heftige Schmerz war unter dem Einfluss von Alkohol und Opiat zu einem dumpfen Rumoren verebbt, sodass er sich einigermaßen wohlfühlte. Vom eigenen Leiden weitgehend befreit, begann er über das Befinden seines Pferdes nachzudenken. Er hatte weit und breit keine äußere Ursache entdecken können, die die arme Hepzibah so erschreckt haben konnte, also musste ein jäher Schmerz das Tier irritiert haben, und zwar ein sehr heftiger Schmerz wie etwa ein unvermuteter rheumatischer Anfall. Er musste schnellstens den Tierarzt in dieser Frage konsultieren, denn abgesehen von der Sorge um das Wohlbefinden seiner Stute wollte er nicht riskieren, noch einmal auf diese Weise aus dem Sattel geschleudert zu werden. Noch jetzt klopfte ihm das Herz im Hals, wenn er an das Schicksal dachte, dem er nur knapp entgangen war.

Er wollte sich eben zum Schlaf einrollen, als das Knarren der Tür ihn aufschreckte. Das Licht einer Laterne erhellte den Raum. Aus halb geschlossenen Augen sah er den Hauswart eintreten, das Gesicht unter dem wirren, grauen Haar grimmig verzogen. Ohne Vorrede sagte er: »Der Pferdeknecht hat mir das hier gezeigt.« Er öffnete die Hand und ließ den Verletzten, der sich irritiert aufsetzte, etwas Glitzerndes sehen. »Er hat es Hepzibah aus der Hinterbacke gezogen.«

Der Hausherr beugte sich blinzelnd vor. Der Bedienstete trat näher ins Licht, und jetzt war deutlich zu sehen, was auf seiner Handfläche lag: Es war ein fingerlanger, spitz gefeilter Eisenbolzen, noch verschmutzt vom Fleisch und Blut des unglücklichen Pferdes.

Der kleine braune Mann beobachtete das Gesicht seines Herrn aufmerksam, als er feststellte: »Jemand hat Ihr Pferd mit Absicht dazu gebracht, Sie abzuwerfen.« Seine onyxschwarzen Augen waren hart, seine Züge straff. Ihm war anzumerken, wie tief es ihn erschütterte und wie sehr es ihn erzürnte, dass jemand einen so feigen Anschlag auf den Gebieter seines Hauses verübt hatte. Und da war noch mehr, noch Schlimmeres.

»Ich habe mir die Stelle angeschaut, wo es passierte«, sagte er. »Der Bolzen kann nur aus einer Richtung abgeschossen worden sein. Aus dem Haus. Aus einem Fenster im Oberstock, genau gesagt. Ich habe es halb offen stehend gefunden.«

Der Mann im Bett schwieg, aber eine heiße Welle schoss durch seinen ganzen Körper, umklammerte sein Herz, trieb ihm das Blut in die Schläfen. Mit schmalen Augen starrte er den kleinen Mann an. »Du meinst, jemand aus meinem Haushalt hat diesen Unfall absichtlich herbeigeführt?«

Der Hauswart nickte. »Ich sage es nicht gerne, aber so ist es. Ich kenne auch die Waffe, mit der der Bolzen abgeschossen wurde. Eine kleine Armbrust, die sonst im Waffenzimmer an der Wand hängt. Sie ist verschwunden.« Mit einer langsamen, bedeutungsvollen Geste legte er das scharfe Eisenstück mit den daran haftenden Blutspuren auf den Nachttisch.

Der Europäer schwieg. Ihm war übel von der jähen Erregung, die ihn angesichts der Heimtücke des Anschlags erfasst hatte. Und doch war er nicht verwundert. Er wusste, wie viele Feinde er hatte. Es war damit zu rechnen gewesen, dass sich der eine oder andere in sein Haus einschlich, um ihn dort zu treffen, wo er am verletzlichsten war.

Mit heiserer Stimme fragte er: »Fehlt jemand von den Leuten?«

»Nicht von unseren eigenen Leuten, gnädiger Herr, aber der Handwerker, der in diesen Tagen das Dach repariert, ist nicht aufzufinden.« Er zog bedeutungsvoll die dichten schwarzen Augenbrauen hoch. »Sein Werkzeug ist noch da, aber sein Nachtlager ist leer, und er selbst ist fort. Soll ich die Männer ausschicken, ihn zu suchen?«

Der Verwundete wehrte mit müder Geste ab. »Nein, lass. Was nützt es schon, wenn wir ihn finden? Sie würden einfach einen anderen schicken.«

Irgendwann wird mich einer von ihnen erwischen, dachte er. Aber hol's der Teufel, dass sie seiner armen Hepzibah Schmerzen zugefügt hatten!

Abschied von Deutschland

Die Tage bis zur Abreise verliefen unerfreulich für das junge Ehepaar Vanderheyden. Das schöne Wetter des Hochzeitstages hatte sich als Strohfeuer erwiesen. Eine Schlechtwetterfront mit Nebel und Regen war von der Nordsee hereingezogen, und nun fiel ein dünner, prickelnder Nieselregen aus dem schieferfarbenen Himmel. Nebelbänke krochen von der Elbemündung herein, blähten sich in den Straßen und wurden von eisigen Windstößen hin und her geweht.

Im Hause Lobrecht herrschte das übliche Chaos, das ein so gewaltiges Fest in seinem Kielwasser zurückließ. Es gab alle Hände voll zu tun, aber alle waren müde, und viele, der Hausherr und der Schwiegervater mit eingeschlossen, hatten in der letzten Nacht viel zu viel getrunken. Ein verkaterter Bartimäus Vanderheyden schimpfte auf seinen Sohn, den er einen Tölpel und Tollpatsch nannte; er betrachtete es als persönliche Beleidigung, dass Simeons Auftritt ein so unwürdiges Ende genommen hatte, obwohl der Jüngling doch keinerlei Schuld daran trug, dass ein Handwerker den Schleier nicht ordentlich befestigt hatte. Beinahe wäre es zu einem Streit zwischen ihm und Lobrecht gekommen, da dieser die Partei des verunglückten Bräutigams ergriff.

Auf jeden Fall hinterließ der Unfall eine Lücke in der Organisation, denn eigentlich wäre es Simeons Aufgabe gewesen, alle nötigen Anordnungen zu erteilen. Als Ehemann verwaltete er nicht nur die Reisekasse, er genoss auch das Vorrecht, dass in erster Linie auf seine Wünsche Rücksicht genommen wurde und erst in zweiter Linie auf die seiner Gattin. In seinem erbärmlichen Zustand war ihm jedoch alles gleichgültig, er ließ sich obendrein zu der für Anna Lisa reichlich beleidigenden Äußerung hinreißen, seine geliebten Herbarien könne er ohnehin nicht mitnehmen, und alles andere sei ihm egal. Außer Tietjens! So viel Interesse brachte er noch auf, dass er Pahti extra in den Hafen schickte, ein paar Säcke des gedörrten Büffelfleischs zu kaufen, das ihr liebster Leckerbissen war!

Anna Lisa bemühte sich, das Beste aus der Situation zu machen. Sie stellte rasch fest, dass sie ihrem Gatten jetzt am besten aus dem Wege ging; er zeigte sich von einer recht unerfreulichen Seite, grollte vor sich hin und schnauzte sie an, wenn sie sich ihm näherte, und sie begriff, dass er das hauptsächlich deswegen tat, weil er sich vor ihr schämte. Anstatt stolz und vergnügt seine neue Stellung als reicher Ehemann zu genießen, lag er auf dem Rücken wie ein toter Käfer, ächzte vor Schmerzen bei jeder unbedachten Bewegung und konnte nicht einmal auf den Abort, ohne dass sein Diener ihn stützte!

Aber Pahti kümmerte sich ohnehin aufs Beste um ihn, und zweimal am Tage kam zudem der Arzt, also wurde sie nicht gebraucht. Nachdem sie jetzt auch davon entschuldigt war, noch irgendwelche offiziellen Auftritte zu absolvieren, kümmerte sie sich gemeinsam mit der Wirtschafterin und der neuen Zofe um die letzten Vorbereitungen zur Abreise.

Sie stellte mit Freuden fest, dass Fräulein Bertram – irgendwie hatte sie Hemmungen, eine so ernste Person einfach »Pia« zu rufen – ein würdiges Gegenstück des lautlos effizienten Pahti war. Ruhig, zuverlässig und schweigsam war sie eine wichtige Stütze in diesen hektischen Tagen, obwohl man ihr anmerkte, dass sie mit dem Betrieb eines großbürgerlichen Hauses nicht vertraut war. Missionare lebten für gewöhnlich ein eher bescheidenes Leben.

Dann brach der Morgen der Abreise an.

Anna Lisa verabschiedete sich mit nassen Augen von der guten Elsa, die sich immer so ernsthaft bemüht hatte, ihr die Mutter zu ersetzen. Sie küsste die Greisin auf die Wange und dankte ihr mit bewegten Worten.

Elsa hielt ihre Hand noch einen Augenblick fest, nachdem sie gute Reise gewünscht hatte. »Liebes Fräulein«, sagte sie, wobei sie sich hastig nach allen Seiten umsah, ob sie niemand belauschte, »da ist noch ein Rat, den ich Ihnen mitgeben will. Sie dürfen mir dafür nicht böse sein, es ist ja nur gut gemeint.«

»Was für ein Rat?«, fragte Anna Lisa, die irgendeine alltägliche Belehrung aus dem reichen Zitatenschatz des Kindermädchens erwartete.

»Da Sie jetzt erwachsen und verheiratet sind und aus dem Hause gehen, will ich offen zu Ihnen sein. Sie sind immer sehr verwöhnt und behütet worden, und gewiss erwarten Sie nun, dass es in Ihrer Ehe auch so sein wird. Herr Simeon ist in der Tat ein guter Mann, doch, ja, das glaube ich, dass er ein guter Mann ist. Nur dürfen Sie sich nicht allzu sehr auf seine Stärke verlassen. Ich war nie verheiratet, aber ich habe viele Männer gesehen und mir ein Bild von ihnen gemacht, und ich sage Ihnen: Es kann eine Zeit kommen, in der Sie für ihn sorgen müssen, nicht umgekehrt.«

Betroffen und auch ein wenig pikiert antwortete die junge Frau: »Aber sein Bein, das wird bald wieder in Ordnung kommen.«

»Es ist nicht nur sein Bein.« Elsa umklammerte ihre Hände mit kalten, beinernen Fingern. »Alles an ihm ist krank. Sein Körper, sein Verstand, seine Seele. Das ist nicht seine Schuld, und Sie dürfen es ihm nicht anrechnen, aber stellen Sie sich je eher, desto besser darauf ein, dass er sich auf Ihren Arm stützen wird, nicht Sie auf den seinen. Und nun lassen Sie uns nicht länger reden; Gott segne Sie, mein liebes Kind, und lasse Sie glücklich werden – trotz allem.« Damit riss sie sich los und humpelte davon.

Anna Lisa starrte ihr nach. Was waren das für finstere Prophezeiungen! Aber Elsa wurde allmählich sehr gebrechlich, sie nahm alles schwer, und wahrscheinlich betrachtete sie die missglückte Hochzeitsfeier als böses Omen. Die junge Frau schüttelte mit einer energischen Bewegung die Bedrückung ab, die sich ihrer bemächtigen wollte.

Im Hof des Hauses herrschte lebhafte Geschäftigkeit. Simeon konnte noch immer nicht auf eigenen Beinen stehen, die Lobrecht'schen Diener würden ihn auf einer Bahre an Bord tragen müssen. Das Gepäck wurde verstaut, Elmer Lobrechts Kutsche fuhr im Hof vor. Hamburg, so schien es, wollte den Reisenden den Abschied leicht machen, indem es sich von seiner widerwärtigsten Seite zeigte. Winselnd und pfeifend rüttelte der Sturm an allem, was er zu fassen bekam – an Stangen, Holzwänden und Fuhrwerken. Hin und wieder gingen Schauer nieder, die wie Nadelstiche ihren Weg selbst durch die warmen Reisemäntel fanden.

Als sie zum letzten Mal ihr Vaterhaus verließ, musste Anna Lisa die Augen zusammenkneifen. Sie hatte Mühe, die Tränen zurückzuhalten, die ihr beim Anblick des vertrauten Gebäudes mit seinem Park unter den Lidern hervorquollen. In ihren Ohren trommelte das Blut, ihr Herz schlug so heftig, dass sie ängstlich die Hand darauf presste, überzeugt, es würde jeden Augenblick aussetzen. Rasch trocknete sie sich die Wangen ab. Sie wollte nicht, dass ihr Vater sie weinen sah. Er gehörte zu den Menschen, die jede Gefühlsäußerung als ähnlich unangenehm empfanden wie das Kratzen der Kreide auf einer Schultafel.

Schaudernd wickelte die junge Frau ihren Umhang enger um sich, nachdem sie vor dem Tor von feuchtkalten Windstößen empfangen worden waren. Die Böen drohten, ihr den Hut und ihrem Vater den Zylinder vom Kopf zu reißen, und wühlten förmlich im Kragen seines Kutschermantels. Fräulein Bertram hatte Mühe, alle die Hutschachteln und Kulturbeutel festzuhalten, die der Sturm ihr aus den Fingern zu winden versuchte.

Anna Lisa kletterte hinter ihrem Vater in die Kutsche, die Peitsche des Kutschers knallte, und das Gespann rasselte durch die grauen Regenschleier von der Residenz des Reeders in Richtung Hafen. Die übrigen Kutschen folgten. Man war früh aufgebrochen, denn im Hafen war ein gewaltiges Gedränge zu erwarten. Die Anne-Kathrin war seit Wochen von der Luxusklasse bis zur letzten Koje im Zwischendeck ausgebucht. Die billigsten Plätze waren am gefragtesten. Seit rund hundert Jahren trieben Hunger und Elend Auswanderer in Scharen aus dem norddeutschen Land, sei es nach Amerika, Australien, Indochina oder eben Niederländisch-Ostindien. Sooft einer der Auswandererdampfer in See stach, organisierten die großen Reiseagenturen wie der Norddeutsche Lloyd die Reise, die dann in den Zeitungen annonciert wurde. Bis ins letzte Dorf ging die Nachricht, dass zu einem bestimmten Datum ein Hochseedampfer im Hafen lag. Dann musste man sich eilen, eine Karte zu ergattern, oder sich auf die Warteliste setzen lassen, denn die Nachfrage war groß. Die Reisen wurden mit allem Drum und Dran pauschal gebucht, die Passagiere mussten nicht mehr fürchten, Betrügern in die Hände zu fallen, sie mussten auch nicht mehr wie früher wochenlang im Hafen warten – wo manch einer seinen letzten Pfennig ausgegeben hatte –, sondern die Fahrzeiten von Zug und Schiff wurden aufeinander abgestimmt, alles war bis aufs Kleinste geregelt.

Die junge Frau, die noch nie eine große Reise gemacht hatte, fühlte sich jetzt schon hilflos, obwohl eigentlich gar nichts schiefgehen konnte. Was hatte sie denn zu befürchten? Sie reiste mit ihrem Ehemann und ihrer Dienerschaft in einer bequemen Kabine der ersten Klasse. Anders sah es freilich für die vielen billig Reisenden aus: Die armen Leute reisten im Zwischendeck als lebendes Frachtgut, das man in der Frühzeit der Auswandererschiffe kurzerhand in die Freiräume zwischen der Ladung gestopft hatte. Später, als immer mehr ihr Heil in der Fremde suchten, wurden sie in riesigen Schlafsälen zusammengedrängt, gepeinigt von Enge, Infektionskrankheiten, üblen Gerüchen und mörderischer Hitze, sobald sie die tropischen Gebiete erreicht hatten. Erst in jüngster Zeit hatten die Schifffahrtsgesellschaften erkannt, dass sie ein besseres Geschäft machten, wenn sie den Auswanderern einigermaßen menschenwürdige Unterkünfte zur Verfügung stellten. Aus dem menschlichen Kargo wurden die Passagiere der dritten Klasse.

Die Reichen dagegen hatten es fast so bequem wie zu Hause. Ihre Kabinen waren elegant eingerichtete Suiten mit Salon, Schlafzimmer, Boudoir und Dienerzimmern. Elmer Lobrecht hatte dafür gesorgt, dass das junge Ehepaar eine schöne Außenkabine mit allem Komfort bekam; allerdings war er Geschäftsmann genug, dass er ihnen wohl eine Kabine der ersten Klasse, aber keine der Luxusklasse zugestand. Er selber und seine Söhne wären auch nicht anders gereist. Insgeheim hegte er eine gewisse Verachtung für die Passagiere, denen die goldenen Nester auf dem Sonnendeck zugedacht waren: Dort logierten ausländische Fürsten, Opernsängerinnen, die Witwen und Mätressen amerikanischer Finanzleute und ähnliche Leute, die in Lobrechts Augen unnützes Volk waren.

Sobald Vater und Tochter miteinander allein waren, zog Elmer Lobrecht ein schmales Kuvert aus seinem Rock und drückte es der Tochter in die Hand. »Du reist in ein fernes Land, Anna Lisa, wo du außer deinem Gatten keinen Beschützer hast. Ich hoffe, ich habe mein Bestes getan, dass es dir dort gut geht, aber falls du dennoch in Schwierigkeiten geraten solltest, so wende dich an die deutsche Bank in Batavia, und zwar ausdrücklich an den Herrn, dessen Namen in diesem Brief erwähnt wird. Ich habe dort eine Summe Geldes auf deinen Namen deponiert, die dir in ernsten Notfällen – sagen wir, falls dein Gatte plötzlich sterben sollte oder ein ähnliches Unglück eintrifft – zur Verfügung steht. Wohlgemerkt, in sehr ernsten Notfällen und nur, wenn du auf dich allein gestellt sein solltest. Unter allen anderen Umständen ist Simeon dafür verantwortlich, für dich zu sorgen.« Nach kurzem Zögern fügte er hinzu: »Das hier ist eine Sache, die nur dich und mich betrifft.«

Anna Lisa nickte. Sie verstand. Ihr Vater wünschte nicht, dass sie Simeon oder sonst jemand von diesem Brief erzählte. Sie faltete das Papier und steckte es in den Ausschnitt ihres Kleides, in das schmale, verborgene Täschchen, das dafür gedacht war, ein winziges Parfümflakon aufzunehmen. »Ich danke dir«, flüsterte sie.

Elmer Lobrecht, der in emotionsgeladenen Momenten nie

wusste, was er sagen sollte, nickte nur und tätschelte ihre schmale, kalte Hand.

Es begann, heftiger zu regnen. Der Sturm trieb die eiskalten Wasserschleier über die glänzenden Leiber der Schiffe, in die Gesichter der Reisenden und bis hinein in die hoch geknöpften Krägen ihrer Reisemäntel. Segel und Schornsteine der zahllosen Schiffe verschwammen hinter einer Wand aus Regen, Schmauch und Dampf. Der Kutscher hatte einige Mühe, die Anne-Kathrin zu finden, so dicht lagen die Ozeandampfer nebeneinander. Dann endlich entdeckte er die richtige Pier, peitschte die schnaubenden Pferde den Kai entlang und hielt die Kutsche im Schatten des mehrere Stockwerke hohen Rumpfes an. In der Hafenstadt Hamburg aufgewachsen, hatte Anna Lisa Wasserfahrzeuge zu Hunderten gesehen, aber in den letzten Jahren hatte sich das äußere Erscheinungsbild der Schiffe drastisch gewandelt. Das Segel als Antriebsmittel wurde allmählich durch den Dampfmotor abgelöst. Hölzerne Rümpfe wurden durch stählerne ersetzt, Kupfernägel durch Eisennieten. Vor allem die Ozeanriesen, die Unmengen an Passagieren und Kargo zwischen den Weltteilen hin und her transportierten, glichen eher schwimmenden Städten als den Schiffen früherer Zeit. Überall hörte man nur noch Worte wie »Höchstleistung«, »Fortschritt«, »Rekord«. Alle Welt schien besessen von dem Gedanken, immer neue Wunderwerke aus Stahl und Eisen zu schaffen. Schneller, leistungsfähiger, präziser als die vorhergehenden. Die Zeitungen waren voll mit Berichten und Annoncen über stetig verbesserte Fahrzeuge, Lokomotiven, Fabrikmaschinen und Schiffe.

Die Anne-Kathrin war bei Weitem nicht das größte Schiff im Hafen, dennoch erschien sie Anna Lisa gigantisch, wie sie da über die Pier aufragte, dass sie den Himmel verdunkelte, ein

Koloss aus schwarzem Stahl, dessen Flanken in regelmäßigen Abständen von runden Bullaugen durchlöchert wurden. Der weiß gestrichene Deckaufbau lag inmitten einer für Landratten undurchschaubaren Wirrnis von Takelage zwischen den Masten, an denen die noch eingerollten Segel hingen, und den Kränen für die Rettungsboote. Zwei mächtige, schwarz-weiß geringelte Schornsteine überragten ihn. Noch waren die zahlreichen Segel nicht aufgetakelt. Noch drang kein Laut aus dem Kesselraum der Anne-Kathrin, noch ruhten die gewaltigen Schiffsmaschinen. Sie würden erst anspringen, wenn die zwei bulligen Schlepper, die jetzt am Rumpf des Ozeanriesen festmachten, diesen von der Pier weggezogen hatten.

Elmer Lobrecht – dem es den Magen verkrampfte bei der Vorstellung eines sentimentalen Abschieds – beeilte sich, seine Tochter mit technischen Informationen auf andere Gedanken zu bringen. Die Anne-Kathrin, so erklärte er ihr, würde mit der Kraft ihrer Dampfmaschinen die Elbemündung verlassen und erst auf hoher See Segel setzen, denn Wind war immer noch das billigste Antriebsmittel. Nur bei längeren Flauten würde die Mannschaft auf die Kohle fressenden Dampfmaschinen zurückgreifen. Sparsamkeit war angesagt, denn sie hatte eine lange Reise vor sich: Nachdem sie Batavia erreicht hatte, würde sie ihre Fahrt fortsetzen nach Neuguinea, Celebes und Borneo, würde das unter britischer Oberhoheit stehende Singapur anlaufen, die Straße von Malakka durchfahren und dann wieder Kurs auf Europa nehmen. »Ich will gar nicht daran denken, wie viel Geld wir für Kohle ausgeben müssen, wenn uns kein guter Wind bestimmt ist«, murrte der Reeder, während er die Hand seiner Tochter festhielt. Es gab so viel anderes, das er gerne gesagt hätte, aber er hatte es in seinem ganzen Leben nicht fertiggebracht, in emotionalen Augenblicken die richtigen Worte zu finden.

Und selbst wenn er ausnahmsweise einmal in der Lage gewesen wäre, so hätte Anna Lisa ihn kaum verstanden, so unbeschreiblich war der Lärm, der den Kai erfüllte. Kinder plärrten. Mütter, die in dem Gedränge ihre Kleinen zu verlieren fürchteten, schrien nach ihnen. Männer und Frauen stritten wütend. Matrosen brüllten und Offiziere bliesen in ihre Trillerpfeifen.

Auch hinter der Absperrung, wo sich, von Polizisten und Ordnern abgeschirmt, die Passagiere der ersten Klasse versammelten, herrschte lärmende Geschäftigkeit. Droschken bahnten sich geschickt ihren Weg durch die Menge und entließen ihre Fahrgäste, während schwere, hoch beladene Rollwagen über das Kopfsteinpflaster auf die Laderampe zurumpelten, wo ihre Waren an Bord des Schiffes gehievt wurden. Koffer und Seekisten wurden von schwitzenden Trägern das Fallreep hinaufgeschleppt. Sah man die Kleidung der Reisenden erster Klasse, so konnte man eher meinen, sich in einem Opernfoyer zu befinden: Allerorten leuchteten bunter Samt und pelzbesetzter Satin, und über allem tanzten die Hüte mit ihrem oft extravaganten, ja närrischen Putz aus künstlichen Früchten, Seidenblumen und Chiffonschleifen. Das Stimmengewirr der erregten Menge aus Schaulustigen, Passagieren und deren Begleitern übertönte den Lärm der Schiffsmaschinen und der kreischenden Möwen am Himmel.

Dann brüllten die Megafone die Aufforderung, die Passagiere der ersten Klasse möchten an Bord gehen. »Bitte begeben Sie sich in den Empfangsraum der ersten Klasse, die Stewards werden Ihnen Ihre Kabinen zuweisen! Alle Passagiere der ersten Klasse an Bord, ich wiederhole …«

Anna Lisa fand kaum noch Zeit, ihre drei Brüder, die aus der nachfolgenden Kutsche gesprungen waren, und ihren Vater zum Abschied zu küssen. Es gab ein wildes Gedränge in der

Einschiffungshalle, als sich die Träger mit der Krankenbahre hindurchzwängten. Endlich gelangten sie ins Innere des Gebäudes. Von hier aus führte das Fallreep zum Schiffseingang der ersten Klasse. Eben wurde das Gittertor zum Schiffsinneren geöffnet.

Die letzten Meter des Fallreeps waren nicht mehr überdacht, und Anna Lisa bekam einen eisigen Regenguss ab, der ihre Schultern durchnässte. Am Eingang wurden die Passagiere von einem Mitglied der Mannschaft gebeten, ihre Tickets vorzuzeigen. Der Uniformierte hielt eine Liste in der Hand, auf der er jeden einzelnen Namen abhakte. Mit einem zuvorkommenden Gruß wurde das Ehepaar Vanderheyden in den Empfangsraum der ersten Klasse dirigiert. Wie ging es dort zu! Menschen drängten in alle Richtungen, schrien nach ihrem Gepäck, suchten zunächst einmal vergeblich ihre Kabinen, klammerten sich an die Stewards und protestierten dagegen, dass man sie dumm herumstehen ließe, obwohl die Angestellten ihr Bestes taten.

Da! Das dritte Signal! Drei Pfiffe gellten über das Vorderschiff. Das Fallreep wurde eingezogen. Von den unteren Decks und von der Pier erklangen heisere Rufe, als die dicken Stahltrossen gelöst wurden, mit denen die Anne-Kathrin an Land verankert war. Lautes Dröhnen und Bullern erschallte aus den Bäuchen der Schlepper.

Zwischen Schiffsrumpf und Pier öffnete sich ein breiter, endgültiger Spalt. Die Anne-Kathrin erschauerte, als die Schrauben der Schlepper ansprangen und der bis dahin reglos ruhende Riese erstmals in Bewegung geriet. Langsam trieb das Schiff, von oben bis unten festlich illuminiert und in leuchtenden Nebel gehüllt, von der dunklen Pier ab. Die Kessel in seinem Inneren wurden angeheizt. Aus der Öffnung eines Schornsteins zischte eine weiße Dampfwolke, dann folgten schwarze

Rauchpilze, als die riesigen Maschinen warmliefen. An Bord herrschte ein Wirbel wie bei einem Volksfest. Matrosen und Offiziere, Gepäckträger, Passagiere und Stewards wimmelten auf den Decks durcheinander. Zwischen den Weißen waren zahlreiche dunkelhäutige Menschen zu sehen, nicht nur Mitglieder der Schiffsbesatzung, sondern auch Passagiere, denn das Schiff würde in Djibouti an der afrikanischen Küste, in Colombo auf Ceylon, im indischen Hafen Bombay und in Padang auf Sumatra anlegen. Überall dort lebten Menschen malaiischer, arabischer, indischer, afrikanischer und chinesischer Abstammung.

Das alles nahm Anna Lisa freilich nur sehr undeutlich wahr. Sie kam nicht einmal dazu, an die Reling zu laufen und ihren Verwandten ein letztes Mal zu winken, so beschäftigt war sie mit ihrem kranken Gatten. Da die Lobrecht'schen Diener von Bord gehen mussten, übernahmen zwei Stewards die Aufgabe, die Bahre in die Kabine zu tragen. Das allein wäre noch kein Problem gewesen, denn Simeon war keine schwere Last. Aber plötzlich gab es eine heftige Debatte um Tietjens, die mit großer Selbstverständlichkeit ihrem Herrn folgte und sich in der Kabine erst einmal umsah, ob man für sie ein passendes Lager bereitet hätte. Als sie nicht gleich eines fand – ihre Rollmatratze steckte noch im Gepäck –, ließ sie sich auf dem Doppelbett nieder. Ein Steward suchte sie grob zu verscheuchen, Simeon brüllte ihn an, er solle sich zum Teufel scheren, während Pahti – der mehr als alles andere den Zorn des Dämons fürchtete – Tietjens mit zitternder Stimme versicherte, dass er persönlich an der üblen Behandlung unschuldig sei. Die Hündin selbst rührte sich keinen Zoll weit; sie maß die Stewards mit einem bedrohlichen Blick ihrer Bernsteinaugen, als schätzte sie ab, wie viel Pfund rohes Fleisch sie beide zusammen abgaben, und zeigte mit gekräuselter Nase die beiden gelben Fangzähne.

Daraufhin stellten die Männer die Bahre auf dem Boden ab und flohen aus der Kabine mit der Ankündigung, sie würden eher ihren Dienst quittieren, als sie wieder zu betreten, solange sich das Ungeheuer darin befand.

Simeon, dessen verletztes Bein nach der rumpelnden Kutschenfahrt und dem Bahrentransport über das Fallreep erbärmlich schmerzte, fluchte wie ein Kaperkapitän – worauf die bislang schweigsame Pia Bertram in heiligem Zorn herausplatzte: »Versündigen Sie sich nicht, gnädiger Herr, damit Ihnen nicht noch Schlimmeres widerfahre!«

Es sah ganz so aus, dachte die verstörte Anna Lisa, als sollte das Unheil ihres Hochzeitstages ihr weiter anhängen!

Sie hatte Mühe, die Tränen zurückzuhalten, aber sie schaffte es. Jetzt zu flennen wie ein kleines Kind, würde ihren Gatten nur noch weiter verärgern und sie vor den Dienstboten demütigen. War sie nicht Elmer Lobrechts Tochter? Sie schaffte es, mit ruhiger Stimme Anordnungen zu erteilen, aber in ihrem Inneren tobten Wut und Verzweiflung. Wie konnte ihr Mann sie so im Stich lassen? Wie konnte er einfach da liegen, krank sein und fluchen, während die ganze Last auf ihren Schultern ruhte? Als verwöhnte jüngste Tochter eines fürsorglichen Vaters war sie nie in die Lage gekommen, mit Schwierigkeiten selber fertigwerden zu müssen. Alles hatte man ihr aus der Hand genommen, sobald es den Verstand und die Tatkraft eines Mannes erforderte. Und ganz selbstverständlich hatte sie das auch von ihrem Gatten erwartet. Stattdessen fiel der die Treppe hinunter, verstauchte sich das Bein und war zu nichts zu gebrauchen!

Dann gewann der vernünftige Teil in ihr die Oberhand –

denn im Grunde war Anna Lisa Lobrecht, verehelichte Vanderheyden, eine recht vernünftige Person, nur hatte sie noch nie viel Gelegenheit gehabt, diese Vernunft zu gebrauchen. Beschämt über ihr kindisches Selbstmitleid schalt sie sich selbst einen Dummkopf. Ja, dumm war sie und ungerecht obendrein. Statt ihrem kranken Ehemann seine Lage zu erleichtern, machte sie ihm noch insgeheim Vorwürfe!

Mit einem tiefen Atemzug straffte sie die Schultern. Worüber regte sie sich denn so auf? In nächster Zeit hatten sie überhaupt nichts zu tun, sie konnten auch gar nichts tun, nur in der Kabine oder an Deck herumlungern und warten, dass die Anne-Kathrin ihr Ziel Java erreichte. Das wenige, das es zu tun gab, erledigten zwei effiziente Dienstboten. Ihre einzige wirkliche Aufgabe bestand darin, Simeon bei Laune zu halten. Die Schmerzen konnte sie ihm nicht abnehmen, aber sie konnte immerhin dafür sorgen, dass er sich abseits seiner Verletzung nicht auch noch ärgerte. Schon in der kurzen Zeit zwischen ihrem ersten Kennenlernen und der Hochzeit hatte sie herausgefunden, wie launisch er war, wie schnell er in tiefe Melancholie verfiel, wie schnell er sich aber auch aufheitern ließ, wenn sie nur die richtigen Worte fand.

Zu dumm, dass das Thema »Herbarien« im Moment nicht gut bei ihm ankommen würde. Da sie in Java keine klobigen Wälzer mit sich herumschleppen konnten und die empfindlichen Bücher eine Seereise sowieso nicht überstanden hätten, waren die Bände in Amsterdam geblieben, vorsorglich in der Schatzkammer einer botanischen Gesellschaft, denn Simeon traute seinem Vater zu, dass er sie ins Feuer warf, kaum dass der Sohn ihm den Rücken zugedreht hatte.

Nun, sie würde sich etwas anderes einfallen lassen müssen.

Bis es Zeit zum Mittagessen wurde, hatte sich die Situation allmählich wieder beruhigt. Simeon wurde bequem auf das breite Lager gebettet und bekam einen Löffel von der Opiumtinktur, die die Schmerzen in seinem Bein linderte und ihn angenehm schläfrig und gleichgültig machte. Tietjens ließ sich bewegen, ihr eigenes Lager – das noch vor Anna Lisas privaten Besitztümern ausgepackt wurde! – zu beziehen, verzehrte eine üppige Mahlzeit aus Trockenfleisch und begab sich zur Ruhe. Fräulein Bertram sortierte und verstaute mit geschickter Hand alle Gepäckstücke in den dafür vorgesehenen Schränken und Kommoden. Anna Lisa vernahm mit einiger Erleichterung den Wunsch ihres Gatten, sie möge ihn allein lassen, er wollte kein Mittagessen und auch keine Gesellschaft. Sie könnte sich das Essen ja in die Kabine bestellen. Eben wollte sie ausfindig machen, ob sich überhaupt noch ein Steward bereitfinden würde, ihr die Mahlzeit in der Höhle des Löwen zu servieren, als es klopfte und der Schiffsarzt seinen Besuch anmeldete.

Sie sah sich einem weiß uniformierten Mann gegenüber, groß und hager, mit einem Schopf blassbrauner Haare und einem buschigen Schnauzbart, ein Mann, der ihr noch sehr jung für einen so verantwortungsvollen Posten zu sein schien. Er konnte gerade erst sein Doktorat gemacht haben. Er stellte sich vor als Dr. Max Lutter von Lohenburg – »Aber bitte einfach Dr. Lutter!« Offenbar genierte es ihn ein wenig, dass er noch so deutlich als Jüngling zu erkennen war, denn er bemühte sich sehr um ein professionelles Wesen – und es gelang ihm gut, die richtige Mischung aus Freundlichkeit und ernster Autorität zu finden. Mit einem Lächeln, das sogar den übellaunigen Simeon aufheiterte, bot er diesem seine Dienste an. Er untersuchte ihn, trug eine scharf riechende Salbe auf, erneuerte den Druckverband, ließ frisches Eis bringen und sorgte für ein keilförmiges Polster, auf dem das verstauchte Bein bequemer ruhig zu stellen war. Tietjens, die ihn anfangs misstrauisch beschnüffelt hatte, ließ sich rasch überzeugen, dass er nur das Beste für ihren geliebten Herrn wollte. Als er von den Problemen mit den Stewards hörte, bot er sich sofort an, zu vermitteln. Zuletzt schlug er vor, die einsame Anna Lisa in den Speisesaal zu geleiten und ihr beim Essen Gesellschaft zu leisten.

Sie wandte sich zögernd an ihren Gatten. »Was sagst du, Simeon? Ist es dir recht?«

Er winkte sie ungeduldig hinaus. »Ich bin müde von dem Opium. Geh nur und lass dir das Essen schmecken. Dein Fräulein kann auch essen gehen. Wenn ich jemand brauche, ist Pahti da.«

Also machten sie sich zu dritt auf den Weg zu den Speisesälen. Durch das Schlingern des Schiffes kam man nur langsam voran. Vorsichtig an den Handlauf geklammert, stieg Anna Lisa die mit kobaltblauem Rips belegte Treppe hinauf. Allein hätte sie vermutlich niemals an ihr Ziel gefunden, denn der Weg führte durch ein Labyrinth von zahlreichen ganz gleich aussehenden Korridoren, alle mit blauem Teppichboden und Reihen messinggefasster Gasglühlampen, die ein weiches Licht verströmten. Fräulein Bertram bog zum Speisesaal für die Diener und Zofen der Herrschaften ab, während Anna Lisa am Arm des Arztes den Speisesaal erster Klasse aufsuchte.

Sie schnappte nach Luft, als sie den luxuriösen Saal betraten. Auch wenn sie erster Klasse reisten, auf solchen Prunk war sie nicht gefasst gewesen. Man konnte meinen, sich in einem gediegenen Restaurant zu befinden, so exquisit war er ausgestattet, vom persisch gemusterten Teppichboden bis zu den Kristalllüstern an der mit Tropenholz getäfelten Decke. Pastellfarbene Spitzenvorhänge verdeckten die Bullaugen. Kerzen in silbernen Leuchtern verströmten ihr sanftes Licht über die Tische, die in endlosen Reihen nebeneinanderstanden, alle mit steifem Damast bedeckt und mit Blumenarrangements geschmückt. In der doppelten Beleuchtung funkelten die Kristallgläser wie Diamanten. Offensichtlich hatten die meisten Passagiere den Schiffsköchen möglichst rasch die Ehre erweisen wollen, denn es gab kaum noch freie Plätze an den weiß gedeckten Tischen.

Anna Lisa hatte sich, da ihr Reisekleid von dem Regenguss durchfeuchtet war, in aller Eile umgezogen. Sie trug ein kobaltblaues Kleid mit enger Jacke und einem gestuften, an den Rändern mit hellblauem Samt besetzten Rock, dessen oberste Schicht hinten zu einer Turnüre gerafft war. Daheim in Hamburg hätte sie sich in dieser Aufmachung für ein alltägliches Mittagessen vornehm genug gefunden, aber die Damen und Herren, die bereits an den Tischen Platz genommen hatten, waren so elegant – und teilweise extravagant – gekleidet, dass sie wünschte, sie hätte ein weniger praktisches Kleid gewählt. Einige trugen überbordende Hüte, die wie riesige Blumenbouquets über den Tischen schwebten, andere Mützen mit Agraffen, Pelz und Federboas und verschwenderisch geschmückte Kleider aus wertvollen Stoffen, teilweise sogar mit Schleppe. Anna Lisa kam sich vor wie eine graue Maus. Allerdings waren unter diesen Paradiesvögeln viele Passagiere der Luxusklasse, die sich im Deckaufbau befand. Dort logierten die wirklich reichen Leute, die hochnäsig selbst auf die Erste-Klasse-Passagiere herabblickten. Ihre Luxusappartements waren märchenhafte Kreationen aus Edelhölzern, Gold, Silber, kunstvoll gewebten Gobelins und wertvollen Gemälden.

Dr. Lutter bemerkte die Missstimmung seiner Begleiterin sehr wohl, und er verstand es, sie aufzuheitern, indem er eine

Bemerkung über Putzäffchen machte, die den ganzen Vormittag lang darauf warteten, zu Mittag ihre neuesten Pariser Kreationen auszuführen. »Und dann verhungern sie vor der vollen Schüssel, weil sie vor lauter Herumgucken nicht zum Essen kommen.«

Anna Lisa lachte. Tatsächlich! Nach außen hin schien es, als seien alle Gäste im Speisesaal nur mit den Leckerbissen beschäftigt, die ihnen aufgetischt wurden, aber in Wirklichkeit huschten verstohlene Blicke nach allen Seiten. Wie es auf Seereisen üblich ist, beobachtete man sich gegenseitig, suchte die Menschen abzuschätzen, mit denen man eine ganze Weile zusammengesperrt sein würde, sei es auch in einem goldenen Käfig.

Es war nicht nur sein Scherz, der ihre gute Laune wiederherstellte. Sie merkte auch, dass viele der Damen im Saal ihr neidische Blicke zuwarfen. Offenbar herrschte starke Nachfrage nach der Gesellschaft des Schiffsarztes. Schon seine Position machte ihn ja zu einem begehrten Begleiter, und dann war er auch ein recht gut aussehender Mann. Galant und mit großer Selbstsicherheit führte er sie zu dem für das Ehepaar Vanderheyden reservierten Platz und übernahm alle Aufgaben eines Gastgebers. Sie waren spät dran. Eben wurden die Aperitifs herumgereicht, und die Kellner nahmen bereits die Bestellungen für die Suppe auf.

Anna Lisa studierte die kleine, zierlich verschnörkelte Schrift auf der Karte. Sie fragte sich, ob das Angebot drei verschiedene Menüs darstellte oder ob sie das alles bei einer einzigen Mahlzeit aufessen sollten: kalte Vorspeise, Suppe, warme Vorspeise, Fischgericht, Fleischgericht, Würzbissen, warme Nachspeise, kalte Nachspeise, Mokka ... Wenn das ihre täglichen Mahlzeiten waren, würde sie bei ihrer Ankunft in Java so unförmig aussehen wie Tietjens!

Dr. Lutter eröffnete das Gespräch mit der Frage: »Sie sind auf Hochzeitsreise, Frau Vanderheyden?«

»Ja. Und wie Sie sehen, hat meine Ehe nicht gerade gut angefangen.«

»Da haben Sie leider recht. Ihr Gatte ist wirklich zu bedauern. Eine Verstauchung schmerzt viel mehr als ein Bruch, und ihn hat es am Knöchel und zugleich am Knie ziemlich böse erwischt. Sie müssen ihm seine üble Laune nachsehen. Er hat sich wahrscheinlich von seiner Hochzeitsnacht etwas Besseres erhofft, als mit einem höllisch schmerzenden Bein auf dem Rücken zu liegen.«

Anna Lisa errötete bei der Anspielung, dann fiel ihr ein, wie verächtlich Bartimäus sich über den Unfall seines Sohnes geäußert hatte, und in dem plötzlichen Bedürfnis, Simeons Ehre wiederherzustellen, bemerkte sie unnötig scharf: »Er konnte nichts dafür. Die Handwerker hatten einen Gazevorhang schlecht befestigt, sodass er herunterfiel, genau auf die Leute, die die Treppe hinabgingen. Es gab ein furchtbares Gedrängel. Simeon wurde gestoßen und stürzte über die Treppe. Er hätte gar nichts dagegen tun können.«

»Ich werde mein Bestes tun, damit er in wenigen Tagen jedenfalls ohne Schmerzen liegen kann. Stehen und gehen wird er noch eine Weile nicht können.« Er nippte an dem Glas mit dem Aperitif, offenbar in Gedanken; dann sagte er: »Und auch zu anderen heftigen, die Knie belastenden Bewegungen wird er nicht so bald in der Lage sein.«

»Sie meinen, er wird nicht reiten können? Aber in Java – oh.« Das Blut schoss ihr in die Wangen. »Ich verstehe. Er tut mir sehr leid.«

Er beeilte sich, das Thema zu wechseln. »Bemühen Sie sich, Ärger und Misshelligkeiten von ihm fernzuhalten. Ein Mensch, der Schmerzen hat, ist allem gegenüber verdrießlich, man sollte über keine heiklen Dinge mit ihm reden.«

Zutraulich gestand sie ihm: »Er hat nicht nur Schmerzen, er hat auch große Sorgen. Wir sind, wie Sie vielleicht schon wissen, unterwegs nach Java, wo sein Vater einige Kaffeeplantagen besitzt, und Simeon fürchtet, seine Gesundheit könnte in dem Klima ernsten Schaden nehmen.«

Sie hatte gehofft, Dr. Lutter würde »Papperlapapp!« sagen, aber er wiegte beunruhigend ernst den Kopf. »Solche Sorgen sind nicht unbegründet. Das Klima in den Tropen ist für Europäer tatsächlich sehr gefährlich.«

»Aber es wandern doch so viele Deutsche nach Java aus!«

»Es sterben auch viele. Haben Sie die Auswanderer gesehen? Manche dieser Leute können sich jetzt schon kaum auf den Beinen halten, wie wollen die in den Tropen überleben? Die Regierungen ermutigen die Armen dazu, auszuwandern, um sie loszuwerden, und suchen alle außer Landes zu schaffen, für die sie sonst Kranken- oder Armenhäuser bauen müssten – oder Friedhöfe.« Als er ihr Erschrecken sah, legte er beruhigend die Hand auf die ihre. Sie schauderte leicht. Es war eine so warme, so trostreiche Berührung. »Aber das betrifft Sie ja nicht. Europäer aus den besseren Ständen haben nichts zu befürchten – allerdings, muss ich gleich hinzufügen, nur so lange sie nicht unvorsichtig sind. Freilich, Ihr Gatte macht den Eindruck eines maßvollen Menschen.«

»Oh, er isst nicht viel, und er trinkt, soviel ich weiß, nur zu besonderen Gelegenheiten.«

»Das ist sehr gut, denn für fettleibige und trunksüchtige Menschen kann Java ein Todesurteil bedeuten. In den Tropen sollte man keinen Alkohol trinken, er macht reizbar; und die Trinker verfallen viel schneller als in Europa dem Säuferwahnsinn. Man darf sich dort keine Unmäßigkeit leisten, sondern muss leben, wie es die Einheimischen tun. Diese Leute trinken schon einmal keinen Alkohol, weil sie zum größten Teil Mohammedaner sind, denen das durch ihren Glauben verboten ist. Sie essen wenig – unmäßiges Essen gilt gleichermaßen als ungehörig wie lautes Reden, Zänkereien oder gar ein Streit. Geschlemmt wird nur bei den großen Festen. Sie arbeiten auch wenig. Nicht weil sie faul sind, sondern weil sie klug sind. Wer sich zu Tode schuftet, stirbt tatsächlich bald. Man muss ein ruhiges, nüchternes, in jeder Hinsicht maßvolles und ausgeglichenes Leben führen. Würde ein solches Leben Ihrem Gatten zusagen?«

»Ich glaube schon. Sehen Sie, er hat eigentlich überhaupt keine Lust auf ein Leben als Pflanzer. Er ist begeisterter Botaniker. Vor allem das Anlegen von Herbarien und das Zeichnen von Blumen und Pflanzen machen ihm Freude, und das ist doch eine sehr ruhige Beschäftigung.«

Dr. Lutter lachte aufmunternd. »Dann sollte er eigentlich hundert Jahre alt werden. Und Sie auch – wenn Sie vernünftig sind, sich vor der Sonne in Acht nehmen und mit allen Menschen in Frieden leben. Bei den Javanern ist das nicht schwierig. Sie sind außerordentlich höflich, freundlich und nachgiebig. Man erweist Höhergestellten Ehrfurcht und bemüht sich sehr, niemanden zu beleidigen. Man muss sie schon sehr lange reizen, bis sie in Wut geraten.« In verändertem Ton fügte er hinzu: »Dann allerdings ...« Ein Schatten zog über sein Gesicht. Er unterbrach sich und wechselte abrupt das Thema. »Ich sehe, Sie haben aufgegessen; als Ihr Arzt empfehle ich nun noch einen kurzen Verdauungsspaziergang auf Deck. Vielleicht wollen wir die vierbeinige Freundin Ihres Gatten bitten, uns zu begleiten?«

»Ich werde nachsehen, ob sie kommen will.« Es kam Anna Lisa gar nicht in den Sinn, einfach zu bestimmen, dass Tietjens jetzt einen ihrer mehrmals täglichen Spaziergänge an Deck machen sollte. Nicht nur, dass man einen hundertvierzig Pfund schweren Hund nicht leicht zu etwas zwingen konnte, es war auch Tietjens' selbstbewusste Persönlichkeit, die Befehle nicht zuließ. Außerdem wusste die Hündin, dass ihr Herr ihr in allen Dingen den Rücken stärkte. Was hatte ihr da irgendjemand zu sagen?

Glücklicherweise zeigte sich Tietjens – die nach dem reichlichen Futter allmählich ein natürliches Bedürfnis fühlte – freiwillig geneigt, einen Spaziergang zu machen. Simeon stimmte zu, allerdings unter der Bedingung, dass Anna Lisa den Hund führte. »Fremde Hände fassen meinen Hund nicht an.« Natürlich war er eifersüchtig, und Anna Lisa ärgerte sich: Dass seine Frau mit einem fremden Mann essen ging, hatte ihn nicht gestört, aber dass dieser Mann seinen Hund ausführte, das wollte er unter keinen Umständen dulden!

Der diplomatische Dr. Lutter tat so, als merkte er es nicht. Er machte ein paar passende Bemerkungen über die Eigenart der Hunde, dass sie sich an einen Menschen gebunden fühlten und andere nur widerwillig an sich heranließen. Dann nahm Anna Lisa die Leine, und sie zogen los – besser gesagt: Tietjens zog und gestattete es der Begleitperson, ihre Leine zu tragen.

Der Spaziergang wurde angenehmer, als die junge Frau erwartet hatte. Den Nieselregen hatte man in Hamburg zurückgelassen, das Wetter war zwar düster, aber trocken und mild und die breite Wasserfläche der Elbe frei von all den Beunruhigungen, die so oft von einer aufgestörten Nordsee hereinströmten. Die Anne-Kathrin dampfte behaglich dahin, während ihre Passagiere auf die unterschiedlichste Weise damit beschäftigt waren, sich auf die lange Seereise einzustellen. Man richtete sich in den Unterkünften ein, wechselte die Kleidung, nahm das Schiff in Augenschein. Überall lehnten Passagiere an der Reling oder machten Spaziergänge über das Promenadendeck. Unter ihnen waren viele Männer mit dunkelhäutiger Dienerschaft im Gefolge. Manche dieser Männer waren Soldaten, andere zivile Beamte. Überall auf der Welt unterhielt Europa seine Kolonien, umklammerte die reichen Länder der Dritten Welt mit seiner militärischen und bürokratischen Macht.

Der umsichtige Schiffsarzt zeigte Anna Lisa, wo sie Tietjens an einer verborgenen Stelle zwischen den Kabinen erster Klasse ausführen konnte. Dort standen Eimer mit Sand, die als Feuerlöscher dienten. Eine Schaufel Sand würde verdecken, was geschehen war, und ein reichliches Trinkgeld würde dafür sorgen, dass stets ein Schiffsjunge oder Matrose zur Stelle war, um die Sache diskret aus der Welt zu schaffen. Mit den Stewards würde er reden. Auch hier würde ein Trinkgeld – eine Gefahrenzulage gewissermaßen – helfen, die Zusammenarbeit reibungslos zu gestalten; er empfahl allerdings sehr, Tietjens in Pahtis Kämmerchen zu sperren, während die Männer die Kabine besorgten.

»Ihr Gatte hängt sehr an dem Tier, nicht wahr?«, bemerkte er, während sie mit der würdig dahinschreitenden Hündin das Deck entlangschlenderten. »Hat er sie von klein auf?«

Anna Lisa gab wieder, was sie von ihrem Dienstmädchen und diese vom Kutscher der Vanderheydens gehört hatte. Dr. Lutter schien die Geschichte zu missfallen, obwohl sie für Tietjens gut ausgegangen war.

»Vor einem Menschen, der ohne Vorwarnung zuschlägt, muss man sich hüten«, sagte er. »Ich weiß, es steht mir nicht zu, Passagiere zu kritisieren …«

»Oh, Sie reden wie Dörte!« Es rutschte ihr ganz ungewollt heraus, und da sie es nun schon einmal gesagt hatte, musste sie ihm auch erzählen, welchen Argwohn ihre Freundin angesichts des Lichtbildes gehegt hatte.

Der Arzt legte beruhigend eine Hand auf ihren Arm. »Nein, ein Opiumraucher ist Ihr Gatte sicher nicht, sonst würde ihn nicht schon die bescheidene Dosis umwerfen, die ich ihm gegen die Schmerzen verabreicht habe. Ich denke, er ist einfach nur launisch und kann sehr jähzornig sein.«

»›Er ist so sanft und still, aber wenn er einem einen Tritt verpasst, dann merkt man sich den‹, sagte sein Diener.«

»Ja, das ist eine eigene Art Menschen. Stille Wasser sind tief, sagt der Volksmund, nicht wahr? Haben Sie ihn längere Zeit vor Ihrer Eheschließung gekannt?«

»Nein, meine Ehe wurde arrangiert.« Sie wusste selbst nicht, warum es ihr plötzlich peinlich war, diese doch ganz alltägliche Sache zuzugeben. Hastig setzte sie hinzu: »Aber ich hatte ein Lichtbild gesehen, und mein Vater fragte mich, ob es mir recht wäre, ihn zu heiraten. Da habe ich Ja gesagt. Ich meine, irgendeinen musste ich ja nehmen, und mein Vater kannte die Familie Vanderheyden schon lange. Er und Bartimäus Vanderheyden sind Geschäftspartner.«

»Bartimäus Vanderheyden? Der Kaffeehändler?«

»Ja, genau der.« Anna Lisa sah überrascht auf. Es war zwar nicht weiter verwunderlich, dass jemand den reichen Kaffeehändler kannte, aber Dr. Lutter hatte die Frage in einem eigentümlichen Ton gestellt – fast, als sei etwas nicht in Ordnung mit ihrem Schwiegervater.

Sie fühlte sich schuldbewusst, als hätte sie etwas falsch gemacht. Er musste ihr Unbehagen bemerkt haben, denn er fügte eilig hinzu: »Nun, letztendlich ist die Sache ja gut ausgegangen für ihn – sein Name wurde von aller üblen Nachrede befreit. Aber ein gewaltiger Skandal war es trotzdem.«

»Ich habe nie etwas von einem Skandal gehört.«

»Das glaube ich gerne. Vermutlich wusste auch Ihr Herr Vater nichts davon, denn die Gerichtsverhandlung fand in Batavia statt, wo Mevrouw Brägens ihren Wohnsitz hatte.«

»Brägens? Ich glaube mich zu erinnern, dass Simeons Bruder so heißt – Godfrid Brägens.«

»Einen Sohn hatte er also auch von ihr? Davon wusste ich nichts.« Es klang beinahe so, als machte Dr. Lutter sich selbst einen Vorwurf, dass es irgendeinen Klatsch gab, den er nicht kannte. Offenbar waren Schiffsleute das maritime Äquivalent zu den Fuhrleuten auf dem Lande: Sie erfuhren alles und trugen alles weiter. »Jedenfalls hatte Mijnheer Vanderheyden – die Vanderheydens hielten sich damals in Batavia auf – während der Schwangerschaft seiner Gattin ein Verhältnis mit einer ebenso reichen und schönen wie übel beleumundeten Französin, Delphine Brägens, geborene Lafayette. Er sagte später aus, das Verhältnis sei längst beendet gewesen, als Mevrouw Brägens vor Gericht gestellt wurde, aber sein Name war zu innig mit dem ihren verknüpft, als dass er ungeschoren geblieben wäre.«

»Vor Gericht gestellt!«, rief Anna Lisa. »Ja, was hatte sie denn getan?«

»Das weiß niemand«, antwortete der Schiffsarzt mit einem kryptischen Lächeln. »Sie wurde ja freigesprochen. Aber sie musste hart kämpfen, um nicht als Giftmörderin verurteilt zu werden. Es war doch zu verdächtig, dass gleich zwei Männer, die ihr im Wege standen und von denen sie große Geldsummen zu erwarten hatte, kurz hintereinander unter ungeklärten Umständen starben! Die Richter ließen sich allerdings überzeugen, dass die beiden Herren an einer Blutvergiftung beziehungsweise an einem hitzigen Fieber gestorben waren.« Er zögerte, dann setzte er mit einem Achselzucken hinzu: »Und wer weiß? Es kann durchaus so gewesen sein, denn bei all dem Schmutz, dem Ungeziefer und der schlechten Luft kann man sich rasch beide Arten von Krankheiten einfangen. Mevrouw Brägens wurde also freigesprochen und nahm sich, unbekümmert um das Gerede, das sich an ihre Schleppe heftete, einen weiteren Geliebten, während Mijnheer Vanderheyden und seine Gattin mit dem ersten Schiff nach Holland zurückkehrten und sich in Java nicht mehr blicken ließen.«

Anna Lisa war sprachlos. Bislang hatte sie gedacht, Godfrid sei nur deshalb eine Gefahr für Simeon, weil er geschäftstüchtiger und ehrgeiziger war; für einen bösen Menschen hatte sie ihn nicht angesehen. Aber der Sohn einer Ehebrecherin, die möglicherweise zwei Männer aus dem Weg geräumt hatte – wie viel von dem verderblichen Erbe trug er in sich?

Bis auf einige wenige Nächte zu Besuch bei Verwandten hatte Anna Lisa noch nie außerhalb ihres Vaterhauses geschlafen, und so breitete sich ein erdrückender Schleier der Melancholie über sie, als die Dämmerung hereinbrach. In der Kabine fühlte sie sich so beklommen, dass sie einen Kapuzenmantel überwarf und aus der Tür trat. Die meisten Passagiere der ersten Klasse waren beim Abendessen oder schon im Rauchsalon oder Billardzimmer. Auf den weiß getäfelten Gängen war es still. Wäre jemand unterwegs gewesen, man hätte ihn nicht gehört, denn die türkischen Läufer auf dem Boden dämpften den Schritt bis zur Unhörbarkeit.

Anna Lisa hätte Fräulein Bertram auffordern können, sie zu begleiten – die Sitte gebot, dass eine Dame nicht allein herumlief. Aber sie war so unglücklich, dass sie keinen Menschen neben sich ertragen hätte. Ein fiebriges Frösteln durchschauerte sie, als sie den Gang entlangeilte und, in ihr pelzverbrämtes Cape gehüllt, durch die doppelte Glastür aufs Deck hinaustrat. Die Wolken, die sich den ganzen Tag lang dicht über die Elbe gebreitet hatten, lösten sich da und dort auf wie zerschlissene Kleider. Inmitten eines scharf umzirkelten Lochs – das aussah, als hätte es jemand in ein zugefrorenes Fenster gehaucht – sank die Sonne als fahlorange Scheibe unter den Horizont. Einen Augenblick lang leuchtete sie auf, und als die sterbenden Strahlen so unerwartet das Deck erhellten, bot die Anne-Kathrin einen zauberhaften Anblick. Alle die schneeweißen Aufbauten flammten in kupferner Röte auf, und die der Sonne zugewandten Bullaugen und Luken schleuderten Blitze. Wo die Wolken aufgerissen waren, glühte das Licht des Sonnenuntergangs wie die Feuerlöcher eines Kessels. Ein düster roter Schein füllte den Himmel, sodass die Takelage sich dünn und schwarz wie die Netze einer Riesenspinne vom feurigen Hintergrund abhob. Dann, als hätte eine unsichtbare Hand sie abgedreht, erlosch die zauberhafte himmlische Illumination, ein schwermütiges Grau senkte sich über die Anne-Kathrin. Zwar antwortete das Schiff mit einem Aufleuchten der Deckbeleuchtung, und aus zahlreichen Bullaugen strömte Licht, aber die Nacht war unerbittlich angebrochen.

Anna Lisa fühlte sich derart einsam, dass sie sich mit ihrem Seidenschal Tränen abtupfte. Fern von der Familie, von der sie bislang noch nie getrennt gewesen war, fern vom schützenden Vater, den freundlichen Brüdern, fern von der lieben alten Elsa, die sie immer noch behütet hatte, als wäre sie ein Kind … Allein auf den kalten Wassern der Elbe, über denen sich jetzt der Nachtnebel ausbreitete. Eine beklemmende Stille herrschte.

Die Arbeit der riesigen Maschinen tief unten im Bauch des Schiffes konnte man hier nicht mehr hören, nur noch fühlen. Die Anne-Kathrin fuhr mit gedrosselten Maschinen, also war auch kein Fahrtwind mehr zu fühlen, der ihr am Mittag um die Ohren gepfiffen hatte. Das Schiff schien, als wäre es ein Geisterschiff, durch eine Zwischenwelt ohne Farben und Formen zu treiben, eine majestätische, einsame Insel im uferlosen Meer.

Sie stützte sich auf die Reling, umklammerte das Eisenrohr, dessen feuchte Kälte sich sogar durch ihre Rehlederhandschuhe bemerkbar machte, und starrte senkrecht hinunter. Stockwerke tief unter ihr glitten die Silberbänder der Bugwellen dahin, phantastisch erleuchtet vom Glanz der Lampen, deren Licht aus den Bullaugen strömte. Halb vom Nebel verschleiert, formten sie schimmernde Arabesken auf den jetzt pechschwarzen Fluten der Elbe. Zweifellos strömten sie mit einem gewaltigen Rauschen dahin, aber dieses Rauschen verhallte im Nichts, noch ehe es das Ohr der einsamen jungen Frau an der Reling erreichte.

Sie hob den Kopf und blickte hinauf in die von wallenden Nebelschleiern halb verhüllte Wölbung des Himmels. Was für eine Hochzeitsreise! Simeon hatte entschieden klargemacht, dass sie ihm nur Schmerzen bereiten würde, wenn sie neben ihm im Bett lag, also musste sie in ihrem Boudoir schlafen. Allein. Getrennt von einem Gatten, der völlig in seiner Wut, seinem körperlichen Schmerz und seiner Frustration versunken war. Er hatte Tietjens, die vor Mitgefühl zerfloss und bei jedem Stöhnen aufsprang, um ihm liebevoll die Hand zu lecken. Er hatte Pahti, für den es selbstverständlich war, dass er die Nacht in Rufweite seines Gebieters verbrachte; die Tür zwischen dem Schlafzimmer des Herrn und dem schrankgroßen Kämmerchen des Dieners blieb einen Spalt offen. Und was hatte Anna Lisa?

Rein gar nichts.

Auf einmal war ihr die feuchtkalte Nacht an Deck unerträglich – dieser lautlose, grauschwarze Hades mit seinen wabernden Nebeln. Aufschluchzend verbarg sie das Gesicht im Schal und rannte mit stolpernden Schritten zurück in ihre Unterkunft.

Simeon Vanderheyden lag im schwachen Licht der tief heruntergedrehten Lampe in dem breiten Bett, das sein Ehebett hätte sein sollen. Er fühlte sich so elend wie nie zuvor. Ein verstauchtes Bein war schon lästig genug; es war dick angeschwollen, es tat weh, und es stank nach der Eukalyptussalbe, mit der Dr. Lutter es behandelt hatte. Aber zu diesem Grundübel kamen noch andere, die unmittelbar daraus entsprangen. Er erstickte beinahe an der Wut darüber, wie ein boshaftes Schicksal seine schönsten Hoffnungen zerstört – oder jedenfalls auf unbestimmte Zeit in die Zukunft verschoben hatte. Da hatte er gedacht, er könnte seinen Dämon domestizieren, ihn durch ein geregeltes Eheleben an die Kette legen, und was war daraus geworden? Ständig lief ihm eine bezaubernde junge Frau vor der Nase herum, lockte ihn, reizte ihn, duftete verführerisch, sprach mit sanft melodischer Stimme, bewegte sich wie eine Weide im Wind – und er lag da, wie Prometheus an den Felsen gekettet, während der Dämon der Lust an seiner Leber fraß! Nicht einmal der übliche Ausweg aller einsamen Männer stand ihm offen. Er hatte es probiert und festgestellt, dass die heftigen Konvulsionen des Höhepunkts sich anfühlten, als würde mit Keulen auf sein krankes Bein eingeschlagen. Mitten in der Ekstase durch ein solches Sperrfeuer von Schmerzen frustriert zu werden, war beinahe unerträglich gewesen. Das Opium entfaltete eine niederträchtige doppelte Wirkung: Es lähmte seine Manneskraft, aber es stillte nicht das Verlangen. Statt ihn zu beruhigen, füllte es ihm Kopf und Herz mit abstrusen, krankhaften lüsternen Phantasien, die ihn zugleich anwiderten und aufpeitschten.

Und da Pahti ständig um ihn besorgt war, ihn zum Abort schleppte, ihn wusch, ihm Rücken und Gesäß mit der Salbe eincremte, die Dr. Lutter gegen die gefährlichen Folgen langen unbeweglichen Liegens verordnet hatte, wagte er nicht, sein übliches letztes Mittel anzuwenden und sich selbst zu verletzen. Wenn er früher nicht mehr weitergewusst hatte, weil er überall an Mauern rannte, war ihm diese eine geheime Tür offen gestanden. Es hatte ihn erleichtert, wenn er die Messerklinge ins Fleisch bohrte, bis er sich vor Schmerz in die Lippen biss und ihm die Tränen aus den Augen sprangen, wenn er sein eigenes Blut aus der Haut quellen sah. Jetzt, wo er ständig unter Beobachtung stand, konnte er das nicht mehr tun. Und so blieb ihm nur die eine, klägliche Erleichterung, niederträchtig zu der Frau zu sein, die er liebte.

Eine kleine Freude allerdings hatte er, und das war Pahtis Zuwendung. In seinem ganzen Leben war Simeon Vanderheyden keine väterliche oder brüderliche Zärtlichkeit zuteilgeworden, nicht einmal so etwas wie ein Schulterklopfen. Wie sehr dieser Mangel ihn geschmerzt hatte, wurde ihm erst so richtig bewusst, als plötzlich ein Mann in seinem Leben auftauchte, der liebevoll um ihn besorgt war. Selbst der misstrauische, verbitterte Jüngling spürte, dass Pahti kein Mietling war. Der Javaner war ein Diener von der Art, die sich ihrem Herrn mit Leib und Seele verpflichtet fühlten. Er umsorgte ihn zärtlicher als eine Mutter, und doch spürte Simeon in jedem Augenblick, dass er ein Mann war – ein Mann, der vom Alter her fast sein Vater hätte sein können. Ein seltsames, bittersüßes Gefühl durchströmte ihn, wenn er den Kopf auf den sehnigen braunen Arm sinken ließ und die mageren, knotigen Hände sanft seinen Rücken wuschen oder seine vom Liegen verkrampften Schultern massierten, wenn die weiche Stimme mit ihrem melodischen Singsang in sein Ohr tönte: »Ruhig, Mijnheer, nur ruhig, gleich wird es besser, es geht schon, Mijnheer wird frei von Schmerzen sein und ruhig schlafen in dieser Nacht ...«

Aber der getreue Pahti, der seinen jungen Herrn so in den Schlaf sang wie ein Kind, fand selbst keine Ruhe. Er machte sich große Sorgen um den Kranken. Vom ersten Tag in Simeons Diensten war er der Überzeugung gewesen, dass er es mit einem grundsätzlich gutartigen, aber von bösen Geistern gepeinigten Menschen zu tun hatte. Pahti war kein Dummkopf. Er hatte registriert, dass der Jüngling sich gewohnheitsmäßig selbst verletzte; er hatte auch sehr rasch entdeckt, wie sehr die Lust ihn quälte. Diese Erkenntnis hatte keine moralische Entrüstung in ihm ausgelöst. Die Javaner dachten in diesen Dingen anders als die norddeutsche Christenheit. Für sie gab es keine Erbsünde, keine böse fleischliche Lust, keine Selbstbefleckung, die schamvoll gebeichtet werden musste. Zwar waren sie durchwegs der Meinung, dass der geordnete Platz dieser Dinge in der Ehe war, aber wenn es nun einmal nicht anders ging, weil ein Mann krank war oder keine Frau hatte – nun, wenn es juckte, musste man sich kratzen. Das war auf jeden Fall viel gesünder und vernünftiger, als im Schlaf von der Lust überfallen zu werden, denn die Erektionen eines Träumers lockten böse, die Lebenskraft aussaugende Geister an. Diese Leyak, angeführt von ihrer schrecklichen Königin Rangda, ernährten sich von der Lebensenergie schlafender Menschen, mit denen sie sich nachts paarten – ein Vorgang, von dem die Schläfer nichts mitbekamen. In Java war man überzeugt, dass die Menschen, die von einem Leyak heimgesucht wurden, fortan besessen waren und nur noch ihre sexuelle Erfüllung im Sinn hatten. Sie lebten einzig und allein für das Zusammensein mit dem Unhold, und da diese immerwährende sexuelle Orgie an ihren Kräften zehrte, verfielen sie körperlich; ausgemergelt und ihrer Körperflüssigkeiten beraubt starben sie einen kläglichen Tod durch Vertrocknung.

Anfangs war Pahti die Gefahr nicht so groß erschienen. Sein Herr stand kurz vor der Hochzeit, die liebliche kleine Mevrouw würde schon dafür sorgen, dass die Leidenschaft des Jünglings in geregelten Bahnen dahinströmte. Aber jetzt würde er lange Zeit nicht fähig sein, seine Ehe zu vollziehen. Dieser Sturz von der Treppe! Pahti hatte sofort den Verdacht gehabt, dass es dabei nicht mit rechten Dingen zugegangen war. Zweifellos hatte ein Sukkubus seine Hand im Spiel gehabt. Ja, so musste es sein: Der böse, lüsterne weibliche Dämon hatte verhindern wollen, dass ihre Beute sich ihr entzog. Sie würde auch weiterhin daran arbeiten, dass ihr Opfer in ihren Krallen verblieb.

Wären sie nur schon in Java gewesen! Dann hätte er einen Schamanen, einen Suduk, um Rat fragen können. Im Notfall konnte er auch einen Mullah befragen, einige dieser islamischen Geistlichen verstanden sich recht gut auf Zauberei. Bis dahin musste er selbst seinen Herrn schützen, so gut er eben konnte. Ihm konnte der Leyak nichts anhaben, denn sein eigener Schutzgeist begleitete ihn auf Schritt und Tritt. Wie alle javanischen Männer ab dem zwölften Lebensjahr trug er stets seinen Kris bei sich, den gewellten, scharfzüngigen malaiischen Dolch. Eine gefährliche Waffe, aber weit mehr als eine Waffe: Einem Kris, der nach allen Regeln der Kunst von einem

Empu, einem zauberkundigen Waffenschmied, hergestellt worden war, wurde in geheimen Zeremonien eine Seele verliehen, ein magischer Zwilling der Seele des Mannes, für den er bestimmt war. Der Kris war der Schutzgeist des Mannes, der ihn trug, sein Stellvertreter und sein Begleiter. Deshalb ging kein Mann ohne seinen Dolch außer Haus, denn damit würde er einen Teil seiner Seele verlieren.

Der berühmteste dieser zauberkräftigen Dolche war jener des Prinzen Diponegoro, des großen Freiheitshelden. Die edle Waffe trug den Namen Kyai Omyang und war das Werk eines Empu aus der Zeit des vor zweihundert Jahren untergegangenen Reiches Majapahit. Solange ein Fürst der Javaner sie besaß, sollte sie die Kraft besitzen, die Insel vor Katastrophen zu schützen. Aber sie war ebenso in die Hände der Weißen gefallen wie der Held, dessen Hand sie geführt hatte.

Nein, Pahti wusste sich gut geschützt. Aber er ängstigte sich sehr um seinen Herrn.

Die Schiffsreise

Anna Lisa hatte gedacht, diese erste Schiffsreise ihres Lebens würde ein aufregendes Abenteuer werden, aber sie stellte schon sehr bald fest, dass sie sich entsetzlich langweilte. Es gab nichts zu sehen außer dem kalten, bleifarbenen Wasser, das an den Schiffsrumpf klatschte, und den Schleiern des immer wieder einsetzenden Regens. Es gab nichts zu tun, außer zu essen und Spaziergänge an Deck zu machen, wenn es einmal ein paar Stunden zu regnen aufhörte.

Alles wäre natürlich halb so schlimm gewesen, hätte sie interessante Gesellschaft gehabt, aber Dr. Lutter hatte seine Pflichten, und ihr Ehemann war nicht eben unterhaltsam. In seiner Frustration kehrte er die am wenigsten angenehmen Seiten seiner Persönlichkeit heraus. Er fauchte sie an, sobald sie sich ihm nur näherte; er kränkte und ärgerte sie mit voller Absicht, indem er mit Tietjens stundenlang spielte, während er seine Frau ignorierte. Am schlimmsten allerdings war es für die junge Ehefrau, wenn er sich seiner Melancholie überließ. Dann lag er mit dem Gesicht zur Wand da wie ein Toter, ohne auf irgendetwas zu reagieren. Es wäre ihr lieber gewesen, er hätte ihr das halb wütende, halb weinerliche »Lass mich in Ruhe!« zugerufen, das ihm sonst so leicht über die Lippen kam, als in dieser bleiernen Verzweiflung zu versinken.

Fräulein Bertram erwies sich als schwer zugänglich; sie war

zwar eine vorbildliche Bedienstete, aber wenn sie nicht gebraucht wurde, zog sie sich auf der Stelle mit ihrer Bibel und einer Handarbeit in ihr Kämmerchen zurück. Gewiss, sie wäre gekommen, hätte Anna Lisa das von ihr verlangt – aber wer wollte schon einen zwangsweise zur Gesellschaft verpflichteten Menschen an seiner Seite?

Pahti nahm die üble Laune seines Herrn mit der Duldsamkeit seines Volkes hin. Anscheinend hatte er schon weit Schlimmeres erlebt, und wenigstens zeigte Simeon sich nicht gewalttätig; er wechselte nur zwischen Anfällen tiefer Melancholie und einer kindischen Reizbarkeit, die manchmal bis zu Tränen ging. Anna Lisa hatte den besten Willen, ihn zu trösten, aber gerade auf ihre Gesellschaft legte er am wenigsten Wert. Sie würgte an ihrer Wut, wenn er sie verdrießlich wegschickte und dann stundenlang im Bett lag und Tietjens, deren faltiger Riesenschädel auf seiner Brust ruhte, Zärtlichkeiten in die haarigen Schlappohren flüsterte.

Pahti bemerkte ihren Unmut, und da er stets um Harmonie bemüht war, versuchte er, sie mit einer ihm ganz vernünftig erscheinenden Erklärung zu trösten. »Der gnädige Herr liebt Sie, Mevrouw, ganz gewiss tut er das, aber man muss den Mächtigeren die höhere Ehre erweisen.«

»Mächtigeren?«, zischte sie, völlig aus der Fassung gebracht durch die gut gemeinten Worte des Dieners. »Das ist ein Hund! Ein Vieh! Ein Köter!«

»Mevrouw, ich flehe Sie an!« Pahti schlug vor Entsetzen die Hände zusammen und verneigte sich mehrmals hastig vor etwas Unsichtbarem. »Ein gewöhnlicher Hund, ja, bei einem gewöhnlichen Hund hätten Sie recht, ein Vieh, ein Köter ... aber Sie sehen doch selbst, dass in diesem Wesen ...« – er brachte das Wort »Tier« nicht über die Lippen – »... ein Dschinn wohnt, ein sehr mächtiger Geist, und wenn er erzürnt wird, was dann? In Java werden wir den Schutz der Erhabenen brauchen. Dort gibt es viele Dschinn, und viele von ihnen sind Shayatin, böse, teuflisch ... Diese Shayatin sind Diener der Suduks, der Zauberer, und das sind oft bösartige, menschenfeindliche und machtgierige Männer, denen es nur darum geht, dass man ihnen mit Furcht und Unterwürfigkeit begegnet. Das Volk hat große Angst vor den Suduks. Sie können Krankheitsdämonen beschwören, sich unsichtbar machen, sich in Tiere verwandeln ... Die Erhabene wird sie von uns fernhalten, aber nur, wenn wir sie mit Ehrfurcht behandeln!«

Fräulein Bertram schnaubte angewidert, als sie mit diesen Ansichten konfrontiert wurde. Aber sie war eine praktisch denkende Frau und gab Anna Lisa zu verstehen, dass in der Wildnis Javas ein riesiger und obendrein noch als mächtiger Dschinn betrachteter Hund ein unschätzbarer Gefährte sei. Auf jeden Fall aber sei es klug, einem Mann seinen Willen zu lassen. Sollte er mit seinem Hund schwätzen, als könnte der ihn verstehen! Das war immer noch um vieles besser als die Gesellschaft der Schnapsflasche oder Opiumpfeife, der andere seelisch labile Männer zum Opfer fielen.

Allerdings drückte die ehemalige Missionshelferin das nicht so geradlinig aus. Erstens sprach sie überhaupt nicht viel, und zweitens vermied sie es generell, über den gnädigen Herrn zu sprechen. Aus irgendeinem Grund hatte er sich ihre Zuneigung verscherzt, vielleicht durch sein Fluchen – obwohl er wirklich nur geflucht hatte, als ihm sein verletztes Bein erbärmlich wehtat und ihn obendrein die Frustration einer verpatzten Hochzeitsnacht überkommen hatte. Jedenfalls ignorierte sie ihn.

Wenigstens ließ sich Tietjens dazu herab, mit Anna Lisa auszugehen, wenn Pahti nicht zur Verfügung stand. Sie schritt dann würdevoll neben der jungen Frau her, den massigen, faltigen Kopf mit seiner eigentümlichen Färbung hoch erhoben, den Blick in hoheitsvoller Verachtung ins Leere gerichtet. Damit zog sie zwar die Blicke aller auf sich, aber sie verhinderte gleichzeitig, dass irgendjemand, sei es Mann oder Frau, die Gesellschaft der deutschen Dame suchte. Niemand hatte Lust, dem Fila Brasileiro in die Nähe zu kommen.

Simeon vermisste die Spaziergänge mit seinem Hund sehr. Er versuchte jeden Tag aufzustehen und war dann wütend, wenn er es bestenfalls bis zum Ohrensessel neben dem Bett schaffte.

Anna Lisa suchte ihn zu trösten, indem sie auf Dr. Lutters Fürsorge verwies.

»Nun, ich hoffe, der tüchtige Doktor wird mich bald wieder auf die Beine bringen.« Ein listiger Blick flitzte zu ihr herüber. »Was hältst du eigentlich von ihm?«

Eine der Lebensweisheiten, die Anna Lisa in einem Haushalt voller Männer gelernt hatte, war: Alle Männer sind eifersüchtig auf ihresgleichen. Mit diplomatischem Geschick antwortete sie: »Ich kann nicht viel sagen. Du bist sein Patient. Du musst beurteilen, ob er ein guter Arzt ist. Jedenfalls war es sehr nett von ihm, mich zum Essen zu begleiten. Gleich am ersten Tag in einem riesigen Speisesaal voll fremder Menschen allein an einem Tisch zu sitzen, wäre mir schon sehr unangenehm gewesen. Aber ehrlich gesagt wäre es mir lieber, hier mit dir zu essen.«

»Nein, das will ich nicht. Wenn mich schon einer füttern muss, dann soll es Pahti sein. Ich werde dafür sorgen, dass sich im Speisesaal ein Kavalier um dich kümmert. Sobald ich wieder gesund bin, sind wir ohnehin vierundzwanzig Stunden am Tag beisammen.«

Erst sträubte sie sich, aber sein Vorschlag war keineswegs ungewöhnlich. Es war üblich, dass allein reisende Damen die Dienste eines Kavaliers in Anspruch nahmen. Die Sitte verlangte, dass eine Frau einen Beschützer hatte, auch wenn niemand so recht wusste, wovor er sie in der ersten Klasse eines Hochseedampfers hätte beschützen müssen. Es gehörte sich eben so, und Anna Lisa gab nach.

Tatsächlich arrangierte Simeon mit dem Kapitän, dass ein allein reisender Geistlicher an ihren Tisch gesetzt wurde. Anna Lisa war froh darüber, trotz ihrer Behauptung, sie hätte lieber mit ihm gegessen. Unter normalen Umständen hätte sie die Gesellschaft ihres jungen Ehemannes der eines frommen alten Herrn zwar bei Weitem vorgezogen, aber sie wollte nicht in der Kabine essen. Sie fühlte sich jetzt schon eingesperrt. Ihr graute bei dem Gedanken, welch lange Reise noch vor ihr lag.

Als sie zum Mittagessen in den Speisesaal kam, erwartete sie Dr. Wilkens Semmelbrod an ihrem Tisch. Er war in schwarzes Zivil mit steifem Kragen und blütenweißen Manschetten gekleidet, trug nur ein goldenes Kreuzchen am Revers seines Anzugs, war aber unverkennbar ein geistlicher Herr – ein würdiger Greis mit dem Aussehen eines Apostels. Ein silberner Bart hing ihm so tief auf die Brust herab, dass nur Geschick und Übung ein Eintauchen in die Suppe verhinderten.

Anna Lisa hatte sich Sorgen gemacht, worüber sie mit einer so heiligmäßigen Persönlichkeit beim Mittagessen reden sollte, aber Dr. Semmelbrod nahm ihr diese Sorge ab, indem er ausschließlich selbst redete. Er stellte sich als Pfarrer einer spiritistischen Gemeinschaft vor, eine Berufsbezeichnung, mit der Anna Lisa nicht viel anzufangen wusste. Spiritisten waren ihr ein Begriff, aber dass sie ihre eigenen Pfarrer hatten, war ihr neu. Es kümmerte sie auch nicht weiter. Religion und Politik waren zwei der Themen, bei denen sie sich schon im väterlichen Haushalt nie zu Wort gemeldet hatte – genauer gesagt, bei denen Elmer Lobrecht seiner Tochter von Anfang an den Mund verboten hatte.

Semmelbrod fragte, ob sie Java kenne.

Sie schüttelte den Kopf. Nein, im Grunde wusste sie gar nichts über die Insel, nur das bisschen, das in Meyers Konversationslexikon stand, und hin und wieder hatte sie zugehört, wie die Kapitäne ihres Vaters bei Tisch davon sprachen.

»Es ist ein unglückseliges Land, in das Sie fahren«, sagte er, »und wir Europäer sind es, die das Unglück dorthin gebracht haben.«

Da er ihr ohnehin keine Gelegenheit geben würde, Zwischenfragen zu stellen, blickte sie ihn nur aufmerksam fragend an und löffelte weiterhin ihre Suppe.

Dr. Semmelbrod, der wenig aß und viel redete – und zudem viel trank, wie ihr auffiel –, konnte sehr spannend erzählen, sodass sie ihm bald aufmerksamer zuhörte, als sie eigentlich vorgehabt hatte. Bei diesem Zuhören musste sie erleben, wie ihr bisheriges Weltbild Risse bekam. Sie hatte gewusst, dass der Kaffee und die anderen kostbaren Kolonialwaren von Plantagen kamen, die von Europäern bestellt und abgeerntet wurden. Aber niemand hatte ihr erzählt, dass diese Plantagen ursprünglich den Leuten von Java gehört hatten. In ihrer unbestimmten Vorstellung waren die Javaner besitzlose Wilde gewesen, die wie Adam und Eva durchs Paradies durch die duftenden Blumengärten ihrer Insel streiften und wie die Lilien auf dem Felde von dem lebten, was ihnen in den Schoß fiel. Jetzt hörte sie, dass auf der Insel mächtige hindu-buddhistische Reiche existiert hatten, später dann islamische Sultanate, die sich vor einem europäischen Königreich nicht zu schämen brauchten. Sogar einen Kaiser hatte es eine Zeit lang gegeben.

»Ja«, sagte Pfarrer Semmelbrod, »das waren große Zeiten ... wiewohl ich nicht behaupten will, dass diese Sultane, Fürsten und Kaiser immer nur edle Menschen gewesen wären, die ihrem Volk dienten. Viele von ihnen waren grausame, gierige und rücksichtslose Schurken. Aber immerhin: Sie waren Einheimische, und wie unsere armen Bauern sich von ihren Rittern und Kaisern alles gefallen ließen, weil sie an deren Gottesgnadentum glaubten, so war es auch in Java. Doch dann kamen Fremdlinge aus dem Westen, die sich zu Herren des Landes machten. Sie sahen die Fruchtbarkeit des Bodens, und sie beauftragten den armen Bauern Javas, in einer Art Frondienst einen Teil seiner Arbeit und seiner Zeit ihren Interessen zu widmen. Es genügte nicht mehr, dass Reis und Gemüse angebaut wurden, um die Bevölkerung zu ernähren. Die neuen Herren wollten Früchte auf den Äckern und Plantagen wachsen sehen, die mehr Gewinn abwerfen würden auf den Märkten von Europa: Kaffee, Gewürze, Zuckerrohr. Um den geringen Mann hierzu zu bewegen, war nicht mehr als eine sehr einfache Staatskunst nötig. Von alters her war der Javaner seinen Fürsten gehorsam gewesen. Man brauchte also nur diese Fürsten vor den eigenen Karren zu spannen, indem man ihnen einen Teil des Gewinnes zusagte – und es glückte vollkommen. Hätte sich denn irgendein deutsches Bäuerlein dagegen gewehrt, dem Kaiser und seinen Reichsfürsten gehorsam zu sein, selbst zum eigenen Schaden?«

Anna Lisa meinte, der Bissen müsste ihr im Hals stecken bleiben. Atemlos lauschte sie, als der Spiritisten-Pfarrer von der Zeit erzählte, als die seefahrenden Mächte, die Portugiesen und Spanier, die Welt unter sich aufteilten und entschieden, wer welche Länder überfallen und aussaugen durfte. Den Portugiesen war Java zugefallen, dessen Reichtum an Pfeffer, Muskat und Nelken ungeheure Gewinne einbrachte. Vor allem Pfeffer wurde in der ganzen Welt mit Gold aufgewogen, und unablässig zogen die portugiesischen Schiffe, vollbeladen mit den Früchten der Insel, in ihre Heimat. Die Pflanzer waren keineswegs fleißige Ackerbauern, die im Schweiße ihres Angesichts ungenutztes Land urbar machten, sondern Räuber und Plünderer. Freilich, die volle Härte einer Kolonialmacht hatte das Land tatsächlich erst zu spüren bekommen, als die Holländer – die selber eben erst das Joch der spanischen Habsburger abgeschüttelt hatten – ihre Schiffe in die Welt schickten. Zahllose Schiffe brachen zu den Gewürzinseln auf, Kapitäne und Kaufleute waren nur von dem einen Gedanken besessen, so viel wie möglich von diesen Schätzen in die Speicherhäuser in Amsterdam zu schaufeln. Holland geriet in einen Taumel der Habgier.

Sie rissen alles an sich, was sie in die Hände bekamen. Die ursprünglichen Bewohner der Insel wurden nicht nur ausgeplündert, sondern auch misshandelt, ja, viele waren ermordet worden, ohne dass die Täter Strafe befürchten mussten. Selbst wenn eine solche Tat im hellen Tageslicht auf offenem Markt geschehen wäre, hätte niemand eine polizeiliche Untersuchung oder gar eine Gerichtsverhandlung vorgenommen. Angestiftet von der Überzeugung, dass die moralischen Gebote des Christentums nur Weißen gegenüber Gültigkeit hatten, behandelten sie die Einheimischen wie Tiere. Das Leben eines Kuli zählte nicht. Da konnten die Eingeborenen zetern und toben, so viel sie wollten, verfolgt wurde ein Mord nur, wenn er an Weißen begangen wurde, sei es durch Javaner oder andere Weiße.

Dass Gott verschiedene Rassen geschaffen hatte, von denen

die weiße die vornehmste – ja die allein wahrhaft menschliche – war, gehörte zur Grundüberzeugung der Kolonialherren. Noch der letzte Schuhputzer unter ihnen bildete sich ein, etwas Besseres zu sein als Einheimische und Asiaten. Kein Wunder, dass die Spannungen immer gefährlicher wurden und der Hass gegen die Weißen immer größer. Sporadisch kam es zu Aufständen, Erhebungen und Protesten, jeder für sich nicht weiter ernst zu nehmen, aber Warnzeichen für die Zukunft. Die Einheimischen waren von Natur aus ein lammfrommes Völkchen, ehrerbietig gegenüber der Obrigkeit, leicht lenkbar und friedlich, aber unendlich war ihre Geduld auch nicht, und wenn ihnen einmal so richtig der Kragen platzte, sagte Pfarrer Semmelbrod, würde Blut fließen – Ströme von Blut.

Schon 1825 war es zu einem Aufstand gekommen. Die Holländer schlugen ihn blutig nieder. 200 000 Javaner blieben auf den Schlachtfeldern; ihr Anführer, Prinz Diponegoro, fiel durch Verrat in die Hände der Feinde und starb schließlich, gebrochen von der furchtbaren Haft in den nassen Kasematten des Stadthuis, als noch junger Mann im Exil. Aber auch Holland hatte einen hohen Preis bezahlt. Das Land war von den Kriegskosten beinahe ruiniert. Und jetzt, wo es ums Geld ging, erinnerten die Holländer sich an die Gebote der Menschlichkeit. Der ärgste aller Blutsauger, die Vereinigte Ostindische Kompagnie, wurde aufgelöst, die Einheimischen erhielten zumindest einige ihrer Rechte und Besitztümer zurück. Man versuchte sich zu arrangieren.

»Ich fürchte allerdings«, sagte Dr. Semmelbrod, »die Kolonialherren haben die Zeit verpasst, in der es noch möglich gewesen wäre einzulenken.«

Nach dreihundert Jahren gnadenloser Ausbeutung waren selbst die geduldigen Javaner freundlichen Gesten gegenüber misstrauisch geworden. Sie glaubten nicht mehr daran, dass die Holländer es ernst meinten. Und selbst wenn sie es ernst meinten, war es ihnen inzwischen zu wenig, dass ihnen nur eine Handvoll von all dem Reichtum zugestanden wurde, den die Fremden in die Frachträume ihrer Schiffe schaufelten. Sie sagten sich mit Recht, dass sie das, wofür sie arbeiteten, auch selbst genießen wollten, anstatt die bleichen, hochmütigen Fremden damit zu mästen.

»Die Javaner«, sagte der bärtige Greis, »sind ein sanftmütiges Volk, aber sie haben einfach zu viel ertragen müssen, und die islamischen Mullahs, die aus dem Ausland kommen, hetzen sie auf. Es brodelt unter den Leuten viel stärker, als die Holländer begreifen, und es wird nicht mehr lange dauern, bis es wieder einen Freiheitskrieg gibt.«

Der Gedanke daran machte Anna Lisa Angst. Sie hatte niemand etwas zuleide getan, und doch würde sie in ihrer zukünftigen Heimat eine der verhassten Fremden sein. Der Gedanke bedrückte sie derart, dass ihr das Essen kaum schmecken wollte.

Glücklicherweise bemerkte Dr. Semmelbrod ihren Verdruss und zeigte genug Diplomatie, dass er auf sein zweites Lieblingsthema umschwenkte: die spiritistische Religion. Von da an aß Anna Lisa ihr Mittagessen zur Begleitmusik wunderbarer Erscheinungen, sensationeller Durchsagen aus dem Jenseits und Berichten vom seligen Sommerland jenseits des Schleiers, und obwohl sie nicht viel damit anzufangen wusste, war es ihr jedenfalls lieber als die schreckliche Geschichte und die bedrückende Gegenwart des Landes, in das sie reiste.

Allmählich wechselte die Anne-Kathrin den Kurs in Richtung Amsterdam und legte schließlich im Hafen von Simeon

Vanderheydens Vaterstadt an. Anna Lisa stand an der Reling und bestaunte die unzähligen Schiffe, viele von ganz fremdartiger Gestalt, die dort an der flachen Küste vor Anker lagen. Dann sah sie plötzlich überrascht auf. Ein Steward war an sie herangetreten mit der Meldung: »Ein Herr ist an Bord gekommen, der Mijnheer Vanderheyden kurz in einer sehr dringenden und wichtigen Sache sprechen möchte. Da ich weiß, dass Ihr Gatte …« Er vollendete den Satz nicht, aber gemeint war wohl: … ohnehin nicht ansprechbar ist, wende ich mich an Sie.

»Schicken Sie den Herrn zu mir.« Anna Lisa konnte sich nicht vorstellen, wer sie hier in Amsterdam in einer dringenden Sache sprechen wollte. Der alte Bartimäus war, soviel sie wusste, noch in Hamburg, wo er einige weitreichende Geschäfte vorbereitete. Vielleicht irgendjemand von Simeons Verwandtschaft?

Aber da war der Steward schon wieder zurück. Ihm folgte auf den Fersen ein kurzbeiniger junger Mann in einem Kutschermantel. Er trug keinen Hut, der feuchte Wind zerwühlte sein Haar und sträubte es in grotesken Zipfeln in die Höhe, sodass er etwas Gnomenhaftes an sich hatte. Dennoch wirkte er nicht im Geringsten lächerlich. Sein Gesicht war gerötet, seine Augen blitzten; ihm war anzusehen, dass ihn eine wichtige Sache beschäftigte. Ohne zu grüßen, stieß er hervor: »Ich muss meinen Bruder sprechen. – Ich bin übrigens Godfrid Brägens. Gehen Sie zu ihm, sagen Sie ihm, die Zeit ist knapp und es ist wichtig – lebenswichtig vielleicht.«

»Dann sagen Sie es besser mir. Simeon hatte einen Unfall, er nimmt viel Opium gegen seine Schmerzen und schläft …«

Der Besucher schlug ungeduldig mit der Hand durch die Luft. »Dann hören eben Sie mir zu.« Der Blick seiner kalten, blauen Augen richtete sich mit einer Intensität auf sie, bei der es ihr fröstelnd über den Rücken lief. Er strömte Kraft aus, eine beunruhigende und verwirrende Kraft. Gleichzeitig erschien er ihr selbst beunruhigt und verwirrt, als sei er mit sich selbst nicht darüber im Reinen, was er da eigentlich tat.

Sie nickte nur stumm und sah ihn aufmerksam lauschend an.

»Wenn Sie nach Batavia kommen«, sagte er mit einer tiefen, rauen Stimme, die wie ein beschädigtes Instrument klang, »werden Sie dort möglicherweise von einer Frau namens Delphine Lafayette aufgesucht werden. So nennt sie sich jetzt wieder mit ihrem Mädchennamen. Sie ist meine Mutter – Bartimäus Vanderheydens ehemalige Geliebte. Hüten Sie sich vor ihr. Sie wird versuchen, Simeon und wahrscheinlich auch Sie zu töten.«

Wäre nicht die Kraft seiner Persönlichkeit gewesen, so hätte sie ihn angesichts dieser wirren Worte für einen Narren gehalten, aber sein Blick war klar, seine Stimme fest. Also unterbrach sie ihn nicht, sondern lauschte weiter.

»Ich warne Sie«, fuhr er fort, »weil ich keine Lust habe, wegen ihrer Umtriebe gehängt zu werden. Ich wasche meine Hände in Unschuld, was ihre Pläne angeht. Was sie genau vorhat, weiß ich nicht, aber ich kenne sie gut genug, um ihre Drohungen ernst zu nehmen. Sie verliert zusehends den Verstand, und eine ihrer Wahnideen besteht darin, ich würde meinen rechtmäßigen Platz in der Firma Vanderheyden einnehmen können, sobald Simeon tot ist – er und die Frau, die meinem Vater einen Enkel schenken könnte. Sie ist eine absolut gewissenlose Frau, die sich keinen Pfifferling darum schert, ob sie einen Mord begeht, wenn sie nur hoffen kann, dabei ungestraft zu bleiben. Vielleicht wird sie es selbst versuchen, vielleicht durch die Hand irgendeines gedungenen Schurken, von denen es ja in Batavia nur so wimmelt.«

Anna Lisa wusste nicht, was sie sagen sollte.

»Haben Sie verstanden?«, fuhr er sie an. »Können Sie Simeon wiederholen, was ich Ihnen gesagt habe?«

»Gewiss doch, ich bin ja nicht blöde.«

»Dann sehen Sie zu, dass dieser Träumer auch begreift, was man ihm sagt, sonst kann er sich seine Blümchen bald einmal von unten ansehen. Sie dürfen mir glauben, ich spaße nicht.«

»Das habe ich keinen Augenblick angenommen.« Anna Lisa spürte, wie sie zu frösteln begann. War es der feuchtkalte Wind, der durch den Wald von Masten und Schornsteinen blies? War es die Vorahnung einer lauernden Gefahr? Oder war es der junge Mann, der vor ihr stand, zerrissen von dem Zwiespalt, seine eigene Mutter anzuklagen oder Mitwisser eines geplanten Mordes zu werden? Gewiss, ihm war das Hemd näher als der Rock, er wollte einfach nicht hineingezogen werden in derart mörderische und zugleich wahnwitzige Pläne, aber leicht fiel es ihm nicht, die Täterin zu denunzieren, das sah sie ihm an. Simeon hatte seine Mutter leidenschaftlich geliebt – vielleicht liebte auch sein Bruder die seine.

»Jedenfalls«, sagte sie mit gezwungen fester Stimme, »danke ich Ihnen von Herzen für Ihre Warnung, die auszusprechen Ihnen sicher nicht leichtgefallen ist. Ein Verbrechen …«

»… das vielleicht niemals begangen wird«, unterbrach er sie heftig. »Niemals! Es mag alles nur Phantasterei sein, ein Ausfluss der Drogen, denen sie zugeneigt ist, und des giftigen Absinth … Aber ich kenne sie, ich kenne sie! Was sie sich einmal in den Kopf gesetzt hat, das lässt sie nicht mehr los. Und sie hat seltsame Freunde unter den Schurken der Stadt, Halsabschneider, für die ein Menschenleben noch viel weniger zählt als für sie selbst ...« Er warf den Kopf, dann den ganzen Körper zurück, als müsste er sich mit Gewalt aus einem unsichtbaren Spinnennetz losreißen. »Ich habe Ihnen alles gesagt, was zu sagen ist. Ich werde ihr schreiben, dass Sie gewarnt sind. Vielleicht ernüchtert sie das.«

Mit einer eckigen Bewegung verneigte er sich vor ihr. »Auf Wiedersehen, Mevrouw Anna Lisa. Mein Bruder hat eine sehr schöne und liebenswerte Frau geheiratet.«

Mit diesem unerwarteten Nachsatz wandte er sich abrupt um und stürmte davon, wie er gekommen war, vorbei am Zahlmeister, das Fallreep hinunter. Gleich darauf war er in der Menschenmenge am Kai verschwunden.

Anna Lisa wickelte den Mantel eng um sich. Jetzt, wo der seltsame Warner sich entfernt hatte, erschien ihr die Begegnung wie ein Traumgebilde. Wäre da nicht der Steward gewesen, der in einiger Entfernung stehen geblieben war, außer Hörweite, aber mit neugierigen Blicken das kurze Beisammensein verfolgend, so hätte sie vielleicht geglaubt zu träumen. Mit einer ruckartigen Bewegung versuchte sie, wieder einen klaren Kopf zu bekommen. Sie musste zu Simeon, musste ihm erzählen, was geschehen war, und die Warnung weitertragen.

Aber als sie dann die Kabine erreichte, fand sie ihren Mann tief schlafend vor. Pahti vertraute ihr flüsternd an, dass er sich sehr elend gefühlt und mehr als gewöhnlich von dem Opium genommen hatte. Erst war ihm übel geworden, dann war er in einen bleiern betäubten Schlaf gefallen. Es war sinnlos, ihn jetzt wecken zu wollen.

Fast war sie erleichtert darüber, dass die Umstände sie auf diese Weise hinderten, mit ihm zu sprechen. War denn nicht noch Zeit genug, bis sie Batavia erreichten? Bis dahin waren sie in Sicherheit an Bord der vertrauten Anne-Kathrin. Es war unnötig, dass sie ihrem Mann Sorgen machte, er neigte ohnehin dazu, sich die Welt schwarz zu malen.

Sie erzählte ihm nichts von Godfrids Besuch, weder an diesem Abend noch später.

Überall, wo das Schiff anlegte, gingen reiche Passagiere, aber auch viele Auswanderer an Bord. Wie Lastesel mit schäbigen Koffern, Stoffbündeln und umschnürten Taschen beladen, hasteten Scharen ärmlich gekleideter Menschen nervös zur Einschiffungshalle. Immer wieder gab es ein heilloses Gewühl, denn manche verloren in dem Durcheinander ihre Gepäckstücke, bückten sich, um sie wiederzufinden, wurden von den Nächstkommenden angerempelt, und nur das Dazwischentreten der Matrosen verhinderte eine Schlägerei. Die Leute kletterten förmlich übereinander, so eilig hatten sie es, an Bord zu gelangen. Da sie die deutschen Kommandos zumeist nicht verstanden, wurden sie samt ihren Gepäckstücken mit unsanften Stößen weiterbefördert. Stolpernd kletterten sie die hohen Landungsbrücken empor. Sie kamen nicht nur aus Deutschland, sondern auch aus Russland, Polen, aus dem Balkanraum, aus Norwegen und Finnland, alle getrieben von der Hoffnung, in fernen Ländern ein besseres Leben beginnen zu können.

Die wenigsten sahen froh und unternehmungslustig aus. Ihre Gesichter waren angespannt und von der bangen Frage gezeichnet, ob sie mit ihrer Entscheidung nicht vom Regen in die Traufe gerieten. Zu viele schreckliche Geschichten hatte man von Verwandten und Bekannten gehört: Viele, die sich frohen Herzens auf den Weg gemacht hatten, waren gescheitert, ehe sie die ferne Küste überhaupt erreicht hatten. Manche hatten es nicht einmal bis an Bord des Schiffes geschafft, sondern waren schon im Hafen Opfer der Betrüger oder Räuber geworden, die in den naiven Landleuten ihre besten Opfer fanden. Und wer es an Bord schaffte, war auch nicht zu beneiden: Auf der blauen Weite des Ozeans lauerten Tropenstürme, Seeräuber, heimtückische Riffe und noch heimtückischere Krankheiten. So manches stolze Schiff war spurlos verschwunden, und man hatte nie wieder von Besatzung und Passagieren gehört.

Anna Lisa brach das Herz beim Anblick der bleichen Frauen, die in ihre Umschlagtücher gewickelt an Bord gingen, begleitet von hageren, verzweifelt aussehenden Männern und jammervollen Kindern. Sie schämte sich dann geradezu, dass es ihr so gut ging – jedenfalls materiell. Und sie schämte sich angesichts dieser tapferen Frauen, die fast ohne Geld in eine ungewisse Zukunft reisten, in der verzweifelten Hoffnung, dort das Nötigste für sich und ihre Familien erwerben zu können. Frauen, von denen manche nicht älter waren als sie!

Plötzlich hatte sie die Stimme ihres Vaters im Kopf, wie er zu ihr sagte: »Mein Püppchen.« Sie erinnerte sich daran, wie aus ihrer kindlichen Freude über diesen Kosenamen allmählich ein gewisser Ärger geworden war. Püppchen! Schön und gut, wenn man es zu einem fünf- oder sechsjährigen Mädchen sagte, aber er hatte das Wort noch gebraucht, als sie bereits verheiratet war. Und sie wollte kein Püppchen mehr sein!

Dr. Lutter suchte sie zu trösten. »Es hat sich bereits vieles verbessert. Heute, im Jahr 1880, kann man sich gar nicht vorstellen, was es noch vor fünfzig Jahren bedeutete, per Schiff auszuwandern. Der schmale Platz in den winzigen Fünfhundert-Tonnen-Dampfern wurde mit billig Reisenden gefüllt, die keinerlei Komfort zu erwarten hatten. Sogar ihr Essen mussten sie selbst mitbringen, und dauerte die Reise länger als geplant, so konnte es ihnen durchaus passieren, dass sie verhungerten. Und heutzutage setzt man wenigstens alles dran, die Schiffe sauber zu halten und auch die Zwischendeckpassagiere ordentlich zu versorgen – früher starben bei jeder Reise drei von hundert Auswanderern, so jämmerlich ging es auf den Schiffen zu.«

Als Anna Lisa während dieser Rede den Blick über die Auswanderer schweifen ließ, fiel ihr eine vielköpfige Familie auf, Deutsche, ihrer Tracht nach zu schließen, und unter ihnen vor allem ein etwa elfjähriges Mädchen. Alle Kinder hatten blassblondes Haar, aber dieses Mädchen war schwarzhaarig mit dunklen Augen. Sie trug ein blaues Drillichkleid mit einer weißen Schürze und einen Kapuzenmantel aus Wollstoff, der ihr zu groß war, vermutlich ein Erbstück der Mutter, so abgetragen war er bereits. Das Mädchen sah genauso ernst aus wie seine Geschwister, aber es hatte nicht deren vorzeitig verhärmtes Aussehen. In ihren schmalen, straffen Zügen, ihren schwarz umschatteten Augen brannte eine wilde Entschlossenheit. Sie bewegte sich wie ein kleines Tier, das sich in einer gefährlichen Umgebung zurechtzufinden sucht, wachsam und argwöhnisch, aber auch mit offenen Augen für jede Chance, die sich ihr bieten mochte.

Dr. Lutter, der ihr plötzliches Interesse bemerkt hatte – ihm entging nicht viel –, sagte: »Sie werden in Java jedenfalls auf genug Landsleute treffen, wenn auch nicht aus Ihrer sozialen Schicht. Das Elend in Deutschland schreit zum Himmel. Ganze Landstriche sind verarmt, seit die Maschinen Einzug gehalten und das Handwerk ruiniert haben.«

Sie hörte zu, wie er ihr erzählte: In Thüringen und Sachsen, im Erzgebirge, im Vogtland, im Harz und im Elbe-Weser-Dreieck hatten die Menschen seit jeher ein kümmerliches Leben geführt, oft von der Hand in den Mund. Aber dann waren zusätzlich Plagen über das Land gekommen: Trockenheit, Überschwemmungen und Hagelwetter, schließlich eine Invasion von Mäusen, die das letzte Körnchen vom Speicher fraßen. Was blieb den Unglücklichen da anderes übrig, als an fernen Küsten ihr Glück zu versuchen?

Solche bitterarmen Menschen gab es in ganz Europa. Sie waren eine schwere Belastung für ihre Heimatländer, und so waren als Erste die Engländer und die Holländer auf die Idee gekommen, ihr hungerndes Volk aus dem Land zu schaffen. Sie führten den Leuten vor Augen, wie herrlich es sein musste, in sonnigen tropischen Ländern bei leichter Arbeit ihre eigenen Herren zu sein. Auch die Minister des deutschen Kaisers arbeiteten an Plänen, die Ärmsten in Arbeitskolonien nach Südwestafrika abzuschieben, wo sie für Brot und Suppe das Land urbar machen sollten. Vielen schien es, als sei eine solche Zwangsarbeit noch allemal besser, als im eigenen Haus zu verhungern, aber sie wussten nicht, wie schnell die harte Arbeit und das ausdörrende Klima sie vernichten würden. Sie wussten nichts von wochenlangen Regenfällen, giftigem Getier, feindseligen Einheimischen und den in Europa teilweise ganz unbekannten Krankheiten, die die ohnehin Geschwächten zu Tausenden dahinrafften.

Anna Lisa war empört. »Ich finde es schrecklich, dass sie diese Menschen dazu verlocken, irgendwohin ans Ende der Welt zu reisen, nur damit man sie im Dschungel oder im Wüstensand verscharren kann.«

Dr. Lutter seufzte. »Würde es einen großen Unterschied für das arme Volk machen, wenn man sie auf dem Friedhof eines deutschen Armenhauses begräbt?«

In dem Augenblick traf Anna Lisa ihre Entscheidung – die erste wichtige eigene Entscheidung in ihrem Leben. »Dr. Lutter«, bat sie, »können Sie bei den Leuten da unten nachfragen lassen, ob das Mädchen mit dem Kapuzenmantel bei mir in Dienst treten will – fürs Erste vielleicht nur für die Dauer der Reise?«

»Gewiss lässt sich das arrangieren, aber ...« Dann zuckte er die Achseln. Offenbar war ihm eingefallen, dass es Anna Lisa sehr an Gesellschaft mangelte.

Er schickte einen Matrosen, und wenig später kehrte der Mann zurück, die Eltern des Mädchens und die Kleine selbst im Schlepptau. Anna Lisa fühlte sich ein wenig beklommen, als sie unter den ernsten, musternden Augen des Kindes ihren Vorschlag wiederholte.

»Mein Gatte ist krank, und ich brauche ein wenig zusätzliche Hilfe. Ein junges Mädchen wäre da gerade richtig, denn es ist keine schwere Arbeit zu tun.«

Die Eltern hatten offenbar das Gefühl, dass ihnen Sterntaler in den Schoß fielen, denn sie beteuerten sofort im Chor, dass ihre Gesine die beste Wahl sei, die die Dame treffen könnte: brav, fleißig, klug, geschickt ...

»Es wäre nur gut«, wandte Anna Lisa sich direkt an das Kind, »wenn du keine Angst vor Hunden hast. Mein Mann hat nämlich einen sehr großen Hund, so groß, dass du leicht auf ihm reiten könntest.«

»Ich habe keine Angst«, antwortete Gesine. Ihre Stimme klang ernst und erwachsen. »Nicht vor dem Hund und auch nicht vor Ihrem Mann.«

Für einen Moment verdutzt, stieß Anna Lisa hervor: »Aber ... vor Simeon brauchst du nun wirklich keine Angst zu haben. Er ist krank und deswegen manchmal schlecht gelaunt, aber er ist ein guter Mann.«

»Ist er ansteckend?«, fragte Gesine. »Ich meine, hat er die

Schwindsucht?« In ärmeren Schichten, vor allem in den Industriegebieten, war das die am häufigsten verbreitete Krankheit, und die Familie Schreiner kam aus dem Ruhrgebiet.

»Nein, er hat sich nur das Bein so schlimm verstaucht, dass er nicht aufstehen kann. Nun? Ich bezahle dir den halben Lohn meiner erwachsenen Zofe, und du bekommst neue Kleider.«

Die Eltern waren auf der Stelle einverstanden, bedeutete es doch, dass sie eine Sorge weniger hatten, aber Anna Lisa bestand darauf, dass auch Gesine selbst ausdrücklich Ja sagte. Dann erst nahm sie sie mit und übergab sie Fräulein Bertram mit dem Auftrag, für ein heißes Bad, neue Kleider und eine reichliche Mahlzeit zu sorgen.

Insgeheim hatte Anna Lisa ein banges Gefühl bei dem Gedanken, was Simeon dazu sagen würde, wenn sie, ohne ihn zu fragen, Personal einstellte – schließlich bezahlte er ja den (wenn auch sehr bescheidenen) Lohn. Aber sie fand, dass es ihm völlig gleichgültig war. Und erst ihr Ärger über diese Gleichgültigkeit machte ihr bewusst, dass sie im tiefsten Grunde gehofft hatte, ihm eins auszuwischen: Wenn er mit Tietjens herumtändelte, würde sie sich eben mit ihrem kleinen Mädchen unterhalten.

Lieber Himmel, dachte sie. Weit ist es gekommen! Ein junges Ehepaar, und wir machen einander mit einem Hund und einem Arbeiterkind eifersüchtig!

Wie in Amsterdam, so stiegen auch in London viele Kolonialbeamte zu, die auf Heimaturlaub gewesen waren und jetzt an ihre Dienstorte zurückkehrten. Anna Lisa lehnte an der Reling und sah zu, wie die Männer, teils in Uniform, teils in Zivil, an Bord gingen, gefolgt von ihrer oft farbigen Dienerschaft. Tietjens stand an ihrer linken Seite, Gesine an ihrer rechten; das

Mädchen machte sich nützlich, indem es den zusammengerollten Sonnenschirm und die Handarbeitstasche trug, die zur Ausstattung einer jungen Dame von Stand gehörte, auch wenn diese, wie Anna Lisa, niemals häkelte oder stickte. Handarbeiten waren ihr von Kind auf verhasst gewesen, und da sie keine Mutter hatte, die dazu drängte, waren sie ihr erspart geblieben.

Gesines Hauptaufgabe bestand freilich darin, der einsamen jungen Ehefrau die Zeit zu vertreiben, und das tat sie auf eine so geschickte Weise, dass sie Anna Lisa bald unentbehrlich erschien. Sie interessierte sich für schlichtweg alles. Wie schnell fuhr ein Ozeandampfer? Woraus waren Anna Lisas Kleider gemacht? Warum aß man Fisch mit einem besonderen Messer? Und: Konnte man an den Haufen, die Tietjens hinterließ, erkennen, was sie vorher gefressen hatte?

Überhaupt zeigte sie ein auffallendes wissenschaftliches Interesse. Sie wollte genau wissen, was mit Simeons Bein passiert war, dass es ihm jetzt so wehtat, und warum die Salbe, mit der es behandelt wurde, so scharf roch. »Der Doktor sollte es ihm besser mit Hundefett einschmieren, dann wäre es schneller gesund.«

»Hundefett? Ich bitte dich! Wie kommst du darauf?«

»Weil Hundefett gut gegen alle Krankheiten ist. Gegen Gliederreißen und Husten und … überhaupt gegen alles.«

»Gesine«, warnte Anna Lisa, »sprich nie wieder darüber, dass Hundefett gut gegen Krankheiten – oder was auch immer – ist. Mein Mann liebt Tietjens über alles.«

»Ja, ich weiß«, antwortete Gesine. »Fräulein Bertram sagt, er hat den Mann totgeschlagen, der sie getreten hat, als sie noch klein war. Wenn ich etwas von Hundefett sage, würde er mich dann auch totschlagen?«

»Nein, aber er würde so furchtbar wütend sein, dass ich dich auf der Stelle zu deinen Eltern zurückschicken müsste, und das würde mir sehr leidtun. Ich bin nämlich froh, dass du da bist.«

»Ich bin auch froh.« Gesine beschäftigte sich verlegen damit, ihre Schürze gerade zu streichen. »Ich dachte immer, reiche junge Damen sind hochmütig und schnippisch, aber Sie sind gar nicht so, sondern lieb und sanft wie ... wie ein Karnickel.«

Anna Lisa war nicht glücklich darüber, mit einem Karnickel verglichen zu werden, aber sie wusste, dass Gesine für den Vergleich das liebenswürdigste Lebewesen, das sie kannte, bemühte.

Die Anne-Kathrin zog derweil ihre schäumende Spur entlang der französischen Küste. Die Landschaften wechselten, und es wurde zusehends wärmer und sonniger.

Der Ozeandampfer ließ die spanische und die portugiesische Küste links liegen und näherte sich der Straße von Gibraltar.

Die Passagiere saßen jetzt oft den ganzen Tag an Deck, genossen die frische Luft, lachten und scherzten. Die üble Laune, die sich bislang breitgemacht hatte, war verschwunden. Man freute sich allgemein an den warmen Tagen und den milden Nächten mit den großen, glänzenden Sternen.

Simeon ging es allmählich besser. Unter den kundigen Händen des Schiffsarztes und bei der sorgsamen Pflege durch seinen Diener ließen die Schmerzen nach. Er hatte kaum noch Beschwerden – allerdings nur, solange er ruhig im Bett lag oder mit hoch gelagertem Bein in einem Stuhl saß. Gehen konnte er selbst mit den beiden Krücken, die Dr. Lutter beschafft hatte, nur ein paar mühselige Schritte weit. Deshalb weigerte er sich, die Kabine zu verlassen. Er war überzeugt, die Passagiere würden ihn lächerlich finden, wenn er da »wie ein lahmer Affe hüpfte und humpelte«. Also verkroch er sich übellaunig im Halbdunkel und ließ es sich an Tietjens' unerschütterlicher Zuneigung genug sein.

Dass ihr Gatte sich niemals an Deck blicken ließ und auch in der Kabine meistens unansprechbar blieb, hatte eine für Anna Lisa unerwartete Folge. Wer immer etwas mit den Vanderheydens zu besprechen hatte, musste sich notgedrungen an sie wenden. Der Steward, der Probleme wegen Tietjens' Verdauungsprodukten zur Sprache bringen wollte. Ein Abgesandter der Küche, der sie in Fragen des Hundefutters konsultierte. Der Kapitän, der gelegentlich feierlich über das Sonnendeck schritt und mit den vornehmen Passagieren ein paar launige Worte wechselte. Für alle war es bald selbstverständlich, dass Mevrouw Anna Lisa das Ehepaar Vanderheyden repräsentierte. Die Frage nach den Wünschen ihres Gatten wurde zur bloßen Formalität; man erwartete, dass sie die Entscheidungen traf, und sie tat es. Anfangs hatte sie ihn gefragt, aber entweder hatte das Opium ihn so umnachtet, dass er kaum zu einer klaren Antwort fähig war, oder er lag tief in den schwarzen Schatten seiner Melancholie versunken im Bett und verweigerte ihr die Antwort.

Der Wechsel kam lautlos und unauffällig, weder Simeon noch Anna Lisa registrierten ihn, bis er vollendet war. Sie wäre zutiefst erschrocken, hätte man ihr am Anfang ihrer Ehe gesagt, dass sie die Zügel in die Hand nehmen müsste. Es wäre ihr ungehörig, ja unsinnig erschienen. Niemals hatten ihr Vater und ihre Brüder sie um ihre Meinung gefragt oder ihr gar eine Entscheidung überlassen, wenn es um wichtigere Dinge als den Wochenspeisezettel oder ein neues Kleid ging … und wenn sie sich ehrlich erinnerte, hatte sie nicht einmal in der Haushaltsführung wirklich mitzureden gehabt. Die tüchtige

Wirtschafterin ließ sie gerade nur ein wenig mitmischen, wie man die Kinder beim weihnachtlichen Keksebacken mithelfen lässt. Aber jetzt blieb ihr nichts anderes übrig.

Gewiss, es waren keine ernsten Entscheidungen, die sie zu treffen hatte. In der gut geölten Organisation des Hochseedampfers hatten die Passagiere im Grunde den Status von Kindern, die von effizienten Nurses versorgt wurden. Aber sie lernte in vielen kleinen Scharmützeln, dass sie eines Tages vielleicht genötigt sein würde, in eine Schlacht zu ziehen.

Simeons Zustand machte ihr Sorgen. Immer öfter erinnerte sie sich daran, was Elsa gesagt hatte: »Stellen Sie sich darauf ein, dass er sich auf Ihren Arm stützen wird, nicht Sie auf den seinen.« Gewiss, ein verstauchtes Bein war eine sehr unangenehme Sache, es schmerzte abscheulich und behinderte die freie Bewegung. Carl Gustav war seinerzeit auch nicht gerade in heiterer Stimmung gewesen, als sein Pferd ihn abgeworfen hatte und er mit einem bis zum Oberschenkel eingegipsten Bein herumhinken musste. Aber er hatte weiterhin seine Arbeit getan, genau wie ihr Vater, als er nach einem Unfall im Laderaum mit eng bandagierter Brust und zwei gebrochenen Rippen ins Kontor gegangen war. So, wie Simeon sich benahm, war er entweder ausgesprochen launisch und wehleidig. Oder etwas anderes stimmte nicht mit ihm.

Anna Lisa hatte gehofft, seine Stimmung würde sich bessern, wenn er frei von Schmerzen war und das lästige Opium nicht mehr einnehmen musste, aber das Gegenteil war der Fall. Je mehr er sich körperlich erholte, desto schlechter wurde seine Laune. Ihr Anblick schien ihm richtiggehend zuwider zu sein.

Anna Lisa hatte allmählich das Gefühl, dass Pahtis Aberglauben sie ansteckte. Sie wurde den Verdacht nicht los, dass

Tietjens Simeon alles weitererzählte, was sich bei ihren Spaziergängen ereignet hatte. Ohne jede Erfahrung mit Hunden, interpretierte sie die Blicke und Laute des Tieres in menschlichen Kategorien, vor allem, da ihr Gatte den Hund bei dessen Rückkehr mit Fragen überfiel. »Nun, wie war dein Spaziergang, *min Meisje*? Hast du deine Geschäftchen erledigt? Bist du nass geworden?«

Anna Lisas Groll erreichte den Siedepunkt. Über die Schulter zurück beantwortete sie die Fragen, die nicht an sie gerichtet gewesen waren. »Ja, der Spaziergang war schön. Ich habe alles erledigt und bin nicht nass geworden, weil ich meine neue Kautschukpelerine angezogen hatte.«

»Schön«, erwiderte Simeon, der ihren ätzenden Ton entweder nicht bemerkte oder nicht bemerken wollte. »Pahti, reib sie ordentlich trocken. Auf diesem Schiff zieht es wie in einem Vogelkäfig; ich will nicht, dass sie sich erkältet. Komm, komm, mein gutes Mädchen! Wenn du trocken bist, darfst du zu mir ins Bett.«

Anna Lisa wusste, dass sie sich lächerlich machte, aber sie konnte einfach nicht mehr an sich halten. »Und ich?«, schrie sie, unbekümmert um die Gegenwart des Dieners. »Darf ich auch ins Bett? Oder wünschst du weiterhin, dass ich in meinem Boudoir schlafe, während dein fetter Köter sich im Ehebett wälzt? Hast du Tietjens geheiratet oder mich?«

Simeons scharfe Züge veränderten sich. »Pahti«, befahl er mit einer Stimme, der man den Herrn anhörte, »nimm Tietjens mit und reib sie trocken, dann hol ihr Essen.« Sobald der Javaner den Raum verlassen hatte, wies er mit einer ungewohnt autoritären Gebärde auf einen freien Stuhl. »Bitte setz dich.«

Anna Lisa gehorchte, verkrampft vor Zorn, aber auch mit einem wachsenden Gefühl der Furcht in der Magengrube.

Weder ihr Vater noch ihre Brüder hatten jemals ernsthaft mit ihr gestritten. Wenn es nötig war, wurde sie kurz zurechtgewiesen; man nahm sie gar nicht so ernst, dass es irgendwelche Debatten hätte geben können.

»Erstens«, sagte Simeon mit ruhiger Stimme, »möchte ich nicht, dass du mich vor den Dienern anschreist. Zweitens möchte ich nicht, dass du Tietjens beschimpfst. Kannst du dir das merken?«

Trotzig antwortete sie: »Du hast recht, und ich entschuldige mich. Für mich ist es allerdings auch nicht angenehm, wenn du vor den Dienern den Eindruck erweckst, Tietjens wäre deine Frau und ich dein Hund. Ich weiß, die Umstände sind sehr unglücklich; ich weiß, du bist enttäuscht und du leidest Schmerzen, aber ich finde es beleidigend, wie du mich aussperrst. Wenn ich zu dir ins Bett will, beklagst du dich, dass die Matratze wackelt und dein Bein wehtut. Bei Tietjens wackelt nichts, dabei ist sie vierzig Pfund schwerer als ich!«

Er lag still da, die Augen halb geschlossen. Sie dachte schon, er würde überhaupt nicht mehr mit ihr reden, als er plötzlich sagte: »Tietjens stellt keine Anforderungen an mich, die ich nicht erfüllen kann. Sie liegt nicht neben mir und erwartet, dass ich mich als ihr Gatte erweise. Du ahnst ja nicht, wie demütigend das ist, neben einer Frau zu liegen und so völlig ... so völlig unfähig zu sein. Ich wage kaum, mich zu bewegen, weil es mir sofort wie glühende Messer durch Knie und Knöchel fährt – und da bist du, so jung und schön und appetitlich, und du bist meine Frau, und ich kann nicht ...« Sein Gesicht verkrampfte sich in einer abstoßenden Mischung aus Wut und Elend.

Das also war das Problem.

Mit einer impulsiven Geste sank sie neben dem Bett auf die Knie, ergriff seine schlaff herabhängende Hand und drückte sie an die Lippen. Wie sollte sie ihn nur trösten? »Ich erwarte doch gar nichts«, beteuerte sie. »Werde du nur wieder gesund, dann wird sich alles andere ergeben.«

Er nahm den Trost nicht an. »Eine nicht vollzogene Ehe ist ungültig. Du bist überhaupt nur auf dem Papier meine Ehefrau.«

»Mag sein, aber ist das etwa deine oder meine Schuld?« Sie erinnerte sich, wie boshaft sein Vater sich über den Unfall geäußert hatte. Wahrscheinlich machte Simeon sich selbst Vorwürfe, dass er gestolpert war. »Solche Dinge geschehen eben. Carl Gustav ist auch einmal vom Pferd gefallen und hat sich ein Bein gebrochen. Und mein Vater wäre beinahe zu Tode gequetscht worden, als auf einem seiner Schiffe die Ladung verrutschte. Du bist nicht der Erste und wirst nicht der Letzte sein, der einen Unfall hat. Ist deinem Vater etwa noch nie etwas zugestoßen?«

Erleichtert stellte sie fest, dass sie den richtigen Ton getroffen hatte. Simeons gefährlich schlechte Laune verflüchtigte sich bei der Erinnerung daran, dass Bartimäus Vanderheyden einmal beinahe an einer Fischgräte erstickt wäre. Sie hieb energisch weiter in die Kerbe. »Und hat da etwa jemand behauptet, er wäre zu tollpatschig, um zu essen?«

Nein, natürlich nicht. Bartimäus hatte – kaum dass er wieder atmen konnte – die Köchin hinausgeworfen, weil sie einen Fisch mit Gräten auf den Tisch gebracht hatte, und den Butler angeschrien, der das Unheil beim Servieren nicht bemerkt hatte. Alle waren schuld an seinem Unglück, nur er selber nicht. Dass er beim Essen schlang wie ein Wolf, hatte selbstverständlich nichts damit zu tun, dass er die Gräte mitgeschluckt hatte.

»Aber wenn mir die Dekoration auf den Kopf fällt, dann heißt es, ich wäre zu blöde, eine Treppe hinunterzusteigen!

Und wahrscheinlich auch zu blöde, um ...« Er unterbrach sich mitten im Wort und errötete. Der unvollendete Satz löste sich in einigen zischend hervorgestoßenen holländischen Schimpfwörtern auf.

Anna Lisa atmete tief durch. Der Nebel lichtete sich! Kein Wunder, wenn Simeon unter seiner Schwäche litt, nachdem der niederträchtige Alte ihm solche Gemeinheiten an den Kopf geworfen hatte! »Nun lass dich nicht verrückt machen«, sagte sie mit fester Stimme. »Ich glaube, dein Vater hat vieles nur gesagt, um dich zu kränken. Und jetzt, wo es dir schlecht geht und du Schmerzen hast und ganz dusslig vom Opium bist, fällt dir das alles ein und macht dir schlechte Laune.« Sie drückte seine Hand an ihre Lippen und küsste sie zärtlich. »Sieh nur zu, dass du bald wieder gesund wirst. Ich werde weiter in meinem Boudoir schlafen, wenn es dich stört, mich im Bett zu haben, und ich sage nichts mehr gegen Tietjens.«

Wenigstens war er bereit, ihr seinerseits einen Schritt entgegenzukommen. »Ich wollte dich nicht kränken. Sie ist doch keine Konkurrenz für dich, oder? Sie ist ein Tier.«

»Pahti behauptet, sie sei ein Dschinn. Und es würde mich gar nicht wundern, wenn er recht hätte.«

Sie hatte es in kindischem Trotz hervorgestoßen, und kaum war es heraus, fürchtete sie, Simeon von Neuem verärgert zu haben, aber zu ihrer Erleichterung nahm der junge Mann es als Schmeichelei auf. »Nun, da schätzt Pahti sie ganz richtig ein! Sie ist außergewöhnlich klug, sensibel und eben auch körperlich sehr imposant. Aber sie ist nicht meine Frau. Das bist du.« In dem Bemühen, die Spannung zwischen ihnen zu mildern, liebkoste er mit kalten Fingern ihre Hand. »Und du hast recht, ich bin quengelig, weil mein Bein schmerzt und das Opium mir einen dicken Kopf und schlechte Träume macht.«

Sie war erleichtert über sein Eingeständnis. Sie wäre überzeugt gewesen, dass er die Eheschließung bereute, hätte er ihr nicht selbst den Schlüssel zu seiner Missstimmung in die Hand gegeben: Er begehrte sie, aber er war körperlich nicht in der Lage, dieses Begehren zu erfüllen.

In ihrer Hilflosigkeit bat Anna Lisa Dr. Lutter, sie auf einem Spaziergang an Deck zu begleiten; sie brauche seinen Rat.

Der Wind blies Anna Lisa durchs Haar, als sie auf die weite Fläche des Decks hinaustraten, und sie musste ihren Strohhut mit einer doppelten Schleife unter dem Kinn festbinden, damit er nicht ins Meer geblasen wurde. Ihren Sonnenschirm über den Kopf haltend, suchte sie den schattigsten Teil des Decks für ihren Spaziergang aus.

Schließlich setzten sie sich unter ein Sonnensegel auf den Seekisten nieder, von denen ein halbes Dutzend dort stand. Der Arzt beauftragte einen vorbeieilenden Steward, ihnen Wein zu bringen, und schenkte höflich Anna Lisas Glas voll, ehe er sein eigenes füllte. Dabei begegnete sie einen Augenblick lang seinem Blick, und ein leichter Schauder überlief sie. Selbst eine sehr unerfahrene junge Frau musste diesem Blick entnehmen, dass sie ihm gefiel. Dabei hatte sie sich extra unauffällig gekleidet: Sie trug ein graues Kleid von zurückhaltend elegantem Schnitt, an Halsausschnitt und Manschetten mit feiner Spitze geschmückt. Es sollte ja nicht so aussehen, als wollte sie bei fremden Männern Eindruck schinden, während ihr Mann krank im Bett lag.

Ein Hauch von Rot überzog ihre Wangen, und Dr. Lutter bemerkte es, aber er erwies sich als vollendeter Diplomat. Die Verlegenheit, die zwischen ihnen aufkommen wollte, erstickte er im Keim, indem er sofort in die Rolle des einfühlsamen Arztes zurückfiel. »Nun, liebe Frau Vanderheyden, was quält Sie? Geht es Ihrem Gatten schlechter?«

Erst stockend, dann immer zutraulicher erzählte sie ihm von dem Streit. »Ich weiß, er hat sich so darauf gefreut …«

»Jeder Mann würde sich sehr darauf freuen, Frau Vanderheyden«, sagte Dr. Lutter, und sie quittierte seine Galanterie mit einem Lächeln, bis ihr einfiel, dass er dabei auch sich selbst einschließen mochte. Wieder errötete sie. Er half ihr aus der Verlegenheit, indem er mit ernsten Blicken und gerunzelter Stirn fortfuhr: »Ich spreche jetzt als Arzt mit Ihnen, gnädige Frau. Nehmen Sie es mir nicht übel, wenn meine Worte Ihre weibliche Empfindsamkeit verletzen müssen. Bislang war Ihr Gatte völlig mit seinen Schmerzen beschäftigt, aber da er nun keine Schmerzen mehr hat, wird er es als sehr unangenehm empfinden, tatenlos im Bett liegen zu müssen … in jeder Hinsicht tatenlos. Er ist ein junger und gesunder Mann, der kürzlich eine überaus liebenswürdige Frau geheiratet hat. Seine Frustration wird gewaltig sein. Wir sollten uns bemühen, ihm seine Lage zu erleichtern, wie es ja auch Ihre Pflicht als Gattin ist.«

»Oh, das will ich gerne! Nur … ich weiß nicht recht, wie.« Sie erzählte ihm, dass ihre Mutter früh gestorben war und keine Frau in der Familie ihr Anleitungen geben konnte, wie sie es mit diesen Dingen halten sollte. Und selbst ein naives junges Mädchen besaß Menschenkenntnis genug, um zu wissen, dass ein leidender, gekränkter und körperlich behinderter Mann kein geduldiger Lehrer in intimen Dingen sein würde.

Dr. Lutter lauschte mit einer Aufmerksamkeit, die ihr wohltat. Ihr Vertrauen zu ihm wuchs mit jeder Minute. Sie vergaß ganz, dass er ein Mann und obendrein ein fremder Mann war. Sie errötete nicht einmal mehr, als er schließlich in gewichtigem und zugleich verschwörerischem Ton sagte: »Besondere Umstände erfordern besondere Maßnahmen. Wäre Ihr Gatte gesund, so würde ich mich hüten, mich in die intimen Angelegenheiten eines Ehepaares zu mischen, aber da er noch eine ganze Weile invalide sein wird … Können Sie ein Geheimnis bewahren, gnädige Frau?«

Auf ihre Zusicherung hin sagte er: »Es wäre unziemlich, diese Dinge im persönlichen Gespräch zu erörtern, selbst mit einem Arzt oder Priester, aber ich werde Ihnen ein Büchlein leihen, in dem Sie alle nötigen Informationen finden. Es wurde vor allem für Frauen verfasst, deren Gatten Kriegsinvalide sind oder durch schleichende Muskelkrankheiten am natürlichen Vollzug ihrer Pflichten und dem Genuss ihrer Rechte gehindert werden. Sie müssen mir aber Ihr Ehrenwort geben, dass Sie darüber schweigen. Es gibt zu viele prüde und allzu moralische Menschen, die daran Anstoß nehmen könnten, vor allem die Geistlichkeit.«

Anna Lisa versprach feierlich, das Geheimnis zu wahren.

Er ließ seine Worte ein paar Minuten lang wirken, während er sein Glas austrank. Dann fuhr er fort: »Sie können allerdings durch diese Praktiken nicht schwanger werden. Die Hoffnung auf Erfüllung Ihrer Mutterschaft müssen Sie noch ein Stückchen in die Zukunft verschieben.«

»Das macht nichts!«, beteuerte Anna Lisa so eifrig, dass es ihr gleich darauf selbst peinlich war. Sie hatte nicht die geringste Lust, ihre ohnehin bedrückenden Probleme auch noch durch eine Schwangerschaft zu ergänzen.

Zwei Stunden später saß sie im Sonnenschein an Deck, Tietjens zu Füßen, das geheimnisvolle Büchlein in der Hand.

»Wehe dir, du sagst es ihm!«, flüsterte sie Tietjens in das faltige Schlappohr.

Das Büchlein – eigentlich kaum mehr als ein Heft – war so dünn, dass sie es mühelos in einer Illustrierten verstecken konnte, und außerdem würde sich ihr ohnehin niemand nähern, solange der riesige Hund zu ihren Füßen lag. Ihre Wangen brannten schon, bevor sie es öffnete. Der Gedanke stieg in ihr auf, wie entsetzt die gute alte Elsa gewesen wäre, hätte sie ihren Zögling mit dieser Lektüre ertappt. Aber hatte sie sich wirklich einen Vorwurf zu machen? Sie studierte das Buch doch nur, um Simeon glücklich zu machen, wie es ihre Pflicht als Gattin war. Besondere Umstände erforderten besondere Maßnahmen, hatte Dr. Lutter gesagt.

Aber was für besondere Maßnahmen das waren!

Anna Lisa hatte kaum die zweite Seite gelesen, als sie erschrocken gickste. Der Autor des Buches bediente sich zwar einer reichlich gewundenen Sprache und vergaß nicht, immer wieder einzuflechten, dass eine pflichtbewusste Gattin auch einmal etwas Ungewöhnliches wagen müsste, wenn es denn nicht anders sein konnte, aber – nein! Nie würde sie das über sich bringen, was er da vorschlug! Sie erinnerte sich daran, wie Simeon ihre Hand zwischen seine Beine gezogen hatte. Sehr, sehr aufregend war das gewesen und auch gar nicht unangenehm, aber sie hatte nicht erwartet, etwas so wild Zuckendes unter den Fingern zu spüren. Und seine Warnung, es könnte sie nass machen ... Wie merkwürdig, dass ein und dasselbe Ding bei einem Mann zwei verschiedene Flüssigkeiten ausstoßen konnte!

»Verstehst du das?«, wandte sie sich an Tietjens. »Es müssten zwei verschiedene Röhrchen darin sein, wie Wasserhähne, oder eines, das nach Bedarf geschlossen und aufgemacht wird ... Und ehrlich gesagt, diese Zeichnungen können einem den Appetit verschlagen!«

Denn illustriert war das Heft auch, mit kolorierten Kupferstichen, die genau erklärten (A, B, ... F, G, ...), wie ein Mann gebaut war und funktionierte. Es wurde verraten, dass das Geheimnis seiner Kraft in den überaus empfindlichen Hoden lag, die keinesfalls grob angefasst werden durften, aber bei zarter Liebkosung Wunderwerke vollbrachten. Der Penis war da viel robuster, der vertrug schon einiges an Rubbeln, aber nur in der Mitte – oben war er wiederum zart und empfindsam.

»Ich finde, Männer sind sehr kompliziert«, sagte sie zu Tietjens. »Hätte Gott das alles nicht auch viel einfacher erschaffen können?«

Die Hündin grunzte, ließ sich auf die Seite fallen und drehte der wärmenden Sonne den gefleckten Bauch zu.

»Ja, du!«, murmelte Anna Lisa. »Dir ist das egal. Du kannst dich drauf verlassen, dass dir kein dummer Hund Probleme machen wird. Armer Simeon!« Der mitleidige Ausruf bezog sich darauf, dass der Autor des Buches in ergreifenden Worten schilderte, wie sehr ein Mann darunter litt, wenn er seiner Natur nicht nachgeben durfte oder konnte. Und am schlimmsten war es, wenn er eine Frau hatte, die ihm hätte helfen können, aber »ein kaltes oder zimperliches Weib« war und sich ihren Pflichten entzog.

Anna Lisa nahm sich ernsthaft vor, auf keinen Fall kalt oder zimperlich zu sein.

Allerdings hatte ihr Dr. Lutter noch einen guten Rat mitgegeben: Auf keinen Fall dürfe sie verraten, woher sie ihr Wissen bezog; überhaupt sei es am besten, sich völlig ahnungslos zu stellen. Männer genossen zwar gerne die Zärtlichkeit einer erfahrenen Frau, aber ein frisch verheirateter Mann würde misstrauisch werden, ob seine Frau ihre Erfahrungen nicht mit einem anderen gemacht hätte.

»Aber wie soll ich es dann machen?«, fragte sie, als sie wenig später wieder auf den Arzt stieß. »Tue ich nichts, ist er unzufrieden; tue ich etwas, wird er argwöhnen, dass ich andere Männer gekannt hätte.«

»Sie müssen ihm das Gefühl geben, dass er derjenige ist, der die Zügel in der Hand hält. Dann brauchen Sie nichts weiter zu tun, als sich allen seinen Vorschlägen gefügig zu zeigen. Er wird Vorschläge machen, seien Sie da ganz sicher.«

Anna Lisa seufzte.

»Und Sie brauchen nicht so brunnentief zu seufzen. Was in der Theorie abstoßend wirkt, kann in der Praxis eine Quelle der Freude und des Wohlbehagens werden, auf jeden Fall bei einem jungen Ehepaar. Sie sagten mir doch, dass Sie Ihren Mann schön finden, nicht wahr?«

»O ja!«

»Nun sehen Sie! Und jetzt werden Sie zweierlei tun. Zum einen werden Sie ihm bei erster Gelegenheit nachdrücklich zu verstehen geben, dass Sie auf keinen Fall jetzt schon schwanger werden wollen. Das ist nur verständlich. Sie sind jung und scheu, Sie reisen in ein fremdes Land mit gefährlichem Klima ... Wichtig ist: Ihr Gatte muss das Gefühl haben, dass er Ihnen einen Gefallen tut, wenn er den ehelichen Verkehr noch nicht zur Gänze vollzieht. Und zweitens: Zeigen Sie sich neugierig auf seine Männlichkeit. Sie haben so etwas noch nie gesehen – das ist vermutlich nicht gelogen?«

Anna Lisa senkte errötend den Blick. »Doch, aber – es war nicht meine Schuld. Und es war ekelig.«

Als Dr. Lutter abwartend schwieg, überwand sie sich, ihm ihr schreckliches Kindheitserlebnis zu erzählen. Er zeigte viel Mitgefühl, sagte ihr aber dasselbe wie Simeon: Man könne das nicht vergleichen; wenn man einen Menschen liebe, sei alles an ihm schön. Man müsse immer das Ganze sehen.

»Aber«, wandte sie schüchtern ein, »es erscheint mir so schamlos, auch wenn wir verheiratet sind. Ich hätte es nicht gerne, wenn jemand auf mich so neugierig wäre.«

»Das ist ein angeborener Unterschied zwischen Männern und Frauen. Frauen sind von Natur aus schamhaft. Männer nicht. Sie wollen, dass man sie ansieht. Am liebsten würden sie es aller Welt zeigen.«

»O nein!«, protestierte Anna Lisa, wobei sie gleichzeitig lachte und sich fragte, ob es nicht am Ende ernst gemeint war. Sie konnte sich nicht vorstellen, dass ein so wohlerzogener junger Mann wie Simeon so schamlos sein könnte. Aber hatte er nicht selbst etwas ganz Ähnliches gesagt?

»Bedenken Sie!«, fuhr der Arzt fort. »Frauen wollen hören, dass sie ein schönes Gesicht haben, reiches Haar, eine feine Haut, rote Lippen. Bei einem Mann ist das anders. Er will Bewunderung für seine Männlichkeit. Machen Sie ein großes Theater darum, wie unterschiedlich Männer und Frauen gebaut sind. Sie werden ihn nie langweilen, egal wie oft Sie ihm erzählen, dass dieser Teil seiner selbst groß und schön und stark ist. Ja, Sie können ruhig sagen, dass Sie ein wenig Furcht davor haben.«

»Warum sollte ich?«, fragte sie überrascht.

»Sagen Sie es einfach. Ich versichere Ihnen, es wird ihm gefallen. Männer interessieren sich für die unterschiedlichsten Dinge, aber für alle erst in zweiter Linie. Am wichtigsten ist ihnen ihre Männlichkeit. Und niemals, niemals dürfen Sie ihn in diesem Punkt kränken. Er würde es Ihnen bis zu Ihrem letzten Tag nicht verzeihen.«

»Oh, was für ein Theater um das dumme Ding!«, rief sie ungeduldig aus.

Dr. Lutter legte den Finger auf die Lippen. »Frau Vanderheyden, ein solches Wort vor den Ohren eines Mannes hat schon mehr als eine Ehe zerstört. Stellen Sie sich nur vor, Simeon würde Ihnen – womöglich vor Fremden – sagen, dass er Ihr Gesicht hässlich findet. Das würden Sie ihm auch lange nicht vergessen, oder?«

Zögernd gab sie zu, dass er recht hatte. Aber insgeheim war sie überzeugt, dass sie es niemals wagen würde, solche Dinge zu tun, wie das grüne Büchlein sie vorschlug.

Am darauffolgenden Abend war Simeon jedoch in so widerwärtiger Stimmung, dass sie sich entschloss, lieber die seltsamsten Ratschläge zu befolgen, als sich weiterhin seinen Launen auszusetzen. Geschickt brachte sie das Gespräch auf die Auswanderer, unter deren Frauen viele schwanger waren, und auf die ernsten Probleme, die dieser Zustand in einem so fremdartigen und ungesunden Land mit sich bringen mochte.

Erfreut stellte sie fest, dass ihr mürrischer Gatte aufmerkte. Ohne den Kopf zu heben, sagte er: »Ich dachte, du könntest es nicht erwarten, ein Kind zu bekommen. Frauen denken immer nur daran, wie sie möglichst schnell Mutter werden können.«

»Vielleicht würde ich das auch tun, aber hast du nicht selbst gesagt, dass das Klima in Java gesundheitsschädlich ist? Und ich bin noch sehr jung. Ein Baby kann doch warten, bis wir uns auf der Plantage eingerichtet haben und die Dinge ruhig angehen können.«

Er zögerte, als vermutete er eine Falle. Mürrisch bemerkte er: »Dann bist du wohl sehr zufrieden, dass ich dir ohnehin nicht nahe kommen kann?«

»Aber das sind doch zwei ganz verschiedene Dinge, oder nicht?« Er blickte sie überrascht an, und sie errötete bis hinter die Ohren bei dem Gedanken, dass er sie jetzt für eine »erfahrene Frau« halten mochte, weil sie die Geheimnisse des grünen Heftchens ausgeplaudert hatte. Rasch entschlossen flüchtete sie in eine Lüge. »Ich weiß, unverheiratete Mädchen sollten über solche Dinge nicht sprechen, aber sie tun es natürlich doch, und meine Freundinnen sagten, man könnte … also die Dinge so handhaben, dass man nicht gleich ein Kind bekommt. Ich weiß natürlich nicht, ob das stimmt.«

»Doch, das stimmt. Aber es ist verboten.«

»Wieso? Wer verbietet es?«

Simeon zuckte nur die Achseln. Gerade noch rechtzeitig war ihm eingefallen, dass es nicht in seinem Interesse lag, ihr die Einwände der kirchlichen Moral nahezubringen.

Anna Lisa entschloss sich, aufs Ganze zu gehen. »Ich möchte gerne bei dir sein, aber eben am liebsten so, dass wir erst später ein Kind bekommen. Was soll daran unrecht sein? Der Kuchen gehört von Rechts wegen uns; wenn wir jetzt nicht den ganzen Kuchen essen können, so können wir doch einen Bissen davon probieren, oder?«

Er lehnte sich in den Stuhl zurück und betrachtete sie über den Kartentisch hinweg mit ungewöhnlich glänzenden Augen. Eine Aura von Anspannung, Vorfreude und Nervosität umgab ihn. »Schieb den Türriegel vor«, sagte er. »Und dann musst du herkommen und mir das Stückchen Kuchen servieren.«

Die junge Frau gehorchte. Tietjens, die auf ihrer Rollmatratze lag, warf ihr einen unergründlichen Blick zu und rollte sich dann mit dem Rücken zur Kabine zusammen, ein sicheres Zeichen, dass sie in nächster Zeit nicht zu stören gedachte. Anna Lisa dankte es ihr im Stillen. Die Situation war schwierig genug, auch ohne dass ein eifersüchtiger Hund sich einmischte. Sie hoffte nur, dass Simeon besser Bescheid wusste als sie selber. Sie müssen ihm das Gefühl geben, dass er derjenige ist, der die Zügel in der Hand hält, hatte Dr. Lutter geraten. Schön und gut, aber wenn er nun ein ebenso unerfahrener Kutscher war wie sie selbst?

Bis jetzt, tröstete sie sich selber, hatte sie alles richtig gemacht, es würde auch weiterhin gut gehen. Die Tür stand offen, der richtige Weg war gewählt, das war erst einmal das Wichtigste.

»Komm zu mir.« Simeon streckte ihr beide Hände entgegen. Sein verstauchtes Bein lag steif auf dem Hocker, aber er schob das andere zur Seite, sodass sie ganz nahe an ihn herantreten konnte. Als sie die Hände auf seine Schultern legte, vergrub er das Gesicht in den reichlich fallenden Rüschen ihres Gewands. Sie streichelte zärtlich sein weiches Haar. Es war das erste Mal seit ihrem unglücklichen Hochzeitstag, dass sie ihm wirklich körperlich nahe kam, und ihr wurde zumute wie jemand, der nach langer Krankheit zum ersten Mal wieder Appetit hat. Ein jähes, wildes Bedürfnis überfiel sie, ihn an sich zu drücken, in seinen Haaren zu wühlen und ihn zu küssen – aber eine doppelte Angst hielt sie zurück. Wenn sie ungeschickt mit ihm umging, würde er wieder Schmerzen bekommen, und außerdem erinnerte sie sich an einen weisen Spruch, den Elsa ihr ins Leben mitgegeben hatte: Wo die Nadel hingeht, da geht der Faden hin, nicht umgekehrt.

Sie konnte es sich aber nicht verkneifen, mit einem kleinen Seufzer hervorzustoßen: »Oh, das ist schön, dich zu spüren!«

Er hob auffordernd den Kopf, und sie beugte sich vor und küsste ihn auf die Lippen. Es war ein viel angenehmerer Kuss als in der Kirche, denn diesmal hatte er keine Bartpomade aufgetragen und schmeckte süß und rein nach sich selber. Und sie musste an die Märchen denken, in denen ein Kuss einen verwunschenen Prinzen erlöste, so unvermutet schnell verwandelte sich der verdrießliche Geselle, der sie seit ihrer Hochzeit geplagt hatte, in einen freundlichen Mann. Sie brauchte sich jetzt gar keine Gedanken mehr zu machen, was sie tun sollte, so rasch geriet er in Erregung. Mit zuckenden Fingern versuchte er, ihr Kleid zu öffnen, und als ihm dieses komplizierte Unterfangen nicht gleich gelang, drückte er seine leidenschaftlichen Küsse auf den glänzenden Crêpe de Chine und wühlte die gierigen Hände in die Volants. Anna Lisa wagte nicht, ihn zu stören. Sie hätte ihm auch nicht wirklich behilflich sein können – Kleider an- und auszuziehen, selbst wenn es nur ein einfaches Hauskleid war, erforderte einiges an Mühe und Geschick und zumeist die Hilfe einer Zofe.

Simeon war nahe daran, wieder in eine seiner bösen Launen zu verfallen, als die Tücke des Objekts ihn frustrierte, aber inzwischen hatte Anna Lisa sich in ihre Rolle gefunden. Sie stellte ein Bein auf den Bettrand, raffte kurzerhand den gesamten langen, schweren Rock mit seinen Rüschen und Falbeln hoch und warf ihn über das abgewinkelte Bein. Dr. Lutter hatte ihr eingeschärft, niemals etwas lächerlich zu finden, was ihr Mann tat. Dennoch musste sie sich das Lachen verkneifen, als er mit Kopf und Schultern unter alle die Massen von Baumwollstoff fuhr und darin herumschnüffelte wie ein Terrier, der eine Ratte erspäht. Sie fragte sich allerdings, wie sie jetzt ihre knielange Unterhose loswerden sollte, wenn ihr Gatte das wünschte. Doch dazu kam es nicht mehr. Überschwemmt von seinen lange zurückgehaltenen Bedürfnissen, stöhnte er auf und zuckte ein paar Mal so heftig, dass sie erschrak, dann ließ er den Kopf in den Nacken sinken und seufzte tief und wohlig.

Als hätte sie eine Prüfung bestanden, erteilte er ihr in wohlwollendem Ton die Erlaubnis, von nun an das eheliche Bett zu benutzen.

Anna Lisa war glücklich. In aller Eile traf sie die nötigen Vorbereitungen, in das gemeinsame Schlafgemach zu übersiedeln. Die Dienstboten, auch die kleine Gesine, beobachteten diesen Umzug mit Interesse. Natürlich sagte keiner ein Wort, aber den beiden Erwachsenen war anzusehen, dass sie die wieder einkehrende Normalität in den Beziehungen ihrer Herrschaft als Erleichterung empfanden. Fräulein Bertram beeilte sich, frische Bettwäsche aufzulegen; ihr war es stets ein Dorn im Auge gewesen, dass Tietjens sich im Bett breitmachen durfte, und eine verspätete Hochzeitsnacht auf einem Laken, das zuvor ein Hund benutzt hatte, erschien ihr als geradezu abartig. Pahti bemühte sich mit besonderer Fürsorge um seinen Herrn; nachdem er das kranke Bein versorgt hatte, wusch er ihn und half ihm, ein frisches Nachthemd anzulegen. Dann beeilte er sich, Tietjens zu versöhnen. Zwar wäre Simeon nie auf den Gedanken gekommen, seinen Liebling aus dem ehelichen Schlafgemach zu verbannen, aber »die Erhabene« empfand doch eine gewisse Kränkung, als sie auf ihre Matratze verwiesen wurde. Pahti tröstete sie mit frischem Wasser und Leckerbissen und demütig-zärtlichem Geflüster, bis sie sich zufriedengab.

Es war eine warme, windstille Nacht. Die Sonne war verschwunden, nur ein türkisgrüner Streifen am westlichen Horizont zeigte den Ort ihres Untergangs an. Die Sterne kamen heraus. Ein Matrose ging über das Deck und zündete die Laternen an, die einen warmen Schein in die Dämmerung warfen. Die beiden Bullaugen der großen Kabine standen offen und ließen die frische, salzige Luft ein.

Anna Lisa hatte sich in ihrem Boudoir ausgekleidet und war in Nachthemd und Morgenmantel ins Zimmer gekommen. Eine Kaskade von blassgelbem Satin floss von ihren Schultern bis zu den Füßen, vorne und hinten in eine tiefe Falte gelegt, die mit geblümtem Stoff gefüttert war. Das Hemd darunter war aus weichem, feinem Musselin, so reich bebändert und gefälbelt wie das Taufhemd eines Kindchens. Die zarte Spitze an den Ärmeln hing bis fast zum Boden hinab. Beide jungen Leute hätten in der warmen Nacht sehr gut auf Nachthemden verzichten können, die ohnehin nur ein neues Hindernis bedeuteten, aber nackt ins Bett zu gehen, ganz gleich, was man dort vorhatte, das gehörte sich einfach nicht.

Anna Lisa stand am Waschtisch und kämmte ihr Haar, das im Schein der niedrig gedrehten Gasbeleuchtung bernsteinfarben schimmerte. Sie fühlte die gierigen Blicke, mit denen Simeon sie betrachtete, und eine nervöse Anspannung machte sich in ihr breit. Er lag still auf dem Rücken, das verstauchte Bein auf das keilförmige Polster gestützt, die Hände über dem flachen Bauch gefaltet, und doch erschien er ihr wie ein sprungbereit zusammengekauertes Raubtier, das sie jeden Augenblick anfallen und verschlingen konnte. Die Anordnungen und Empfehlungen des grünen Heftchens wirbelten wild in ihrem Kopf durcheinander. Mach dich nicht verrückt, ermahnte sie sich selber. Beobachte einfach, was er will, und dann mach es.

»Wie schön du bist!«, stieß Simeon plötzlich hervor, und sein inbrünstiger Ton verriet ihr, dass er keineswegs nur eine billige Galanterie im Sinn hatte. »Weißt du, als ich dich das erste Mal sah, da dachte ich: Wenn sie eine Blume wäre – welche Blume wäre sie dann? Und ich dachte an eine Schneerose. Alles an dir war so kühl und frisch, so ... eben erst aufgeblüht.«

»Das ist schön zu hören.« Sie beendete ihre Frisur, warf das offene Haar über die Schulter zurück und löschte das Licht. Im Dämmerlicht der Deckbeleuchtung stieg sie vorsichtig ins Bett, ängstlich bemüht, die Matratze nicht zu sehr zu bewegen.

»Komm zu mir. Näher.« Simeon zog mit einer Hand an ihr,

mit der anderen schob er das leichte Deckbett beiseite und zog sein Nachthemd bis zu den Oberschenkeln hoch. »Komm. Ich habe so lange darauf gewartet, mich so danach gesehnt... Komm! Deine Hand!«

Sie wünschte, er hätte ihr ein wenig mehr Zeit gelassen, aber seine Ungeduld kannte kein Halten mehr. Ängstlich besorgt, nicht an sein verstauchtes Bein zu stoßen, gab sie gleichzeitig seinem Zerren nach, ließ zu, dass er ihre Hand unter das hochgeraffte Nachthemd schob, sie gegen sein heißes, steif aufgebäumtes Fleisch presste. Immerhin blieb ihr die Mühe erspart, sich zu fragen, was sie tun sollte. Er ließ keinen Zweifel an seinen Wünschen. Sie musste sich nur kräftig zusammennehmen, um nicht erschrocken zu gicksen, als er wieder in diese wilden Konvulsionen verfiel und gleichzeitig eine warme Feuchtigkeit sich über ihre Hand ergoss. Gleich darauf lag er still, atmete so tief und ruhig, als sei er eingeschlafen.

Er war jedoch ganz wach. Kaum eine Minute verging, bis er sagte: »Bitte bring die Waschschüssel und den Lappen.«

»Gewiss.« Sie schlüpfte aus dem Bett, erleichtert, dass sie ihre Verwirrung hinter einer so alltäglichen Tätigkeit verbergen konnte. Ohne das Licht wieder anzudrehen, füllte sie die Waschschüssel, stellte sie auf den Hocker neben dem Bett und tauchte den Lappen ein. Erst wusch sie ihre eigenen klebrigen Finger ab, dann wusch sie ihren Mann, sanft und sorgfältig. Das kleine wilde Tier, das sich eben noch so heftig gebärdet hatte, war eingeschlafen. Sie fühlte es kaum in seinem Nest aus dunklem Haar.

Simeon seufzte wohlig.

Sie räumte die Waschschüssel weg und kehrte ins Bett zurück. Was für eine Erleichterung war das, zu wissen, dass Dr. Lutter ihr einen klugen Rat gegeben hatte! Ihr junger Ehemann war wie verwandelt. Er streckte die Hand aus und streichelte zärtlich ihre Wange. »Ich gebe meinem Vater ja nur ungern recht«, sagte er, »aber seine Idee, mich mit dir zu verheiraten, war nicht die schlechteste. Obwohl er mir in einer ziemlich beleidigenden Weise erklärte, er müsste mir eine deutsche Frau suchen, weil ich in Amsterdam bereits einen zu schlechten Ruf hätte. Findest du das nicht niederträchtig? Wäre ich ein Trinker oder Wüstling, hätte er mich ohne Mühe an die Frau bringen können, aber ein Mann, der Blumen zeichnet…« Dann, als wäre ihm eben etwas eingefallen, wechselte er abrupt das Thema. »Hast du nicht gesagt, du hättest mit deinen Freundinnen über Dinge gesprochen, die das Leben eines Ehepaares betreffen?«

»Nun ja. Wenn wir ganz unter uns waren … Einige hatten ältere Schwestern, die schon verheiratet waren, und da … sickerte eben einiges durch. Warum fragst du?«

»Weil ich darüber nachdenke, dass ich jetzt eben sehr glücklich war, aber nicht weiß, wie es dir ergangen ist. Ehrlich gesagt: Ich weiß nicht, ob Frauen überhaupt etwas empfinden können dabei. Anständige junge Frauen wie du, meine ich. Dass es Schlampen gibt, die so gierig sind wie ein Mann, das weiß ich natürlich. Aber die normalen Frauen? Soviel ich weiß, erdulden sie alles nur, weil sie sich Hoffnung auf ein Kind machen. Meine Mutter jedenfalls sagte das so. Ich hatte immer ein schlechtes Gewissen, weil sie meinetwegen all das Schreckliche leiden musste, aber dann wiederum bin ich glücklich, weil ich denke: Ich war ihr so viel wert, dass sie so bittere Leiden ertragen hat, nur um mir das Leben zu schenken.«

Anna Lisa wusste nicht recht, was sie darauf antworten sollte. Sie konnte sich nicht vorstellen, selbst in eine solch wüste Aufregung zu geraten, wie er sie an den Tag gelegt hatte – dieses

Ächzen, Zucken, Keuchen und Augenverdrehen, das erschreckende Ähnlichkeit mit einem Krampfanfall hatte, ihm offenbar aber sehr angenehm gewesen war. Zögernd antwortete sie: »Für mich war es sehr schön, dich zu spüren. Alles an dir ist so angenehm, ich möchte dich immerzu streicheln. Und ich bin froh, dass du nicht mehr verdrossen und unglücklich bist. Ansonsten … Ich weiß nicht. Ich war schließlich noch nie verheiratet, woher sollte ich wissen, wie man sich da fühlt? Vielleicht finde ich es noch heraus.«

»Du meinst, wenn wir noch weitere Kuchenstücke verkosten?«

Sie lachte – und war glücklich, dass er ebenfalls lachte.

In Algier sah sie zum ersten Mal einen afrikanischen Hafen. Die Anne-Kathrin ankerte dort einen Tag und eine Nacht lang, um Kohle für die Maschinen zu bunkern, Vorräte an Bord zu nehmen und die Ratten auszuräuchern. Dr. Semmelbrod und Anna Lisa standen an der Reling und starrten hinunter in das bunte Gewühl, aus dem Wellen von würzigen Düften, aber auch von scharfem Gestank aufstiegen. Zu Dutzenden wimmelten die kleinen Boote der Händler um den Koloss herum, und immer wieder mussten die Matrosen grob mit Tauenden oder Bootshaken zuschlagen, um die Leute daran zu hindern, einfach an Bord zu klettern. Zahllose farbige Kinder trieben sich schreiend und bettelnd um die Landungsbrücke herum und rauften sich um die Groschen, die die reichen Passagiere ihnen vom Promenadendeck der ersten Klasse aus zuwarfen.

Die afrikanische Hafenstadt bot ein wunderbar buntes Bild mit ihrer Unzahl von Farben und Würzgerüchen und dem teils melodischen, teils ohrenzerreißenden Lärm, der aus den engen Hafengassen heraufhallte. Händler rannten hin und her und boten lockend ihre wundervollen Stoffe und Schmuckstücke an, wobei einer den anderen mit den Preisen unterbot. Die meisten Passagiere lechzten nach der endlosen feuchten Tristesse auf See danach, an Land zu gehen, aber der Kapitän untersagte es ihnen strikt. Die Landebrücke wurde streng bewacht, denn die Gefahr, bei einem Kurzbesuch in der afrikanischen Hafenstadt spurlos zu verschwinden, sei zu groß. Reisende müssten schon sehr gewieft sein, um nicht sofort in einen Hinterhalt gelockt, ausgeraubt und vielleicht sogar als Sklaven verkauft zu werden. Vor allem die Nachfrage nach europäischen Frauen sei stark, erklärte der würdige, weißbärtige Schiffsoffizier mit verlegenem Hüsteln, und er wolle nicht ins Detail gehen, welches Schicksal die Unglücklichen erwartete.

Dr. Lutter war ebenfalls der Meinung, dass man sich von dem Hafen trotz seiner bunten Pracht besser fernhielt. »Dort unten warten nicht nur sichtbare, sondern auch unsichtbare Schurken auf uns«, sagte er. »Da gedeihen die Erreger, und sobald man in einem Hafen anlegt, überlaufen sie das Schiff. So viel schrubben kann man gar nicht, dass man sie fernhält.«

Anna Lisa kam aus dem Staunen nicht heraus, wie viel Neues die Welt ihr zu bieten hatte. Sie lauschte angespannt, was Dr. Semmelbrod, der schon viel von der Welt gesehen hatte, über Städte in fremden Ländern erzählte.

Um ihm zu zeigen, dass sie nicht ganz uninformiert war, was fremde Städte anging, sagte sie: »Mein Vater sagte, Batavia sei eine schöne und sehr europäische Stadt mit Hotels, Kirchen, Schulen und Theatern.«

»Wie man es nimmt«, antwortete der Pfarrer. »Das trifft gewiss auf den neuen Teil zu, auf Weltevreden und Koningsplein, aber es besteht ein drastischer Unterschied zu der 1621 erbauten Altstadt, der *benenstad*, wie die Holländer sie nennen.«

Dieser alte Teil, berichtete er, sei eine genaue Kopie von Amsterdam mit seinen Warenspeichern und Grachten, es wohnten aber kaum Europäer dort. »Gegenwärtig«, sagte er, »besteht sie fast nur aus den Kontoren und Speichern der Kaufleute, den Magazinen der Handelsgesellschaft und den Wohnungen von Eingeborenen, Chinesen und den Nachkommen schwarzer Sklaven, die von den Portugiesen ins Land gebracht wurden. Der Sitz des Handels ist sie freilich geblieben, und den Tag über, wenn Beamte, Marktleute, Käufer und Verkäufer hereinkommen, geht es dort zu wie in einem Bienenstock.«

Sobald jedoch die Dämmerung hereinbrach, flüchteten die Europäer in ihre luftigen Häuser in den Vorstädten, und die hohen, schmalen Häuser mit den roten Dächern lagen verlassen, denn mit der Nacht kam die Angst vor den Fieber erzeugenden Ausdünstungen des Schwemmlandes. Nach vier Uhr nachmittags sah man keinen Europäer mehr in der Kota, wie diese Altstadt von den Javanern genannt wurde. Alles flüchtete in den hochgelegenen neueren Teil, und erst um neun Uhr morgens, wenn der Wind frisch vom Meer hereinblies, wagten sie sich wieder herbei. Diese Neustadt hatte man auf einer sechs Kilometer entfernten, höher gelegenen Ebene angelegt. In frischer Luft und neuen Häusern fühlten die Holländer sich so wohl, dass sie den neuen Stadtteil »Weltevreden« nannten: wohlzufrieden. Seitdem bauten alle, die es sich leisten konnten, sich ein Haus in Weltevreden, sodass weit zerstreute Siedlungen entstanden. Später wurde dann eine andere, ebenfalls höher gelegene Fläche, der Koningsplein, mit regelmäßigen Straßen angelegt. Während auf diese Weise hier eine neue Stadt erstand, war die alte mehr und mehr dem Verfall preisgegeben.

Anna Lisa sah nachdenklich in das bunte Treiben. Es faszinierte sie, was sie sah, aber noch stärker beschäftigte sie das, was Dr. Lutter ihr soeben Neues über Batavia erzählt hatte.

Schließlich machten die Schlepper wieder an der Anne-Kathrin fest, die Sirene brüllte ihren Abschiedsgruß, und das riesige Schiff wurde vorsichtig aus dem Hafen in die offene See hinausgezogen. Die Reise ging weiter.

Der Suezkanal kürzte die Reise, die vor seiner Fertigstellung im Jahr 1869 um den ganzen schwarzen Kontinent herumgeführt hätte, beträchtlich ab. Dennoch schien Anna Lisa die Reise schier endlos. Die Anne-Kathrin war ja nicht auf gerader Route nach Batavia unterwegs, sondern legte in jedem bedeutenden Hafen für zwei, manchmal auch drei Tage an, um Kohle zu bunkern und die Trinkwasser- und Proviantvorräte aufzufüllen, sodass es bereits Mai war, als sie Afrika erreichten. Anna Lisa hatte gedacht, in Afrika müsste es immerzu heiß sein, Tag und Nacht, aber da hatte sie sich geirrt. Das Wüstenklima Ägyptens brachte Nächte mit sich, in denen die Temperatur unter null fiel und vorwitzige Reisende zu Eis zu erstarren drohten. Auf den schroffen Kontrast zwischen glühenden Tagen und eisigen Nächten in den Wüstengegenden folgte, als sie Djibouti erreichten, eine dampfende Schwüle, die in der Nacht nicht nennenswert nachließ. Tropische Regengüsse wechselten mit wolkenlosen, sonnigen Tagen. Anna Lisa, Fräulein Bertram und Gesine in ihren eng anliegenden, hoch geschlossenen Kleidern, ihren Zwirnstrümpfen und flanellenen Unterkleidern troff der Schweiß über Bauch und Rücken, ihre Haare waren beständig feucht und hingen schlaff herab. Oft mussten sie mehrmals am Tage die Wäsche wechseln. Anna Lisa beneidete Pahti, der in seinem losen Baumwollanzug so frisch und luftig herumlief, und Simeon, der selten mehr als einen Hausmantel anlegte. Sich anzukleiden, war mit einem wiederholten Strecken und Beugen des verstauchten Beins verbunden, das die fast erloschenen Feuer des Schmerzes wieder anfachte, also ließ er es bleiben.

Nicht nur er selber war frustriert von den so lange anhaltenden Schmerzen, sondern auch Anna Lisa. Sie hatte gedacht, die Verstauchung würde in einigen Tagen wieder ausgeheilt sein – und nun sagte ihr Dr. Lutter, dass Verstauchungen, vor allem so schwere, wie Simeon sie erlitten hatte, den Patienten viele Wochen lang nicht verließen. Dass er krank war, hieß aber auch, dass er schlecht gelaunt war und sie sich ständig darum bemühen musste, ihn aufzuheitern.

Die Methode der Wahl hatte sie ja nun gefunden, und sie war froh darüber. Sie selbst empfand bei ihrem Zusammensein keine Leidenschaft, aber das hatte sie auch nicht erwartet. Ihr war nur eines wichtig: Sie hatte einen Weg gefunden, ihren Mann glücklich zu machen, und voller Eifer bemühte sie sich, immer neue Zärtlichkeiten zu entdecken, die ihm so wenig Schmerz und so viel Lust wie nur möglich bereiteten. Nur zu einem konnte sie sich nicht überwinden, obwohl er sie geradezu darum anbettelte: Sein steifes Glied in den Mund zu nehmen. Obwohl er ihr immer wieder versicherte, dass die herausspritzende Flüssigkeit nicht unangenehm schmeckte, hatte sie Angst davor, es könnte – da es doch aus derselben Öffnung kam – etwas wie Urin sein, und sie ekelte sich entsetzlich davor. Simeon murrte, und sie musste ihren ganzen Einfallsreichtum aufbieten, um ihn zu beschwichtigen.

Da es ihm am besten ging, wenn er still lag oder mit aufgestütztem Bein in einem Stuhl saß, musste sie die Initiative übernehmen, aber sie achtete sorgfältig darauf, was ihm gefiel – und stellte fest, dass Dr. Lutter ihr gut geraten hatte:

Simeon liebte es, wenn sie sich in Bewunderung erging. Und er war begeistert, wenn sie Bemerkungen machte wie: »Oh, es ist so hart! So wild! Ich habe fast ein wenig Angst davor!« Dann schwätzte und prahlte er, wie andere Männer ihre Reitpferde oder Hunde lobten. Sie war verblüfft gewesen, wie schnell das Zappelding (so nannte sie es bei sich; ihren Mann ließ sie diese Bezeichnung niemals hören) seine Größe und Gestalt wechselte; eben noch ein runzliges Würmchen, schwoll es knüppeldick an und war stark genug, sich dem Druck ihrer Hand zu widersetzen. Sie hatte sich selbst eine alberne Gans gescholten, als sie bei diesem Ereignis unwillkürlich jauchzend die Hände zusammenschlug, aber ihr Gatte hatte es ihr nicht übel genommen, im Gegenteil. Er war entzückt, wenn sie staunte wie ein Kind angesichts eines Zaubertricks.

Sie war erstaunt, als sie merkte, dass er genau Buch führte. Penibel wie ein Kontorist trug er jedes eheliche Zusammensein in sein silbergefasstes, schwarzledernes Taschenbuch ein. Was das für einen Sinn haben sollte, war ihr schleierhaft, aber ihr Instinkt riet ihr, die Sache stillschweigend hinzunehmen.

Nur ganz im Hintergrund nahm sie wahr, dass Simeon sich eigentlich sehr wenig um sie kümmerte. Zwar herzte und küsste er sie, und vor allem bedachte er sie mit vielen schönen, zärtlichen Namen, aber ihm lag nichts daran, sie nackt zu sehen, er kümmerte sich nicht um ihre Brüste oder ihren Schoß. Ihr Körper war ihm nur so weit wichtig, als er den seinen liebkoste. Sie hatte allmählich den Verdacht, dass er mit dem Stand der Dinge durchaus zufrieden war. Er klagte nicht darüber, dass ihm seine Verletzung den vollgültigen Vollzug der Ehe fürs Erste unmöglich machte. Solange sie ihn nur streichelte und bewunderte und ihm half, Ekstase und Entspannung zu erreichen, war er zufrieden. Seinetwegen hätte sie noch lange Jungfrau bleiben können.

Offenbar hatte er ein schlechtes Gewissen deswegen, denn hin und wieder stellte er vorsichtige Fragen. Wenn sie dann antwortete, dass sie nichts vermisste und sie ja noch viele Ehejahre vor sich hatten, in denen diese Dinge gewiss ihren Platz finden würden, war er sichtlich erleichtert. Sprunghaft, wie es seine Art war, konnte er sie dann aufs Zärtlichste küssen, ihr Haar streicheln und sie mit Schmeicheleien überhäufen.

Ebenso rasch konnte er jedoch zornig oder übellaunig werden, wenn sie ihn in irgendeiner Kleinigkeit gegen den Strich bürstete. Das war der Fall gewesen, als sie ihn, erschrocken über die vielen Narben an seinen Unterarmen und auf den Innenseiten seiner Schenkel, gefragt hatte, ob er die Pocken gehabt hätte. Wer die Pocken durchlitten hatte, das wusste sie, behielt nämlich lebenslang hässliche Narben zurück. Er hatte dies scharf und mürrisch verneint. Krank sei er nicht gewesen, und er wollte in dieser Sache in Ruhe gelassen werden.

Also hatte sie geschwiegen, jedenfalls ihm gegenüber. Aber sie hatte ihren ärztlichen Vertrauten, Dr. Lutter, um Rat gefragt.

Der Arzt hatte bei seinen Behandlungen diese Narben natürlich auch gesehen. Er überlegte eine Weile, dann sagte er: »Hatten Sie schon einmal Zahnweh, Frau Vanderheyden?« Und als sie bejahte, fuhr er fort: »Haben Sie damals auch fest auf den schlimmen Zahn gebissen, so fest, dass es schmerzte? Das tun wir doch alle, nicht wahr? Wir versuchen, einen Schmerz mit dem anderen zu verjagen. Und manche Menschen tun das auch, wenn ihre Seele schmerzt. Ich glaube, Ihr Gatte hat viel gelitten.«

»Sein Vater ist ein Scheusal«, stieß Anna Lisa erbittert hervor. »Er hat ihn immer wieder gekränkt und beleidigt, er hat ihm die Schuld daran gegeben, dass dieser dumme Handwerker den Schleier nicht ordentlich annagelte und er die Treppe hinabstürzte, er hat sogar behauptet, er sei ein … ein unnatürlicher Mann, nur weil er sich gerne mit Blumen beschäftigt! Und Sie meinen, er hat sich so zerschnitten, damit es ihm innerlich nicht so wehtut?«

»Ja. Wie gesagt, da ist er nicht der Einzige. Wenn der Schmerz unerträglich wird, sucht man Erleichterung. Manche Männer trinken, andere verfallen dem Äther oder dem Opium, wieder andere stürzen sich in Schlägereien. Ihr Gatte hat den Weg gewählt, sich selbst zu verletzen.«

»Muss ich mir deshalb Sorgen machen?«

»Nicht unmittelbar. Er scheint recht vorsichtig vorzugehen, keiner der Schnitte ist, soviel ich gesehen habe, wirklich tief. Ich glaube, es befriedigt ihn vor allem, sein eigenes Blut fließen zu sehen, ob die Wunde nun groß oder klein ist.«

»O mein Gott!« Anna Lisa presste erschrocken die Hände zusammen. Eine Welle des Mitgefühls überschwemmte sie. »Der Unglückliche! Wie kann ich ihm helfen?«

Dr. Lutter ergriff ihren Arm und drückte ihn sanft. »Ich glaube, Sie helfen ihm bereits sehr viel. Er macht mir einen viel ruhigeren Eindruck als am Anfang. Natürlich spielt es dabei eine Rolle, dass seine heftigen Schmerzen nachgelassen haben und wir auch das Opium absetzen konnten, das bei all seiner heilsamen Wirkung doch recht unangenehme Nebenwirkungen hat. Aber ein Großteil des Verdienstes, liebe Frau Vanderheyden, geht gewiss an Sie.«

Sie errötete schamhaft. »Ihr Büchlein war eine große Hilfe.«

»Sie müssen immer bedenken, dass Ihr Schicksal nicht einzigartig ist. Denken Sie nur an die vielen Kriegsinvaliden oder die Opfer von Sportunfällen oder Kranke, die lange das Bett hüten müssen. Sie alle haben ihre Bedürfnisse, oft genauso stark wie Gesunde. Meiner Meinung nach ist es sehr unverständig von den Geistlichen, dass sie sich auf eine einzige Art des ehelichen Verkehrs festlegen und alle verdammen, die sich nicht nur zum Zweck der Kinderzeugung vereinigen. Ich weiß, das sind rebellische Worte, man hat mich dafür auch schon einen gottlosen Schurken genannt, aber lieber widerspreche ich einem Pfaffen, als ein junges Ehepaar leiden zu sehen.«

»Sie sind wunderbar. Ich werde Ihnen nie vergessen, was Sie für uns getan haben.«

Er nahm ihre Rechte mit beiden Händen und drückte sie.

Anna Lisa hatte ihren Mann durchaus richtig eingeschätzt: Es war ihm nicht eilig mit dem Vollzug der Ehe. Aber die junge Frau konnte nicht wissen, warum er zögerte. Es lag wahrhaftig nicht daran, dass er kein Interesse an dieser Gemeinschaft gehabt hätte. Im Gegenteil, er konnte kaum an etwas anderes denken. Aber sooft er sich in lüsternen Träumen ausmalte, wie er sich aufbäumte und seinen kraftvollen Schaft in das weiche, rosige Fleisch seiner Frau senkte, wehte es ihn an wie ein kalter Wind, und er sah seine verhärmte Mutter vor sich, das Gesicht nass von Tränen, die Lippen verkniffen, wie sie ihm – dem völlig Ahnungslosen und Unschuldigen – vor Wut und Widerwillen bebend die Worte entgegenschleuderte: »Wie ein Tier – wie ein scheußliches wildes Tier – nur Schmerzen – Schande – Ekel ...« Bei der Erinnerung versagte seine sonst so unerschöpfliche Kraft, eine lähmende Schwäche überkam ihn. Er fühlte sich wie von der Hand eines Gespenstes berührt, und sein Körper weigerte sich, das Unrecht zu begehen, das die Mutter ihm vor Augen gemalt hatte. Er liebte Anna Lisa, wie konnte er ihr etwas so Widerwärtiges antun? Ihm war schon kalt vor Angst gewesen, sie könnte ihn mit Abscheu betrachten, als er sie verlockt hatte, ihn zu streicheln; er wagte kaum zu glauben, dass sie nichts Abstoßendes daran gefunden hatte. Im Gegenteil, als sie ihre erste Unsicherheit und jungfräuliche Scheu überwunden hatte, war ihr das Spiel recht gefällig gewesen. Wie hatte sie gelacht und erfreut die Hände zusammengeschlagen, als hätte er sie mit einem possierlichen Zauberkunststück überrascht! Aber das alles war ja außerhalb ihrer selbst gewesen, nur die Hände hatte sie sich an ihm schmutzig gemacht; er musste keine Sorge haben, dass er ihr wehtat. Dass sie ihm versicherte, die Vollendung ihrer Gemeinschaft hätte noch Zeit – war das nicht ein sicheres Zeichen, dass sie je länger, je lieber darauf verzichtete? Aber wenn nach Ablauf der natürlichen Frist kein Stammhalter vorzuweisen war oder wenigstens irgendein Kind, sei es auch nur ein Mädchen, welcher Spott und Hohn würde sich dann über ihn ergießen! Quälend deutlich stand ihm vor Augen, wie er bei der Hochzeit, vom Wein beschwingt, vor den Verwandten geprahlt hatte: In einem Jahr würden sie nach Hamburg zurückkehren, mit einem Erben der Kaffee-Handelsgesellschaft Vanderheyden im Arm! Was für eine Schande erwartete ihn, wenn er diese Ankündigung nicht erfüllen konnte!

Oft und oft lag der unglückliche junge Mann nachts wach, während Anna Lisa neben ihm schlief wie ein Kind – eine ahnungslose Unschuld neben einem ekelhaften wilden Geschöpf, das davon träumte, sie zu besudeln und zu verletzen.

Simeon fühlte sich allmählich so wohl – oder das Eingesperrtsein in der Kabine wurde ihm so zuwider –, dass er Dr. Lutter bat, ihm einen Krankenstuhl zu beschaffen. Sein Wunsch wurde erfüllt, und er ließ sich jetzt öfter von Pahti hinausschieben auf das Promenadendeck. Vor allem, wenn der frische Wind des Morgens über das Schiff wehte, oder der Abend mit seiner sanften Kühle die stechende Hitze des Mittags ablöste, saß er gerne in einem Winkel der schneeweißen Aufbauten, geschützt von Wind und Sonne, und blickte über die Reling hinaus aufs Meer. Tietjens gefielen diese Aufenthalte an Deck. Sie lag zu Füßen ihres Herrn hingestreckt, eine ungeschlachte, riesenhafte Masse in einer Hülle aus fleckigem Fell, und grunzte zufrieden vor sich hin, wenn die Sonne ihren Bauch wärmte. Anna Lisa war dann immer an der Seite ihres Gatten, stets bereit, ihm zu holen, was er wünschte – wobei ihr Pahti freilich jedes Mal zuvorkam –, oder mit ihm zu plaudern. Schließlich ging es ihm so gut, dass sie sich entschloss, ihm von Godfrids Kurzbesuch an Bord der Anne-Kathrin und seiner seltsamen Warnung zu erzählen.

Simeon lauschte, dann schüttelte er den Kopf. »Das überrascht mich. Ich hatte nicht den Eindruck, dass er einen Gedanken an seine Mutter verschwendet. Aber das Thema kam bei uns nicht oft zur Sprache, wie du dir vorstellen kannst.«

Bartimäus, so sagte er, war der Meinung, dass er alle noch eventuell offenen Rechnungen mit der Französin beglichen hatte, als er den gemeinsamen Sohn zu sich nahm. Er schickte ihr weder Geld noch Briefe und hatte sie, soweit ein Außenstehender das erkennen konnte, aus seinem Gedächtnis gestrichen. Godfrid wiederum war kein Mann, der seine persönlichen Angelegenheiten mit anderen diskutierte. Was Simeon von der Affäre wusste, hatte er – ein Bruchstück da, ein Bruchstück dort – von verschiedenen Verwandten und Bekannten erfahren.

Madame Delphine Lafayette schien tatsächlich eine giftige Viper zu sein. In dem Punkt war man sich auf allen Seiten einig gewesen. Schön, intelligent, skrupellos und offenbar rasch bei der Hand mit unkonventionellen Lösungen für solche Probleme wie einen persönlichen Feind oder einen reichen, langweiligen Gatten. Bekannte wussten zu berichten, dass Bartimäus damals nicht nur deshalb so schnell aus Java abgereist war, weil er die üble Nachrede fürchtete – er hatte auch Angst davor, das nächste Opfer der gefährlichen Frau zu werden. Sie musste eine sehr bekannte Persönlichkeit in Batavia sein, wo sie ein Haus in der Kota bewohnte, ein ungewöhnliches Domizil für eine vermögende Europäerin, aber ein günstiger Ort, wenn man ein Spinnennetz zwielichtiger Bekanntschaften webte. Kapitäne und Händler berichteten immer wieder von ihr. Der Klatsch blühte überall, wo sie auftauchte. Ihre Affären, die sie auch im reiferen Alter nicht aufgab, ihr schier unerschöpflicher Reichtum, dessen Quellen nur teilweise bekannt waren, ihre Geldgier und Gehässigkeit, ihre mächtigen Schutzherren … all diese Umstände sorgten dafür, dass sie auch als Matrone nicht in Vergessenheit geriet.

Niemand wäre auf den Gedanken gekommen, sie eine gefühlvolle Frau zu nennen, und doch: Für ihren im fernen Amsterdam lebenden Sohn empfand sie eine wahre Affenliebe. Sie bewunderte ihn, sie liebte ihn, sie sah ihn zu den höchsten Höhen des Erfolges bestimmt und war fest entschlossen, ihn auf diesem Weg zu befördern, und zwar mit allen Mitteln, die ihr zur Verfügung standen. Eines jedenfalls hatte sie mit Bartimäus noch immer gemeinsam: Die Überzeugung, dass seiner illegitimen Abkunft zum Trotz Godfrid der eigentliche Sohn des Hauses war und Simeon der Wechselbalg, den eine böse Fee in die goldene Wiege gelegt hatte. Und was Bartimäus in dunklen Stunden nur träumte und hoffte, gedachte sie zu realisieren – so jedenfalls sah es ihr Sohn.

»Godfrid«, fügte Simeon nicht ohne boshafte Befriedigung

hinzu, »muss ganz schön eng um den Hals zumute sein, wenn er so weit geht, mich persönlich zu warnen. Nun, er hat recht – wenn mir etwas zustößt, wird man als Ersten ihn verdächtigen. Und selbst wenn er ganz unschuldig an meinem Tod wäre, so würde man doch sein Leben lang hinter seinem Rücken munkeln. Persönlich mag ihm das egal sein, aber im Kaffeehandel bringt es ein Mann nicht weit, der für einen Brudermörder angesehen wird.«

»Hast du Angst vor der Frau?«, fragte Anna Lisa und drückte seine Hand. »Ich meine, hat sie schon einmal versucht, dir etwas anzutun?«

»Vor einigen Jahren hat sie mir Briefe geschrieben. Hässliche, niederträchtige Briefe, in denen sie mich rundheraus aufforderte, mich auf die eine oder andere Art aus dem Staub zu machen, am besten für immer. Mein Vater oder Godfrid haben dieser Korrespondenz rasch ein Ende gemacht, als es herauskam. Seit damals habe ich nichts mehr von ihr gehört. – Ob ich Angst vor ihr habe?«, wiederholte Simeon dann in einem Ton, als stellte er die Frage sich selber und müsste erst über eine Antwort nachdenken. »Ich weiß nicht. Da sie so ferne ist, erschien sie mir immer wie eine märchenhafte böse Fee, nicht als reale Person. Aber wenn ich in derselben Stadt wohne wie sie, wird das wohl anders aussehen.«

Er runzelte die Stirn, und Anna Lisa merkte, wie ein bisher schemenhaftes Unbehagen in ihm Gestalt annahm. Rasch wandte sie ein: »Wir werden ja nicht direkt in Batavia wohnen, sondern ein ganzes Stück entfernt in Buitenhus, und empfangen werden wir sie auf keinen Fall. Sie wird sich wohl auch hüten, uns nahe zu kommen. Godfrid sagte, er würde ihr schreiben, dass er dich gewarnt hat. Das ernüchtert sie vielleicht, sagte er.«

»Wenn jemand erst einmal hinreichend verrückt ist, nützt auch kein Ernüchtern mehr«, widersprach Simeon. »Aber du hast recht, in Buitenhus wird sie uns kaum einen Besuch abstatten.« Dann, abrupt das Thema wechselnd, fragte er: »Welchen Eindruck hattest du von Godfrid?«

Sie spürte die Fußangel in seiner Frage, beschloss jedoch, ehrlich zu sein. »Er ist zweifellos eine starke Persönlichkeit, das merkt man sofort. Aber sonst kann ich nicht viel zu ihm sagen, ich sprach ja nur sehr kurz mit ihm, und der Inhalt des Gesprächs interessierte mich naturgemäß mehr als seine Person.«

»Ja, gewiss«, murmelte er. Offenbar hätte er es lieber gehört, wenn sie Godfrid ein Scheusal genannt hätte. Aber warum sollte sie das tun? Der junge Mann hatte sich überwunden, eine sehr unangenehme Pflicht zu erfüllen, zweifellos auch aus persönlichem Interesse, aber doch bemüht, Schaden von seinem ungeliebten Halbbruder abzuwenden. Nein, ihr schien, dass die Feindseligkeit zwischen den beiden ungleichen Söhnen des alten Bartimäus wirklich nur daher stammte, dass ihre Gaben so unglücklich verteilt waren.

Ein Mordkomplott

Madame Delphine Lafayette bereitete sich sorgfältig auf ihr Rendezvous vor, auch wenn es keines von denen war, die in ihrem kostbar ausgestatteten Boudoir endeten. Obwohl sie bereits in den Vierzigern war, zog sie immer noch die Blicke der Männer auf sich. Ihre hoch geschwungenen Augenbrauen waren säuberlich gezupft, vor allem über der Nase, wo sie dazu neigten zusammenzuwachsen, und sie pflegte sich sorgfältig. Porzellanglatte Schminke bedeckte ihr Gesicht und vertuschte die verräterischen Fältchen um die Augen, den leicht gekräuselten Saum der Lippen. Das schwarz gefärbte, seidenglatte Haar war in der Mitte gescheitelt und über den Ohren zu gedrechselten Locken gebauscht, steif wie schwarze Sägespäne. Ob sie echt waren, wussten nur Madame selbst und ihre verschwiegene chinesische Zofe, die einzige Person, der die Französin sich jemals ohne die vielfach gerafften, gefalteten und gesmokten Kleider und Unterröcke, die zierlichen Stiefel, die extravaganten Hüte zeigte. Ihr Mund war kunstvoll rot geschminkt. Die gelben, blutlosen Nägel an ihren Händen waren oval geschnitten und gefeilt, hatten aber dennoch etwas von Hühnerkrallen an sich.

Sie hatte sich in ein für ihre Begriffe sehr diskretes Kleid aus kobaltblauem Schantung gehüllt, dessen geraffte Röcke mit flauschigen Pompons in derselben Farbe verziert waren. Trotz der Tropenhitze schien es ihr nichts auszumachen, dass sie ein halbes Dutzend Unterröcke trug – die durch einen Schlitz im Vorderteil hervorblitzten – sowie Knöpfstiefel und um die Schultern ein Tuch aus Klöppelspitze. Kein Schweißtropfen stand auf ihrem maskenhaften Gesicht. Sie roch nach Heliotrop, aber in den aufdringlich süßen Duft des Parfüms mischte sich der Geruch von Absinth, und zwar ziemlich kräftig. Die verderbliche »grüne Fee« hatte längst Besitz von ihr ergriffen, mit all den bösen Folgen, die das für den Körper und den Verstand der Absinth-Trinker bedeutete – aber noch lauerte das Verderben unterschwellig, noch sah man *la belle Madame* nie betrunken in der Öffentlichkeit, auch ihre Diener wussten zwar, dass sie dem Absinth verfallen war, sahen aber keine offensichtliche Wirkung. Dass die Fundamente ihrer Persönlichkeit längst unterwühlt waren, wusste sie selber nicht.

Ihr Wagen – eine elegante weiße Kutsche, die von zwei zierlichen Pferdchen gezogen wurde – war bereits vorgefahren. Sie ließ sich von der Zofe bis zum Wagen begleiten, wies das Mädchen aber dann an, im Hause zu bleiben. Wer nichts gesehen und gehört hatte, konnte auch nichts ausschwätzen. Dem Kutscher vertraute Madame. Sie wusste zu viel über seine Schurkereien, als dass er jemals gewagt hätte, ihr Schwierigkeiten zu machen.

Als sie ihm die Adresse nannte, zog er die Augenbrauen hoch, gab jedoch keine Widerworte, sondern bedeutete den Pferden durch ein leichtes Schnicken mit der Peitsche, sich in Gang zu setzen.

Die Kutsche querte die *benenstad* und tauchte dann abrupt ein in die fremdartige Welt des Chinesenviertels, des Glodok. Hier sah man keine Kopien holländischer Häuser mehr. An den Grachten entlang standen im Schatten überhängender Bäume dicht gedrängt kleine und oft grellbunt bemalte Gebäude. An den Hausmauern hingen lange, mit fremdartigen Zeichen beschriebene Fahnen herab, die den Kunden den Weg zu den verschiedenen Läden wiesen. Ein buntes Menschengewühl drängte sich in den engen Gassen und auf den Fahrwegen entlang der Grachten. Man sah hier kaum noch ein weißes Gesicht. Die meisten Bewohner des Glodok waren die Opfer einer List, die die Kolonialregierung ersonnen hatte, um die Javaner von Aufständen abzuhalten: Man gestand diesen das Recht zu, dass sie, als die ursprünglichen Einwohner des Landes, nicht als Sklaven gehalten werden durften, es sei denn als Strafe für ein Verbrechen. Die Javaner wurden in dem falschen Gefühl gewiegt, man räume ihnen Privilegien ein, dabei bauten die Kolonialherren ihre Macht dennoch aus, indem man massenhaft billige Arbeitskräfte aus dem Ausland holte. Es wurden Schiffsladungen von Asiaten aus Indien, Bali, Sulawesi, Arakan und vor allem China herbeigeschafft – unter so entsetzlichen Bedingungen, dass von den ersten Transporten nur ein Bruchteil überlebte. Im 18. Jahrhundert hatte die Bevölkerung von Batavia zu sechzig Prozent aus Sklaven bestanden, die für die Ostindische Kompagnie arbeiteten. Im Vergleich zu Sklaven an anderen Orten ging es ihnen nicht allzu schlecht, sie waren hauptsächlich im Haushalt beschäftigt, und einige Gesetze zu ihren Gunsten wurden erlassen – etwa ein Sklavenschutzgesetz, das übertriebene Grausamkeit verbot, die Freilassung christlicher Sklaven nach dem Tod ihrer ursprünglichen Herren und das Recht, die eigene Freiheit mit Geld zu erkaufen. Dennoch, Sklaven waren und blieben sie, verachtete Fremde in einer ihnen unbekannten Kultur, die ihrerseits unter dem Joch der unersättlichen Kompagnie stöhnte.

Madame Delphine hatte die Vorhänge ihrer Kalesche zugezogen. Nur durch einen fingerbreiten Spalt beobachtete sie misstrauisch die gelbhäutigen Asiaten, die ihren täglichen Aufgaben nachgingen. An allen Ecken und Enden waren Chinesen mit ihren langen, lackschwarzen Zöpfen, blauen Kaftanen und seidenen Mützen lärmend mit Arbeiten oder Handel beschäftigt. An Betriebsamkeit konnte es niemand so leicht mit ihnen aufnehmen, sie waren bekannt für ihren Fleiß, ihr unablässiges Schaffen und Raffen.

Die Französin wusste, wie gefahrvoll es war, sich ohne Schutz, allein mit ihrem Kutscher, in den Glodok zu begeben. Die Chinesen hassten die Weißen nicht weniger als die Javaner. Es hatte sogar einen richtigen Krieg mit an die zehntausend Toten zwischen den asiatischen Einwanderern und der holländischen Kolonialmacht gegeben – damals am 7. Oktober 1740, als den lange unterdrückten Chinesen das ewige Getretenwerden reichte und sie in einem spontanen Aufruhr fünfzig holländische Soldaten töteten. Generalgouverneur Valckenier hatte auf der Stelle 1800 Soldaten in Batavia zusammengezogen, dazu noch Milizen und Söldner. Der 9. Oktober 1740 markierte den Beginn eines zwei Wochen andauernden Pogroms, dem fast alle Chinesen in Batavia zum Opfer fielen. Inzwischen wurden sie wieder geduldet, wenn auch nur widerwillig und unter der Bedingung, dass sie sich in ihr Getto zurückzogen. Dort lebten und arbeiteten sie, abgeschottet vom Rest der Welt – und hinter ihren glatten, elfenbeinfarbenen Gesichtern brüteten ihre Gedanken über Hass, Schmerz und Rache. Kein Wunder, dass die Polizei sich vom Glodok fernhielt. Ihre Hilfe beschränkte sich darauf, alle Weißen vor dem Betreten zu warnen.

Madame Delphine hätte ihr geheimes Treffen lieber an einem anderen Ort stattfinden lassen, wo sie sicher sein konnte, nicht plötzlich einen Dolch im Rücken oder eine der langen Nadeln, bevorzugte Waffe aller javanischen Meuchelmörder, im Nacken zu spüren. Aber der Mann, dessen Hilfe sie erkaufen wollte, war argwöhnisch und vorsichtig.

Die Kutsche rollte an einem breiten Kanal entlang, der von zwei braunen Ziegelmauern eingefasst wurde. Krokodile schwammen darin: Die großen Echsen hatten herausgefunden, dass es ein sehr bequemes Leben bedeutete, sich gemächlich durch diese Suppe aus Abfällen treiben zu lassen und nur hin und wieder das Maul aufzureißen, um einen Haufen Eingeweide aus dem Hinterhof eines Metzgers, eine feiste Ratte oder einen toten Hund zu verschlingen.

Schließlich hielt das Gefährt vor einem zweistöckigen steinernen Haus, dessen Dach mit bemalten Majolika-Schindeln gedeckt war. Eine lange, im warmen Wind knatternde Fahne verriet in lateinischen und chinesischen Schriftzeichen, dass es sich um das Restaurant »Zum Goldenen Fisch« des Herrn Tao Gan handelte.

Das Rasseln des Gespanns brachte Leben in das noch geschlossene Restaurant. Sofort eilte ein Diener im blauen Kaftan herbei und verbeugte sich tief vor der Dame, die aus der Kutsche stieg. »Das Mittagessen in diesem bescheidenen Hause ist noch nicht fertig«, sagte er in erstaunlich gutem Holländisch. »Aber vielleicht wünscht die Dame à la carte zu bestellen?«

Wie abgemacht, antwortete Delphine: »Das kommt darauf an. Ist Herr Khe Pandjang immer noch der Oberaufseher der Küche?«

Es war ein abgesprochenes Passwort, denn Herr Khe Pandjang war zu seinen Lebzeiten im späten 18. Jahrhundert alles andere als ein Küchenchef gewesen. Dieser kühne junge Chinese war es gewesen, der die Überlebenden des grauenvollen

Massakers vom Oktober 1740 sammelte und durch geschickte Diplomatie eine Allianz mit den Javanern schmiedete. Es war der Anfang des bis 1743 tobenden Java-Krieges.

»Danach muss die Dame den Hausherrn fragen«, antwortete der Diener. »Herr Tao Gan wird sich sofort um ihre Angelegenheit kümmern.«

Tatsächlich erschien, kaum dass der Diener sich entfernt hatte, ein eleganter Chinese in mittleren Jahren – eigentlich viel zu elegant für den Besitzer eines bürgerlichen Speisehauses. Die Hände in den Ärmeln verborgen, machte er vor Madame Delphine eine knappe Verbeugung, sprach sie aber nicht an, sondern führte sie wortlos ins Haus. Eine schmale Treppe hinauf ging es quer durch den im ersten Stock gelegenen Speisesaal in ein schmuckes Hinterzimmer, das geschlossenen Gesellschaften vorbehalten war. Tao Gan bot der Dame einen Platz in einem prächtig geschnitzten Sessel an, neben dem auf einem Rattantischchen bereits ein Sortiment an Getränken bereitstand: Palmwein, Limonenlikör, Genever, chinesischer Pflaumenwein und kalter Tee. In einer silbernen Schüssel war Knabbergebäck aufgeschichtet. Ein Öllicht warf seinen warmen, schwach zuckenden Schein über das Arrangement.

Kaum war der Chinese verschwunden, schenkte Delphine sich rasch ein Glas Genever ein und leerte es in einem Zug, dann füllte sie Limonenlikör nach. Sie war nervös, wollte es sich aber nicht anmerken lassen. Man brauchte einen langen Löffel, um mit Herrn Raharjo zu essen, und es war nur klug, ihn nicht merken zu lassen, dass die Hand, die den Löffel hielt, zitterte.

Sie zuckte zusammen, als ein Schatten hinter dem mit reizvollen Arabesken verzierten Glas der Tür auftauchte und gleich darauf der javanische Edelmann eintrat. Er war elegant in eine

Bluse und Hose aus grauer Seide gekleidet, mit einer goldgewirkten Schärpe um die Mitte, und hatte einen kostbaren Sarong um die Hüften gewickelt, das anmutige Kleidungsstück, das Männer und Frauen gleichermaßen zu tragen pflegten.

Madame Delphine registrierte, dass er noch jung war, kaum Mitte zwanzig, und sehr attraktiv, aber das interessierte sie nicht. Was Männer anging, war die Französin ein Aasfresser. Die Jungen, Starken und Gesunden waren nicht ihre Beute. Ihr lag an Männern, denen es bereits anstand, sich Gedanken über ihr Testament zu machen – und natürlich solchen, die auch etwas zu vermachen hatten.

Raharjo begrüßte sie mit einer knappen Verbeugung nach europäischer Sitte, die mehr spöttische Herablassung als Respekt ausdrückte, und ließ sich ihr gegenüber in dem zweiten, aus Rattan geflochtenen Sessel nieder. Ohne nach Erlaubnis zu fragen, zog er ein silbernes Etui aus der Tasche und zündete einen grauen Zigarillo an dem Öllicht an. Sofort stieg ein beizender Geruch in die abgestandene Luft – der unverkennbare Geruch von Cannabis, gemischt mit einem süßlich gewürzten Tabak. Der Jüngling tat ein paar genüssliche Züge, dann lehnte er sich in den Sessel zurück und schlug die Beine übereinander. Madame Delphine machte keine Bemerkung, aber eine schwache Röte stieg in ihre Wangen, und sie sog zischend den Atem ein. Sie wusste nur zu gut, dass er ihr damit seine Verachtung zeigte. Jemand die Fußsohlen zuzuwenden, den schmutzigsten Teil des Körpers in einer Gesellschaft, in der die meisten Leute barfuß gingen, war eine Unverschämtheit, als hätte ihr in Europa ein Gesprächspartner den nackten Hintern präsentiert. Dennoch schluckte sie ihren Ärger hinunter. Sie brauchte keinen höflichen, sondern einen nützlichen Mann.

»Nun, Mevrouw?«, fragte er zwischen zwei Zügen an der

duftenden Zigarette. »Sie kommen mit einem Anliegen zu mir?« Er sprach fließend Holländisch, mit einem weichen, psalmodierenden Anklang – der Sprachmelodie des Malayalam.

Delphine legte die Karten auf den Tisch. Er lauschte aufmerksam ihrem Bericht, die Augen zu schmalen Schlitzen zusammengezogen, während der Rauch seiner indischen Zigarette seine Züge verschleierte.

»Mein Sohn ist zu weich, um einen großen Wurf zu wagen«, sagte sie verächtlich. »Er meint, er kann alles erreichen, wenn er sich einfach als der bessere Sohn erweist, aber das hat er längst getan, und noch immer kann der Alte sich nicht entscheiden, ihm zu geben, was ihm zusteht. Solange Simeon lebt, wird Vanderheyden niemals Vernunft annehmen. Ich weiß, dass es ihm das Herz bricht, nur daran zu denken, was Simeon mit seiner Firma anstellen wird, wenn er sie einmal erbt – wahrscheinlich wird er alle Plantagen in Blumengärtchen umwandeln. Trotzdem ... Bartimäus ist schwach wie alle Männer. Weder er noch Godfrid werden etwas unternehmen. Es bleibt an mir hängen.«

Herr Raharjo neigte den Kopf zum Zeichen, dass er verstanden hatte. »Und Sie wünschen, Mevrouw, dass ich mich als starker Mann erweise?«

Die Dame zuckte die Achseln. »Ihnen kann es doch gleich sein. Ich weiß, dass Sie Verbindung zu den Rebellen unterhalten. Das Blut Dutzender Holländer klebt an Ihren Händen.«

Das maskenhafte Lächeln auf dem Gesicht des Jünglings blieb unverändert. »Wäre dem so, Mevrouw, verfügten Sie über ein für mich sehr gefährliches Wissen, und ich müsste Sie zum Schweigen bringen.«

»Sie werden nichts dergleichen tun. Ihre Rebellion kümmert mich nicht so viel.« Sie hielt Daumen und Zeigefinger so knapp aneinander, dass sich die langen Fingernägel berührten. »Mich interessiert nur, dass Ihre Leute Holländer erschießen. Simeon Vanderheyden ist ein Holländer. Also, warum erschießen Sie ihn nicht? Auf einen mehr oder weniger kommt es nicht an, und Sie könnten meines Dankes gewiss sein. Ich bin reich. Ich verfüge über eine Menge Einfluss. Falls Ihre Leute in Schwierigkeiten geraten, könnte ich ihnen heraushelfen.«

»Da Sie über so viele Möglichkeiten verfügen, wäre es nicht einfacher, für ein paar Gulden irgendeinen holländischen Schurken zu dingen, damit er Ihnen den Burschen vom Hals schafft?«

»Nein. Denken Sie nach! Was glauben Sie wohl, wen man als Erstes verdächtigen würde, wenn irgendein zerlumpter Meuchelmörder Simeon aus dem Weg räumt? Mich natürlich und Godfrid. Es muss eindeutig ein politisches Attentat sein.« Sie öffnete ihre Tasche und stellte mit ganz unzeremonieller Gebärde, als handle es sich um ein Säckchen Bonbons, einen Geldbeutel auf den Tisch. »Hier, mein Einsatz. Greifen Sie zu.«

Raharjo griff zu. Er verstaute das Geld sorgfältig in einer aus Schilf geflochtenen Tasche. Als er seinen Platz am Tisch wieder eingenommen hatte, fragte er: »Und die junge Frau? Die Deutsche?«

»Die muss auch weg. Vielleicht ist sie ja schon schwanger, dann hätte das Kind ebensolche Ansprüche wie sein Vater. – Nun? Haben Sie bereits einen Plan?«

»Meine Pläne behalte ich gerne bei mir, Mevrouw. Aber Sie werden von mir hören.«

»Lassen Sie sich bloß nicht einfallen, das Geld zu behalten und nichts zu tun! In dem Fall ...«

Er lächelte, ein breites, höhnisches Lächeln, das wegen seiner vom Betelkauen orange gefärbten Zähne geradezu dämonisch wirkte. »Oh! Sie erschrecken mich! In dem Fall würden Sie mich gewiss verklagen, nicht wahr, weil ich einen Mord, zu dem Sie mich angestiftet haben, nicht begangen habe?« Das Lächeln erlosch, und eine kalte Maske starrte sie an, vor der sie unwillkürlich zurückwich. »Mevrouw, unterlassen Sie Drohungen mir gegenüber. Wie Sie selbst sagten: Meine Leute erschießen die Feinde unseres Landes – ohne Rücksicht auf deren Nation oder Geschlecht.« Mit einer weichen, eleganten Bewegung erhob er sich und deutete zur Tür. »Verfolgen Sie aufmerksam die Zeitungen. Sobald die Vanderheydens in Java angelangt sind, werden Sie eine erfreuliche Nachricht darin lesen. Und nun wollen Sie sich gewiss verabschieden.«

Sie ging, erfüllt von einem Gemisch widerstreitender Gefühle. Ärger über die Arroganz, mit der dieser kleine zimtbraune Affe sie behandelte, als wäre sie seinesgleichen – nein, weniger als seinesgleichen! Befriedigung, dass ihr Plan gut lief. Neugier, wann und wo es geschehen würde. Und eine strahlende Vision der Zukunft, in der Godfrid endlich den ihm zustehenden Platz einnehmen würde.

Herr Raharjo blieb indessen tief in Gedanken zurück.

Das Geld war ihm willkommen, man konnte nie genug Gewehre und Munition haben, aber alles andere an dem Handel missfiel ihm. Gewiss, sie hatte recht gehabt: Auf einen toten Holländer mehr oder weniger wäre es ihm nicht angekommen, und die Deutschen standen auch nicht in seiner Gunst. Die Weißen, einer wie der andere, waren Räuber, die sein Land überfallen hatten und es ausplünderten, nicht besser als Wegelagerer, die zu erschlagen jeder Patriot das Recht hatte. Und Herr Raharjo war ein Patriot reinsten Wassers.

Mit unbändigem Stolz führte er seine Ahnenreihe zurück

auf den Kriegsherrn Gajah Mada, den »Elefanten-General«, der um die Wende vom 13. zum 14. Jahrhundert christlicher Zeitrechnung gelebt hatte. Ein genialer Militärstratege und berühmter Kämpfer, hatte er auch politisch in hohen Ehren gestanden als Premierminister des Majapahit-Reiches. Ihm rechnete man das Verdienst an, dieses bedeutendste aller altjavanischen Reiche in ein goldenes Zeitalter geführt zu haben.

Noch mehr als diesen Helden aus grauer Vorzeit aber verehrte er den Prinzen Diponegoro, in dem viele Javaner einen Messias ihres geknechteten Landes gesehen hatten. Die Holländer hatten seinen Aufstand blutig niedergeschlagen und waren überzeugt gewesen, dass sie der Sache damit ein Ende gemacht hatten, aber dass der edle Jüngling so früh und grausam durch Verrat zu Tode gekommen war, fachte das Feuer des Zorns in seinen Anhängern nur noch mehr an.

Gedankenvoll öffnete Raharjo den mit gestickten Borten geschmückten Kragen seines Anzugs und zog darunter ein Medaillon hervor, das an goldener Kette auf seiner bloßen Brust hing. Als er es mit dem Fingernagel öffnete, wurde eine Miniatur, auf Elfenbein gemalt, sichtbar. Sie zeigte einen braunen Mann mit schönen, vornehmen Zügen, der eine hochgeschlossene weiße Robe und einen ebenfalls weißen Turban trug. Eine smaragdgrüne Schärpe umschloss seine Taille.

Raharjo betrachtete das Bild eine gute Minute lang, dann presste er es mit einem tiefen Seufzer gegen die Brust und flüsterte: »Ratu Adil – du gerechter König! Du warst unser Vater im Kampf, wir sind deine Söhne und Enkel. Möge das Blut unserer Feinde deine Seele erfreuen.« Rasch schloss er das Medaillon wieder und versteckte es unter den Kleidern. Es war ein gefährlicher Besitz, aber er konnte sich nicht davon trennen, so wenig, wie er seinen Kris jemals abgelegt hätte, außer zum Schlafen.

Bei allem Hass gegen die Usurpatoren widerstrebte Herrn Raharjo jedoch der Gedanke, seine Freiheitskämpfer als Henker für die Französin einzusetzen. Als hätte er nicht genau gewusst, was für eine Art Frau sie war! Eine Männerfresserin, die jeden Mann verschlang, den sie zu packen bekam, und seine Knochen ausspie, wenn sie sein Fleisch verzehrt hatte. Oder, in trockener Alltagssprache: Alle Welt – jedenfalls alle Welt in Batavia – wusste, dass Mevrouw Lafayette trotz ihres fortgeschrittenen Alters immer noch keine Mühe hatte, reiche Männer an sich zu locken und sie in kürzester Zeit zu verderben. Das Gerücht folgte ihr, dass sie sich dazu der Zauberei und schwarzen Magie bediente, dass sie Leyaks und andere böse Geister des Dschungels beherrschte. Ja, sie war eine Frau vom Schlage jener ruchlosen javanischen Prinzessin Mahendradatta, die im 11. Jahrhundert christlicher Zeitrechnung Angst und Schrecken verbreitet hatte. Ihr Gatte, der balinesische König Udayana, und ihr eigener Sohn Airlangga hatten sie vor Gericht gestellt, weil sie Hexerei und schwarze Magie praktizierte; sie war verurteilt und des Landes verwiesen worden, aber dank ihrer dämonischen Verbündeten hatte sie furchtbare Rache geübt. Sie hatte alle bösen Geister des Dschungels heraufbeschworen, die Leyaks und die Dämonen, die Krankheit und Tod verursachten. Der gesamte Hof ihres Exehemannes fiel einer Seuche zum Opfer, die sie ausgesandt hatte, und sie hätte in ihrer unersättlichen Gier nach Rache um ein Haar das gesamte Reich unter die Erde gebracht, hätte nicht ein heiliger Mann ihrem Treiben schließlich Einhalt geboten. Als Rangda, die Königin der Vampire und Totengeister, lebte sie in der javanischen Mythologie weiter, und Rangda war ein Schimpfname, den man nicht selten in Verbindung mit der eleganten Französin hörte.

Raharjo, der ein gebildeter Mann war, hielt dieses Gerücht

von dienstbaren Dämonen und schwarzer Magie für Aberglauben. Anders sah es mit dem zweiten Gerücht aus: Dass die elegante Witwe mehr als einen ihrer Gefährten, wenn sie seiner überdrüssig geworden war, durch Gift aus der Welt geschafft hatte. Das glaubte er durchaus. Madame Lafayette wusste selbst nur zu gut, was man ihr alles zutraute; deshalb legte sie so viel Wert darauf, dass der junge Vanderheyden einem politischen Attentat zum Opfer fallen musste.

Er blickte auf, als Tao Gan den Kopf durch die spaltbreit geöffnete Tür hereinsteckte.

»Ist die Hexe fort?«, fragte der Chinese. »Was wollte sie?«

»Nachfragen, womit du deine berühmten Reisklößchen würzt.« Herr Raharjo lachte, aber seine Stimme klirrte dabei. Er schüttelte sich. »Ah! Mach das Fenster auf, sogar die Luft ist schlecht, die sie geatmet hat.«

Herr Raharjo hatte beschlossen, sich alles noch einmal durch den Kopf gehen zu lassen, ehe er handelte. Eile hatte er ohnehin keine – noch waren die jungen Vanderheydens an Bord der Anne-Kathrin außerhalb seiner Reichweite. Erst Anfang Juni würden sie in Batavia eintreffen. Und außerdem hatte er zuerst noch etwas anderes zu erledigen, das ihm wichtiger war als ein Auftragsmord für die Rangda.

Nachdem er seinen chinesischen Freund verlassen hatte, war er den Moltenvliet-Kanal entlanggeritten und dann die Serpentinenstraße hinauf zu der Hochebene, wo die Plantage Buitenhus lag. An der Weggabelung schickte er seinen Pagen weg und befahl ihm, seine Rückkehr in einem am Wegrand gelegenen Losmen – einer bescheidenen einheimischen Herberge – zu erwarten. Er selbst ritt, begleitet von seinem schwarzen Sklaven, weiter.

In den Tagen und Nächten seit seinem heimlichen Besuch auf Buitenhus hatte er oft und oft darüber nachgedacht, wie er weiter vorgehen sollte. Er war inzwischen fest überzeugt, dass der ewig nach einer Goldader wühlende englische Verwalter zuletzt tatsächlich eine gefunden hatte, wenn auch auf eine ganz unerwartete Weise – nämlich das Versteck, in dem vor so langer Zeit ein treuer Verwalter die Schätze der Prinzessin von Pajajaran vor den plündernden Eroberern verborgen hatte. Gold und Edelsteine verdarben nicht, wie lange sie auch in unterirdischen Gewölben oder in verrottenden Kisten in der Erde lagern mochten. Er war überzeugt, dass Wolkins das Versteck entdeckt hatte, sei es durch Schlauheit, sei es durch einen bloßen Zufall, und die Beutel voll Gulden im Keller aus dem Verkauf eines geringen Teils dieser Schätze stammten.

Raharjo war viel zu klug, als dass er der Fährte durch vieles Herumfragen gefolgt wäre. Gewiss, er hätte herausfinden können, an wen Wolkins die Wertgegenstände verkauft hatte, aber solches Fragen brachte Gerede mit sich, selbst unter den diskreten Chinesen. Der Jüngling war überzeugt, dass Wolkins seine Beute an einen chinesischen Händler verkauft hatte. Niemals hätte er gewagt, sie einem Javaner anzubieten, und die Holländer hätten ihm kein Geld dafür gegeben, sondern den Schatz kurzerhand als Kriegsbeute beschlagnahmt.

Er zügelte seinen Araberhengst und winkte Dongdo, der in respektvollem Abstand hinter ihm ritt, an seine Seite. »Komm her, Mann. Ich habe eine wichtige Aufgabe für dich.«

»Mein Gebieter befiehlt«, antwortete Dongdo. Aufmerksam lauschte er, was ihm aufgetragen wurde. Dann glitt er vom Rücken seines Pferdes und verschwand im Dschungel, der den Weg säumte, so rasch, dass selbst Herrn Raharjos scharfe Augen ihm nicht folgen konnten. Es war, als hätte er sich von einer Sekunde zur anderen in eine Gestalt aus Lianen, Blättern und Laubwerk verwandelt.

Der Jüngling ritt zufrieden weiter. Er wusste, wenn einer die Spuren von Herrn Wolkins' Entdeckung ausfindig machen konnte, dann war es Dongdo. Denn Spuren musste es geben: aufgewühlte Erde, abgebrochene Zweige, abgetragenes Mauerwerk. Zumindest eine Regenzeit, vielleicht sogar mehrere, war darüber hinweggegangen und hatte viele dieser Spuren wieder verwischt, aber Dongdo hatte nicht nur Augen wie ein Luchs, er verfügte auch über eine geradezu unheimliche Fähigkeit, Dinge zu erspüren, die man weder sehen noch riechen konnte. Er würde die Stelle finden, an der irgendeine ungewöhnliche Veränderung vorgenommen worden war.

Und dann? Was würden sie dort entdecken? Selbst ein simpler Sommerpavillon einer Prinzessin war in diesen Zeiten eine Schatzkammer gewesen, voll bis unters Dach mit Hausrat aus Elfenbein und Gold, Jade und Silber, mit kostbaren Waffen, mit Ziergegenständen und Schmuck, voll auch mit barem Geld, das für einen großen Haushalt mit Dienern, Sklaven, Pferden und dergleichen gebraucht wurde – schweres Gold und Silber, keine lumpigen Banknoten, die in einer einzigen Regenzeit verschimmelten. Und es musste noch genug davon da sein, denn Wolkins war ein kluger Mann gewesen und sehr vorsichtig, er wäre nie mit einer Schubkarre voll altjavanischer Pretiosen zu einem Händler gefahren. Zweifellos hatte er da ein Stückchen, dort ein Stückchen verkauft, immer an jemand anderen – einen Händler, einen Kapitän, einen reichen Mijnheer, jedes Mal mit einer anderen Lügengeschichte, woher die Kostbarkeiten stammten.

Raharjo brauchte sich in dieser Hinsicht keine Gedanken zu machen. Für ihn sah die Situation ganz anders aus. Wenn es ihm gelang, die Schatzkammer zu finden und zu plündern, brauchte er ihren Inhalt nur zu seinem Großvater zu schaffen. Niemand würde jemals auf die Idee kommen, einen Adhipati zu fragen, woher das eine oder andere Juwel in seiner Sammlung stammte. Der alte Mann würde verrückt werden vor Freude, wenn er ihm die Schätze der Prinzessin von Pajajaran zu Füßen legte. Er würde einsehen, dass der Enkel eine Belohnung verdient hatte – in guten holländischen Gulden, wie die Waffenschmuggler sie gerne annahmen.

Der Jüngling lächelte bei dem Gedanken. Er wusste, was sein Großvater sagen würde. »Lieber hätte ich dir einen Stall voll Pferde, ein Landhaus oder ein Schiff geschenkt, mein kleiner Prinz« – er nannte ihn immer so –, »aber ich weiß, wonach dein Herz verlangt. Ich bin ein Mann des Friedens und der Beschaulichkeit, aber in dir brennt das Feuer des Elefanten-Generals. Kauf Gewehre und Munition. Und lass dich nicht erwischen.«

Das Land der Feuerberge

Allmählich führte die Reise der Anne-Kathrin in immer fremdartigere Gebiete des Globus. Sie ließen die Sinai-Halbinsel zur Linken und Afrika zur Rechten hinter sich und segelten bei gutem Wind hinaus in die endlose, dunkelblaue Weite des Indischen Ozeans. In Bombay gab es wieder einen kurzen Aufenthalt mit demselben Ausgehverbot wie schon in Algier und in Djibouti. Weiter ging es entlang der indischen Küste nach Ceylon, wo sie im Hafen von Colombo anlegten, und dann tauchte in der letzten Maiwoche aus dem Dunst die äußerste Spitze der Insel Sumatra auf.

Die Reisenden standen unter einem der Sonnensegel an Deck und beobachteten die langsam näher herangleitende Küste. Anna Lisa war selig, dass sie nun bald an Land gehen konnte. Dem Inneren des Ozeanriesen merkte man die lange Reise nämlich längst an. Die Kabinen mieften trotz aller Bemühungen des Personals. Zu viele Menschen, zu wenig Raum. Anna Lisa mochte gar nicht daran denken, wie es erst in den Quartieren der zweiten und dritten Klasse aussah und roch.

Es war Vormittag, und Anna Lisa beschattete ihre Augen trotz der breiten Hutkrempe zusätzlich mit den Händen, um nicht von der grellen Tropensonne geblendet zu werden. Es wurde zusehends heißer, und die Sonne stach sie trotz ihres dichten Schleiers so heftig im Nacken, dass sie befürchtete, einen Sonnenbrand zu bekommen. Sie kam kaum mehr nach damit, sich die Stirn abzutrocknen und mit dem zierlichen Elfenbeinfächer Luft zuzufächeln. Dennoch fand sie, dass es sich gelohnt hatte, der Hitze zu trotzen, so wunderbar war der Anblick, der sich ihnen bot. Ganz allmählich, als steige sie in majestätischer Ruhe aus den Tiefen des Ozeans auf, erhob sich vor ihr die Landmasse des Malaiischen Archipels und trennte Himmel und See voneinander. Je größer Sumatra für sie wurde, desto deutlicher war die Farbe der Insel als ein sattes Avocadogrün erkennbar. Anna Lisa fühlte sich bei ihrem Anblick wie der Erzvater Noah, als die Taube mit dem Ölzweig im Schnabel zurückkehrte und ihm verkündete, dass es wieder Land auf Erden gab. Es würde eine Wonne sein, wieder festen Boden unter den Füßen zu spüren und nicht bei jedem Schritt gewärtigen zu müssen, dass er schaukelnd unter einem wegrutschte, wie es selbst bei einem großen Schiff immer wieder der Fall war. Und welche Sehnsucht empfand sie inzwischen danach, wieder Büsche und Blumen zu sehen, das Gezwitscher von Vögeln zu hören, auch einmal andere Tiere als nur Tietjens zu sehen!

Die Anne-Kathrin änderte ihren Kurs von Südost auf Südsüdost, denn um Padang anzulaufen, musste sie zwischen dem Festland von Sumatra und einer Inselkette hindurchfahren, die in lang gestreckter Reihe wie ein Schutzwall vor der Küste lag. In dieser Wasserstraße herrschte lebhafter Betrieb; es wimmelte von Dhaus, Dschunken, Prahms, Proas und Pirogen und anderen exotischen Schiffstypen, deren Namen Dr. Lutter ihr nannte. Aber nicht nur wegen der vielen kleinen Schiffe musste die Anne-Kathrin die Maschinen drosseln. Gefährliche Untiefen zwangen den Kapitän dazu, die Fahrt zu verlangsamen. Der Lotse, ein einheimischer Seemann, kam an Bord und übernahm das Steuer. Er ließ die Segel reffen und fuhr mit Dampfkraft langsam in die schwierige Fahrrinne ein.

»Schöner Flaschenhals, wie?«, bemerkte Dr. Lutter. »Aber warten Sie ab, bis wir die Sundastraße erreichen, da wird es erst richtig eng.« Die Meerenge zwischen Java und Sumatra war bei den Seeleuten gefürchtet wegen ihrer geringen Tiefe, die an manchen Stellen nur zwanzig Meter betrug, der heimtückischen unterirdischen Riffe und der sich ständig ändernden Fahrrinne, vor allem aber wegen der zahlreichen – freilich zum Teil nur sehr kleinen – Vulkane, die Gas und pulverisiertes Gestein in die warme Luft pusteten.

Dr. Semmelbrod, der weiterhin als Anna Lisas »Kavalier« tätig war, lehnte neben ihnen an der Reling und beobachtete das Schauspiel. Plötzlich deutete er auf die Wasserfläche. »Sehen Sie das auch, Doktor?«, wandte er sich an den Schiffsarzt. »Die Wellen! Wie merkwürdig sie gegeneinanderspringen!«

Anna Lisa folgte mit den Blicken seinem ausgestreckten Zeigefinger. Sie verstand nichts von den Eigenheiten des Ozeans, wusste nicht, womit er seine gute oder schlechte Laune zu erkennen gab, aber das Wasser sah tatsächlich ungewöhnlich aus. Die Anne-Kathrin pflügte sehr langsam durch die gefährliche Wasserstraße, es war also nicht ihr Bug, der die Unruhe verursachte, und doch sprangen die Wellen gegeneinander und übereinander, als tosten die unterschiedlichsten Strömungen kreuz und quer durch den engen Kanal.

Dr. Semmelbrod fuhr fort: »Und da ist noch etwas, das mir nicht geheuer ist. Das Thermometer fällt.«

Anna Lisa warf einen raschen Blick auf den Himmel, der wolkenlos, aber im Nordosten, wo die Sundastraße lag, von einem missfarbenen Dunst bedeckt war. Über die Küste von Sumatra zog sich ein bräunlicher Schleier, dünner als eine

Rauchschwade, dünner als eine Nebelbank, aber immer noch dicht genug, um die Umrisse zu verschleiern und das satte Grün der steilen Abhänge in ein stumpfes Graubraun zu verwandeln. »Sie meinen, es kommt ein Sturm? Aber ich sehe keine Wolken.«

Der Spiritisten-Pfarrer schüttelte den Kopf. »Nein, keine Rede von einem Sturm. Ich sagte Thermometer, nicht Barometer. Dass es kühler wird, bedeutet, dass viel Staub in der Atmosphäre schwebt und das Sonnenlicht verdunkelt. Irgendeiner der Vulkane ist aktiv und spuckt Asche.«

»Ist das gefährlich?«, fragte sie besorgt.

»Nein, nur lästig. Die Vulkane hier sind klein und können nicht viel Schaden anrichten, aber die Luft wird dick und giftig, sodass es gesundheitsschädlich ist, durch einen solchen Brodem hindurchzufahren. Bis man die äußersten Inseln hinter sich hat und die hohe See erreicht, hat man die Lungen voll Ruß, und alles schmeckt noch Tage nachher nach Schwefel. Die Schiffe werden von dem Aschenregen völlig verdreckt, und das Navigieren ist schwierig, weil das Eisen in der ausströmenden Lava den Kompass durcheinanderbringt.«

Als sie sich dem Ende der schmalen Fahrrinne zwischen der Küste von Sumatra und den vorgelagerten Inseln näherten, tauchten immer mehr Schiffe aus dem Dunst auf, der jetzt in geisterhaften, schmutzigen Schwaden über dem Wasser lag. Es waren Passagierschiffe, Frachtdampfer und Postboote, aber auch mächtige, gepanzerte Kriegsschiffe.

Anna Lisa war überrascht. Sie hatte zwar inzwischen begriffen, dass auf der Insel nicht eben eitel Wonne zwischen den Eroberern und dem Kolonialvolk herrschte, aber sie hatte an Polizei und Aufseher gedacht, nicht an militärische Interventionen. Beklommen fragte sie Dr. Semmelbrod: »Haben Sie hier solche Schwierigkeiten, dass Sie Kriegsschiffe einsetzen müssen? Ich meine, herrscht hier Krieg?«

»Kein offener Krieg, aber Feindseligkeiten gibt es genug. Die einheimischen Priester, die Suduks, hetzen das Volk auf, und wenn die es nicht tun, tun es die zugereisten islamischen Mullahs, denen die Kolonialherren genauso ein Dorn im Auge sind. Und auch unter den Regenten gibt es genug, die es satthaben, die zweite Geige zu spielen, und die Holländer je eher, je lieber zum Tempel hinausjagen würden. Die Kriegsschiffe sollen die Leute daran erinnern, dass Holland bereit ist, seinen Besitz mit Waffengewalt zu verteidigen.«

Eines der Kriegsschiffe, an seiner rot-weiß-blauen Flagge als holländisches Kanonenboot erkennbar, zog Seite an Seite an der Anne-Kathrin vorbei. Als es mit dem Hochseedampfer auf einer Höhe war, übermittelte der Signalgast mit seinen bunten Flaggen Grüße, fügte aber auch eine Warnung hinzu.

Der Arzt, der die Signale zu lesen verstand, runzelte die Brauen. »Das wird dem Kapitän aber gar nicht gefallen«, murmelte er. »Sie hatten recht, Herr Pfarrer, der Dreck in der Luft ist Vulkanasche. An der Mündung der Sundastraße kommt es seit Kurzem zu heftiger seismischer Aktivität, meldet das Kanonenboot.«

»Seismische Aktivität?«, fragte Anna Lisa, die die Worte noch nie gehört hatte.

»Das heißt: Vulkane brechen aus, und zwar mitten in der Schifffahrtsrinne. Es gibt unterhalb des Wasserspiegels Vulkane, die von glühendem Magma brodeln. Mit jedem Ausbruch erhöhen sich die Riffe unter dem Wasser, sodass gefährliche Schifffahrtshindernisse entstehen. Außerdem gibt es dann meist Ärger mit den Einheimischen.«

Anna Lisa blickte ihn an. »Ich verstehe den Zusammenhang

nicht – was haben Schifffahrtshindernisse und erzürnte Einheimische miteinander zu tun?«

Pfarrer Semmelbrod lieferte die Erklärung. »Für die Einwohner Javas und Sumatras bedeuten Vulkanausbrüche, dass der allseits gefürchtete Berggott Orang Alijeh zürnt und seinen Unwillen bekundet, indem er rastlos wird und Feuer und Rauch ausstößt. Sie sind dann stets überzeugt, dass wir Europäer daran schuld sind. Orang Alijeh und die übrigen Götter mögen uns nicht.«

Dr. Lutter lachte zynisch. »Wundert Sie das?«

Mittlerweile hatte Anna Lisa etwas Seltsames im Wasser entdeckt. Obwohl sie in einer warmen, tropischen See unterwegs waren, schienen Eisschollen auf den Wellen zu treiben! Nicht nur einzelne, sondern ganze Felder einer leichten, rauen, blassgrauen Masse.

»Oh, was ist das?«, rief sie aus, beugte sich über die Reling und deutete auf die grauen Brocken, die auf dem Wasser tanzten. »Wie kommen Eisbrocken hier in das warme Wasser?«

»Das ist kein Eis, sondern Bims.« Dr. Lutter wies einen vorübergehenden Matrosen an, ein paar der seltsamen Klumpen aufzufischen. Wenig später erschien der Mann mit einem Eimer, dessen Inhalt wie versteinerte Badeschwämme aussah. »Vielleicht kennen Sie ihn von Ihrem Toilettentisch: Man verwendet kleine Stücke davon, um Hornhaut von den Händen und Füßen zu reiben.«

»Bimsstein! Ja, natürlich kenne ich das.« Unter ihren Toilettengegenständen befand sich ein solcher grauweißer Stein an einer Kordel. Zu Hause hatte Mette damit ihre Füße abgerieben. »Aber wenn es ein Stein ist, wieso schwimmt es dann auf dem Wasser?«

»Es heißt zwar so, aber es ist kein Stein.«

Anna Lisa dachte an Simeons Erzählung von den Kaffeebohnen, die keine Bohnen waren, sondern eigentlich Kaffeekirschen hießen, aber auch mit Kirschen nichts zu tun hatten. Und dieser Bimsstein war gar kein Stein. Warum mussten die Dinge Namen haben, die überhaupt nicht stimmten?

Dr. Lutter beeilte sich, eine ausführliche Erklärung zu liefern. »Bims ist nichts anderes als Lava, aber Lava, die durch Wasserdampf aufgeschäumt wurde, viele Luftblasen enthält und daher sehr leicht ist. Man findet solche Brocken nach jedem Vulkanausbruch im Wasser. – Aber sehen Sie einmal da drüben! Da haben Sie ein gutes Beispiel dafür, was ich mit den Vulkanen in der Schifffahrtsrinne meinte.«

Er deutete auf ein paar winzige Inseln, die verstreut zwischen Küste und Fahrrinne lagen. »Warten Sie ein wenig! Wir fahren in diese Richtung, wenn wir näher kommen, werden Sie etwas Interessantes zu sehen bekommen.«

Als die Anne-Kathrin sich allmählich der Inselgruppe näherte, fiel Anna Lisa auf, dass die Luft immer trüber wurde wie an einem nebligen Herbsttag und ein schwacher Brandgeruch darin schwebte. Die Inseln waren so klein, dass man sicher keine Stunde gebraucht hätte, um zu Fuß ihren ganzen Umkreis abzuschreiten, und hatten seltsame Formen wie kleine plumpe Häuser mit riesigen Schloten auf dem Dach. Sie waren erst kürzlich von heftigen Bränden verwüstet worden. Überall häuften sich versengte und verkohlte Stämme, hier und da ragten noch ein paar tödlich verwundete Baumriesen auf, klägliche Überreste des undurchdringlichen Urwaldes, der einst das Gelände überzogen hatte. Qualm stieg auf wie aus Öfen, aus zahlreichen Erdspalten – Dr. Lutter nannte sie Fumarolen – strömten wie Nebelschleier schweflige Gase.

Anna Lisa starrte atemlos zu dieser düsteren und öden Landschaft hinüber, die sich als Bild der totalen Zerstörung darbot. Sie hörte nur mit halbem Ohr zu, als Dr. Lutter erklärte, dass glühend heiße Gase eine der schlimmsten Gefahren waren, die von einem Vulkan ausgingen. Er sprach von etwas, das er pyroklastische Ströme nannte – siedende Gemische aus pulverisiertem Gestein, Gas und glühender Lava, die aus dem Schlot des Vulkans ausgestoßen wurden und sich mit Geschwindigkeiten bis zu achthundert Kilometern pro Stunde durch die Luft verbreiteten. Sie waren so heiß, dass sie einen Menschen auf der Stelle einäschern konnten, bevor das Opfer überhaupt noch merkte, wie ihm geschah.

Ein Schauder überlief sie. Was für ein schreckliches Land!

Sie war froh, dass Simeon in der Kabine geblieben war. Bei seiner empfindlichen Gesundheit hätte er sich womöglich noch eine zusätzliche Krankheit geholt.

Sie ankerten in Padang, luden Kargo aus und ein und fuhren dann der Meerenge zu, die den Indischen Ozean mit der Javasee und dem Südchinesischen Meer verband. Sie war rund zweihundert Kilometer lang und an ihrer schmalsten Stelle nur siebenundzwanzig Kilometer breit. Vor allem aber war sie gefährlich seicht – im Durchschnitt fünfzig bis fünfundsechzig Meter Wasser unter dem Kiel. Dennoch herrschte enormer Betrieb: Eine endlose Prozession von Schiffen, die mit den unterschiedlichsten Zielen zwischen dem Indischen Ozean und dem Südchinesischen Meer hin und her pendelten. Fünfmal monatlich gingen Dampfer nach Semarang und Surabaya, dreimal nach Singapur, einmal nach Borneo, Makassar und Timor und einmal nach Brisbane im australischen Queensland. Natürlich machte dieses Gedränge die Fahrt noch gefährlicher.

Am nächsten Tag tauchte rechter Hand eine zweite dunkelgrüne, wild zerklüftete Landmasse auf: Java. Die Küsten rückten näher und näher zusammen, schlossen sich wie die gekrümmten Zangen eines Ungeheuers um das Schiff, bis sie Anjer erreichten, einen wichtigen Hafen für alle Schiffe, die ins Südchinesische Meer unterwegs waren. Nicht nur war Anjer selbst ein reger kleiner Küstenhafen, sondern es war vor allem der erste Ort, an dem die nach Norden fahrenden Schiffe für die Passage nach Batavia Lotsen an Bord nahmen und die nach Süden fahrenden Schiffe die Lotsen absetzten. Zwischen Anjer und Batavia würde die riesige Anne-Kathrin wegen der gefährlichen Untiefen nirgends mehr anlegen. Die Passagiere, die zu den Küstenstädten an der Sundastraße wollten, mussten entweder in Anjer aussteigen und zu Land weiterreisen oder von Batavia aus den Postdampfer nehmen, der die Strecke nach Padang zurückfuhr und in jedem Hafen Station machte.

Anna Lisa war schon zutiefst beeindruckt gewesen von den verwüsteten Inseln vor der Küste von Sumatra, aber ihr stand ein noch weitaus aufregenderes Erlebnis bevor. Als sie sich Anjer näherten, hallte vom Leuchtturm am Fourth Point das melancholische Brüllen des neuen Nebelhorns herüber, das erst kürzlich die traditionelle Nebelglocke abgelöst hatte. Da kein Nebel aufzog und kein Wölkchen am Himmel stand, musste das Horn vor einer anderen Gefahr warnen.

Sie wandte sich an Pfarrer Semmelbrod, der neben ihr an der Reling lehnte. »Was bedeutet das?«

Aber noch bevor er antworten konnte, ertönte von Norden her ein leises Grollen wie von ferner Artillerie. Dann wurde aus dem Grollen ein Rumpeln, ein Schatten zog über die Sonne, und die Luft erbebte in einer eigentümlichen Weise. Dem Rumpeln folgte ein dumpfes Donnern wie eine Folge von näher kommenden Kanonenschüssen, untermischt mit einem immer wieder stockenden und neu losbrechenden Prasseln. Die Luft vibrierte. Anna Lisa hielt den Atem an, als sie diese unheimlichen Geräusche hörte, deren Gewalt auf den Trommelfellen schmerzte. Gleichzeitig wurde es rundum immer dunkler, wie sie es in Hamburg erlebt hatte, wenn die Sturmwolken von der Nordsee hereingaloppierten wie die Pferde der wilden Jagd. Der Ozeanriese pflügte mit gedrosselten Maschinen langsam durch einen geisterhaften rötlichen Nebel, der alles rundum verzerrte. Irgendwo mussten die Flammen eines gewaltigen Brandes lodern, aber sie konnte ihren Ursprung nicht sehen, denn nach Norden zu war es, als sei die Nacht angebrochen. Bimsschollen tanzten rund um das Schiff auf dem Wasser. Anna Lisa schien es, dass sie immer weiter in eine Traumwelt vordrang. Ihre Brust hob und senkte sich mit einem Gefühl der Erregung. Nie hatte sie die Natur so in ihrer ungezähmten Form erlebt, nicht einmal, als eine Kältewelle und ein schrecklicher Schneesturm ganz Hamburg in einen Eispalast verwandelt hatten und den Leuten Eiszapfen an der Nase hingen, wenn sie sich auf die Straße hinauswagten.

Dr. Semmelbrod empfahl ihr gerade, in die Kabine zu gehen, damit sie nicht zu viel von der giftigen Luft in die Lungen bekam, als der Nebel zerriss und den Blick freigab auf eine senkrecht in die Höhe schießende Dampfsäule, die dem Vulkanschlot einer Insel entstieg. Ihr Stamm färbte sich rasch mit einem feurig glühenden Rot, während der pilzförmige Schirm erst grau und dann schwarz wurde. Blitze zuckten darin. Wie eine Molluske ihre Fangarme nach allen Seiten schleudert, schlängelten sich aschgraue Finger aus der Wolke hervor, wurden breiter und flacher und sanken als schwebende Schleier zu Boden. Ein feurig rotes Leuchten hing, kreisförmig wie der

Schein aus einem Ofenloch, über dem brennenden Berg. Es erhellte nichts außer der Unterseite der Wolken und der Rauchsäule, die in immer wilderen Arabesken aus dem Schlot hervorbrodelte und der fassungslosen Anna Lisa wie der Tunnel in eine andere Dimension erschien. Alles um sie bebte, die Luft, das Meer, die unheimlich wabernde Wolke über dem Berg. Die biblische Geschichte kam ihr in den Sinn von den Israeliten, die Gott durch die Wüste geleitet hatte: Bei Tag wies ihnen eine Wolkensäule den Weg, bei Nacht eine Feuersäule.

Der Eruption folgte ein ungeheuerlicher Lärm. Das Krachen der rasch aufeinanderfolgenden Detonationen war ohrenbetäubend. Die schrecklichen Geräusche klangen, als würde eine endlose Ankerkette unter niederschmetterndem Kreischen und Krachen hochgezogen, wobei die Schäkel laut gegen die Schiffswand knallten. Unter den Passagieren, die neugierig auf das Schauspiel gestarrt hatten, brach Panik aus, obwohl der Feuer speiende Schlot sich in einigen Kilometern Entfernung befand. Alles stürzte zu den Türen, die ins Schiffsinnere führten.

Auch Anna Lisa wandte sich zur Flucht, als das Meer ohne Vorwarnung in wütende Bewegung geriet. Ringsum schossen turmhohe Wasserhosen in die Höhe. Eine gewaltige Welle rollte herbei, eine bleiche Wassermasse, die sich unter die Anne-Kathrin schob. Der Hochseedampfer schwankte nur ein wenig, aber den kleineren Schiffen erging es schlecht. Sie wurden hin und her geschleudert, tänzelten erst auf dem Wellenkamm und wurden dann wie von einer unsichtbaren Hand gedreht und in ein tiefes Wellental gestürzt. Anna Lisa schrie vor Schrecken, als eine Schute von der Flutwelle so hoch gehoben wurde, dass ihre Schraube aus dem Wasser ragte und die kleinen Boote steuerlos wie Kronenkorken in dem aufgewühlten

Meer tanzten. Doch blieb diese Welle die einzige. Das Meer beruhigte sich rasch wieder, und soweit Anna Lisa sehen konnte, hatten alle Boote und Schiffe die Flutwelle unbeschadet überstanden. Auch die Feuerstöße und der sie begleitende Lärm ließen nach. Dafür senkte sich eine dunkelgraue Ascheschicht aus dem verhangenen Himmel herab und bedeckte das Meer. Von Deck zu Deck blitzten die Signallampen durch den Aschennebel, als alle Schiffe im Umkreis ihre Beobachtungen weitergaben.

Es herrschte jetzt über der Sundastraße, soweit die junge Frau sie nach beiden Richtungen überblicken konnte, eine so tiefe Dämmerung, dass es nicht mehr möglich gewesen wäre, ohne Lampe zu lesen, und in diesem Zwielicht fiel ein feiner, beständiger, lauwarmer Aschenregen. Eine leichte Brise aus Südsüdost blies Wolken von Schwefelstaub über das Wasser, die immer dichter wurden, bis das ganze Schiff von einer gleichmäßigen, grauen Staubschicht bedeckt war. Schon sahen Deck und Aufbauten, Seilrollen und Seekisten aus wie mit grauem Reif bedeckt. Die nackten Füße der Matrosen, die wie aufgescheuchte Ameisen an Deck herumwimmelten, hinterließen geisterhafte Spuren darin.

»Orang Alijeh!«, klagten die einheimischen Matrosen, die dem Lotsen zur Hand gingen. »Orang Alijeh!«

Anna Lisa fühlte ihr Herz vor Erregung klopfen. Siebzehn Jahre lang hatte sie so gut wie gar nichts erlebt, und nun blickte sie hier auf eine Szenerie, die sie sich niemals hätte ausmalen können. Sie zitterte am ganzen Leib, dennoch hätte sie das Erlebnis nicht missen wollen.

Aufgeregt eilte sie in die Kabine und fand Simeon mit erstaunlicher Gelassenheit im Bett liegend vor, Tietjens an seiner Seite.

»Wie siehst du denn aus?«, rief er ihr entgegen. »Bist du durch den Kamin gekrochen?«

»Hast du denn nichts gehört? Ein Vulkan ist ausgebrochen!«

»Ja, ein kleiner und ziemlich weit weg von hier. Pahti sagte, wir hätten nichts zu befürchten, und ich sollte lieber nicht hinausgehen, weil die Luft giftig sei.«

»Aber es war ein unglaubliches Erlebnis! O Simeon, du hättest es sehen sollen! Es war wie ... es sah aus wie die Illustrationen in der Bibel, Nacht und Flammen überall und Asche, die wie Schnee aus dem Himmel fiel ...«

»Und kleine Frauen so schmutzig macht, dass man sie nicht mit der Feuerzange anfassen möchte. Komm, geh dich waschen und umziehen, danach kannst du mir alles ganz genau erzählen.«

Verärgert verließ sie die Kabine. Er hatte ja recht, was ihr Aussehen anging, das musste sie zugeben, als sie sich in dem mannshohen Spiegel in ihrem Boudoir betrachtete. Sie sah aus wie ein Schornsteinfeger. Aber hätte er nicht ein wenig mitfühlen können, als sie so begeistert und entsetzt zugleich von dem Naturschauspiel erzählte? Ja, ein Blumenregen hätte vom Himmel fallen müssen! Da wäre er hinausgestürzt, ganz egal, ob die Luft giftig war oder nicht! Interessierte den Mann denn überhaupt nichts außer seinem Grünzeug?

Sie rief Fräulein Bertram, um sich wieder in eine gepflegte Dame verwandeln zu lassen, und musste auch noch deren Schelte über sich ergehen lassen, dass sie sich leichtsinnig einer Gefahr ausgesetzt hätte. Außerdem war die Aschenschmiere reichlich zäh, es dauerte lange, bis sie ihr Haar gewaschen hatte und ihr Gesicht wieder seinen üblichen zart-blassen Teint zeigte. Und als sie dann zu Simeon zurückkehrte, sagte er, sie rieche nach Schwefel wie eine kleine Teufelin.

»Gut«, sagte sie und setzte sich weit weg von ihm ans andere Ende der Kabine. »Ich werde dir nicht wieder in die Nähe kommen, wenn du mich einen stinkenden schwarzen Teufel nennst.«

Simeon ahnte, was »nicht wieder in die Nähe kommen« bedeutete, und ruderte erschrocken zurück. »Stinkender schwarzer Teufel habe ich nicht gesagt! Nur dass du ein bisschen nach Schwefel riechst. Und das ist ja nicht so schlimm, alles riecht nach Schwefel.«

Anna Lisa hob die Hände hinter den Kopf und zeigte mit den beiden Zeigefingern zwei Hörner. »Hüte dich vor der Teufelin!«

»Jetzt sei nicht beleidigt, komm.« Er streckte schmeichelnd beide Hände aus. »Lass uns ein bisschen zusammen sein. Ich habe doch nur gesagt, du sollst dich waschen, weil du ausgesehen hast, als hättest du im Aschenkasten geschlafen. Du bist sonst immer so frisch und sauber. Anna Lisa, komm! Tietjens, geh auf deinen Platz.«

Die Hündin gab widerwillig den Platz an der Seite ihres Herrn frei. Anna Lisa ließ sich erweichen und kuschelte sich neben ihrem Gatten ins Bett. »Aber was immer du von mir willst, vorher musst du mir zuhören, wenn ich dir ganz genau erzähle, wie es war.«

Dr. Lutter war bereits der Meinung gewesen, die Anne-Kathrin würde angesichts dieser seismischen Unruhe nicht in die Sundastraße einfahren, sondern in Anjer vor Anker liegen bleiben, bis die Erdstöße sich beruhigt hatten; und selbst dann würde es noch eine Weile dauern, bis die nach jedem noch so kleinen Vulkanausbruch veränderte Wasserstraße neu vermessen und mithilfe von Lotsen wieder befahrbar war.

Am Abend ließ der Kapitän dann auch den Passagieren mitteilen, dass er unter den Umständen nicht weiterfahren konnte. »Kein Fahrplan und keine Schifffahrtsbehörde der Welt bringen mich dazu, durch ein Labyrinth wie die Sundastraße zu segeln, so lange die Welt so aussieht wie jetzt. Ich bleibe hier im Hafen, bis wieder Ruhe eintritt. – Das Problem«, erläuterte er auf Nachfragen der Passagiere, »sind die Inseln – und weniger die über dem Wasserspiegel als die darunter. Hier verändert sich alles beständig, weil alles aus Lava besteht. Der Boden der Fahrrinne wird von Bergen und Tälern aus mürbem, brüchigem Gestein gebildet, die einmal anschwellen, dann wieder in sich zusammensinken. Nach einem Vulkanausbruch ist die Topografie der Fahrrinne völlig verändert, und wir müssen erst ausfindig machen, ob die Anne-Kathrin überall durchkommt.«

Man müsse zwei, drei Tage, womöglich länger, abwarten. Vielleicht konnte die Anne-Kathrin dann ihre Fahrt fortsetzen, sodass sie wie geplant Anfang Juni Batavia erreichten, vielleicht würden die Reisenden aber auch mit dem Postdampfer nach Batavia vorliebnehmen müssen, bei dem es sich leider um eine rostige kleine Schaluppe handelte, die man Passagieren der ersten Klasse nicht zumuten konnte. Er stellte es den Reisenden frei, bis zur endgültigen Entscheidung an Bord zu bleiben oder an Land zu gehen. Letzteren konnte er das Hotel des Herrn Schuit in Anjer empfehlen, wo man auch auf verwöhnte Gäste gut eingerichtet war.

Der Vorschlag fand allgemeinen Beifall, denn längst sehnte sich jeder danach, wieder festen Boden unter den Füßen zu spüren. Simeon entschied, dass er an Land gehen wollte, und Anna Lisa war froh darüber. Sie hatte das Gefühl, dass sie für den Rest ihres Lebens genug Wasser gesehen hatte. Selbst einige wenige Tage auf dem Trockenen waren eine höchst willkommene Unterbrechung.

Ein Fest in Anjer

Anna Lisa hatte schon gefürchtet, überall im Land würde dieser schreckliche Aschennebel in der Luft hängen, aber ein kräftiger Wind blies die Asche fort, und wären da nicht die Unmengen von Bims im Wasser gewesen, so hätte sie geglaubt, einem Spuk zum Opfer gefallen zu sein. Bald war der Himmel wieder blau und die See ruhig, und nur ein schwacher Dunst hing über der Küste von Java. Anna Lisa starrte mit klopfendem Herzen auf die grünen Hänge, die immer näher heranglitten. Fremdartige Häuschen leuchteten bunt aus dem Grün, es waren luftige Bambushütten, die auf hölzernen Pfosten hüfthoch über dem Erdboden standen und mit Palmblättern gedeckt waren. Die Kampongs drängten sich zu kleinen Dörfern zusammen, die im Schatten der Banyan-Bäume verborgen lagen. Dort, erklärte ihr Dr. Lutter, wohnten die armen Leute unter den Einheimischen, die Landarbeiter und Fischer. Die Wohlhabenden hatten sich Häuser aus Stein nach dem Vorbild der europäischen erbauen lassen.

Schließlich lief die Anne-Kathrin, röhrend und schnaubend wie ein Seeungeheuer, in die Hafeneinfahrt ein und legte an. Am Holzgebäude der Lotsenstation wehte ein Flaggensignal, das den Schiffen bedeutete: »Hier nach Post fragen«. Auf der Terrasse unmittelbar am Meer lümmelten ein paar einheimische Lotsen herum und warteten Betel kauend auf das nächste Schiff.

Sofort umschwärmten kleine Boote und Flöße mit Händlern und Bettlern das große Schiff wie eine Schar Piranhas ihr Opfer. Die Malaien reckten ihre Arme empor und riefen und fuchtelten mit den Händen, um ihre Waren anzupreisen oder ein Almosen zu ergattern, und kaum war die Landebrücke heruntergelassen, konnten sie von den Matrosen nur noch mit brutaler Gewalt daran gehindert werden, dass sie alle zugleich hinaufstürmten und über die Fahrgäste herfielen. Dr. Lutter hatte die nötigen Arrangements getroffen, damit vier Matrosen den immer noch erbärmlich hinkenden Simeon in einem Tragsessel von Bord schaffen und mit einer Droschke zum Hotel des Herrn Schuit bringen sollten. Die Händler missverstanden die Situation, sie hielten einen Mann, der in einer Sänfte getragen wurde, für besonders wohlhabend und verdoppelten ihre Anstrengungen. Anna Lisa bekam schon Angst, ihrem kranken Mann könnte in dem wüsten Gedränge ein Leid geschehen, denn die Händler ließen sich selbst von den Hieben und Tritten der Matrosen kaum daran hindern, ihre auserwählten Opfer mit Gewalt anzupacken. Dann stellte sie fest, dass Tietjens' Anwesenheit ihnen von großem Nutzen war: Beim Anblick des riesigen Hundes erstarrten die Bettler und Händler, die sich eben noch auf sie hatten stürzen wollen, und dann wichen sie kreischend und jaulend so überstürzt zurück, dass einer den anderen über den Haufen rannte. Tietjens schritt würdevoll durch eine breite Gasse, begleitet von Pahti, der sie mit Lob und Dank überhäufte.

Anna Lisa kletterte eilig das Fallreep hinunter. Nach der langen Zeit auf See fiel es ihr zunächst schwer, wieder auf festem Boden zu gehen. Ihre Knie wackelten, und sie musste sich am Arm des stabilen Fräulein Bertram festhalten. Gesine war nicht mitgekommen, sie wartete bei ihren Eltern an Bord der Anne-Kathrin darauf, dass das Schiff weiterfuhr.

Nach der Frische der Meeresluft erschien es der jungen Deutschen an Land unerträglich stickig, vor allem der Wind war glühend heiß und strich mit einem Hauch über die Vegetation, der die Blätter vergilben und die Blattfächer schlaff herabhängen ließ. Ein Schwall von Gerüchen, die nicht alle angenehm waren, drang auf sie ein. Anna Lisa brach am ganzen Körper der Schweiß aus, rann ihr über die Stirn. Wie sollte sie diese Hitze auf Dauer aushalten – in ihrem Kleid mit dem langen Unterrock, dem Mieder und dem eng geknöpften Jäckchen? Ganz zu schweigen von den knöchelhohen Knöpfschuhen? Da hatten es die Einheimischen gut, die in losen, leichten Kleidern herumliefen, die Frauen in eng gewickelten Sarongs, die Männer in kurzen Hosen und mit einem Turban auf dem Kopf.

Überall herrschte tiefe Ruhe. Es war um die Mittagszeit, und wie überall in den Tropen arbeitete zu dieser Stunde nur, wer unbedingt arbeiten musste, wie die Schauerleute, die ihre schwere Last an Bord schleppten: alle die auf dem Kai gestapelten Kisten, Fässer und Säcke mit Kargo wie Tabak, Kaffee, Tee, Pfeffer, Reis, Zucker, Kopra, Edelhölzer und Kautschuk. Wer es sich irgend leisten konnte, zog sich an einen kühlen Ort zurück, die Reichen in ihre Schlafzimmer, die Armen in den Schatten eines Baumes.

Für die jungen Vanderheydens als Verwandte des Reeders gab es natürlich eine Vorzugsbehandlung. Sie wurden mit den anderen besonders prominenten Gästen in Herrn Johan Schuits Hotel einquartiert. Auf einer Anhöhe unmittelbar über dem Hafen gelegen, war es das bedeutendste Hotel von Anjer, wenngleich es für europäisch-städtische Verhältnisse sehr bescheiden gewirkt hätte. Es diente als lokaler Stützpunkt der weltweit tätigen Versicherungsagentur Lloyd's und bildete das Zentrum des gesellschaftlichen Lebens in der bescheidenen Hafenstadt. Zum ersten Mal sah Anna Lisa sich der fremdartigen Architektur der Insel gegenüber. Was sich da im Schatten riesiger, graubärtiger Banyan-Bäume und federblättriger Zykadeen duckte, waren niedrige Pavillons mit aus Palmblättern geflochtenen Dächern und von weißen Steinsäulen gestützten Veranden. Eine säuberlich gestutzte Hecke von Büschen umgab das Areal. Sie hauchte einen öligen, wunderbar aromatischen Duft aus. Simeon schnupperte wie ein Hund, der Braten riecht. »Wie das duftet!«, bemerkte er. »Und hübsch ist es auch. Wie heißt das da, Pahti?«

»Mengkuang, Mijnheer, und man macht nicht nur Parfüm daraus, sondern auch Heilmittel.«

Sie wurden vom Hotelier persönlich in ihr Quartier geleitet. Neben einem großen Schlafzimmer mit einer Veranda und einem kleinen Esszimmer umfasste ihre Suite zwei Dienerzimmer und – was Anna Lisa hellauf begeisterte – ein Badezimmer.

Herr Schuit erwies sich als überaus kompetenter Gastgeber. In kürzester Zeit war alles arrangiert. »Und für Ihren Hund werden wir auch einen guten Platz finden.« Der Hotelier lächelte Tietjens an, hielt aber wohlweislich Abstand von ihr. »Ich könnte im Pferdestall …«

Tietjens bewies von Neuem ihre unheimliche Fähigkeit, die menschliche Sprache zu verstehen. Bei dem Wort »Pferdestall« veränderte sich ihre Körperhaltung, ganz unauffällig nur, aber mit der deutlichen Botschaft: So? Dann versucht mal, einen hundertvierzig Pfund schweren Hund gegen seinen Willen irgendwohin zu schaffen. Ach, und noch eine Kleinigkeit: Seht ihr diesen Fangzahn unter der Lefze?

»Tietjens kommt in mein Zimmer«, erklärte Simeon in einem Ton, der keinen Widerspruch duldete. »Und beschaffen Sie ihr frisches Fleisch, Kaninchen oder dergleichen, das wird ihr gefallen.«

»Gewiss, Mijnheer.« Herr Schuit, der die Botschaft des entblößten Fangzahns sehr gut verstanden hatte, nickte Tietjens entschuldigend zu. »Kaninchen. Vielleicht auch Innereien? Wir haben heute Mittag geschlachtet. Und Mijnheer selbst? Das Mittagessen aufs Zimmer? Wünschen Sie ein Bad?«

»Und wie ich das wünsche«, seufzte Anna Lisa. Kaum zu glauben – da sah man Tag für Tag nur Wasser und hatte kaum genug davon, sich Gesicht und Hände zu waschen! Ein warmes Bad würde der Himmel auf Erden sein. Sie eilte sofort, das Badezimmer zu besichtigen, und wurde tief enttäuscht. Das wollte ein Badezimmer sein? In dem kahlen Ziegelgewölbe befand sich gerade einmal ein mächtiges gemauertes Becken mit Wasser und dazu zwei Eimer mit hölzernen Schöpflöffeln! Das nannte man hier baden?

Fräulein Bertram, die schon mehr von der Welt gesehen hatte, erklärte ihr: »Man setzt sich hier nicht ins Wasser, sodass sich aller körperliche Schmutz darin löst; das gilt als unappetitlich. Man schöpft frisches Wasser und übergießt sich nur kurz damit, sodass es sofort wieder durch den Rost im Boden abfließen kann.«

»Und Seife? Gilt die hier auch als unappetitlich? Womit waschen sich die Leute eigentlich?«

»Mit den Blättern des Kapokbaumes. Die Einheimischen in den bäuerlichen Gebieten jedenfalls tun das.«

»Dann werde ich Herrn Schuit um einige Blätter des Kapokbaumes bitten, denn mit irgendwas muss ich mich nach dieser endlosen Reise waschen. Ich fühle mich, als wäre ich von oben bis unten mit Schimmel bedeckt.«

Die ehemalige Missionsschwester bemühte sich, den aufsteigenden Groll ihrer Herrin zu beschwichtigen. »Gnädige Frau, das hier ist Anjer, nicht Batavia. Im Hotel des Indes werden Sie ein Badezimmer mit allem europäischen Komfort vorfinden.«

Anna Lisa seufzte. »Warmes Wasser werden wir aber bekommen, oder?«

»Gewiss. Ich werde gleich welches bestellen. Und wir haben auch noch genug Seife im Gepäck.«

Nun, immerhin etwas! Es dauerte auch nicht lange, da erschien ein etwa vierzehnjähriges Mädchen mit zwei Eimern voll heißen Wassers. Es sah hinreißend hübsch aus in seinem bunten Sarong und den kurzen Hosen, die zierliche Beine sehen ließen. Aber als es lächelte, zuckte Anna Lisa erschrocken zurück: Seine Zähne waren nicht nur so grässlich spitz zugefeilt wie die eines Hechtes, sondern auch von blutroter Farbe! Sie musste an sich halten, um ihren Schrecken und Abscheu zu verbergen, bis das Mädchen den Raum wieder verlassen hatte. Ein Glück, dass Pfarrer Semmelbrod ihr schon seinerzeit von der landesüblichen Gewohnheit des Betelkauens und ihren Folgen erzählt hatte sowie von der Eigenart der Javaner, dass sie große Zähne für einen üblen Schönheitsfehler ansahen und sich deshalb in einer schmerzhaften Prozedur die Zähne abschleifen ließen. Sonst hätte sie gedacht, einem leibhaftigen kleinen Teufel gegenüberzustehen!

Wie es einem Familienoberhaupt zustand, war Simeon der Erste, der badete – besser gesagt, der sich auf einem Stuhl sitzend von Pahti einseifen und dann übergießen ließ. Anna Lisa durfte das Vergnügen erst nach ihm genießen. So war nun einmal der Lauf der Welt …

Während sie mit Fräulein Bertrams Hilfe das ungewöhnliche Bad genoss, stellte sie mit einigem Unbehagen fest, dass die Tropen eine ebenso reiche wie aufdringliche Tierwelt für sie bereithielten. Vor allem zwei Tierarten gab es im Überfluss: wunderbar bunte, langschwänzige Vögel – und Affen in allen Farbtönen von schneeweiß über grau bis orangerot. Diese Affen umdrängten das Haus mit unverschämter Neugier, sie hielten sich mit ihren grauen, hornigen Händen am Fenstergitter fest und gafften herein, wobei sie keckerten, als machten sie untereinander unziemliche Bemerkungen über die nackte Europäerin. Hin und wieder wischte sogar ein langer silbergrauer Greifschwanz durch die Öffnung und versuchte den Badeschwamm, die Seife oder das Handtuch zu erfassen. Eine weitere unangenehme Überraschung der javanischen Fauna war das reichlich vorhandene Ungeziefer. Mehrmals huschten Mäuse quer durch den Raum. In den dunklen Ecken des Badezimmers wimmelte es von winzigen schwarzen Käfern, die in langen Prozessionen geschäftig hin und her eilten und in den Ritzen verschwanden, nur um an anderer Stelle wieder aufzutauchen. Sympathischer waren die bunten Eidechsen, die hier Geckos hießen. Sie flitzten an den Wänden hoch und quer über die offenen Dachsparren, guckten mit ihren funkelnden Kugelaugen auf die Badende herab und warteten sichtlich, dass man ihnen Leckerbissen zuwarf.

»Geckos sind in den Tropen das, was bei uns die Spatzen sind«, erklärte Fräulein Bertram. Ihr ernstes Gesicht verzog sich zu einem Lächeln. »Wenn man im Freien isst, springen sie auf den Tischen herum. Aber sie sind ganz harmlos, nur fangen und festhalten darf man sie nicht, da können sie beißen.«

»Lieber Himmel«, bemerkte Anna Lisa. »Wenn bei uns ein Badezimmer so aussähe, käme ein Dutzend Kammerjäger angerückt! Stört es die Leute hier nicht, wenn ihnen beim Baden Mäuse und Käfer über die Zehen laufen?«

»Selbst wenn es sie stört, sind die Javaner eher zögerlich

damit, Tiere zu töten, wenn sie nicht für den Kochtopf oder ein religiöses Opfer bestimmt sind. Sie dürfen nicht vergessen, dass der Hinduismus hier immer noch einen gewissen Einfluss ausübt, auch wenn es nur noch wenige bekennende Hindus gibt. Man weiß nie, wessen Seele in einem Tier steckt.« Etwas herablassend fügte sie hinzu: »Sie brauchen ja nur zu sehen, welche Ehrerbietung Pahti dem Hund des gnädigen Herrn entgegenbringt.« Ihr Tonfall ließ keinen Zweifel daran, dass Tietjens für sie ein *Hund* war – ein Lebewesen, dem sie einen sehr niedrigen Rang einräumte. Schließlich kamen in der Bibel die Hunde schlecht weg: Sie fraßen wieder, was sie gespien hatten, und sie hatten das Blut der bösen Königin Jezebel aufgeleckt, als die sich aus dem Fenster gestürzt hatte.

Anna Lisa entzog sich der theologischen Diskussion, indem sie das Badetuch verlangte. Sie ließ sich abtrocknen und ihr feuchtes Haar zu einem Zopf flechten, dann schlüpfte sie in ein leichtes Hauskleid und machte sich auf den Weg ins Esszimmer.

Frisch gebadet sah das Leben gleich anders aus, und sie setzte sich erwartungsvoll an den Holztisch am Fenster. Dann fiel ihr ein, dass sie sich auch auf eine fremdartige Küche gefasst machen musste. Auf dem Schiff hatte man sich weitgehend am europäischen Geschmack orientiert, aber was mochte man ihr hier vorsetzen? Mit einigem Argwohn beobachtete sie, wie das Mädchen mit den roten Zähnen einen Servierwagen hereinschob. Anna Lisa fand sich umwölkt von fremdartigen Aromen: erhitztes Palmöl gemischt mit einer Unzahl süßer und scharfer Gewürze. Wenn man ihr hier nun Speisen vorsetzte, die sie mit aller Gewalt nicht hinunterwürgen konnte? Sie erinnerte sich dunkel an die Erzählungen der Kapitäne, die von solchen nationalen Leckerbissen ferner Länder wie Dörrfisch mit Ahornsirup und gekochten Schafsaugen berichteten. Als jedoch der Wagen in Sichtweite kam, atmete sie erleichtert auf. Ein ungewohntes, aber sehr reizvolles Aroma machte ihr den Mund wässrig. Und so besonders fremd sahen die Speisen auch nicht aus. Die Fleischspießchen mit Erdnusssoße waren leicht zu identifizieren, ebenso eine appetitlich angerichtete Platte mit currygewürztem Reis, Fisch, Gemüse und roten Chilis. An Besteck gab es nur Löffel und Gabel – auf ein Messer wurde verzichtet, da alles mundgerecht geschnitten auf den Tisch kam. An Getränken standen Tee und eine Flasche Genever zur Verfügung.

Simeon, dem es sichtlich besser ging, seit er das ewig schwankende Schiff verlassen hatte, betrachtete die Flasche. »Die Leute hier saufen anscheinend wie die Bürstenbinder, wenn sie einem schon zu Mittag Schnaps auf den Tisch stellen.«

»Wahrscheinlich denken die Einheimischen, alle Europäer sind Säufer, und man muss sie bei Laune halten, indem man ihnen immer eine Flasche hinstellt.« Anna Lisa probierte vorsichtig von den Fleischspießchen, dann von dem Currygericht. »Mhm ... wenn hier jeden Tag so gekocht wird, kann ich mich an die Küche gewöhnen. Nur an die roten Chilis trau ich mich nicht heran. Die sehen schon so höllisch scharf aus, dass ich gar nicht reinbeißen möchte.«

Simeon, der furchtlos die Chilis probiert hatte, stieß einen erstickten Ausruf aus, blies die Backen auf und löschte mit einem Glas Tee. »Puh! Wie bringen die Leute hier das Zeug runter? Aber alles andere ist gut. Ich hatte ehrlich gesagt ein bisschen Angst vor der javanischen Küche. So weit von zu Hause weiß man nie, was sie einem vorsetzen. Einer von Vaters Agenten erzählte einmal, hier isst man eine Frucht namens

Durian, die so gräulich stinkt, dass man sie nicht in ein Hotel oder an Bord eines Schiffes mitnehmen darf.«

Anna Lisa ließ den Blick über die appetitlich angerichteten bunten Fruchtstücke schweifen. »Na, hier ist sie jedenfalls nicht, das hätten wir schon bemerkt. Wie fühlst du dich? Mich hat die Hitze beinahe umgeworfen, als wir an Land gegangen sind.«

»Mich auch. Aber daran werden wir uns gewöhnen müssen. Wenigstens ist die Luft hier frisch. Ach, werde ich gut schlafen in einem Bett, das nicht rollt und schaukelt wie eine Hängematte! Ich lege mich nach dem Essen nieder. Und du?«

Anna Lisa hätte gerne einen kleinen Spaziergang gemacht, um das so völlig fremde Land ein wenig zu erkunden, aber sie befürchtete, das könnte unziemlich sein, und außerdem schwang in Simeons Frage die hoffnungsvolle Erwartung mit, sie würde sich zu ihm legen. Also antwortete sie: »Was meinst du wohl? Dass ich bei der Gluthitze einen Stadtbummel mache? Ich lege mich auch nieder.«

Wie sie erwartet hatte, gefiel ihrem Mann diese Antwort.

Ihr Schlafzimmer an Land war weitaus bescheidener eingerichtet als die Kabine an Bord der Anne-Kathrin, aber beide fühlten sich auf der Stelle wohl darin. Es war ein hübscher, luftiger Raum, niedrig, aber ziemlich groß und mit geschnitzten Möbeln ausgestattet, die eine eigentümliche Mischung von holländischem und javanischem Stil darstellten. Ein Moskitonetz hing halb aufgerollt über dem Bett. Durch das innenseitige Fenster blickte man in einen dicht mit Palmen und Zykadeen bewachsenen Hof zwischen den verschiedenen Pavillons, der eine wundervoll schattige Oase in der Mittagshitze bildete. In der Mitte lagen knapp übereinander zu Stufen aufgereiht drei flache Steinschalen. Seerosen schwammen in dem graugrünen Wasser. Als Anna Lisa den Batikvorhang zuzog – sie hatte an die Affen gedacht, die so frech ins Badezimmer gespäht hatten –, herrschte ein farbiges Dämmerlicht im Zimmer.

Mit dem Quartier zufrieden war auch Tietjens, die nach einem halben Eimer frischen Wassers und der von Herrn Schuit gelieferten Kaninchenmahlzeit auf ihrer Rollmatratze in einen trägen Verdauungsschlaf versunken war. Sie grummelte nur dösend vor sich hin, als das junge Ehepaar sich zu Bett legte.

Beide waren von dem Wechsel von Wasser zu Land und dem reichlichen Mittagessen so müde, dass sie bis tief in den Nachmittag hinein schliefen. Aber kaum war Simeon erwacht, fiel ihm ein, dass er noch mehr vorgehabt hatte. Er stupste Anna Lisa so lange, bis sie, noch schlaftrunken, die Augen aufschlug. »He!«, murmelte sie. »Warum ziehst du mir die Decke weg?«

Simeon lachte und warf das leichte Batiktuch über das Fußende des Bettes. »Damit ich dich besser sehen kann. Mir ist eingefallen, dass ich noch gar nicht weiß, was für eine Frau ich geheiratet habe. Komm, lass mich sehen, wie du aussiehst.«

»Wenn ich dir nicht gefalle, ist es jetzt ohnehin zu spät fürs Meckern«, erwiderte sie, gab aber mit einer verführerischen Bewegung nach, als er ungeschickt an ihrem Nachthemd zerrte. »Komm, lass mich das machen.« Zwar fühlte sie sich immer noch ein wenig gehemmt, sich vor fremden Augen zu entblößen, aber der bunte Vorhang vor dem kleinen Gitterfenster tauchte das Zimmer in ein behagliches Zwielicht, und außerdem umhüllte ein Moskitonetz das Bett mit seinen weißen Schleiern. Sie zog das rüschenbesetzte Nachthemd über den Kopf, drückte es aber dann schützend an Brust und Bauch.

Simeon zupfte daran. »Komm, lass mich sehen! Du musst! Ich bin dein Ehemann!«

Sie ließ das zusammengeknüllte Nachthemd fallen, zog es aber gleich wieder hoch. Er protestierte heftig. »Das gilt nicht! Das war zu kurz!«

»Ist es so besser?«

Er seufzte tief und wollüstig auf. Anna Lisa fuhr der Gedanke durch den Kopf, dass er zum ersten Mal wirkliches Interesse an ihrem Körper zeigte und dass dieser Körper ihm offenbar sehr gut gefiel. Wie immer drückte er sein Gefallen in botanischen Schmeicheleien aus. »Oh! Was du für kleine rosa Brustwarzen hast, wie Rosenknospen! Ach, alles an dir ist so jung und süß und frisch, kleine Schneerose ...«

Auf die Ellbogen gestützt, rutschte er näher heran, immer vorsichtig auf sein krankes Bein bedacht, aber auch magisch angezogen von der nackten Schönheit seiner jungen Frau. Mit einer Scheu, die sie berührte, drückte er die Lippen auf ihren Bauch, dann auf ihre Brust. Anna Lisa durchlebte einen Strudel der Verwirrung. Das Wort »Brustwarzen« hatte ihr einen leichten Schock versetzt, als Kind hatte sie einmal Schelte bekommen, weil sie angesichts einer Bronzestatue danach gefragt hatte, und noch nie hatte jemand ihren Bauch oder ihren Busen geküsst. Aber es war angenehm, und als sie sah, wie schüchtern ihr junger Gatte war, überkam sie eine tiefe, innige Zärtlichkeit für ihn. Sie schob die gespreizten Finger in sein Haar und kraulte ihn liebevoll.

Simeon rückte unauffällig abwärts. Bauch. Hüften, Venushügel. Er küsste den bernsteinfarbenen Haarbusch zwischen ihren Schenkeln, wagte sich aber nicht weiter. Eben als sie anfing zu wünschen, er würde mehr Nachdruck in seine Zärtlichkeiten legen, zog er sich mit einem frustrierten Stöhnen zurück und wandte sich von ihr ab.

Anna Lisa warf rasch ihr Nachthemd über und schmiegte

sich an seinen Rücken. »Was ist mit dir, Liebster? War dir etwas unangenehm?«

Er schüttelte den Kopf. »Ich kann es einfach nicht. Ich wollte dich so gerne sehen, und du bist so hübsch anzusehen und riechst so gut, aber wenn ich dir nahe komme, dann ... dann ist es, als wollte ich etwas Böses von dir, und ich habe ein schlechtes Gewissen, und mein Körper weigert sich.« Plötzlich brach er unvermutet in Tränen aus. »Was hast du für einen Idioten geheiratet! Mein Vater hatte recht, ich bin einfach untauglich zur Ehe.«

»Nun komm! Du weißt genau, dass dein Vater das nur aus Gemeinheit gesagt hat, weil deine Botanik ihn ärgerte. Nach allem, was ich bis jetzt erlebt habe, bist du sehr tauglich. Aber wir sind eben beide sehr unerfahren, es liegt wohl daran.«

»Nein.« Diesmal war seine Stimme fest; er war entschlossen, die Wahrheit zu sagen. »Es hat mit etwas anderem zu tun. Ich habe meiner Mutter versprochen, nie eine Frau so zu verletzen, wie mein Vater sie verletzt hat.«

»Aber du verletzt mich doch gar nicht. Ich fand es sehr angenehm.«

»Ich war ja auch erst am Anfang. Eine Weile geht es, aber dann sehe ich alles wieder vor mir, ihren Zorn, ihre Tränen, ihren Abscheu – ich weiß, sie verabscheute mich auch dafür, dass ich genau eine solche Kreatur wie mein Vater bin, obwohl sie mich sonst sehr liebte ...« Die Worte strömten mit wachsender Verzweiflung aus ihm heraus, und Anna Lisa, die sich vollkommen überfordert fühlte, konnte nichts anderes tun, als sich zärtlich an seinen Rücken zu schmiegen und ihn umschlungen zu halten, während er seine ganze Last vor ihr ablud. Als er sich schließlich, erschöpft von seinem Ausbruch, einigermaßen beruhigte, bemühte sie sich, ihn zu trösten.

»Ich weiß, dass es Frauen gibt, die unter ihren Männern leiden und sie mit gutem Grund verabscheuen. Aber du bist kein solcher Mann. Du bist lieb und zart zu mir, und ich finde nicht das Geringste an dir abscheulich. Es hat dir doch auch immer gefallen, wenn ich mit deinem ... Männeken gespielt habe.«

»Ja, weil ich dir dann nicht wehtue. Es liegt alles in deinen Händen. Du könntest mir wehtun, aber ich dir nicht.« Er sprach nicht weiter, sondern quälte sich aus dem Bett und griff nach dem Etui mit seinem Rasierzeug. Anstatt nach Pahti zu rufen, hinkte er mit zusammengebissenen Lippen, auf ein Möbelstück nach dem anderen gestützt, aus dem Zimmer.

Er kam nicht wieder. Als Anna Lisa schließlich nachsehen ging, fand sie ihn draußen im Schatten der Veranda in einem Korbstuhl sitzend. Das Etui lag neben ihm, und er drückte ein Stück Verbandmull auf die blutigen Schnitte an seinem Arm. Als sie ihn ansprechen wollte, sagte er in scharfem Ton: »Geh. Lass mich allein. Miete dir eine Kutsche und mach mit deinem Fräulein eine Rundfahrt durch Anjer.«

Es erschien ihr als das Klügste, ihm zu gehorchen, denn so weit kannte sie ihn schon, dass mit ihm jetzt nichts anzufangen war. Vielleicht war er am nächsten Tag besser gelaunt.

Herr Schuit arrangierte bereitwillig, dass den beiden Damen ein zweisitziger Wagen samt Kutscher bereitgestellt wurde, und Anna Lisa machte ihren ersten Ausflug in das Land, in dem sie die nächsten Jahre verbringen sollte.

Es war ein schöner Abend; nur der leichte Schwefelgeruch in der Luft erinnerte an den bösartigen Vulkan, der vor der Küste von Sumatra Feuer und Asche gespuckt hatte. Mit der kühlen Dämmerung erwachte das gesellschaftliche Leben in Anjer. Während die Kutsche gemächlich die Hauptstraße entlangrollte, beobachtete Anna Lisa das Gewimmel von Europäern mit Sonnenschirmen, Tropenhelmen und kakifarbenen Strohhüten, die hier promenierten, gelegentlich in kleinen Gruppen zu einem Schwätzchen stehen blieben oder die Angebote in einem der Schaufenster bewunderten. Sie waren alle gut gekleidet, die meisten Männer trugen Reitanzüge, die Frauen waren ordentlich herausgeputzt, wenn auch in einem provinziellen Stil, der in Hamburg ein spöttisches Lächeln bewirkt hätte. Hübsch angezogene und frisierte Kinder liefen hin und her, spielten mit Murmeln, trieben hölzerne Reifen den Gehsteig entlang oder warfen sich Bälle zu. Ein paar größere Jungen unterhielten sich damit, bunt bemalte Kreisel mit dem Schlag einer Peitschenschnur in wirbelnde Bewegung zu versetzen. Eine fröhliche, entspannte Stimmung herrschte, wie man sie in Hamburg selten erlebte. Alle die Mijnheers und Mevrouws hier schienen sehr zufrieden mit sich und ihrem Leben zu sein, ebenso die Chinesen und Javaner, von denen man hier ziemlich viele sah – die meisten Fischer und die kleinen Händler in den Küstenstädten gehörten diesen Rassen an.

Verwirrt von all den neuen Eindrücken blickte die junge Frau auf die gepflasterten Uferpromenaden unter schattigen Tamarinden, den lebhaften Verkehr von Kutschen und Reitern, Büffelkarren und Leiterwagen. Hühner, Schweine und Ziegen liefen den Leuten vor die Füße und wurden mit Schreien und Stockschlägen davongejagt.

Die beiden Pferde trabten durch die Hauptgeschäftsstraße, hinter deren hohen, Kirchenfenstern ähnlichen Schaufenstern sich das Feinste an Waren türmte, das die örtlichen Kaufleute anzubieten hatten. Dann folgte die Villenstraße, in der die einheimischen Verwaltungsbeamten und Kaufleute wohnten. Diese reichen Javaner trieben im Unterschied zu der einfachen

Lebensart der niederen Stände großen Luxus und liebten Pracht und Aufwand. Sie hatten mehr als alle anderen dazu beigetragen, Anjer zu einer Perle unter den Küstenstädten zu machen. Noch ein Stück weiter wohnten die Reichsten unter den Kolonialherren im Luxus der herrschaftlichen Villen, die durch Flächen tiefgrünen Urwalds voneinander getrennt wurden. Zwischen den hohen Palmen und zottigen Banyan-Bäumen öffnete sich der Blick auf europäische Villen, die inmitten breiter, gepflegter Rasenflächen lagen. Sie waren niedrig, ein-, höchstens zweistöckig, dabei sehr geräumig, um eine gute Durchlüftung zu sichern, und hatten durchwegs steile Dächer und schöne Veranden. Unter ihnen stach eine weiße Villa deutlich hervor, die man ihnen als das Haus des Bürgermeisters bezeichnete. Sie protzte mit einer bronzenen Kanone inmitten eines herrlichen Rasens und einem eigenen Anlegesteg für die makellos gepflegte Barkasse der höchsten Autorität des Städtchens.

Als der Kutscher sein Gespann zum Hafen hinunterlenkte, sahen sie abseits des großen Beckens, in dem jetzt auch die Anne-Kathrin ankerte, kleine geschützte Buchten. In diesen waren auf dem Wasser schwimmende Siedlungen entstanden, bestehend aus Sampans, kleinen Booten mit keilförmigem Rumpf, flachem Boden und von runden Dächern beschatteten Schutzräumen auf dem Deck. Auf diesen Wohnbooten, erklärte ihnen ihr Kutscher, lebten die Fischer wie in Häusern. Landeinwärts, wo die Hänge treppenförmig anstiegen, drängten sich Grüppchen bunter Häuser zusammen, schmal und hoch, mit steilen, wie Kähne geformten Dächern; sie standen auf Pfosten, damit die schweren Wassergüsse der Regenzeit abrinnen konnten, ohne dem Haus selbst Schaden zu tun. Es waren Kampongs, die Siedlungen einheimischer Reisbauern, deren Felder sich auf diesen leuchtend grünen Treppen entlangzogen.

Eine Rundfahrt durch Anjer, stellte Anna Lisa fest, war kein sehr aufwendiges Unternehmen. Es gab die Hauptstraße mit ihren Geschäften und einem Marktplatz, es gab die Uferpromenade und den Hafen, und damit hatte es sich eigentlich auch schon. Nach knapp zwei Stunden wurden die beiden Frauen wieder im Hotel Schuit abgeliefert.

Die junge Frau wäre froh gewesen, hätte sie sich wie auf dem Schiff in ihr Boudoir zurückziehen können, wenn ihr Gatte in einer seiner üblen Launen feststeckte wie ein Karren im Schlamm, aber hier gab es nun einmal nur ein Schlafzimmer. Sie hörte mit Erleichterung, dass er mit Pahti in einem Einspänner des Hotels unterwegs war, um Tietjens auszuführen und einen ersten Blick auf die einheimische Flora zu werfen. Vielleicht, dachte sie hoffnungsvoll, heiterte ihn das wieder auf.

Müde war sie auf jeden Fall, und so ging sie zu Bett und schlief ein, ohne auf seine Rückkehr zu warten.

Als Anna Lisa in der Morgendämmerung erwachte, war sie einen Augenblick lang verwirrt, sich in einem aus Rattan geflochtenen Bett liegen zu sehen anstatt in der gewohnten Kabine an Bord der Anne-Kathrin. Sie hob ihre schweren Lider und blickte sich um. Langsam fiel ihr wieder ein, wo sie war. Sie blickte zur anderen Seite des breiten Bettes hinüber. Simeon schlief. Sein schwerer Atem verriet, dass er entweder getrunken oder von dem Opium genommen hatte, das eigentlich für Notfälle vorgesehen war. Tietjens war nicht da; offenbar machte sie ihren üblichen Morgenspaziergang mit Pahti.

Sie stand leise auf, schlüpfte in ihren Morgenmantel und trat auf die Veranda hinaus. Ein leises Zwitschern war zu hören: In den Bäumen rund um das Hotel hüpften die brillant gefärbten

Vögel der Insel von Ast zu Ast. Anna Lisa betrachtete sie mit Entzücken.

Noch lag Stille über der Sundastraße. Nur im Hafen unten zeigten sich, halb vom Morgennebel verhüllt, erste Anzeichen von Leben und Geschäftigkeit. Der Schornstein des plumpen Postdampfers, der über Nacht vor Anker gelegen hatte, begann Rauchwolken auszustoßen. Die junge Frau wäre gerne ein Stück weit spazieren gegangen, aber dazu hätte sie sich anziehen müssen, und sie wollte weder Fräulein Bertram wecken, noch wollte sie sich in die Zwangsjacke europäischer Kleidung quälen. Ihr schauderte bei dem Gedanken, mit eng geschnürtem Mieder, langen Strümpfen und Unterröcken herumzulaufen. Warum konnte man sich nicht einfach so anziehen, wie es dem Klima entsprach? Aber eine Europäerin in einem Sarong und loser Bluse, das hätte natürlich einen Skandal bedeutet, der sie noch jahrelang verfolgt hätte.

Jedenfalls würde sie hier ihr Mieder nicht schnüren, in dem Punkt war sie fest entschlossen.

Ein Seufzer entschlüpfte ihr, als sie durch das Gitterfenster hörte, dass auch Simeon erwachte. Es war immer ein solches Vabanquespiel, in welcher Stimmung sie ihn vorfinden würde. Solange Pahti um ihn war, ging es einigermaßen, aber der führte den Hund aus. Ihr Blick wurde finster, als sie an die Inschrift auf ihrem Verlobungsring dachte: *Wie du gibst, so wirst du empfangen.* Sie bemühte sich doch wirklich, aber was bekam sie? Einen launischen, reizbaren Gatten, der mit sich selber nicht zurechtkam und keinen anderen Ausweg fand, als sich blutig zu schneiden. Ihr fröstelte bei dem Gedanken an die frischen Schnitte auf seinem Arm.

Dennoch bemühte sie sich, ihn freundlich zu begrüßen, als sie eintrat. Er hatte sichtlich einen schweren Kopf, ob er nun getrunken oder Opium genommen hatte; seine Lider öffneten und schlossen sich ein paarmal, ohne dass er etwas sah. Dann schlug er endlich die Augen auf. »Schon wach, Meisje?«, murmelte er mit belegter Stimme. »Bring mir ein Glas Wasser, ich habe Durst.«

Da Pahti sie bereits eindringlich davor gewarnt hatte, unabgekochtes Wasser zu trinken, brachte sie Simeon von dem Tee, der noch vom Vorabend auf der Anrichte stand. Er trank gierig, dann ließ er sich mit einem schweren Seufzer wieder in die Kissen zurücksinken. Der Blick seiner großen braunen Augen war schuldbewusst. »Es tut mir leid, dass ich gestern so widerwärtig zu dir war.«

»Wir werden schon eine Lösung finden.« Sie setzte sich an den Bettrand neben ihn und legte die flache Hand auf die Decke. Durch das leichte Batiktuch und sein Nachthemd hindurch fühlte sie seine aufkeimende Erregung. Schuldbewusst, wie er war, wagte er nicht, ihre Zärtlichkeit einzufordern, aber seine Blicke flehten sie an, und so streichelte sie sanft seinen Bauch und seine Schenkel. Er stöhnte laut auf. Wie hielt der Mann das nur aus?, dachte sie. Sie konnte sich gar nicht vorstellen, ständig lüstern zu sein. Um genau zu sein: Sie konnte sich das Gefühl der Lust überhaupt nicht vorstellen. Ihr Körper blieb unbeteiligt, während sie den seinen liebkoste. Sie tat es, weil es ihre eheliche Pflicht war und weil es sie freute, ihn glücklich zu sehen, und weil sie dann damit rechnen konnte, dass er die nächsten Stunden gut gelaunt sein würde.

Tatsächlich lächelte er sie an, als er schließlich entspannt und befriedigt im Bett lag. »Du bist schon ein gutes Mädchen, Anna Lisa. Ich möchte dich so gerne glücklich machen.«

»Ich bin immer glücklich, wenn du gut gelaunt bist.«

»Aber das fällt mir schwer. Ich will gar nicht grämlich sein, aber es kommt über mich wie eine schwarze Wolke ... wie der Aschenregen, der auf die Anne-Kathrin fiel.« Mit einem entschlossenen Ruck setzte er sich auf. »Ach was. Komm, hilf mir beim Anziehen, dann brauche ich nicht zu warten, bis Pahti mit Tietjens zurückkommt, und wir können frühstücken.«

Sie saßen noch beim Frühstück im Esszimmer ihrer Suite, als der Hotelier eintrat. Servil erkundigte er sich, ob die Gäste zufrieden gewesen waren, lächelte geschmeichelt, als sie bejahten, und verkündete dann eine interessante Neuigkeit. Herr Thomas de Verriker, der Bürgermeister des Städtchens, habe vom Missgeschick der Anne-Kathrin gehört und wollte den Passagieren der ersten Klasse den Zwangsaufenthalt mit einem Gartenfest versüßen, das am Abend in seiner Residenz stattfinden sollte. Man dürfe doch mit der Teilnahme des Ehepaares Vanderheyden rechnen?

Simeon grinste schief. Bei einer Tanzveranstaltung sei er zurzeit fehl am Platz. Aber wenn Anna Lisa gehen wollte, warum nicht?

Sie protestierte. »Ich kann nicht ohne dich gehen. Entweder wir gehen zusammen oder wir bleiben zusammen im Hotel. Komm doch! Auch wenn wir nicht tanzen, schön ist es dort gewiss.«

Herr Schuit bestätigte das mit lebhaften Worten.

Also sagten sie zu. Simeon schickte Pahti in die Stadt, einen Krückstock für ihn zu kaufen, damit er sich einigermaßen frei bewegen konnte. Anna Lisa verbrachte viel Zeit damit, ein geeignetes Kleid zu finden, denn da es in Batavia genug Modegeschäfte und Putzmacher gab, um eine Dame auszustatten, hatte sie nicht allzu viel mitgenommen. Auf einen Ball unterwegs war sie nicht vorbereitet gewesen. Außerdem hatten ihre besten

Kleider die Schiffsreise ziemlich übel genommen, obwohl Fräulein Bertram sie mit aller Sorgfalt verstaut hatte. Sie rochen muffig, und die Volants und Manschetten hingen schlapp herunter. Schließlich wurde Simeon, der diese Sucherei beobachtete, ungeduldig. »Meine Güte, Meisje, wir sind doch nicht beim Generalgouverneur von Ostindien eingeladen! Du bist hübsch genug, um im letzten Fetzen noch gut auszusehen.«

»Ich will aber trotzdem nicht den letzten Fetzen anhaben.«

Er kramte in der Kassette, in der er das Reisegeld verstaute, stopfte ein paar Banknoten in ein Portemonnaie und warf es ihr zu. »Dann fahr in die Stadt und kauf dir ein Kleid; ich kann nicht mehr zusehen, wie ihr beide hier herumkrabbelt wie Ameisen, die ihre Brut nicht mehr finden.« Als sie ihn zögernd ansah – es erschien ihr ziemlich riskant, so viel Geld für eine einzige Ballnacht auszugeben –, zog er die Augenbrauen hoch und sagte: »Ich befehle es dir als dein Ehemann.«

Daraufhin konnte sie natürlich nichts anderes tun, als in der Hotelkutsche in die Stadt zu fahren und ein Kleid zu kaufen, wobei sie sorgfältig darauf achtete, nicht mehr Geld als unbedingt nötig auszugeben. Simeon fragte aber gar nicht, was es gekostet hatte, als sie es ihm dann abends vor der Ausfahrt vorführte: eine zarte Kreation aus rosafarbenem Taft, deren Ränder und breit gestufte Volants mit scharlachroten Bändern eingefasst waren. Die an den Schultern weit ausladenden Ärmel waren Blumenbouquets nachgeahmt. Es hatte ein eingearbeitetes Mieder, und so wagte Anna Lisa den kühnen Schritt, auf ihr Korsett zu verzichten und sich einzig auf dieses Mieder zu verlassen. Schließlich hatte sie weder einen dicken Bauch noch einen massigen Busen; ihre kindliche Figur brauchte keine zusätzliche Schnürung.

Simeon guckte ihr ins Dekolleté. »Das sieht hübsch aus –

wie zwei Mal Vanillepudding in rosa Papier. Lass mich daran lecken.«

»Nur lecken, nicht reinbeißen.«

Er lachte. An diesem Abend war er gut gelaunt, obwohl es eine ziemliche Quälerei für ihn bedeutet hatte, sich in einen korrekten Abendanzug zu manövrieren. Entschlossen, auf eigenen Füßen zu gehen, soweit er konnte, versuchte er allein auf den Stock gestützt zu gehen und hatte Erfolg damit. »Ich habe es satt, dauernd getragen zu werden wie ein Wickelkind«, erklärte er. »Auch wenn ich mit der Krücke da keine großen Sprünge machen werde. Alle werden denken, du hast einen klapprigen Greis geheiratet.«

Sie lachte und flüsterte ihm ins Ohr: »Dann werde ich ihnen Dinge erzählen, die sie überzeugen, dass du sehr jung und stark bist – trotz deines Hinkebeins.«

Er lachte geschmeichelt.

Als sie in ihrer Mietkutsche das Villenviertel erreichten, waren die engen Straßen dort bereits verstopft von Kutschen, die alle zum Landsitz des Herrn Verriker unterwegs waren. Sie mussten sich in eine lange Schlange von Wagen einreihen und die Pferde im Schritt gehen lassen, bis sie endlich das zierlich geschmiedete Tor des Anwesens erreichten und im roten Licht des Sonnenuntergangs aufatmend in die Kühle des Parks tauchten. Der Park war mit chinesischen Lampions illuminiert. Anna Lisa erinnerte sich, dass Mijnheer Verriker genau die weiße Villa mit der bronzenen Kanone auf dem Rasen bewohnte, die sie bei ihrer Rundfahrt am Vortag bewundert hatte.

Im Park war unter mehreren weit gespannten Zeltdächern das Essen angerichtet, das auf offenen steinernen Herden zubereitet wurde. Auf einem Podium hatte ein kleines Orchester Platz genommen und spielte muntere Stücke aus verschiedenen Operetten. Anna Lisa hörte einen der Gäste sagen: »Was für eine Wohltat, dass wir uns nicht die einheimische Musik anhören müssen; ich verstehe nicht, dass den Javanern ihr Höllenkrach nicht in den Ohren wehtut – aber es gefällt ihnen noch!«

Serviert wurde eine Rijstafel, jenes beliebte holländische Gericht, das aus einer gewaltigen Portion Reis und zahlreichen handtellergroßen Schüsseln mit Zuspeisen besteht, sodass jeder sich nach Geschmack bedienen konnte. Kellner in weißen Jacken liefen mit Tabletts herum und versorgten die Gäste so reichlich mit Palmwein, Likör und Schnaps, dass bald die Ersten beschwipst waren. Anna Lisa entdeckte in der gesamten vornehmen Gesellschaft kein einziges Gesicht, das nicht weiß gewesen wäre; farbig waren nur die Bediensteten. Das wunderte sie; schließlich hatte Pfarrer Semmelbrod ihr erzählt, dass es viele reiche Javaner gab, die auch hohe Ämter innehatten. Warum wurden diese Leute nicht eingeladen? Aber ihr Gefühl sagte ihr, dass es ungehörig gewesen wäre, danach zu fragen, also schwieg sie und konzentrierte sich ganz darauf, sich um ihren Gatten zu kümmern.

Nach dem Essen begab man sich ins Innere des Hauses, und Anna Lisa staunte über den Ballsaal mit der reich verzierten Decke, den gläsernen Lüstern, den mit rotem Samt gepolsterten Récamièren, die in den Fensternischen zur Erholung bereitstanden, den Wänden voller Spiegel. In der Mitte des Ballsaals sprudelte aus einem Brunnen mit Eau de Cologne parfümiertes Wasser. Dieses Parfüm mischte sich mit den Düften der versammelten Menschen, dem Zigarrenrauch und dem kräftigen Aroma der Gewürze der Rijstafel zu einer atemberaubenden Symphonie.

Da sie ohnehin nicht vorhatten, zu tanzen, nahmen sie an einem der kleinen Tische Platz, die an den Wänden entlang aufgereiht standen. Hier saßen die älteren Leute, denen es genügte, den Jungen beim Tanz zuzusehen.

Simeon, der immer noch ein schlechtes Gewissen hatte, schlug vor: »Nur weil ich hier sitzen muss, musst du nicht dasselbe tun. Meinetwegen kannst du die ganze Nacht tanzen, wenn du Lust dazu hast.«

Sie nippte an ihrem Sektglas. »Ich weiß noch nicht. Wir werden sehen.«

Rasch füllte sich der Ballsaal mit Menschen. Scharen von Damen und Herren drängten sich rund um die Tanzfläche und konnten es kaum erwarten, dass das jetzt auf der Bühne postierte Orchester den ersten Tanz anstimmte. Die Hitze der tropischen Nacht wurde verdoppelt durch die gleißende Gasbeleuchtung und die vielen Kerzen, die überall in den Wandleuchtern brannten, sodass die Damen des Öfteren mit ihren Zofen hinauseilen mussten, um ihre zerrinnende Schminke zu restaurieren.

Im Übrigen brauchte sich der Bürgermeister von Anjer – abseits seines hohen Amtes ein schwerreicher Teehändler – vor seinen europäischen Gästen nicht zu schämen. Einen so prunkvollen Ball hatte Anna Lisa noch nie erlebt. Die Herren waren gleichförmig und nicht sehr aufregend gekleidet. Sie trugen entweder Gala-Uniform oder dunkle Abendkleidung, aber die Frauen glitzerten und schimmerten von mehr oder minder echten Juwelen. Ihre weißen, rosafarbenen, gelben und himmelblauen Ballkleider waren mit Bouquets frischer Blumen geschmückt, die viele auch als Haarschmuck trugen, und ihre farbig bemalten Fächer flatterten wie die Flügel exotischer Schmetterlinge.

Dann erschien der erste Herr, der Anna Lisa um einen Tanz bat, und da Simeon nur lächelte und mit einer Handbewegung zustimmte, ließ sie sich auf die Tanzfläche führen. Was für ein Wirbel von Bildern, als sie sich am Arm ihres Tänzers im Kreis drehte! Um sie funkelte ein Kaleidoskop aus wirbelnden silbernen und goldenen Flecken – die hellen Gaslampen, der glitzernde Schmuck der Damen, die Wogen von Damast, Tüll, Brüsseler Spitzen und Straußenfedern, die mit Strasssteinen bestickten Täschchen. Und kaum war der Tanz zu Ende, wurde sie von Neuem aufgefordert. Alle Welt schien mit ihr tanzen zu wollen. Anna Lisa wurde es allmählich wirr im Kopf. Sie wurde Leuten vorgestellt, die sie nicht kannte, musste nicken und lächeln, verstand bei dem Lärm nicht, was in drei ständig wechselnden Sprachen zu ihr gesagt wurde. Außerdem waren immer mehr ihrer Tänzer ziemlich angeheitert, und sie sah es kommen, dass früher oder später ein Betrunkener um einen Tanz bitten würde. So gut sie sich auch amüsiert hatte, war sie doch erleichtert, als Fräulein Bertram diskret an sie herantrat und ihr meldete, der gnädige Herr wünsche jetzt, den Ball zu verlassen.

Mit heißen Wangen und schmerzenden Füßen kehrte sie zu Simeon zurück. Da Pahti bei Tietjens geblieben war, musste sie ihm beim Aufstehen helfen und dafür sorgen, dass zwei von Herrn Verrikers Lakaien ihm beim Einsteigen in die Kutsche zur Hand gingen, während Fräulein Bertram ihnen die Taschen nachtrug.

»War es zu früh für dich?«, fragte Simeon, als die Kutsche den beleuchteten Vorplatz der Villa verließ und in die Schatten der langen Auffahrt rollte. »Wärest du gerne noch länger geblieben?«

Sie kuschelte sich an ihn. »Das würdest du nicht fragen, wenn du fühlen könntest, wie mir die Füße wehtun! Wenn wir im Hotel sind, werde ich sie als Erstes ins kalte Wasser stecken.

Oh, und mein Kopf brummt! Was für ein Gedränge! Lustig war es schon, aber hast du bemerkt, wie viele von den Herren schon angetrunken waren?«

»Deshalb habe ich darauf gedrängt, dass wir gehen. Ein paar waren nicht nur angetrunken, die waren sternhagelvoll, und es ist noch nicht einmal ein Uhr morgens. Es sah so aus, als würde es bald ziemlich ausgelassen zugehen, und das liegt mir nicht so.«

»Wahrscheinlich gibt es hier nicht oft große Feste, und da lassen sie es krachen, wie mein Vater das nannte. Aber schau, ist die Nacht nicht wundervoll?«

Die meisten der chinesischen Lampions, die den Park illuminiert hatten, waren erloschen, da und dort schimmerte noch einer wie ein riesiges gelbes Glühwürmchen. Nur die Laternen der Kutsche erhellten die Allee von Riesenbäumen, aus deren graugrünen Kronen die knotigen Seile von Lianen herabhingen. Ein paar Schritte vom gepflegten Rasen entfernt dehnte sich das Zwielichtreich des feuchten, verworrenen Dschungels, von der Zivilisation ferngehalten durch hohe Parkgitter, in denen sich da und dort Pforten in das von nächtlichen Geräuschen erfüllte Dickicht öffneten. Ein Stachelschwein huschte über den Weg und stellte, als es das Hufgeklapper der Pferde hörte, drohend sein Stachelkleid auf, dann verschwand es blitzschnell im schwarzen Geschlinge des Unterholzes. Ein betörender Duft drang von allen Seiten auf sie ein, als die Blumen der Nacht ihre Kelche öffneten, um im Dunkeln schwirrende Insekten anzulocken. Anna Lisa war wie berauscht von all der Fremdartigkeit und Schönheit. Im Innersten bewegt, ergriff sie die Hand ihres Gatten und flüsterte ihm ins Ohr: »Küss mich.«

Er gehorchte bereitwillig.

Batavia

Zwei Tage später erhielten sie die Nachricht, dass der kleine Vulkanausbruch keine ernsthaften Schifffahrtshindernisse hervorgebracht hatte und die Anne-Kathrin ihre Reise fortsetzen konnte. Alles kehrte an Bord zurück. Der Lotse nahm seinen Platz am Steuerrad ein, und der Hochseedampfer tuckerte mit vorsichtig gedrosselten Maschinen in die gefährliche Fahrrinne.

Da die Sundastraße so eng war und sie im Zickzack fuhren, um den Inseln auszuweichen, kamen sie häufig der Küste so nahe, dass sie Einzelheiten erkennen konnten. Nie im Leben hatte Anna Lisa eine so liebliche Landschaft gesehen wie die Küste von Java. Sie fuhren vorbei an Bananenhainen und Kokosfarmen und riesigen Teeplantagen. Der Strand war breit und weiß, von Palmen gesäumt, hinter denen sich die leuchtend grünen Treppen der Reisfelder hinzogen. Entlang des Ufers zog sich der schneeweiße Saum der Brandung, davor ein breiter Streifen in leuchtendem Türkis, der das seichte Wasser markierte. Zuletzt ging das Türkis in das tiefe Dunkelblau der Fahrrinne über.

Es dämmerte bereits, als sie am Abend des 2. Juni 1880 Batavia erreichten. Das sonore Brüllen der Schiffssirene begleitete das Einlaufen der Anne-Kathrin in den Hafen. Der Dampfer legte jedoch nicht an, sondern verharrte in der Bucht und wartete auf die Tender, die von den Piers ausschwärmten, um die Passagiere an Land zu bringen.

»Die Anne-Kathrin kann nicht unmittelbar in den Hafen einlaufen. Die Bucht ist zwar breit und geräumig, aber nicht tief genug für ein großes Schiff«, erklärte ihr Dr. Lutter. »Der Ciliwung-Fluss schiebt hier ständig gewaltige Massen Schlick und Sand ins Wasser, die Bucht versandet zusehends, sodass die Tiefe oft nur dreißig Meter beträgt. Deswegen wurde auch schon 1877 mit dem Bau eines neuen Hafens östlich von hier bei Tanjung Priok begonnen, aber es wird noch einige Jahre dauern, bis er fertig gestellt ist.«

Anna Lisa zappelte förmlich vor Ungeduld, als sie so lange warten mussten. Schritt für Schritt vorwärtsrückend, stand sie in der langen Schlange der Passagiere, die sich die Landebrücke hinunterzog. Nicht auszudenken, wenn der Dampfer statt in der Abenddämmerung in der ärgsten Mittagshitze angelegt hätte! Zwar wurden die Passagiere der ersten Klasse bevorzugt, aber es dauerte doch sehr lange.

Sie seufzte erleichtert auf, als sie endlich an der Reihe waren und ein Matrose ihr an Deck des Tenders half, der sie an Land bringen sollte. Simeon folgte ihr in einem Tragsessel – es wäre unmöglich für ihn gewesen, sich auf Krücken durch das wüste Gedränge zu kämpfen. Pahti und Tietjens waren an seiner Seite, Fräulein Bertram und die kleine Gesine folgten. Anna Lisa merkte gar nicht, dass sie wie selbstverständlich die Rolle des Familienoberhauptes übernommen hatte: Sie ging als Erste an Bord des Tenders, sie befehligte die Gepäckträger, sie sprach die üblichen höflichen Abschiedsworte zum Kapitän, der am Ausgang Aufstellung genommen hatte. Auch Dr. Lutter sagte sie mit feuchten Augen Lebewohl. Während sie seine Hände umklammerte, flüsterte sie: »Ohne Sie, lieber Doktor, wäre ich verloren gewesen. Wünschen Sie mir Glück für die Zukunft!«

»Ich wünsche Ihnen Glück«, erwiderte er voll Gefühl, aber mit einem traurigen Unterton. »Sie werden es brauchen.«

Sie nutzte die kurze Fahrt mit dem Tender auch, um sich von Gesine zu verabschieden. Es tat ihr bitter leid, die kluge Gefährtin zu verlieren, aber ein kleines Mädchen gehörte zu seinen Eltern, das sah sie ein. Mit einem Geldgeschenk, einer Umarmung und vielen freundlichen Worten an die übrigen Schreiners entließ sie die Kleine aus ihren Diensten.

Wenig später erreichten sie die Kaianlagen. Eine erstickende Hitze herrschte dort, obwohl die Sonne bereits hinter den Horizont gesunken war, und ein maischiger Geruch wie nach faulenden Früchten. Anna Lisa hatte gehofft, Luft zu bekommen, wenn sie einmal das Schiff und den überfüllten Tender verlassen konnten, aber sie hatte sich getäuscht. Auf dem Kai herrschte ein Betrieb wie in einem Hühnerstall, wenn die Bäuerin mit dem Futter kommt. Unmengen von lärmenden Menschen umschwärmten die Neuankömmlinge. Da waren Matrosen in weißen Blusen und blauen Jacken, die, von den Befehlen der Offiziere herumgescheucht, hin und her rannten. Europäische Beamte in weißen Anzügen und Tropenhelmen eilten geschäftig umher. Einheimische Händler, Schlepper, Huren, Zuhälter und Taschendiebe hängten sich an die weißen Reisenden wie Fliegen an den Honigtopf. Jedenfalls an Trubel konnte es Batavia mit einer europäischen Hafenstadt aufnehmen, nur dass hier alles viel bunter war und die Leute viel fröhlicher.

Sie mussten sich ihren Weg über den Kai erkämpfen, auf dem sich Kisten, Fässer und Säcke mit der Ladung befanden, die die Schiffe auf ihrer Weiterfahrt mitnehmen sollten: Auch hier stapelten sich Tabak, Kaffee, Tee, Pfeffer, Reis, Zucker, Kopra,

Edelhölzer und Kautschuk. Lärm in einem Dutzend Sprachen übertönte das Klappern der Pferdehufe. Die Leute überschrien einander auf Englisch, Französisch, Deutsch, Chinesisch und in den einheimischen Sprachen Basa jawa, Basa sunda und Malayalam. Rhesusaffen sprangen kreischend von einem zierlich geschnitzten, hölzernen Vordach zum anderen. Wie die Geräusche mischten sich auch die Gerüche zu einem berauschenden Chaos.

Wäre Tietjens nicht gewesen, wer weiß, dachte Anna Lisa, ob sie das Hotel des Indes jemals erreicht hätten! Aber auch hier erzielte der Fila Brasileiro dieselbe Wirkung wie in Anjer. Als die würdige Hundedame erschien, begleitet von Pahti, der weniger den Eindruck eines Hundeführers als den eines unterwürfigen Leibsklaven machte, erstarrte die Menge zuerst, dann erhob sich ein allgemeines Geschrei, jeder versuchte zurückzudrängen und rannte dabei den hinter ihm Stehenden nieder. Ein junger Mann, der sich nahe an Simeon zu schaffen gemacht hatte, flüchtete in Panik und warf dabei einen dunklen Gegenstand auf den Boden – Simeons Kulturtasche, die er neben sich auf den Tragsessel gelegt hatte.

Anna Lisa sah ihren Mann an, der von einem Ohr zum anderen grinste. »Sagte ich dir nicht, sie wird uns eine unschätzbare Hilfe sein? Mein Rasierzeug hat sie jedenfalls schon gerettet.«

Als sie das Hafengelände verließen, eilte ein brauner Junge in einer seltsamen Uniform – er trug zu seiner einheimischen Tracht die Mütze eines europäischen Postboten – auf sie zu und reichte Simeon ein Formular. »Ein Telegramm für Sie, Mijnheer.«

Mit gerunzelter Stirn öffnete er das gefaltete Papier und las laut vor: »Mr. Wolkins verhindert + Treffen im Hotel des Indes + Zeebrugge.«

»Was heißt: ›Mr. Wolkins verhindert‹?«, grollte er. »War ihm der Weg herunter in den Hafen zu weit? Immerhin bin ich der Sohn seines Arbeitgebers, oder? Da hätte er seine Termine schon besser einteilen können. Ach was ... egal. Treffen wir ihn eben im Hotel des Indes. Ich habe ohnehin keine Lust, länger als nötig in diesem stinkenden Sumpf hier herumzulungern.«

Anna Lisa nahm ihm das Telegramm aus der Hand und las es durch. »Wer ist Zeebrugge?«, fragte sie. »Einer der Angestellten deines Vaters?«

»Keine Ahnung. Ich kenne nur Wolkins mit Namen.« Eine schwache Röte stieg in seine Wangen. »Siehst du? Es fängt schon an. Mr. Wolkins hat Besseres zu tun, als mich persönlich abzuholen. Für Godfrid wäre er auf den Händen von der Plantage bis zum Hafen und zurück gelaufen. Aber mir schickt er einen seiner Ladenschwengel.«

Anna Lisa hielt es für klüger, das Gespräch abzubrechen. Egal, was sie sagte, Simeon würde auf jeden Fall schlechter Laune sein. Wenn sie erst im Hotel des Indes waren, würde er sich wohler fühlen als hier in der stoßenden und rempelnden Menge, dem Hafengestank und der fieberschwangeren Luft.

Sie fanden gleich am Hafen eine offene Droschke, und wenig später waren sie unterwegs zum Hotel des Indes. Der Weg führte quer durch die Kota, in der ein unglaublicher Lärm und Gestank herrschte. Die Altstadt von Batavia war ein zweites, altertümliches Amsterdam mit schmalen, spitzgiebeligen Häusern, die mit Kupfer gedeckt waren, kreuz und quer verlaufenden Grachten und hübschen hölzernen Ziehbrücken. Die Grachten dienten offenbar zur Entsorgung aller nur denkbaren Abfälle, denn sie waren mit einer träge dahinfließenden, übelriechenden, grünlichen Brühe gefüllt. Ratten huschten an den Rändern der Kanäle hin und her oder hockten frech auf den ausgehöhlten Fruchtschalen, die darin trieben. Anna Lisa verstand jetzt, warum die Gründer der Stadt es nicht lange in dieser sumpfigen Ebene ausgehalten hatten, dicht am Rande des feuchtheißen Dschungels.

Sie hatte erwartet, ihr Gatte, der schon in Deutschland so viel Angst und Abneigung angesichts der verseuchten *benenstad* gezeigt hatte, würde sich heftig beklagen, aber sein Verhalten überraschte sie. Er hatte nur Augen für die außergewöhnliche Blumenpracht, die diese verrottete alte Stadt einhüllte. Sein Blick schweifte von den hoch über ihren Häuptern im Wind schwankenden Blattwedeln der Palmen zu den schmalen Gärten vor und zwischen den Häusern und den Rabatten entlang der Straße. Wie ein Jäger, der ein seltenes Wild erspäht, lehnte er mit geblähten Nasenflügeln und glänzenden Augen über den Schlag der offenen Kutsche und saugte den bunten Überfluss in sich auf.

Trotz der lebhaften Geschäftigkeit, die überall herrschte, machte die *benenstad* einen verfallenen Eindruck. Der Droschkenkutscher, ein Holländer, sah sich auch als Fremdenführer. Mit der Peitschenschnur dahin und dorthin weisend, erzählte er ihnen, dass Kapitän James Cook 1771 gezwungen gewesen war, wegen Reparaturen am Schiff Monate im Hafen von Batavia zu liegen. Nachdem er einen beträchtlichen Teil seiner Mannschaft durch Cholera und Ruhr verloren hatte, kam er zu der Erkenntnis, »dass in Batavia wohl mehr Menschen durch die schlechte Luft sterben als irgendwo anders«. Seither galt die *benenstad* als ein Pestloch, in dem man nicht genug Vorsichtsmaßnahmen treffen konnte.

Die Holländer, die dort ihre Büros hatten, pflegten sich schon am Morgen mit einem großen Glas Genever zu stärken, dann saßen sie den ganzen Tag hinter geschlossenen Jalousien, um die Hitze auszusperren, und tranken ein Glas nach dem anderen, und kaum war der Abend hereingebrochen und die unerträgliche Hitze wich einem milden Lüftchen, musste man schon wieder alles verrammeln, weil die Nachtluft Fieber brachte. Schon Anfang des 19. Jahrhunderts hatten die Kolonialherren die verfallene und ungesunde Altstadt aufgegeben und ein neues Stadtzentrum weiter südlich gebaut. Batavia war nun eine Stadt mit zwei Zentren: Die Kota mit ihren Kontorhäusern und Warenspeichern und ihrem Hafen blieb das Geschäftszentrum, während das höher gelegene Weltevreden die neue Heimstatt für die Regierungsgebäude, das Militär und die Einkaufsstraßen wurde. Stolz trug dieses neue Stadtzentrum den Namen *De Koningin van het Oosten* – die Königin des Ostens. Die einzigen Menschen, die jetzt noch ständig in der Altstadt wohnten, waren bettelarme Javaner, Mulatten und vor allem die Chinesen, die dort ihr eigenes Viertel hatten, den Glodok, der einst außerhalb der Mauern von Altbatavia gelegen hatte und sich nun als gewaltiger Fremdkörper in die Stadt schob.

»Gehen Sie dort bloß nie hin!«, warnte der Kutscher. »Fremde verschwinden einfach, sie betreten einen Laden und werden nie wieder gesehen!«

Anna Lisa musste daran denken, wie der Kapitän der Anne-Kathrin ihnen verboten hatte, in den arabischen und afrikanischen Häfen von Bord zu gehen, damit sie nicht von Sklavenhändlern verschleppt wurden, und sie fragte, ob es in der Chinesenstadt ebenso gefährlich sei. Fing man dort auch weiße Frauen ein, um sie an Bordelle zu verkaufen?

Der Kutscher verneinte. »Nein, die Chinesen haben kein Interesse an weißen Frauen. Wir Europäer erscheinen ihnen abgrundtief hässlich. Langnasen nennen sie uns, und wenn in einem ihrer Theaterspiele eine ordentlich hässliche Figur vorkommen soll, dann hat die ein weißes Gesicht und eine Nase wie ein Hanswurst. Aber sie sind ein verstohlenes und verschlagenes Volk, immerzu mit Geheimnissen beschäftigt und jederzeit bereit, einen verschwinden zu lassen, der aus Zufall oder Absicht Wind von ihren Plänen bekommen hat. Ihre Geheimbünde sind gefährlich und grausam. Man begegnet ihnen mit großem Misstrauen.« Deshalb, so fuhr er fort, hatten holländische Extremisten 1740 ein Pogrom gegen Chinesen veranstaltet und an die Tausend von ihnen niedergemetzelt, und im Grunde könnte es jederzeit wieder geschehen. Und da er selbst ein Holländer war, fügte er hinzu: »Die Chinesen sind hier bei allen verhasst, bei den Weißen ebenso wie bei den Javanern. Es stimmt ja, sie sind fleißig und klug, aber geldgierig und nur an ihrem eigenen Profit interessiert.« Sie würden sich niemals assimilieren, also wäre es wohl besser, wenn sie gleich und freiwillig gingen, bevor sie ein zweites Jahr 1740 erlebten.

Anna Lisa hatte ohnehin nicht die Absicht, die Kota jemals wieder aufzusuchen und den Glodok schon gar nicht. Sie atmete auf, als die Altstadt mit ihren Kontorhäusern, Speichern und Warenlagern hinter ihnen zurückblieb. Die Kutsche fuhr nun eine gepflegte Straße an einem Flüsschen entlang, dem Moltenvliet-Kanal, der bereits um vieles sauberer wirkte als die stinkenden Grachten. Dann arbeitete sie sich in breiten Serpentinen hangaufwärts zu einer dicht besiedelten Hochebene hinauf und eine vornehme Straße entlang, die von Palmen und Rasenstreifen gesäumt wurde. In den Gärten und um die Häuser war einheimisches Personal am Werk, Gärtner in kurzen, bunten Hosen und mit Turban, Dienstmädchen im farbenfrohen Sarong, aber die Kindermädchen waren Weiße, und auch das höhergestellte Personal schien, soweit sie das beim flüchtigen Vorbeifahren erkennen konnte, ein Import aus der alten Heimat zu sein.

Nach einer Weile kamen sie auf einen großen, viereckigen, von Gebäuden eingeschlossenen Platz, in dessen Mitte ein Standbild des Löwen von Waterloo prangte. An den Platz grenzten Kasernen, ein Gefängnis und eine Zitadelle sowie viele Gebäude, die offenbar die Büros von Militär- und Zivilbehörden beherbergten, denn an den Türen standen Männer in europäischen Uniformen, und durch die Türen strömten elegant gekleidete Europäer hinein und hinaus. Das musste Weltevreden sein, das erste Stadtviertel, das auf der Ebene oberhalb des Sumpfes gebaut worden war.

Der neue Stadtteil konnte es tatsächlich mit jeder europäischen Stadt aufnehmen. Sogar eine Dampftrambahn gab es. Beeindruckt blickte die junge Deutsche auf das von Palmen und Banyan-Bäumen beschattete Gebäude des Concordia Military Club, einen imposanten Marmorbau an der Südseite des Waterloo-Platzes, direkt gegenüber dem Palast des Generalgouverneurs. Hier in Batavia war die weite Welt zu Hause, das spürte man.

Sie fuhren schließlich bei einem mehrstöckigen Gebäude mit ockerfarbener Fassade vorbei, das sich aus einem Kranz im Wind fächelnder Palmen erhob. Die Schrift über dem Eingang kennzeichnete es als »Hotel des Indes«. Der Kutscher hielt sein Gefährt an.

Eine schreckliche Nachricht

Anna Lisa, die inzwischen todmüde war von den neuen Eindrücken und der brütenden Hitze, seufzte zutiefst erleichtert auf, als sie sich nach all der Fremdartigkeit in einer beinahe europäischen Umgebung wiederfand. Nur die Palmen und der reiche Blumenschmuck unterschieden das Hotel des Indes von einem ähnlich vornehmen Etablissement in Hamburg. Bunte Teppiche bedeckten den Boden, lebhaft gemusterte Batikdecken das Doppelbett, über dem ein Moskitonetz hing. Eine schmale Tür führte in ein Badezimmer. Ein richtiges Badezimmer! Am liebsten hätte sie sich sofort in die Wanne gestürzt, aber bereits am Empfang hatte man ihnen mitgeteilt, dass der Abgesandte von Buitenhus auf sie wartete. Also machten sie sich nur rasch frisch und gingen hinunter in den Speisesaal, wo bereits zum Abendessen gedeckt wurde.

Ein hochgewachsener Mann mit dicht gelocktem, hellbraunem Haar und einem zottigen Schnauzbart trat auf die beiden jungen Leute zu und fragte mit einer knappen Verbeugung: »Mijnheer und Mevrouw Vanderheyden?« Für den Verwalter einer reichen Kaffeeplantage sah er ein wenig unzivilisiert aus in seinem Kaki-Reitanzug und den übers Knie reichenden Raulederstiefeln, auch war sein Haar auffallend lang – es fiel ihm beinahe bis auf die Schultern –, aber sein Gesicht war sympathisch und seine Stimme angenehm. Anna Lisa mochte ihn auf Anhieb.

Simeon, dem die strapaziöse Kutschenfahrt schwer zu schaffen gemacht hatte, nickte nur mürrisch und ließ sich mühselig auf einem der geschnitzten Stühle nieder. Ein beflissener Diener brachte sogleich eine Flasche Genever und Gläser und schenkte dem Herrn ein Glas ein. »Ich dachte, Mr. Wolkins würde uns im Hafen abholen!«, beschwerte er sich. »Stattdessen schickt er Sie, einen Herrn, dessen Name mir unbekannt ist …«

Der Schnauzbärtige zögerte einen Augenblick lang. Offensichtlich fiel es ihm nicht leicht, die folgenden Worte über die Lippen zu bringen. Schließlich zog er sich einen Stuhl heran, nahm Platz und sagte mit gedämpfter Stimme: »Ich komme in Vertretung von Mr. Wolkins. Mein Name ist Edgar Zeebrugge. Ich bin sein Nachbar … mein kleines Landgut liegt gleich neben der Kaffeeplantage.«

»Und warum kommt er nicht selbst?«

Zeebrugge griff, ohne zu fragen, nach der Flasche mit dem Genever und schenkte sich ein Glas ein. Er stürzte den scharfen Schnaps hinunter wie Wasser. »Ich habe keine guten Nachrichten für Sie, Mijnheer Vanderheyden. Mr. Wolkins ist tot. Es gab einen Ausbruch von Typhus in unserer Gegend, und er fiel der Krankheit zum Opfer.«

»Und wer leitet jetzt die Plantage?«

»Niemand. Sehen Sie … die Epidemie hat viele Arbeiter dahingerafft, und die Überlebenden sind geflohen, Europäer wie Einheimische. Die Kaffeeernte ist verdorben … Sie wissen, wie empfindlich die Sträucher sind. Die gesamte Plantage ist unter Quarantäne gestellt. Das Gutshaus auch. Sie können dort nicht wohnen.«

Eine gute Minute lang schien es, als hätte Simeon überhaupt nichts von dem Gesagten begriffen. Er saß reglos da, den dunklen Blick nachdenklich auf den Fremden gerichtet, das schöne Gesicht ausdruckslos. Anna Lisa wagte kaum zu atmen. Sie spürte, dass diese unnatürliche Ruhe mit einem Unheil enden musste. Und dann geschah es. Ohne ein Wort zu sprechen, hob Simeon die Hand, in der er das bauchige Geneverglas zwischen Tisch und Mund hielt, und schmetterte das Glas auf die Tischplatte. Scherben flogen, der beißende Alkohol spritzte, und mit ihm Blut – nicht ein paar Tropfen, sondern ein dicker, pulsierender Strahl! Als er in seiner sinnlosen Wut das Glas zerschlug, hatte ein scharfer Splitter die Pulsader durchtrennt.

Simeon schien es nicht wahrzunehmen. Er saß wie versteinert und wäre verblutet, hätte Mijnheer Zeebrugge nicht blitzschnell reagiert. Er riss sein Halstuch herab, legte es als Druckverband um den verletzten Arm und drehte es mit einem Löffelstiel zusammen, bis die Ader abgepresst war. Da kam auch schon der Oberkellner herbeigeeilt, und als er in den Speisesaal rief, ob ein Arzt anwesend sei, sprang am entfernten Ende ein kräftiger, rotbärtiger Mann auf.

Anna Lisa stand ratlos und hilflos daneben, während Zeebrugge und der Doktor sich um ihren Gatten bemühten. Sie schafften den jetzt völlig Apathischen aus dem Speisesaal und hinauf in die Suite des jungen Ehepaars. Pahti und Fräulein Bertram eilten erschrocken aus ihren Zimmern herbei, und Tietjens, die die Gefahr für das Leben ihres Herrn witterte, stieß ein grässliches Jammergeheul aus. Sie wollte sofort an ihn heran und ihn nach Hundeart behandeln, indem sie ihn ableckte. Pahti musste all seine Überredungskunst aufbieten, um sie aus dem Krankenzimmer zu locken.

Als sie Simeon aufs Bett legten, verlor er das Bewusstsein.

Anna Lisa glaubte einen schrecklichen Augenblick lang, er sei gestorben, dann holte sie tief Atem, als der Arzt ihr versicherte, er würde keinen bleibenden Schaden davontragen. Die Schnittwunde konnte mit ein paar Stichen genäht werden und würde in einigen Tagen verheilen. Er hatte bereits nach seinem Gehilfen geschickt, der alles Nötige für die kleine Operation mitbringen würde.

»Verdammt jähzornig, Ihr Herr Gemahl«, sagte er. »Was hat ihn denn so aufgebracht?«

»Ach, nichts«, antwortete Anna Lisa sarkastisch. »Wir haben nur gerade erfahren, dass unsere Kaffeeplantage ruiniert ist, der Verwalter tot, die Arbeiter verschwunden, die Sträucher verdorben und das gesamte Gut wegen Typhus unter Quarantäne gestellt ist.«

Der Arzt blickte betroffen beiseite. »Tja«, murmelte er, »das ist allerdings ein schwerer Schlag.« Anscheinend tat es ihm leid, dass er eine so bissige Bemerkung gemacht hatte, denn er war erleichtert, als sein Gehilfe mit Arztkoffer, Gipsbinden und Ätherflasche erschien, und widmete sich ganz seiner Arbeit. Simeon, der eben anfing, wieder zu sich zu kommen, versank von Neuem in Bewusstlosigkeit, als der Gehilfe ihm ein Tuch aufs Gesicht legte und Äther daraufträufelte.

»Sehen Sie lieber nicht her, Mevrouw«, warnte der Arzt, als er zu Nadel und Faden griff. »Das ist blutige Arbeit. Wollen Sie nicht in Ihr Boudoir gehen? Ich kümmere mich dann um Sie.«

Anna Lisa schüttelte den Kopf. Warum sollte sie weggehen? Wenn Simeon krank war, musste sie bei ihm bleiben. Sie wunderte sich selbst, wie unbeteiligt sie zusah, als der Arzt mit ein paar geschickten Stichen die Wunde vernähte, eine Mullbinde darumwickelte und dann den Gipsverband anlegte, der ein erneutes Aufreißen verhindern sollte.

»Nun, ich gebe ihm ein Schlafmittel, dann liegt er jedenfalls nicht die ganze Nacht wach und grübelt. Wollen Sie auch eines?«

»Nein danke.« Warum eigentlich nicht?, dachte sie im nächsten Augenblick. Wem nützte es denn, wenn sie auf und ab lief wie ein Tiger im Käfig oder sich rastlos im Bett herumwälzte? Aber sie wollte nun einmal nicht. Sie bildete sich ein, Simeon würde etwas Schreckliches zustoßen, wenn sie nicht über ihn wachte, obwohl der Arzt versprach, er würde tief und fest schlafen.

Der Mediziner bemerkte: »Ich will mich nicht in persönliche Dinge einmischen, aber unter den gegebenen Umständen und bei der schlechten Gesundheit Ihres Gatten ... Wenn Sie nach Deutschland oder Holland zurückkehren wollen, sollten Sie gleich buchen, damit die Anne-Kathrin Sie auf der Rückfahrt wieder mitnimmt.«

»Das muss Simeon entscheiden.«

»Und falls Sie länger in Java bleiben, Mevrouw«, fügte er hinzu, »sollte Ihr Gatte sich vor seinem Temperament in Acht nehmen. In den Tropen kann ein Wutanfall seinen Tod bedeuten. Sein Gehirn kann bersten wie eine überreife Frucht. Wenn man in diesem Höllenklima überleben will, muss man eines lernen: viel zu schlafen, in Ruhe zu arbeiten, sich über nichts aufzuregen.« Er kramte in seiner Tasche herum und legte eine Schachtel Zigaretten auf den Tisch – kleinfingerlange, silbergraue Stumpen, die einen süßlich würzigen Geruch ausströmten, obwohl sie gar nicht angezündet waren. »Das wird ihm helfen. Es beruhigt die Nerven, und nichts brauchen Sie in diesem Land dringlicher als ruhige Nerven. Ich sehe morgen noch einmal nach ihm.«

Er verschwand und ließ die junge Frau bei ihrem kranken Mann zurück.

Edgar Zeebrugge hatte sich diskret in einen Winkel des Zimmers zurückgezogen, während der Doktor seine Arbeit getan hatte. Jetzt trat er wieder hervor. »Soll ich Sie allein lassen und morgen wiederkommen, Frau Vanderheyden, oder ...« Jetzt, da er mit ihr allein war, sprach er sie auf Deutsch an, das ihm ebenso fließend über die Lippen kam wie zuvor das Holländische.

»Nein, bitte bleiben Sie.« Anna Lisa wies mit zitternder Hand auf einen Sessel. »Ich muss wissen, was geschehen ist.« Jetzt erst fühlte sie, wie der Schrecken von ihr Besitz ergriff. Sie fror wie im tiefsten Winter, ihre Knie wackelten so heftig, dass sie sich rasch auf den Bettrand setzte, um nicht am Ende noch umzukippen. Mit einem schwachen Lächeln fügte sie hinzu: »Ich glaube, ich habe das alles noch gar nicht richtig begriffen.«

Zeebrugge nickte. Er klingelte nach dem Kellner und orderte Genever für sich und Eiswasser mit Limettensaft für die Dame. Er fragte, ob er rauchen dürfte, und auf das zustimmende Nicken der jungen Frau hin entnahm er seinem Etui eine dicke, in zerknittertes, gelbliches Papier gerollte Zigarette, deren Äußeres Schlimmes ahnen ließ, was ihren Geruch anging. Tatsächlich erfüllte sie den Raum mit einem exotischen Aroma, das an gedörrten und auf kleiner Flamme gerösteten Kameldung erinnerte.

Dann setzte er sich und begann zu berichten. »Sie können die Ereignisse im *Java-Bode* und den Lokalzeitungen nachlesen. Vor etwa einem Monat kam es zu einem örtlich begrenzten Ausbruch von Typhus in dem Gebiet um die Kaffeeplantage. Das ist hier nichts Ungewöhnliches, wir haben ständig mit der Seuche zu kämpfen. Es liegt am Wasser. Die Einheimischen trinken bedenkenlos aus denselben Bächen und Tümpeln, in denen sie ihre Wäsche waschen und sogar ihre Notdurft verrichten, und selbst viele Brunnen der Europäer sind unsauber. Ein unbedachter Schluck von nicht abgekochtem Wasser genügt, dass man von Malaria, Ruhr, Typhus oder Bandwürmern befallen wird. So passierte es eben auch auf Vanderheydens Plantage. Wolkins war einer der Ersten, die starben, und mit seinem Tod brach das Chaos aus. Die Arbeiter flüchteten nach allen Richtungen. Niemand kümmerte sich um die Pflanzung, und Ihr Gatte hat Ihnen gewiss gesagt, dass Kaffeesträucher sehr empfindlich sind; wenn sie nicht ständig gepflegt werden, verderben sie. Sie hätten die Ernte allerdings ohnehin nicht verkaufen können, weil sie aus einem Seuchengebiet stammt.«

Anna Lisa nickte. »Haben Sie Herrn Vanderheyden – ich meine den alten Herrn – informiert?«

»Nein, so gut standen wir nicht miteinander, aber seine Bank weiß Bescheid und wird ihm sicherlich ein Telegramm geschickt haben. Ich habe allerdings zwei meiner Männer vor dem Tor Ihrer Plantage postiert, damit wenigstens nicht geplündert wird – obwohl ich annehme, dass das scheußliche Schreckgespenst des Typhus ein besserer Torwächter ist als selbst meine bewaffneten Burschen.«

Als Anna Lisa nicht antwortete, fuhr er fort: »Sie werden jetzt vermutlich abwarten wollen, bis Ihr Gatte wieder gesund ist ... Ich sah übrigens, dass er gehbehindert ist?«

»Ja ...« Sie brach in Gelächter aus – ein Gelächter, das rasch in ein Schluchzen überging. »Uns ist mitten in den Hochzeitsfeierlichkeiten eine Dekoration auf den Kopf gefallen, und er ist die Treppe hinuntergestürzt und hat sich das Bein verstaucht. Und jetzt das auch noch ... Ein bisschen viel Pech, nicht wahr?« Mit aller Kraft zwang sie die Tränen zurück und wischte sich die Augen ab. »Wie weit ist es denn von hier bis zu der Plantage?«

»Etwa zwei Stunden zu Pferd. Allerdings glaube ich nicht, dass Ihr Gatte imstande wäre …«

»Natürlich nicht. Aber ich kann reiten.«

Er blickte sie überrascht an. »Sie wollen … Das ist ungewöhnlich, gnädige Frau.«

»Warum? Ich habe eigens reiten gelernt, weil man mir sagte, dass man hier sehr viel im Sattel sitzt.«

»Das stimmt natürlich, ja …« Zögernd fügte er hinzu: »Für die Gattin oder Tochter eines alt eingesessenen Pflanzers wäre es nicht ungewöhnlich, aber Sie sind eben erst aus Deutschland angekommen, und Sie sind so jung und so … so mädchenhaft.«

Püppchen. Das Blut stieg ihr heiß in die Wangen. Wenn die Damen der Kolonialherren durch den Dschungel reiten konnten, warum sollte sie es nicht können?

In steifem, fast feindseligem Ton antwortete sie: »Wenn das alles so ist, wie Sie mir eben berichteten, Mijnheer Zeebrugge, dann werden wir in den nächsten Tagen sehr schwerwiegende Entscheidungen treffen müssen. Mein Mann ist krank, und ich weiß nicht, wann er wieder imstande sein wird zu reiten. Also muss eben ich in die Bresche springen, wer sonst? Zwei Stunden Weges zu Pferd werde ich wohl schaffen. Ist es gefährlich, sich der Plantage zu nähern?«

»Nein, nur hineingehen dürfen Sie nicht, vor allem nicht ins Gutshaus oder die Baracken der Arbeiter, da alles von den Kranken und Toten verschmutzt ist. Man kann einen kleinen Hügel hinaufreiten, von dem man einen schönen Blick über die gesamte Anlage hat. Das müsste Ihnen fürs Erste genügen.«

Sie nickte. Eine jähe, bleierne Müdigkeit überkam sie. »Mijnheer Zeebrugge, ich danke Ihnen ganz herzlich, dass Sie sich die Mühe gemacht haben, uns diese Nachricht zu überbringen. Wollen wir uns morgen um acht Uhr zum Frühstück treffen?

Hier im Hotel? Übrigens ... falls Sie unseretwegen Auslagen hatten ...«

Er wehrte ab. »Nein, ein so armer Mann bin ich nicht, dass Sie meine Auslagen übernehmen müssten. Vielleicht bin ich ja auch sehr selbstsüchtig darin, dass ich Ihnen zu Hilfe gekommen bin.«

Mit diesem kryptischen Satz verabschiedete er sich.

Die Anne-Kathrin hatte auf ihrer Fahrt nach Java noch nicht einmal Padang erreicht gehabt, als Bartimäus Vanderheyden die niederschmetternde Nachricht erhalten hatte – per Telegramm der Nachrichtenagentur Reuter von der Königlich-Niederländischen Bank in Batavia, die sein Vermögen vor Ort verwaltete. Er musste sich setzen, denn seine Knie wurden plötzlich weich, und die Buchstaben verschwammen ihm vor den Augen. Mit zitternder Hand klingelte er dem Diener und befahl, Godfrid zu ihm zu schicken.

Der junge Mann erschien prompt. Ein Ausdruck des Erschreckens zog über sein sonst so ausdrucksloses, breites, lehmig bleiches Gesicht, als er den Vater mit verkniffenen Zügen dasitzen sah, seltsam zusammengeschrumpft, als hätte die Wucht der Nachricht ihn körperlich niedergedrückt. »Was gibt es?«, fragte er heiser.

»Lies.« Bartimäus reichte ihm das Telegramm.

Godfrid las. Auch er brauchte eine gute Minute, bis er sich wieder gefasst hatte. »Das sind schlimme Nachrichten«, sagte er. »Was wirst du tun?«

»Was soll ich schon tun? Du musst hinfahren. Die Quarantäne kann nicht auf ewig verhängt werden. Sobald die Plantage wieder freigegeben wird, musst du dort alles in Ordnung bringen.«

Der junge Mann antwortete nicht gleich. Widerstreitende Gefühle tobten in ihm, die er sich freilich äußerlich nicht anmerken ließ. Einerseits bedeutete dieser Auftrag seines Vaters einen gewaltigen Vertrauensbeweis. Andererseits widerstrebte ihm der Gedanke, nach Java zu reisen. Er war zwar noch nie dort gewesen, aber aus den Berichten der Kapitäne und Händler hatte er sich sein eigenes Bild von der Insel gemacht. Es war ein verrottetes Volk, das dort hauste. Die Europäer waren, auch wenn Godfrid das nie laut gesagt hätte, der Abschaum ihrer Rasse, Leute, die schon wussten, warum sie sich im Dschungel versteckten. Und der Rest war aus aller Welt zusammengelaufenes Gesindel, braune Kaffern, fette Araber und jede Menge schlitzäugige Zitronengesichter, hinter deren ewig lächelnden Visagen sich die tödliche Macht ihrer Geheimbünde verbarg. Und aufsässig waren die Farbigen dort! Noch vor zehn Jahren war alles anders gewesen. Da waren Herren noch Herren, und was die Herren taten, war rechtens gewesen, das hatten die Eingeborenen akzeptiert. Aber jetzt, wo jeder Kaffer, der einen Anzug trug und ein paar Worte Holländisch sprach, sich für einen Mijnheer hielt, wurden sie frech und verlangten, dass Weiße und Farbige gleich behandelt wurden – als hätte Gott nicht gewusst, was er tat, als er unterschiedliche Rassen erschuf!

Aber wie Godfrid Brägens keine Rücksicht auf die Gefühle anderer Menschen nahm, so nahm er auch keine Rücksicht auf seine eigenen. Mochte ihm das Land und seine Menschen auch zuwider sein, das Schicksal der Firma stand auf dem Spiel. Jetzt, wo der Alte praktisch alles in seine Hände legte, konnte er nicht kneifen. Und außerdem hatte er noch eine ganz private Sorge: Was würde seine Mutter tun, wenn sie von Henry Wolkins' Tod erfuhr? Es war ihr glatt zuzutrauen, dass sie den

Typhustod des Verwalters als freundliches Vorzeichen sah, als Ermunterung, ihren eigenen Plan auszuführen und das junge Ehepaar alsbald aus dem Weg zu räumen!

»Wenn du mir schon einmal die entsprechenden Vollmachten ausstellst, lasse ich eine Passage auf dem nächsten Dampfer buchen«, sagte er.

Bartimäus richtete sich auf. Die Last auf seinen Schultern war leichter geworden. »Mein guter Sohn«, sagte er mit rauer Stimme. Nie hatte mehr ehrliche Zärtlichkeit in seinen Worten gelegen.

Godfrid spürte die Wärme und genoss sie, aber wie immer waren seine Gedanken beim Praktischen. »Und Simeon?«, fragte er. »Sobald er in Java landet, wird er davon erfahren. Was dann? Was wird er tun?«

»Was soll er tun? Er hat doch keine Ahnung von Geschäften. Aber sei unbesorgt, ich werde der Bank auf der Stelle ein Telegramm schicken, dass du allein die Vollmacht hast, irgendwelche Entscheidungen zu treffen. Sie sollen Simeon und seiner Frau eine Schiffskarte für die Rückfahrt kaufen und basta.«

Godfrid machte sich also umgehend auf den Weg nach Java, aber seine Reise stand von Anfang an unter einem schlechten Stern. In London blieb der Dampfer Meerschwalbe, auf dem er reiste, eine Woche lang wegen Maschinenschadens im Hafen liegen. Vor Gibraltar tobten zwischen den Säulen des Herakles so heftige Stürme, dass der Kapitän mehrere Tage lang zögerte, das gewaltige Schiff durch die enge Passage zu manövrieren. Und als sie schließlich Bombay erreichten, schien dort erst einmal Endstation zu sein: Ein paar Fälle von heftigem Brechdurchfall an Bord erweckten bei den Hafenbehörden den Verdacht, es könnte sich um Cholera handeln, da kurz zuvor ein türkisches Schiff wegen derselben Krankheit in Quarantäne gelegt worden war, und die Meerschwalbe blieb auf vorerst unbestimmte Zeit im Sperrbezirk liegen. Er musste damit rechnen, dass es bereits spät im August sein würde, bis er endlich die Insel erreichte – und auch das nur, wenn nicht noch weiteres Unheil hinzukam.

Auch Elmer Lobrecht, der stets ein Auge auf seine Kunden hatte, erfuhr durch die Nachrichtenagentur Reuter von dem Unheil, das Vanderheydens Plantage betroffen hatte, und er machte sich Sorgen. Auf der Stelle rief er seine Söhne zusammen.

»Vanderheyden kann ja nichts dafür, wenn Typhus ausbricht, sein Verwalter stirbt und die Arbeiter die Plantage verlassen«, erklärte er ihnen. »Dennoch würde ich sagen: So haben wir nicht gewettet. Was da den Bach hinuntergeht, ist ein Teil von Simeons Erbe und damit auch der Besitz eurer Schwester. Ich habe einen geschäftlich unfähigen Schwiegersohn akzeptiert, weil ich mich darauf verlassen habe, dass er mit den Geschäften nie etwas zu tun haben wird. Jetzt steht er da unten im Dschungel und muss mit einer Sache zurechtkommen, die ihm jetzt schon weit über den Kopf wächst.«

»Wird sich sein Vater nicht ohnehin darum kümmern, dass ihm das Erbe erhalten bleibt?«, fragte Thorben, der mittlere Sohn. »Ich meine, das wäre doch das Natürlichste von der Welt; es liegt ja auch in seinem eigenen Interesse.«

»Da bin ich mir nicht so sicher«, mischte sich Carl Gustav ein, der den Schwiegervater seiner Schwester von Anfang an mit Misstrauen betrachtet hatte. »Natürlich ist dem Mijnheer daran gelegen, die Plantage so rasch wie möglich wieder auf die Beine zu bringen. Aber ich denke, er wird die Gelegenheit nutzen, alles seinem Bastard zuzuschanzen und Simeon aus dem Spiel zu werfen. Ich mag den seltsamen Gesellen nicht, aber er ist der Mann meiner Schwester, und wenn er bankrottgeht, ist Anna Lisa die Erste, die darunter leidet.«

Elmer nickte. Wie immer war er sehr zufrieden mit seinem ältesten Sohn.

»Das Problem ist«, fuhr Carl Gustav fort, »dass Simeon keine offizielle Vollmacht seines Vaters hat, die Plantage zu leiten, er sollte ja gewissermaßen nur Gast dort sein und dem Verwalter zusehen, wie der die Sache deichselt. Godfrid aber wird eine Vollmacht haben – das muss er sogar; vor dem Gesetz ist er schließlich nur ein Angestellter. Wir müssen unter allen Umständen verhindern, dass der Bursche dort unten auftaucht, alles abräumt und die Plantage kassiert.«

Der Reeder nickte. »Ich werde auf der Stelle ein Telegramm an den deutschen Konsul und unseren Kontaktmann bei der deutschen Bank in Batavia senden, dass wir bei allen Verfügungen über die Plantage auch ein Wörtchen mitzureden haben.«

Edgar Zeebrugge schlief nur wenig in dieser Nacht. Die Dinge hatten sich auf eine Weise entwickelt, mit der er nicht gerechnet hatte. Er hatte es auf sich genommen, die jungen Vanderheydens von der Katastrophe zu unterrichten, weil er neugierig auf die zukünftigen Nachbarn war und weil er ihnen nicht zumuten wollte, dass sie plötzlich mitten in der Wildnis vor einem Haus mit einer Pestflagge standen und nicht weiterwussten. Danach, so hatte er sich vorgenommen, würde er zurückreiten auf sein bescheidenes Landgut und in Ruhe abwarten, wie die Bekanntschaft sich weiterentwickelte.

Jetzt lag er in seinem Bett und konnte an nichts anderes denken als an die wunderschöne junge Frau, diese frische, unberührte deutsche Blume, die so unversehens in das tödliche

Klima der Tropen verpflanzt worden war. Dass sie hübsch war, das hatte ihm der Nachbarschaftsklatsch schon lange vor ihrer Ankunft zugetragen, aber »hübsch« nannte man schnell einmal ein Mädchen, und meistens hieß das nichts anderes, als dass man sich mit ihr blicken lassen konnte. Aber sie! Immer wieder versenkte er sich in die Erinnerung an ihr bernsteinfarben im Lampenlicht schimmerndes Haar, ihre langbewimperten Augen, den lebhaft roten Mund, der ganz ohne Schminke auskam.

Und ihr Mann – ein Krüppel! Gewiss, ein verstauchtes Bein war lästig und langwierig, aber es heilte auch wieder. Es waren die anderen Gerüchte, die er über Simeon Vanderheyden gehört hatte und die ihre Bestätigung gefunden hatten in diesem selbstzerstörerischen, unsinnigen Wutanfall, dessen Zeuge er geworden war. Als der Arzt die Schnittwunde nähte, hatte er die vielen feinen weißen Narben auf der Innenseite seiner Arme gesehen. Der junge Mann geriet nach seiner Mutter, kein Zweifel. Vielleicht war er bereits auf dem schlimmsten Wege, demselben schleichenden Wahnsinn zu verfallen wie sie. Was sollte dann aus der Frau werden?

Edgar Zeebrugge war nie verheiratet gewesen, aber durchaus nicht unerfahren, was Frauen anging. Er hatte gute Freundinnen, und er hatte Mätressen gehabt, aber im Grunde hatte er dem schönen Geschlecht immer skeptisch gegenübergestanden. Frauen waren in seinem Leben ein Zierrat wie eine Vase frischer Blumen auf dem Tisch, eine Freude für die Sinne, ein Schmuck fürs Heim, aber nicht unbedingt notwendig. Jetzt hatte er das Gefühl, dass er zum ersten Mal einer begegnet war, die ihm alles hätte bedeuten können, wäre er zwanzig Jahre jünger gewesen. Aber erstens war er schon lange nicht mehr der attraktive Jüngling, der er einst gewesen war, bevor all das

Unheil über ihn hereingebrochen war, und zweitens hatte er deutlich bemerkt – und einen Stich der Eifersucht dabei empfunden –, wie zärtlich sie ihren Mann liebte. Er hatte jede ihrer Bewegungen, jeden ihrer Blicke beobachtet. Wie ihre Augen an den Lippen ihres Gatten hingen, wenn er sprach! Wie beflissen sie war, ihm in Kleinigkeiten zu Diensten zu sein! Kein Zweifel, sie liebte ihn. Frauen, dachte er voll Bitterkeit, ging es immer nur um ein schönes Gesicht. Und wenn ihnen der Mann dann auch noch leidtat ... Ein seltsames Geschlecht war das! Einem Mann wurde eine kränkelnde, hilflose und abhängige Frau bald lästig. Auf Frauen dagegen schien ein gebrechlicher Mann eine ganz besondere Anziehungskraft auszuüben. Wie flink die Schöne sich gebückt hatte, als Simeon die Serviette zu Boden gefallen war! Wie eifrig sie aufgesprungen war, um eine Karaffe mit frischem Eiswasser vom Sideboard zu holen! Und welche Sorgen sie sich machte um diesen jähzornigen Dummkopf, der nur selbst daran schuld war, dass er jetzt Schmerzen und einen Gipsverband hatte!

Edgar war ein aufrichtiger Mann, auch sich selbst gegenüber. Er machte sich keine Illusionen darüber, dass er ein verwitterter und verbitterter Sonderling war, wahrscheinlich eine Vaterfigur in den Augen der jungen Schönheit. Sie würde sich niemals für ihn interessieren, auch wenn sie nicht die frisch angetraute Frau eines anderen gewesen wäre. Nein, dass sie ihn bezauberte, das wollte und musste er für sich behalten. Aber beistehen konnte er ihr in der schwierigen Situation, in die das Unheil der Plantage und der selbstzerstörerische Wutanfall ihres Gatten sie gebracht hatten. Er würde ihr über die nächsten Tage hinweghelfen und dann zusehen, dass sie mit dem nächsten Dampfer in den sicheren Hafen Deutschland zurückkehrte. Hier in Java durfte sie nicht bleiben, ihr kranker Mann würde nie in der Lage sein, den Karren aus dem Dreck zu ziehen, und in der verfahrenen Situation hatte die kleine Frau nichts zu erwarten als Ärger, Schrecken und Gefahren. Er schlief ein und versank in Träumen, in denen Anna Lisa Vanderheyden die Hauptrolle spielte.

Anna Lisa hatte nicht erwartet, dass sie auch nur ein Auge zutun würde, aber der Schock hatte gerade die umgekehrte Wirkung auf sie. Sie schlief wie ein Stein. Hätte Fräulein Bertram sie nicht geweckt, so hätte sie sogar das Treffen mit Mijnheer Zeebrugge verschlafen. In aller Eile wusch sie sich, kleidete sich an und frisierte sich. Fräulein Bertram würde sie begleiten. Die ehemalige Missionshelferin war gut zu Pferde, und es gehörte sich nun einmal nicht, dass eine junge Ehefrau allein mit fremden Männern in die Wildnis ritt.

Sie eilte ins Schlafzimmer, um sich von Simeon zu verabschieden, aber er reagierte kaum auf ihre Worte und ihren Kuss. Die Augen weit offen, den Blick starr an die Decke gerichtet, lag er im Bett und streichelte unablässig mit den Fingern der Linken über den Gips an der rechten Hand, als versuchte er vergeblich zu verstehen, was ihm da widerfahren war. Entweder hatte der rotbärtige Doktor ihm ein mörderisch starkes Schlafmittel verabreicht, oder der plötzliche Zusammenbruch aller Pläne hatte ihn nahezu gelähmt. Wie auch immer, sie musste jetzt los!

Edgar Zeebrugge saß bereits im Frühstückssalon des Hotel des Indes und wartete auf sie. Bei ihrem Eintreten stand er höflich auf und verneigte sich, dann setzte er sich wieder. »Es wird Ihnen jetzt vielleicht nicht nach Frühstück zumute sein«, sagte er, »aber ich rate Ihnen dennoch: essen Sie. Wir haben einen anstrengenden Ritt vor uns, und mit leerem Magen wird Ihnen schwindlig werden.« Die Europäer, sagte er, aßen morgens und abends reichlich und ließen dafür das Mittagessen aus, das einem in der dumpfen Schwüle des Mittags ohnehin nur bleischwer im Magen lag.

Anna Lisa gehorchte bereitwillig. Trotz ihrer Kümmernisse konnte sie sich den Verlockungen nicht entziehen, die sie umgaben. Im Hintergrund, an der geflochtenen Wand des Speisesaals, war das Büfett aufgebaut, und von dort schwebte ein Bouquet der aufregendsten Wohlgerüche herüber. In Bambusschalen und auf Bananenblättern türmten sich die Köstlichkeiten der javanischen Küche: Nudelsuppe, gebratenes Büffelfleisch, Huhn und Fisch, Reis mit Gemüse und Reis mit Rosinen, eingelegter saurer Salat sowie Obst, Kuchen und gebackene Bananen.

Zeebrugge unterstützte sie bei ihrer Auswahl mit Empfehlungen. »Am besten, Sie machen es nach Landessitte und probieren von allem ein wenig. In Java isst man keine kompletten Mahlzeiten, sondern nascht den ganzen Tag. Ein Schälchen Nudelsuppe, ein Schnitz gedünstetes Gemüse, eine gegrillte Garnele, ein paar Löffel Reis, so geht das in einem fort. Deshalb sind die Leute hier auch so schlank und agil; Sie werden kaum einen fetten Javaner sehen.«

Er geleitete sie das Büfett entlang und erklärte ihr die Speisen, die sie nicht kannte. Das meiste war ihr vertraut, Reis, Huhn, Fisch, Gemüse. Aber mitten auf dem Tisch dampfte eine Terrine mit einer seltsam riechenden, pechschwarzen Suppe, von der sie lieber nicht kosten wollte. Zeebrugge hatte ihren Blick bemerkt und lachte. »Lassen Sie sich nicht von der Farbe abschrecken! Das ist Rawon, ein hiesiges Nationalgericht – Fleischsuppe mit einem besonderen Gewürz, Keluak, das man nur hier kennt. Nach einem langen, ermüdenden Ritt gibt es nichts Besseres als Rawon; sofort fühlt man sich wieder frisch und tatkräftig. Übrigens auch nach einer durchzechten Nacht, aber das betrifft eine junge Dame natürlich nicht. Und natürlich müssen Sie Kaffee trinken. Vielleicht auch einen Schluck Genever?«

Sie sah entsetzt auf. »Schnaps zum Frühstück? Mein Herr! Was sollen die Leute von mir denken?«

»Dass Sie eine sehr vernünftige Frau sind. Genever ist eines der vier Dinge, die die Holländer in den Tropen für unverzichtbar halten. Die drei übrigen sind ihre reformierte Bibel, Chinin und Kretek.«

Was Chinin war, wusste die junge Deutsche. Seit die Gräfin von Chinchón, Frau des Vizekönigs der spanischen Kolonien, durch das Rindenpulver des Chinarindenbaumes von der Malaria geheilt worden war, galt das widerlich bitter schmeckende Mehl als Universalheilmittel gegen alles, was einen in den Tropen befallen konnte. Aber Kretek? Davon hatte sie noch nie gehört.

»Das ist eine hierorts sehr beliebte Tabaksorte, der Opium, Cannabis, Bilsenkraut und Schierling beigemischt werden. Man bekommt sie bei Ärzten und Apothekern. Als ›indische Zigarette‹ oder ›Nelkenzigarette‹ wird diese Mischung gegen Lungenleiden und Schlafstörungen, aber auch zur allgemeinen Entspannung verschrieben. Ihrem Mann würden sie gewiss guttun, da hatte der Doktor recht.«

»Aber Bilsenkraut und Schierling sind giftig!«

»Opium, Cannabis und Tabak auch. Trotzdem rauchen viele Pflanzer hier das Zeug den ganzen Tag und fühlen sich wohl dabei.«

Anna Lisa dachte daran, was Simeon ihr über Kaffee und Waldmeister erzählt hatte. Gift, wohin man blickte! Dennoch trank sie mit Genuss die Schale wirklich exzellenten schwarzen Kaffees, die Edgar Zeebrugge ihr zuvorkommend einschenkte. Es stimmte, was sie gehört hatte: Auf Java braute man den besten Kaffee der Welt. Sie widersetzte sich auch nicht, als er ihr ein großes Glas Eiswasser mit Limettensaft, Chinin und einem Schuss Genever mischte. Bei den häufig verschimmelten Lebensmitteln und dem allgegenwärtig schleichenden Fieber, erklärte er, war es am klügsten, sich rundum abzusichern. »Ich selber halte es wie die Einheimischen mit rotem Chili«, sagte er. »Sie schützen vor allen Infektionen, vor Fieber und verdorbenem Magen, auch wenn man nach dem Essen Feuer speit und Flammen furzt – Verzeihung. Sie müssen mir einiges nachsehen. Ich bin in meiner Einsamkeit verwildert.«

Anna Lisa fuhr der Gedanke durch den Kopf, was wohl einen so attraktiven und charmanten Mann in der Einsamkeit festhielt, aber dann wandte sie sich wieder ihren eigenen drängenden Sorgen zu. Sie verließen das Hotel, vor dem ein Stallbursche mit Edgar Zeebrugges behäbiger Stute und zwei Mietpferden für die Damen wartete. Fräulein Bertram, die im Speiseraum für Personal gefrühstückt hatte, saß bereits im Sattel.

Anna Lisa setzte den Fuß in den Steigbügel und schwang sich, unbekümmert um ihre voluminösen Röcke aus raschelndem Crêpe de Chine, leicht und elegant auf den Rücken des Mietpferdes. Sie gab sich, als wäre sie immer schon geritten, aber sie war sehr dankbar, dass ihr Pferd eine schwerfällige, matronenhafte Apfelschimmelstute war, die ganz sicher einen Schuss Jütländer im Blut hatte, so riesenhaft waren ihre Hufe. Sie merkte sofort, dass sie es mit einem Tier zu tun hatte, das nichts aus dem Gleichgewicht brachte. Wenigstens würde sie zu all ihren Sorgen nicht auch noch aus dem Sattel geworfen werden!

Sie ritten gemächlich bis an den Rand des Waterlooplein. Zeebrugge zeigte und erklärte ihr die zahlreichen Gebäude, die sich um den riesigen Platz gruppierten. Außer dem Regierungsgebäude mit dem Sitz des Rates von Indien und den Büros der meisten Zivil- und Militärbehörden lagen hier das Arsenal, die Artillerieschule, das Hospital für christliche Einwohner – für nichtchristliche waren das »Stads Verband« und das chinesische Krankenhaus bestimmt –, die Kasernen, das Gefängnis für Europäer, ein Theater und die 1837 gebaute Zitadelle Frederik Hendrik. Dann verließen sie die Stadt.

Anfangs war die Straße, die sie entlangritten, noch sorgfältig geglättet. Gepflegte Bäume überschatteten sie, quer verlaufende Rinnen leiteten das bei Regen von den Berghängen strömende Wasser ab. An Bäumen und Pfosten klebten wie eine Girlande fröhlicher Wimpel bunte Reklamen. Doch je höher die Straße sich in die Berge hinaufwand, desto abenteuerlicher wurde der Ritt. Die Luft um sie herum summte von Insekten, und immer wieder flatterte Anna Lisa ein handgroßer Schmetterling ins Gesicht. Auf Herrn Zeebrugges Rat hin schlug sie den langen, bis über die Schultern fallenden Schleier an ihrem Hut herunter, um sich vor den Myriaden lästiger Insekten zu schützen, die von Staubkorngröße bis zu faustdicken Brummern in der feuchten Schwüle zwischen den Bäumen tanzten. Bald rückten Büsche und Bäume von beiden Seiten immer näher an den Weg heran, bis die kräftigen Hinterteile der Pferde bei jedem Schritt das Grün beiseitestreiften. Die mächtigen Schirme der Palmwedel hielten die Morgensonne von ihnen ab, sodass sie in einem sanften, grünlichen Dämmerlicht dahinritten. Immer tiefer drangen sie in den Dschungel ein, der sie heiß und dampfend umgab. Einmal hielt Anna Lisa erschrocken ihr Pferd an, weil ein Tier, das einem großen, braunen Schwein mit ungewöhnlich langer Schnauze ähnelte, gemächlich den Weg kreuzte – ein Tapir, wie Edgar Zeebrugge erklärte.

Die junge Frau überkam ein Gefühl ängstlicher Beklemmung, als sich der feucht-heiße Dschungel mit seiner bizarren Symphonie von Geräuschen zu beiden Seiten dicht an den Pfad herandrängte. Immerhin befanden sie sich hier ja nicht mitten in der tiefsten Wildnis, sondern noch keine Dreiviertelstunde vom Waterlooplein mit all seinen europäischen Häusern entfernt! Sie fragte ihren Begleiter, und er bestätigte ihr, was schon Dr. Semmelbrod über die Pflanzungen gesagt hatte: In der fruchtbaren Lavaerde wuchs alles doppelt und dreifach und mit einer geradezu beängstigenden Geschwindigkeit. Man konnte förmlich zusehen, wie die Ranken über den Pfad griffen und sich die fette Vegetation aus dem Boden emporschlängelte. Wo eben noch ein gut ausgetretener Pfad gewesen war, spannte sich im nächsten Augenblick ein undurchdringliches grünes Netz. Die Pflanzer, so erklärte er ihr, mussten ständig Arbeitertrupps aussenden, denn was nicht mindestens einmal in der Woche mit der Machete abgehauen wurde, überwucherte die Wege wie die Dornenranken Dornröschens Schloss.

»Wie lange leben Sie schon hier, Mijnheer Zeebrugge?«, fragte Anna Lisa ihren Begleiter. Es war eine vorsichtige Umformulierung der Frage: Wie lange hält man es hier aus?

»Etwa achtzehn Jahre.«

»Achtzehn Jahre! Da müssen Sie ja als ganz junger Mann hierhergekommen sein? Und Sie sind auch Pflanzer?«

»Ein bisschen. Ursprünglich war ich Kolonialbeamter, aber die Bürokratie liegt mir nicht und die holländische Bürokratie schon gar nicht.« Ein bitterer Zug verkrampfte seinen Mund.

»Also habe ich den Dienst quittiert und mich zurückgezogen, bebaue mein kleines Landstück und bin im Übrigen eine Art Agent für alle möglichen Verhandlungen und Vermittlungen.« Dann, als sei ihm das Thema plötzlich unangenehm, wechselte er rasch zu einer Frage. »Kannten Sie Herrn Wolkins?«

»Nein. Mein Mann kannte ihn auch nur vom Hörensagen. Ich glaube zudem nicht, dass er sich darauf freute, ihn kennenzulernen.«

Zeebrugge lächelte sarkastisch unter seinem zottigen Schnurrbart. »Henry Wolkins war ein Ekel, wenn Sie mir die Bemerkung erlauben. Ein überaus tüchtiger Verwalter, das muss man ihm lassen, aber darüber hinaus weiß ich wenig Angenehmes über ihn zu sagen. Es ging ja auch sofort das Gerücht um, er sei gar nicht an Typhus gestorben, sondern vergiftet worden. Irgendjemand hätte sich den Ausbruch der Seuche zunutze gemacht, um ihn aus dem Wege zu schaffen. Ich glaube das nicht, aber andererseits würde es mich nicht wundern, wenn es doch so gewesen wäre. Seine Angestellten und Arbeiter hassten ihn, Europäer und Einheimische gleichermaßen. Sie blieben nur bei ihm, weil er Zuckerbrot und Peitsche im steten Wechsel sehr geschickt zu handhaben wusste.« Er begann erneut mit einem anderen Thema. »Werden Sie jetzt überhaupt in Java bleiben?«

»Das ist eine Entscheidung, die Simeon treffen muss.« Was sonst hätte sie sagen sollen? Er war der Statthalter seines Vaters und der Herr ihrer Ehe. Aber zugleich dachte sie an den fast gehunfähigen Mann, der mit glasigen Augen im Bett lag und die Wunde liebkoste, die er sich in seinem Jähzorn selbst zugefügt hatte. Plötzlich hatte sie Elsas brüchige Stimme im Ohr: »Alles an ihm ist krank. Sein Körper, sein Verstand, seine Seele. Das ist nicht seine Schuld, und Sie dürfen es ihm nicht anrechnen, aber stellen Sie sich je eher, desto besser darauf ein, dass er sich auf Ihren Arm stützen wird, nicht Sie auf den seinen.«

Ja, wenn sie einen Mann wie Dr. Lutter an ihrer Seite gehabt hätte oder auch einen wie Edgar Zeebrugge, dann wäre ihr die ganze Situation weniger hoffnungslos erschienen. Ihr Blick flitzte unter gesenkten Lidern zu dem Reiter an ihrer Seite hinüber. Sein langlockiges Haar, der buschige Schnauzer und Kinnbart und die grobe Kleidung verrieten, dass er sich selten in städtischer Gesellschaft aufhielt. Wahrscheinlich, dachte sie mit einem Lächeln, war das, was er jetzt anhatte, seine Sonntagskleidung!

»Natürlich«, fügte sie hinzu, »könnten wir wieder zurückfahren, nachdem hier alles in Trümmern liegt, aber ...« Von jäher Bitterkeit überkommen, stieß sie hervor: »Sein Vater wird es *ihm* wahrscheinlich zum Vorwurf machen, dass hier der Typhus ausgebrochen ist!«

Zu ihrer Überraschung reagierte Zeebrugge mit einem rauen Lachen und der Bemerkung: »Ja, das kann ich mir vorstellen.« Und angesichts ihres verblüfften Gesichtsausdrucks fuhr er fort: »Liebe junge Frau, die Missstimmung in der Familie Vanderheyden ist hier allgemein bekannt. Man weiß, dass der alte Herr seinen legitimen Sohn hasst und verachtet und die Plantage viel lieber dem Bastard geben würde, der wahrscheinlich auch mehr damit anzufangen wüsste; er soll ja ein sehr tüchtiger Bursche sein.«

»Wie! Das alles weiß man hier, Tausende Meilen von Amsterdam entfernt?«

»Ja. Ich warne Sie: Sie sind hier in ein Klatschnest übelster Sorte geraten. Man wartet seit Wochen begierig auf Ihre Ankunft, man rieb sich bereits die Hände bei dem Gedanken, was für prächtige Zusammenstöße es mit dem alten Wolkins geben würde – aber nun hat ihnen allen ja der Typhus einen Strich durch die Rechnung gemacht.«

»Ich wusste nicht, dass man sich hier so für uns interessiert.«

»Aber wie! Sämtliche europäischen und einheimischen Diener, Kulis, Obsthändler und Gepäckträger haben den Auftrag, ihren Herrschaften jede noch so unbedeutende Neuigkeit zu berichten. Inzwischen sind Sie und Ihr Gatte das Hauptgesprächsthema der holländischen und deutschen Pflanzer an der javanischen Westküste, und Sie werden in Zukunft keinen Schritt tun können, ohne dass man sich über jede Ihrer Bewegungen das Maul zerreißt. Ihr einziger Trost darf sein, dass es allen anderen genauso geht. Worüber sollen die Mijnheers hier reden als über andere Mijnheers?« Nach einer kurzen Pause fügte er hinzu: »Ich nehme an, Mijnheer Vanderheyden war nicht gerade begeistert von dem Gedanken, nach Java zu reisen, und wird der Insel gerne den Rücken kehren.«

Noch vor einer Woche hätte sie aus ganzem Herzen »Ja« geantwortet. Aber sie hatte Simeons glänzende Augen gesehen, als er in Anjer die tropischen Blumen und Bäume zum ersten Mal mit eigenen Augen erblickte; sie hatte bemerkt, wie sein ganzes Wesen sich veränderte, und sie kannte ihn inzwischen gut genug, um zu wissen, dass das keine flüchtige Veränderung gewesen war. Wenn seine Leidenschaft für die Botanik erweckt war, wurde er ein anderer Mensch. Wäre nur nicht die Schreckensnachricht dazwischengekommen!

»Ich weiß es nicht«, antwortete sie. »Ich muss ihn fragen. Es ist seine Entscheidung. Es wird wahrscheinlich sehr schwierig sein, hier Fuß zu fassen.«

Er nickte nur stumm.

Sie waren etwa eine weitere halbe Stunde durch das dampfende Zwielicht geritten, als sich die Enge des Dschungelpfades plötzlich zu einem weiten, allerdings völlig von wildem Grün überwucherten Platz öffnete. Die Pferde schnaubten, Herrn Zeebrugges Pferd stieg, als wollte es sich weigern, den Ort zu betreten. Auch Anna Lisas Stute zögerte kurz, ehe ihr phlegmatisches Temperament die Oberhand gewann. Einen Augenblick dachte die junge Frau, sie sei vor einer übermannshohen schwarzen Gestalt mit sonderbar kleinem Kopf erschrocken, die unmittelbar neben dem Pfad aus den feuchten Nebeln aufgetaucht war. Dann sah sie, dass die vermeintliche Gestalt eine Art Denkmal aus dunklem Stein war, mit einem Sockel, auf dem sich eine vierkantige Stele und auf deren Spitze sich ein schwarz glänzender Knauf erhob. Eine eng beschriftete, bereits halb verwitterte kleine Holztafel war daran befestigt. Sie ritt näher, und ein Schauder lief ihr über den Rücken, als sie die deutschen Worte las:

Hier fielen am 11. Juni 1876 von gottloser Mörderhand
alle Mitglieder der Familie Gerstenbauer, drei Männer,
vier Weiber, drei kleine Kinder und vier Leut vom Gesinde.
Gott erbarm sich der armen Seelen.

Jetzt sah sie auch die Überreste des einstmals wohlbestallten, weiß getünchten Pflanzerhauses mit seinen Scheunen und Ställen am Rand der Lichtung: Im Schatten riesenhafter Banyan-Bäume dämmerten drei schimmlige Ruinen vor sich hin, aus deren Fensterlöchern und Türöffnungen die Ranken der Orchideen wie die Hände und Arme geisterhafter Bewohner herausragten. Der Ort atmete eine solche Bedrückung, dass Anna Lisa der Atem stockte. Der feuchte Nebel kroch an sie heran, als wollte er sie ersticken.

»Was ist hier geschehen?«, fragte sie mit gepresster Stimme.

Herr Zeebrugge hob die Achseln und ließ sie wieder fallen. »Das weiß niemand. Die Familie Gerstenbauer wurde erschossen, vom Familienvater bis zum Kind in der Wiege. Die holländischen Kolonialbehörden henkten zehn Javaner aus dem nächstgelegenen Kampong, aber eigentlich nur zur Abschreckung.«

»Was! Es wurde gar nicht bewiesen, dass die Leute schuldig waren?«

»Wenn Weiße getötet werden, braucht es nicht viele Beweise, um Einheimische an den Galgen zu bringen. Die Familie war nicht beliebt, es gab öfters Streit mit den Bauern im Kampong, das genügte den Richtern. Genauso gut kann es eine Räuberbande gewesen sein oder ein Trupp Rebellen, die ein Exempel statuieren wollten. – Kommen Sie, reiten Sie schneller, das hier ist ein verfluchter Ort.«

Anna Lisa klammerte sich an die Zügel. Sie war froh, dass ihre Stute unaufgefordert einen etwas flotteren Gang einlegte. Der graue Hauch, der den Totenhof umwehte, schien ihr bis in die Kleider zu dringen. Obwohl es bereits sehr warm war, fröstelte sie. Nur allmählich ließ das Grauen nach, als der Dschungel sich wieder zu beiden Seiten schloss und die Lichtung hinter ihnen verschwand.

»Geschieht so etwas öfter?«, fragte sie beklommen.

Wieder ein Achselzucken. »Zuweilen. Auch Henry Wolkins musste Buitenhus schon ein paar Mal mit der Waffe in der Hand verteidigen.« Er hatte ruhig, fast gleichgültig gesprochen, aber plötzlich loderte die Wut in seiner Stimme auf. »Was erwarten Sie denn, wenn Sie ein Land überfallen, den Leuten ihren Grund und Boden und die Früchte ihrer Arbeit rauben, sie jeden Tag demütigen und zu Pächtern in ihrem eigenen Land degradieren? Die Javaner müssen dafür bezahlen, dass sie ihre eigenen Reisfelder und Plantagen bebauen dürfen, sie müssen ein Zehntel ihres Ertrages an die Kolonialherren abführen, die keine Hand gerührt haben, außer um die Peitsche zu schwingen; es wird ihnen sogar verboten, dass sie ihre Dörfer verlassen, damit sie sich dieser aufgezwungenen Fron nicht entziehen können!«

Hastig, fast fieberhaft sprach er weiter. In Europa kümmerte man sich nicht darum, wie der überwältigende Reichtum erworben wurde, den die Holländer an sich rafften. Erst ein junger Kolonialbeamter namens Eduard Douwes Dekker hatte gewagt, die unbeschreiblichen Zustände in Worte zu fassen. Er war 1855 nach Java geschickt worden, um Missstände aufzudecken. Er fand so viele, und sie waren so skandalös, dass er sein Amt niederlegte, nach Holland zurückkehrte und unter einem Pseudonym einen Bericht schrieb, der – als Abenteuerroman getarnt – 1860 in Amsterdam erschien. Dekker berichtete von Korruption, Erpressung, Ausbeutung und Mord. Aus eigener Anschauung beschrieb er, wie aller Reichtum der Insel allein den Holländern zugutekam. Kein Gulden wurde in das Wohl der Einheimischen investiert. Für die Vereinigte Ostindische Kompagnie waren sie nichts als Objekte der Ausbeutung, deren Status sich von dem von Sklaven nur insofern unterschied, als sie kein persönlicher Besitz irgendeines Pflanzers waren – und selbst das war ihnen nicht garantiert. Wer sich gegen die Kolonialmacht verschwor oder auch nur in den Verdacht geriet, ein Verschwörer zu sein, konnte mit dem Verkauf in die Sklaverei bestraft werden.

Das Buch hatte eine ungeheure Wirkung, es erschütterte das Gewissen der Holländer nachhaltig. Sogar im Parlament wurde es diskutiert. Anständige Menschen drängten darauf, der hemmungslosen Gier ein Ende zu machen, die Einheimischen zu respektieren und ihnen einen Teil ihres Besitzes zu belassen.

»Tatsächlich«, fuhr Edgar Zeebrugge fort, »wurden die schlimmsten Auswüchse beseitigt, aber wenn Sie mich fragen: Es ist zu spät. Wenn man jemandem jahrhundertelang ein Messer in den Rücken steckt, darf man nicht erwarten, dass er danke sagt, wenn man es herauszieht – und herausgezogen wurde es ohnehin nur teilweise. Vielleicht werden Sie und ich es noch erleben, wie dieses geschundene Volk einen weiteren Aufstand wagt. Es gab den Java-Krieg, es gab den Aufstand des Prinzen Diponegoro. Beide scheiterten blutig, aber wie sagen die Engländer? *Third time pays for all.* Vielleicht wird das hier der Fall sein.«

»Das sagte Dr. Semmelbrod auch.« Anna Lisa erzählte ihrem Begleiter von ihren Gesprächen mit dem greisen Spiritisten. »Es macht mir Angst. Ich hatte mir das alles so anders vorgestellt. Ich dachte, die Pflanzer sind fleißige, ehrliche Leute, die reich werden, weil sie viel arbeiten.«

Zeebrugge lächelte spöttisch, aber auch ein wenig mitleidig angesichts ihrer Naivität. »Die gute alte calvinistische Ethik, nicht wahr? Die Reichen sind reich, weil sie arbeitsam und tugendhaft sind. Die Armen sind arm, weil sie faul und liederlich sind. Und allen ist ihr Schicksal durch Gottes unerforschlichen Ratschluss von Ewigkeit her bestimmt, sodass wir kein schlechtes Gewissen zu haben brauchen, wenn wir die Einheimischen ihrer Güter berauben – umso weniger, als sie ja ohnehin bloß Heiden und zur ewigen Verdammnis bestimmt sind. Da macht es keinen großen Unterschied mehr, wenn sie in diesem Leben gehenkt werden, ohne dass ihnen irgendeine Schuld nachzuweisen ist, wie die armen Tröpfe aus dem Kampong.«

Plötzlich machte er eine wilde, weite Bewegung mit beiden Armen, als schleuderte er das Thema weit von sich, und sagte barsch: »Wir sind jetzt bald in Buitenhus.«

Tatsächlich veränderte sich schon bald der Wald um sie. Die Urwaldbäume machten Palmen und Bananenbäumen Platz. Der Pfad mündete in einen breiten, wenn auch bereits kniehoch überwucherten Weg, der von einem blau gestrichenen Holzgeländer gesäumt wurde. Eine graue Äffin – ein Muttertier mit einem Jungen auf dem Rücken – jagte quer über den Weg, blickte hoch und zog erschrocken den Kopf zurück, als sie die Menschen erblickte. Erbost schnatternd schwang sie sich über das Geländer und verschwand samt ihrem kreischenden Sprössling.

Der Weg erweiterte sich zu einer Einfahrt und endete vor einem Palisadenzaun. Die geschnitzten, scharlachrot lackierten Flügel des darin eingelassenen Tores waren geschlossen. Einen Schutz vor Regen bot ein zierlich geschwungenes, ehemals reich vergoldetes Vordach, von dem als leuchtendes Warnzeichen eine gelbe Fahne hing – die Pestflagge. Auf einer Holzbank saßen zwei Männer in fleckigen Anzügen, Tropenhelme auf dem Kopf. Sie hatten jeder ein langes Gewehr vor sich aufgestellt, die Hände über dem Kolben gefaltet und das Kinn daraufgelegt. Es waren Europäer, wenn auch so braun gebrannt, dass nur ihre Gesichtszüge sie verrieten.

Als Edgar Zeebrugge heranritt, sprangen sie auf und grüßten ehrerbietig. Er fragte, ob irgendjemand sich der Plantage genähert hätte, und sie schüttelten den Kopf. »Der ehrenwerte Mijnheer Typhus hat besser aufgepasst als wir«, sagte einer auf Holländisch. »Niemand will da hineingehen und mit Bauchweh und Fieber wieder herauskommen.«

»Wir reiten den Hügel hinauf, damit Mevrouw Vanderheyden den Besitz überblicken kann«, kündigte Zeebrugge an. »Wartet so lange auf uns, wir kehren dann gemeinsam zurück.«

Er führte die beiden Reiterinnen einen Pfad entlang, der dem Palisadenzaun ein Stück weit folgte und dann steil einen dicht mit Mengkuang und anderen blühenden Büschen bewachsenen Hügel hinaufführte. Von der Hügelkuppe, auf der ein hölzerner Pavillon stand, überblickte man die gesamte Plantage Buitenhus.

Wie sie da im Sonnenschein des frühen Mittags lag, verriet nur die üppig wuchernde Vegetation rund um Herrenhaus und Nebengebäude, dass ein Unheil geschehen war. Das bunte, mit kitschigen Ornamenten überladene Haus glitzerte im Licht, seine beiden hochgeschwungenen Dachfirste ragten wie die Hörner eines Fabeltiers in den Himmel. Auch die Schuppen und Ställe und die Baracken, in denen der geerntete Kaffee weiterverarbeitet wurde, machten einen alltäglichen Eindruck. Anders stand es um die Plantage. Anna Lisa verstand nichts von Kaffeeanbau, aber sogar sie konnte erkennen, dass die empfindlichen Pflanzen verdorrt waren und die Ernte verdorben. Hüfthohes Unkraut wucherte zwischen den Stauden.

Plötzlich, als ihr Blick eben über die blau-rot-goldene Fassade des Hauses schweifte, stieß sie einen Schreckensschrei aus. In dem verlassenen Gebäude flog im ersten Stock plötzlich ein Fensterladen auf, ein scheußlicher Kopf streckte sich heraus, eine lange graue Hand erfasste den Laden – dann sprang ein Affe heraus, turnte über den schwingenden Laden aufs Dach und hüpfte davon.

»Mein Gott, bin ich erschrocken!«, stieß sie hervor. »Ich dachte, es geistert. Sind da noch mehr Affen drinnen?«

Zeebrugge nickte. »Affen, Ratten, Kröten, Schlangen, Skorpione, Käfer … Die Natur holt sich in diesem Land alles sofort zurück, was man nicht Tag und Nacht vor ihr verteidigt. Und wenn die Regenzeit anfängt, verschimmelt das ganze Haus samt seiner Einrichtung. Es wird ein hartes Stück Arbeit bedeuten, wenn Sie Buitenhus retten wollen.«

Dann werden wir es wohl aufgeben müssen, dachte Anna Lisa. Sie konnte sich absolut nicht vorstellen, wie Simeon es jemals schaffen sollte, dieser Katastrophe Herr zu werden, selbst wenn er willens gewesen wäre, etwas zu tun. Das Beste war wohl, so rasch wie möglich wieder an Bord der Anne-Kathrin zu gehen und nach Deutschland zurückzukehren.

»Ich schlage vor«, sagte Mijnheer Zeebrugge, »wir reiten jetzt zu meinem Gut und essen dort zu Mittag. Wenn die größte Hitze vorbei ist, bringe ich Sie nach Batavia zurück. Dann werden Sie ja sehen, was Ihr Gatte zu dem Ergebnis Ihrer tapferen Expedition sagt.«

Es klang verächtlich, und Anna Lisa wusste sehr wohl, was er meinte: Was soll der arme Narr schon sagen?

Die Beleidigung galt Simeon, aber sie war Simeons Frau, und die Worte ärgerten sie so sehr, dass sie herausplatzte: »Nun, das letzte Wort ist noch nicht gesprochen.«

Nach kurzem Ritt erreichten sie eine Lichtung, in deren Mitte zwei hohe, schmale Häuser auf Stelzen nebeneinanderstanden, ein größeres und ein kleineres, beide mit den charakteristischen steilen Dächern und überhängenden Giebeln. Die Sonne glitzerte auf den dürren Palmblättern, mit denen sie gedeckt waren. Rauch drang aus dem Schornstein des kleineren Hauses und trug mit sich den Geruch gebratenen Fleisches und kräftiger Gewürze.

Zeebrugge führte Anna Lisa und Fräulein Bertram in das kleine Haus, das die Küche und die Wirtschaftsräume enthielt, und zeigte ihnen den Waschraum, in dem sie den Staub und Schweiß des zweistündigen Ritts abwaschen konnten.

Erfrischt folgten sie dem Diener hinüber ins Haupthaus, wo im Esszimmer bereits der große Teakholztisch gedeckt war. Ein Holzgitter verschloss das Fenster, durch das der Widerschein der Mittagssonne hereinfiel. »Wenn man hier die Fenster offen lässt«, erklärte der Hausherr, »verputzen die Affen das Mittagessen, ehe man sich noch an den Tisch gesetzt hat.«

Sie hatten sich kaum zu Tisch gesetzt, als ein Diener hereinhuschte und Zeebrugge etwas auf Malayalam zuflüsterte. Der hob lächelnd den Kopf und wandte sich an Anna Lisa: »Nun werden Sie gleich einen Herrn kennenlernen, der hier eine sehr wichtige Rolle spielt. Er ist der Enkel des Adhipati und erledigt dessen persönliche Geschäfte, da der Fürst selbst schon sehr gebrechlich ist. Er hat immer noch einen klaren Kopf, aber das Reiten wird ihm sauer, und selbst in der Sänfte tun ihm alle Knochen weh.«

Anna Lisa lauschte. Wie sie selbst wurde auch der Gast erst in den Waschraum geführt und dann ins Esszimmer geleitet.

Als er eintrat, setzte ihr Herz einen Schlag aus. In der Tür stand, begleitet von einem kindlichen Pagen, ein zierlicher junger Mann von so fremdartiger, so paradiesischer Schönheit, wie sie nie einen gesehen hatte. Bislang hatte sie gedacht, Simeon sei der attraktivste Mann, der ihr jemals begegnet war, aber dieser Jüngling hatte etwas, das ihrem kränkelnden Gatten vollkommen fehlte. In ihm vereinten sich Kraft und Eleganz, wie sie es noch nie bei einem Europäer gesehen hatte. Er war relativ klein wie alle Männer seiner Rasse, und dennoch wäre nie jemand auf den Gedanken gekommen, ihn zu ignorieren. Sie spürte, dass er nicht nur hier, in der kleinen Gesellschaft in dem bescheidenen Landhaus, auf der Stelle im

Mittelpunkt stand – dasselbe geschah zweifellos, wenn er sich einer größeren und vornehmeren Gesellschaft anschloss. Er gehörte zu den Männern, die augenblicklich alles Interesse auf sich ziehen durch ihre erstaunliche Kombination von knabenhafter Anmut, männlicher Kraft und einer Dominanz, die Ehrfurcht erweckte. Raharjo war ein Edelmann im ursprünglichsten und vornehmsten Sinn des Wortes. Und er war schön, so unglaublich schön! Es war, als umschwebte ihn eine goldene Aura. Seine Bewegungen, anmutig wie die eines Tänzers und doch beherrscht wie die eines Kriegers – der Duft, der ihn umwehte –, die leise, sanfte, aber sehr selbstbewusste Stimme ... Nur seine orange verfärbten Zähne gefielen ihr nicht, aber wenigstens waren sie nicht spitz geschliffen, vermutlich, weil sie von Natur aus sehr klein waren – richtige Perlenzähne.

Er trug eine blausamtene Bluse und weiße Hose, darüber einen kostbaren, goldgewirkten Sarong und auf dem Kopf eine lose Mütze. Um seine Mitte war eine kunstvoll gefaltete, ebenfalls mit Goldfäden durchwebte steife Schärpe geschlungen, und sie nahm an, dass er, wie Pahti, seinen Kris in den Rückenfalten dieser Schärpe trug. Seine Wangen waren glatt rasiert, aber am Kinn saß ein Büschel schwarzer Wolle.

Sie wollte nach europäischer Art höflich grüßen, aber er warf ihr nur einen blitzschnellen, fast raubtierhaften Blick zu, dann wandte er den Kopf ab und schien niemand wahrzunehmen außer dem Gastgeber. Anna Lisa war vor den Kopf gestoßen. War sie ihm vielleicht nicht würdig genug, sie zu grüßen? Und auch Herrn Zeebrugge gegenüber benahm er sich seltsam. Dieser hatte ihn den Enkel des Adhipati genannt, also einen Edelmann von hohem Rang, dennoch schlug er den Blick vor ihm nieder wie ein schüchterner Diener. Im Innersten aufgewühlt von der Erscheinung des Jünglings und dennoch unangenehm berührt saß Anna Lisa steif am Tisch und wusste nicht, wo sie hinsehen und was sie sagen sollte.

Herr Zeebrugge erkannte ihr Dilemma und machte sich sofort daran, die Sachlage zu erklären. »Hier, Frau Vanderheyden«, sagte er, während sein Diener dem Gast den Platz richtete, ein Kissen auf die Holzbank legte und Tee einschenkte, »haben wir einen Zusammenstoß zweier Kulturen, und ehe sich irgendjemand unbehaglich fühlt, will ich ihn erklären.« Er sprach Holländisch, wahrscheinlich verstand der Javaner diese Sprache von allen europäischen Sprachen am besten. »In Deutschland – diese Dame ist Deutsche, Herr Raharjo«, fügte er mit einem Blick auf den Gast hinzu, »gilt es als Höflichkeit, einem Menschen fest die Hand zu drücken und ihm offen ins Gesicht zu schauen; damit signalisiert man Aufrichtigkeit. In Java betrachtet man es als Unverschämtheit, jemand ins Gesicht zu starren, und schon gar nicht fasst man ihn unaufgefordert an. Man will sich nicht aufdrängen, am besten gar nicht zu sehr bemerkbar machen. Deshalb hat mein edler Gast den Blick abgewandt, als er Ihnen begegnete.«

»Ich verstehe«, sagte Anna Lisa, die froh war, dem Studium des Holländischen so viel Eifer gewidmet zu haben. »Ich dachte, Sie dürfen mich nicht anschauen, weil ich eine Frau bin.«

Raharjo lachte, freilich ohne den Blick zu heben. Er wusste offenbar nicht, was er sagen sollte. Anna Lisa dachte an die Schilderungen, die Dörte ihr vom Leben auf Java gegeben hatte: dass man Frauen dort kaum höher als Nutztiere achtete. Dann hatte man wohl auch keine hohe Meinung von einer weißen Dame, die obendrein ohne ihren Gatten im Haus eines fremden Mannes weilte.

Rasch bemüht, Raharjo ihren ehelichen Stand klarzumachen, sagte sie: »Mein Gatte wollte mitkommen, aber er leidet noch an den Folgen eines Unfalls und kann nicht reiten.«

»Ja, ich habe davon gehört«, antwortete dieser, wobei er so tat, als sei es Mijnheer Zeebrugge, der mit ihm gesprochen hatte. Eine heftige Röte malte sich auf seinen zimtfarbenen Wangen. Anna Lisa schoss der Gedanke durch den Kopf, dass er – abseits aller kulturellen Probleme – aus demselben Grund verlegen sein mochte wie sie. Sie gefiel ihm, und es war ihm peinlich, dass man ihm das anmerkte. Jedenfalls wandte er ihr beinahe den Hinterkopf zu, als er an den Gastgeber die Worte richtete: »Eine dumme Sache mit der Plantage. Leider sind solche Ausbrüche von Typhus sehr häufig, ebenso wie Ruhr, Malaria und alle Arten von Fieber.«

»Ich hörte, das kommt vom verschmutzten Wasser.« Anna Lisa war entschlossen, sich nicht an den Rand drängen zu lassen. Schließlich war sie nicht als Aufputz hier, sondern als Vertreterin des Mannes, der Buitenhus leiten sollte. Sie war seine Gattin, also ging es auch um ihre Plantage.

»Ja. Man sollte hier nie frisches Wasser trinken, auch nicht aus einem Brunnen. Warum auch, wenn man einen wunderbar aromatischen Tee daraus machen kann?« Er hob sein Teeglas, als wollte er Zeebrugge zuprosten, und nippte zierlich an dem duftenden Gebräu.

Anna Lisa fand seine Bewegungen zauberhaft. Es war, als tanzte er in einem fort. Jede Geste war zugleich vollkommen natürlich und so stilisiert, dass sie, für sich allein genommen, das Bild eines Tänzers geboten hätte. Er streckte die Hand aus und ließ sich von seinem Pagen eine Dose aus Elfenbein reichen – Hand und Arm beschrieben einen vollendeten Halbkreis, langsam streckten die Finger sich, wie eine aufblühende

Blume öffnete sich die Handfläche. Der Knabe zog sich mit einer tiefen Verbeugung zurück.

Raharjo öffnete die Dose und entnahm ihr mit der Selbstverständlichkeit, mit der man sich in Europa in guter Gesellschaft eine Zigarre anzündet, alle zum Betelkauen nötigen Zutaten: die klein gehackten Nüsse, mit gelöschtem Kalk bestrichene Blätter des Betelpfeffers und eine Gewürzmischung, die nach Pfefferminze roch und wie mit Kautabak gemischte Lakritze aussah. Die in Blätter eingewickelte Mischung schob er sich wie einen Tabakpriem in die Wange. Gemächlich kauend, nahm er weiterhin am Gespräch teil, und auch das tat er auf eine sehr artige Weise. Kein Europäer, dachte Anna Lisa, hätte es jemals fertiggebracht, beim Tabakkauen ein Gespräch zu führen, ohne dass man ihm dabei in den Mund guckte oder ihm der Saft über die Lippen rann.

Sie fragte sich, wonach ein solcher Betel kauender Mann wohl schmeckte, wenn man ihn küsste. Bei dem Gedanken überlief es sie wie ein Fieberschauer. Ein Glück, dass ihr im allerletzten Moment noch Simeons nach Bartpomade schmeckender Kuss in der Kirche einfiel und sie lächeln musste, bevor ihr Gesichtsausdruck sie am Ende verriet.

Herr Zeebrugge erkundigte sich höflich, ob es sie störte, wenn er rauchte, und entschuldigte sich mit seinen »rauen ländlichen Sitten«. Als sie die Erlaubnis erteilte, ließ er sich eine lange holländische Meerschaumpfeife mit bunt bemaltem Kopf bringen und füllte sie mit einem stark aromatisierten Tabak. Gleich darauf stiegen zierliche Rauchringe auf.

»Der unerwartete Tod des Herrn Wolkins und die Quarantäne, die über die Plantage verhängt wurde, bedeuten wohl einen schweren Schlag für die Familie Vanderheyden …«, bemerkte Raharjo.

»Es ist ein geradezu vernichtender Schlag, würde ich sagen«, seufzte Anna Lisa.

Von da an entwickelte das Gespräch eine eigenartige Choreografie. Man unterhielt sich beschwingt miteinander, aber in einer Weise, dass Herr Zeebrugge gewissermaßen als Dolmetscher diente, obwohl sie doch dieselbe Sprache verwendeten. Raharjo erzählte etwas, Anna Lisa antwortete, doch dabei wandten beide sich an den Gastgeber, als existierte der jeweils andere gar nicht. Die junge Frau fühlte sich auf eine groteske Weise an eine Séance erinnert, bei der das Medium jeweils die unhörbaren Mitteilungen der Geister übermittelte.

»Wo werden die jungen Herrschaften denn wohnen, da ihr Wohnhaus verseucht ist?«, erkundigte sich Raharjo bei Herrn Zeebrugge.

Dieser gab die Frage an Anna Lisa weiter, als müsste er sie erst aus einer fremden Sprache übersetzen.

»Das wissen wir vorderhand nicht«, gab sie zu. »Wir sind ja erst gestern angekommen. Simeon muss sich erst einen Überblick über die Dinge verschaffen.«

Simeon und »einen Überblick verschaffen«!, dachte sie bitter. Wie wollte dieser hilflose Träumer denn mit der Situation zurechtkommen, überhaupt jetzt, wo er auch noch krank war?

Herr Raharjo erhob sich und entschuldigte sich beim Gastgeber: Die kleine Erfrischung sei sehr willkommen gewesen, aber nun müsse er den Besuch beenden, er habe noch viele und wichtige Aufgaben zu erledigen. Ohne Anna Lisa zu beachten, verließ er, gefolgt von seinem Pagen, den Salon. Sie hörte draußen Pferde wiehern. Dann zog die Gruppe am Fenster vorbei, gegen den goldglühenden Mittagshimmel anzusehen wie ein Scherenschnitt: Voran Herr Raharjo auf einem unruhigen Hengst, dessen edle Rasse selbst ein mit Pferden wenig vertrauter Mensch erkennen musste, ihm zur Seite auf einem Pony sein Page. Dahinter ritt auf einem Packpferd eine so missgestaltete schwarze Gestalt, dass Anna Lisa erst dachte, sie habe tatsächlich die Verzerrungen eines Schattens gesehen. Aber es war ein Mensch, ein kohlrabenschwarzer Mensch mit nacktem Oberkörper und Pluderhosen an den kurzen, krummen Beinen. In seinem Leibgurt steckten ein Dolch und eine Pistole, um den nackten Oberkörper hing der Riemen eines Gewehrs. Grotesk wie ein Dschinn im Sattel kauernd, ritt er langsam vorbei. Die Hufschläge, die auf dem Vorplatz wie Stein auf Stein klirrten, wandelten sich zu einem weichen Klippklopp, als die Pferde auf den blätterbedeckten Weg hinaustraten. Dann verhallten sie.

Anna Lisa blickte den Reitern nach, bis sie verschwunden waren, dann wandte sie sich mit einer Frage an den Gastgeber. »Ich verstehe eines nicht ganz. Zwar hat mir während der Schiffsreise ein Pfarrer einiges über die Zustände hier erzählt, aber es will sich nach wie vor kein klares Bild bei mir einstellen. Ich hatte den Eindruck, dass die Holländer über Java herrschen und der einheimischen Bevölkerung eine sehr geringe Bedeutung zukommt – dass sie weder viel besitzen noch viel zu reden haben. Aber Herr Raharjo ist doch offensichtlich der Enkel eines sehr reichen und mächtigen Mannes. Sind diese Fürsten denn nun Freunde oder Gegner der Holländer, oder welche Stellung nehmen sie eigentlich ein?«

»Das zu beantworten ist nicht ganz einfach«, antwortete Mijnheer Zeebrugge. »Wir haben es hier in Java mit einem der kompliziertesten Verwaltungssysteme der Welt zu tun. Aber ich will es Ihnen einmal möglichst einfach erklären. Wenn Räuber über ein Haus herfallen, in dem ein starker Hausherr mit einem Haufen starker Söhne sitzt, dann können die Räuber den

Besitzer erschießen und erschlagen und sich im Hause breitmachen. Das hat man ja auch versucht, allerdings musste man feststellen, dass das eroberte Haus voll versteckter Kammern ist, in denen weitere Söhne des Hausherrn darauf lauern, sich bei erster Gelegenheit auf die Räuber zu stürzen. Nun, der Herr Räuberhauptmann ging einen anderen Weg. Er wandte sich an die Hausbesitzer und sagte: Los werdet ihr uns nicht mehr, dazu sind wir zu stark, aber wir wollen auch nicht, dass ihr uns andauernd in den Rücken fallt. Warum teilen wir uns das Haus nicht einfach? Das fanden die Söhne des Hausherrn keine so schlechte Lösung. Es war ja immerhin besser, unter dem Kommando eines Räuberhauptmanns einen Teil seiner Habe zu behalten, als in den wassergefüllten Kasematten des Stadthuis zu verrotten, wie es so vielen Aufrührern ergangen war. Das Stadthuis beherbergte übrigens das alte Rathaus, die Zitadelle und das Gefängnis in Batavia. In seinen knietief mit Wasser gefüllten Kasematten wurde seinerzeit der Prinz Diponegoro gefangen gehalten. Nun, außerdem war der Räuberhauptmann ein recht gewandter, diplomatischer Bursche, der sein Ansinnen in derart hübsche Worte fasste, dass die Söhne des Hausherrn sich zuletzt einbildeten, sie hätten bei dem Handel noch gewonnen.«

»Aber wie können Sie die Holländer mit Räubern vergleichen?«, rief Anna Lisa. »Ehrlich gesagt, ich verstehe nicht viel von Kolonialpolitik, dennoch – sie schleppen ja nicht einfach alles weg, sondern arbeiten fleißig auf ihren Plantagen …«

»Lassen Sie den Vergleich einmal stehen, bis ich Ihnen die Sache erklärt habe. Man schloss ein Abkommen, demzufolge die Räuber die Hausherrn-Söhne als ihre ›jüngeren Brüder‹ titulierten und diese die Räuber als ›ältere Brüder‹. Die einheimischen Fürsten behielten ihren Besitz, ja, sie gewannen noch einiges dazu; dafür erhielten die Eroberer das formale und juristische Recht der Herrschaft über die Insel. Nur widerwillig hatten sie sich nach den blutigen Aufständen bewegen lassen, ein zumindest nach außen hin duales Verwaltungssystem einzuführen, bei dem jedem Ausländer ein einheimischer Beamter in fast derselben Funktion zur Seite stand. Dem holländischen Statthalter entsprach der einheimische Regent, dem europäischen Kontrolleur der eingeborene Wedono. Dieses System, bei dem man den Knüttel der Unterdrückung immerhin in einer samtenen Hülle versteckte, funktionierte im Allgemeinen ganz gut, solange beide Seiten anerkannten, wo die wahre Macht lag. Aber gerade in diesem Punkt gab es Schwierigkeiten, sowohl mit den Fürsten selbst – was immerhin noch verständlich war – wie auch mit deren Untertanen, die eigensinnig darauf beharrten, von ihren eigenen Herren geknechtet und ausgebeutet zu werden, wie sie es seit Jahrhunderten gewohnt waren. Es war insofern ein unvergleichliches System, als dabei eigentlich der Geringere die Befehlsgewalt über den Vornehmeren hatte. Der europäische Beamte steht formal höher, er erteilt die Befehle. Tatsächlich aber ist der Europäer ein bloßer Beamter, leicht ersetzbar durch einen anderen aus seiner Klasse, während der Regent auf eine vielleicht vielhundertjährige Reihe von Ahnen zurückblicken kann und sich dessen auch bewusst ist.

Die Dummen bei alledem sind natürlich die einfachen Leute, die Bauern, Arbeiter und kleinen Händler, die jetzt von zwei Seiten zugleich ausgebeutet werden – so gnadenlos, dass es in den 1850er-Jahren in diesem überreichen Land zu Hungersnöten kam. Ja, Mevrouw! Damals sind ganze Distrikte ausgestorben durch den Hunger. Mütter boten ihre Kinder als Speise zum Kauf an. Mütter haben ihre Kinder gegessen …«

Anna Lisa stockte der Atem vor Grauen. Das konnte unmöglich wahr sein! Kolonialpolitik hin oder her, die Holländer waren doch zivilisierte Menschen, waren Christen, niemals hätten sie solchen Gräueln zugesehen, ohne einzuschreiten. »Das hat man doch nicht einfach geschehen lassen, oder?«, protestierte sie schwach.

»Wie man es nimmt. Ja, das Mutterland hat sich der Sache angenommen. Es wurde der Befehl erteilt, beim Gewinn von Kolonialwaren nicht wieder so gierig zu raffen, dass es zu einer weiteren Hungersnot käme. Schließlich kann ein Hungers gestorbener Bauer kein Land beackern, das hat sich bis nach Amsterdam herumgesprochen.«

Das Gespräch wurde jäh auf eine Weise unterbrochen, die Anna Lisa zu Tode erschreckte. Ein lautes Klirren ertönte, und als sie herumfuhr, in der Meinung, ein tollpatschiger Diener hätte einen Teller oder Krug fallen lassen, erkannte sie überrascht, dass sich niemand im Wohnzimmer befand außer ihnen beiden. Dennoch war ein Delfter Teller von seinem Wandbord gefallen und in Stücke zerbrochen. Gleich darauf hörte sie alle Fenster und Türen klappern. Irgendwo von Osten her ertönte ein leises Grollen wie von ferner Artillerie. Dann wurde aus dem Grollen ein Rumpeln, ein Schatten zog über die Sonne, und die Luft erbebte in einer eigentümlichen Weise, als Dutzende Druckwellen nacheinander den Berghang trafen.

Erschrocken sprang sie auf, doch Herr Zeebrugge bedeutete ihr, sich zu beruhigen. »Es besteht keine Gefahr«, sagte er. »Ein solches Gerumpel werden Sie hier noch oft hören. Unser kleiner Blaaskaak ist schlechter Laune. Kommen Sie, ich zeige es Ihnen.«

Er führte sie hinaus auf die Seite der das ganze Haus umgebenden Veranda, die nach Osten blickte. Dort senkte sich der dicht begrünte Hang in ein breites, spärlich mit bunten Häusern besiedeltes Tal, in dem sich ein schlammiges Flüsschen zwischen Palmen und dichter, dunkelgrüner Vegetation dahinschlängelte. Auf der gegenüberliegenden Seite erhob sich ein hässlicher Fremdkörper zwischen den grünen Terrassen der Felder, ein kahler brauner Kegel mit einem Schlot, der wie ein abgebrochener Stockzahn aussah.

Aus diesem Schlot fuhr wie ein Geist aus der Flasche eine breit gebauschte Dampfsäule empor. Als würde ein Regenschirm aufgespannt, begann sie sich, sobald sie eine gewisse Höhe erreicht hatte, zu entfalten, und was eben noch Dampf gewesen war, verwandelte sich zusehends in schwarzen Qualm. Sie türmte sich immer mächtiger über dem zackigen Schlot auf und nahm die Form eines Blumenkohls an, der unablässig neue Sprossen trieb. Im Inneren der Wolke zuckten Blitze. Die Luft wurde dick und graubraun wie Smog und kratzte bei jedem Atemzug in der Kehle.

Anna Lisa drückte ihren Schal vor den Mund. »Haben Sie denn keine Angst, so nahe an einem aktiven Vulkan zu wohnen?«, fragte sie.

Zeebrugge zuckte die Achseln. »Hatten Sie niemals Angst, in einer Stadt wie Hamburg zu wohnen, die regelmäßig von Spring- und Sturmfluten heimgesucht wird? Jeder Ort auf Erden hat seine Gefahren. Es gibt kein Paradies mehr. Und ein Vulkan, der alle naselang spuckt, ist im Grunde weniger gefährlich als einer, der täuschend still hält und im Inneren Hekatomben von glühendem Magma ansammelt. Wir nennen unseren Kleinen deshalb den Blaaskaak – das ist holländisch für Wichtigtuer, Aufschneider. Er rumpelt und spuckt, aber gefährlich war er noch nie.«

Anna Lisa fühlte sich trotz dieser Zusicherung beklommen,

als die Wolken aus heißem Staub sich ausbreiteten, das Tal querten und einen braunen Schleier über Zeebrugges Landgut breiteten. Er nahm eine der Laternen, die an den vorspringenden Dachsparren hingen, und zündete sie an. Wo ihre Strahlen hinfielen, sah man Staub wirbeln. Immer wieder rülpste der Krater einen neuerlichen Schwall Dampf und Qualm hervor, aber es war keine glühende Lava, die aus seinem Schlot quoll, sondern siedender Schlamm. Ein breiter Bach, über dem eine olivfarbene Wolke schwebte, schwappte träge die Terrassen hinunter, auf denen sich einst Reisfelder oder Teeplantagen befunden hatten. Unten im Tal angelangt, stockten seine ersten Ausläufer, und die nachfolgenden türmten sich darüber, sodass erst ein Wall und dann eine flache, unregelmäßige Treppe entstand. Als Anna Lisa genauer hinsah, wurde ihr bewusst, dass der unregelmäßige Talgrund zur Gänze aus solchen erkalteten und getrockneten Schlammlawinen bestand, in denen das allgegenwärtige Grün seine Wurzeln geschlagen hatte.

Die Eruption dauerte nicht lange an. Eine Stunde später hatte sich der Blaaskaak wieder beruhigt, ein frischer Wind hatte den Smog vertrieben, nur der eigentümliche Geruch des erkaltenden Schlamms erinnerte noch an den Ausbruch. Edgar Zeebrugge schlug vor, sich auf den Heimweg zu machen.

Als Anna Lisa am späten Nachmittag müde und verschwitzt von dem langen Ritt ins Hotel des Indes zurückkehrte, stellte sie fest, dass sie wenigstens eine ihrer Sorgen von der Liste streichen konnte. Simeons völlige Apathie am Morgen war wohl doch nur der Wirkung eines starken Schlafmittels zuzuschreiben gewesen. Sie fand ihn in seinen geblümten Morgenmantel gekleidet am Tisch sitzend vor, einen Korb mit fremdartigen bunten Blumen vor sich. Pahti stand neben ihm und nannte ihm die einheimischen Namen der Pflanzen, und Simeon war so vollauf damit beschäftigt, sie auswendig zu lernen, als hätte er nicht die geringsten anderen Sorgen.

»Sieh her!«, rief er ihr entgegen. »Hast du schon einmal etwas derart Zauberhaftes gesehen?« Dabei streckte er ihr die heile Linke entgegen, zwischen deren Fingern eine wirklich wunderschöne Orchidee pendelte. Vorsichtig ließ er die Blume in eine Waschschüssel mit Wasser gleiten, in der schon ein halbes Dutzend anderer schwamm. »Ich bin ein Narr«, fuhr er gut gelaunt fort, »dass ich mir in meinem Jähzorn die eigene Hand zerschnitten habe; jetzt kann ich wer weiß wie lange nicht zeichnen! Aber ich habe mit dem Hotelier gesprochen. Er wird mir einen Fotografen beschaffen, der Lichtbilder von diesen Blumen macht. Sieh dir das an, Anna Lisa! Sieh dir das nur an!«

Er strahlte, und trotz ihrer Müdigkeit und Sorge fühlte sie, wie seine Glückseligkeit ihr Herz wärmte. »Warte nur«, sagte sie, »wenn ich dir erst von den Blumen erzähle, die ich unterwegs zur Plantage gesehen habe!«

»O ja.« Er hatte sichtlich Mühe, sich von der Botanik loszureißen und dem neuen Thema zuzuwenden. »Du warst ja dort ... mit diesem Herrn Zeebrugge. Und? Ist es wirklich so schlimm?«

»Ja. Die Plantage und der Garten sind eine einzige Wildnis. Die Quarantäne wird noch eine ganze Weile aufrechterhalten werden, sicher bis in die Regenzeit hinein. Das heißt, im Haus wird viel verderben. Und mit der Kaffeeernte können wir nicht rechnen. Das Geld der Plantage, sagte mir Herr Zeebrugge, liegt auf der holländischen Bank in Batavia. Übrigens habe ich einen Freund von Herrn Zeebrugge kennengelernt. Er heißt Raharjo und ist der Enkel eines einheimischen Fürsten.« Sie lachte nervös, als sie den Namen nannte, und war froh, dass

Simeon ihre Anspannung nicht bemerkte. »Da behaupteten Vaters Kapitäne, die Männer in Java sähen wie kleine braune Affen aus. Keine Rede! Er ist wunderschön, und seine Haut hat eine Farbe wie die alten Elfenbeinschnitzereien in Mutters Vitrine. Aber er hat orangefarbene Zähne.«

»Ja, vom Betelkauen«, kommentierte Simeon, der keinerlei Interesse an Anna Lisas Bekanntschaft hatte. »Das ist genauso, wie die Leute bei uns braunen Speichel vom Tabakkauen bekommen. Ekelhaft. Aber zeichnen möchte ich einen Betelstrauch.« Er warf einen ärgerlichen Blick auf seine eingegipste Hand. »Wie lange wird das wohl dauern, bis ich wieder arbeiten kann? Hoffentlich werden meine Finger nicht steif von dem Gipsverband.«

Anna Lisa setzte sich neben ihn und schob die Hand unter seinen Arm. »Auch wenn es eine Woche oder zwei dauert, bis du wieder zeichnen kannst, so werden die Blumen doch noch da sein. Die waren schon da, als Adam und Eva noch im Paradies wohnten, und werden nicht über Nacht verschwinden. Du hast jede Menge Zeit.« Zögernd setzte sie hinzu: »Außer natürlich, du willst lieber wieder nach Hause. Herr Zeebrugge sagte, wenn wir gleich ins Hafenbüro fahren, kann uns die Anne-Kathrin auf der Rückfahrt nach Deutschland wieder mitnehmen.«

Simeon drückte eine weiße, aufgeplusterte Blüte an die Lippen, so zärtlich, als küsste er eine Frau, und ließ sie in das Wasserbecken fallen. »Ich fahre aber nicht nach Deutschland zurück. Auch nicht nach Holland.« Er sprach leise und beiläufig, als hätte er eine nebensächliche Entscheidung getroffen und nicht eine, die ganz entscheidend für sein und Anna Lisas ganzes Leben war. »Was sollte ich denn dort tun? Deinem Vater auf der Tasche liegen und von deinen Brüdern ein fauler Sack geschimpft werden, der nichts tut als Blumen pflücken? Oder in Amsterdam darauf warten, dass mein Vater stirbt und mir seine Kompagnie hinterlässt? So robust, wie der alte Teufel ist, überlebt er mich noch.«

Er lehnte sich in den Stuhl zurück und blickte Anna Lisa voll in die Augen. »Ich bleibe hier. Aber ich will dich nicht zwingen, dasselbe zu tun.«

»Simeon! Du bist mein Mann. Wenn du hierbleibst, bleibe ich auch hier. Aber ... was hast du im Einzelnen vor?«

»Das werde ich morgen entscheiden. Ich habe nämlich nicht nur wegen eines Fotografen für meine Blumen mit dem Hotelier gesprochen. Er hat mir auch einen Rechtsanwalt empfohlen, der morgen mit mir frühstücken wird. Dr. Julius Ascher. Ein Deutscher übrigens, der erst vor einigen Jahren hierher ausgewandert ist. Ein mickriger kleiner Jude, sagte der Hotelier, aber ein Ass in seinem Beruf.« In Simeons dunklen Augen tanzte ein Feuer, wie Anna Lisa es noch nie gesehen hatte. »Vielleicht wird es meinem Vater noch leidtun, dass er mich nach Java geschickt hat.«

Ohne sich weiter zu äußern, winkte er Pahti, ihm auf die Beine zu helfen. Auf den Diener gestützt, hinkte er mühselig aus dem Zimmer.

Anna Lisa starrte ihm nach. Was war jetzt wieder in ihn gefahren? Auf dem Heimweg von der Plantage war sie fast sicher gewesen, dass er trotz seiner Begeisterung für die javanische Blumenwelt die Gelegenheit nutzen würde, mit der heimkehrenden Anne-Kathrin nach Hause zu fahren. Dass er bleiben wollte, damit hatte sie nicht gerechnet. Und schon gar nicht damit, dass er offenbar irgendeine List ausgebrütet hatte. Wozu sonst ein Rechtsanwalt? Und was meinte er mit diesem kryptischen Nachsatz: Vielleicht wird es meinem Vater noch leidtun?

Pahti kehrte auf leisen Sohlen zurück. »Mevrouw, der gnädige Herr lässt ausrichten, er wird jetzt ein Bad nehmen und dann früh schlafen gehen, und Sie möchten ihm Gesellschaft leisten.«

»Sag ihm, ich komme.«

Im Hotel des Indes verkehrten Europäer, deshalb war auch das Badezimmer von europäischer Art. Und da es reiche Europäer waren, die hier badeten, bot das Hotel allen nur erdenkbaren Luxus auf diesem Gebiet. Die Badewanne stand nicht einfach neben anderen Möbelstücken in einem Zimmer, wie das auch in besseren europäischen Haushalten durchaus üblich war, sondern in einem eigenen, hübsch gefliesten und mit Mahagoni getäfelten Raum. Es gab einen Gasboiler und – das Neueste vom Neuen – fließendes Wasser. Anna Lisa musste zugeben, dass man zumindest in Weltevreden auf der Höhe der Zeit war.

Sie atmete tief durch, als sie eintrat und Simeon, in seinen Hausanzug gehüllt, auf dem Sofa sitzend vorfand. Sein Lächeln machte ihr deutlich, dass er mehr als nur die nötigen Handreichungen für einen körperlich beeinträchtigten Mann erwartete. In ihr keimte der Verdacht, dass er irgendetwas eingenommen hatte, sei es auf Anweisung des Arztes oder aus eigenem Antrieb, so drastisch war der Unterschied zu seiner jämmerlichen Apathie am Morgen. Die Kretek-Zigaretten fielen ihr ein, die der Arzt ihm empfohlen hatte. Vielleicht hatte er davon geraucht.

Andererseits – warum sollte er nicht fröhlich sein? Die Plantage hatte ihm nichts bedeutet, Wolkins war in seinen Augen (und nach der Absicht seines Vaters) ein besserer Gefängniswärter gewesen. Er war weit weg von zu Hause, niemand hatte ihm etwas zu sagen, und die Chancen standen gut, dass man ihm als Vanderheydens Sohn alles Geld der Plantage aushändigen würde.

In dem gelb gekachelten Raum stand auf vier Löwenfüßen eine elegant geschwungene, grau und weiß lackierte Badewanne, zusätzlich gab es einen Waschtisch aus braunem Edelholz mit marmornem Becken, ein Bidet und einen diskret hinter einer halben Wand verborgenen Abort. Am Wannenrand reihten sich Gefäße aus bemaltem Porzellan, die köstlich duftendes Kewda-Öl enthielten, ein Produkt jener kräftig aromatischen Mengkuangpflanze mit den kleinen, grünen Stachelfrüchten, die sie im Garten des Hotel Schuit kennengelernt hatte.

Pahti wuselte herum, legte Handtücher aus, überprüfte das in die Wanne strömende Wasser, ob es nicht zu heiß und nicht zu kalt war, breitete ein grobes Tuch auf den Boden, damit niemand beim Verlassen der Wanne auf den Fliesen ausrutschte. Er half Simeon – der jetzt zusätzlich durch seine eingegipste Hand behindert war – aus dem Morgenmantel und dem leichten Hausanzug, den er darunter trug, und beförderte ihn mit der Geschicklichkeit eines gelernten Krankenpflegers in die halb volle Wanne. Simeon ließ ein lautes, wollüstiges Stöhnen hören, als das warme Wasser über seinem nackten Körper zusammenschlug. Pahti leerte einen Löffel voll von dem Kewda-Öl ins Badewasser. Ein berauschender Duft stieg auf, als hätte sich das Badezimmer plötzlich mit Blumenbouquets gefüllt.

»Hoffentlich gibt es hier im Hotel keine Schlangen«, bemerkte Simeon, der sich stöhnend vor Behagen in der Wanne ausstreckte. »Pahti hat mir nämlich gesagt, dass Kewda-Öl gegen Rheumatismus und Kopfschmerzen hilft, aber man muss aufpassen, denn der Geruch der Pflanze lockt Schlangen an.«

»Brrr.« Anna Lisa, die sich auf dem Sofa zusammengekuschelt hatte, zog rasch die nackten Füße unter den Rock. »Schlangen! Pahti, gibt es wirklich Schlangen? Giftige?«

Der Javaner nickte. »Leider ja, Mevrouw, sogar hier in der Stadt. Und es ist gut, wenn Sie niemals Ihre Schuhe anziehen, ohne sie zuvor ausgeschüttelt zu haben, denn Skorpione sitzen gerne in warmen, dunklen Höhlen. Sie verkriechen sich während der Nacht darin, und wenn man morgens den nackten Fuß in den Schuh steckt ...«

»Herrje! Hör auf! Gibt es noch mehr solch scheußliches Viehzeug? So wie in dem Bungalow in Anjer, wo all diese schwarzen Käfer und die Schaben herumkrabbelten?«

»Um die Kakerlaken werden Sie nicht herumkommen. Sie sammeln sich überall, wo es feuchtwarm ist, und egal, wie viele man erschlägt, es kommen neue nach. Aber sie sind nicht giftig, sie sehen nur hässlich aus.«

»Was für ein Trost!«, murmelte Anna Lisa.

Sie sah zu, wie geschickt und fürsorglich der Diener seinen Herrn badete und ihm das Haar wusch. Ihre Bewunderung für den Luxus in Batavia stieg, als er dazu ein im Hotel erhältliches Patentmittel verwendete, das es in Deutschland noch gar nicht gab: Kasey Heberts Patent-Shampoo aus Seifenflocken mit Kräuterzusätzen, die dem Haar Glanz und Duft verliehen. Zu Hause hatte sie ihr Haar immer mit Seife gewaschen, die in den Augen brannte und einen hässlichen grauen Belag auf dem Haar zurückließ, sodass man mit Essig oder Zitronenwasser nachspülen musste.

Endlich war Simeon, der es mit seiner Körperpflege sehr genau nahm, fertig. Pahti half ihm aus der Wanne und führte ihn zu dem Ruhebett an der Wand. Dann putzte er die Wanne und ließ frisches, heißes Wasser ein.

»Sie brauchen mich noch, Mijnheer?«

Simeon schüttelte den Kopf. »Nein danke, Pahti. Du kannst Abendessen gehen und gute Nacht. Meine Frau kümmert sich um mich.«

Pahti machte seine feierliche Verbeugung mit gefalteten Händen und verschwand.

Anna Lisa warf die Kleider ab. Endlich! Sie spürte den Schweiß und Schmutz des langen Ritts, sie spürte auch ihre Muskeln, die von der ungewohnten sportlichen Übung schmerzten. Vier Stunden im Sattel waren viel für eine Frau, die vor Kurzem erst Reiten gelernt hatte.

Mochten die Javaner über das Sitzen in einer Badewanne denken, was sie wollten! Es war einfach herrlich, sich in dem warmen Wasser zu aalen.

Sie tat, als merkte sie nicht, wie Simeon jede ihrer Bewegungen beobachtete. Obwohl der fürsorgliche Pahti ihm in seinen Hausmantel geholfen hatte, sah sie, wie erregt er war. Das gesunde Bein aufgestützt, das kranke lang ausgestreckt, bot er sich ihr mit herausfordernd geöffneten Schenkeln dar. Dann schob er die Linke unter den seidenen Mantel und begann sich selbst zu liebkosen, verstohlen, aber doch so, dass sie es sehen konnte.

»Du solltest die Gelegenheit nutzen, dass du einen sauberen Ehemann hast«, sagte er. »Auf dem Schiff hatte ich allmählich den Eindruck, dass Miesmuscheln auf mir wachsen. Wie halten die armen Leute in der dritten Klasse das bloß aus? Waschen die sich mit Salzwasser oder gar nicht?« Die Augen halb geschlossen, lehnte er den Kopf zurück. Die Bewegungen seiner langfingrigen Hand wurden schneller. »Arme kleine Frau! Da hast du so lange einen Ehemann gehabt, der nach Eukalyptussalbe stinkt, in nasse Fetzen gewickelt ist und kein Bad nehmen kann. Hat dich das niemals geekelt?«

»Oh, komm! Was heißt hier stinken! Pahti hat dich jeden Tag geputzt wie ein Kätzchen, bis auf den Abort ist er dir mit einer Schüssel heißem Wasser nachgelaufen.«

»Das ist seine Art. Die Mohammedaner waschen sich alle den Hintern mit Wasser, wenn sie austreten waren. Ich finde, das ist eine Sitte, die man annehmen kann.«

»Solange du nicht auch ihre Sitte annimmst, mehrere Frauen zu heiraten …« Sie machte keine Anstalten, sich mit dem Bad zu beeilen, sondern rekelte sich träg in der Wanne. Ölflecken schillerten auf dem Wasser und umgaben ihren nackten Körper mit einem vielfarbigen Saum. Inzwischen hatte sie Erfahrung genug mit ihrem Ehemann, um zu wissen, dass es ihm genügte, wenn sie bei ihm war, wenn sie ihn bewunderte und lobte und ihn mit schlüpfrigen Gesprächen aufstachelte. Wenn sie in aller Ruhe zu Ende badete, würde sie immer noch früh genug dran sein: Er konnte mühelos zwei oder drei Mal hintereinander zum Höhepunkt kommen.

Dr. Lutter hatte gesagt, bei einem Jüngling von zweiundzwanzig Jahren sei das nicht ungewöhnlich, aber doch ein Zeichen, dass sie einen starken Mann geheiratet hatte. Wenn sie erst einmal ihr eheliches Beisammensein zur Gänze erfüllten, würde sie vermutlich rasch schwanger werden.

Sie setzte sich auf und stützte die Arme auf den Wannenrand. Simeons Blicke saugten sich fest an ihrem mädchenhaften, wohlgeformten Busen, aber er nutzte den Anblick nur, um sich selber zu reizen, bis er aufschrie, zuckte und erschlaffend in sich zusammensank.

Anna Lisa kletterte aus der Wanne und trocknete sich ab. Beflissen schwenkte sie ein Handtuch in der duftenden Flut, drückte es aus und reichte es ihm, damit er sich Hände und Lenden abwischte. Dann sank sie vor ihm auf die Knie und lehnte die Wange an seinen nackten Schenkel. Sie streichelte mit zarten Fingern das weiße, vernarbte Fleisch, hütete sich aber, sein Geschlecht zu berühren. Sie wusste, dass ihm das so unmittelbar nach der Ekstase unangenehm war. Sie musste warten, bis es ein wenig verschnauft hatte und von selbst anzeigte, dass es wieder Lust bekam.

Und dann, als sie so kniete und ihren Gatten liebkoste, durchfuhr sie ein heftiger Schauer, denn ein ganz seltsamer Gedanke hatte sie überkommen – eine blitzartige Vision, dass der Mann auf dem Sofa nicht Simeon Vanderheyden sei, sondern Herr Raharjo. Wie ein Rausch ergriff es sie, ihren ganzen Körper durchglühte ein ihr völlig unbekanntes Gefühl, köstlich und beängstigend zugleich. Nur einmal hatte sie etwas entfernt Vergleichbares erlebt: Als Fünfjährige hatte sie von einer Rumbowle genascht, in der Meinung, es handle sich um Rote Grütze. Nach ein paar Löffeln hatte sie die beißende Süße im Mund, einen milden Schwindel im Kopf und weiche Knie verspürt. Nur schade, dass die erschrockene Köchin sofort eine Alkoholvergiftung befürchtet und die Gouvernante sie mit Senfwasser traktiert hatte.

Sie schloss die Augen, und während Entzücken, Verwirrung und schlechtes Gewissen in ihr kämpften, küsste sie zärtlich die blassen Lenden ihres Gatten, um den ehebrecherischen Gedanken zu vertreiben – aber statt zu verschwinden, wurde der Traum nur noch intensiver. Er riss sie mit, als sei ein Geist in sie gefahren. Sie schlang die Arme um Simeons Hüften, drückte die Lippen in seinen Schoß und überließ sich den Wünschen und Visionen, die plötzlich in ihr auftauchten. Alles, was je im Halbschlaf ihren Geist und ihren Körper durchschauert hatte, war plötzlich da, als wäre es nur hinter einem Schleier verborgen gewesen. Sie brauchte sich keine Gedanken mehr darüber zu machen, was ihn erfreuen würde. Jetzt erfreute sie sich. Wozu sie sich bislang nie hatte überwinden können, obwohl er es gerne gehabt hätte, das war ihr jetzt wie etwas ganz Alltägliches – dass sie ihn umklammerte und an sich zog, ihn mit Lippen und Zähnen verschlang und den Saft aus seinen Lenden saugte. Sie schloss die Augen dabei, denn in Gedanken war es der samthäutige Javaner, den sie so fast mit Gewalt nahm, und eine abergläubische Furcht plagte sie, sie könnte die Augen aufschlagen und seine Erscheinung da sitzen sehen. Der junge Ehemann, der seine innigsten Wünsche erfüllt sah, jauchzte so laut, dass Anna Lisa schon meinte, es müssten die Dienstboten hereinstürzen, aber dann verebbte sein Schreien, er ließ nur ein tiefes, wohliges Ach und Oh nach dem anderen hören, ehe er erschöpft in das Sofa zurücksank.

Sie stand mit zitternden Knien auf, spülte sich den Mund mit einem Schluck Eistee, wischte sich Gesicht und Hände ab. Das Wort des Apostels Paulus stand ihr wie mit feurigen Lettern vor Augen: Wie eine Frau nicht Herrin über ihren Leib sei, sondern dieser ihrem Mann gehöre, so sei auch der Ehemann nicht Herr über seinen Leib, sondern die Frau. Hieß das nicht, dass sie jederzeit von ihm fordern konnte, sich ihr zu ergeben – und dabei diesen wunderbaren Traum träumen?

Simeon hatte Mühe, wieder völlig zu sich zu kommen, so heftig hatte ihn ihre stürmische Liebe erschüttert. Erst nach einer geraumen Weile öffnete er die Augen und sagte: »*Min Meisje*, du bist ja wie toll gewesen! Die ganze Zeit konnte ich dich nicht dazu bringen, dass du mir die Freude machst, und jetzt … Was ist geschehen?«

Die Wahrheit konnte sie ihm nicht sagen, also log sie ihm glatt ins Gesicht. »Nun, ehrlich gesagt, du hattest nicht unrecht, was das Leben auf dem Schiff anging. Gewiss, man ist gewaschen und nicht gerade unappetitlich, aber es ist doch ganz etwas anderes, wenn man so sauber und feucht und rosig aus dieser Badewanne steigt.«

»Das stimmt schon. Aber dass du mich deswegen gleich so packst … Himmel, ich dachte, ein wildes Tier fällt mich an, wie du mich gerissen und gebissen hast.«

Sie legte schelmisch die Hände zusammen und schlug die Augen auf. »Verzeih mir, lieber Mann, ich will es nie wieder tun.«

Er warf laut auflachend den nassen Lappen nach ihr. »Das könnte dir so passen! Und ob du es wieder tun wirst!«

Sie umarmte ihn lachend. Dann half sie ihm aufzustehen und reichte ihm seinen Gehstock. »Komm, lass uns zusehen, dass wir ins Bett kommen.«

Sie stützte ihren Mann, damit er ins Bett gelangte, ohne sich wehzutun. Eilig schlüpfte sie zu ihm unter die leichte, seidene Decke und blies das Licht aus. Ihr Körper bebte immer noch, aber gleichzeitig überkam sie das schlechte Gewissen, wie damals der Rumbowle das Senfwasser gefolgt war. Hatte sie ihren Mann nicht, wenn auch nur in Gedanken, betrogen? Ihre Gedanken, ihre Sinne waren bei einem anderen gewesen, während sie den ihr Angetrauten liebkoste. Dann wieder rechtfertigte sie sich: Es mochte ein böser Same sein, der die Leidenschaft in ihr säte, aber hatte Simeon nicht köstliche Früchte geerntet? Im wirklichen Leben würde sie nie etwas mit dem schönen Javaner zu tun haben – durfte sie da nicht von ihm träumen, wie sie als kleines Mädchen von Rittern und vom Elfenkönig geträumt hatte?

Bemüht, ihre heimliche Untreue wiedergutzumachen, schmiegte sie sich eng an ihren Gatten, legte den Arm über seine Brust und streichelte seine bärtige Wange. Und war es nicht seltsam? Jetzt war die Vision des javanischen Prinzen verschwunden, und es war wieder ganz und gar Simeon Vanderheyden, dem ihre Zuneigung galt.

Ränkeschmiede

Der nächste Morgen begann mit einer unangenehmen Überraschung. Als Fräulein Bertram kam, um Anna Lisa beim Ankleiden und Frisieren behilflich zu sein, reichte sie ihr ein weißes Kuvert. »Ich weiß nicht, woher der Brief kommt, gnädige Frau – er lag am Morgen hinter der Tür. Jemand muss ihn in der Nacht durch die Spalte geschoben haben.«

»Gib ihn mir.« Anna Lisa streckte die Hand aus und nahm das Kuvert entgegen. Es stand kein Name darauf, überhaupt kein Hinweis, an wen die Nachricht gerichtet war. Darin jedoch steckte ein gefaltetes Stück Papier, auf dem in einer sauberen, gepflegten Schrift auf Holländisch geschrieben stand:

Wenn Sie hierzulande eine gute Suppe essen wollen, sollten Sie sich nicht zu viel mit Herrn Zeebrugge abgeben.

Keine Unterschrift, kein weiterer Hinweis.

Dr. Julius Ascher saß bereits am Tisch in dem separierten Frühstücksraum, in dem man sich zu Geschäftsessen traf, als das Ehepaar Vanderheyden hinunterkam. Er war ein sehr adrett gekleideter Mann Anfang dreißig, der vom penibel glatt gekämmten Haar bis zu den auf Hochglanz geputzten Schuhen wie aus dem Ei gepellt wirkte. Er stand höflich auf und wünschte ihnen mit ausdrucksloser Stimme einen guten Morgen. Dabei sprach er sie erst beide auf Holländisch an, dann Anna Lisa allein auf Deutsch mit Hamburger Akzent. Er lächelte, als er das Aufleuchten in ihren Augen bemerkte. »Ich bin erst vor einigen Jahren ausgewandert, Frau Vanderheyden. Die Reederei Lobrecht ist mir natürlich ein Begriff. Es war auf einem ihrer Schiffe, dass ich meine alte Heimat verlassen habe. Das schöne Hamburg! Ich vermisse es sehr.«

Dann kam er rasch zum Geschäftlichen. Der schmächtige Rechtsanwalt sprach mit leiser, aber befehlsgewohnter Stimme. »Mijnheer Vanderheyden, wollen Sie mir Ihre Situation schildern?«

Simeon erzählte. Der Anwalt nickte, dann sagte er: »Ich habe mich gestern bereits mit der holländischen Bank in Verbindung gesetzt.«

»So schnell? Sie wussten doch noch gar nicht, was ich von Ihnen will!«

Dr. Ascher lächelte verschmitzt. »Mijnheer, unter den Weißen in Batavia verbreiten sich Neuigkeiten schneller, als ein Affe springen kann. Man war schon lange vor Ihrer Ankunft hier informiert, und nach dem Tode des Verwalters Wolkins fragte sich natürlich die gesamte holländische *gemeenschap*, wie es nun mit Ihnen weitergehen sollte. Als man mir sagte, dass Sie mich zu konsultieren wünschen, musste ich nur noch einige Einzelheiten klären. Ich war also auf der Bank. Dort herrscht zurzeit eine gewisse Verwirrung. Ihr Vater, Mijnheer, hat angeordnet, auf das Eintreffen seines Bevollmächtigten zu warten, der alle Regelungen in seinem Sinn vornehmen wird. Ihr Vater dagegen, Frau Vanderheyden« – dabei machte er eine knappe Verbeugung zu Anna Lisa hin –, »hat seinerseits telegrafisch angeordnet, die Interessen der Familie Lobrecht zu vertreten. Da Sie, Mijnheer, aber der Sohn des Besitzers sind, liegt es nach üblichem Rechtsbrauch bei Ihnen, anstelle Ihres Vaters zu handeln. Es wundert mich, dass ihm das nicht selbstverständlich erscheint. Er hat Sie doch nicht enterbt oder – Sie verzeihen die Frage – entmündigen lassen?«

Anna Lisa fürchtete einen neuen Wutausbruch ihres Gatten, aber Simeon zeigte sich erstaunlich ruhig. Er antwortete in gelassenem Ton. »Nein, keineswegs. Ich habe nur Ihren Rat eingeholt, da ich ein Fremder im Land bin und mir auch die Situation als solche ganz neu ist. Ich habe erwartet, hier eine gut funktionierende Plantage unter einem tüchtigen Verwalter vorzufinden, nicht einen Trümmerhaufen und einen Toten.«

»Verständlich.« Dr. Ascher nickte wohlwollend. »Ja, gewiss, keine einfache Situation.« Er beugte sich weit vor, als wollte er Simeon ins Ohr tuscheln. »Mijnheer, wenn ich Ihre Interessen vertreten soll, müssen Sie mir die ganze Wahrheit sagen. Warum schickt Ihr Vater einen anderen, anstatt einfach Ihnen die Entscheidung zu überlassen?«

»Dieser andere ist sein unehelicher Sohn. Er ist geschäftlich erfahrener als ich, und es würde mich auch gar nicht kümmern, wenn er die Plantage übernimmt und wieder auf die Beine bringt – aber als mein Verwalter. Meine Stellung und vor allem mein Geld darf er nicht antasten.«

»Ich verstehe.« Der Anwalt legte die Fingerspitzen zusammen und klopfte damit gegen sein porzellanglatt rasiertes Kinn. »Wir müssen schnell handeln, Mijnheer. Unter den Umständen werde ich kaum erreichen können, dass Sie sofort in Ihre vollen Rechte eingesetzt werden, aber ich werde beantragen, dass der Besitz Ihres Vaters hier vom Gericht verwaltet wird, bis Mijnheer Brägens eingetroffen ist. Gleichzeitig werde ich, da ja auch die Interessen Ihrer Gattin auf dem Spiel stehen, den deutschen Konsul ersuchen, ein Wort mitzureden, damit nicht nur die Holländer allein in der Sache das Sagen haben. Ich werde einen Termin bei ihm vereinbaren.«

Simeon nickte. »Was heißt das genau? Was wird auf Ihren Antrag hin geschehen?«

Dr. Ascher erklärte es ihm. »Das Gericht übernimmt fürs Erste praktisch die Stelle des verstorbenen Herrn Wolkins. Es verwaltet auch die auf der Bank liegenden Gelder. Man wird mit Ihnen vereinbaren, welche Summen Ihnen für Ihren Lebensunterhalt hier im Land ausgezahlt werden, bis eine endgültige Regelung vorliegt.«

Dr. Ascher ließ sich eine Honorarnote und eine Vollmacht unterzeichnen und verabschiedete sich; er wollte auf der Stelle zunächst zur Bank und dann zum Gericht gehen. Anna Lisa merkte ihm an, wie zufrieden er war. Zweifellos wusste er, auf welch dicken Geldsäcken der Kaffeehändler Vanderheyden und der Reeder Lobrecht saßen. Wenn solche Leute in Streit gerieten, fielen immer fette Happen für ihre Advokaten ab.

Sie folgte ihm in den Korridor des Hotels und holte ihn ein. »Warten Sie noch einen Augenblick, bitte. Ich habe eine Frage an Sie.«

Er sah überrascht aus, wartete aber höflich ab, was sie ihn fragen wollte.

Sie reichte ihm die anonyme Nachricht. »Was hat das zu bedeuten? Wissen Sie etwas darüber, warum man uns hier vor Herrn Zeebrugge warnt?«

Dem Gesicht des Anwalts war anzusehen, dass er es sehr wohl wusste, aber nicht gerne darüber sprach. Er zögerte. Anna Lisa musste ihn drängen, damit er ihr eine Antwort gab.

Schließlich rang er sich widerwillig die Worte ab: »Sehen Sie, die Holländer hier sind eine enge *gemeenschap*. Man hält zusammen. Ob man einander persönlich mag oder nicht, man hält zusammen. Und Mijnheer Zeebrugge hat, um es einmal so auszudrücken, ins eigene Nest gemacht. Die eigenen Leute angeschwärzt.«

»Angeschwärzt? Warum? Bei wem?«

Dr. Ascher hob abwehrend die weißen Hände. »Er war in Skandale verwickelt. Nein, nein, nichts Persönliches. Er hat sich einfach zu sehr in anderer Leute Skandale eingemischt. Vieles ans Licht gebracht, das besser verborgen geblieben wäre. Man findet allgemein, dass er sich zu sehr mit den Einheimischen verbrüdert ... zu sehr auf ihrer Seite steht. Das führt natürlich dort, wo es Spannungen gibt, zu ... eben zu noch mehr Spannungen.«

»Aber ich verstehe nicht ...«

»Nun ...« Der kleine Anwalt war sichtlich hin- und hergerissen zwischen dem Bedürfnis, seiner reichen Klientin gefällig zu sein, und dem Widerwillen, sich in fremden Ärger einzumischen. Schließlich entschied er sich. »Wissen Sie, was man unter Juden einen Moser nennt?«

»Ich habe keine Ahnung.«

»Ein Moser ist ein Jude, der einen anderen Juden an die Gerichtsbarkeit der Gojim ausliefert. Das Niederträchtigste, was man tun kann. Einen Moser zu töten, ist sogar rechtens, jedenfalls nach gewissen Auslegungen des Talmuds. Und Herr Zeebrugge ... nun, er ist ein gojischer Moser.«

Nach einigem Nachdenken verstand sie. »Er hat seine eigenen Landsleute an die Gerichte ausgeliefert, meinen Sie?«

»Ja. Nicht ganz zu Unrecht, muss ich mich beeilen zu sagen ...«

Es erforderte noch einige Umwege, aber schließlich erhielt Anna Lisa ein Bild davon, warum Edgar Zeebrugge in der *gemeenschap* als Judas galt. Er war Kolonialbeamter der holländischen Regierung gewesen, sogar in der recht hohen Stellung des Kontrolleurs. Man hatte ihn eigens beauftragt, gewisse Unterschleife zu untersuchen, bei denen Geld in beträchtlichen Mengen verschwunden war. Aber niemand hatte ihm befohlen, dass er aus dem Ergebnis seiner Nachforschungen einen riesigen öffentlichen Skandal machte! Als er die Bombe platzen ließ, standen mit einem Mal ein Dutzend hochrangiger holländischer Beamter und ihre Freunde unter dem einheimischen Adel am Pranger. Was Zeebrugge ans Licht gebracht hatte, waren nicht nur Diebstähle, Schmiergelder, Erpressung und andere Spielarten unredlichen finanziellen Gewinns gewesen. Damit hätte man leben können. Geld konnte zurückgefordert werden. Man hätte einen tiefen Griff in die Schatzkammern einiger Adhipatis getan und einige Beamte fristlos entlassen, andere auf Posten aus dem Weg geräumt, auf denen sie nichts anstellen konnten.

Aber Zeebrugge hatte tiefer geschürft. Er hatte nachgewiesen, dass hochrangige Mijnheers bis zum Hals in einem Sumpf aus Korruption, Erpressung, offenem Raub, ja Entführung und Mord steckten. Er hatte mit kriminalistischer Genauigkeit nachgewiesen, wie viel Blut an so manchem Sack Kaffee, so manchem Bündel Zuckerrohr klebte. Und er hatte es unmöglich gemacht, die Verantwortung dafür den Einheimischen zuzuschieben. Wilde Grausamkeit bei einem javanischen Fürsten wäre zwar nicht alltäglich, aber doch auch nicht allzu ungewöhnlich gewesen. Nein, er hatte in einem viele Seiten umfassenden Bericht genau nachgewiesen, welche Mijnheers die Hände im Spiel hatten, als die Plantage eines geschäftlichen

Konkurrenten in Flammen aufging, als ein korrekter Beamter nächtens ermordet wurde, nachdem er sich geweigert hatte, seine Unterschrift unter eine gefälschte Bilanz zu setzen, und dergleichen mehr. Und er hatte diesen Bericht nicht, wie es sich gehört hätte, diskret dem Generalgouverneur in Buitenzorg überreicht, damit der ihn in der Schublade verschwinden lassen konnte, sondern ihn publik gemacht. Dazu hatte er sich, feige wie er war, einer Zeitung in dem unter britischer Oberhoheit stehenden Singapur an der Küste Sumatras bedient. Die Engländer, in deren Herzen noch immer der Groll darüber nistete, dass man ihnen das reiche Java aus den Händen gerissen hatte, waren mit Vergnügen dabei gewesen, sich über die Mijnheers zu entrüsten – was außerdem auf recht angenehme Art von ihren eigenen Schändlichkeiten ablenkte.

»Und Sie wissen«, fuhr Dr. Ascher fort, »das ist, als werfe man einen Sack Federn in den Wind. Wenn sie einmal davongeflogen sind, kann niemand sie mehr einfangen. Der Skandal war entsetzlich. Dem Generalgouverneur blieb nichts anderes übrig, als eine Menge Beamte zu entlassen und einige – die geringeren unter ihnen – sogar ins Gefängnis zu stecken. Die moralische Oberhoheit der Europäer und ihrer christlichen Tugend« – der Jude verzog bei diesem Wort mit leisem Spott die Lippen – »war nachhaltig erschüttert. Man legte Herrn Zeebrugge nahe, so bald wie möglich um Heimaturlaub anzusuchen. Aber – und damit setzte er seiner Frechheit die Krone auf – er beharrte darauf, im Lande zu bleiben. Nur auf seinen Posten verzichtete er ... allerdings erst, nachdem er zweimal beinahe das Opfer eines rätselhaften Unfalls geworden wäre.«

»Man hat versucht, ihn umzubringen? Nur weil er die Wahrheit ans Licht brachte?«

Dr. Ascher zog die schmalen Schultern hoch und spreizte die Hände. »Wer kann das sagen? Dieses Land ist an und für sich gefährlich. Ich persönlich verlasse Weltevreden nicht gerne, auch wenn ich keine Meuchelmörder zu fürchten habe. Ein Skorpion im Schuh, eine Schlange im Bett, ein paar einheimische Räuber an einer nächtlichen Straße ... Die Gefahren sind vielfältig.« Mit einem bedeutungsvollen Blick setzte er hinzu: »Man sollte sie nicht noch durch Unvorsichtigkeit vergrößern.«

Anna Lisa spürte, wie der Zorn in ihr aufwallte. »Ach! Sie meinen, Simeon und mir könnte auch etwas zustoßen, wenn wir weiter an der Bekanntschaft mit Herrn Zeebrugge festhalten?«

Wieder ein wortloses Spreizen der zarten, langfingrigen Hände.

Anna Lisa war wütend, aber sie spürte auch, wie die Angst mit einer unbestimmten Kälte im Magen sich bemerkbar machte. Dieses Land, da hatte Dr. Ascher recht, war fremdartig und gefährlich genug, auch ohne dass man sich zusätzliche Feinde auf den Hals lud. Wie ein Magnesiumblitz erhellte ihre Erinnerung plötzlich das Bild des ausgestorbenen Hofes der Familie Gerstenbauer – die hohlen Fenster, die von Unkraut überwucherte Einfahrt, die eingesunkenen Dächer, vor allem aber jene Grabstele mit ihrer schrecklich lakonischen Beschreibung des Unheils, das der deutschen Familie ein Ende gemacht hatte.

Sie wollte noch eine Frage stellen, aber Dr. Ascher entwand sich ihrem Griff mit schlangenhafter Geschicklichkeit. »Ich kann Ihnen nur sagen, dass diese Nachricht als wohlmeinende Warnung aufgefasst werden kann. Sie brauchen den Herrn ja nicht weiter. Ihre Angelegenheiten sind in kompetenten Händen. Wozu die Holländer reizen?«

Er huschte davon wie ein Tier, das knapp einer Falle entkommen war.

Herr Raharjo kam in den nächsten Tagen seinen Pflichten nur sehr nachlässig nach. Eine schreckliche innere Zerrissenheit quälte ihn. Bislang war er überzeugt gewesen, dass nur die Frauen seines eigenen Volkes das Ansehen wert waren, denn die Javaner, vor allem die adeligen, waren nicht weniger stolz als die Europäer. Die Chinesinnen verspottete er im Kreis seiner Freunde als »Bananengesichter«, die Engländerinnen als »Pferde mit langen Nasen«, die großen, breithüftigen deutschen Frauen sähen aus »wie weiße Wasserbüffel«. Nur die zarten Frauen mit der goldbraunen Haut, dem rabenschwarzen Haar und den leuchtenden Mandelaugen waren es wert, dass das Herz eines Mannes ihretwegen klopfte. Und jetzt? Ihm war das Herz stehen geblieben, als er die kleine Frau Vanderheyden da am Tisch sitzen sah, die Wangen gerötet von der Anstrengung des Reitens in der Tropenhitze, das Haar – obwohl ihr braves Dienstmädchen es rasch wieder ordentlich aufgesteckt hatte – ein wenig feucht und wirr vom Herrichten in dem einfachen Waschraum. Ach, der kleine, schwellende Busen in dem strammen Mieder, das niedlich gerundete Hinterteil! Und sie war so zierlich. Das störte ihn am meisten an den weißen Frauen: dass die Mehrzahl von ihnen so groß und plump war. Wasserbüffel eben.

In dem Augenblick, in dem er sie das erste Mal gesehen hatte, war seine Entscheidung gefallen. Er dachte nicht daran, diesem lieblichen Geschöpf etwas anzutun. Und den Mann musste er ebenfalls laufen lassen, es war ja kaum zu erwarten, dass eine verliebte junge Ehefrau dem Mörder ihres Gatten Zuneigung entgegenbrachte. Dass sie verliebt war, hatte er ihr auf den ersten Blick angemerkt. Ihre Augen hatten jedes Mal aufgeleuchtet, wenn sie von dem Menschen sprach, der – wie Edgar Zeebrugge ihm anvertraut hatte – ein Krüppel und ein

Narr war. Herr Raharjo verstand genug von Frauen, um zu wissen, dass weder Gebrechlichkeit noch Dummheit ihrer Liebe ein ernsthaftes Hindernis in den Weg legten. Wenn sie sich einen Mann in den Kopf gesetzt hatten, konnte der auf allen vieren kriechen, und sie liebten ihn wie einen Gott.

Aber das Problem endete nicht damit, dass er seinen eigenen Anteil an den Mordplänen aufgab. Für die beiden jungen Leute war es gefährlich, in Batavia zu bleiben. Der Weg von der Kota, wo die Französin wohnte, zum Hotel des Indes war kurz. Ihre Plantage stand immer noch unter Quarantäne, und außerdem hatte er den versteckten Schatz, den er dort vermutete, noch nicht gefunden. Wohin also mit ihnen?

Und Herr Raharjo, der selten um eine Lösung verlegen war, hatte bald eine gefunden. Das Landhaus seines Großvaters in der Nähe von Zeebrugges Gut stand die meiste Zeit leer, das Ehepaar dort aufzunehmen, kostete den Fürsten keine Mühe, und er würde nicht einmal Geld dafür verlangen – es hätte den Fürsten beschämt, sich für eine solche Kleinigkeit bezahlen zu lassen. Die holländischen Behörden würden darin eine Geste freundlichen Entgegenkommens sehen, die ihnen gefiel, und Raharjo selbst konnte weiterhin den Anschein pflegen, dass ihn die Mijnheers in seinem Lande nicht störten. Er würde sich im Auftrag des greisen Fürsten um sie kümmern – in dieser offiziellen Funktion hatte er jederzeit Zutritt zu der lieben kleinen Frau, und wenn der Mann ohnehin ein Schwachkopf war, würde er ihn nicht allzu sehr stören.

In Madame Lafayettes prunkvollem Haus in der *benenstad* spähte die Zofe durch den hochgehobenen Bettvorhang herein. »Madame, der Diener sagt, ein Bote sei an der Tür … für Madame persönlich.« Ihre Stimme wurde einen Ton schriller.

»Aber, oh, gehen Sie nicht hinaus! Es ist ein schrecklicher Mensch, schwarz wie ein Schornsteinfeger und bucklig wie der Teufel ...«

»Halt den Mund, dummes Ding, und reich mir meinen Morgenrock.« Madame Lafayette sprang aus dem Bett, als brenne es unter ihr. Dongdo war gekommen mit einer wichtigen Botschaft – das musste heißen, dass Raharjos Männer ihren Auftrag erfüllt hatten und Simeon tot war. Ein heißes Rot stieg in ihre Wangen. Ihre Augen glänzten. Sie sah plötzlich zehn Jahre jünger aus. Da sie sich nicht die Zeit nehmen wollte, ihr Haar zu richten, stülpte sie sich einen mächtigen Turban aus buntem Batiktuch über den Kopf, warf den Morgenmantel um und eilte selbst zur Haustür, während die verschreckte Zofe im Schlafzimmer zurückblieb.

Tatsächlich: Draußen stand Dongdo, ein unbeweglicher schwarzer Schatten im milden Morgenlicht.

»Nun? Ist es getan? Ist das die Nachricht, die du mir bringst?«, fuhr sie ihn an, als er weder grüßte noch Anstalten machte, ins Haus zu treten.

Er antwortete nicht. Stattdessen holte er aus seinem groben erdbraunen Umhang einen Beutel hervor, zog die Schnur auf und leerte ihr die Gulden vor die Füße. Das Klirren der Münzen war noch nicht verklungen, als er sich auch schon umdrehte und wortlos davonschritt.

Sie starrte ihm nach, zu wütend, um ein Wort hervorzubringen. Es brauchte auch keine Fragen. Die Geste war deutlich genug gewesen. Raharjo hatte den Pakt gebrochen. Der verhasste Krüppel lebte immer noch. Und was sollte sie jetzt tun? Ihn mit eigener Hand aus der Welt zu schaffen, das konnte sie nicht wagen. Noch war ihre Klugheit stärker als ihr Hass. In der *gemeenschap* summte es ohnehin wie in einem Hornissennest.

Wenn Simeon jetzt ein Unheil zustieß, würden alle mit Fingern auf sie zeigen. Nein, sie musste einen anderen Weg gehen. Sie brauchte den kleinen braunen Affen nicht. Es gab immer noch genug andere Männer, die zu ihrer persönlichen Verfügung standen.

Im Palast des Generalgouverneurs in Buitenzorg saß der Kontrolleur Mijnheer Pieterzoen van Schujten an seinem Schreibtisch, als ihm der Besuch von Madame Lafayette gemeldet wurde. Der alte Mann hielt beim Schreiben inne. Seine Hand sank auf das Blatt Papier und ruhte dort. Er hob den Kopf und blickte die Wand über dem barock verschnörkelten Zedernholzschreibtisch an, eine mit roter Seide tapezierte Wand, die über und über bedeckt war mit ausgeschnittenen Zeitungsnotizen und Fotografien. Sie alle zeigten ihn in der Blüte seiner Jahre, mit Frack und Zylinder und einer Nelke im Knopfloch, bei Audienzen der Mächtigsten der Erde oder in ausgelassener Laune bei den Bällen und Festen der *gemeenschap*, als man ihn noch einen sehr attraktiven Mann genannt hatte.

Sein Körper war von Natur aus riesig und durch Alter und Krankheit unförmig geworden, und nur sein Kopf verriet noch, was er einmal gewesen war: einer der Einflussreichsten seines Landes, hofiert und gehasst von seinen Untergebenen, bewundert und gefürchtet von seinesgleichen, mit Neid und Abscheu betrachtet von den kleinen Leuten, von denen die gewaltige Kluft des Hochmuts ihn trennte. Dieser Kopf war merkwürdig widersprüchlich geformt. Die hohe, kühn gewölbte Stirn verriet eine außergewöhnliche Intelligenz, die weit vorspringende Nase Tatkraft, die lebhaften blauen Augen ein waches Interesse an der Welt und ihren Angelegenheiten. Nur der Mund – breit, schlaff und gemein – passte nicht zu diesem Charakterkopf, den ein silberner Haarschweif krönte. Er verlieh dem gesamten Gesicht, seinen edlen Anlagen zum Trotz, starke Ähnlichkeit mit der Physiognomie Alexander VI., des Borgia-Papstes.

Er war Madame Lafayettes Liebhaber gewesen, und ihre geradezu hexenhafte Fähigkeit, seine tiefsten, unausgesprochenen Wünsche zu erahnen und zu erfüllen, hatte ihn an sie gebunden – ihn, den seine Schmeichler einen Renaissance-Menschen nannten, ihn, der nur die Hand auszustrecken brauchte, um mehr Frauen zu haben, als selbst sein gieriger Appetit zu bewältigen vermochte. Er brauchte sie, er war von ihr gebannt; dennoch mochte er sie nicht. Etwas wie Widerwillen überlief ihn, als er sich beim Öffnen der Tür höflich erhob und der Besucherin entgegenging.

»Ma chère Madame!« Er begrüßte sie mit einem Lächeln, geleitete sie zu der weiß und golden gehaltenen Sitzgruppe, wies seinen Diener an, Eiswasser und Genever zu servieren. Er brauchte nicht zu fragen; Madame war auch beim Alkohol keine Kostverächterin. »Was führt Sie zu mir? Was kann ich für Sie tun?«

Ihre weiten Röcke rauschten, als sie sich niedersetzte. Zierlich wie der Porzellanleib einer Teepuppe ragte ihr Oberkörper aus den üppigen Volants. Wie immer war sie makellos geschminkt und frisiert und sah erstaunlich jung aus. Zwei rote Rosen, die nicht aus dem Schminkkästchen stammten, brannten auf ihren Wangen, und sie erzählte hastig, was sie hierhergeführt hatte und was sie von ihm erwartete.

Van Schujten rieb sich langsam die Hände, mit einer Bewegung, die sein Unbehagen verriet. »Ich zweifle keinen Augenblick an Ihren Worten, chère Madame. Dennoch kann ich nicht so ohne Weiteres aktiv werden. Sie wissen so gut wie ich, dass der Große Herr in Buitenzorg« – ein spöttisches Lächeln spielte um seine Mundwinkel, als er den einheimischen Ausdruck für den Generalgouverneur in seiner Residenz verwendete – »sehr zögerlich handelt, wenn er befürchten muss, es sich mit einem der mächtigen einheimischen Fürsten zu verderben. Und was den Großvater des Herrn Raharjo angeht, so sind wir froh, einen wie ihn auf seinem Posten zu haben, bei dem wir sicher sein können, dass er keinen Ärger macht. Also wollen auch wir ihm keinen Ärger machen. Säße der junge Hitzkopf auf einem einigermaßen bedeutenden Posten, dann sähe es anders aus. Aber vorderhand ist er ein Nichts.«

»Ein paar Dutzend tote Holländer sind da ganz anderer Meinung«, antwortete sie mit beißendem Spott.

»Ja, gewiss, gewiss.« Der Kontrolleur fühlte sich nicht wohl in seiner Haut, das war ihm anzusehen. Er wusste, wozu eine hasserfüllte Frau fähig war, auch ohne dass er Congreves berühmtes Wort kannte: »Die Hölle selbst kann nicht wüten wie eine verschmähte Frau.« Madame schien ganz in der Stimmung zu sein, sich persönlich zum Großen-Herrn-in-Buitenzorg zu begeben und bei ihm Klage zu führen.

Vorsichtig fragte er: »Wie sind Sie eigentlich zur Kenntnis seiner Untaten gelangt?«

Sie wich der Falle geschickt aus. »Eine Frau von Welt sieht und hört vieles, Mijnheer Kontrolleur. Die Diener schwätzen, unsere genauso wie die der Einheimischen. Es fällt auf, dass Raharjo häufig mit Zeebrugge gemeinsam gesehen wird.«

»Zeebrugge!« Der Kontrolleur zog die Nase kraus, als hätte er etwas Widerliches gerochen. »Der verdammte Judas ... beschmutzte das eigene Nest ... Ich würde ihm nicht mit der Feuerzange die Hand reichen! Andererseits ist es nicht verboten, mit ihm Gesellschaft zu pflegen, wenn jemandem an solcher Gesellschaft gelegen ist. Nein, Madame, Sie müssen mich aus der Sache heraushalten. Ich kann den Lieblingsenkel des Alten nicht in Schwierigkeiten bringen, wenn nicht sehr handfeste Beweise vorliegen.« Er stand auf, um ihr klarzumachen, dass er keinen Schritt weiter nachgeben würde. »Aber sobald Sie etwas wissen, kommen Sie bitte auf der Stelle zu mir.«

Madame Lafayette erstickte beinahe an ihrer Wut, als sie zu ihrer wartenden Droschke zurückkehrte. Männer!, dachte sie mit überschäumender Verachtung. Alle blähten sie sich auf wie die Ochsenfrösche, alle quakten sie große Töne, aber wenn es darum ging, einem wie Raharjo die Haut abzuziehen, dann kniffen sie den Schwanz ein. Diplomatie, Frieden im Land, unnötige Provokation, keine Beweise …

Mitten in ihren Gedanken wurde sie von einem Bettler gestört. Es war ein ausgemergelter Greis mit schmutzigem Turban, braun und knorrig, der lächerlich aussah, wie er vor ihr herumhopste und sie winselnd und mit den Händen fuchtelnd auf seine Bedürfnisse aufmerksam zu machen suchte. Der Alte kam ihr gerade recht! Sollte er arbeiten, wenn er essen wollte! Aber die Mohammedaner ermutigten das Geschmeiß noch, indem sie das Almosengeben zu einer der vier Säulen ihres Glaubens ernannten. Schöner Glaube, der Faulheit und Frechheit als Tugend ansah!

»Verschwinde!«, befahl sie und unterstrich den Befehl damit, dass sie den Sonnenschirm schloss und den Bettler mit der Spitze von sich stieß. Er krächzte schmerzlich, als die Metallspitze seine eingesunkene Brust traf, aber statt die Botschaft zu verstehen und auf der Stelle zu verschwinden, wurde der Alte nur noch aufdringlicher. Ein Strom von heftigen Worten floss über seine Lippen.

Offensichtlich brauchte er eine Lektion in gutem Benehmen, also drehte Madame Lafayette den Schirm um und versetzte ihm mit dem dicken elfenbeingeschnitzten Griff einen Schlag ins Gesicht, dass er zu Boden stürzte und mit blutender Nase betäubt im Gras lag. Sie schlug ein zweites Mal zu, wobei sie mit gellender Stimme rief: »Dieb! Er wollte mich bestehlen!« Aufjaulend raffte der Alte sich hoch und kroch, in seinen Sarong verwickelt, auf allen vieren davon, wobei er eine blutige Spur hinterließ.

Madame Lafayette bestieg ihre Kutsche, ohne ihm noch einen Blick zu widmen. Der Bettler hatte sein Fett weg. Jetzt musste sie sich um Wichtigeres Gedanken machen. Zu den Aufgaben, die sie sich gestellt hatte, war eine weitere hinzugekommen. Nicht nur Simeon und seine deutsche Trine mussten weg, auch diese arrogante braune Ratte, die ihr einen Beutel Gold von seiner schwarzen Missgeburt von einem Diener vor die Füße hatte werfen lassen.

Freilich, einfach würde das nicht sein. Van Schujten wusste jetzt Bescheid, dass sie dem jungen Adeligen übelwollte. Wenn Raharjo also plötzlich und unerwartet starb, würde sie Ärger mit dem Kontrolleur bekommen. Einige schon länger zurückliegende Liebesnächte wogen zu leicht, um den Ärger auszugleichen, den der Mord am Lieblingsenkel eines Adhipati bedeutete. Wo es um ihre politischen und merkantilen Interessen ging, waren Männer wie van Schujten jederzeit bereit, einen Einheimischen wie einen Käfer zu zertreten, aber wegen des persönlichen Grolls einer ehemaligen Geliebten machten sie sich ungern die Hände schmutzig.

Sie würde also sehr scharfsinnig vorgehen müssen, wenn sie sich nicht dem Zorn des Kontrolleurs aussetzen wollte – und, schlimmer noch, dem Zorn von Herrn Raharjos chinesischen Freunden. Der Phantasie asiatischer Folterknechte, die den Tod eines Freundes rächen wollten, war keine Grenzen gesetzt. Das war hinreichend bekannt. Sie wollte weder mit dünnen Bambusstöcken zu Tode gepeitscht noch kopfunter in einer wassergefüllten Tonne hängend ertränkt werden, und schon gar nicht wollte sie auf einem einsamen nächtlichen Feld von vier Wasserbüffeln, die langsam auseinanderstrebten, in Stücke gerissen werden. Die Leichen von Leuten, die sich Chinesen zu Feinden gemacht hatten, sahen oft sehr … nun, bemerkenswert aus, wenn man sie aus den Grachten zog.

Mijnheer van Schujten war jedoch nicht so völlig untätig, wie Madame Lafayette befürchtete. Er war nur ein sehr diplomatischer Mann, der es verstand, Nein zu sagen und Ja zu tun. Nachdem er die Französin losgeworden war, beorderte er einen seiner Beamten zu sich, einen Polizeiagenten namens Jasper Kranewitter.

Dieser, ein Mann in den frühen Fünfzigern, war ein untersetzter, kurzbeiniger Mann von gleichmäßig graubrauner Farbe. Sein breites Gesicht hatte den bleiernen Farbton, den durchwachte Nächte und eine schlechte Verdauung hervorrufen. Sein Haar, das unordentlich und borstig über einer von Falten durchzogenen Stirn aufstand, und sein Schnauzbart waren graubraun.

Kranewitter war ein Arbeitstier. Gleichzeitig war er ein Mann von außergewöhnlich scharfem Verstand und einer Hingabe an seine Arbeit, wie man sie keineswegs bei allen Kollegen fand.

Van Schujten hatte volles Vertrauen zu ihm. Er legte die Karten offen auf den Tisch. Nur die Tatsache, dass Madame Lafayette sich an ihn gewandt hatte, weil sie einmal eine stürmische – und ehebrecherische – Beziehung unterhalten hatten, verschwieg er; das hatte schließlich mit dem Fall Raharjo nichts zu tun.

»Der Junge wird langsam lästig«, sagte er. »Und außerdem passt es mir nicht, dass immer mehr Leute ihn als Messias ansehen. Ich will ihn aus dem Weg haben. Aber es darf keinen Ärger geben. Sie verstehen. Wenn wir uns die Hände schmutzig machen, würde sogar ein seniler Trottel wie der Adhipati rebellieren. Wir müssen ihn loswerden, ohne offiziell in Erscheinung zu treten. Ein eleganter Abgang.«

Kranewitter lächelte dünn. »Für elegante Abgänge ist die Dame, die eben hier vorgesprochen hat, aber eher zuständig als ich. Soviel ich weiß, sagt man ihr nach, man möchte gerne mit ihr schlafen, aber nur ungern mit ihr frühstücken.«

»Sparen Sie sich Ihr dummes Gewäsch!«, schnauzte ihn der Kontrolleur an, der genau aus diesem Grund seine innige Beziehung zu der Französin abgebrochen hatte. Ihr Drängen darauf, in seinem Testament bedacht zu werden, war ihm unheimlich geworden. »Kümmern Sie sich lieber darum, wie Sie meinen Auftrag erfüllen. Wenn Sie nämlich Mist bauen, sind Sie dran, nicht ich.«

Kranewitter nahm die Warnung gleichmütig hin. Van Schujten hätte ihn nicht extra darauf hinweisen müssen, dass es so kommen würde; das wusste man als erfahrener Untergebener eines mächtigen Mannes ohnehin. Er begab sich zurück in sein Büro, und dort saß er eine Weile, am Federhalter kauend, am Schreibtisch und überlegte, wie er Herrn Raharjo aus der Welt schaffen könnte.

Zwei Schatzkammern

Zwei Tage geschah nichts weiter, als dass die Vanderheydens auf das Ergebnis von Dr. Aschers Aktivitäten warteten. Anna Lisa vertrieb sich die Zeit, indem sie Einkaufsausflüge in die Stadt machte. Bei ihrer Rückkehr von einem solchen Ausflug traf sie ihren Gatten dabei an, wie er sich zum Ausgehen bereit machte. Pahti reichte ihm gerade den Zylinder und legte ihm den losen, mit weißer Seide gefütterten Umhang um die Schultern, der bei der herrschenden schwülen Wärme den korrekten Mantel ersetzte.

»Wo willst du hin?«, fragte sie, überrascht, dass er ihr nichts von seiner Absicht gesagt hatte.

Er sah ein wenig verlegen aus, als hätte sie ihn bei einer bösen Absicht ertappt. Fast trotzig antwortete er: »Ich habe eine sehr interessante Adresse bekommen ... ein einheimischer Fachmann ... es heißt, er versteht mehr von javanischer Flora als jeder andere in Batavia ... Ich werde bald wieder zurück sein.«

Plötzlich wallte die Zuneigung zu ihm so heftig in ihr auf, dass sie ausrief: »Aber warum wartest du denn nicht auf mich? Ich will das auch gerne sehen!«

Simeon schwankte zwischen Verblüffung und Freude. Eben noch hatte er vorgehabt, sich unauffällig davonzuschleichen, während seine Frau mit Einkäufen beschäftigt war – jetzt beharrte sie darauf, ihn zu begleiten! »Wenn es dich interessiert ...«, begann er zögernd.

»Natürlich interessiert es mich. Warte nur fünf Minuten, dann bin ich auch fertig.«

Begleitet von Fräulein Bertram – die Begleitung durch eine Zofe war eine gesellschaftliche Notwendigkeit, der eine Dame sich auch bei einem eher exzentrischen Unternehmen nicht entziehen konnte – eilte sie die Treppen hinab und fand Simeon, schwer auf seinen Krückstock gestützt, vor dem Hotel wartend. Eine Droschke hielt am Straßenrand. Daneben lehnten zwei kräftige Männer, die offenbar unter dem Befehl des Hoteliers standen, denn dieser war in eine heftige Diskussion mit Simeon verwickelt.

»Nein, Mijnheer«, hörte sie ihn ausrufen, »ich kann es nicht verantworten! Der schlechte Ruf fiele auf mein Haus zurück ... Sie müssen sich einverstanden erklären! Jan und Piet« – dabei wies er auf die beiden sauber gekleideten, aber grimmig blickenden Gesellen – »werden Ihnen ganz sicher nicht im Wege sein, sie werden diskret warten, Mijnheer kann seine Geschäfte ganz ungestört tätigen – aber allein fahren Sie mir nicht in den Glodok! Schon gar nicht mit Ihrer jungen Frau!«

»Warum? Was sollte mir dort widerfahren?«, fragte Simeon trotzig.

»Mijnheer wäre nicht der Erste, der von einem vorwitzigen Besuch im Chinesenviertel nicht mehr zurückgekehrt ist«, antwortete der Hotelier mit tiefem Ernst. »Es ist ein verstohlenes Volk, das tausend Geheimnisse hat, und wenn Sie einem dieser Geheimnisse zu nahe kommen ...«

»Oh, dann meinetwegen!« Simeon gab offenbar nur nach, um den lästig besorgten Hotelier loszuwerden. »Ich vertraue mich Ihrem Kutscher und Ihren beiden Kraftlackeln an.« Er ließ sich von Pahti in die offene Droschke helfen – ein mühsames Unterfangen, da ihn nicht nur sein verletztes Bein, sondern zudem seine eingegipste Rechte behinderte. Anna Lisa folgte ihm. Sie hegte leise Bedenken, aber wenn sie jetzt kniff, würde Simeon sie nie wieder einladen, und sie wollte doch an allem Anteil haben, was den geliebten Mann beschäftigte.

Das Fuhrwerk ratterte los. Der Fahrtwind wehte ihnen um die Ohren, geschwängert von den Düften der Blumen, Früchte und Gewürze, die in diesem Land allgegenwärtig zu sein schienen.

»Wer ist dieser Fachmann, den wir besuchen?«, fragte sie, um ihr Interesse zu bezeigen.

»Er heißt Dr. Liao und ist weit über den Glodok hinaus berühmt für seine umfassenden botanischen Kenntnisse, er ist viel mehr als ein einfacher Kräuterhändler – er ist ein Gelehrter in seinem Fach. Ich kann es nicht erwarten, ihn kennenzulernen. Ach, ich wünschte, ich hätte einige meiner Herbarien mitnehmen können – dann müsste er mir glauben, dass ich auch ein wenig von der Sache verstehe!«

»Das wird er rasch merken, sobald er sich mit dir unterhält.«

Sie ergriff seine Linke und lehnte sich so eng an seine Schulter, wie es die gute Sitte in einem offenen Wagen erlaubte. Er genoss die Nähe, die sie ihn fühlen ließ; er lächelte sie an und erwiderte ihr Anschmiegen mit einem zärtlichen Druck seiner kalten Finger.

Ihr ständig schwelendes schlechtes Gewissen trieb sie, ihm so oft wie möglich ihre Ergebenheit und Zuneigung zu beweisen. Sie schämte sich, dass sein Körper ihr nur als Vorwand diente für die Leidenschaft, die ein anderer in ihr erweckt hatte, und suchte diese Verfehlung gutzumachen, indem sie fast aufdringlich ihre Gattenliebe zur Schau stellte.

Sie querten eine der Zugbrücken und folgten einer von Bäumen gesäumten Straße, die zwischen den hohen Häusern im Schatten lag.

»Wie seltsam hier alles ist!«, rief Anna Lisa aus.

Tatsächlich waren sie von einem Augenblick auf den anderen in eine fremde Welt geraten. Kleine, grellbunt bemalte Häuschen standen hier dicht nebeneinander im Schatten hochgewachsener Palmen und blühender Tamarinden. Es wimmelte von Menschen, die allen möglichen Beschäftigungen nachgingen, wobei das Kochen eine ihrer Lieblingsbeschäftigung zu sein schien, denn überall drängten sich Karren, die eigentlich kleine fliegende Küchen darstellten, und ein atemberaubender Duft stieg aus den brodelnden Töpfen darauf in die Höhe.

»Oh, wie gut das riecht!«, rief sie aus. »Es läuft einem das Wasser im Mund zusammen!«

Der Kutscher, der ihre Worte gehört hatte, rief über die Schulter zurück: »Essen Sie bloß niemals etwas, das aus diesen Küchen stammt, Mevrouw! Sie könnten leicht krank werden. Das Wasser, mit dem die Suppe gekocht wird, ist schmutzig, und was man Ihnen als Rindfleisch serviert, ist wahrscheinlich gebratene Ratte. Bei den Chinesen landet alles im Kochtopf, was nicht schnell genug wegrennt.«

Die Kutsche rollte durch enge, geschäftige Straßen, vorbei an Läden, in denen Devotionalien eines für Anna Lisa ganz fremden Glaubens verkauft wurden: gold lackierte Hausaltäre, Götterfiguren und Räucherstäbchen. Dann bog die Kutsche in eine so schmale Gasse ab, dass die Räder links und rechts an den Randsteinen entlangscharrten, wenn der Kutscher nicht vorsichtig war, und hielt urplötzlich vor einer braunen Mauer an. Ein offener Torbogen gab den Blick frei in einen Hof, in dem unter geteerten hölzernen Schutzdächern unzählige mit

Leder und Wachstuch bezogene Kisten und Säcke gestapelt lagen. Ein so überwältigendes Aroma drang heraus, dass Anna Lisa niesen musste.

Simeon schien es sehr wichtig zu sein, dass der Kräuterfachmann ihn als einen Herrn von Stand schätzte, denn er stieg nicht aus, sondern schickte stattdessen Pahti – der einen etwas zögerlichen Eindruck machte – mit seiner Karte hinein. Mit einigen kurzen Worten stellte er sich darauf als Botaniker vor.

Herr Liao zeigte sich sehr entgegenkommend. Er schickte seinen Diener, der die Kutsche in den Hof geleitete, dann erschien er selbst. Anna Lisa fand, dass er bemerkenswerte Ähnlichkeit mit seinen Wurzelprodukten hatte: In einen schwarzen, reich bestickten Kaftan aus Damast gehüllt, ein Käppchen mit Goldbordüren auf dem Kopf, empfing sie ein zwergenhafter, gelbgesichtiger Mann von unbestimmbarem Alter. Sein langer Zopf und das Ziegenbärtchen glänzten so lackschwarz, dass sie nur gefärbt sein konnten. Seine Hände waren, wie seine ganze Erscheinung, sehr gepflegt, aber fleckig vom Saft der unterschiedlichsten Pflanzen, die starken, krummen Nägel braun wie Muskatnuss. Als er sah, dass Simeon behindert war, rief er sofort zwei Diener herbei, die dem Besucher beim Absteigen aus der Kutsche halfen und ihn stützten, als Herr Liao ihn in den eigentlichen Laden führte. Pahti wieselte hintennach, sichtlich eifersüchtig, dass Fremde sich in sein ureigenes Gebiet mischten. Anna Lisa mit ihrer Zofe folgte unsicher.

Der Laden bot einen höchst bemerkenswerten Anblick. Er war lang und schmal, im zweiten Drittel durch einen Perlenvorhang geteilt, hinter dem sich ein Behandlungsraum mit mehreren Liegen und Zubern befand. Beißender Geruch strömte von den Tabakblättern, die in Büscheln von den Deckenbalken hingen, und den ebenfalls gedörrten Tieren, Fröschen, Schlangen, Eidechsen, die dazwischen baumelten. In den Ecken des Gewölbes lagen und lehnten, alle sorgfältig mit chinesischen Lettern beschriftet, mit Affenleder bezogene Kisten und verschnürte Bündel von exotischen Hölzern, Harzen, Wurzeln, Früchten, Blättern. Auf einem Regal aus Ebenholz drängten sich in Reih und Glied getrocknete Kürbis-Kalebassen. An Fäden hingen aus Stricken und bunten Wollfasern geknotete Puppen. An den mit Palisander getäfelten Wänden zogen sich, da und dort von einer zierlich geschnitzten Kommode unterbrochen, Apothekerkästen mit teils offenen, teils mit vergoldeten Deckeln verschlossenen Fächern entlang. Die offenen Regale waren gefüllt mit einem Sammelsurium von Kerzen, Wasserpfeifen, Gewürzdosen, Räucherpulvern und Flaschen mit hochprozentigem Alkohol. Dazwischen standen Vitrinen mit schrägen Glasdeckeln. Das Licht mehrerer mit Duftöl gefüllter Ampeln spiegelte sich in zylindrischen Gläsern. Insgesamt war der Geruch, wiewohl aromatisch, in seiner Dichte und Intensität beinahe Übelkeit erregend. Anna Lisa spürte, wie es sie im Hals kratzte. Ein Nebel schien sich auf ihre Sinne zu senken, als würde sie alle die zweifellos potenten Drogen durch den bloßen Geruch in sich aufnehmen.

Herr Liao schien anzunehmen, dass Simeon ihn seiner Krankheiten wegen zu konsultieren wünschte, denn er führte ihn zu einem bequemen Sofa, ließ von den Dienern einen Hocker bringen, um das verstauchte Bein hochzulagern, und stellte in bemerkenswert fließendem Holländisch Fragen nach Art und Ursache des Unfalls. Während der Hausherr mit seinem Gast beschäftigt war, wiesen die Diener auch den beiden Frauen Sitzplätze an – eher bescheidene Holzhocker – und brachten dann auf einem mächtigen runden Silbertablett Tee herein.

Simeon hatte nicht vorgehabt, den Chinesen als Arzt zu beanspruchen, aber da dieser von selbst damit angefangen hatte, ließ er es sich gerne gefallen, dass der krumme Wurzelmann so ausführlich auf seine Leiden einging. Innerhalb kürzester Zeit hatte Herr Liao die verschiedensten Kräuter für ihn verpackt: einen Aufguss für das Bad, mehrere Tees und Tinkturen sowie eine Blättermischung zum Auflegen auf die zerschnittene Hand, sobald der Gips davon entfernt werden konnte.

Anna Lisa, die wusste, dass sie sich auf keinen Fall in das Gespräch unter Männern mischen konnte, ohne als grob unhöflich zu gelten – und ihren Mann zu blamieren –, vertrieb sich die Zeit damit, dass sie an den Apothekerschränken entlangschlenderte und den Inhalt der Fächer, Gläser und Vitrinen betrachtete. Schon sehr bald hoffte sie, sie möge nie in die Lage kommen, einen chinesischen Arzt konsultieren zu müssen, denn die Behälter waren gefüllt mit einem skurrilen Sammelsurium von getrockneten Fledermäusen und Fröschen, farbigen Pulvern aller Art, in Weingeist eingelegten Insekten, verkrümmten Wurzeln und trüben Tinkturen. Sie fragte sich, wie das wohl sein mochte, wenn man einen mumifizierten Frosch als Mittel gegen Zahnschmerzen oder einen in Spiritus schwimmenden Skorpion gegen Magenkrämpfe verordnet bekam. Ihr schauderte. Die Chinesen allerdings schienen diesen Heilmitteln vollstes Vertrauen entgegenzubringen, denn während der Inhaber des Ladens sich um den vornehmen Gast bemühte, hatten die Diener an dem langen, mit rotem Marmor gedeckten Ladentisch alle Hände voll zu tun, ständig neu hereinströmende Kunden zu versorgen.

Sie schreckte auf, als Simeon sie zu sich rief. »Komm her, Anna Lisa, und sieh dir das an! Herr Liao meint, es würde mich schneller gesund machen als alle Ärzte der Welt.«

Sie gehorchte. Ihr Mann saß auf dem Sofa, das verletzte Bein von sich gestreckt, und hielt auf dem Schoß einen Behälter aus Ebenholz, knapp eine Elle lang. Er hatte den Deckel aufgeklappt, und einen Augenblick meinte sie, in einen winzigen Sarg zu blicken, denn der mit karmesinrotem Samt ausgeschlagene Kasten beherbergte ein spannenlanges, runzliges, schwarzbraunes Wesen mit einem dicken Kopf und fadendünnen Ärmchen. Es war in rote und weiße Seide gewickelt und mit einem schwarzen Samtumhang bedeckt. Sie spürte, wie ihr Herz nervös zu pochen anfing, so sehr ähnelte das Ding einem verschrumpften Menschlein. Was in aller Welt war das? Die Mumie eines zu früh geborenen Kindes? Dann jedoch ging ihr Atem wieder leichter, denn jetzt erkannte sie das so menschlich aussehende Scheusal. Eine Zauberwurzel war es, ein Galgenmännlein – so genannt, weil es hieß, dass sie nur am Fuße eines Galgens wachsen könne, wo die Erde vom Urin und Sperma eines Gehenkten durchtränkt war. Sie hatte noch nie eines in natura vor Augen gehabt, aber in einem Buch über allerlei Kuriositäten hatte sie ein Abbild der Alraune gesehen, die Kaiser Rudolf II. in seiner Burg zu Prag aufbewahrt hatte. Der Habsburger, ein leidenschaftlicher Okkultist, hatte daran geglaubt, dass seine Alraune über höchst nützliche Fähigkeiten verfügte: Sie schützte vor allen Krankheiten und heilte alle Leiden, half verborgene Schätze zu entdecken und sicherte Erfolg in Liebesabenteuern. Entsprechend ehrerbietig musste sie behandelt werden. Man musste sie jede Woche in Wein baden und mit Wein und Weißbrot füttern, sonst wurde sie bösartig und rief Unglück hervor.

Jetzt fragte Simeon: »Weißt du, was das ist?«

»Ja. Eine Springwurzel, eine Alraune.«

Herr Liao nickte lächelnd, wobei er sich, die Hände in den

Ärmeln, wiederholt verbeugte – ob vor Simeon oder vor dem Galgenmännlein, war nicht zu erkennen. »Gefährlich, sehr gefährlich!«, bestätigte er, und ganz nach chinesischer Art klang das »r« eher wie ein »l«. »Aber auch sehr hilfreich, wenn man bedroht wird. Der Herr wird ruhiger schlafen, wenn er sie in seinem Besitz hat. Böse Träume werden verschwinden, das Gift wird aus seinem Herzen weichen ... der Geist, der an ihm zehrt, wird ihn verlassen.«

Anna Lisa spürte, wie heißer Ärger in ihr aufstieg. Der Chinese war zweifellos ein guter Diagnostiker, er hatte Simeons Gemütsleiden erkannt – und jetzt versuchte er, ihm dieses ekelhafte Wurzelmännlein anzudrehen! Es war nicht der Gedanke daran, dass er zweifellos schweres Geld dafür verlangen würde, der sie am meisten aufbrachte, sondern die schiere Widerwärtigkeit des Galgenmännleins. Niemals wollte sie dieses Ding in Simeons Nähe sehen, selbst wenn er sich dann wohler fühlte.

Mochten die Leute hier sie für unhöflich halten! Entschlossen klappte sie den Deckel des kleinen Sarges zu und erklärte mit fester Stimme: »Unser Dschinn wird nicht dulden, dass ein anderer ihm den Platz streitig macht. Wir danken für Ihr Angebot, Herr Liao« – dabei machte sie eine kleine Verbeugung –, »aber unser Dschinn ist sehr eifersüchtig und stolz; er würde es als Beleidigung auffassen, wenn man seine Kompetenzen beschneidet, und Sie wissen, was einem ein verärgerter Dschinn alles antun kann.« An Simeon gewandt, fügte sie hinzu: »Tietjens wäre furchtbar wütend, wenn du mit so etwas heimkommst.«

Herr Liao war sichtlich vor den Kopf gestoßen. Erstens einmal gehörte es sich nicht, dass eine Frau Entscheidungen für ihren Mann traf, aber das beschäftigte ihn im Moment gar nicht so sehr wie das zweite Skandalon: Der Mijnheer und seine Gattin hatten ihren eigenen *Spiritus familiaris*? Er hielt den Kopf schief wie ein lauschender Vogel, seine schwarzen Augen funkelten in dem Netzwerk von Runzeln, das sie umgab. Dann entschied er sich mit der Weisheit und Vorsicht seines Volkes, die Sache erst einmal auf sich beruhen zu lassen, bis er nähere Informationen eingeholt hatte. Sachte nahm er den Ebenholzsarg an sich und verstaute ihn in einer abschließbaren Kommode.

Anna Lisa war ausnahmsweise einmal erleichtert über Simeons Sprunghaftigkeit. Sie hatte schon gefürchtet, er würde ihr die Einmischung übel nehmen, vielleicht sogar darauf beharren, die Alraune sein Eigen zu nennen – aber seine Gedanken hatten sich bereits wieder einem anderen Thema zugewandt. Bestrebt, dem Chinesen zu zeigen, dass er auch etwas von Botanik verstand, wandte er sich mit der Frage an ihn: »Dieses Bündel dort – das sind Rhabarberwurzeln, nicht wahr? Und das dort ist Sarsaparille aus Südamerika ... das hier Aloe. Und dieses Harz nennt man Drachenblut ...«

Herr Liao nickte und lächelte. »Der Mijnheer ist ein gelehrter Mann.« Er griff nach einer der geschrumpften Kürbis-Kalebassen auf dem Ebenholzregal und hielt sie Simeon hin. »Weiß der Fremde, was das ist? Mit dem Harz, das diese Flasche enthält, bestreichen die Waldmenschen in Südamerika die Spitzen ihrer Pfeile. Wer davon getroffen wird, Tier oder Mensch, sinkt erschlafft in sich zusammen, seine Brust fällt ein, er stirbt an Atemlähmung.«

»Ich kenne es. Wir nennen dieses Gift Curare.« Simeon lächelte stolz wie ein Student, der eine schwierige Frage seines Professors zu beantworten weiß.

Herr Liao zog die fein geschwungenen und künstlich geschwärzten Augenbrauen hoch. Er stellte halb spielerisch, halb ernsthaft weitere Fragen, und sehr bald hatte er sich überzeugt, dass er tatsächlich einen Kenner vor sich hatte. Daraufhin vertieften die beiden sich so sehr ins Gespräch, dass Anna Lisa schon fürchtete, sie müsste bis in die Nacht hinein in dem Laden ausharren. Ihre Kenntnisse des Holländischen reichten nicht aus, um dem Gespräch zu folgen. Sie sah nur, dass ihr Mann und der Chinese sich aufs Beste unterhielten. Bald schon ließ Herr Liao durch einen Diener ein Herbarium herbeibringen, und sie blätterten gemeinsam in dem kostbaren Buch. Simeon machte kein Hehl aus seiner Bewunderung. Es war kunstvoll in schwarzer Chinatusche und verschiedenen roten, blauen und goldenen Tinten ausgeführt, ganz in chinesischen Schriftzeichen, was ihm einen besonderen Reiz verlieh, und mit wunderbar feinen, naturgetreuen Zeichnungen versehen.

Herr Liao klagte über das feuchte Klima, das den gepressten Pflanzenteilen schwer zusetzte; deshalb verwendete er viele gezeichnete Herbarien. Er ließ eine Porzellanschale mit verschiedenen getrockneten Blättern und Stängeln darin herbeibringen und hielt sie neben die entsprechende Zeichnung. War die Ähnlichkeit nicht vollkommen? Simeon stimmte ihm aus ganzem Herzen zu.

Anna Lisa merkte ihm an, wie sehr er jetzt seinen Jähzorn verfluchte, der ihm eine eingegipste Hand eingetragen hatte. Es juckte ihn in den Fingern, seinerseits zu Tusche und Feder zu greifen und ein solches Buch zu beginnen.

Er war sichtlich glücklich; dennoch war Anna Lisa erleichtert, als ihr Gatte schließlich ermüdete und sich mit geradezu orientalischer Höflichkeit von Dr. Liao verabschiedete: Er bitte um Verzeihung für die Mängel seines Geistes und Körpers, die ihn zwangen, Ruhe zu suchen; es sei die gerechte Strafe für seine Schwäche, dass er jetzt keine Gelegenheit mehr haben würde, noch weitere wunderbare Dinge zu lernen …

Und seine glänzenden Augen, sein flacher Atem, sein angespanntes Gesicht verrieten, dass er jedes Wort ernst meinte.

Selten war ein Europäer mit so viel echter Herzlichkeit von Herrn Liao verabschiedet – und um ein baldiges Wiederkommen gebeten worden.

Als Simeon sich bereits erhoben und mit weichen Knien dahinwankend die Tür erreicht hatte, hielt der chinesische Kräuterarzt ihn noch einmal auf. Er reichte ihm auf seiner fleckigen Klaue ein Kästchen, das ein rundes, fettig glänzendes Ding ähnlich einer Seifenkugel enthielt – einen unregelmäßigen Ball, halb so groß wie ein Hühnerei, den man an einer darin eingelassenen Kordel herausziehen konnte. Er strömte einen schwachen, pflanzlichen, eher unangenehmen Geruch aus.

»Nehmen Sie das, geehrter Herr«, sagte er. »Es ist ein Geschenk, ein kleiner Dank für die Freuden der Weisheit, die Sie in mein bescheidenes Haus gebracht haben.« Und mit verschwörerisch gedämpfter Stimme fügte er hinzu: »Wenn Sie einer Speise zu misstrauen Anlass haben, so legen Sie diese Kugel hinein. Ist die Speise in Ordnung, wird weiter nichts geschehen. Ist sie aber vergiftet, wird die Kugel es Ihnen unmissverständlich anzeigen.«

Nun, dachte Anna Lisa, immerhin besser als ein Galgenmännlein. Sie verneigte sich zum Abschied vor Herrn Liao – der sie ignorierte – und stieg mit erleichtertem Herzen in die Kutsche. Es war ein höchst wunderlicher Nachmittag gewesen, aber Simeon war glücklich und zufrieden, das allein zählte. Er freute sich wie ein Kind über die Gift anzeigende Wunderkugel und schwatzte während der gesamten Heimfahrt über die Wunder des Kräuterladens.

Herr Liao blieb sehr nachdenklich zurück. Er war nicht nur ein gelehrter, sondern auch ein weiser Mann; in seiner Jugend war er viel gereist und hatte auf seiner Suche nach seltenen Kräutern ganz außergewöhnliche Menschen kennengelernt, darunter die Zauberpriester südamerikanischer Indios und einen alten Juden in Prag, der behauptete, Teile von Kaiser Rudolfs okkulter Schatzsammlung sein Eigen zu nennen. Er wusste, dass es viel mehr Dinge zwischen Himmel und Erde gab, als sich die Schulweisheit – auch die konfuzianische Schulweisheit, der er anhing – träumen ließ.

Auf der Stelle sandte er seine Späher aus, und schon bald kehrten sie mit der Nachricht zurück: Es stimmte, die Vanderheydens wurden tatsächlich von einem furchterregenden Geschöpf begleitet, das die äußere Gestalt eines hässlichen Hundes hatte, aber zweifellos ein Dschinn war. Die befragten Diener im Hotel des Indes berichteten einstimmig: Man hörte es oft, wie es hinter verschlossenen Türen mit einer brummelnden und schnaufenden Stimme vertrauliche Gespräche mit seinem Herrn führte. Es erzählte Mijnheer Vanderheyden alles, was hinter seinem Rücken geschah. Die Zimmermädchen hatten eine Heidenangst vor dem geheimnisvollen Wesen und vergewisserten sich immer erst, dass der Leibdiener des Herrn es sicher eingeschlossen hatte, bevor sie die Suite betraten. Nirgends im Hotel des Indes wurde so wenig gestohlen wie in den Zimmern der Vanderheydens. Nicht einmal ein Stück Obst hätten die Mädchen zu nehmen gewagt, denn sie waren überzeugt, dass die brennenden gelben Augen des Monstrums sie durch Türen und Wände hindurch beobachteten.

Für seine Dienste fütterte der junge Mann es mit seinem Blut – eine Magd hatte ihn einmal zu ihrem bleibenden Schrecken dabei überrascht, wie er ein frisches Stück Leinen auf eine triefende Wunde am Arm drückte; das ebenfalls blutige Rasiermesser lag auf dem Tisch, und der Dschinn saß mit heraushängender Zunge auf seinen Tribut wartend daneben.

Herr Liao sah keinen Anlass, an diesen Berichten zu zweifeln. Mit dem scharfen Blick des erfahrenen Arztes hatte er die Narben gesehen, die ein achtloses Zurückgleiten des Ärmels enthüllt hatte. Sofort hatte er gewusst, dass das nicht die Spuren eines Selbstmordversuchs waren, sondern achtsam und mit Vorsicht zugefügte Wunden, die nur schmerzen und bluten, aber keinen bleibenden Schaden tun sollten. Jetzt hatte er die Erklärung dafür. Aber ein Dschinn, der regelmäßig nach dem Blut seines Besitzers dürstete, musste sehr gefährlich und folglich auch sehr mächtig sein!

Herr Liao rieb sich den spärlichen Bart. Er sah die Einmischung der Mevrouw jetzt in anderem Licht. Nicht Eigensinn hatte sie getrieben, sondern eine vernünftige Angst davor, ihren eigenen Dschinn zu beleidigen, indem sie ihm einen anderen vor die Nase setzte. Der Chinese spürte, wie ein unangenehmes Gefühl in ihm hochkroch. Sicherlich würde der Hundegeist erfahren, dass er ihn beleidigt hatte, und wer wusste schon, wie mächtig dieses Geschöpf war? Es empfahl sich sehr, wieder für gutes Wetter zu sorgen.

Deshalb erschien am Abend ein Bote des Kräuterarztes im Hotel des Indes und überbrachte einen Korb mit allerlei fleischigen, blutigen, gedörrten und gewürzten Geschenken für Tietjens, denen ein Zettel mit einer höflich formulierten Bitte beigefügt war: Sie möge dem »unwissenden Krämer« seinen Irrtum verzeihen und davon absehen, sein Geschäft oder ihn selber zu schädigen.

Anna Lisa sah zu, wie die Hündin, bequem zu Simeons Füßen hingestreckt, sich an den Delikatessen gütlich tat, bis sie schließlich nach einigen gewaltigen Rülpsern satt und zufrieden einschlief. »Jedenfalls profitiert sie vom Aberglauben der Leute«, bemerkte sie. »Jeder stopft ihr Leckerbissen ins Maul, um sie günstig zu stimmen. Als Nächstes werden sich die Passanten auf der Straße in den Staub werfen, wenn sie vorübergeht.«

Simeon lachte und tätschelte den mächtigen Schädel. Es gefiel ihm sichtlich, dass man seiner Hündin einen so hohen Rang zuerkannte. Überhaupt war ihm anzumerken, dass Java ihm immer besser gefiel; der Besuch im Glodok hatte ihn in beste Laune versetzt.

Anna Lisa wagte nicht, ihn daran zu erinnern, wie sehr man ihm diesen Besuch in der *gemeenschap* ankreiden würde.

Simeon hatte seine Freude an der Gift anzeigenden Kugel, auch wenn Anna Lisa der Meinung war, dass sie wohl kaum davon Gebrauch machen würden.

Sie irrte sich.

»Ein Geschenk wurde für Mijnheer abgegeben.« Der Diener stellte einen Geschenkkorb auf die Anrichte, der hübsch mit frischen Blumen garniert war. Darin steckte eine bauchige Flasche mit bernsteinfarbenem Inhalt. Whisky, dachte Anna Lisa zuerst, doch als sie die Flasche hob, sah sie, dass es Danziger Goldwasser oder ein sehr ähnliches Gebräu war, denn winzige schimmernde Pünktchen schwammen darin an die Oberfläche. In Damastservietten verpackt lagen einige Marzipankuchen.

»Ein Geschenk? Von wem?«

Der Mann zuckte die Achseln und deutete auf die Visitenkarte, die zwischen den Blumen steckte.

Simeon ergriff das Kärtchen und reichte es dann an Anna

Lisa weiter. Es war eine ausgesprochen pompöse Visitenkarte aus einem dunkelroten Material, das sich wie steifes, hauchdünnes Leder anfühlte. Darin eingeprägt war in Goldbuchstaben ein ihr völlig unbekannter holländischer Name, mit dem Zusatz darunter »Residenz des Generalgouverneurs«, und einige unleserliche handschriftliche Schnörkel, die wahrscheinlich Grüße bedeuten sollten.

»Ich habe nicht die leiseste Ahnung«, sagte sie.

Simeon lächelte plötzlich schräg. Er eilte zu dem Schreibtisch, schloss die Lade auf, in der er seine persönlichsten Besitztümer – darunter das feine Rasiermesser mit dem Elfenbeingriff – aufbewahrte, und kehrte mit dem Kästchen zurück, das Herrn Liaos Abschiedsgeschenk enthielt, die dunkelgrüne, nach unbekannten Kräutern duftende Kugel.

»Was machst du?«, fragte Anna Lisa erstaunt. »Du glaubst doch nicht etwa, dass man uns vergifteten Wein und Kuchen geschickt hat? So verhasst sind wir der *gemeenschap* hier nun auch wieder nicht.«

Er gab keine Antwort, sondern legte das Bällchen an seiner Kordel auf einen Teller, öffnete die Flasche mit dem Goldwasser und übergoss die Kugel.

Anna Lisa fuhr unwillkürlich zurück. Woraus das geheimnisvolle Ding auch bestehen mochte, es reagierte mit dem Alkohol, dem Zucker oder einer der anderen Zutaten in dem Likör. Es verfärbte sich schwarz, und eine kaum sichtbare Spirale wie ein feiner Rauch oder Dampf stieg davon auf. Simeon zog an der Kordel und legte die Kugel beiseite. Die Spirale verschwand, und als die Kugel trocknete, nahm sie ihre dunkelgrüne Farbe wieder an.

»Anscheinend«, bemerkte Simeon mit gezwungenem Lächeln, »sind wir doch verhasster, als wir dachten.«

»Unsinn!« Anna Lisa, die heftig erschrocken war, trat näher. »Das ist etwas wie ... wie ein Zaubertrick. Die Kugel enthält Gewürze oder Kräuter, die sich beim Kontakt mit anderen Stoffen verfärben. Das heißt noch lange nicht, dass es sich um Gift handeln muss.«

Er hielt ihr die bauchige Flasche hin. »Wie wär's mit einem Schlückchen?«

Dazu konnte sie sich trotz ihrer Skepsis nun doch nicht überwinden.

Sie waren noch mitten in der Diskussion, als vor der Tür draußen Lärm ertönte. Anna Lisa eilte hin, um zu öffnen, und fand sich dem Hotelier gegenüber. Der Mann war in höchster Aufregung, sein Gesicht gerötet, Schweißtropfen standen ihm auf der Stirn. Ein Stück entfernt drängten sich auf dem Gang ein paar ebenso verstörte Angestellte.

»Haben Sie soeben einen Geschenkkorb erhalten?«, stieß er keuchend hervor. »Rühren Sie ihn ja nicht an!« Er drängte ins Zimmer und wies mit ausgestreckter Hand auf den verdächtigen Korb, der in seinem Blumenschmuck auf dem Tisch prangte. »Die Kuchen!«, rief er. »Die Kuchen! Ein Dummkopf – ein Dieb – ein unglückseliger Bursche hat ein Stück Kuchen gestohlen, und jetzt liegt er da, speit gelben Schleim und zittert wie Espenlaub ... Gift, sagte der Doktor ...«

Da erschien hinter seinem Rücken auch schon ein eleganter Herr mit Bart und Kneifer, der eine Arzttasche bei sich trug. Über die Schulter des klein gewachsenen Hoteliers hinweg rief er dem jungen Ehepaar zu: »Finger weg von den Kuchen! Die sind vergiftet!«

Simeon schenkte ihm ein schräges Lächeln. »Der Likör auch.«

»Wie? Was? Der Likör auch? Sie haben doch nicht etwa davon getrunken? Dann müssen Sie auf der Stelle ...«

Simeon schüttelte den Kopf. »Nein, wir haben keinen Schluck getrunken und keinen Bissen gegessen. Ein guter Freund hat uns gewarnt.« Er hob die chinesische Kräuterkugel an ihrer Kordel hoch.

In kurzen Worten schilderte er dem Hotelier und dem Arzt, während das Grüppchen Angestellter hinter der offenen Tür lauschte, wie das üppige Geschenk eines geheimnisvollen Unbekannten sein Misstrauen erweckt und er – nur halb im Ernst – die Gelegenheit für günstig gehalten hatte, Herrn Liaos Geschenk zu testen.

Der Arzt schnaubte verächtlich. »Auf den Humbug der Schlitzaugen brauchen Sie nichts zu geben. Diese Kugeln enthalten nur ein Kräutergemisch, das mit bestimmten Ingredienzien in einer Speise reagiert. Sie hätte sich auch schwarz verfärbt und zu rauchen begonnen, wären solcherlei Zutaten in einer völlig harmlosen Mahlzeit gewesen.«

Simeon quittierte dieses Urteil mit einer höflichen, aber ein wenig spöttischen Verbeugung. »Dennoch scheint der Humbug das Richtige getroffen zu haben. Ich würde vorschlagen, Sie verständigen die Polizei.« Und als die beiden Herren nicht gleich reagierten, fuhr er in etwas schärferem Ton fort: »Ich möchte nämlich keine weiteren solchen Geschenke bekommen.«

»Gewiss nicht, gewiss nicht …« Der Hotelier krümmte sich. »Allerdings wird das Hinzuziehen der Behörden für Gerede sorgen …«

Anna Lisa fiel gereizt ein: »Was glauben Sie, was es erst für Gerede gibt, wenn Sie zögern – und ein junges Paar auf Hochzeitsreise tot in Ihrem Hotel aufgefunden wird? Wer sagt denn, dass es bei dem einen Anschlag bleibt?«

Das gab den Ausschlag. Der Hotelier schickte nach der Polizei.

Währenddessen erzählte der Arzt – der sich immer noch darüber ärgerte, dass Simeon dem chinesischen Gift-Orakel vertraute –, dass in Java die absonderlichsten Heilmittel kursierten, nicht nur unter den Chinesen und Einheimischen, sondern auch unter den Europäern. Selbst gebildete Europäer schworen auf Heilmittel, die ebenso gefährliche wie unappetitliche Ingredienzien enthielten. Vor allem Männer, deren Manneskraft nachließ, schluckten bereitwillig die scheußlichsten Mixturen aus Elfenbein, spanischer Fliege, Myrrhe, indischem Hanf, Nashorn-Pulver und dem äußerst giftigen Bleizucker. Und das war noch längst nicht das Schlimmste: Ein Freund hatte ihm einmal, in der Meinung, ihm damit einen Gefallen zu tun, einen Tiegel mit Mumia geschenkt, man stelle sich das einmal vor!

Simeon spitzte augenblicklich die Ohren. »Haben Sie den Tiegel noch? Würden Sie ihn mir verkaufen?«

»Mijnheer, Sie werfen Ihr Geld zum Fenster hinaus!«

»Ich interessiere mich nicht als Mediziner dafür, sondern als Botaniker. Kommen Sie! Wenn Sie ohnehin keine Verwendung dafür haben, kann es Ihnen doch nur recht sein, dass ich es Ihnen abkaufen will.«

»Meinetwegen«, brummte der Doktor.

Anna Lisa kam nicht dazu, sich nach den Einzelheiten dieses Handels zu erkundigen, denn kurz darauf erschienen drei Polizeibeamte, die erst den unglücklichen Dieb – der sich immer noch vor Schmerzen krümmte, aber nicht mehr in unmittelbarer Lebensgefahr schwebte – verhörten, dann den Geschenkkorb in Augenschein nahmen und schließlich Fragen stellten.

»Die Visitenkarte ist zweifellos gefälscht. Haben Sie eine Vorstellung, wer einen Mordanschlag auf Sie verüben könnte?«

Simeon nickte und erzählte ihnen von der Warnung, die Godfrid ihnen hatte zukommen lassen. Anna Lisa, die still daneben saß, beobachtete, wie die Beamten einander bei der Nennung des Namens Delphine Lafayette verstohlene Blicke zuwarfen. Offenbar war ihnen die Dame in Zusammenhang mit Giftanschlägen ein Begriff.

Der Ranghöhere der beiden sagte jedoch: »Ich zweifle nicht an Ihren Worten, aber ein Verdacht ist noch kein Beweis.«

»Soll das heißen, Sie kümmern sich nicht weiter um die Angelegenheit?« Anna Lisas Stimme war scharf.

»Selbstverständlich kümmern wir uns weiter darum. Aber wie gesagt, es wird nicht einfach sein, den Weg dieses teuflischen Geschenks zurückzuverfolgen – zu wem auch immer.« Dann, als sei ihm ein ganz neues Thema in den Sinn gekommen, fragte er: »Sie sind gut bekannt mit einem Mijnheer Edgar Zeebrugge, wie ich hörte?«

Himmel, dachte Anna Lisa, in dieser verfluchten Stadt wusste auch wirklich jeder alles von jedem! Sie überließ es jedoch Simeon, zu antworten. Der zog überrascht die Augenbrauen hoch. »Ich verstehe die Frage in diesem Zusammenhang nicht.« Womit er natürlich meinte: Wollen Sie etwa behaupten, Zeebrugge schickte uns vergiftete Leckereien?

»Mijnheer Zeebrugge gilt als ein Feind seiner eigenen Landsleute«, antwortete der Polizist in gewichtigem Ton.

»Ach. Ich hatte nicht den Eindruck, dass er mein Feind ist. Und schon gar nicht kann ich ihn mir als Giftmischer vorstellen, der uns mit Kuchen und Wein aus der Welt schaffen will. Wozu auch? Er hat nichts dabei zu gewinnen.«

»O doch!«, fiel der jüngere Polizist ein, offenbar so erregt, dass er die Sprecherlaubnis seines Vorgesetzten nicht abwartete. »Buitenhus zu gewinnen, wäre ein sehr schöner Preis.«

»Buitenhus? Der Mann ist kein Kaffeepflanzer. Was will er mit einer verdorbenen Plantage anfangen?«

»Nun, beispielsweise nach dem Gold graben, das ...« Er brach mitten im Satz ab, eingeschüchtert von dem scharfen Blick, den sein Vorgesetzter ihm zuwarf. »So behauptet man jedenfalls«, fügte er lahm hinzu.

Simeon richtete den fragenden Blick auf den älteren Beamten. »Sieh an, das ist interessant. Unsere Plantage eine Goldmine?«

»Unsinn«, mischte sich der Arzt ein, der dem Gespräch bislang schweigend gefolgt war. »Gäbe es Gold auf dem Gelände von Buitenhus, so hätte man es längst gefunden. Solche Gerüchte tauchen immer wieder auf, Mijnheer. Kein Wunder – Java ist ein an Bodenschätzen reiches Land, man baut hier Kohle, Kupfer, Zinn, Nickel und Eisenerz ab, und jeder hofft natürlich, dass sich im Boden seines Dorfes oder seiner Plantage eine Millionen schwere Mine verbirgt. Aber in neunundneunzig Prozent aller Fälle bleibt es beim Hoffen.« Da Simeon ihn weiter nur skeptisch anblickte, fuhr er gereizt fort: »Meinen Sie, Herr Wolkins hätte nicht versucht herauszufinden, ob an der Geschichte etwas dran ist? Er hat Löcher gegraben wie ein Maulwurf. Die ganze Umgebung lachte schon über ihn. Wenn Sie über das Gut reiten, können Sie da und dort noch die Mulden sehen, wo er gebuddelt hat. Aber gefunden hat er kein Körnchen Gold. Nach zwei Jahren gab er auf und widmete seine Kräfte wieder dem Anbau von Kaffee, was auch viel vernünftiger ist.«

»Ich verstehe. Ja, es gibt viele verfehlte Hoffnungen auf der Welt.« Simeon hatte das Interesse an der mysteriösen Goldmine schon wieder verloren. Er hielt dem Arzt seine eingegipste Hand hin. »Da Sie schon hier sind, können Sie mir den Gips abmachen?«

»Nicht hier und auf der Stelle, denn ich habe mein Werkzeug nicht mit, aber ich komme gerne am Nachmittag wieder.«

Damit ging er, gefolgt von den Polizisten. Anna Lisa blickte ihnen misstrauisch nach.

»Sieht so aus, als hätte niemand hier großes Interesse daran, sich mit Madame Lafayette anzulegen«, bemerkte sie. »Grimassen geschnitten haben sie alle, sobald der Name fiel, aber dann wollten sie uns einreden, Herr Zeebrugge trachte uns nach dem Leben. – Simeon, ich habe Angst. Die Frau muss verrückt sein, genau wie Godfrid sagte. Sie wird es nicht bei einem Anschlag bleiben lassen. Was sollen wir tun?«

Er zuckte hilflos die Achseln. Dann, mit einer Art kindlichem Trotz in der Stimme, fügte er hinzu: »Ich will aber nicht zurück nach Deutschland.«

Am späteren Nachmittag erschien der Arzt wieder. Er bedeutete seinem Gehilfen, die Hand des Patienten zu halten, dann machte er sich mit einer kleinen scharfen Säge daran, den Gips zu durchtrennen. Simeon verkniff das Gesicht – die Prozedur schien einigermaßen schmerzhaft, auf jeden Fall aber unangenehm zu sein. Seine Gedanken waren jedoch anderswo. »Haben Sie mir das mitgebracht, wovon wir sprachen?«, fragte er.

»Ja«, antwortete der Doktor in einem nicht allzu freundlichen Ton. »Aber nur, um Ihnen einen Gefallen zu tun. Ich glaube keinen Fingerbreit an den Humbug.«

»Ich will nur wissen, welche Pflanzen dieses Gemisch enthält. Haben Sie es mit? Kann ich es sehen?«

»Erst lassen Sie mich den Gips entfernen.« Er löste die zerschnittenen Stücke ab und befreite die Hand aus ihrer starren Verschalung. Sie sah hässlich aus, käsebleich, feucht und aufgequollen, mit der brennend roten Naht quer über dem Handgelenk, die die Schnittwunde verschloss.

Pahti eilte mit einem Waschbecken voll warmen Wassers herbei und machte sich daran, die steifen Finger zu baden; dann trocknete er sie ab und massierte sie mit Öl, bis die Haut allmählich wieder glatt wurde und ihre natürliche Farbe annahm.

»Und jetzt lassen Sie mich das Wundermittel sehen, Doktor.« Simeon schlug kokett wie ein Kind, das ein Geschenk erbettelt, die Augen auf.

Anna Lisa trat neugierig heran, als die Holzkiste geöffnet wurde. In einem schützenden Kissen aus Holzwolle stand ein Porzellantiegel, so groß wie eine Teedose. Als der Arzt ihn heraushob, las sie auf dem blau gefleckten Hintergrund in zierlich verschnörkelten Lettern die Aufschrift »Mumia«. Das Siegel wurde erbrochen, der Deckel geöffnet, und augenblicklich quoll ein eigentümlicher, beißend würziger und zugleich aschiger Geruch daraus hervor. Anna Lisa sah, dass der Tiegel mit einer spröden, grobblättrigen Substanz gefüllt war, die an Bruchstücke eines Wespennests erinnerte.

»Was ist das?«, fragte sie.

Simeon lächelte stolz. Er legte den Zeigefinger auf die Etikettierung. »Ägyptische Mumie. Nach Napoleons Ägyptenfeldzug führten es viele Apotheken, aber inzwischen ist es wieder aus der Mode gekommen.«

»Was!« Sie prallte zurück. »Das ist eine gemahlene Leiche?«

»Nein, nur eine Mischung der Harze und Öle, mit denen der Körper unzerstörbar gemacht wurde.« Achselzuckend setzte er hinzu: »Es kann schon sein, dass ein wenig Haut und Knochen mit in die Mühle geraten sind, aber die sind ja nicht giftig.«

Anna Lisa verdrehte die Augen, wobei sie freilich sorgfältig darauf achtete, dass Simeon die Grimasse nicht sah. War das die Möglichkeit! »Und wofür«, fragte sie mit mühsam beherrschter Stimme, »wird es verwendet?«

»Pulverisiert und in Wein getrunken soll es gegen alle möglichen Beschwerden helfen.«

»Dann hoffe ich sehr, dass ich niemals eine dieser Beschwerden bekomme, gegen die es hilft. Eher würde ich mich mit ...« Sie schluckte das Wort »Hundefett« gerade noch hinunter. Glücklicherweise war Simeon viel zu beschäftigt mit seinem neuen Spielzeug, als dass er sie nach der plötzlichen Unterbrechung ihrer Rede gefragt hätte.

»Hier habe ich die Spuren gefunden.« Dongdo legte die Fingerspitze auf den Kopf eines der beiden mythischen Ungeheuer, deren monströse Schädel halb in Moos und Ranken versunken waren. »Seht!« Er zerrte einen Vorhang feister Blätter beiseite. Von der Felswand dahinter war die dicke Lehmschicht, die viele Regenzeiten über die Skulpturen geschwemmt hatten, bis auf einen dünnen Rest abgewaschen, ein deutliches Zeichen, dass die Stelle vor ein oder zwei Jahren gereinigt worden war und sich erst seither wieder Lehm darauf abgelagert hatte. Wo Dongdo daran gekratzt hatte, zeigte sich deutlich ein fingerbreiter Spalt.

Nun gab es viele solcher Spalten in dem vulkanischen Gestein, aber Raharjo hatte seinen Diener ganz richtig eingeschätzt. Dongdo witterte die Spuren, die eine fremde Hand hinterlassen hatte, selbst wenn sie dem Auge unsichtbar waren. Er sah aufmerksam zu, wie der Schwarze die Hand in den Spalt zwängte, einen leichten Ruck tat und einen faustgroßen Stein herauszog. Dann schob er den ganzen Arm in die Lücke und pochte im Inneren an etwas Hartes. Der Klang war hohl.

»Da ist eine Tür, Herr. Und seht hier! Der Engländer hat den Zugang zu dieser Tür wieder mit den Steinen verschlossen und Lehm darüber geschmiert. Soll ich sie öffnen?«

Raharjo nickte. Seine schwarzen Augen glänzten. »Und die Tür selbst? Ist sie verschlossen?«

»Er hat das Schloss gesprengt und konnte sie dann nicht mehr verschließen. Er hat sich darauf verlassen, dass niemand sie findet.« Dongdo entfernte einen Stein nach dem anderen, bis ein mannsbreiter Zugang entstanden war. Er zwängte sich hindurch, und Raharjo hörte ein rostiges Knirschen und Krachen, dann das jähe Aufspringen der Tür, die im Inneren an einen Felsen stieß. Die Stimme des Sklaven klang dumpf aus der Höhle. »Kommt herein, Herr, es ist Platz genug für uns beide.«

Raharjo glitt durch den Spalt und ließ den Vorhang der üppigen Ranken wieder darüberfallen. Es war zwar sehr unwahrscheinlich, dass irgendjemand sich in der Dämmerung in die verpestete Plantage wagte, aber er ging gerne auf Nummer sicher. Erst als er die Tür halb hinter sich zugeschoben hatte, zündete er die Laterne an.

Ein erstickter Aufschrei entrang sich seiner Kehle – ein beinahe orgiastisches Jauchzen.

Dongdo rieb sich die Hände und hechelte vor Freude wie ein Hund, der seinem Herrn einen Gefallen getan hat. »Schön! Schön!«, keuchte er. »Wie viel Geld werden wir dafür bekommen!«

Raharjo trat vor und hob die Laterne. Ihr gelbes Licht fiel auf einen übermannshohen Stapel eiserner und hölzerner Kisten. Die Behälter waren in der Feuchtigkeit der Höhle verrostet und verrottet, sodass der Inhalt herausgefallen war: eine Kaskade von Gold- und Silberstücken, mit Juwelen besetzte Waffen, Halsschmuck und Armreifen, Vasen, Becher, bemalte und vergoldete Teller. Obwohl die Kostbarkeiten dick mit Schlamm und Sinter überkrustet waren, konnte kein Zweifel bestehen, dass hier ein Vermögen verborgen lag.

»Mein guter Dongdo, mein treuer Diener! Was hast du für mich getan!« Raharjo wusste sich kaum zu lassen vor Entzücken. »Was hast du für *uns* getan! Mein Großvater wird mir genug Geld dafür geben, dass wir eine Schiffsladung Waffen kaufen können. Viele, viele Weiße werden sterben …«

Der Schwarze gluckste heiser vor Freude.

Raharjo warf noch einen Blick auf die unglaubliche Menge angesammelter Kostbarkeiten, dann wich sein hemmungsloses Entzücken kühler Überlegung. Die Schätze mussten weg, so bald wie möglich. Noch hielt das Gespenst des Typhus Wache über der verlassenen Plantage, aber jeden Tag konnten die Vanderheydens verlangen, dass die Quarantäne aufgehoben wurde, und dann würde es hier von Menschen nur so wimmeln, von Handwerkern, Gärtnern, Dienerschaft … Sie mussten sich beeilen.

Die Götter waren Herrn Raharjos Plänen hold, wie er gleich darauf feststellte. Auf dem Rückweg begegnete er nämlich seinem Freund Zeebrugge, der ihm voll Aufregung den neuesten Klatsch erzählte: Um ein Haar wäre das junge Ehepaar Vanderheyden einem Giftanschlag zum Opfer gefallen, hinter dem zweifellos die Rangda steckte, und die Polizei hatte die Frechheit gehabt, den Verdacht auf ihn zu lenken!

»Sie haben wieder mit dem Geschwätz mit der Goldmine angefangen«, sagte er. »Und haben behauptet, ich sei hinter der verdammten Plantage her, um dort nach einer Mine zu buddeln.«

Der Javaner schwieg so lange, dass Zeebrugge schließlich fragte: »Und was geht in Ihrem Kopf herum, mein Freund, dass Sie so wenig Interesse an diesen Neuigkeiten haben?«

»Ich habe sogar sehr viel Interesse daran, deshalb denke ich nach. Sie sagen, die Vanderheydens wollen nicht länger im Hotel des Indes bleiben, verständlich … aber die Plantage ist auch kein Aufenthaltsort für sie. Was meinen Sie – wie würde es einem jungen Paar auf Flitterwochen im Rosenhaus gefallen?«

Zeebrugge kniff die Augen zusammen. »Ein reizender Vorschlag, aber wo ist der Haken dabei?«

»Es gibt keinen Haken. Wir Javaner sind ein gastfreundliches Volk. Das Haus steht praktisch leer. Mein Großvater unternimmt keine Reisen mehr, und ich selbst komme nur dann und wann hier vorbei, um zu übernachten. Warum sollten die Diener den ganzen Tag faulenzen? Sie können sich damit beschäftigen, den Mijnheer und seine kleine Frau zu bedienen.«

Zeebrugge spürte einen leichten Stich im Herzen, als er diese Worte »seine kleine Frau« hörte. Nachdem er Herrn Raharjo nun schon so lange kannte, war ihm der abschätzige Ton vertraut, in dem dieser für gewöhnlich von weißen Frauen sprach, und jetzt fehlte dieser Ton. Ganz offensichtlich reihte der junge Edelmann Mevrouw Vanderheyden nicht in die Kategorie der »weißen Wasserbüffel« ein. Am Ende gefiel sie ihm sogar? Nein, das konnte er sich nicht vorstellen. Und doch …

Rasch lenkte er von dem gefährlichen Thema ab. »Ich frage mich, wann einer den Mut haben wird, der Rangda das Handwerk zu legen.«

»Nicht, solange der Kontrolleur van Schujten sie beschützt. Es ist zwar schon ewig lange her, dass er ihr Liebhaber war, aber …« Raharjo ließ das Thema abrupt fallen. Im Moment war ihm der Gedanke daran peinlich, dass er selbst so dicht an die Giftmischerin herangestreift war. »Kommen Sie!«, schlug er in fröhlichem Ton vor. »Es ist nicht weit in die Stadt, wir können mit den jungen Leuten reden und ihnen eine große Sorge abnehmen. Sie werden uns dankbar sein.«

Zeebrugge stimmte zu, korrigierte jedoch in Gedanken: Die kleine Frau wird *dir* dankbar sein, das ist es doch, was du meinst!

Nur seine ihm längst zur Gewohnheit gewordene Selbstbeherrschung verhinderte, dass seine Gefühle an der Oberfläche sichtbar wurden. In seinem Inneren aber herrschte Aufruhr. Wie die Dinge lagen, würden die Vanderheydens in Java bleiben; er hatte auch schon von seinen Dienern, die von jedem Einkauf in der Stadt mit frischem Klatsch und Tratsch zurückkehrten, gehört, wie begeistert Simeon von der Flora der tropischen Insel war, sogar den alten Liao hatte er besucht ... Edgar Zeebrugge hatte daraufhin seine Meinung korrigiert, dass Simeon ein Schwachkopf sei. Wenn Dr. Liao einem Europäer die Ehre erwies, über Stunden hinweg mit ihm zu plaudern, dann musste er auf seinem Fachgebiet wirklich außergewöhnlich beschlagen sein. Ein schwieriger Charakter, aber ein brillanter Verstand ...

Und nun hatte Raharjo diese Idee, die Vanderheydens im Rosenhaus einzuquartieren. Das hieß, sie würden Nachbarn sein, doppelt verbunden durch die örtliche Nähe und die Freundschaft der beiden Hausherren. Und auch wenn Herr Raharjo einen tüchtigen Hauswart und eine zuverlässige Dienerschaft hatte, würde es Frau Vanderheyden doch freuen, neben ihrem ständig mit seinen Blumen beschäftigten Mann einen Deutsch sprechenden Weißen zur Gesellschaft zu haben.

In allen Ehren, natürlich.

Das Rosenhaus

Anna Lisa pochte das Herz im Hals, als ein Diener mit der Meldung erschien, Herr Zeebrugge und sein Freund, Herr Raharjo, wollten die Vanderheydens in einer sehr wichtigen Angelegenheit sprechen. Das Blut schoss ihr in die Wangen, als sie daran dachte, den jungen Edelmann wiederzusehen, aber es gelang ihr, Simeon vorzutäuschen, dass ihre Erregung bloße Neugier war. »Was können sie von uns wollen? Was gibt es so Wichtiges?«

»Lass uns abwarten, dann erfahren wir es.«

Die Gesprächspartner warteten in einem der abgetrennten Räume jenseits des Speisesaales auf sie, in denen man sich zu vertraulichen Geschäftsessen traf; außerdem blieb auf diese Weise die seltsame Etikette gewahrt, dass man im Hotel des Indes eben als Weiße unter sich blieb, mochte der farbige Gast auch noch so hohen Ranges sein. Es war aber ein sehr vornehmes Separee, in das man sie führte, und das wichtige Gespräch fand im Rahmen eines opulenten Abendessens statt, das Herr Raharjo auf die Rechnung seines Großvaters setzen ließ. Wenigstens das Geld eines reichen Javaners galt hier ebenso viel wie das eines Holländers.

Anna Lisa pickte in der Rijstafel herum, die auf dem großen, niedrigen Tisch angerichtet war, nippte an einem stark mit Eiswasser verdünnten Genever und lauschte dem Gespräch, das die landesüblichen Umwege machte. Statt rundheraus die Karten auf den Tisch zu legen, unterhielten sich Zeebrugge und sein Freund, als wären sie miteinander allein; Simeon hörte aufmerksam, aber schweigend zu, und die Dame am Tisch wurde ignoriert. Das machte alles noch viel schwieriger für sie, als wäre sie ins Gespräch eingebunden gewesen, denn so traf es sie jedes Mal völlig unerwartet, wenn Raharjo urplötzlich den Kopf in ihre Richtung wandte und einer dieser schwarzen Feuerblicke sie anblitzte – und es war kein zufälliger Blick, das konnte auch einer sehr unerfahrenen Frau nicht entgehen. Eine Leidenschaft lag darin, bei der es ihr heiß und kalt über den Rücken lief; sie wusste nicht, empfand sie Furcht oder Freude, schrie etwas in ihr auf oder war es ein heimliches Jauchzen? Aber nie dauerte dieser Blick länger als einen Lidschlag, nie war er von einem Lächeln begleitet. Sie hatte ihre – wenn auch sehr bescheidenen – Erfahrungen mit männlicher Koketterie gemacht; hier war nichts davon zu bemerken. Sein Blick war eine einzige, stumme, glühende Botschaft: Ich begehre dich.

Und sie konnte nicht anders als den Kopf senken und die Hand ihres Gatten umklammern, der den Hilfe suchenden Griff mit einem sanften, abwesenden Streicheln beantwortete.

Scheinbar ohne jeden Zusammenhang erzählte Herr Raharjo seinem Freund, dass er auf Visitation in einem der Landhäuser seines Großvaters gewesen war. Ganz in der Nähe von Buitenhus lag es und wurde kaum benutzt, da der greise Adhipati alle Lust am Jagen längst verloren hatte. Die Europäer nannten es das Rosenhaus, der rosenfarbenen Majolika-Kacheln wegen, mit denen es verziert war. Kein Palast natürlich, aber geräumig, sauber und gut eingerichtet und mit allem nötigen Personal versehen, mit einem Hauswart, einer Köchin, Dienstmädchen, Hausmägden und diversen Stall- und Gartenknechten. Vielleicht könnten die jungen Vanderheydens dieses Landhaus ja benutzen, bis ihr eigenes wieder brauchbar war?

Simeon zögerte. »Wir verfügen im Moment nur über unsere Reisekasse, und ich weiß nicht, wie lange es dauert, bis unsere finanziellen Angelegenheiten geregelt sind. Die Miete für ein solches Haus …«

Herr Raharjo machte eine wunderschöne, tiefste Verachtung ausdrückende Gebärde mit der erhobenen Hand. »Mein Großvater hat es nicht nötig, Miete zu kassieren. Er könnte das Rosenhaus dem Mijnheer schenken, ohne dass es seinen Reichtum mindern würde. Wir sind ein gastfreundliches Volk und gerne bereit, gefällig zu sein, wo es in unserer Macht steht.«

Simeon bemerkte höflich: »Das wäre ein sehr großes Entgegenkommen des Fürsten, für das ich ihm in aller Form meinen Dank aussprechen möchte. Wie ich hörte, ist er ein weithin bekannter Sammler von Raritäten? Da ihm nun die Jagd und das Reisen zu beschwerlich sind, beschäftigt er sich gewiss vor allem mit seiner kostbaren Sammlung?«

Raharjo, der ungemein stolz auf seinen kunstsinnigen Großvater war, konnte sich nicht enthalten, mit dessen Schätzen zu prahlen. Und er vergaß nicht, seine eigene Rolle dabei herauszustreichen, wenn diese Sammlung um ein neues schönes Stück ergänzt wurde. Beinahe zutraulich erzählte er, welche Mühen er schon auf sich genommen hatte, um die eine oder andere Kostbarkeit zu erwerben; dabei ging es nicht nur um große Summen Geldes, sondern auch um körperliche Gefahren – er hatte schon von Seeräubern und ähnlichen Schurken gekauft, die ihm weitaus lieber die Kehle aufgeschnitten hätten, als ihm die vereinbarten Wertgegenstände auszuhändigen.

»Ich streckte zwei von ihnen nieder, danach nahmen die übrigen Vernunft an«, erklärte er im Plauderton, während er einen langen Zug an seiner indischen Zigarette tat. »Mein Großvater war überglücklich, als er erfuhr, wie es mir gelungen war, diese Elfenbeinschnitzerei für ihn zu erwerben.«

»Ich kann mir vorstellen«, sagte Simeon mit einer leichten Verneigung, »dass Sie eine scharfe Klinge führen; Sie haben die Gestalt und die Bewegungen eines geborenen Fechters.«

Das hörte der Edelmann gerne. Natürlich konnte er das Kompliment nicht erwidern, wie es sich gehört hätte, denn Simeon als einen Kämpfer zu bezeichnen, hätte nur als nackter Hohn aufgefasst werden können. Aber höflich wollte er sein, also sagte er: »Das Schicksal verteilt seine Gaben verschieden. Im Glodok sagt man, Sie seien ein gelehrter Mann, was die Pflanzenkunde betrifft.«

»Das ehrt mich, obwohl ich mich in keiner Weise mit einem Mann wie Herrn Liao messen kann. Gewiss, ich besitze auch die eine oder andere unbedeutende Rarität …« Er sah nicht auf dabei, als er das sagte, sondern beschäftigte sich mit dem Essen. Aber Sammler verstanden einander; er musste gespürt haben, wie Raharjos Augen aufblitzten.

Dennoch klang die Stimme des Edelmannes fast gleichgültig, als er sagte: »Jede noch so bescheidene Sammlung enthält ein paar Glanzlichter. Was sind denn die Lieblingsstücke des Mijnheer?«

»Oh, nichts Besonderes. Ein paar Dinge aus alter Zeit. Darunter ein paar Seiten aus einem Zauberbuch, das dem Kaiser Rudolf II. gehörte – aber der Name wird Ihnen nicht viel sagen.« Er fügte eine kurze Beschreibung des Habsburgers an, um Raharjo dessen Bedeutung klarzumachen, dann fuhr er fort: »Er besaß ein Buch, das in einer Schrift geschrieben ist, die noch nie jemand zu lesen vermochte, und sehr schöne Zeichnungen enthält, die Pflanzen darstellen, aber Pflanzen, die man auf dieser Welt nicht kennt.* Man sagt, sie wachsen in einer anderen Welt, vielleicht im Himmel. Viele weise Männer haben versucht, das Buch zu lesen und zu verstehen, aber keinem ist es gelungen.«

»Und Sie besitzen es?«

»Eine heimlich angefertigte Kopie und zwei originale Seiten davon, die von einem Diener des Kaisers gestohlen und heimlich zum Kauf angeboten wurden. Eigentlich dürfte ich sie gar nicht besitzen. Aber Sie wissen, wie das ist …« Damit ließ er das Thema fallen. Er konnte es jetzt Herrn Raharjo überlassen, sich auf eigene Faust kundig zu machen, was es mit dem Zauberbuch des Kaisers auf sich hatte. Er war sicher, dass der Jüngling nichts Eiligeres zu tun haben würde.

Anna Lisa spürte, dass ihr Gatte in der Achtung des Javaners beträchtlich gestiegen war. Nicht nur, dass er von sich behaupten konnte, Kostbarkeiten aus der Schatzkammer eines Kaisers zu besitzen, es handelte sich auch noch um ein Zauberbuch! Das verdoppelte den Wert natürlich.

Herr Zeebrugge lenkte das Gespräch zu den Vorzügen des Rosenhauses zurück, und Raharjo drängte in aller Höflichkeit darauf, dass die beiden jungen Leute umgehend dort einzogen. Es sei alles vorbereitet, sie brauchten nur ihre Koffer zu packen. Ein Zögern, deutete er an, könnte den Eindruck erwecken, dass sie an dem Geschenk etwas zu bemängeln hatten. Da er nur noch kurze Zeit in der Gegend sein würde, könnte er selbst den

* Simeon Vanderheyden spielt hier auf das später als »Voynich-Manuskript« bekannt gewordene rätselhafte Buch an, das sich im Besitz des Jesuiten Athanasius Kircher und zeitweilig auch des Kaiser Rudolf II. befand.

Mijnheer und seine Gattin am nächsten Tag zum Rosenhaus geleiten, das Gepäck konnte die Dienerschaft nachbringen.

Nachdem alles abgemacht war, hatte er es plötzlich sehr eilig, sich zu verabschieden.

Edgar Zeebrugge blieb zurück. Jetzt, wo es keine kulturellen Klippen mehr zu umschiffen gab, entspannte sich die Atmosphäre, und Anna Lisa fühlte, wie die Beklemmung von ihr wich. Während der letzten halben Stunde hatte sie darüber nachdenken müssen, wie die alte Elsa sie noch als Kind gewarnt hatte: Mädchen müssten sich vor schönen Männern mit feurigen Augen hüten, bei deren Anblick ihnen das Herz im Halse klopfte, denn der Teufel nehme gerne die Gestalt solcher Männer an und verstehe es, auch die klügsten Mädchen so zu betören, dass sie seinen Pferdefuß nicht sähen.

»Nun«, bemerkte Zeebrugge, während er seine Pfeife von Neuem stopfte, »jetzt kann Ihnen ein Stein vom Herzen fallen, nicht wahr? Sie brauchen nicht zu fürchten, dass der Typhus in Ihren Mauern nistet, und Geschenkkörbe von unbekannten Freunden werden Sie dort auch keine bekommen. Raharjos Diener sind sehr wachsam, schon weil er selbst genug Feinde hat, und er wird sie zweifellos instruieren, sorgfältig auf die Sicherheit seiner Gäste zu achten.«

»Das ist sehr liebenswürdig von ihm«, sagte Simeon. »Aber ... aber ich dachte, es herrscht beinahe Krieg zwischen den Einheimischen und den Kolonialherren; wie kommt es, dass er uns so freundlich zu Hilfe kommt?«

»Die Situation hier in Java ist sehr vielschichtig«, antwortete der Gutsherr. »Den armen Leuten ist es egal, die haben nichts zu verlieren und lassen sich in ihrem Zorn gerne von den Rebellen rekrutieren. Aber die Reichen wollen sich lieber mit den Eroberern gutstellen und ihren Reichtum behalten, als ihn in einem blutigen Aufstand aufs Spiel zu setzen. Und dann gibt es Menschen wie den Fürsten, die einfach gerne mit allen im Frieden leben und von allen Seiten profitieren. Das klingt jetzt zynisch; allerdings muss man zu seinen Gunsten sagen, er ist ein sehr alter Mann und überhaupt mehr Gelehrter als Politiker oder gar Kriegsherr. Ich habe mich mächtig bei ihm eingeschmeichelt, als ich ihm eine Sammlung lithografierter Blätter mit europäischen Menschentypen zum Geschenk machte – er besitzt nämlich eine mit orientalischen. Sie sollten sein Kunstkabinett sehen, da würde mancher europäische Fürst, der nur ein besserer Landsknecht ist, Maul und Augen aufreißen!«

Ein schwarzer Schatten zog über sein Gesicht, und der vom dichten Schnurrbart beschattete Mund verzerrte sich zu einer erschreckenden Grimasse. »Ja, die europäischen Herren! Was dachten die, was sie hier vorfinden würden, als sie mit ihren hohen Schiffen und großmäuligen Kanonen ankamen? Halbaffen, die auf den Bäumen herumklettern und sich mit Muschelketten schmücken? Als der Admiral Cornelis de Houtman, ein halber Seeräuber, mit seiner Flotte 1596 in Banten landete, fand er dort ein mächtiges Sultanat vor, die bedeutendste Stadt Südostasiens und den größten Pfefferhafen von Java. Leider war der Sultan ein naiver Mensch, oder er war ebenfalls ein Gauner, nur eben weniger gerissen als de Houtman, dieser unfähige Kapitän und brutale Leuteschinder, der auf der Reise zwei Schiffe und den größten Teil seiner Mannschaft verlor. Er ließ sich einen Vertrag abschwatzen – und obwohl er Cornelis de Houtman später seines rüpelhaften Benehmens wegen aus dem Land jagte, stellte dieser unglückselige Vertrag den Anfang der Kolonialisierung Javas dar. Fünf Tiegel mit Pfeffer brachte de Houtman nach Hause. Sie stellten einen Wert dar, der die

Verluste dieser unglückseligen *eersten Scheepvart* mehr als wettmachte. Von da an gab es kein Halten mehr.«

Anna Lisa lauschte, bedrückt vom Inhalt der Erzählung und erschreckt von der Bitterkeit, die sich im Gesicht des ehemaligen Kolonialbeamten malte, aber Simeons Gedanken gingen andere Wege. »Wenn der Adhipati so vielseitig interessiert ist, wie steht es da bei ihm mit der Botanik?«

Zeebrugge wirkte verärgert. Da erzählte er eine nationale Tragödie, und dieser Mensch war nur daran interessiert, ob er einen zweiten Blumen- und Pflanzennarren fand. Aber da er Simeon nicht verärgern wollte, bemerkte er nur mit einem leise frostigen Unterton: »Ich sagte, sein Kunstkabinett ist sehenswert, und wie alle Sammler protzt er gerne mit seinen Schätzen. – Übrigens«, fuhr er dann fort, »besitzen Sie dieses Zauberbuch wirklich, oder haben Sie sich nur wichtiggemacht?«

»Ich besitze es wirklich – jedenfalls eine Kopie und zwei Originalseiten. Andernfalls hätte ich Herrn Raharjo nicht davon erzählt, denn«, fügte Simeon mit einem feinen Lächeln hinzu, »ich glaube, er ist kein Mann, den man ungestraft auf die Schippe nimmt.«

»Da gebe ich Ihnen recht. Nun« – Zeebrugge hob sein Glas –, »dann lassen Sie uns darauf anstoßen, dass wir ab morgen Nachbarn sein werden, denn das Rosenhaus liegt keine Viertelstunde von meiner eigenen bescheidenen Behausung entfernt, und im Dschungel ist man froh über jeden guten Nachbarn.«

Anna Lisa war zumute, als würde sie von Feen entführt, so schnell ging am nächsten Morgen alles vonstatten. Sie hatte kaum Zeit zum Frühstücken, da erschien auch schon Herr Raharjo mit vier Dienern, die eine offene Sänfte trugen, und zwei Packpferden, auf denen die Koffer der Vanderheydens aufgeladen wurden. Der reibungslose Ablauf wurde allerdings ein wenig gestört, als Tietjens in voller Größe in der Halle des Hotels erschien. Da Hunde für Mohammedaner als unrein galten, hegte der Edelmann keine besondere Zuneigung zu diesen Tieren, und Tietjens' Furcht einflößender Anblick tat das Seine dazu: Raharjo prallte zurück und griff mit der einen Hand nach hinten in die Schärpe, wo sein Dolch steckte, mit der anderen in die offene Bluse nach seinem Amulett. Pahti, der die Hündin an der Leine führte, warf sich mit einem Schreckensschrei dazwischen, bereit, eher selbst verwundet zu werden, als die Erhabene einer Gefahr auszusetzen, und auch Simeon schrie. Die Diener setzten die Sänfte ab und zogen sich einige Schritte weit zurück, wobei sie ängstlich beobachteten, wie ihr Herr mit der unbekannten Gefahr fertigwerden würde.

Raharjo hatte sich rasch wieder gefasst, ärgerte sich jedoch, dass er erschrocken war, und stieß mit bebender Stimme hervor: »Wozu braucht der Mijnheer das schreckliche Tier? Meine Diener werden ihm auch so gehorchen.«

Als er dafür verständnislose Blicke von den Vanderheydens erntete, mischte sich Edgar Zeebrugge ein. Die Pflanzer, erklärte er dem jungen Ehepaar, hielten scharfe Hunde, um ihre Kulis einzuschüchtern und bei Fluchtversuchen zu hetzen, auch in den Sträflingslagern an der Küste bewachten riesige, beißwütige Hunde die Gefangenen, und außerdem konnte Tietjens auch ein *shayatin*, ein böser Dschinn, sein.

Simeon legte die Hand auf den Schädel der Hündin. »Sie ist kein *shayatin*, und sie ist die Freundin aller meiner Freunde. Sie wird dem Rosenhaus Glück und Frieden bringen. Außerdem kümmern ich selber und Pahti uns um sie, niemand braucht ihr in die Nähe zu kommen.«

Tietjens tat ihr Bestes, seine Worte zu bestätigen, sie setzte sich auf ihre mächtigen Hinterbacken und schaute so freundlich drein, wie es bei ihrem fleckigen Faltengesicht mit den gelben Augen nur möglich war.

Raharjo atmete immer noch schwer, aber er wollte vor seinen Dienern keine Furcht zeigen, also wandte er sich um und rief den Männern zu: »Dieser Dschinn hat sich Allah unterworfen; er hat nichts Böses an sich. Es wird ihn aber niemand berühren außer dem Mijnheer und seinen eigenen Leuten.«

Ein sichtliches Aufatmen ging durch die versammelte Dienerschaft, als sie so durch allerhöchsten Befehl davon befreit waren, das Untier womöglich füttern und versorgen zu müssen. Sie machten bereitwillig Platz, als Pahti mit seiner hoheitsvollen Begleiterin an ihnen vorbeischritt. Die Vanderheydens nahmen auf dem Tragsessel Platz, dessen Stangen auf den Schultern der Träger ruhten, Fräulein Bertram folgte auf einem Mietpferd, während das Gepäck der jungen Leute auf die Packpferde verteilt wurde. Den Schluss des Zuges machte der verwachsene schwarze Sklave, der auf Anna Lisa genauso erschreckend wirkte wie Tietjens auf Herrn Raharjo. Wenn sie sich je ein Bild von einem gefährlichen Dschinn gemacht hätte, hätte er genauso ausgesehen wie Dongdo.

Raharjo und Edgar Zeebrugge ritten zu beiden Seiten des Tragsessels her, solange die Straße breit und bequem war; als sie jedoch in den Dschungel kamen, ritt der junge Edelmann ein Stück voraus, und Zeebrugge hielt seine feiste alte Stute einmal vor, einmal neben der Sänfte, wie der Weg es gestattete. Die Gegenwart so vieler Menschen und Tiere störte den Dschungel auf. Die Vögel zwitscherten durcheinander; ein Tukan, der bunte, grotesk aussehende Vogel, den die Kolonisten den Pfefferfresser nannten, kreischte die Störenfriede empört an und floh dann ins dampfende Dickicht. Die Affen stießen, während sie hektisch von Wipfel zu Wipfel sprangen, ihre misstönenden Schreie aus. Sie ließen sich manchmal an ihren Greifschwänzen und langen Armen so weit herabhängen, dass Anna Lisa schon fürchtete, sie würden ihr den Hut samt Schleier vom Kopf reißen, aber die Peitschenhiebe, mit denen die Diener sie bedachten, trieben sie rasch wieder auf Distanz.

Simeon hatte bislang nur die stark gezähmte Flora in den beiden Stadtteilen von Batavia gesehen. Er war fassungslos, als der Dschungel sich von allen Seiten immer näher an sie herandrängte, und es war eine Fassungslosigkeit des Entzückens. Immer wieder stieß er heisere Schreie aus, wenn ihm eine der riesigen Orchideenblüten an ihren Luftwurzeln vor der Nase pendelte. »Was für eine Landschaft!«, rief er aus. »Was für ein Paradies!«

Zeebrugge lachte, aber Anna Lisa merkte ihm an, dass ihm die Begeisterung ihres Gatten für sein gewähltes Heimatland gefiel, auch wenn diese Begeisterung erst einmal nur der Botanik galt.

»Beachtlich, nicht wahr? Und was Sie hier sehen, Mijnheer Vanderheyden«, sagte er, »ist erst der Anfang – der zivilisierte Stadtrand-Dschungel. Warten Sie, bis wir noch ein Stückchen höher kommen! Dann beginnt die wahre Wildnis!«

Und wirklich: Noch zwei, drei Kehren des steil ansteigenden Weges, und Simeon kam aus dem Staunen nicht heraus. Er befand sich in einer Welt, die ihm nicht nur vollkommen fremd, sondern bislang unvorstellbar gewesen war. In Europa musste man die Blumen suchen und sammeln, hier sprangen sie einen an wie Tiere, verfolgten einen geradezu. Eine chaotische Masse von Grün und Bunt überschüttete ihn. Über der Gruppe von

Reisenden türmten sich rechter Hand die Klippen, überwuchert von einer wilden, triefenden Vegetation, deren wirrer Filz von oben herab in den Pfad hing. Linker Hand fiel der Hang in felsigen Stufen ab. Mannshohe Vorhänge nie gesehener, in allen Farben leuchtender Blüten überdeckten und durchbrachen die grüne Wirrnis. Wäre Simeon nicht durch sein verstauchtes Bein behindert gewesen, er wäre aus dem Tragsessel gesprungen, um alle die Pracht aus der Nähe zu besehen. Edgar Zeebrugge musste ihn daran erinnern, dass die Blumen auch in den nächsten Tagen noch da sein würden.

Wieder durchquerten sie auf ihrem Weg den Totenhof, schnell und schweigend, und atmeten auf, als sie die bedrückenden Ruinen hinter sich gelassen hatten. Auch an der Plantage Buitenhus zogen sie rasch vorbei. Anna Lisa hatte gedacht, ihr Gatte würde wenigstens sehen wollen, was man ihm als Heimstatt zugedacht hatte, aber ihn interessierten gerade einmal die schwefelgelb blühenden Ranken, die sich an der Begrenzungsmauer entlangschlängelten. Dann kam Herrn Zeebrugges Haus in Sicht, und wie dieser gesagt hatte, dauerte es danach keine Viertelstunde mehr, ehe sie aus dem zottigen, graugrünen Tunnel des Dschungels mit seinem geisterhaften Halblicht auf eine weite, sorgsam gerodete Fläche gelangten, in deren Mitte ein Haus stand.

Diesmal war es Anna Lisa, die einen Ausruf des Entzückens ausstieß. Sie hatte sich alles Mögliche vorgestellt, aber nicht diese liebliche kleine Villa mit ihren Majolika-Schindeln, den leuchtend weiß getünchten Mauern und den zierlichen Fenstergittern. »Wie schön! Wie schön!«, rief sie aus, und alle Etikette vergessend ergriff sie spontan die Hand des jungen Edelmannes, der sein Pferd neben dem Tragsessel angehalten hatte. »Was für ein bezauberndes Haus! Bitte sagen Sie dem

Fürsten, wie dankbar ich bin, es ist wie ... wie ein Märchenhaus!«

Jemand unversehens anzufassen, schon gar einen gesellschaftlich höher Gestellten, galt auf Java als sehr grobe Unhöflichkeit, aber Raharjo war weitherzig genug, die echte Begeisterung hinter der Geste zu spüren. Er zog zwar rasch seine Hand zurück, sagte aber in freundlichem Ton: »Sie sind überwältigt von Freude; es wird meinem Großvater gefallen, dass seine kleine Leihgabe mit so viel Enthusiasmus aufgenommen wurde.«

Anna Lisa errötete. Sie hatte sehr wohl bemerkt, wie er seine Hand fortzog, und sie verstand auch, was sich in seinen höflichen Worten verbarg, nämlich die Mahnung: Aber das nächste Mal beherrschen Sie sich bitte und zeigen bessere Manieren, auch wenn Sie begeistert sind!

»Verzeihen Sie«, bat sie.

Glücklicherweise wurden sie alle abgelenkt, weil der Hauswart sie kommen gesehen hatte und mit dem Rest der Dienerschaft herbeieilte, um den Hausherrn und seine Gäste zu begrüßen. Er war ein kleiner, tabakbrauner, muskulöser Mann in fortgeschrittenen Jahren, der einen seidenen Sarong und auf dem Kopf einen Turban trug und als Zeichen seiner Würde den Schlüsselbund an einer um die Hüfte geschlungenen Kette.

»Das ist Setiawan«, stellte Raharjo ihn vor. »Sein Name bedeutet ›Treue‹, und er könnte keinen besseren tragen. Er wird sich um alles kümmern, wenden Sie sich einfach in allen Dingen an ihn. Setiawan, der Mijnheer und seine Frau wünschen sich um nichts sorgen zu müssen, was die Führung des Haushalts angeht.«

Anna Lisa verstand. *Die haben dir nichts dreinzureden.*

Setiawan verneigte sich mit gefalteten Händen und strich

dann über seinen grauen Ziegenbart. »Die Gäste meines Herrn werden seinen Wünschen gemäß versorgt werden«, beteuerte er in holprigem Holländisch.

Es wird euch hier gut gehen, aber versucht bloß nicht, euch wichtigzumachen, hier hat nur mein Herr das Sagen.

Dann erschien Pahti mit Tietjens. Der Schwarm der Haussklaven wich ängstlich schnatternd zurück.

Raharjo richtete den Blick fest auf seinen Majordomus, als wollte er ihn damit auf die Stelle bannen, und sprach hastig auf Malayalam auf ihn ein, wobei mehrmals die Ausdrücke »Dschinn« und »Allah« fielen. Offensichtlich wurde Tietjens als gottgefälliger Dschinn vorgestellt. Setiawan war deutlich anzusehen, dass ihm einen Augenblick lang die Knie weich wurden, aber als altgedienter Domestik beherrschte er seine Erschütterung meisterlich.

Simeon rief Pahti zu, er möge erklären, dass Tietjens stets im Zimmer der Herrschaften oder in Pahtis Kämmerchen schlafen würde, niemand brauche sich um sie zu bekümmern, niemand möge ihr in die Nähe kommen.

Nach einigem Hin und Her in mehreren Sprachen beruhigte sich das Hauspersonal; allerdings wichen sie alle zur Seite, als Pahti sich mit der Erhabenen näherte, und als Tietjens – die nach dem langen Marsch müde und hungrig war – gähnend das Maul aufriss, wurden neuerliche Schreckensschreie laut. Jedoch waren die Javaner ihren Herren zutiefst ergeben, sie vertrauten ihnen vollkommen, und wenn der junge Edelmann den Wunsch hegte, zwielichtige Gäste mit eigenem Dschinn im Haus einzuquartieren – so möge es sein. Man konnte ja zur Sicherheit beim örtlichen Suduk um einige zusätzliche Amulette vorsprechen.

Setiawan schritt hoch erhobenen Hauptes voraus und geleitete die Gäste ins Innere.

Anna Lisa war begeistert. Ihr vorläufiges Zuhause war geräumig und luftig, man verzichtete hier auf die Unsitte Europas, die Zimmer mit tausend nutzlosen Kleinigkeiten vollzustopfen und die Fenster mit Plüschportieren zu verhängen. Die Räume mit den Teakholzböden und aus Bambus geflochtenen Zwischenwänden waren vornehm möbliert, es stand jedoch nur das wirklich Notwendige darin. Die Luft hier oben war angenehm, sobald man der mörderischen Sonne entfloh. Der vielfältige Duft des Regenwaldes wehte durch die geflochtenen Oberlichter, allerdings auch der schwache Schwefelgeruch, den die Einheimischen wohl gar nicht mehr wahrnahmen, der den Fremden jedoch in die Nase stach. Sie erinnerte sich daran, wie nahe sie dem Tal waren, jenseits dessen sich der hässliche, Schlamm spuckende braune Blaaskaak aus den grünen Hügeln erhob.

Aus dem Untergeschoss, wo sich die Küche befand, schwebte ein süßlich-pikantes Aroma herauf, das Anna Lisa bewusst machte, wie hungrig sie war. Sie war froh, als nach einer ersten flüchtigen Gelegenheit zum Gesicht- und Händewaschen zum Essen gerufen wurde. Im Haus herrschte ein Betrieb wie in einem Bienenstock: Zimtbraune Diener und Dienstmädchen huschten allerorten herum, lautlos wie Fledermäuse und ungemein geschäftig. Da die Einheimischen in ihren Augen fürs Erste alle gleich aussahen, verlor Anna Lisa den Überblick, wie viel Personal eigentlich vorhanden war. Jedenfalls genug, um ihr jeden Handgriff abzunehmen. Setiawan bemächtigte sich ihrer vom ersten Augenblick an: Sie wurden von seinen Untergebenen abgeholt, ins Esszimmer – einen zum Garten hin offenen Raum, der nur durch Moskitonetze abgeschirmt war – geführt, an die ihnen bestimmten Plätze gesetzt; gerade, dass sie nicht noch gefüttert wurden!

Das Essen war das übliche Gemisch aus Reis, Gemüse, Fisch, Huhn und Früchten, alles in mundgerechte Stückchen geschnitten und appetitlich auf Bambusschalen und Bananenblättern angerichtet. Raharjo aß mit ihnen, entschuldigte sich dann aber mit wichtigen Geschäften.

»Ein Einkauf für das Raritätenkabinett des Fürsten?«, fragte Simeon.

»In gewisser Weise, ja. Ich wünsche Ihnen einen angenehmen Aufenthalt im Rosenhaus. Sie können sich hier vollkommen sicher fühlen, nur seien Sie bitte vorsichtig und gehen Sie nicht allein in den Dschungel. Es gibt dort leider auch anderes als wunderschöne Blumen.« Nicht nur die wilden Tiere bedeuteten eine Gefahr, fügte er eindringlich warnend hinzu. Der Dschungel bot auch desertierten Soldaten und von den Plantagen entlaufenen Kulis Deckung und Zuflucht, vor allem aber, und das waren die Schlimmsten, entflohenen Sträflingen aus den Zwangsarbeiterlagern. »Wenn der Mijnheer Blumen sehen will, wird Setiawan dafür sorgen, dass ihn bewaffnete Männer beschützen.«

Simeon sprach seinen höflichen Dank aus, schien aber nicht gerade begeistert zu sein, dass man ihn auf Schritt und Tritt begleiten würde.

Nachdem Raharjo gegangen war, bemerkte Edgar Zeebrugge: »Ich weiß, mein Freund, Sie fühlen sich jetzt ein wenig ans Gängelband gelegt, aber er hat recht mit dem, was er sagt. Vor allem einem ausgebrochenen Sträfling möchte ich nicht begegnen. Das sind keine Hühnerdiebe, verstehen Sie. Wer zur Zwangsarbeit verurteilt wird, wäre besser zum Tode verurteilt worden. Es gibt immer wieder welche unter den Kerlen, die dumm genug sind, die Flucht zu wagen, aber kaum jemals einen, der durchkommt. Entweder werden sie von den Suchtrupps gefasst, ausgepeitscht und aufgeknüpft, oder sie verenden jämmerlich in der Wildnis. Die haben nichts zu verlieren. Das Risiko ist die schönste Orchidee nicht wert.«

Überhaupt, sagte Mijnheer Zeebrugge, müssten sie sich hier auf eine etwas rustikalere Umgebung einstellen als im Hotel des Indes. Kein Mann in der Umgebung ging unbewaffnet, und auch die Damen trugen, sobald sie sich von Haus und Heim fortwagten, zumindest einen großkalibrigen Revolver bei sich, wenn nicht überhaupt ein Gewehr.

»Wenn Sie nicht schießen können, dann lernen Sie es so bald wie möglich.«

Simeon antwortete etwas pikiert, dass er durchaus schießen könne, und zwar sehr gut, er hatte die ruhige Hand und das scharfe Auge eines zeichnerisch begabten Menschen. Anna Lisa musste den Kopf schütteln, worauf Zeebrugge vorschlug, es ihr beizubringen. »Das lernen Sie rasch, und auch wenn Sie nicht gleich eine Meisterschützin werden, gebietet eine Waffe immer Respekt.«

Und er schritt sofort zur Tat. Setiawan wurde gerufen, und Anna Lisa stellte fest, dass das Haus mit Waffen wohlversorgt war, denn der Hauswart brachte gleich fünf verschiedene für eine Dame geeignete Feuerwaffen herbei, zwei Revolver und drei Pistolen. Zeebrugge führte die junge Deutsche hinaus in den Garten und zeigte ihr dort, wie man die Waffe lud und sicherte, dann wies er sie an, auf den Stamm eines dürren Baumes zu zielen, an dessen waagerechten Ästen bunte Wollsträhnen zum Trocknen hingen.

Anna Lisa war nicht angetan von der Übung, aber sie war verständig genug einzusehen, dass sie sich besser mit einer Waffe vertraut machte. Also stellte sie sich hin, wie Zeebrugge es ihr vormachte, visierte den Baum an und drückte ab. Der Knall des Schusses fühlte sich an wie eine Ohrfeige. Im Dschungel jenseits der Lichtung brach hysterisches Affengeschrei aus, zwei Rhesusaffen sausten über die Lichtung, gefolgt von einer Familie Gibbons, die entsetzlich kreischend auf allen vieren dahinsprangen und sich in die Wirrnis der Banyan-Bäume auf der anderen Seite flüchteten.

»Herrgott!«, schrie die junge Frau entsetzt auf. »Habe ich eines von den Viechern getroffen?« Ihr hatten schon die Hasen leidgetan, die in der Küche des Lobrecht'schen Hauses abgeliefert wurden, und der Gedanke, dass womöglich ein blutendes Äffchen auf dem Rasen lag, schnitt ihr ins Herz.

Zeebrugge beruhigte sie. »Die sind nicht so leicht zu erwischen, und fürs Erste haben Sie nicht einmal den Baum getroffen. Schauen Sie, so müssen Sie es machen.« Er stellte sich hinter sie, hielt ihre Hände und Arme in der richtigen Position. »Und jetzt noch einmal.«

Diesmal flogen Holzsplitter. Die Affenbande keifte wütend aus den Baumwipfeln herunter.

»Schon viel besser. Noch einmal.«

Anna Lisa, deren Ehrgeiz jetzt geweckt war, konzentrierte sich vollkommen darauf, den Baum zu treffen, und merkte nichts davon, dass dem Mann in ihrer Nähe das Herz klopfte und sein Atem schneller ging. Ihre Wangen waren gerötet, ihre Augen blitzten, als ihre Schüsse von einem Mal zum anderen näher ans Ziel heran trafen. Als dann zum ersten Mal eine Kugel mitten in dem toten Stamm stecken blieb, jauchzte sie laut auf und wandte sich lachend um. Diesmal erkannte sie den Ausdruck in seinem Gesicht, aber sie empfand nichts als Freude und Dankbarkeit. »Oh, Sie sind wunderbar!«, rief sie. »Was für ein guter Lehrer Sie sind! Ich dachte nie, dass ich so schnell schießen lernen würde!«

Er trat einen Schritt zurück, als fürchtete er um seine eigene Beherrschung. »Ja, das haben Sie gut gemacht. Aber Sie müssen üben, so oft wie möglich. Im Notfall müssen Sie fähig sein, eine Waffe zu ziehen und abzufeuern, ohne nachzudenken.«

Sie legte die entladene Pistole weg, wie er es ihr gezeigt hatte. »Ich könnte nur nie auf etwas Lebendiges schießen.«

»Das wird sehr darauf ankommen, wie dieses Lebendige Ihnen begegnet. Ich bin kein Freund der Jagd zum bloßen Vergnügen, da bin ich ganz Ihrer Meinung. Was man schießt, muss man auch essen, sonst versündigt man sich an der Schöpfung. Aber es gibt leider Tiere und auch Menschen in diesem Land, bei denen ich mir sagen muss: entweder er oder ich.«

Gemeinsam schlenderten sie zum Haus zurück. »Stimmt es«, fragte sie neugierig, »dass es hier im Dschungel Tiger gibt?«

»Ja, aber sie kommen nicht zu den Häusern der Menschen, wenn Ihnen das Sorgen macht.« Die riesigen Raubkatzen, sagte er, waren feige. Ein Tiger griff immer von hinten an. Nie stellte er sich zum offenen Kampf. Lautlos schnellte die gewaltige Masse seines Körpers aus dem Dickicht und begrub das Opfer unter sich, während die dolchartig gekrümmten Klauen es packten. Und immer suchte er sich einzelne, schwache Opfer aus, kränkelnde Tiere oder solche, die den Anschluss an ihre Herde verloren hatten, und einzelne Menschen, Holzfäller, Wurzelsucher, Orchideenpflücker. Eine ähnliche Gefahr stellten die Leoparden dar, die, unsichtbar im Wirrwarr der Lianen, langgestreckt auf hohen Ästen lagen und sich unversehens von oben auf ihre Opfer herabstürzten.

»Sie sehen also«, sagte Edgar Zeebrugge, »Ihr Gatte sollte daran denken, dass er nicht im Botanischen Garten spazieren geht, sondern in einer sehr gefährlichen Landschaft.«

»Ich werde es ihm sagen. Aber ich glaube, Setiawan würde

ohnehin nicht zulassen, dass er alleine losgeht.« Ihre Stimme nahm einen zutraulichen Ton an. »Herr Zeebrugge ... warum hat Herr Raharjo uns dieses Haus zur Verfügung gestellt? Mir will der Gedanke nicht aus dem Kopf, dass er einen bestimmten Grund dafür hatte.«

Der Holländer warf ihr einen raschen, argwöhnischen Blick zu, dann lachte er leichthin. »Oh, gewiss hatte er den. Er prahlt gerne mit dem Reichtum seines Großvaters. Es macht ihm Spaß, den Europäern zu zeigen, dass es für ihn ein Klacks ist, ein ganzes Haus samt Dienerschaft nach Belieben zur Verfügung zu stellen. Es schmeichelt seiner Eitelkeit.«

Anna Lisa nickte. Das mochte so sein. Und doch wurde sie das Gefühl nicht los, dass der hilfsbereite junge Edelmann sie in einen goldenen Käfig gesperrt hatte. Sie hatte zu deutlich gespürt, dass Setiawan jeden ihrer Schritte überwachen und kontrollieren würde. Aber wozu? Was konnten sie ihm schaden oder nutzen? Schon wollte sie die Frage an Zeebrugge stellen, als sie es sich anders überlegte. Er war befreundet mit Herrn Raharjo; es wäre sehr peinlich gewesen, wenn er ihm ihre Fragen hinterbrachte.

Also lachte sie nur und sagte: »Reiche Leute sind überall auf der Welt gleich. Aber hier ist es wirklich, als hätte uns ein Feenkönig zu seinen Gästen gemacht.«

Die Gäste des Feenkönigs

Nach all den Misserfolgen und dem Ärger, den sie seit ihrer Hochzeit erlebt hatte, erschienen Anna Lisa die nächsten Wochen als ein Wirklichkeit gewordenes Märchen. Sie wurde umsorgt wie eine Königin. Wo irgendetwas zu tun war, griff schon eine geschickte braune Hand zu und erledigte es, ohne dass man extra zu rufen brauchte. Unter Setiawans Aufsicht lief der Haushalt wie geölt; wie zuvor an Bord der Anne-Kathrin wurden die Gäste rund um die Uhr gehegt, sodass alles stets zu ihrer Bequemlichkeit bereitstand, ohne dass sie selbst viel gefragt wurden. Fräulein Bertram hatte rein gar nichts zu tun, außer dass sie ihrer Herrin beim Ankleiden und Frisieren helfen durfte, ansonsten saß sie in einem Schaukelstuhl im Schatten der Kretek-Bäume, las in ihrer Bibel oder strickte Schals aus der wunderbar weichen, in den schönsten Farbtönen schimmernden Wolle, die man hier im Hause selbst färbte.

Simeon fühlte sich wie Adam im Paradies. Seine Gesundheit, um die er sich solche Sorgen gemacht hatte, besserte sich trotz der glühenden Tageshitze und der Monsunwinde, deren heißer Hauch den Boden austrocknete und das Laub vergilben ließ. Er ging immer noch auf einen Stock gestützt, aber er war eifrig unterwegs, seine Stimmung war ausgezeichnet, und er legte einen kräftigen Appetit an den Tag – einfach, weil er glücklich war, weil er sich der Beschäftigung hingeben konnte, die ihn am meisten interessierte, und dabei noch auf jede Weise unterstützt wurde. Man begleitete ihn fürsorglich bei seinen kurzen Expeditionen in den Dschungel, trug seine Botanisiertrommel, beschaffte Papier, Federn und farbige Tusche, damit er die gesammelten Blüten zeichnen konnte, und nannte ihm bereitwillig die Namen und Eigenschaften der javanischen Flora. Es tat ihm nur leid, dass er keine Herbarien anlegen konnte: Die im Oktober zu erwartende Regenzeit hätte unweigerlich die gesamte aufwendige Arbeit zunichtegemacht. Wenn es Tag für Tag, Nacht für Nacht schüttete wie aus Eimern und einem kaum ein Faden am Körper trocken blieb, hatte ein Herbarium keine Überlebenschance.

Für Buitenhus interessierte Simeon sich während der nächsten drei Wochen nicht im Geringsten. Die Verwaltung lag jetzt in den Händen des Gerichts, überwacht vom deutschen Konsul und dem tüchtigen Dr. Ascher, und außerdem war ja Godfrid unterwegs nach Java. Wenn der die Plantage wieder aufbauen wollte, sollte er es ruhig tun.

Herr Raharjo, der nur selten und dann für kaum eine Stunde im Rosenhaus auftauchte, lobte diese Einstellung als sehr vernünftig. Warum ein verseuchtes Gut betreten, wenn es rundum so viel Schönes zu sehen gab? Man fand dort nichts mehr außer angriffslustigen Affen, giftigem Ungeziefer und einer fairen Chance, sich Bauchweh und Fieber zu holen.

Damit sprach er durchaus die Wahrheit, denn während es sich die Vanderheydens im Rosenhaus gut gehen ließen, waren viele fleißige Hände heimlich damit beschäftigt gewesen, den Schatz der Prinzessin von Pajajaran aus der Höhle zu schaffen und in Ölfässern, Getreidesäcken und Tabakkisten nach Bandung zu transportieren. Eigentlich hätte die Angelegenheit längst erledigt sein können, wäre Dongdo nicht der Überzeugung gewesen, dass es irgendwo auf der Plantage noch ein zweites Versteck gab – und Raharjo traute dem Instinkt seines Dieners. Es war ja auch eine durchaus vernünftige Überlegung, dass ein umsichtiger Verwalter nicht alle Schätze an einem einzigen Ort unterbrachte.

Die einzige Sorge des jungen Edelmannes war jetzt, dass der Dampfer mit Godfrid Brägens an Bord nach langer Verzögerung jeden Tag näher kam. Im August würde er in Batavia anlegen – wann genau, hing vom Wohlverhalten der Vulkane in der Sundastraße ab. Gut informiert über das Geschwätz der *gemeenschap*, wusste Raharjo, dass er diesen Vogel nicht mit derselben Leimrute fangen würde wie das naive junge Ehepaar. Brägens würde sich schnurstracks auf den Weg zur Plantage machen und dort alles genau kontrollieren. Er war gewiss kein Mann, der sich von Schlangen und Ratten von einem Haus fernhalten ließ, das er als sein Eigentum betrachtete. Allerdings konnte er im Moment noch nicht viel mit Buitenhus anfangen. Die Quarantäne galt noch, und selbst wenn sie demnächst aufgehoben wurde, würde er so schnell keine Arbeiter finden – schon gar nicht, wenn unter den Javanern das Gerücht umlief, dass Herr Raharjo solche Arbeit nicht wünschte. Und es waren Berge von Arbeit, die Godfrid Brägens erwarteten: Haus und Garten, Arbeiterquartiere, Arbeitsschuppen, die gesamte verwilderte Pflanzung musste gerodet, gereinigt und saniert werden. Unmöglich, das alles zu schaffen, bevor im Oktober die nächste Regenzeit fällig war und jegliche Tätigkeit unmöglich machte.

Aber er würde da sein, und den Javaner warnte sein Instinkt, dass er sich vor diesem Gegner in Acht nehmen musste.

Was Herr Raharjo nicht wusste, war, dass zur selben Zeit

auch ein anderer Gegner eifrig am Werk war. Jasper Kranewitter hatte eine sorgfältig ausgearbeitete Falle gestellt. Er hatte das Gerücht verbreiten lassen, dass die Bewacher der Sträflingslager wegen der vielen Ausbrüche mit völlig neuen, viel tüchtigeren Waffen ausgerüstet wurden. Ein Transport solcher Waffen sei bereits auf See unterwegs und sollte an einem Tag, der genau genannt wurde, an einem ebenfalls genannten Ort an Land gebracht werden. Kranewitter wusste, dass diese Nachricht die Aufständischen anlocken würde wie der Zucker die Wespen, und wenn alles nach seinen Plänen ging, würde er eine beträchtliche Anzahl von ihnen gefangen nehmen, das Goldhähnchen mit eingeschlossen. Der Kontrolleur hatte zwar ausdrücklich darauf hingewiesen, dass eine offizielle Verhaftung und ein öffentlicher Prozess nicht im Interesse des Generalgouverneurs lagen, aber es hinderte einen ja niemand, den Vogel, wenn er einmal gefasst war, kurzerhand zu erschießen und im Wald zu verscharren. Vielleicht – das jedenfalls hoffte Kranewitter – ging ihnen bei der Gelegenheit auch gleich Edgar Zeebrugge ins Netz. Dass der Judas mit den Rebellen gemeinsame Sache machte, war ein offenes Geheimnis, nur musste man ihn auf frischer Tat ertappen.

Die Nacht, für die alles geplant war, kam heran. Die Falle wurde aufgespannt, der Köder hineingelegt. Man wartete auf die Beute.

Anna Lisa fühlte sich so geborgen im Rosenhaus, dass sie keinen Protest erhob, als Simeon ankündigte, sie über Nacht allein lassen zu wollen. Er hatte Kontakte geknüpft mit dem *hortulans*, dem Obergärtner des botanischen Gartens in der Residenz Buitenzorg, und eine Einladung zur Besichtigung erhalten. Das alles würde einige Zeit in Anspruch nehmen, denn natürlich musste er nach dem Rundgang durch die umfangreichen Anlagen mit dem Obergärtner essen, trinken und ein langes Fachgespräch führen, und bei der inzwischen atemberaubenden Hitze wollte er sich auf keinen Fall hetzen. Er würde Tietjens und Pahti mitnehmen, damit unter den Hausangestellten nicht wieder die Panik ausbrach, weil der Dschinn ohne seinen rechtmäßigen Herrn zurückblieb, aber sie hatte ja Fräulein Bertram, und außerdem, was sollte ihr schon passieren? Setiawan würde sie hüten wie seinen Augapfel.

Anna Lisa, die froh war, wenn ihr Gatte sich seiner Leidenschaft hingab und entsprechend heiter gestimmt war, beteuerte, dass es ihr nichts ausmachte. Sie verabschiedete sich mit einem zärtlichen Kuss von ihm, als er im Morgengrauen, lange vor dem Aufgang der mörderisch glühenden Sonne, in der Sänfte das Haus verließ. Mitte Juli war die Sonne hier in den Tropen ein Feind, dem man aus dem Weg gehen musste, wenn man von Sonnenstich und Hitzschlag verschont bleiben wollte. Drei von Setiawans Untergebenen begleiteten ihn, zwei Bewaffnete als Beschützer, der dritte als Läufer – gewissermaßen als Herold, wie es sich für den offiziellen Besuch eines bedeutenden Mannes gehörte. Dann kehrte sie ins Haus zurück und streckte sich im abgedunkelten Schlafzimmer noch einmal bequem auf dem Bett aus, um weiterzudösen.

Der Tag verlief ereignislos und endete in einem prachtvollen Sonnenuntergang, einem sogenannten Hahnenschwanz, der sich vielfarbig über den westlichen Himmel auffächerte. Der kurzen tropischen Dämmerung folgte die Nacht. Anna Lisa vollzog mithilfe ihrer Zofe die langwierige Zeremonie des Auskleidens – sie wünschte wirklich, sie könnte sich auch einfach einen Sarong um die Hüften wickeln, statt sich Tag für Tag in die voluminösen europäischen Kleider zu quälen. Dabei hatte sie sich ohnehin schon einiges an Marscherleichterung verschafft und das Korsett stillschweigend beiseitegelassen, auch die Unterröcke waren weniger geworden; sie trug jetzt meistens nur einen knöchellangen Rock, eine Bluse und eine lange, lose Jacke darüber. Nur an den Knöpfstiefeln hielt sie eisern fest, eingedenk Pahtis Warnung vor Skorpionen und giftigen Tausendfüßlern, die allerorten herumwimmeln mochten. Sie wunderte sich, dass die Einheimischen keine Angst hatten, barfuß zu laufen, obwohl sie immer wieder gestochen wurden. Aber die Javaner waren Fatalisten: Ob man gestochen wurde oder nicht, lag in Gottes Hand, wozu also Schuhe anziehen?

Anna Lisa schlüpfte in ihr Hauskleid, ein Nachthemd mit einem dazu passenden Morgenrock, denn bei der ständigen Betriebsamkeit im Haus war sie nie sicher, ob nicht auch auf dem Weg zum Bad oder Abort jemand auftauchen mochte, und dann wollte sie halbwegs korrekt gekleidet sein. Fräulein Bertram löste ihre Frisur auf, bürstete sie und flocht dann die langen Haare zu einem Zopf, damit sie sich beim Schlaf nicht verwirrten. Danach sagte man sich gute Nacht. Die Zofe verschwand in ihrem Zimmer, das neben dem der Herrin lag, und Anna Lisa schloss die Zwischentür.

Es war gegen zehn Uhr abends und eigentlich Zeit zum Schlafengehen, aber Simeons ungewohnte Abwesenheit brachte sie durcheinander, sodass sie eine ganze Weile beim Licht der Öllampe saß und vor sich hin sinnierte. Dann löschte sie das Licht und trat auf den winzigen, vergitterten Balkon hinaus, der wie ein Vogelkäfig an der Hauswand vor ihrem Schlafzimmer hing. Überall im Haus war man bereits zu Bett gegangen, wie es aussah, denn kein Lichtstreifen fiel mehr aus den Fenstern. Das vom Vollmond beschienene Rund der Lichtung lag verlassen. Es war still, nur gelegentlich strich ein

Windhauch durch das Laubwerk und erzeugte ein Rascheln, oder ein Tukan ließ, halb im Schlaf, ein zusammenhangloses Krächzen hören. Die wenigen Tiere, die zum Haushalt gehörten, einige Ochsen und eine Schar Ziegen, waren in der Obhut ihrer Ställe, denn bei Nacht schlichen der Tiger und der Leopard aus dem nachtschwarzen Dickicht und fielen über alles Lebendige her. Sie schauderte bei dem Gedanken, welche Gefahren außerhalb des sicheren Hauses lauerten. Da war eine Nacht so paradiesisch schön, mit einem tintenschwarzen Himmel, in dem ein chinesisch-weißer Mond schwebte, silberne Netze überspannen die Arabesken der fremdartigen Büsche und der grotesken Banyan-Bäume – und doch mochte es den Tod bedeuten, auch nur einen Spaziergang über den Rasen zu machen. Der Tiger witterte Menschenfleisch über weite Distanzen, und er war schnell.

Sie fragte sich, wo Herr Raharjo in dieser Nacht sein mochte. Bei dem Gedanken an ihn bebte ihr Herz. Was half es, dass sie sich immer wieder Elsas Mahnung ins Gedächtnis rief? Was half ihr die Vernunft, die ihr sagte, dass sie besser keinen einzigen unkeuschen Gedanken an ihn verschwendete? Sie konnte ihn nun einmal nicht haben, auch wenn sie nachts von ihm träumte und in Gedanken bei ihm war, während sie ihren Gatten liebkoste.

Schließlich verließ sie den Balkon und ging zu Bett. Sie schlief unruhig, und plötzlich wachte sie auf. Wäre Simeon da gewesen, so hätte sie den schwachen, ungewohnten nächtlichen Geräuschen keine Aufmerksamkeit geschenkt, aber seine Abwesenheit machte sie unsicher – und es waren heimliche, verstohlene Geräusche, die von draußen hereindrangen. Noch halb schlafend hatte sie ein Pferd über die Lichtung jagen gehört, pfeilschnell, aber mit so leichtem Hufschlag, dass er erst deutlich hörbar wurde, als es auf die Steinplatten vor dem Haus trat. Jemand musste den Reiter erwartet haben, denn es blitzte das Licht einer Laterne auf, und das Pferd wurde in den Stall geführt, dessen Tür sie knarren hörte. Dann erlosch der Laternenschein, jemand huschte ins Haus, und in der Stille der Nacht war deutlich das Geräusch zu vernehmen, mit dem die Riegel vorgeschoben wurden.

War das Raharjo, der zu so später Stunde gekommen war? Aber würde man den Hausherrn mit solcher Heimlichkeit einlassen? Sie wusste inzwischen genug über den Haushalt, dass üblicherweise ein Dutzend Diener und Mägde diensteifrig herbeieilte, mochte es Tag oder Nacht sein, wenn der Herr kam. Aber jetzt war kein Laut zu hören.

Doch, da war ein Laut!

Es pochte sanft an ihre Tür.

Geh nicht!, rief es in ihr. Stell dich schlafend, mach nicht auf, sieh nicht nach, wer da ist!

Aber der Teufel in seiner goldenen Gestalt hatte längst die Oberhand gewonnen. Sie eilte zur Tür und schob den Riegel zurück. Vor ihr stand im Schein eines winzigen Öllichts, das er in der flachen Hand hielt, Herr Raharjo und lächelte sie an. Es war kein verführerisches und auch kein triumphierendes Lächeln. Er fand es nicht nötig, um sie zu buhlen, und er rechnete sich seine Eroberung nicht als Sieg an; er wusste längst, dass sie ihn begehrte, und er erfüllte einfach seinen Teil einer Verabredung, die sie ohne ein Wort längst getroffen hatten. Als er ins Zimmer trat, tat er es mit der Selbstverständlichkeit eines Ehemannes. Er schloss die Tür hinter sich, schob den Riegel vor und stellte das Öllicht auf die Anrichte. Ihrer beider Schatten tanzten im Schein der winzigen zuckenden Flamme wie Wayang-Puppen.

Lautlos ließ er seinen bunten Hausmantel über die Schultern herabgleiten und zu Boden fallen. Nur in ein loses, knielanges Lendentuch gehüllt, stand er vor ihr. Anna Lisa rührte sich nicht, als er den Hausmantel, den sie nur flüchtig übergeworfen hatte, von ihren Schultern zog. Es war, als hätte er sie zu einem Tanz aufgefordert, dessen Schritte sie nie gelernt hatte – und war es nicht so? Hier stand sie keinem unbeholfenen, von Ängsten geplagten Jüngling gegenüber, sondern dem Ehemann zweier junger Frauen und dem Bettgenossen wer weiß wie vieler Konkubinen, einem erfahrenen Mann also, und sie konnte nichts anderes tun, als sich seiner Führung zu fügen. Er verstand sie; er machte ihr keinen Vorwurf aus ihrer hölzernen Unsicherheit, sondern leitete sie mit fester Hand Schritt für Schritt. Sie brauchte nichts zu tun als sich ihm anvertrauen. Und das tat sie, überwältigt nicht nur von seiner sexuellen Erfahrung, sondern von der Macht seiner Persönlichkeit, die ihr in diesen Nachtstunden stärker denn je erschien, von einer Glut erfüllt, die ihren Ursprung nicht in ihrem Beisammensein hatte. Sie fühlte instinktiv, dass er kurz zuvor etwas erlebt haben musste, das ihn über sich selber hinaushob. Er war schon in Ekstase gewesen, als er an ihre Tür gepocht hatte, aber in einer anderen Art von Ekstase. Er war aus einem Kampf heimgekehrt – als Sieger.

Es wurde ihr ganz plötzlich bewusst, als sie inmitten des fremdartigen, pikanten Geruchs, den sein Körper ausströmte, Schießpulver an seinem Haar roch, als sie im Zwielicht aus Mondschein und dem blakenden Lämpchen blutige Schrammen an seinen Armen sah. Aber die Erkenntnis ging unter in der Seligkeit, in die er sie führte.

Sie war erschöpft vor Glück, als er sich Stunden später aus ihrer Umarmung loswand. Sein Körper glänzte silbern in dem

Streifen Mondschein, der durch das vergitterte Fenster fiel. Ein letztes Mal beugte er sich über sie und küsste sie, dann legte er den Finger auf ihre Lippen. Dicht an ihrem Ohr flüsterte er: »Sie haben nur geträumt, Mevrouw. Es ist nie geschehen und wird nie wieder geschehen. Schweigen Sie, wie ich schweige.«

Ein Schatten glitt über sie hinweg, als er seinen Hausmantel überwarf und mit lautlosen Schritten zur Tür eilte, die leise knackend hinter ihm ins Schloss fiel. Sie war allein.

Wie im Halbschlaf ging sie zum Waschtisch und wusch sich. Im Schein der einzelnen Kerze sah sie erschrocken, dass die Innenseiten ihrer Schenkel blutbefleckt waren. Sie hatte doch nicht etwa ihre Tage zu einer ganz unerwarteten Zeit bekommen? Verwirrt wischte sie das Blut ab, trocknete sich ab und nahm ihr Nachthemd in Augenschein. O weh – auch das war fleckig. Sie hatte es einfach im Bett liegen lassen, als sie sich entblößte, und musste dann darauf gelegen haben. Rasch holte sie ein frisches aus dem Schrank und warf das andere in den Rattankorb im Winkel, aus dem die Magd die Schmutzwäsche zum Waschen holte. Dann ging sie schlafen.

Fräulein Bertram erschien wie immer prompt, als Anna Lisa am Morgen nach ihr klingelte, aber sie kam nicht, um ihren Dienst anzutreten. Sie war voll angekleidet und trug ihr Köfferchen in der Hand.

Anna Lisa starrte sie an. »Was ist denn los?«

»Das wissen Sie so gut wie ich, Mevrouw«, antwortete Pia Bertram mit eisiger Stimme. »Unter den Umständen kann ich nicht länger in Ihren Diensten bleiben. Ich ersuche um sofortige Entlassung. Ich werde Sie nicht verraten, aber ich bin auch nicht gewillt, eine Lüge mitzutragen.«

Der jungen Frau schoss das Blut in die Wangen. Einen Augenblick lang wurde ihr übel, sie musste sich am Frisiertisch festhalten. Wie hatte sie vergessen können, dass die Zofe im Nebenzimmer alles mitbekommen würde? Aber sie hatte ja an überhaupt nichts gedacht in dieser Nacht, war blindlings dem Rausch verfallen, wie ein Insekt in die Kanne einer Venusfalle torkelt und darin zugrunde geht. Ihre Kehle war wie ausgedörrt. Sie nickte nur, setzte dann zweimal an, um etwas zu sagen, aber die Zofe schnitt ihr das Wort ab.

»Herr Setiawan wird dafür sorgen, dass man mich in die Stadt geleitet. Auf meinen restlichen Lohn verzichte ich. Sagen Sie dem gnädigen Herrn, was Sie wollen.« Damit drehte sie sich um und verließ den Raum.

Anna Lisa stand mit weichen Knien auf. Das Haar offen und verwirrt, noch im Nachthemd öffnete sie den Schrank und langte mit zitternden Händen nach der Flasche mit dem Genever. Während sie ein Glas füllte, hörte sie durch das Holzgitter des Fensters Stimmen im Hof: Pia Bertram arrangierte mit Herrn Setiawan, dass man ihr ein Pferd lieh und ein Knecht sie in die Stadt begleitete.

Der scharfe Wacholderschnaps brannte in Anna Lisas Kehle, und ihr wurde schwindlig, noch nie hatte sie auf nüchternen Magen ein Glas Genever getrunken. Das Zimmer drehte sich vor ihren Augen. Was hatte sie nur getan? Welcher Wahnsinn hatte sie überkommen? Wenn Simeon von ihrem Treuebruch erfuhr, würde das weitaus Schlimmeres zur Folge haben als nur die persönliche Tragödie zweier Eheleute. Es war unmöglich, dass er es einfach hinnahm. In Deutschland hätte er den Ehebrecher zum Duell fordern müssen. Sie hatte keine Ahnung, wie das auf Java war, aber das eine war ihr klar, dass ihr Mann in einem Kampf mit Raharjo den Kürzeren ziehen würde.

Oder griffen die Behörden ein? Auf jeden Fall würde es einen fürchterlichen Skandal geben. Sie konnte sich hier nicht mehr blicken lassen, und die verdammten Telegrafenkabel würden dafür sorgen, dass ihr Schimpf und Schande bis nach Deutschland folgten.

Anna Lisa sank auf einem Stuhl zusammen, halb ohnmächtig vor Aufregung und Verzweiflung, betäubt von dem ungewohnten Alkohol. Als die Tür leise geöffnet wurde, schreckte sie zusammen, überzeugt, Simeon würde hereinstürzen und Rechenschaft von ihr fordern, oder die göttliche Strafe würde sie auf andere Weise ereilen. Es war jedoch Setiawan, der eintrat, ein junges braunes Mädchen an der Seite.

Mit unbewegtem Gesicht sagte er: »Mevrouw braucht eine neue Zofe. Dies ist Aninda, sie wird die Mevrouw bedienen.« Mit einer Handbewegung schickte er das Mädchen hinaus, den Wasserkrug zu füllen.

Anna Lisa wusste, dass es das Dümmste war, was sie tun konnte, aber die Worte bahnten sich wie mit Gewalt ihren Weg. »Ist Herr Raharjo hier?«

Setiawan zog die Augenbrauen hoch. »Der Gebieter wurde schon drei Tage nicht mehr im Hause gesehen, Mevrouw, er ist auch jetzt nicht hier. Seine Diener wissen nicht, wann er kommt. Sie wissen auch nicht, wo er jetzt ist.«

»Schon drei Tage?«, wiederholte sie stupide. Der Genever begann jetzt ernsthaft zu wirken, ihr wurde fiebrig heiß, und sie sah plötzlich zwei Setiawans vor sich.

Er nickte feierlich. »Der Gebieter ist viel unterwegs, er hat große und wichtige Dinge zu tun. Niemand von uns hat ihn in den letzten Tagen gesehen.« Er trat näher, und in dem Ton, in dem man ein von Albträumen geplagtes Kind beschwichtigt, sagte er: »Mevrouw ist nicht ganz gesund, sie sollte nach dem

Frühstück wieder ins Bett gehen und schlafen. Die Hitze macht die Europäer krank.«

Anna Lisa gehorchte. Wie im Traum ließ sie es geschehen, dass Aninda ihr Gesicht und Hände mit frischem Wasser wusch, ihr die Haare bürstete, das Bett frisch bezog und ihr das Frühstück im Schlafzimmer servierte. Wenigstens wurde sie von dem starken Kaffee und dem leichten, würzigen Frühstück wieder nüchtern, aber ganz bei Sinnen fühlte sie sich nicht. Erst nachdem sie zwei weitere Stunden geschlafen hatte, sah sie die Welt allmählich wieder mit klaren Augen.

Sie wusste, dass Raharjo hier gewesen war und eine Liebesnacht mit ihr verbracht hatte, aber seine Diener hatten Order, den Besuch geheim zu halten. Ihretwegen? Um einen Skandal zu vermeiden? Oder steckte mehr dahinter? Hatte die Dienerschaft vielleicht einen weitaus wichtigeren Grund, Stein und Bein zu schwören, dass sie ihren Gebieter seit Tagen nicht mehr gesehen hatten? Mit einem Schlag fiel ihr der brandige Geruch von Schießpulver in seinen Haaren ein und die frischen Schrammen.

Langsam dämmerte ihr, dass ihr Geheimnis nicht ans Licht kommen würde, wenn nicht sie selber es verriet.

Aber hierbleiben konnten sie nicht, das war unmöglich. Sie konnte nicht im Haus des Mannes bleiben, mit dem sie die Ehe gebrochen hatte, wenn er jeden Tag, jede Stunde hierherkommen mochte. Sie musste sich Simeon gegenüber irgendeinen plausiblen Grund ausdenken, warum sie das Rosenhaus verlassen mussten – auch wenn es verflixt schwer sein würde, ihn dazu zu bewegen. Er war so vernarrt in die wunderbare Flora rundherum, und von seinem unschuldigen Blickpunkt aus konnte es ihnen gar nicht besser gehen, als es ihnen jetzt ging. Und Raharjo? Wie sollte es mit ihm weitergehen? Es war von

Anfang an klar gewesen, dass eine feste Beziehung zwischen ihnen unmöglich war; nicht nur ihre Ehe stand zwischen ihnen, sondern das gesamte gesellschaftliche Reglement der Kolonialherren wie der Einheimischen. Für eine weiße Frau war es ein unverzeihlicher Fehltritt, sich mit einem Einheimischen oder auch nur einem Halbblut einzulassen. Der Skandal hätte sie in der gesamten europäischen Gesellschaft Niederländisch-Ostindiens unmöglich gemacht. Und für ihn war sie nicht nur eine Fremde, eine Angehörige der verhassten Kolonialmacht, sie war auch die Tochter eines einfachen – wenn auch sehr reichen – deutschen Bürgers, während er aus dem jahrhundertealten Adel des Landes stammte.

Aber er hatte von der verbotenen Frucht gekostet, und so gut, wie sie ihm geschmeckt hatte, würde er wieder danach verlangen. Es lag diesen Fürsten und Fürstensöhnen im Blut, dass ihnen alles gehörte, wonach sie verlangten; in der gesamten uralten Tradition Javas hatte ein Edelmann nur einen Blick auf seines Nächsten Haus, Feld, Wasserbüffel oder Ehefrau werfen müssen, damit man es ihm überließ – was heißt da überließ, man rannte ihm nach damit und bat ihn untertänigst, die geringe Gabe anzunehmen. Herr Raharjo war in dieser Tradition aufgewachsen; er würde sie nicht verleugnen können oder wollen.

Da der Tag sehr heiß war, schlief sie bis in den späten Nachmittag hinein und erwachte erst, als sie Simeons schwerfälligen Schritt im Flur draußen hörte. Einen Augenblick lang setzte ihr Herz aus. Wenn er nun unterwegs Fräulein Bertram getroffen und sie ihm alles verraten hatte? Wenn einer der Diener ihm etwas gesteckt hatte?

Aber Sekunden später war ihr klar, dass nichts dergleichen

geschehen war. Zur Tür herein kam ihr Mann, müde, verschwitzt, Gesicht und Hände von den im Dschungel allgegenwärtigen lästigen Schnaken zerstochen, aber förmlich berstend vor Glück und Zufriedenheit. Nur ein leichter Schatten lag auf seiner strahlenden Laune. »Du bist im Bett, Meisje? Herr Setiawan sagte, du seist ein bisschen krank.«

Sie richtete sich auf den Ellbogen auf und strich das offene Haar zurück. »Ach wo; er ist immer so überfürsorglich. Mir war am Morgen ein wenig schwindlig von der Hitze. Da hat er mich ins Bett beordert, und ich habe den ganzen Tag nur gefaulenzt.«

»Das hat dir gutgetan, du siehst sehr hübsch aus.« Sein Blick glitt über ihre runden, seidig glatten Schultern, die sich unter dem hauchzarten Nachthemd abzeichneten, den halb sichtbaren Busen, die entblößten Arme. »So glatt, so rosig, so frisch ...« Als er den Raum betreten hatte, war er deutlich erkennbar in der Stimmung gewesen, ihr stundenlang von den Wundern des botanischen Gartens zu erzählen, aber jetzt drängte seine ständig sprungbereite Lüsternheit in den Vordergrund. Er schob den Riegel vor die Tür, schlüpfte aus den Schuhen und dem Jackett und setzte sich auf den Bettrand. Ein ungewohnt wilder Geruch umgab ihn, nach frischem Schweiß und der feisten, hemmungslos wuchernden Vegetation, nach feuchtem Laub und Rindenmulch und den indischen Zigaretten, von denen er unterwegs wahrscheinlich einige geraucht hatte, um das in der Dämmerung schwirrende Geziefer von sich fernzuhalten. Als er die Hosenträger herunterstreifte und die Hosen aufknöpfte, erwartete er nichts anderes als die unfruchtbaren Zärtlichkeiten, die ihnen zur Gewohnheit geworden waren, aber sie drängte ihn rücklings nieder und setzte sich auf seinen Schoß.

»Du gehörst mir, und ich gehöre dir«, flüsterte sie. »Bleib einfach liegen, ich mache das schon.«

Sie konnte selbst nicht begreifen, wieso eine solche unbändige Sehnsucht sie überschwemmte, ihrem unbeholfenen Mann anzugehören, nachdem sie die raffinierten Liebkosungen eines erfahrenen Liebhabers genossen hatte. Sie wusste nur, dass sie Simeon besitzen wollte, ganz und völlig besitzen. Beinahe gewaltsam hielt sie seine Schultern fest, während sie sich langsam auf seinen Schoß sinken ließ und ihn in sich verschlang. Und diesmal war etwas zwischen ihnen, das seine Kraft bestehen ließ. Er vergaß seine Angst, ihr Schmerzen zuzufügen oder ihren Widerwillen zu erwecken. War es, weil sie nicht mehr auf ihn wartete, sondern ihn aus eigener Entschlossenheit in Besitz nahm? Jedenfalls ließ die junge Frau keinen Zweifel daran, dass er sich unnötige Sorgen gemacht hatte, und als er ihr williges Entgegenkommen, ihre begeisterte Leidenschaft spürte, warf er die Fesseln ab, in die seine Mutter ihn geschlagen hatte. Er ließ seiner Kraft freien Lauf. Es wurde Mitternacht, ohne dass die beiden darauf achteten, das Abendessen blieb unberührt, Pahti wartete nicht länger im Badezimmer – es war ein Glück, dass Tietjens von dem ungewohnten Fußmarsch buchstäblich hundemüde war, sodass sie ausnahmsweise nicht ins Zimmer ihres Herrn verlangte, sondern sich auf ihrer Matratze in Pahtis Kämmerchen zusammenrollte.

Anna Lisa erwachte im Morgengrauen nach einer langen Nacht voller Zärtlichkeit. Ein schwaches Geräusch hatte sie geweckt – nicht alarmierend, nur nicht ganz am Platz. Sie hob träge die Lider und sah Simeon im Winkel neben der Tür stehen, über den Wäschekorb gebeugt. Es sah aus, als suchte er etwas darin.

»Was machst du?«, fragte sie schlaftrunken.

Ohne sich umzudrehen, antwortete er mit ruhiger Stimme: »Meine Uhrkette. Ich hatte sie in der Hemdtasche, und sie ist mit hineingerutscht, als ich das verschwitzte Hemd in den Korb geworfen habe. Oh, da ist sie. Schlaf weiter, Meisje.«

Mit seinen schweren, holprigen Schritten kehrte er zurück ins Bett und schmiegte sich an sie. »Seit heute Nacht bist du ganz richtig meine Frau«, flüsterte er. »Gefällt dir der Gedanke?«

»Oh, Simeon.« In ihrem halbwachen Zustand überwältigten sie ihre Gefühle so sehr, dass ihr die Tränen über die Wangen rannen. »Wenn du wüsstest, wie ich dich liebe! Ich werde nie vergessen, wie du gesagt hast: Ich wünsche, Sie könnten mich lieben. Weißt du ... da schrie alles in mir: Ja! Ja! Ja! Ich liebe dich!«

Er küsste sie zart auf den Nacken. »Dann ist alles gut«, sagte er.

Sie drehte sich um und schloss die Augen, geborgen in seiner Umarmung. Sie fühlte sich schwer und benommen von der ungewohnten Erregung, der eine ebenso ungewohnte Befriedigung und Erschöpfung gefolgt war.

Und mit einem Mal war sie überzeugt – sie wusste selbst nicht, warum –, dass sie schwanger war.

Aber von welchem der beiden Männer?

Erst am Morgen, beim Frühstück, kam Simeon auf die Ereignisse des vergangenen Tages zu sprechen. Wie sie erwartet hatte, schwärmte er von den Wundern des botanischen Gartens, aber dann hatte er etwas zu erzählen, das sie mehr interessierte. »Ganz Batavia summte vor Aufregung; ich konnte gar nicht anders, als die Geschichte mitzukriegen. Anscheinend hat der Kontrolleur den Rebellen eine Falle gestellt, indem er vorgab, Waffen zu den Bewachern der Sträflingslager an der Küste liefern zu lassen. In Wirklichkeit waren die geschlossenen Fuhrwerke jedoch voll mit bewaffneten Männern. Hätten die Rebellen sie zu kapern versucht, wären sie wahrscheinlich bis zum letzten Mann niedergemacht oder gefangen genommen worden.«

Anna Lisa senkte den Blick auf den Teller. »Aber es kam anders?«

Simeon, für den das Geschehene offenbar in die Kategorie »Klatsch und Tratsch« fiel, bemerkte ihre Anspannung nicht. Er aß mit gutem Appetit weiter, während er erzählte. »Die Burschen waren schlauer als gedacht, oder sie müssen einen geheimen Hinweis bekommen haben, jedenfalls schnappte die Falle nach der falschen Seite zu. Sie spannten Schnüre über die Straße, sodass die Pferde stolperten, dann stürmten sie von beiden Seiten aus dem Wald und machten die Pferde zusätzlich scheu, indem sie bengalisches Feuer zündeten, und als die geschlossenen Wagen umstürzten, feuerten sie aus dem Hinterhalt auf die Männer darin, die praktisch wehrlos waren. Es gab eine Menge Tote und Verwundete bei den Holländern, aber sie erwischten keinen Einzigen von den Aufständischen, die huschten in den Wald zurück wie Geckos in eine Mauerritze und waren verschwunden, während auf der Straße blutiges Chaos herrschte. Der Kontrolleur ist außer sich vor Wut.«

»Ja, das kann ich mir vorstellen«, murmelte Anna Lisa, die jetzt wusste, warum Raharjo in der Nacht wie von Sinnen gewesen war – außer sich nicht nur vor sexueller Begierde, sondern auch vom Blutrausch und dem Rausch des Triumphs über seine Feinde. »Und was sagst du dazu?«

»Ich?«, fragte Simeon ehrlich erstaunt. »Was soll ich dazu sagen? Und außerdem: Wer fragt mich denn?«

Damit war das Thema für ihn erledigt, und er kehrte zu seiner Beschreibung des botanischen Gartens zurück.

Die ganze Zeit hindurch war Anna Lisa bange gewesen bei dem Gedanken, dass Fräulein Bertram ihr Versprechen vielleicht doch nicht halten und ausschwätzen würde, warum sie den Haushalt der Vanderheydens verlassen hatte. Dass die Zofe geschwiegen hatte, erfuhr sie auf eine ganz unerwartete Weise.

Herr Setiawan meldete beim Mittagessen, dass ein »sehr zottiges« Mädchen Mevrouw Vanderheyden sprechen wolle. Anna Lisa, die nicht wusste, was sie sich unter einem derartig haarigen Geschöpf vorstellen sollte, sprang vom Tisch auf und eilte neugierig hinaus. Sie stellte fest, dass Herrn Setiawans mangelhaftes Holländisch sie in die Irre geführt hatte. Im Schatten des Vordaches stand eine junge Person mit einem Handköfferchen, die keineswegs *zottig*, sondern nur *zerzaust* war – und im Übrigen niemand anderer als Gesine Schreiner. Schnaufend, keuchend, verschwitzt und von Schnaken zerstochen stand sie da, nahe daran, vor Erschöpfung umzufallen. Nur mit Mühe brachte sie ihr Anliegen vor: In Batavia erzählte man, dass Fräulein Bertram ihre Herrschaft verlassen hatte, um wieder »in die Mission« zu gehen, und da es ihr, Gesine, in ihrer Stellung bei einem deutschen Kaufmann absolut nicht gefiel, hatte sie kurzerhand gekündigt und sich zu Fuß auf den Weg gemacht, weil die junge Frau, die so lieb und sanft wie ein Karnickel war, jetzt sicher eine Zofe brauchen würde.

Anna Lisa sorgte in aller Eile dafür, dass sie zu trinken und zu essen bekam und sich ausruhen konnte, erst dann überhäufte sie sie mit Fragen. »Zu Fuß bist du durch den Dschungel gelaufen? Bist du verrückt? Das ist gefährlich! Und in solchen Kleidern!«

Gesine trug nämlich, wie es sich für ein sittsames deutsches Mädchen gehörte, lange Strümpfe, ein Hemdhöschen, lange Unterhosen, zwei Unterröcke, ein Kleid, eine Schürze und darüber ein gehäkeltes Umschlagtuch. Wenigstens war ihr Handkoffer keine schwere Last gewesen. »Sie brauchen mich doch, liebe Dame?«, fragte sie. »Sie wollen doch sicher eine deutsche Zofe, nicht wahr?« Jetzt, am Ende des beschwerlichen und furchterregenden Weges durch den Dschungel – denn gefürchtet hatte sie sich weit mehr, als sie zugeben wollte –, überkam sie die Angst, abgewiesen zu werden.

Anna Lisa war ratlos. Die kleine Tochter eines Kohlenträgers aus dem Ruhrgebiet war gänzlich ungeeignet als Zofe, aber wegschicken konnte sie sie jetzt auf keinen Fall, und sie wollte es auch gar nicht. Sie erinnerte sich, wie angenehm ihr die Gesellschaft des klugen Mädchens schon auf dem Schiff gewesen war, wo Gesine ja auch praktisch nichts zu tun gehabt hatte. Also sagte sie: »Ich glaube nicht, dass du zu einer Zofe geschickt wärst, außerdem habe ich eine, aber eine Gesellschafterin würde ich brauchen – mein Mann beschäftigt sich so viel mit seinen Blumen, und sonst gibt es nur Einheimische hier, von denen die meisten nur Malayalam sprechen. Ja, ich möchte gerne, dass du hierbleibst – wenn Simeon es erlaubt.«

Das war eine reine Höflichkeitsfloskel. Simeon war es vollkommen gleichgültig, ob sie sich eine Gesellschafterin zulegte oder nicht; wenn sie Freude daran hatte, warum nicht?

Also wurde Gesine offiziell in den Haushalt aufgenommen. Anna Lisa war bald sehr froh über ihre Entscheidung. Es tat so gut, in den langen einsamen Stunden, die Simeon mit Botanisieren und Zeichnen verbrachte, mit jemand sprechen zu können, noch dazu in ihrer Muttersprache, und Gesine war weit über ihre elf Jahre hinaus erwachsen – in vieler Hinsicht hatte das Arbeiterkind mehr Lebenserfahrung als die behütete Bürgertochter.

Dieses Erwachsensein führte dazu, dass Anna Lisa nur zwei Tage nach Gesines Ankunft von dieser ein erschreckendes Geheimnis erfuhr. Anlass für die Mitteilung war der Umstand, dass einige der zum Haus gehörenden Ziegen Zicklein bekamen, was Gesine zu allerhand medizinischen Überlegungen anregte. »Wenn eine Jungfrau das erste Mal mit einem Mann zusammen ist, dann blutet sie. Und wenn dann ein zweiter Mann bei derselben Frau liegt, weiß er genau, dass sie keine Jungfrau mehr ist, weil sie nicht blutet. Dann schlägt er Krach, weil sie ihn reingelegt hat, klar.«

Anna Lisa beeilte sich sehr, das Interesse des Mädchens von dem Thema abzulenken, und es gelang ihr, aber ihr steckte es wie ein Pfeil im Herzen.

Dann schlägt er Krach.

Das hatte Simeon aber nicht getan. Er hatte ganz offensichtlich nichts Besonderes an ihr bemerkt. Oder doch? Aber warum hatte er nichts gesagt? Wusste er vielleicht jetzt, in diesem Augenblick, Bescheid und trug das Wissen mit sich herum? Nein, das war unmöglich. Er wäre doch gewiss enttäuscht und zornig und gekränkt gewesen, wenn er herausgefunden hätte, dass sie ihn betrogen hatte. Kein Mann würde so etwas schweigend hinnehmen. Er hatte es in seiner Aufregung ganz einfach nicht bemerkt, deshalb hatte er nichts gesagt.

Stille Wasser sind tief.

Das Flammengrab

Herr Raharjo ließ sich in den nächsten Tagen und Nächten nicht im Haus blicken, und Anna Lisa war froh darüber. Sie hatte trotz allen Nachgrübelns noch keinen Weg gefunden, wie sie sich aus dem Rosenhaus verabschieden konnte, ohne Simeon misstrauisch zu machen und Raharjo zu erzürnen – und vor allem, wohin sie dann gehen sollten, denn ihre Reisekasse wurde allmählich sehr knapp, in der Bank wollte man mit weiteren Zahlungen nicht herausrücken, ehe Godfrid Brägens nicht angekommen war, und Buitenhus wurde zusehends zu einem unbewohnbaren Rattennest.

Anna Lisa verspürte auch nicht den geringsten Wunsch, sich in dem verseuchten Herrenhaus einzuquartieren, aber es machte ihr doch Sorgen, dass ihnen die letzte Ausweichmöglichkeit genommen war. Zeebrugge würde gastfreundlich genug sein, aber wie konnte sie ihm und Simeon einen plausiblen Grund nennen, warum sie den Luxus des Rosenhauses verschmähte?

Der Gedanke kam ihr, ein offenes Wort mit Herrn Raharjo zu reden, ihm kurzerhand zu sagen, dass sie nicht länger seine Gäste sein konnten. Dann musste er einen Vorwand finden, sie auszuquartieren. Aber wenn er das gar nicht wollte?

Wie ein Kind, das sein schlechtes Gewissen wegen eines heimlich gegessenen Kuchens durch besondere Bravheit zu beschwichtigen versucht, kümmerte sie sich in diesen Tagen aufs Eifrigste um Simeons Wohlergehen. Wenigstens wusste sie, wie er am leichtesten glücklich zu machen war: Sie hörte ihm aufmerksam zu, wenn er über Blumen redete, und sie schlief mit ihm, sooft er wollte. Und er wollte jetzt oft. Befreit von Angst und schlechtem Gewissen, nutzte er jede Gelegenheit, um nachzuholen, was ihm so lange versagt geblieben war. Er war wie ein Kind, das sich lange gefürchtet hat, einen verschlossenen Raum zu betreten, weil es ihn für ein Spukzimmer hielt, und dann bei Licht besehen plötzlich feststellt, dass er freundlich und wohnlich und voll der wunderbarsten Spielsachen ist.

An einem Nachmittag zwei Wochen nach Herrn Raharjos heimlichem Besuch saßen die beiden jungen Eheleute im Garten und naschten an dem Teller mit aufgeschnittenen Früchten, den das Dienstmädchen ihnen serviert hatte. Simeon, der bequem zurückgelehnt in seinem Korbstuhl saß und eine der indischen Zigaretten rauchte, deren Konsum er sich mehr und mehr angewöhnt hatte, lockerte mit dem Daumen seinen Hosenbund und bemerkte: »Meine Hosen kneifen. Ich werde fett.«

Sie lächelte ihn unter dem Schatten ihres breitkrempigen Hutes an. »Du wirst nicht fett. Du setzt endlich so viel Fleisch an, wie es sich gehört. Bisher warst du immer viel zu dünn.«

Er wollte antworten, da schreckten sie beide auf. In der Ferne knallten kurz hintereinander zwei Schüsse. Sie kamen aus der Richtung, wo Buitenhus lag. Anna Lisa meinte, dass wohl jemand auf der Jagd war oder ein Reisender ein wildes Tier von sich fernhalten musste.

Simeon erhob sich steifbeinig aus dem Korbstuhl. »Komm ins Haus«, befahl er. »Wenn hier Kugeln herumfliegen, sollten wir nicht im Freien sein.«

Sie raffte erschrocken ihre Röcke zusammen und lief ihm nach ins Haus. Im Flur stießen sie auf Herrn Setiawan, der ihnen zurief: »Bleiben Sie auf Ihrem Zimmer! Es kann gefährlich werden!« Er rannte an ihnen vorbei, und sie hörte, wie er die gesamte Dienerschaft ins Haus beorderte und die Tür verschloss.

Ratlos saßen die beiden jungen Eheleute auf dem Bett in ihrem Zimmer und warteten ab, was weiter geschehen mochte. Bedeuteten die Schüsse den Angriff einer Räuberbande, die es auf das einsam gelegene Haus abgesehen hatte?

Herr Raharjo war mit seinem getreuen Dongdo in der Wildnis von Buitenhus unterwegs gewesen, auf der Suche nach einem weiteren Schatzversteck, als zwei Schüsse aus dem Hinterhalt auf ihn abgefeuert wurden. Die Mündungen der Gewehre ragten durch Löcher in den Bambusvorhängen zweier Fenster des verlassenen Hauses. Es waren zwei berufsmäßige Meuchelmörder in den Diensten des Kontrolleurs, die die Schüsse abgefeuert hatten; sie hatten beobachtet, dass der junge Adelige öfters in der verlassenen Plantage unterwegs war, und dort auf ihn gewartet. Beide trafen ihn von hinten, der eine in die rechte Schulter, der andere in die Lendenwirbel, sodass er gelähmt zusammenbrach.

Dongdo schaffte es, ihn auf seine Arme zu heben und im Schutz der Büsche zu der Stelle zu tragen, wo die Pferde warteten. Er wollte ihn in den Sattel heben, aber der Verwundete fiel vornüber wie eine Puppe. Also band der Sklave den Araberhengst los und ließ ihn laufen, wohin er wollte, er selbst schwang sich auf sein breitrückiges Pferd und zog den Gelähmten zu sich in den Sattel, und während er seinen Herrn mit einem Arm hielt, ritt er den Weg zum Rosenhaus entlang. Er hatte jedoch kaum den Totenhof auf halber Strecke erreicht, als ihm klar wurde, dass Raharjo im Sterben lag. Sein Gesicht war bläulich bleich, die Züge seltsam spitz und scharf. Er würde es niemals bis zum Rosenhaus schaffen.

Dongdo hob seinen Herrn vom Pferd und trug ihn in den Schatten des verlassenen Hauses. In der ehemaligen Küche breitete er seinen Mantel auf den Boden und bettete den Sterbenden darauf. Raharjo lächelte schwach, als er, aus seiner halben Ohnmacht erwachend, den Hof wiedererkannte. Es war ihm also bestimmt, hier zu sterben, wo er selbst getötet hatte. Das Schicksal war gerecht, am Ende blieb seine Waage im Gleichgewicht.

Nicht, dass er Reue empfunden hätte. Seine Leute hatten nur die gerechte Strafe an den Gerstenbauers vollzogen, den Eindringlingen, die ihr Haus auf einen Grund gebaut hatten, in dem die Gräber javanischer Prinzen und Prinzessinnen aus uralter Zeit lagen. Aus den Steinen der halb zerfallenen Monumente hatten sie einen Stall für ihre Schweine und Ziegen errichtet, der Kot der unreinen Tiere bedeckte die heiligen Stätten. Man hatte sie gewarnt, einmal, zweimal. Sie hatten nicht darauf geachtet. Nein, Raharjo sah keinen Anlass, seine Tat zu bedauern. Leid hatte ihm nur getan, dass die unschuldigen Bauern aus dem nahe gelegenen Kampong dafür hatten bezahlen müssen, aber auch ihr Blut war gerächt worden.

»Ich sterbe, Dongdo«, flüsterte er.

Der schwarze Sklave gab keine Antwort. Er brachte es nicht übers Herz, zuzustimmen, aber er wusste auch, dass sein Herr recht hatte. Einer der Schüsse hatte seine rechte Schulter zerschmettert, das war eine Wunde, die geheilt hätte werden können, aber der andere hatte nicht nur die Wirbelsäule verletzt, sondern auch die inneren Organe. Raharjo verblutete innerlich.

Der Verwundete versuchte, die Rechte zu heben, aber sie fiel kraftlos zurück. Er stöhnte leise. Sein schwimmender Blick suchte das Gesicht des schwarzen Sklaven, der neben ihm kauerte.

»Dongdo«, flüsterte er, »du musst für mich tun, was ich selbst nicht mehr tun kann. Töte mich mit meinem eigenen Kris, und dann verbrenn meinen Leichnam; ich will nicht, dass er in die Hände von van Schujtens Schergen fällt.«

Dongdo widersprach nicht; er wusste, dass er seinem Herrn nur noch diesen einen Dienst leisten konnte. Auf keinen Fall durfte er zulassen, dass die Holländer Schande über ihn und seine ganze Familie brachten, indem sie den Leichnam schändeten, ihn kopfüber an einen Ast hängten und mit Stöcken schlugen, wie sie es mit den Leichen anderer gefallener Helden getan hatten.

»Ich gebe dich frei, Dongdo«, flüsterte der Verwundete. »Folge mir nicht nach. Geh und lebe. Nie habe ich einen treueren Diener gehabt als dich.«

Dongdo hob den erschlafften Körper ein wenig an, zärtlich wie eine Mutter, die ihr Kind in die Arme nimmt, und zog den Kris aus der gefalteten Schärpe am Rücken. Raharjo bedeutete ihm, die Waffe in seine Linke zu legen. Einen Augenblick dachte Dongdo, er wolle doch selbst tun, was er von seinem Diener erbeten hatte, aber seine Kräfte ebbten mit jedem Atemzug ab. Er hatte gerade noch Kraft genug, den heiligen Dolch in einem ehrfürchtigen Kuss an die Lippen zu drücken und ein Gebet zu flüstern, in dem er seinen Schutzgeist bat, ihn sicher in die andere Welt zu geleiten; dann streckte er die Hand aus und gab die Waffe an Dongdo weiter. Noch einmal strafften sich seine Züge, die schwarzen Augen leuchteten auf, als er, alle Kräfte zusammenraffend, mit gewohnter Entschlossenheit den Befehl hervorstieß: »Schnell! Ich höre sie kommen!«

Der Schwarze hörte nichts, aber er hielt sich nicht lange mit der Frage auf, ob sich tatsächlich Hufschläge näherten oder der schwer Verwundete halluzinierte. Seine wulstigen Lippen öffneten sich zu einem kaum hörbaren Segensspruch, dann, während er den Sterbenden mit einem muskulösen Arm hielt, stieß er den flammenförmigen Dolch in seinen Hals. Es war nicht das erste Mal, dass er einen solchen Stoß tat, schnell und zielsicher. Raharjo brach tot in seiner Umarmung zusammen, kaum dass der Dolch die Halsader durchtrennt hatte. Blut schoss aus der Wunde und durchtränkte die Kleider. Dongdo drückte mit zwei Fingern die Augen zu, die bereits ihren Glanz verloren hatten. Dann richtete er sich halb auf und lauschte.

Die Hufschläge, von denen der Sterbende gesprochen hatte, waren jetzt tatsächlich zu hören, freilich in einiger Entfernung. Dongdo sah, dass er keine Zeit zu verlieren hatte. Er sprang mit einem affenhaften Satz aus seiner zusammengekauerten Haltung auf. Sein Blick huschte über den Raum. Es gab Holz genug hier für einen Scheiterhaufen, aber würde er Zeit genug haben, die wurmstichigen Möbel zu zerbrechen und über den Leichnam zu schichten? Wozu die Mühe? Er holte das Feuerzeug aus der Satteltasche, und kreuz und quer durch die Küche eilend, hielt er die kleinfingerlange Flamme an alles, was Feuer fing: Büschel trockener Luftwurzeln, die durch die Risse in der Decke herabhingen, vom Wind hereingewehtes dürres Gras, Lumpen, die einmal Vorhänge, Tischtücher und Geschirrtücher gewesen waren. Eine Flammenzunge versengte den verrotteten Binsenteppich – eine einzelne Flamme, die wie ein roter Krokus genau in der Mitte des Teppichs erschien, als ein brennendes Bündel Wurzeln von der Decke darauf herabfiel.

Weitere folgten ihr: rote Schösslinge, die rasch die raue Fläche des Belags durchbrachen. Das Feuer wehte über die Oberfläche des verkohlenden Binsengeflechts und grub sich tief in die ausgedörrten Bretter darunter. Dongdo verdoppelte seine Anstrengungen. Der warme Wind, der durch die Ruine hauchte, beschleunigte sein Werk. Funken glühten auf, wuchsen zu Flämmchen heran, loderten erst fingerlang, dann armlang empor. In dem muffigen Raum wurde es heiß und hell, als immer mehr Glutnester sich in Feuerstellen wandelten.

Dongdo hob den Leichnam auf und legte ihn auf den Küchentisch, an dessen gedrechselten Beinen bereits die ersten Flammen emporleckten. Das zundertrockene Holz krachte und knisterte. Die Luft im Raum flimmerte, Rauch und Hitze stiegen auf. Er machte noch einmal die Runde. Gleich darauf züngelten Flammen vor der Verandatür, den zerfetzten Bambusvorhängen und an anderen Stellen im Raum auf. Flammen leckten an der Wand empor, dichte Rauchwolken stiegen zur Decke. Flauschiger Staub, der sich auf den Trägerbalken gesammelt hatte, flammte auf. Der Lack auf den Möbeln warf Blasen und fing zu brennen an. Der beißende Rauch zog in Dongdos Atemwege und zwang ihn zu husten, dicke Schweißperlen überzogen seine schwarze Haut mit ihrem glänzenden Firnis, seine Augen waren gerötet.

Das gesamte Haus war jetzt gespenstisch erhellt von den Flammen. Die Feuerzungen loderten und leckten außerhalb des Fensters bis zum Dach hinauf. Funken schossen in Fontänen herauf, wenn brennendes Holz von der Wandverkleidung fiel.

Dongdo sah mit starren Augen zu, wie die Farbe an den Beinen des brennenden Küchentischs erst rotbraun wurde, dann dunkelbraun. Auf den geschnitzten Schnörkeln blähte sich der

Lack zu glühenden Blasen auf, die aufsprangen und verkohlten. Dann stand die Tischplatte lichterloh in Flammen. Über dem Tisch stürzte ein schwerer Gegenstand krachend zu Boden – eine massive Lampe, die an der Decke befestigt gewesen war. Als sie zerbrach, floss das Petroleum aus, und der Schwarze schlug mit einem fast jubelnden Aufschrei die Hände zusammen, als der gesamte Raum um den Tisch sich in Sekundenschnelle in eine brausende Feuerwand verwandelte.

Ungeziefer floh, von der ungewohnten Hitze erschreckt, aus seinen finsteren Verstecken. Dongdo sah Scharen von Kakerlaken davonhasten, gefolgt von ängstlich piepsenden Mäusen. Skorpione flitzten mit gebogenen Schwänzen an der Mauer herab und huschten über die Fensterbretter nach draußen. Zuletzt sprang eine fette Ratte aus ihrem Bau hervor, ein aufgedunsenes Scheusal, so alt und hässlich, als hätte die Seele des Totenhofs in ihr Gestalt angenommen. Ihre funkelnden Äugelein musterten den Eindringling einen Augenblick lang mit fast menschlicher Bosheit, dann, als er ein Stück der zersprungenen Bodenfliesen nach ihr warf, fuhr sie in ein Loch in der Mauer und verschwand ins Freie hinaus.

Dongdo zog sich vor den schmerzhaft leckenden Flammen zurück. Er spürte die beißende Hitze auf seiner schwarzen Haut, auf Stirn und Wangen, Handrücken und der bloßen Brust, aber er wich nicht aus dem brennenden Raum, ehe er nicht sicher sein konnte, dass Raharjos Leiche dem Zugriff der Holländer für immer entzogen sein würde. Hätte sein Meister es ihm gestattet, so hätte er ihn, ohne zu zögern, über die dunkle Grenze begleitet, aber Raharjo hatte ihm befohlen zu leben.

Das gesamte Haus stand jetzt in hellen Flammen. Sein Dach knirschte und knackte und sank in der Mitte ein. Von seinem

Instinkt gewarnt, sprang Dongdo rücklings zur Küchentür hinaus. Keine Sekunde zu früh: Im nächsten Augenblick brachen die angekohlten Balken mit einem ohrenbetäubenden Krach mittendurch, das Dach stürzte ein, und eine Feuerfontäne schoss in den strahlend blauen Himmel hinauf. Wo vor einer Stunde noch das Hauptgebäude des Totenhofs gestanden war, umloderte nun ein riesiger Scheiterhaufen die sterblichen Überreste des Edelmannes Raharjo.

Dongdo rannte quer über den verlassenen Hof, hinüber zu seinem Pferd, das der Anblick des Brandes in Angst und Schrecken versetzt hatte. Er löste die Zügel, mit denen es an einen Pfosten gebunden war, und kaum war es frei, galoppierte es mit rollenden Augen und geblähten Nüstern davon. Er brauchte es nicht mehr. Ein Pferd hätte nur das Misstrauen der Späher erweckt, die bald überall um die Wege sein würden, und Dongdo war eine zu auffallende Erscheinung, als dass er sich auf der Landstraße hätte blicken lassen dürfen. Er musste auf verstohlenen Wegen fliehen. Er warf einen letzten Blick zurück auf das Flammengrab seines Herrn, dann schlüpfte er zwischen die Ranken am Wegrand, und auf allen vieren dahinkriechend wie ein Tier verschwand er in der üppigen Vegetation.

Die Bewohner des Rosenhauses sahen die Flammen und den Rauch, die in der Sonnenglut des Nachmittags ungebändigt in die Höhe schossen. Erst dachte Anna Lisa, es sei Buitenhus, das da brannte, aber Simeon, der einen besseren Orientierungssinn hatte, widersprach. »Es muss dieser verlassene Hof sein. Um den ist es wenigstens nicht schade, aber – horch! Da wiehert ein Pferd!«

Er stand auf und hinkte eilends zum Fenster. Anna Lisa folgte ihm. Sie sah, wie Raharjos Hengst in die Lichtung preschte, schaumbedeckt, mit rollenden Augen und geblähten Nüstern, und wie zwei Knechte ihr Leben in Gefahr brachten, als sie das völlig verstörte Tier einzufangen versuchten. Schließlich gelang es ihnen, und der erschöpfte Hengst ließ sich in den Stall führen. Schreie hallten durcheinander, aber da alle Malayalam sprachen, war für die Vanderheydens dem Geschrei kein Sinn zu entnehmen.

Simeon, der neben dem Fenster stehen geblieben war und vorsichtig durch den beiseitegezogenen Vorhang hinausspähte, sagte plötzlich: »Da kommt ein Mann ... ich glaube, es ist Herrn Raharjos schwarzer Diener, aber er huscht durch die Büsche, als wollte er nicht gesehen werden. Jetzt verschwindet er um die Hausecke ... Ich glaube, er ist zum Hintereingang hinein. Wahrscheinlich bringt er Nachricht, was geschehen ist.«

Es musste wohl so gewesen sein, denn mit einem Mal erhob sich im Untergeschoss, wo das gesamte Hauspersonal versammelt war, ein so durchdringendes Wut- und Jammergeschrei, dass Anna Lisa der Atem stockte. Es hörte sich an wie ein Rudel Wölfe, das heulend den Tod seines Anführers beklagt. Sie brach in Tränen aus, und auch Simeon war anzusehen, wie ihm Furcht und Sorge die Kehle zuschnürten. Gesine hockte stumm auf ihrem Stuhl, die Arme um die eigenen Schultern geschlungen. Pahti, der auf dem Boden kauerte und die Arme um Tietjens' Hals geschlungen hatte, damit sie sich ruhig verhielt, gab wieder, was er aus dem wilden Stimmengewirr auf Malayalam verstand: »Meuchelmörder haben ihn aus dem Hinterhalt erschossen – sein Diener wollte ihn hierherbringen, aber er starb unterwegs – der Schwarze hat den Totenhof angezündet, um die Ehre des Leichnams zu wahren ... Dongdo hat die Schützen nicht gesehen, aber die Leute unten sagen, es waren gewiss Holländer, die sich für den Überfall rächen wollten. Es wird viel Blut fließen nach dieser Tat.«

Simeon schritt zur Tür, er wollte hinunter und sich erkundigen, was los war, aber er fand die Tür, die zur Treppe führte, abgeschlossen.

»Sie haben uns eingesperrt«, stieß er hervor. »Was zum Teufel hat das zu bedeuten? Was haben sie mit uns vor?«

Pahti, der sehr blass geworden war, sodass sein braunes Gesicht einen aschgrauen Ton annahm, bemühte sich, ihn zu beschwichtigen. »Mit uns hat das nichts zu tun, Mijnheer. Sie wollen nur nicht, dass wir ihnen jetzt in die Quere kommen.«

Anna Lisa fühlte, wie eine Welle von Übelkeit über sie hereinbrach. Mit einknickenden Knien wankte sie zum Bett und fiel darauf nieder. Gesine eilte, ihr ein Glas Wasser zu bringen, in das sie einen Schuss Genever gemischt hatte. Anna Lisa trank und erholte sich ein wenig, aber ihr war eiskalt vor Angst.

»Sind wir in Gefahr?«, fragte Simeon. »Ich meine, wir sind die erstbesten Holländer in Reichweite. Werden sie ihre Wut an uns auslassen?«

Pahti schüttelte den Kopf. »Nein, wir sind die Gäste ihres Herrn, ob er lebt oder tot ist, er hat Auftrag gegeben, uns gut zu behandeln. Und das werden sie tun. Sie werden …«

Simeon, der wieder aus dem Fenster spähte, hob die Hand, um Schweigen zu gebieten. »Da kommt Zeebrugge in einem Höllentempo geritten.« Er atmete tief durch. »Ich bin froh, dass er da ist.«

Tatsächlich dauerte es nicht lange, bis Edgar Zeebrugge bei ihnen eintrat. Sein Gesicht war blaurot angelaufen vor Erregung, und er roch stark nach Genever. Anna Lisa dachte daran, wie eng er mit Herrn Raharjo befreundet gewesen war und wie tief der feige Mord aus dem Hinterhalt ihn erschüttern musste.

Zeebrugge war zuerst auch kaum fähig zu sprechen, sondern setzte sich und trank ein paar Schlucke unverdünnten Wacholderschnaps aus der Flasche, die er in der Hand hielt. Nur langsam fand er die Sprache wieder, und dann war das Erste, was er mit brüchiger Stimme hören ließ, ein Fluch über die Meuchelmörder.

Gesine, die immer an das Vernünftigste dachte, kam mit einem Becken kalten Wassers und einem Handtuch aus dem Badezimmer. Zeebrugge dankte ihr mit schwachem Lächeln. »Danke, Mädchen, das brauche ich jetzt.« Er wusch sich Gesicht und Hände und kühlte dann die Stirn mit dem nasskalten Tuch. »Mich hat beinahe der Schlag getroffen, als ich den Totenhof brennen sah – das war meine erste Sorge, dass wir hier einen Waldbrand bekommen. Aber ich hatte auch die Schüsse gehört, ich wusste, dass etwas Schlimmes geschehen war.«

Jetzt erst wurde Anna Lisa bewusst, dass sie nur knapp einer weiteren Katastrophe entgangen waren. Hätte der Brand des Hofes auf die ausgedörrte, von Monsunwinden vergilbte Vegetation übergegriffen, wären Buitenhus, das Rosenhaus und Edgar Zeebrugges Gut in Flammen aufgegangen. Was für ein glücklicher Zufall – oder war es eine Fügung des Schicksals? –, dass der Scheiterhaufen nur verzehrt hatte, was ihm tatsächlich anvertraut gewesen war.

»Was wird jetzt geschehen?«, fragte Simeon, nachdem Zeebrugge sich ein wenig gefasst hatte.

Unter dem dichten Schnurrbart blitzte ein grimmiges Lächeln auf. »Die Javaner werden die Männer finden, die Raharjo ermordet haben, und sie werden allerhand Unschönes mit ihnen anstellen, bevor sie sie sterben lassen. Ich habe kein Mitleid mit ihnen. Das waren gedungene Mörder, die für Geld jeden töten würden, dessen Namen man ihnen nennt. Die Behörden wollten das Risiko vermeiden, den Enkel eines Adhipati offiziell als Rebellenführer anzuklagen; hätten sie ihn verhaftet oder gar verurteilt, hätten sie sich ins eigene Fleisch geschnitten. Sie hätten nicht nur seinen mächtigen Großvater gegen sich gehabt, sondern auch alle anderen Fürsten. Also haben sie ihn meuchlings aus dem Weg geräumt und werden irgendeinen billigen Vorwand für seinen Tod finden – dass er von Wegelagerern ermordet wurde oder dergleichen. Haben sie dasselbe nicht auch bei mir versucht?«

Er erzählte ihnen, wie ein Heckenschütze seinem Pferd einen Stahlstift in die Hinterbacke geschossen hatte, sodass es ihn abwarf und beinahe zertrampelt hätte. »Man muss immer mit kleinen, zufälligen Unglücksfällen rechnen, wenn man den Mijnheers auf die Zehen tritt.« Dann wurde ihm plötzlich bewusst, wie schwierig die Situation für die Vanderheydens war, und er sagte: »Was Sie angeht, so verhalten Sie sich am besten ganz still. Sie haben nichts gesehen und nichts gehört, lassen Sie sich auf kein Gespräch ein, weder mit den Einheimischen noch mit den Holländern. Es wird Ihnen nichts geschehen, denn Sie sind immer noch Herrn Raharjos Gäste, aber machen Sie sich unsichtbar, bis die erste Aufregung vorüber ist. Wenn holländische Beamte kommen, sagen Sie einfach, dass alle hier untereinander nur Malayalam sprechen und Sie keine Ahnung haben, was los ist. Im Wald hat es gebrannt, das ist alles, was Sie wissen.«

Die beiden nickten. Anna Lisa hatte sich auf dem Bett ausgestreckt. Der Schock saß ihr in allen Gliedern, ihr war schwindlig, und sie fühlte sich so schwach, dass sie nicht gewagt hätte aufzustehen.

»Und was werden Sie machen?«, fragte Simeon.

Zeebrugge zuckte die Achseln. »Dasselbe. Alle meine Diener werden bestätigen, dass ich seit Tagen an Malaria leide, das Haus nicht verlassen habe und nicht weiß, was draußen vorgeht. Deswegen verabschiede ich mich jetzt auch.« Er drückte Simeon die Hand, lächelte Anna Lisa zu und fügte noch einmal eindringlich warnend hinzu: »Nichts hören, nichts sehen, nichts reden – das ist die einzige Methode, nicht in ein blutiges Schlamassel hineingezogen zu werden.«

Damit ging er.

Der *Java-Bode* brachte in seiner nächsten Ausgabe einen knappen Bericht.

> Wie so häufig in dieser heißen und trockenen Jahreszeit kam es wieder zu einem Hausbrand, der ein Menschenleben forderte. Es kann nur eindringlich davor gewarnt werden, ohne besondere Vorsichtsmaßnahmen zu rauchen oder ein Feuer zu entzünden. Vermutlich war es eine solche Unvorsichtigkeit, die zum Tod eines jungen javanischen Adeligen führte, der in einem verlassenen Gebäude Zuflucht vor der Mittagshitze gesucht hatte. Es handelt sich um Herrn Raharjo, einen Verwandten des Adhipati von Bandung.
>
> Auch auf mehreren Feldern in der Umgebung von Weltevreden gerieten von der Hitze ausgedörrte Sträucher sowie einige Schuppen in Brand. Man hofft auf die Regenzeit, die der ständigen Feuersgefahr ein Ende bereiten wird.

Die nächsten Tage und Nächte erschienen Anna Lisa wie ein seltsamer, gespenstiger Traum. Sie wurden versorgt wie zuvor, man brachte ihnen die üblichen Mahlzeiten aufs Zimmer, aber die Tür zur Treppe war versperrt. Zeebrugges Warnung gehorchend, hielten sie sich fast ausschließlich in ihrem Zimmer auf, nur zweimal am Tage ging Simeon mit Tietjens hinunter und drehte eine Runde mit ihr um die Lichtung. Er musste jedes Mal an die Tür klopfen, damit ein Diener erschien und sie öffnete, aber er machte nie eine Bemerkung über diesen doch sehr ungewöhnlichen Zustand. Er nahm es einfach hin. Tagsüber saß er in dem kleinen Arbeitszimmer und zeichnete weiter an seinem Herbarium, als sei nichts geschehen, während Anna Lisa im Bett lag und versuchte, mit ihrem Schrecken, ihrer Trauer und ihrer Furcht fertigzuwerden. Gesine tat ihr Bestes, sie zu trösten, indem sie ihr von allen möglichen Morden und schrecklichen Unglücksfällen erzählte, die in ihrer deutschen Heimat passiert waren – zwei Onkel waren bei einem Grubenunglück umgekommen, ein Nachbar war von Räubern erschlagen worden, ihre Patentante war einem Hausbrand zum Opfer gefallen. Wieso sie dachte, solche Geschichten würden Anna Lisa aufheitern, wusste niemand, aber seltsamerweise tröstete es die unglückliche Frau tatsächlich, von fremdem Unheil zu hören. Jedenfalls hätte sie im Moment nichts von Glück, Freude und Zufriedenheit hören wollen.

Niemand von ihnen erwähnte Raharjo. Sie sprachen auch nicht über die merkwürdigen Vorgänge im Haus. Dongdo wurde nie wieder gesehen, aber nachts tauchten immer wieder Männer auf, zu Pferd oder zu Fuß, einzeln oder zu mehreren.

Herr Setiawan war ein treuer Diener seines Herrn gewesen, und er führte dessen Geschäfte nach seinem Tod weiter – das vermuteten die Vanderheydens jedenfalls, wenn nächtliche

Gäste kamen und gingen, die vom Hauswart persönlich eingelassen und wieder verabschiedet wurden. Einmal stellte Setiawan selbst, vorsichtig die Lage sondierend, die Frage, ob ihnen das nächtliche Kommen und Gehen aufgefallen sei; im nächsten Atemzug setzte er hinzu, die Javaner seien gastfreundliche Leute, es sei außerdem vom Propheten geboten, verirrten Reisenden Obdach zu bieten, denn im Dschungel zu nächtigen, sei gleichbedeutend mit einem Todesurteil.

Simeon nickte würdevoll und antwortete: »Das ist eine edle Tat, Herr Setiawan, und Sie sind sehr zu loben, dass Sie die Gastfreundlichkeit Ihres verstorbenen Herrn fortsetzen. Im Übrigen sind Sie der Hausverwalter hier und wir nur Gäste; wem Sie die Tür öffnen oder verschließen, ist ganz allein Ihre Sache.«

Setiawan verneigte sich mit gefalteten Händen und verschwand, eine sehr zufriedene Miene zur Schau tragend.

Simeon sagte auf Deutsch, das niemand von den Einheimischen im Hause verstand: »Ich möchte wissen, ob er mich jetzt für einen Volltrottel oder einen Mitverschwörer hält. Verirrte Reisende! Letzte Woche schleppten zwei dieser Verirrten eine Kiste ins Haus, die verdammt nach einer Munitionskiste aussah.«

»Ich glaube«, erwiderte Anna Lisa, »er hat sehr gut verstanden, was du gemeint hast mit ›die Gastfreundlichkeit seines verstorbenen Herrn fortsetzen‹. Ist dir klar, dass wir hier in einem Wespennest sitzen? Was tun wir, wenn eines Tages holländische Soldaten hier auftauchen?«

Simeon zuckte die Achseln. »Was Zeebrugge uns geraten hat – uns dumm stellen.«

Einmal mussten die geheimnisvollen Gäste eine Nachricht gebracht haben, die alle Herzen erfreute, denn sie wurde mit wüsten Jubelschreien aufgenommen.

Pahti lauschte an der – wieder einmal verschlossenen – Tür und übersetzte seinen Herrschaften, was er dem auf Malayalam geführten Gespräch entnahm. »Sie haben die Männer gefunden, die Raharjo erschossen haben. Banditen – *Belanda Hitam* – black Dutch, schwarze Holländer ...«

Damit, so erklärte er ihnen, waren Afrikaner von der Goldküste gemeint, die im Krieg gegen den Prinzen Diponegoro als Söldner in die Dienste der Holländer getreten waren; sie waren den Javanern doppelt und dreifach verhasst, weil die meisten von ihnen nach dem Ende des Krieges nicht zurückkehrten, sondern im Land herumstreunten, wo sie sich als Wegelagerer und bezahlte Meuchelmörder über Wasser hielten.

»Sie haben drei Männer zu fassen bekommen, die beiden Schützen und einen Verräter, und ihnen ist die verdiente Strafe zuteilgeworden; sie haben sie ...«

Simeon hob die Hand. »Pahti«, sagte er freundlich, aber sehr bestimmt, »ich will nichts Näheres darüber erfahren. Ich bin überzeugt, dass volle Gerechtigkeit geübt wurde, die Einzelheiten kannst du uns ersparen.«

»In dem Fall«, antwortete Pahti mit der ihm eigenen ruhigen Würde, »möge der Mijnheer in nächster Zeit einen weiten Bogen um Buitenhus machen, denn wo die Tat begangen wurde, wurde auch die Strafe vollzogen, und die Überreste hängen an den Bäumen, damit jeder sie sehen kann.«

»Danke, Pahti. Ich werde deinen Rat befolgen.«

Rangdas Zunge

Godfrid Brägens war in ausnehmend schlechter Laune, als die Meerschwalbe Mitte August 1880 endlich im Hafen von Batavia anlegte. In Bombay hatten die Behörden das deutsche Schiff unbarmherzig die gesamte Quarantäne-Zeit festsitzen lassen, und Godfrid konnte nichts anderes tun, als an Deck auf und ab zu rennen und immer wieder Telegramme an die Königlich-Niederländische Bank zu schicken, man möge seinem Halbbruder nur ja nicht erlauben, irgendwelche Maßnahmen zu treffen. Es war nur ein schwacher Trost, dass Simeon, wie ihm die Antwort-Telegramme versicherten, nichts dergleichen tat, sondern es sich als Gast irgendeines reichen Javaners gut gehen ließ. Godfrid tat es im Herzen weh, daran zu denken, in welchem Zustand die Plantage Buitenhus inzwischen sein musste – verseucht, vernachlässigt, verdorrt. Erfahrene Mitreisende hatten ihm erzählt, dass die nächste Regenzeit alles ruinieren würde, was jetzt noch zu retten gewesen wäre. Im Oktober würde die Regenzeit beginnen – wie sollte er in knappen sechs Wochen die Plantage wieder auf die Beine bringen?

Er ahnte nicht, wie viel Ärger ihm dadurch erspart blieb, dass er erst nach Herrn Raharjos Tod in Java anlangte. Wäre er vorher schon als Herr von Buitenhus aufgetreten, so hätten ihn die nach Rache dürstenden Anhänger des jungen Adeligen mit großer Wahrscheinlichkeit für den Mörder oder jedenfalls einen Mitwisser des Mordes gehalten, und Godfrid Brägens' Leben hätte ein rasches, qualvolles Ende genommen.

Kaum hatte er festen Boden unter den Füßen, begab er sich zum Kontaktmann der Firma Vanderheyden in der Bank und verlangte, zu der Plantage geführt zu werden. Er dachte nicht daran, sich irgendwelchen Einheimischen anzuvertrauen, die ihn am Ende noch ausrauben würden, sondern wollte ehrliche holländische Männer als Begleitschutz. Da die Firma Vanderheyden seit langen Jahren ein guter Kunde war, wurde alles wunschgemäß arrangiert. Einen Tag nach seiner Ankunft im Land war Godfrid Brägens in Buitenhus.

Niemand hatte gewusst, wo die Schlüssel abgeblieben waren, also blieb ihm das Haus verschlossen, aber das konnte ihn nicht von seinem Vorhaben abbringen. Er ignorierte auch die gelbe Pestflagge, die immer noch über dem Tor hing, schwang sich über die Mauer und stapfte durch das kniehohe Unkraut hinein, während seine gedungenen Begleiter draußen warteten. Mehr als einmal stieß er einen herzhaften Fluch aus, als er den jämmerlichen Zustand der Plantage vor sich sah: die vom Urwald halb überwucherten Arbeitsschuppen und Baracken, die allgegenwärtigen, kreischenden und zudem reichlich angriffslustigen Affen, die Buitenhus inzwischen als ihr rechtmäßiges Eigentum betrachteten, die ruinierten Kaffeepflanzen. Das Haus war versperrt; er konnte nur rundherum gehen und durch die staubblinden Fenster im Erdgeschoss hineinspähen. Wahrscheinlich, dachte er, hatten die braunen Lumpen inzwischen alles gestohlen, was nur einigermaßen das Stehlen wert war, aber das war jetzt nicht sein größtes Problem. Als Erstes musste er die Pflanzung wieder in Schwung bringen, das Haus konnte warten.

Bei seinem Kontrollgang entlang der Mauer entdeckte er mit heftigem Schrecken Grausiges: Hoch in den Ästen eines Baumes hingen, sodass sie von jenseits der Mauer gut sichtbar waren, an Stricken mehrere abgetrennte Arme und Beine. Der heiße Wind hatte sie getrocknet wie Dörrfleisch, daher konnte Godfrid nicht erkennen, ob sie vom Trocknen geschwärzt oder schon zu Lebzeiten von schwarzer Hautfarbe gewesen waren. Was sonst noch zu den Körpern gehört hatte, war wohl zu Boden gefallen oder von den Affen abgerissen worden, und Aasfresser hatten sich der Beute bemächtigt, denn im hohen Unkraut unter dem Baum lagen verstreute menschliche Knochen, dazu ein Paar Stiefel, ein zerfetzter Tropenhelm und zwei von schwarzbraunen Flecken durchtränkte Jacken.

Godfrid blieb stehen, als er das sah, er blies unwillkürlich die Backen auf und stieß pfeifend die Luft aus, aber er fasste sich rasch wieder. Was immer hier geschehen war, ging ihn nichts an, es musste stattgefunden haben, als Wolkins bereits verstorben und die Plantage verlassen war.

Er überlegte, ob er sich die Mühe machen sollte, das nahe gelegene Haus aufzusuchen, in dem die Vanderheydens jetzt lebten, entschied sich aber dagegen. Was wollte er dort? Mitzureden hatte Simeon ohnehin nichts; er war es, Godfrid, der die Vollmacht des Vaters in der Tasche trug, und interessieren würde es seinen Halbbruder auch nicht, was er für Pläne mit Buitenhus hatte. Er begnügte sich damit, der Höflichkeit Genüge zu tun und eine Botschaft zu schicken: Er sei jetzt im Lande, er würde sich um Buitenhus kümmern und auch dort wohnen, und wenn Simeon irgendetwas mit ihm zu besprechen hätte, könnte er ihn ja aufsuchen.

Er bekam am nächsten Tag eine in freundlichem Ton gehaltene Nachricht zurück: Alle Angelegenheiten, die Buitenhus betrafen, seien mit Dr. Ascher zu besprechen; im Übrigen wünsche man ihm viel Glück und Erfolg.

Godfrid schnaubte. Nicht, weil sein Bruder keine Einladung ausgesprochen hatte – auf einen Kaffeeplausch mit Simeon und dessen Gattin konnte er gerne verzichten –, sondern weil der Schwachkopf immerhin schlau genug gewesen war, seine Angelegenheiten in die Hände eines Rechtsanwaltes zu legen. Außerdem schafften ihm, wie er in den nächsten Wochen feststellen musste, die Behörden ebenso viele Probleme wie die Einheimischen. Godfrid machte die Erfahrung, dass die meisten Beamten erst einmal die Hand aufhielten, ehe sie etwas unternahmen – etwa die Quarantäne aufzuheben. Die Einheimischen wieder zeigten sich unerklärlich widerwillig, selbst für anständigen Lohn auf Buitenhus zu arbeiten; auf Umwegen erfuhr der Besitzer, dass das Gut seit Herrn Raharjos Tod und dem Gericht über seine Mörder als verflucht galt, kein Javaner würde es freiwillig betreten. Godfrid geriet bald in eine so missliche Situation, dass er das Gespräch mit Simeon suchte. Der jedoch weigerte sich höflich, aber bestimmt, in irgendeiner Weise behilflich zu sein; er mische sich nicht in fremde Angelegenheiten, und für seine rechtliche Vertretung sei sein Anwalt zuständig. Godfrids Laune verschlechterte sich noch weiter, als er feststellte, dass dieser Rechtsanwalt ein mit allen Wassern gewaschener Bursche war, der ihm noch jede Menge Schwierigkeiten machen konnte. Und aus diesem Verdruss heraus beging er den folgenschweren Fehler, seine Mutter zu besuchen und sich bei ihr zu beklagen, dass Simeon ihm wieder einmal Steine in den Weg legte. Madame Lafayette fühlte sich veranlasst zu handeln.

Gesellschaftliche Ereignisse waren eine Seltenheit, wenn man abseits der Stadt lebte und obendrein wie die Vanderheydens von der *gemeenschap* geschnitten wurde. Simeon störte das nicht weiter, aber Anna Lisa freute sich von Herzen, als ein Diener Edgar Zeebrugges ihr eine Einladung überbrachte. Dessen Hauswart heiratete, und das Ereignis sollte gebührend gefeiert werden mit allen Vergnügungen, die ein javanisches Dorffest zu bieten hatte: der Musik eines Gamelan-Orchesters, einem traditionellen Puppenspiel und jeder Menge heimischer Leckerbissen. Anna Lisa hatte noch nie ein solches Fest erlebt und war gespannt wie ein Kind vor seinem ersten Besuch auf der Kirmes.

Es tat ihrem Vergnügen keinen Abbruch, dass Zeebrugge, der sich als guter Nachbar erweisen wollte, auch den neuen Herrn von Buitenhus eingeladen hatte. Sie empfand keine Abneigung gegen Godfrid. Was die geschäftlichen Angelegenheiten anging, musste er sich mit Dr. Ascher herumstreiten, und privat konnte sie es durchaus einen Nachmittag mit ihm aushalten. Simeon war derselben Meinung. Er hatte seinem Halbbruder zwar jede Hilfe verweigert, aber nicht aus Bosheit; er hatte Godfrid zu erklären versucht, dass er sich als Gast in Herrn Raharjos Haus nicht in die Angelegenheiten der Javaner mischen könne und sonst nicht viel vermöge. Die Brüder hatten sich nach diesem Gespräch in einer Art kaltem Frieden voneinander getrennt.

Man brachte sie in der Sänfte des Rosenhauses zu der nahe bei Herrn Zeebrugges Haus gelegenen Festwiese. Pahti war zu Hause geblieben, weil auch Tietjens zu Hause bleiben musste – ihr Erscheinen auf einem Dorffest hätte eine Massenpanik ausgelöst. Aber Simeon versprach ihr, von allen Leckerbissen eine Kostprobe mitzubringen.

Für gewöhnlich nahm Tietjens es gelassen hin, wenn sie mit ihrem persönlichen Diener allein bleiben musste. Aber diesmal verhielt sie sich seltsam. Als Simeon ihr Lebewohl sagte, stellte sie sich auf die Hinterbeine, legte ihre riesigen Tatzen auf seine Schultern und stieß ein so schauerliches Geheul aus, dass nicht nur die Einheimischen im Hause erschraken. Auch Anna Lisa fuhr es wie ein Stich durchs Herz. Sie hatte gehört, dass Hunde Unheil vorausahnten. Und so, wie Tietjens heulte, musste es ein entsetzliches Unglück sein, das sie erwartete.

Simeon nahm das böse Omen nicht ernst. Er tätschelte der Hündin den Kopf und sagte: »Nun stell dich nicht so an, *min Meisje*, weil ich ein paar Stunden weggehe; ich komme ja wieder. Geh jetzt auf deinen Platz.«

Tietjens gehorchte mit sichtlichem Widerwillen.

Auf der Festwiese hinter Zeebrugges Haus herrschte bereits lebhafter Betrieb, als die Vanderheydens ankamen. Das Gamelan-Orchester spielte, und Anna Lisa stellte fest, dass der javanische und der europäische Musikgeschmack sich dramatisch voneinander unterschieden. In ihren Ohren machte das vielstimmige Orchester einen Höllenlärm, dem nicht einmal eine Melodie zu entnehmen war. Besser gefiel ihr das Puppentheater, das im Schatten der Banyan-Bäume am Rand der Festwiese aufgebaut war. Flache Lederpuppen, die durch gespaltene Bambusstäbe gehalten wurden, die traditionellen Wayang-Figuren, stellten auf der kleinen Bühne Szenen aus der Mythologie und Geschichte dar. Beim Betrachten des Schauspiels wurde das Ehepaar getrennt, denn nach der Tradition saßen die Männer auf der Seite der Leinwand, auf der neben dem Dalang – dem Schattenspieler – auch das Gamelan-Orchester saß, und zwar auf der Vorderseite, von der aus man die vielfach durchbrochenen und in traditionellen Farben bemalten Figuren vor dem Vorhang betrachtete. Die Frauen mussten hinter dem Vorhang Platz nehmen und sahen daher die Wayang-Vorführung als Schattenspiel. Es gab Gaukler und Sänger, es gab offene Herde, auf denen in riesigen Pfannen die Reisgerichte schmorten, es gab das übliche fröhliche Durcheinander festlich gekleideter Menschen.

Dennoch schien die Hochzeitsfeier unter keinem günstigen Stern zu stehen. Lag es an der stickigen Schwüle, dem schwachen Schwefelgeruch in der Luft oder der Anwesenheit böser Geister, die nicht hinreichend gebannt worden waren – es wollte keine rechte Stimmung aufkommen.

Unterdessen taten Simeon und Godfrid ihr Bestes, höflich und sogar freundlich zueinander zu sein. Beide schienen das Gefühl zu haben: Wenn sie jetzt den familiären Angelegenheiten einen Nachmittag opferten, konnten sie einander mit gutem Gewissen für längere Zeit aus dem Wege gehen. Anna Lisa wiederum hatte mit einem persönlichen Problem zu kämpfen: Seit einigen Tagen war ihr häufig übel. Das mochte mit dem nahenden Ende der Trockenzeit und dem besonders unangenehmen Klima der Übergangszeit zwischen Trocken- und Regenzeit jetzt im September zu tun haben, aber sie selber war fest überzeugt, dass sie die ersten Anzeichen einer Schwangerschaft spürte.

Deshalb lehnte sie auch ab, als eine hübsche junge Frau, die mit einem Korb voll süßer Klößchen herumging, ihr davon anbot. Der bloße Gedanke an etwas Süßes drehte ihr den Magen um. Godfrid und Simeon, die ins Gespräch vertieft nebeneinander hergingen, griffen jedoch herzhaft zu. Anna Lisa fühlte sich schwindlig und matt, und plötzlich schien ihr die Szene vor den Augen zu verschwimmen. Hatte der Schwindelanfall sie getäuscht, oder hatte sie tatsächlich gesehen, dass die junge Frau Simeon keinen von den Klößen im Korb reichte, sondern einen aus ihrem weiten Ärmel hervorrollen ließ und mit taschenspielerischer Geschicklichkeit auffing? Sie wollte etwas sagen, aber ein Würgen erstickte ihre Stimme. Edgar Zeebrugge, der ihren Schwächeanfall bemerkte, eilte herbei und führte sie zu einer Bank im Schatten der Bäume; auf seinen Wink brachte ein Diener ein Glas mit Wasser und einem Schuss Genever.

»Hier, trinken Sie.« Er stützte sie liebevoll. »Sie haben sich zu lange in der Sonne aufgehalten. Wollen Sie sich ein wenig niederlegen?«

Anna Lisa trank in kleinen Schlucken. Allmählich fühlte sie sich besser. »Ich glaube, es geht schon wieder«, sagte sie. »Ich dachte nur ... diese Händlerin mit den süßen Klößen ... sie gab Simeon einen Kloß, den sie im Ärmel versteckt hatte. Jedenfalls bilde ich mir ein, das gesehen zu haben. Eine junge, hübsche Frau in einem roten Kleid mit einem golddurchwirkten Kopfschleier.«

Zeebrugge sah sie ein wenig zweifelnd an, dann stand er auf und machte die Runde durch das lärmende Gewühl, kam aber mit der Nachricht wieder: »Ich habe keine solche Frau gesehen. Aber das hat nichts zu bedeuten; wahrscheinlich hat sie alle ihre Klöße verkauft und ist heimgegangen. Zu solchen Festen kommen oft Frauen aus der Nachbarschaft und bringen Selbstgekochtes und -gebackenes mit.«

Anna Lisa nickte. Sie hatte sich wohl doch etwas eingebildet. »Wenn es Ihnen recht ist«, sagte sie, »lege ich mich ein wenig nieder. Der Lärm und der Trubel hier sind sehr anstrengend, und ich ...« Unwillkürlich legte sie die flache Hand auf den Bauch.

Der Mann starrte sie an, dann lächelte er. Beide Vanderheydens hatten ihm erzählt, wie sehnsüchtig man in Amsterdam und Hamburg auf einen Enkel wartete, und so sagte er: »Sie meinen, Sie können bald nach Hause telegrafieren?«

Anna Lisa errötete. Sie hatte ihre verräterische Geste zu spät bemerkt. »Ich bin noch nicht ganz sicher. Sie dürfen noch nichts verraten.«

Weiterhin lächelnd legte Zeebrugge sich den Finger auf die Lippen. Dann geleitete er sie ins Haus, wo eine Magd sie in einen schmalen, abgedunkelten Raum mit einem Sofa führte. Erleichtert streckte Anna Lisa sich aus und schloss die Augen. Sie döste ein.

Eine Stunde später weckten sie entsetzliche Schreie.

Noch ganz benommen vom Schlaf, aber augenblicklich höchst alarmiert, stürzte sie hinaus, während Schreckensbilder sich in ihrem Gehirn jagten: Ein Waldbrand – ein Überfall von Räubern oder Rebellen – holländische Soldaten, die gekommen waren, um Edgar Zeebrugge zu verhaften.

Aber nichts dergleichen war geschehen. Ein Teil der Festgäste floh nach allen Richtungen, während die Übrigen sich im Kreis um den Mann drängten, der diese furchtbaren Schreie ausstieß – und jetzt erkannte sie Simeons Stimme!

Wie es ihr gelungen war, sich durch die Menschenmauer zu kämpfen, wusste sie selbst nicht, aber dann stand sie vor ihm. Er hatte sich an einen der Pfosten geklammert, die die Zeltdächer hielten, und immer wieder erbrach er sich mit qualvoller Heftigkeit, während er sich in Krämpfen zusammenkrümmte und in jedem Augenblick, in dem er Luft holen konnte, durchdringende Schmerzensschreie ausstieß. Anna Lisa sah die blanke Todesangst in seinen weit aufgerissenen

Augen, und er zeigte die Zähne wie ein in die Enge getriebenes Tier.

»Rangdas Zunge!«, schrie jemand. »Er hat von Rangdas Zunge gegessen!«

Auf diesen Schrei hin setzte eine Massenflucht nach allen Seiten ein, als könnte das Übel jeden Augenblick einen anderen ergreifen. Während die Leute in ihrer Hast einander über den Haufen rannten, verlor Simeon den Halt an dem Pfosten. Er sackte auf dem Boden zusammen und wurde von Krämpfen geschüttelt, als schleuderte eine unsichtbare Hand eine leblose Puppe. Schaum quoll über seine Lippen, Schaum und Blut, als er sich auf die Zunge biss.

Edgar Zeebrugge kam herbeigestürzt und beugte sich über den Unglücklichen. Er versuchte, ihn zu ergreifen, ihn festzuhalten, aber im selben Augenblick verstummten die Schreie, Simeon verdrehte die Augen, bis nur das Weiße zu sehen war. Seine Glieder erschlafften, der Kopf sank zur Seite, die Zunge hing ihm aus dem Mund, als sein Unterkiefer herabfiel.

Godfrid Brägens betrat das weiß gekalkte Haus mit dem fächerförmigen Oberlicht, in dem seine Mutter wohnte. Sein hartes Gesicht war blass, sein Mund schmal wie eine Messerschneide. Er war ein Mann, der kaum Gefühle kannte, und so nahmen sein Schuldbewusstsein, sein Entsetzen und seine Abscheu die Gestalt einer heftigen Übelkeit an. Immer wieder musste er innehalten und schlucken, wenn ihm die Galle in den Mund stieg.

Ohne anzuklopfen, betrat er den Salon. Eingerichtet im Empire-Stil mit seinem Übermaß an Samt und Marmor, Goldbeschlägen und pseudoägyptischen Ornamenten, war der Raum zudem überladen mit Lampen, Gemälden, Spiegeln, Kerzenleuchtern, Blumensäulen und Hockern, die kreuz und quer verteilt auf dem riesigen, jadegrünen chinesischen Teppich standen. Madame Lafayette saß in einem weißen, zierlich geblümten Hauskleid am Fenster und beschnitt mit einer Blumenschere einen Bund Rosen, die der Händler soeben gebracht hatte.

»Simeon ist tot«, sagte er.

Die Frau im Lehnstuhl sprang auf, dass ihre weiten Röcke rauschten. Plötzlich erschien sie ihm jung – mädchenhaft jung, als ein Leuchten des Triumphs über ihre Züge glitt.

»Tot!«, rief sie. »Godfrid! Und nun bist du Herr über alles!«

Sie eilte auf ihn zu, um ihn in die Arme zu schließen, aber er wich ihr mit einer knappen Bewegung aus und schenkte sich ein Glas von dem Genever ein, der auf dem Tisch bereitstand. Normalerweise ein vorsichtiger Trinker, stürzte er den hochprozentigen Schnaps hinunter wie Wasser und füllte sich sofort wieder nach.

»Du hast nicht gefragt, woran er gestorben ist«, sagte er.

Sie stutzte, dann lachte sie leise. »Ist das nicht gleichgültig? Er ist tot, und die Würmer werden ihn auffressen.«

»Sein Fleisch wird den Würmern nicht gut bekommen«, sagte der junge Mann. Seine Stimme war kalt, sein Gesicht ausdruckslos wie eine Maske aus Lehm. Hätte Madame Lafayette einen aufmerksamen Blick auf seine Züge geworfen, so wäre sie gewarnt gewesen, aber sie konnte an nichts anderes denken als an ihren Sieg, und so entging ihr das frostige Funkeln in seinen Augen. »Er ist an Gift gestorben, sagt man«, fuhr Godfrid fort. »Eine Frau gab es ihm, die Mandelklöße verteilte. Er raste und schäumte wie ein tollwütiger Hund, dann brach er zusammen und starb. Was kann das für ein Gift gewesen sein, das ihn auf diese Weise tötete?«

»Was kümmert dich das?«, gab sie ungeduldig zurück. »Für dich ist nur wichtig, dass er tot ist, alles andere lass meine Sorge sein.«

Godfrid trank das Glas mit einem Zug aus und füllte es sich zum dritten Mal. In ruhigem, fast emotionslosem Ton fragte er: »Dann hattest du also die Hand im Spiel? Ich dachte es mir. Du hast eine deiner Kreaturen auf dieses Fest geschickt, um ihn zu vergiften, während du selbst in aller Unschuld hier in deinem Haus gesessen bist – Seht an, ich kann es nicht gewesen sein! Ich war in Batavia, als er oben auf Zeebrugges Gut starb!«

»Hätte ich vielleicht höchstpersönlich hingehen sollen?«, gab sie schnippisch zurück. »Er kennt mich, er würde mir nicht einmal die Hand geben, geschweige denn einen Bissen aus meiner Hand annehmen. Aber sag mir eines, Godfrid: Kann es sein, dass die Deutsche schwanger ist? Das wäre das Einzige, was noch zwischen dir und der Firma steht. Wenn sie ein Kind bekommt …«

»Würdest du sie auch vergiften, ich weiß.« Er stellte mit einer harten Bewegung das Glas ab. Dann schnellte er herum wie eine Stahlfeder, die keine Gewalt mehr niederdrücken kann. »Frau!«, schrie er sie an, so überwältigt von Abscheu und Zorn, dass er nicht darauf achtete, ob die Diener ihn hörten. »Was für eine Teufelin bist du? Es war entsetzlich, mit anzusehen, wie er krampfte und schäumte und Blut spie, als er sich beinahe die Zunge abbiss …«

»Es ist auch nicht schön, mit anzusehen, wenn einem Huhn der Kopf abgehackt wird, trotzdem lässt du es dir gut schmecken, wenn es erst einmal gebraten auf dem Teller liegt. Dein Huhn ist gebraten, Godfrid. Und du brauchst nichts zu befürchten, niemand wird uns verdächtigen. Ich habe mit Bedacht ein Gift gewählt, das jeden Verdacht von uns ablenken muss. Man nennt es *Rangdas Zunge**. Es stammt aus den Blättern einer Pflanze, und es geschieht immer wieder, dass diese tödlichen Blätter von Unkundigen gepflückt und in die Speisen gemischt werden, wie es in Deutschland mit der Herbstzeitlose und dem Maiglöckchen geschieht. Du hast …«

Mit einem Satz war er bei ihr, packte sie an den Schultern und schüttelte sie, dass der geblümte Schal von ihren Schultern fiel und die falschen Locken sich aus den Haarnadeln lösten. »Du verfluchte alte Hexe!«, brüllte er sie an. »Wollte ich jemals etwas mit Gift und Mord zu tun haben?«

»Es kann dir ja nichts geschehen!«, kreischte sie, erschrocken über seine plötzliche Wut. »Du bist in Sicherheit!«

»In Sicherheit?«, schrie er zurück. »Mein Leben lang werde ich den Anblick nicht vergessen! Und die kleine Frau, wie sie wimmerte und weinte und ihn mit Küssen bedeckte …«

Delphine war so erstaunt, dass sie den harten Griff um ihre Schultern ebenso vergaß wie ihren Schrecken über seine jählings auflodernde Wut. »Was ist denn mit dir?«, fragte sie, ehrlich verdutzt. »Seit wann bist du so zimperlich? Wimmerte und weinte … ihre eigene Schuld, wenn sie an der Missgeburt einen Narren gefressen hat! Wirklich, Godfrid, ich kenne dich nicht wieder!«

»Du hast mich nie gekannt«, erwiderte er kalt. »Was du in mir gesehen hast, war eine von dir gefertigte Marionette mit deiner eigenen schwarzen Seele darin. Ein Stück von dir, aufgebläht zur Größe eines Mannes. Ist es dir nie durch den Kopf gegangen, dass ich anders sein könnte als du? Dass es mich

* Vorsichtshalber werden hier weder der botanische noch der handelsübliche Name der Pflanze, der sich Madame Lafayette bediente, genannt.

schaudert bei dem Gedanken, heimtückisch einen Menschen zu töten – und nicht nur irgendeinen Menschen, sondern den Sohn meines Vaters?«

»Du bist von Sinnen.« Delphine war fassungslos.

»Nein, Madame.« Er merkte, wie sie zusammenzuckte, als er sie Madame nannte – nicht Mutter. »Du bist diejenige, die von Sinnen ist. Ich habe dich mehr als einmal gewarnt. Ich habe dir gesagt, dass ich Simeon und seine Frau vor dir gewarnt habe.«

»Aber du wolltest doch immer die Firma – das schöne Haus – das Geld …« Sie wich vor ihm zurück, verwirrt und erschrocken über die Unvernunft, mit der er – so schien es ihr – auf ihren erfolgreichen Anschlag reagierte.

»Gewiss wollte ich das alles!«, stieß er heiser hervor. »Ich will es immer noch. Aber nicht um den Preis, dass ein Leben lang Blut an meinen Händen klebt. Mein Plan war perfekt – konnte ich etwas dafür, dass der Typhus ausbricht und den alten Wolkins dahinrafft? Ich wollte Simeon aus dem Weg haben, aber ich wollte nie sein Mörder sein. Und deshalb, Madame« – er starrte sie mit einem Blick an, unter dem sie förmlich zusammenschrumpfte –, »werde ich den Behörden anzeigen, was geschehen ist.«

»Godfrid! Das würdest du nicht tun!« Aber gleichzeitig wusste sie, dass er es sehr wohl tun würde.

Ihr Leben lang war Delphine Lafayette eine vorsichtige Frau gewesen, eine, die ihre Hand zurückhielt, wenn ein Zuschlagen Gefahr für sie selber bedeutet hätte. Sie lauerte geduldig im Dunkeln, bis die Zeit zum Handeln gekommen war. Aber der giftige Absinth, dem sie verfallen war, hatte mit der Zeit weitaus schlimmere Verwüstungen in ihrem Verstand angerichtet, als sie selbst ahnte, und als ihr eigener Sohn – ihr über alles geliebter Sohn, für den sie keine Gefahren gescheut hatte – ihr den Rücken zuwandte, um zu gehen und sie den Behörden anzuzeigen, verlor sie den Verstand. Mit einer blitzschnellen Bewegung ergriff sie die Blumenschere, sprang Godfrid nach und stieß ihm die Schere mit aller Kraft seitlich in den Nacken, wo die dicke Lebensader pulste.

Er stürzte zu Boden wie ein Ochse unter dem Beil des Schlächters, so jählings tödlich getroffen, dass nur ein schwaches Ächzen aus seinem Mund drang. Er fiel und rührte sich nicht mehr, während das Blut in weiten Stößen aus der Halswunde spritzte.

Delphine stand reglos, das blasse Gesicht ausdruckslos. Mit den steifen Bewegungen einer aufgezogenen Puppe schritt sie zur Tür, drehte den Schlüssel, rief der vom Lärm aufgestört anklopfenden Zofe barsch zu, sie möge verschwinden; sie würde nicht mehr gebraucht. Als Ruhe eingekehrt war, wandte sie sich dem Körper auf dem Boden zu. Sie brauchte nicht weiter nachzusehen, ob er tot war. Sein Blut überschwemmte den Boden um ihn herum. Mit einer automatischen Geste hob die Frau ihre Röcke hoch, um den Saum nicht zu beschmutzen. Sie ging wie eine Träumende im Zimmer herum, wobei sie leise ein Lied vor sich hin summte, nahm die Blumen aus ihren Vasen, zupfte die Blüten ab und streute sie auf den hingestreckten Körper, das bläulich blasse Gesicht, in dem die Augen bereits glasig wurden. Schließlich sperrte sie die Tür auf, glitt hindurch und schloss hinter sich wieder ab. Stille senkte sich über das Haus.

Die chinesische Zofe, die am Morgen das Frühstück brachte und wie gewohnt die Bettvorhänge zurückzog, erstarrte vor Entsetzen. Im ersten Augenblick begriff sie gar nicht, was sie vor Augen hatte, und meinte, etwas völlig Fremdes und Unnatürliches vor sich zu sehen, das Madame Lafayettes Platz im Bett eingenommen hatte. Dann erkannte sie das spitzenbesetzte Nachthemd und die seidene Haube, die jetzt eine aufgequollene, mahagonifarbene Fratze umschloss. Mit einem gellenden Aufschrei stürzte sie davon, warf die Haustür hinter sich ins Schloss und kreischte draußen auf der Straße um Hilfe.

Von den Hausangestellten wurde ihr keine Hilfe zuteil. Kaum hatten die Leute das unzusammenhängende Gejammer der Zofe richtig interpretiert und verstanden, dass die Herrin tot war, flohen sie nach allen Richtungen – die einen aus Angst, dass man ihnen ihren Teil der Verantwortung an den Verbrechen der Toten zuschieben würde, die anderen, weil sie sich längst nach Freiheit gesehnt und es nur nicht gewagt hatten, sich aus dem Staub zu machen. Und jeder, die Unschuldigen wie die Schuldigen, raffte an sich, was er oder sie in der Eile in seinen Taschen unterbringen konnte, von den fürs Frühstück gebratenen Hühnerkeulen über silberne Löffel bis zu den kostbaren Kleidern und Schuhen, die Madame Lafayette dort, wo sie jetzt war, nicht brauchte.

Als die Vertreter der Behörde eintrafen, war das Haus menschenleer. Auch die chinesische Zofe war verschwunden. Der Wind spielte mit halb offen stehenden Türen. So eilig waren die Diener geflüchtet, dass in der Küche noch schwarz verschmorte Gerichte auf dem Herd rauchten, unter denen das Feuer zu löschen sich niemand die Zeit genommen hatte; im Flur lagen zwei zerbrochene Weinflaschen, deren kostbarer Inhalt Pfützen auf dem Boden bildete – sie waren zerschellt, als sie aus dem Korb fielen, den Koch und Kellermeister gemeinsam zum Hinterausgang geschleppt hatten. Im Speisezimmer hockten drei graue Äffchen auf dem Tisch und verzehrten das zur Hälfte angerichtete Frühstück. Als die gestiefelten Schritte der Männer hereinpolterten, flohen die ungeladenen Gäste keifend und quiekend durch das offene Fenster, die Backen vollgestopft mit Früchten und süßem Gebäck.

Bedrückt von einem Gefühl würgenden Unbehagens betraten die Beamten und der Polizeiarzt das Schlafzimmer. Nur zögernd trat der Kontrolleur an das Himmelbett heran und zog die geblümten Cretonne-Vorhänge zur Seite. Die dumpfe Wärme, die sich in der Nacht in dem Alkoven angesammelt hatte, quoll heraus, gesättigt von einer Wolke ekelhaften Geruchs, gefolgt vom Wispern und Rascheln unsichtbaren Ungeziefers, das sich wegen der Störung in aller Eile davonmachte. In den Tropen dauerte es nie lange, bis Käfer, Würmer, Skorpione und Ratten über alles herfielen, was ihrer Gier keinen Widerstand entgegensetzte.

Die Vorhänge wurden abgenommen, die Decken zurückgeschlagen, um freie Sicht auf die Leiche zu gewähren. Was immer Madame Lafayette getötet hatte, war mit der Eigenschaft begabt, eine rasche Zersetzung herbeizuführen, denn der Verfall war weiter fortgeschritten, als man selbst bei der feuchten Wärme erwarten konnte. Die Männer hielten ihre Taschentücher vors Gesicht. Da außer ihnen niemand anwesend war, brauchten sie sich vor niemand für ihre Schwäche zu schämen. Selbst der Polizeiarzt drückte sich ein Tuch auf die Nase, als er sich über den Leichnam beugte.

»Weiß jemand, zu welchem Schrank dieser Schlüssel gehört?«, fragte er, wobei er mit der Spitze seines Spazierstocks ein Kettchen aufhob, das der erschlaffenden Hand entfallen und auf das Laken gerutscht war. Ein zierliches goldenes Schlüsselchen hing daran. »Vielleicht erfahren wir daraus etwas über ihr Ende.«

Man suchte das Zimmer ab, und es dauerte nicht lange, bis den geschulten Augen der Polizisten ein Schlüsselloch in der Palisander-Täfelung auffiel, halb verdeckt durch eine massive Quaste, die von einem Stück Posament darüber herabhing. Der Schlüssel wurde ins Schloss gesteckt – er passte. Als man ihn drehte, schwang ein Stück der Täfelung nach außen und gab den Blick frei in einen Schrank, dessen Rückwand aus einem Spiegel bestand. Zu einem großen Teil enthielten die Flaschen, Dosen und Tiegel darin die harmlosen Toilettengeheimnisse einer alternden Frau, aber in einer mit »Parfüms« beschrifteten Holzkiste fanden sich andere, üble Geheimnisse.

Der Polizeiarzt, der diese Fläschchen begutachtete, trat einen Schritt zurück und verwehrte es den anderen, näher zu kommen, indem er sie mit seinem waagrecht gehaltenen Spazierstock zurückdrängte. »Halt!«, befahl er mit ernstem Gesicht. »Keinen Schritt weiter! Das sind gefährliche Gifte, es könnte Sie schon das Leben kosten, nur ihren Dunst einzuatmen!«

Die Männer wichen beklommen zurück. Unwillkürlich richteten sich aller Augen auf die so grässlich entstellte Leiche auf dem üppigen Bett. Kein Zweifel: Die unnatürlichen Veränderungen waren der Wirkung ebenjener Gifte zuzuschreiben, die man soeben in dem Schränkchen entdeckt hatte.

Van Schujten spürte, wie ihn eine Welle unbehaglicher Erregung durchschauderte. Was für ein saftiger Skandal würde das werden! Selbstmord! In der guten Gesellschaft beging man nicht Selbstmord. Der Kontrolleur fragte sich, wie viele Selbstmorde jedes Jahr von entgegenkommenden Hausärzten als Unfälle getarnt wurden. Kein Wunder. Ein Hausarzt, der »Selbstmord« in den Totenschein schrieb, hätte sich eine andere Klientel suchen müssen. Es war immer ein Unfall, wenn jemand aus dem Dachfenster stürzte oder Karbolsäure trank.

Die Arbeiter und armen Leute, ja – solche Leute nahmen sich zuweilen das Leben, aber in den niederen Schichten ging es ja überhaupt ungeordnet und sittenlos zu.

»Gerede gab es schon immer«, murmelte der Polizeibeamte, der dem Bett am nächsten stand. »Der Tod des Mijnheer Brägens, der ihr so viel Geld hinterließ … und erinnert ihr euch an den Leutnant, der in aller Öffentlichkeit ausrief, sie würde eines Tages in der Hölle neben der ruchlosen Prinzessin Mahendradatta sitzen – und der bald darauf einen elenden Tod starb?«

»Man könnte noch einige mehr aufzählen!«, ergänzte ein anderer Beamter. »Aber das Gesetz verfolgt die Toten nicht, also haben wir hier nichts weiter zu tun, als dass Sie« – dabei wandte er sich an den Arzt – »den Tod feststellen und die Advokaten sich darum kümmern, wie es um ihr Vermögen steht.«

Sie waren bereits beim Aufbruch, als ein Wachtmeister erschien und meldete, eine der Türen im oberen Stockwerk sei abgeschlossen, und es hätte sich eine ungewöhnliche Menge Ameisen und anderes Ungeziefer an den Ritzen versammelt. Man würde sicherlich etwas finden, wenn man diese verdächtige Tür aufbrach.

So geschah es, und man fand den Leichnam von Godfrid Brägens.

In Dr. Liaos Kräuterapotheke standen der chinesische Arzt, seine Gehilfen, Edgar Zeebrugge und Anna Lisa um den nackten Leib des Mannes herum, der reglos in einer Zinkwanne mit heißer Kräuterbrühe lag. Seine Augen war blutunterlaufen, seine Haut gelb und schuppig, aber er atmete, wenn auch sehr schwach. Einer der Gehilfen massierte seine aus der Wanne ragenden Füße mit einem penetrant riechenden Öl, das eine stark die Durchblutung fördernde Wirkung hatte. Währenddessen stand Dr. Liao über seinen Kopf gebeugt, hielt ihm immer wieder die Nase zu, sodass er nach Luft schnappend den Mund aufriss, und träufelte mit einer Pipette eine ölig schillernde Flüssigkeit auf die Zunge.

Anna Lisa schien es, dass sie seit Stunden einen Albtraum durchlebte, aus dem sie nicht erwachen konnte. Sie hatte verlangt, dass man ihren Mann ins europäische Spital in Weltevreden brachte, das ja auch viel näher gelegen war als der Kräuterladen im Glodok, aber Zeebrugge hatte sich ihr widersetzt. Europäische Ärzte könnten nichts für einen Mann tun, der mit Rangdas Zunge vergiftet worden war. Wenn überhaupt jemand helfen konnte, dann der Chinese. Also hatten sie den Bewusstlosen in aller Eile ins Chinesenviertel geschafft. Aber auch Dr. Liao hatte besorgt den Kopf geschüttelt, als er den Namen des Giftes hörte: Es würde nicht leicht sein, einen Menschen zu retten, der von seiner furchtbaren Wirkung betroffen war. Man kannte kein Gegengift, denn die meisten Opfer starben so rasch, dass kein Arzt Zeit gehabt hatte, die Anwendung eines Antidots zu versuchen. Er wunderte sich, dass Simeon überhaupt noch am Leben war.

»Aber das ist ein gutes Zeichen«, sagte er. »Schwächliche Menschen sind oft zäher als große, kraftstrotzende, die unter dem ersten Hieb fallen. Wir wollen alles versuchen, was Rettung erhoffen lässt.«

Drei Tage kämpfte er unter Einsatz seines ganzen Könnens darum, das schwach flackernde Lebenslicht am Erlöschen zu hindern. Ohne Unterlass waren er und seine Gehilfen um den Todkranken bemüht, dessen Seele kaum weniger Qualen litt als sein Körper. Simeon fiel immer wieder in tiefe Bewusstlosigkeit, aber das waren noch seine besten Zeiten, denn wenn er bei Bewusstsein war, wurde er von grauenhaften Halluzinationen geplagt. Es war die am meisten gefürchtete Wirkung des Giftes: dass es den Geist angriff und Angstzustände hervorrief, ärger als die Albträume eines Opiumrauchers. Die Furcht allein genügte oft schon, um das Opfer zu töten, ganz abgesehen von der zerstörerischen Wirkung, die Rangdas Zunge auf den Körper ausübte. Simeon glich in diesen Tagen mehr einem Mann von sechzig Jahren als einem von Anfang zwanzig. Sein Gesicht war gelb wie Wachs, die Augen eingesunken, die ausgedörrten Lippen bedeckt von einer salzigen Kruste. In sein tabakbraunes Haar mischten sich graue Strähnen. Er erkannte niemand, nicht einmal seine Frau. Alle, die um ihn waren und sich um ihn bemühten, verwandelten sich in Schreckgespenster, die ihn bedrohten. Er verbrauchte seine schwachen Kräfte damit, sie abzuwehren, und Dr. Liao sah keinen anderen Weg, als ihm ein Schlafmittel zu verabreichen.

Dann, am vierten Tag, lichtete sich das Dunkel ein wenig. Körperlich wenigstens hatte Simeon sich so weit erholt, dass sie auf sein Überleben hoffen konnten. Er atmete regelmäßig, sein Herz schlug normal, und in seine blicklos starrenden Augen kehrte der Glanz des Lebens zurück. Der Chinese war sichtlich stolz auf den Erfolg seiner Behandlung, und er hatte ja auch jedes Recht dazu.

»Ab morgen«, verkündete er händereibend, »werde ich ein wenig mehr von dem …« (Anna Lisa verstand den Namen des Krautes nicht) »in das Elixier geben … wir können hoffen, ja, wir können hoffen, dass er nicht nur am Leben bleibt, sondern sogar …« Dann unterbrach er sich. Vielleicht, dachte die junge Frau, war er abergläubisch und wollte den Neid der Götter nicht durch verfrühte Hoffnungen reizen, vielleicht wusste er auch, dass Simeon im besten Fall *überleben* würde – wirklich *leben* würde er niemals mehr. Das Schiff seines Lebens war auf ein Riff gelaufen, von dem es nicht mehr freikam; es würde für immer ein Wrack bleiben. Körperlich schien er um Jahrzehnte gealtert, und das Licht seines Verstandes flackerte trübe in der Finsternis, mit der die Schreckensvisionen ihn verdunkelten.

Dr. Liao kündigte an, er würde sich um die Herstellung eines Heilmittels bemühen, das die Halluzinationen dämpfte oder sogar vertrieb, aber das würde seine Zeit dauern. Der alte Mann war selbst völlig erschöpft von den in unermüdlicher Fürsorge durchwachten Nächten. Er schlug vor, den Patienten ins Rosenhaus zurückzubringen, sein Gehilfe würde sie begleiten und ihn versorgen, bis er selbst sich wieder so weit erfrischt hatte, dass er sich um ein Heilmittel kümmern konnte. Anna Lisa fuhr der Gedanke durch den Kopf, ob er am Ende vorhatte, ihnen neuerlich das abscheuliche Galgenmännlein aufzuschwatzen; aber er tat nichts dergleichen. Erst einmal, sagte er, müsse er selbst ruhen, bis Körper und Verstand wieder bei Kräften waren.

Setiawan erwies sich als ein Majordomus, der jeder noch so bizarren Situation gewachsen war. Ohne mit der Wimper zu zucken, traf er alle nötigen Anordnungen, den todkranken Mijnheer zu versorgen. Der chinesische Helfer wurde im Haus untergebracht, eine metallene Badewanne beschafft, da Dr. Liao lange heiße Bäder verordnet hatte. Nach einem vorübergehenden Ruckeln lief das Räderwerk des Rosenhauses wieder so gut geölt wie zuvor.

Die Erbschaft

Bartimäus Vanderheyden erhielt das Telegramm mit der Nachricht vom Tod seines Sohnes in seinem Arbeitszimmer. Der Schreiber, der zu diesem Zeitpunkt bei ihm war, sah, wie er es ungeduldig aufriss, die wenigen Zeilen las – und dann erstarrte wie Lots Weib. Sein Gesicht, so erzählte es der junge Mann später jedem, der es hören wollte, verwandelte sich in das eines Sterbenden, es wurde aschgrau, und die Haut schien zu schrumpfen, sodass die Barthaare in ihren Poren wie in Löchern steckten, die Lippen verfärbten sich, und die Augen sanken tief in ihre Höhlen.

»Er war schon ein toter Mann, als er die Botschaft las«, behauptete der Jüngling, und er hatte recht. In den wenigen Sekunden, die er brauchte, um den Inhalt des Telegramms zu begreifen, starb in Bartimäus Vanderheydens Herzen alles, wofür er je gelebt hatte. Was er in seinem Leben erworben hatte, verlor seinen Wert, wie Feengold sich in Pferdemist und dürre Blätter verwandelt. Mit einem Schlag wurde ihm bewusst, dass alle seine Hoffnungen auf Godfrid geruht hatten, und dieser Schlag traf sein Herz und brach es.

Der Schreiber, der ihn beobachtete, wagte nicht zu fragen, was Schreckliches in dem Telegramm stand; er wagte nicht, sich zu bewegen, ja, er wagte kaum zu atmen, um die Aufmerksamkeit des Alten nicht auf sich zu lenken. Selber starr vor

Schreck, beobachtete er die Veränderung, die über Bartimäus kam. Der Finger des Todes hatte den Handelsherrn berührt, und zugleich mit seinem Inneren zerbrach auch sein Äußeres. Alle Kraft wich aus dem gedrungenen Körper. Vor den Augen seines entsetzten Schreibers alterte er. Das Telegramm entfiel seinen Fingern. Die Linke zog sich langsam zu einer Klaue zusammen und ruderte hilflos in der Luft herum, während zugleich die linke Hälfte seines Gesichts nach unten sackte wie nasser Ton. Der Mund hing schlaff herab und sabberte, der Hals drehte sich zur Seite, und Bartimäus, den seine Beine nicht mehr trugen, stürzte schwer zu Boden.

Jetzt schrie der Jüngling das Haus zusammen. Diener kamen herbeigerannt. Man hob den halb Gelähmten auf, brachte ihn zu Bett, sandte nach dem Arzt. Der konstatierte, dass Bartimäus vom Schlag getroffen worden war. Auf die Frage, ob der Alte sich wieder erholen würde, zuckte er die Achseln. Es sei auf jeden Fall angebracht, den Pfarrer und den Rechtsanwalt der Familie zu holen und ein Telegramm nach Java zu schicken, das den Erben nach Hause beorderte.

Es war Edgar Zeebrugge, der Anna Lisa das Telegramm brachte.

»Vom Rechtsvertreter der Familie Vanderheyden«, sagte er. »Für Sie.« Er sagte nichts dazu, dass es eigentlich an Simeon gerichtet war. Wozu auch? Der konnte im Augenblick mit keinem Telegramm der Welt etwas anfangen.

Anna Lisa studierte die knappen Zeilen, ohne vorerst deren Sinn zu begreifen. Nur allmählich dämmerte ihr, was das Telegramm für sie bedeutete. Bartimäus war tot, und Simeon war der Alleinerbe der gesamten riesigen Firma. Und wenn Simeon dem teuflischen Anschlag der Rangda erlag, war der nächste Erbe das Kind, das in ihrem Schoß heranwuchs.

Das Formular flatterte aus ihren kalten Fingern zu Boden. Edgar hob es auf und las. Eine rote Blutwelle stieg in seine Wangen und verebbte wieder, graue Blässe zurücklassend. Dann stieß er einen tiefen, seufzenden Atemzug aus und straffte die Schultern. Gewohnt, in kritischen Situationen rasch und zweckmäßig zu reagieren, sagte er: »Wir brauchen jetzt als Erstes Dr. Ascher. Er muss dafür sorgen, dass Ihr Mann sofort in alle seine juristischen Rechte eingesetzt wird.«

»Aber Simeon ...«, wandte sie hilflos ein. »Diese riesige Firma ... Er ist todkrank – und wahnsinnig.«

»Oh, das wird erst zu beweisen sein. Und nun kommen Sie, meine Liebe, wir müssen in die Stadt. Ein rasches Gespräch mit den Anwälten und Banken nützt Simeon mehr, als wenn Sie an seiner Seite sitzen.«

Die junge Frau trennte sich nur ungern von ihrem Gatten, sie hatte Angst, er könnte sterben, während sie gerade nicht bei ihm war, aber sie sah ein, dass Zeebrugge recht hatte. Alles lag jetzt in ihren Händen. Sie musste handeln.

Keine halbe Stunde später waren Zeebrugge und Anna Lisa unterwegs nach Weltevreden.

Dr. Julius Ascher ließ sich die Situation kurz durch den Kopf gehen, während er in seinen Ledersessel – in dessen wulstiger Umarmung er klein wie ein Kind wirkte – zurückgelehnt saß und geziert an einem Gläschen Likör nippte. Dann traf er seine Entscheidung.

»Verkaufen, was zu verkaufen geht. Sie können die Plantagen nicht bewirtschaften, und sie zu verpachten bringt Ihnen mehr Ärger als Nutzen. Außerdem wird dann sehr schnell die Frage gestellt werden, wie geschäftsfähig Ihr Gatte ist, und es kann Ihnen passieren, dass Sie sich in eine Flut von Prozessen verstrickt finden. Vorderhand können wir uns darauf berufen, dass er nur kurzfristig heftig erkrankt ist. Wenn er verkauft, wird man seine Unterschrift akzeptieren. Die beiden Plantagen im Osten reißt man Ihnen aus der Hand, die sind bestens im Schuss. Für Buitenhus wird es auch Interessenten geben, schließlich war die Plantage einmal erstklassig und wird es wieder sein. Damit haben Sie einen großen Haufen Bargeld und keine Sorgen.« Er setzte das Likörglas ab. »Und fürs Erste sollten Sie nicht nach Holland zurückkehren. Ich erkläre Ihnen, warum.«

Dem erfahrenen Anwalt war klar, dass es Schwierigkeiten geben würde, sobald die holländischen Firmenanwälte den Erben zu Gesicht bekamen. Schließlich gab es noch andere, wenn auch sehr entfernte Verwandte, die sofort die Gelegenheit nutzen würden, Simeons Ansprüche anzufechten. Deshalb schlug er vor, alles von Batavia aus zu arrangieren, und zwar so schnell wie möglich. Was einmal erledigt war, ließ sich nicht mehr so leicht rückgängig machen. Hatten die Plantagen erst neue Besitzer, so würden die schon dafür sorgen, dass man sie ihnen nicht wieder abnahm. »Mit Ihrem Einverständnis verkaufe ich die drei Plantagen an die Königlich-Niederländische Bank, da haben Sie auf jeden Fall einen zuverlässigen Geschäftspartner, und nachher ist es Sache der Banker, mit neuen Besitzern zu verhandeln. Das bleibt Ihnen alles erspart. Außerdem wird es den Aktien der Firma Vanderheyden guttun, wenn sich die Plantagen im Besitz einer Bank befinden und man nicht befürchten muss, dass der Erbe …« Er zögerte, dann zuckte er die Achseln.

Anna Lisa seufzte. Es war ja klar, was er meinte. Die Nachricht, dass Simeon das Firmenimperium geerbt hatte, hätte schon in dessen gesunden Tagen einen Kurssturz ausgelöst, von seinem jetzigen Zustand gar nicht zu reden.

»Am besten wäre es, die Firma in Bausch und Bogen zu verkaufen, solange sie noch ihren jetzigen Wert hat. Es gäbe da zwei oder drei Interessenten in der *gemeenschap*. Ich möchte aber auch hier vorschlagen, in erster Hand an die Bank zu verkaufen; erstens kann die so viel Geld sofort flüssig machen, was nicht jeder kann, und Sie wissen, mit wem Sie es zu tun haben. Damit Sie sicher sein können, nicht betrogen zu werden, werden die Kaufverhandlungen im Beisein des deutschen Konsuls und des hiesigen Vertreters Ihres Vaters geführt. Sind Sie einverstanden?«

Einen Augenblick lang wurde Anna Lisa übel, als die Last der Verantwortung auf ihre Schultern fiel. Dieses riesige Vermögen, die Plantagen, die Existenz von Arbeitern und Angestellten, der Wert der Aktien – was damit geschah, hing von ihr ab! Was für eine Groteske! Offiziell hatte sie keinerlei Verfügungsgewalt über das Erbe ihres Mannes, sie hatte kein gesetzliches Anrecht auf einen Gulden davon, und doch war es jetzt an ihr, der noch nicht einmal Achtzehnjährigen, die entscheidenden Worte zu sprechen.

»Ja«, sagte sie mit einer Stimme, die für sie selbst fremd und heiser klang.

Dr. Ascher stand auf. »Dann komme ich jetzt mit Ihnen. Ich habe eine Vollmacht Ihres Gatten von dem Tag, an dem Sie hier ankamen, aber damals handelte es sich nur um die Verfügung über Buitenhus; es wird Einwände geben, da jetzt so viel mehr auf dem Spiel steht, und ich möchte eine Unterschrift, mit der er mir die Rechtsvertretung wegen der Erbschaft überträgt. Sie müssen es irgendwie schaffen, dass er ein solches Papier unterschreibt. Wird das möglich sein?«

»Ich weiß es nicht«, antwortete sie bitter. »Vielleicht erkennt er Sie und mich, vielleicht auch nicht. Vielleicht ist er kräftig genug, den Schreibstift zu halten, vielleicht auch nicht. Vielleicht versteht er, was von ihm erwartet wird, vielleicht auch nicht.«

Zu dritt kehrten sie in aller Eile zurück. Anna Lisa sprang aus dem Sattel und eilte ins Haus, von der Angst überkommen, Simeons Zustand könnte sich in ihrer Abwesenheit verschlechtert haben, aber Herrn Liaos Gehilfe beruhigte sie. Dem Kranken ging es sogar ein wenig besser, er hatte sich überreden lassen, Tee zu trinken und eine Schale Suppe zu essen, ohne dass ihn davor schauderte.

»Sein Anwalt ist da«, sagte sie. »Wir brauchen seine Unterschrift unter eine Vollmacht. Meinen Sie, er wird dazu imstande sein?«

»Ich werde sehen, was ich tun kann.«

Er tat eine Menge. Simeon, dessen Anblick dem Anwalt einen unwillkürlichen Schreckensschrei entlockte, fragte nicht, warum er etwas unterschreiben sollte, und auch nicht, was er unterschrieb. Zweimal während der kurzen Amtshandlung sprang er auf und erbrach sich heftig. Danach war er so erschöpft, dass er am Tisch sitzend einschlief.

Dr. Ascher war sichtlich erschüttert, als er das Zimmer des Kranken verließ. »Gott soll schützen! Gott soll schützen!«, murmelte er ein ums andere Mal vor sich hin. »Der Unglückliche! Was für eine teuflische Tat!« Dann riss er sich zusammen und war wieder ganz Anwalt. »Wenn sein Zustand bekannt wird, bekommen wir Schwierigkeiten. Ich werde mich sofort darum kümmern.«

In den nächsten drei Wochen herrschte rege Geschäftigkeit bei den Anwälten und Bankiers. Dr. Ascher trieb zwei angesehene Ärzte auf, die für gutes Geld bestätigten, dass Simeon zwar unter einer sehr heftigen körperlichen Unpässlichkeit litte, wahrscheinlich einer Lebensmittelvergiftung, wie sie häufig vorkamen – dass er jedoch durchaus geschäftsfähig sei. Also konnte er eine gültige Unterschrift unter die Verträge für den Verkauf der drei Plantagen an die Königlich-Niederländische Bank setzen. Ebenso gültig war seine Unterschrift unter die Vollmacht für Dr. Ascher. Die Bank übernahm die gesamte Kaffeefirma und eröffnete dafür ein gewaltiges Depot in Wertpapieren und Bargeld. Die Verwaltung und Verrechnung lag in den Händen von Dr. Ascher.

Anfang Oktober, als die ersten Gewitter der Regenzeit das Land erschütterten, waren sämtliche Geschäfte unter Dach und Fach. Der kleine jüdische Anwalt war rastlos tätig gewesen. Anna Lisa konnte nur staunen, was er in kurzer Zeit alles bewältigt hatte. Wie es schien, ließ er alle andere Arbeit liegen und widmete sich nur dem Fall Vanderheyden. Ihr Gefühl hatte sie nicht getrogen. Bei einem seiner nächsten Besuche machte er ihr ein Geständnis.

»Ich tue alles für Sie, Frau Vanderheyden, und habe nur die Bitte, dass Sie auch etwas für mich tun.«

»Und das wäre?«

»Ich möchte hier nicht bleiben. Es läuft zwar alles sehr gut, geschäftlich, meine ich, und das Land und die Leute haben viele Vorzüge, aber ich habe ganz einfach Heimweh. Deutschland ist nun einmal mein Vaterland, das kann ich keinen Augenblick vergessen. Ich will zurück nach Hamburg. Aber ich kann meine hiesigen Klienten nicht mitnehmen, ich müsste ganz von vorne anfangen, und dazu brauche ich eine gewisse Protektion, wie Sie mir Ihr Herr Vater zweifellos gewähren könnte.«

Die junge Frau griff impulsiv nach seinen Händen. »Ohne Sie wäre ich verloren gewesen – eine rechtlose Frau in einem fremden Land. Selbstverständlich werde ich alles tun, damit Sie einen neuen Anfang in Hamburg machen können.« Dann fragte sie neugierig: »Sie sehnen sich wirklich dorthin zurück? Ruß, Fischgestank und die schmutzige Elbe?«

»Ja«, antwortete er einfach. »Es ist mein Vaterland. Und wie schön es auch hier in Java sein mag, ich habe hier keine Wurzeln.« Mit einem leicht verlegenen Seitenblick fügte er dann hinzu: »Außerdem finde ich, dass es für mich an der Zeit ist zu heiraten, und die Auswahl an geeigneten Mädchen in Deutschland ist größer.«

Anna Lisa telegrafierte auf der Stelle an ihren Vater. Dem alten Lobrecht war es nicht unwillkommen, dass er den Mann unter seine Fittiche nehmen sollte, dem eine Vollmacht seines Schwiegersohnes die Verfügungsgewalt über dessen Vermögen gab. Zu seinen Söhnen sagte er: »Es gibt eine alte chinesische Weisheit, die besagt: Lade alle deine Feinde an deinen Hof und bewirte sie festlich. Ich habe zwar keinen Anlass zu glauben, dass der Bursche unehrlich ist, aber es geht hier um sehr viel Geld, und da sehe ich ihm lieber auf die Finger.«

Er meldete also sehr herzlich zurück, dass er gerne bereit sei, Herrn Dr. Ascher einen neuen Anfang in Hamburg zu ermöglichen, vorausgesetzt, dieser erhob keine Einwände, wenn Elmer Lobrecht sich zum vorläufigen Vormund seines kranken Schwiegersohnes ernennen ließ. Sobald Simeon wieder völlig gesund war, konnte man ja alles neu regeln.

Das Telegramm schloss mit einem Nachtrag, in dem Anna Lisa die Frage gestellt wurde: »Wann kommst du zurück? Wir erwarten dich.«

Auch Dr. Ascher stellte ihr diese Frage. »Da jetzt alles Geschäftliche geregelt ist und Sie Ihren Gatten beruhigt in die Obsorge Ihrer Familie geben können, werden Sie wohl mit dem nächsten Schiff zurückfahren? Vielleicht reisen wir gemeinsam?«

Sie schüttelte den Kopf. »Nein. Ich reise nicht. Und bevor Sie hier Ihre Zelte abbrechen, müssen Sie noch etwas für mich arrangieren. Ich möchte gerne etwas kaufen, wenn es verkäuflich ist. Fragen Sie den Adhipati, ob er mir das Rosenhaus überlässt. Sein Enkel hat es mir seinerzeit angeboten, und nirgends war ich so glücklich wie dort.«

Der Anwalt machte ein überraschtes Gesicht, aber es war ihm schon lange zur Gewohnheit geworden, sich grundsätzlich nur um die juristische Seite der Anliegen seiner Klienten zu kümmern. Er leitete alles Nötige in die Wege, und wenig später erschien bei Anna Lisa ein Bote des Adhipati, der eine feierliche Botschaft des alten Fürsten überbrachte. Er überließ ihr das Rosenhaus mit allem Drum und Dran quasi als Lehen unter der Bedingung, dass sie nichts daran veränderte und es an seine Familie zurückgab, wenn sie es eines Tages nicht mehr haben wollte. Die junge Frau wusste, dass diese großzügige Geste des alten Fürsten auch dadurch zu erklären war, dass Europäer und Javaner in den höheren Kreisen einander aus gesellschaftstaktischen Gründen zumindest vordergründig zuvorkommend begegneten; außerdem zeigte der alte Mann damit, wie wenig Geld und Gut bei seinem immensen Reichtum bedeuteten. Aber sie freute sich doch. Sie wusste, wie sehr er Raharjo geliebt hatte und dass das Rosenhaus etwas Besonderes für ihn war.

Dr. Liao hatte seine ganze Kunst aufgeboten, Simeon zu helfen. Zwar hatte auch er kein Mittel gefunden, das Rangdas Zunge aus dem Körper vertrieb, aber immerhin eines, das die grauenvollen Visionen milderte und zugleich den Körper stärkte. Stolz erschien er mit einer samtgefütterten Schatulle, in der in Lederschlaufen kleinfingerlange, sorgfältig verstöpselte Phiolen steckten. Das waren die Mittel, die anzuwenden waren, wenn den Kranken seine Halluzinationen überfielen; daneben brachte er noch verschiedene Stärkungsmittel. Er nahm keinen Anstoß an der Vorliebe, die Simeon inzwischen für die indischen Zigaretten gefasst hatte, sondern empfahl sie sogar. Anna Lisa hatte ihre Zweifel, ob die giftige Tabakmischung das Richtige für einen todkranken Mann war, aber nie hätte sie gewagt, Dr. Liao zu widersprechen, und Simeon selbst ließ ohnehin nicht die geringste Kritik an dem Mann zu, der ihm das Leben gerettet hatte.

Die Regenzeit, die im Oktober begann, war für europäische Begriffe mörderisch, und dennoch hatte Anna Lisa den Eindruck, dass es Simeon ein wenig besser ging, seit er das chinesische Heilmittel einnahm. Er schrie nicht mehr so oft, und die wilden Angstzustände, in denen er sich von allen um ihn bedroht fühlte, ließen nach, obwohl er seine Umgebung immer noch mit Argwohn beobachtete. Sie war dankbar für jede Minute, in der er ruhig lag und ihn keiner dieser entsetzlichen Anfälle schüttelte. Nur hin und wieder schauderte er, wie von einem plötzlichen Frost ergriffen; dann spähte er in alle Ecken, und sein Atem ging schnell und schwer, wenn die Angst ihn überwältigte. Pahti war jedes Mal sofort bei ihm, tröstete, beruhigte, brachte die Schatulle mit den Phiolen. Auch der Javaner schwor auf Herrn Liaos halb medizinisches, halb magisches Heilmittel. Anna Lisa war nicht sicher, ob ihr Gatte sich die heilsame Wirkung nur einbildete – aber selbst wenn, wem schadete es? Es beruhigte ihn, das war alles, was zählte.

Pahti war überzeugt, dass seine Gebete und Opfer diese Besserung herbeigeführt hatten, und zweifellos war auch Tietjens der Meinung, dass ihr Handablecken und Kopf-aufs-Knie-

Legen etwas bewirkt hatte, denn Simeon erholte sich zusehends. Er lag still in seinem Deckstuhl auf der überdachten Veranda, die abgemagerten Hände im Schoß, den Kopf mit halb geschlossenen Augen zur Seite gedreht, und schien das monotone Rauschen des Regens in sich aufzusaugen. Wie aus Stein gehauen lag Tietjens zu seinen Füßen. Auch Pahti war immer bei ihm, stets bereit einzugreifen, wenn die dunklen Wolken des Wahnsinns den Unglücklichen umnachteten, wenn er anfing zu schreien und nach unsichtbaren Ungeheuern schlug, von denen er sich bedrängt wähnte. Zumeist gelang es dem Diener – der jetzt mehr ein Pfleger war –, ihn so weit zu beruhigen, dass er sich Herrn Liaos Theriak einflößen ließ. Was immer die Phiolen enthielten, es wirkte. Die Krämpfe, die Todesangst und die scheußlichen Halluzinationen verebbten, und ein halb betäubter Kranker ließ sich zu Bett bringen.

In Batavia und Umgebung sorgte das Drama rund um die Familie Vanderheyden für reichlich Gesprächsstoff in der *gemeenschap*. Als sich der ererbte Reichtum der Vanderheydens herumsprach, suchten plötzlich erstaunlich viele Europäer den Kontakt zu ihnen. Allerdings endeten diese Versuche, die bis dahin Missachteten in der Gemeinschaft willkommen zu heißen, in Sackgassen. Mit Erstaunen stellten die Mijnheers und ihre Gattinnen fest, dass ihnen die junge Frau Vanderheyden die Tür wies. Es war auch Anna Lisa, die sich weigerte, nach Weltevreden umzuziehen, obwohl es dort viele hübsche Häuser zu kaufen oder zu mieten gab. Sie dachte nicht daran, das Rosenhaus zu verlassen. Nur zwei Gäste waren dort gerne gesehen: Edgar Zeebrugge und Dr. Liao.

Es gingen die wunderlichsten Gerüchte um, angefangen von einem Fluch, der die Vanderheydens getroffen hatte, bis hin zu der üblen Nachrede, Anna Lisa selbst trage Schuld am Unglück ihres Gatten; sie hätte den wunderlichen jungen Mann bald sattgehabt und sich seiner zu entledigen versucht. Unnötig zu sagen, dass solche Behauptungen nur im Flüsterton verbreitet wurden, aber verbreitet wurden sie. Da half auch nicht, dass die junge Frau in der Pflege ihres Gatten aufging, dass sie Tag und Nacht an seiner Seite war und kaum Interesse an sich selbst hatte. Man nickte wissend, man zog die Augenbrauen hoch, man legte den Zeigefinger an die Nase. Man tauschte Bemerkungen aus, wie sehr die Tochter des alten Lobrecht sich verändert hatte – und das jedenfalls stimmte. Aus dem puppenhaften jungen Mädchen war eine ernste, über ihre Jahre hinaus gereifte Frau geworden.

Anna Lisa wusste, dass sie – während die Böswilligen ihre Verleumdungen ausstreuten – von den Gutwilligen wegen ihres kranken Mannes bedauert wurde. Sie wusste auch, dass nicht wenige in der »guten Gesellschaft« der Meinung waren, man sollte ihn zu seiner Familie nach Holland zurückschaffen. Gewiss, seine Eltern und sein Bruder waren tot, aber irgendjemand würde sich doch wohl um ihn kümmern. Warum wollte eine Frau, die noch keine zwanzig Jahre alt war, sich mit dem armen Irren lebendig einmauern, wenn sie ihn loswerden und – mit aller Diskretion selbstverständlich – ein vergnügtes Leben führen konnte?

Simeon selbst äußerte zuweilen diese Meinung. »Ich bin nur eine Last für dich, Meisje«, sagte er dann. »Warum fährst du nicht zu deiner Familie? Pahti würde bei mir sein.«

»Meine Familie bist du. Und …« Sie legte die flache Hand auf den Bauch. »… das Kind. Du kannst doch dein Kind nicht allein lassen.«

Das war ein Argument, dem er sich nicht widersetzte. Er war so stolz darauf, dass er den Lobrechts hatte telegrafieren können, Anna Lisa sei schwanger. Der jungen Frau stach es dann jedes Mal wie ein Messer ins Herz, und die Schuld, die sie heimlich trug, überwältigte sie beinahe. Wenn er nun nicht der Vater war? Wenn das Kleine aus Raharjos Lenden stammte und ihm unverkennbar ähnlich sah? Das würde Simeon den Todesstoß versetzen.

Von Schuldgefühlen gequält, suchte sie das Unheil wiedergutzumachen, indem sie ihrem Mann alle Liebe entgegenbrachte, zu der sie nur fähig war. Mittlerweile schritt ihre Schwangerschaft fort, und damit wuchs ihre Angst vor der Geburt. Zu einem kleinen Teil war es einfach die Angst aller Erstgebärenden vor dem noch unbekannten Ereignis, um das sich so viele Altweiberfabeln rankten, aber vor allem quälte sie die Furcht, ein ganz offensichtlich fremdartiges Kind zur Welt zu bringen. Sie weinte bei dem Gedanken, und doch wäre es ihr nie in den Sinn gekommen, ihr kurzes Zusammensein mit Herrn Raharjo zu verwünschen. Wäre sie allein gewesen, mit welcher Freude hätte sie sein Kind zur Welt gebracht! Aber wie konnte sie Simeon inmitten seines Elends so bitterlich kränken?

Der einheimische Teil des Haushalts litt unter anderen Ängsten. Eine Frau, deren Niederkunft nahe war, lockte den blutgierigen Unhold an, die Penanggalan, den Fluch aller Gebärenden und Neugeborenen. Sie erschien als ein Frauenkopf ohne Körper, der nachts durch die Luft flog und dabei seine Eingeweide hinter sich herschleifte, wobei diese Innereien wie Glühwürmchen funkelten. Sie landete auf Hausdächern und streckte eine lange, unsichtbare Zunge ins Haus. Wem sie das Blut aussaugte – dabei hatte sie es vor allem auf Mütter neugeborener Kinder abgesehen –, der starb an einer zehrenden Krankheit. Wer das Pech hatte, von den durch die Luft schwingenden Eingeweiden berührt zu werden, litt lange unter schmerzhaften Geschwüren. Bereits im Februar, als es noch etliche Wochen bis zur Geburt dauern würde, ordnete Herr Setiawan an, Mengkuangblätter auf die Veranden zu streuen und die Zweige in die Fenstergitter zu stecken. Die stacheligen Blätter machten der Unholdin Angst, denn an ihnen konnte sie ihre nachschleifenden Därme verletzen, und so hielt sie sich fern von Häusern, die der Mengkuang schützte.

Jakob und Simone

Im Lauf der Schwangerschaft war Anna Lisa bewusst geworden, dass das Kind in ihrem Bauch ungewöhnlich groß und schwer zu sein schien. Dr. Liao war der Meinung, sie würde wohl Zwillinge bekommen, und er behielt recht.

Die Ängste vor einer schmerzhaften Geburt waren unnötig gewesen. Es ging ganz leicht. Ein paar Unterleibskrämpfe wie damals, in ihrer frühen Kindheit, als sie sich an reifen Quitten überessen hatte, ein, zwei, drei heftige Presswehen, und schon fühlte sie, wie der Kopf des Kindes ans Licht glitt. Die Hebamme – eine von Herrn Zeebrugge geschickte Holländerin – hatte es kaum abgenabelt, als auch schon ein zweites nachdrängte.

»Aaaaah! Diesmal tut's weh!«, rief die Mutter aus.

»Das erste war sehr klein, Frau Vanderheyden, deshalb ging es so leicht. Aber gleich haben wir auch das zweite! Pressen! Und noch einmal!«

»Aaaah!« Aber da war es auch schon vorbei. Das zweite Kind war geboren.

Anna Lisa sank erschöpft in die Kissen zurück, während die Hebamme und Gesine eifrig damit beschäftigt waren, das zweite Kind abzunabeln und das erste – das jetzt Luft holte und einen durchdringenden Schrei, ähnlich dem Krähen eines jungen Hahnes, von sich gab – zu waschen und zu wickeln.

»Was ist es?«, fragte sie. »Ich meine, was sind sie?«

»Das erste ist ein Knabe, das zweite ein Mädchen.« Die Hebamme lachte. »So können wir sie wenigstens nicht verwechseln. Zwei Knaben wären zwei Erben gewesen, da gibt es bei Zwillingen oft Ärger, welcher nun wirklich als Erster zur Welt kam. Hier, nehmen Sie ihn.«

Anna Lisa ließ sich das immer noch lauthals schreiende Bündel in den Arm legen und blickte in das kleine, vor Anstrengung verkniffene Gesicht. Ein Stöhnen der Erleichterung entrang sich ihr, als sie sah, dass es weiße Haut hatte. Das Neugeborene war sehr zart, wie die Hebamme gesagt hatte, aber in dem fragilen Körper schien ein unbändiger Geist zu wohnen, denn kaum hatte sie es an die Brust gelegt, schnappte es auch schon zu wie ein kleines Raubtier und begann, aus Leibeskräften zu saugen. Es war außerdem ein sehr haariges Kind.

»Es sieht aus wie ein braunes Äffchen«, klagte Anna Lisa. »Meinen Sie, es wird einmal ein zotteliger Mann?«

»O nein, Frau Vanderheyden. Das kommt bei Neugeborenen oft vor, dass sie ein Pelzchen haben, aber dieses Körperhaar fällt bald wieder aus und bleibt nur am Kopf. Er wird einmal schönes dichtes Haar haben – sehen Sie nur, der doppelte Wirbel da am Hinterkopf! Gewiss wird er hübsche Locken bekommen.«

Nein, dachte Anna Lisa. Ich bin ganz sicher, dass er glattes Haar haben wird, glatt bis auf diesen Wirbel, der ein Königskind kennzeichnete.

»Und die Kleine«, schwatzte die Hebamme weiter, während sie ein zweites Bündel herbeibrachte, »ach, sie ist jetzt schon ganz der Vater – die schönen, großen Augen und der weiche Mund!«

Anna Lisa konnte in dem verkniffenen, hochroten Gesicht des Neugeborenen keine Ähnlichkeit mit Simeon erkennen, sie nahm an, dass die Hebamme jede junge Mutter mit solchem Geplapper zu erfreuen bemüht war. Aber immerhin schien das Mädchen Simeons weichen Charakter geerbt zu haben, denn ganz anders als sein Bruder machte es keine Anstalten, sich der Brust zu bemächtigen. Sie musste es an sich drücken und stupsen, erst dann öffnete es mit einer träumerischen Geste das winzige Mäulchen und trank – sehr zurückhaltend, wie es der Mutter schien, als wollte es nicht mehr nehmen, als ihm zustand.

Die Hebamme hatte lächelnd zugesehen, wie die Kinder tranken. Sie hatte ihre Arbeit getan und gut getan, Mutter und Kinder waren wohlauf. Dann jedoch erlosch das selbstzufriedene Lächeln. Befangen zu Boden blickend fragte sie: »Sollen wir … wünschen Sie, dass Mijnheer Vanderheyden gerufen wird?«

»Ja, gewiss. Wenn er … wenn er sich wohl genug fühlt.«

Die beiden Frauen verschwanden, und Anna Lisa hörte sie draußen wispern. Tuschelten sie nur darüber, wie der geisteskranke Vater auf seine Kinder reagieren würde, oder war ihnen doch eine verdächtige Fremdartigkeit an dem erstgeborenen Knaben aufgefallen? Würde Simeon etwas auffallen? Sie konnte nur hoffen, dass die Nebel, die seinen Verstand verdunkelten, ihn vor dieser Erkenntnis bewahren würden.

Ein schleppender Schritt wurde draußen hörbar. Dann öffnete Pahti die Tür, und Simeon trat ein, im Hausmantel, auf seinen Stock gestützt. Ein schwaches Lächeln irrlichterte über sein eingefallenes Gesicht. Er hatte sich die ganze Schwangerschaft über auf das Kind gefreut, umso mehr, als er dann erfuhr, dass es zwei Kinder sein würden. Die Geburt hatte ihn dann jedoch mehr geängstigt als die junge Mutter, von bösen Omen und Angstvorstellungen geplagt, war er in tiefe Melancholie verfallen. Jetzt, wo alles gut gegangen war, hatte er Mühe, sich rasch auf die geänderte Situation einzustellen.

»Meisje!«, sagte er mit heiserer Stimme. »Da sind sie ja! Geht es dir gut?«

»Sehr gut, Simeon, danke. Komm, sieh sie dir an. Es sind ein erstgeborener Sohn und eine Tochter.«

Er kam langsam näher und ließ sich mit Pahtis Hilfe auf dem Bettrand nieder. Sein Blick hing an den beiden winzigen Gesichtern. Die Kinder waren satt und schläfrig, sie ruhten in den Armen der Mutter, kaum auszumachen in dem Übermaß an Bändern und Spitze, in dem ihre kleinen Körper versanken.

Simeon betrachtete sie lange. Dann fragte er: »Der Junge ist der Erstgeborene, sagtest du? Dann soll er Jakob heißen.« Er streckte die lange, blasse Hand aus und legte sie auf das dunkelhaarige Köpfchen. »Und er soll meinen Segen haben wie Jakob in der Bibel.«

Erst wusste sie nicht, was er damit meinte. Dann fiel es ihr siedend heiß ein, das Blut schoss ihr in die Wangen, und einen Augenblick lang überwältigte sie eine solche Schwäche, dass sie beinahe die Kinder losgelassen hätte und in sich zusammengesunken wäre. Jakob, der Betrüger, Jakob, der Sohn des blinden alten Isaak, der sich den Segen seines Vaters erschlichen hatte!

Simeon wusste Bescheid – hatte immer schon Bescheid gewusst.

Sie brach in verzweifelte Tränen aus.

»Du brauchst nicht zu weinen, Meisje«, tröstete er sie mit diesem selben geisterhaften Lächeln. »Es ist dein Kind, auch wenn es nicht meines ist, und sein Vater war ein edler Mann.«

»Wie ... hast du es erfahren?«, fragte sie. »Hat Fräulein Bertram ...«

»Ich spürte es einfach. Du warst so ... vollgesogen von ihm. Und als wir dann miteinander ins Bett gingen, habe ich gespürt, dass ein anderer vor mir bei dir gewesen war. Als ich dann im Wäschekorb nachgesehen habe, fand ich dein blutiges Nachthemd.«

»Und du hast nichts gesagt?«

Er saß mit gesenktem Kopf da und schwieg lange. Endlich sagte er: »Du warst so glücklich gewesen mit ihm. Und in der nächsten Nacht warst du glücklich mit mir. Das konnte ich nicht zerstören. Freilich, in den nächsten Tagen dachte ich darüber nach, dass wir in dem Haus nicht mehr zusammenbleiben konnten ... Aber das war ja dann nicht mehr nötig.«

Es kam aus tiefstem Herzen, als sie flüsterte: »Ich bin so froh, dass du an dem Nachmittag, als er getötet wurde, bei mir im Garten warst. Ich hätte sonst immer daran denken müssen ...«

»... dass vielleicht ich es war, der ihn erschossen hat?« Simeon schüttelte den Kopf, sein geisterhaftes Lächeln auf den bleichen, verschrumpften Lippen in dieser überraschend luziden Stunde. »Nein, Meisje, das hätte ich nicht getan. Und nun lass uns niemals wieder darüber reden. Ich werde Jakob immer als meinen Sohn anerkennen. Aber lass mir das Mädchen, denn das ist ganz meines.« Er streckte die Hände aus. Anna Lisa zögerte, ihm das Kind zu geben; er war so schwach, dass sie fürchtete, er würde es fallen lassen, aber da war schon Pahti an seiner Seite und stützte ihn. Simeon nahm das kleine Mädchen in den Arm und liebkoste ihm mit einem ausgestreckten Finger die winzige Wange. »Wir wollen sie Simone nennen, nach mir«, sagte er. »Gefällt dir der Name?«

Anna Lisa nickte unter Tränen.

Zwei Jahre vergingen. Die Kinder wuchsen heran, umsorgt vom gesamten Haushalt unter Herrn Setiawans Oberaufsicht. Anna Lisa war insgeheim erleichtert darüber, obwohl sie gelegentlich murrte, sie dürfte ihre eigenen Kinder kaum anfassen – ständig war irgendjemand zur Stelle, und was sie eben hatte tun wollen, war schon getan: das Bad gerichtet, die Kleider angezogen, das Essen serviert. Sie fragte sich manchmal, ob Setiawan einen Verdacht hegte oder sogar Bescheid wusste, so offensichtlich behandelte er Jakob wie einen kleinen Prinzen. Aber was immer der Hauswart dachte, er fasste es nicht in Worte.

Was die holländische *gemeenschap* anging, so war es ein für das junge Ehepaar Vanderheyden sehr glücklicher Umstand, dass niemand auf den Gedanken kam, Zwillinge könnten zwei verschiedene Väter haben, und Jakob sah seiner Mutter hinreichend ähnlich, um keinen offensichtlichen Verdacht zu erwecken. Nur die doppelte Haarlocke und die Perlenzähne hatte er von seinem Vater, was das Äußere anging – dessen Wesen hingegen hatte er zur Gänze geerbt. Als wüsste er, dass der Mann, den er Vater nannte, nicht sein Vater war, begegnete er ihm mit einer eigentümlichen Kühle, und Simeon drängte sich nicht dazu, von ihm geliebt zu werden.

Mit der kleinen Simone war es ganz anders. Die war vom ersten Tag an ihres Vaters Liebling gewesen. Kaum war sie den Windeln entwachsen, strebte sie ständig zu ihm, wie ein Eisenstück von einem Magneten angezogen wird. Anna Lisa erschien es manchmal fast unheimlich, wie das Mädchen an seinem Vater hing. Aber Simeon war glücklich, und dieses Glück trug dazu bei, dass er sich allmählich erholte. Er führte ein sorgloses Leben, um seine Geschäfte kümmerten sich sein Anwalt und sein Schwiegervater, für alle häuslichen Angelegenheiten sorgte Herr Setiawan mit seiner Schar von Dienern und Mägden; er hatte nichts weiter zu tun, als ganz seiner Leidenschaft für Blumen und sein kleines Mädchen zu leben.

Selbst als Simeons Zustand sich unter den kundigen Händen des chinesischen Arztes allmählich so weit besserte, dass die Anfälle seltener wurden und er hauptsächlich unter seiner allgemeinen Hinfälligkeit litt, kümmerte der Kräuterdoktor sich weiter um ihn. Teils war es Freundschaft, teils Interesse an dem ungewöhnlichen Fall, teils aber auch Dankbarkeit für ein wahrhaft fürstliches Honorar: Simeon hatte arrangiert, dass von den beiden handgemalten Seiten des Zauberbuchs aus der Schatzkammer Rudolfs II. eine an den Adhipati ging, die andere an Dr. Liao. Beide wussten vollauf zu würdigen, welches außergewöhnliche Geschenk ihnen zuteilwurde. Der greise Fürst prahlte vor allen seinen Freunden damit, und der Arzt und sein Patient verbrachten viele Stunden, wenn Simeon bei klarem Verstand war, grübelnd über dem seltsamen Manuskript und suchten sein Geheimnis zu entschlüsseln – eine Beschäftigung, die ihnen nie langweilig wurde.

Allein unter Einheimischen – wenn man von Herrn Zeebrugge absah – und ohne jeden Kontakt zu der vornehmen Gesellschaft von Weltevreden und Koningsplein begannen die Vanderheydens, sich mehr und mehr ihrer Umgebung anzupassen. Die Kinder lebten ohnehin ganz nach javanischer Lebensart, und die Eltern kümmerten sich bald nicht mehr darum, sie europäisch zu kleiden. Anna Lisa legte nur Wert darauf, dass sie mit Simeon Holländisch und mit ihr Deutsch sprechen lernten. Auch das junge Ehepaar selbst wurde immer nachlässiger, was »zivilisiertes« Verhalten anging. Simeon trug tagein, tagaus einen losen Seidenanzug nach Art der Einheimischen und darüber seinen Hausmantel. Anna Lisa gefielen die

Sarongs, aber sie konnte sich nicht daran gewöhnen, sich in dem eng um den Körper gewickelten Schlauch graziös zu bewegen, also ließ sie sich Kleider nach ihren eigenen Entwürfen schneidern. Knöchellange Kleider, leicht und luftig, weit und bequem. Sie waren auch aus dem im Lande hergestellten Tuch gefertigt, dessen kunstvolle Batiken das Auge fesselten.

Das skandalöse Verhalten der Vanderheydens war das Hauptgesprächsthema bei vielen Kaffeekränzchen und Herrenabenden, ja, einmal war es sogar Thema einer Predigt über das Sprichwort, wie schlechte Beispiele gute Sitten verderben. Letztendlich schuld an allem, darin war man sich einig, war Edgar Zeebrugge, der hatte die beiden einfältigen jungen Leute hineingelockt in den Strudel des Verderbens, sodass sie ihre Kinder halbnackt herumlaufen ließen und selber kaum besser als Wilde lebten. Es gab einige Leute, die aus echter Sorge, und andere, die aus Vergnügen an Klatsch und Tratsch an Elmer Lobrecht schrieben und ihn darauf aufmerksam machten, dass seine Tochter unter dem verderblichen Einfluss des Verräters mit den Einheimischen Umgang pflegte, als wären sie ihresgleichen.

Der Reeder ließ diese Briefe unbeantwortet. Er fand, dass er zwar in geschäftlichen Dingen als Simeons Vormund eingesetzt war, dass ihn dessen häusliche Angelegenheiten aber nichts angingen. Ein Mann mochte verrückt sein oder nicht, er war immer noch Herr im eigenen Haus. Gewiss, hätte er sich in Hamburg so auffallend missverhalten, so hätte er ihn zu einem Gespräch unter vier Augen gebeten, aber im Dschungel von Java? Solange er mit seinem exzentrischen Lebenswandel kein Geld verschwendete, sah der Schwiegervater keinen Anlass zum Einschreiten. Und die Vanderheydens lebten sehr bescheiden, das musste man zugeben.

Dass dieses sorglose Leben unterbrochen wurde, hatte seine Ursache in einem Naturereignis, mit dem niemand gerechnet hatte.

Der Ausbruch des Krakatau

Die Katastrophe, die Ende August 1883 die ganze Welt erschüttern sollte, kündigte sich schon Monate vorher durch allerlei Anzeichen an, aber niemand nahm diese Anzeichen ernst. Vulkanausbrüche gehörten in Java zum Alltag. Und der erste Ausbruch am 20. Mai betraf eine völlig unbedeutende, unbewohnte kleine Insel am südlichen Ende der Sundastraße. Sie wurde Pulau Krakatau genannt. Ein populäres Reisetagebuch tat sie mit wenigen Worten ab:

Sie liegt bei 105° 27' östlicher Länge und 6° 7' südlicher Breite und ist ein kaum bewohntes, dicht von üppigen Regenwäldern überzogenes Eiland, von dem die drei Vulkangipfel des Berges Krakatau aufragen. Sie werden Perboewatan, Danan und Rakata genannt. Letzterer liegt am südlichen Ende und bildet den höchsten Punkt und das am weitesten sichtbare Kennzeichen der rautenförmigen Insel, die auf ihrer Nord-Süd-Achse knapp zehn Meilen und an ihrer breitesten Stelle im Süden etwas über drei Meilen misst. Der Krakatau ist heute längst friedlich und höchstwahrscheinlich völlig erloschen. Die Javaner halten diesen Winkel ihrer Inseln für äußerst ruhig, ganz zum Unterschied von der heftigeren seismischen Aktivität, die in der Nähe von Bergen wie Bromo, Merapi oder Merbau alltäglich ist.

An diesem Morgen im Mai 1883 waren drei einheimische Männer in einem Boot auf die Insel gekommen, um im reichen, fast unberührten Regenwald von Pulau Krakatau Holz für ein neues Boot zu sammeln. Sie waren bereits mehrere Stunden eifrig am Werk gewesen, hatten einen hohen Baum gefällt, die Äste abgesägt und eben begonnen, den Stamm zu zerkleinern, als der bis dahin ruhige und sonnige Tag eine erschreckende Verwandlung durchmachte. Urplötzlich, binnen weniger Minuten, verschwand die Sonne hinter schmutzig grauen Wolkenballen, wie die Vorboten eines aufziehenden Gewitters türmten sie sich auf. Ein heißer Wind blies über die bis dahin windstille Insel und trieb mit Funken durchsetzten Ruß vor sich her. Glühendheiße Partikel setzten sich auf der Haut der Männer ab, die mit bloßem Oberkörper und nackten Beinen gearbeitet hatten, sodass sie aufschrien. In Panik ergriffen sie die Flucht von dem so unheimlich verwandelten Ort, dachten nur noch daran, ihr Boot zu erreichen und zu der Insel Sebesi, von der sie stammten, zurückzukehren.

Aber der Weg erwies sich als weitaus schwieriger als gedacht. Helle Angst packte die Männer, als sie entdeckten, dass sich ihnen unerwartete Hindernisse in den Weg stellten. Heißfeuchte Nebelschwaden verhüllten den Pfad wie der Dampf einer Waschküche. Die kühlen, von Wasserlinsen bedeckten Tümpel links und rechts des Weges hatten sich in brodelnde Schlammkuhlen verwandelt, aus denen Fontänen siedenden Dampfes in die Höhe schossen. Immer wieder mussten sie, im

Nebel herumirrend, beiseitespringen, um nicht verbrüht zu werden. Und dann hatten sie endlich den im heißen, schmutzigen Dampf erstickenden Regenwald hinter sich gelassen! Aufatmend flohen sie über den flachen, kiesbedeckten Strand. Schon sahen sie das Boot vor Anker liegen. Da gähnte es wie ein Höllenabgrund vor ihnen: quer über den Strand brach der Boden auseinander, öffnete sich zu einem Spalt, dann zu einer Kluft, und aus der Tiefe empor fuhren wie ein breiter, leuchtender Vorhang Fontänen aus flüssiger Lava, umhüllt von Wolken schweflig stinkenden Qualms. Die Männer stürmten auf den noch unbeschädigten Teil des Strandes zu, vor dem Spalt fliehend, der wie eine feurige Wunde immer weiter aufriss, aber die Kräfte drohten sie zu verlassen, als Rauch und giftige Gase in ihre Lungen drangen. Schwankend, einer den anderen stützend, erreichten sie mit letzter Kraft ihr Boot und setzten die Segel.

Aber nun bedrohte sie eine neue Gefahr. Die Eruptionen setzten sich unter Wasser fort, und wo der Lava sprühende Abgrund auf dem Meeresboden aufriss, schäumte das Meer weiß wie kochende Milch, und turmhohe Wasserhosen schossen in die Höhe. Die Explosionen, die den Boden erschütterten, rollten eine gewaltige Welle von der Insel her. Die Nussschale der Holzfäller wurde hochgehoben und herumgeschleudert, dass sie jeden Augenblick fürchten mussten, zerschmettert zu werden. »Orang Alijeh!«, klagten die verzweifelten Männer, den Gott der Berge um Hilfe anrufend. »Orang Alijeh!« Und ihre Gebete wurden erhört: Es blieb bei einer einzigen Flutwelle. Das Meer beruhigte sich rasch wieder und verlor bald auch seine abstoßend käsige Farbe. Aber auf der Insel war die Hölle ausgebrochen. Als die verstörten Holzfäller sich nach dem Ort des Schreckens umwandten, sahen sie, dass die Nordseite des längst erloschen geglaubten Vulkans vollständig in Schmauch gehüllt war. Aus dem Rakata-Schlot sprühte feuerflüssige Lava in dicken Tropfen. Von Zeit zu Zeit fuhren mit lautem Knall wie Feuerwerkskörper Flammenkugeln aus dem Schlot, die zerplatzten und auf den Wald niederregneten. So heiß war der Lavaregen, dass die dampfend feuchte Vegetation Feuer fing und große Flecken des graugrünen Urwalds lichterloh brannten.

Den Mannschaften der Schiffe, die an diesem heißen, wolkenlosen Vormittag in der Sundastraße unterwegs waren, bot sich ein geisterhafter Anblick. Im Gegensatz zu den Holzfällern im Zwielicht des Dschungels hatten sie die Erscheinung gesehen, die dem ersten Knall vorausging: Kein Grollen, keine Detonation war zu hören, in völliger Lautlosigkeit fuhr eine gleißende Dampfsäule wie aus einer Kanone geschossen aus dem Krater hervor und stieg hoch in den Himmel, wo sie sich wie ein Schirm auszubreiten begann, Blumenkohl ähnliche Sprossen nach allen Seiten austreibend. Dabei wurde sie von ihrem Zentrum her zusehends dunkler, der weiße Dampf wandelte sich in schwarzen Qualm, und ein übler Geruch nach Brand und Schwefel begann, sich auszubreiten. Der Ausstoß aus dem Schlot ähnelte jetzt einer monströsen Gewitterwolke, die sich immer mächtiger über dem Gipfel auftürmte, während in ihrem Inneren Blitze zuckten. Der gesamte Himmel verdunkelte sich, und jetzt wurden auch Geräusche laut, erst ein scharfes Prasseln wie von Hagelkörnern auf Stein, dann plötzlich ein ohrenbetäubendes Kreischen und Krachen. Wolken von Asche und Schwefelstaub senkten sich über das Wasser, die immer dichter wurden, bis sämtliche Schiffe in ihrer Reichweite von einer gleichmäßigen, grauen Staubschicht bedeckt waren. Binnen kurzer Zeit ähnelten die im Halbdunkel treibenden Fahrzeuge einer Flotte von Geisterschiffen. Wie dichter Nebel hing es über Brücke und Deck. An Bord war alles – die Schiffswand, die Planken, die gesamten Masten, ja sogar einige innere Teile – gleichmäßig mit einem missfarbenen, zäh anhaftenden Staub bedeckt. Er legte sich so dick und schwer auf die Segel, dass sie erschlafften. Loderndes Zentrum dieser unnatürlichen Dunkelheit am hellen Tag war der Rakata-Schlot, aus dem immer neue Lichter emporschossen und kurzfristig Feuerhelle in das Dunkel brachten. Alles rundum lag in dicken, stinkenden Nebel gehüllt. Die entsetzten Seeleute starrten in ein Bild von Dunkelheit, Flammen, Ascheregen, fliegenden Feuerschweifen und auf den Wellen tanzenden Platten schwimmenden Bimssteins. So mancher fühlte sich an das schreckliche Bild in der Bibel erinnert, das den Untergang von Sodom und Gomorrha beschrieb, und nicht wenige erwarteten ein baldiges Ende für ihre Schiffe und sich selbst.

In den nächsten Stunden beruhigte sich die Lage jedoch erstaunlich rasch wieder. Der Wind blies die Asche fort, die schwarze Wolke löste sich auf, das Tageslicht kehrte zurück. Aktiv war der Vulkan freilich noch immer. Aus seinen drei grummelnden, Rauch aushauchenden Schloten pufften in Abständen kleine Lavafontänen. Immer wieder wirbelte die heiße Luft schmutzig braunen Qualm über dem Gipfel Rakata auf.

Die Eruption erregte einige Aufmerksamkeit in den Städten an der südlichen Mündung der Sundastraße, aber da nichts weiter passiert war, als dass die Skipper ihre verdreckten Schiffe von Bug bis Heck putzen mussten, wurde sie als harmloser Zwischenfall eingestuft. Schließlich war eine unbewohnte, winzige Insel kein Verlust, den man nicht hätte verschmerzen können. Gewiefte Geschäftsleute machten sogar eine Touristenattraktion daraus. Im *Java-Bode* war die großflächige Annonce zu lesen:

Abenteuerfahrt zum Feuerberg!

Beobachten Sie vom Deck des Ausflugsschiffes Loudon aus das beeindruckende Schauspiel des Feuer speienden

Krakatau!

Nur 25 Gulden pro Person, Kinder die Hälfte!

Anna Lisa las den Bericht in der Zeitung, aber auch sie maß ihm weiter keine Bedeutung zu. Der Blaaskaak jenseits des Tales spuckte alle naselang, sein Grummeln und Murren war die monotone Hintergrundmusik ihres täglichen Lebens, und wenn der Ausbruch des Krakatau auch weit spektakulärer war, hatte er doch auf einer menschenleeren und völlig unbedeutenden Insel stattgefunden. Natürlich sprach sie mit Edgar Zeebrugge darüber, der ein häufiger Gast im Rosenhaus war, und der Holländer machte eine Bemerkung, es sei etwas Seltsames an diesem Ausbruch. »Dreihundert Jahre lang war der Krakatau so harmlos wie eine tote Kuh, und jetzt schleudert er plötzlich Feuer … Man kann diesen Vulkanen nie trauen. Wer weiß, was der Mistkerl noch alles vorhat.«

Danach geschah nichts weiter bis zum Samstag, dem 25. August 1883. Man gewöhnte sich daran, dass der neu erwachte Vulkan Tag und Nacht vor sich hin grollte, einmal mehr, einmal weniger heftig, ohne dass irgendetwas Ernsthaftes passiert wäre. Ein Vulkan mehr oder weniger machte in dem aus Feuer geborenen Land keinen Unterschied. Aber an diesem Tag wurde das Murmeln allmählich zu einem erst leisen, dann ständig anschwellenden Rumpeln, ähnlich dem Geräusch, das über eine Treppe kollernde Steine verursachen. Die ersten Schiffe in der Sundastraße begannen, einander mit Flaggen zu signalisieren, dass etwas Ungewöhnliches vor sich gehe und Vorsicht beim Passieren von Pulau Krakatau angebracht sei. In den Städten an der Küste und auf den hoch gelegenen Reisfeldern hielten Menschen in ihrer Beschäftigung inne und blickten zu der von Rauch umhüllten Insel inmitten der Meerenge hinüber. Dann fesselte eine dumpfe Explosion die allgemeine Aufmerksamkeit, die um vieles heftiger ausfiel als ihre Vorgänger. Der Boden an der Küste zitterte unter Erschütterungen, die wellenförmig von Pulau Krakatau ausgingen. Bauern ließen ihre Gespanne im Stich, Händler ihre Marktstände, Angestellte ihre Büros, als das milchweiß schäumende Meer sich ans Land stürzte. Der Rakata-Schlot erbebte, wie aus einem Kanonenrohr schoss eine Riesenfackel aus Gas und weiß glühendem Gestein, Feuer und Qualm senkrecht in die Höhe, bis sie von den Passatwinden niedergedrückt wurde und nach allen Seiten zu einem wabernden Schirm ausuferte. Glühende Lava regnete in eine milchweiße See, rann zähflüssig, rot leuchtend über die verbrannten Seiten des Rakata-Gipfels herunter, verzweigte sich zu Rinnsalen und träufelte schließlich ins Meer. Dessen Fluten empörten sich zischend, gewannen aber rasch die Oberhand, die tödliche Glut verwandelte sich in einen Saum erstarrten schwarzen Gesteins, der die Insel um einige Dutzend Meter vergrößerte. Wiederum kehrte Ruhe ein, nachdem die Magmakammer sich entleert und den Überdruck abgelassen hatte. Diesmal, so schien es, hatte der Feuerberg sich erschöpft. Man kehrte zu seinen alltäglichen Beschäftigungen zurück.

Aber die feurigen Fluten im Inneren der Erde brodelten weiter. Das Unheil hatte erst seinen Anfang genommen.

Bis zum frühen Nachmittag war der Sonntag, der 26. August

1883, ein freundlicher Tag – warm, trocken und windstill, das Meer ruhig und der Himmel klar. Der Krakatau brummelte wie ein schlafendes Tier vor sich hin und hustete gelegentlich schmutzigen Qualm in den Himmel. Dann, kurz nach dem Mittagessen, wachte der Feuerberg auf. Kolonialherren und Einheimische wurden aus ihren Mittagsschläfchen geschreckt, als von Pulau Krakatau ein anhaltendes dumpfes Donnern ertönte wie der wuchtige Klang einer Kelang-Trommel, dem der Lärm einer Explosion folgte. Diesmal stieß der Berg weder Dampf noch Qualm aus, sondern eine Wand aus flüssigem Feuer schoss Tausende Meter hoch in den Himmel und erleuchtete das Meer von Küste zu Küste so grell, dass die Schiffe scharf abgezeichnete Schatten warfen. Die gewaltige elektrische Spannung in der Luft riss den Menschen das Haar zu Berge, Elmsfeuer tanzten auf allen Masten. Die emporschießende Feuerwand stoppte und kehrte als ein Sperrfeuer vom Himmel herabregnender Gesteinsbrocken zurück. Wie Kanonenkugeln schlugen die Feuerbälle ins Meer ein und lösten an den Einschlagstellen aufsprudelnde, zischende Wasserhosen aus. Auch unter Wasser tobte die Erde. Der gesamte Meeresboden am Südende der Meerenge geriet in unkontrollierte Bewegung, und die Schiffe sahen sich Gezeiten ausgesetzt, wie sie noch nie welche erlebt hatten. Der Wasserspiegel stieg und fiel jäh, schwappte auf und nieder, völlig unberechenbar, sodass selbst die Ozeandampfer und Kriegsschiffe auf dem verrücktspielenden Meer taumelten. Noch schlimmer erging es den Booten und kleinen Schiffen im seichten Wasser. Überall in den Häfen der Küstenstädte wurden Fahrzeuge kunterbunt durcheinandergeworfen, manche von Flutwellen bis hinauf auf den Kai getragen und dort abgeworfen, wo sie zerschmettert liegen blieben. Andere krachten gegen Mauern und Piere und sanken, leckgeschlagen, auf den Boden des Hafenbeckens. Marktstände auf den Kais wurden umgerissen und von der jählings hochschwappenden Flut fortgespült. Fischer und Händler rannten, mit den Armen fuchtelnd, am Kai hin und her und suchten verzweifelt, ihre kostbarsten Besitztümer zu retten, mussten aber fliehen, wenn sie nicht selbst von einer der Springfluten ins Meer gerissen werden wollten.

Wie ein Choleriker, der sich mit jedem Wutausbruch weiter aufheizt, donnerte der Berg zunehmend lauter und heftiger. Das Krachen der rasch aufeinanderfolgenden Detonationen war ohrenbetäubend. Der Schirm aus Qualm breitete sich Hektar um Hektar aus, so dicht, dass bald die tiefe Dämmerung eines Winterabends über der Sundastraße herrschte. Deutlich sichtbar war allein noch ein feurig rotes Leuchten, kreisförmig wie der Schein aus einem Ofenloch, das über dem tobenden Berg hing. Es erhellte nichts außer der Unterseite der Wolken und der Rauchsäule, die aus dem Schlot hervorbrodelte. Durch Nebelqualm und Zwielicht fiel ein feiner, beständiger, lauwarmer Aschenregen und blieb weiß wie Schnee auf Straßen und Feldern liegen.

So ging es die ganze Nacht lang. Am Montag, dem 27. August, ging die Sonne nicht auf. Das unheimliche Zwielicht blieb bestehen. Dann, um zehn Uhr morgens, erbebten Luft und Erde unter einer ungeheuerlichen Erschütterung, als der Krakatau samt der Insel, auf der er verwurzelt war, wie eine Riesenbombe in die Luft flog. Innerhalb von Minuten verwandelten sich Insel und Berge, Strand und Wälder in ein mehrere Tausend Grad heißes Gemisch aus Gas, siedender Luft, feuerflüssiger Lava und Flammen. Eine Riesenfackel brauste mit achthundert Stundenkilometern über die Küsten von Java und Sumatra und entzündete die Wipfel der Bäume. Bäume und

Büsche wurden kahl gerupft, das im glühenden Sturm vergilbte Laub zentnerweise von den Zweigen gerissen. Die Druckwelle walzte die Bäume platt und drückte das Gewirr des Regenwaldes zu einem feuchten Filz zusammen, bügelte ganze Ansiedlungen flach, ehe den Menschen darin noch bewusst wurde, wie ihnen geschah.

Was nicht in den pyroklastischen Strömen verbrannte, wurde in den Boden gepresst und weggespült – denn der endgültigen Detonation folgte eine gewaltige, dampfende Welle. Aufgewühlt aus den Tiefen des Meeres überschwemmte ein Tsunami das gesamte Küstenvorland von Java und Sumatra entlang der Sundastraße. Als fahre ein nasser Schwamm über eine eng beschriebene Tafel, wischte die von Pulau Krakatau ausgehende Flutwelle alles weg, was sich in ihrer Bahn befand. Seltsam lautlos und ohne jeden Widerstand überrannte die graue Woge die beiden Küsten, zertrümmerte mit unwiderstehlicher Wucht Holz und Stein, walzte Villen und Schiffe platt, zerdrückte ganze Kampongs mit einem Schlag zu Splittern, ebnete Städte bis zur Unkenntlichkeit ein.

Dann war es still.

Heimkehr

Nach der Katastrophe beschlossen die Vanderheydens, nach Deutschland zurückzukehren. Zwar war der nördliche Teil der Küste ebenso wie die Stadt Batavia selbst von den Auswirkungen der Eruption verschont geblieben, aber Simeon hatte der Schock tief getroffen, sein Zustand verschlechterte sich, als hätten alle die erstickenden Gase, die der Vulkan in die Atmosphäre geschleudert hatte, das in seinem Körper schwärende Gift von Neuem aufgestachelt. Es machte ihm Angst, die blutrot und chromgelb gefärbten Sonnenuntergänge zu sehen, die noch lange nach dem Unheil anhielten, und selbst das Murren des kleinen Blaaskaak hinter dem Tal versetzte ihn in Aufregung.

Für Edgar Zeebrugge war es ein bitterer Tag, an dem er erfuhr, dass die heimlich geliebte Frau nach Deutschland zurückkehren wollte, aber er nahm es wie ein Mann – als einen weiteren der vielen schmerzlichen Verluste in seinem Leben. Er hatte sich nie ernstlich Hoffnungen gemacht, nicht einmal, als er überzeugt gewesen war, dass Simeon sterben würde. Aber vermissen würde er ihre liebe Gegenwart doch.

Im Oktober 1883 gingen die Vanderheydens mit ihren mittlerweile zweieinhalbjährigen Zwillingen an Bord der Anne-Kathrin, als diese von Singapur kommend nach Deutschland zurückkehrte. An Bord sah Anna Lisa einen alten Bekannten wieder: Dr. Max Lutter. Sie freute sich über die Maßen, als sie erfuhr, dass er immer noch Schiffsarzt war, und der Gedanke tröstete sie, dass jetzt außer Pahti und Gesine noch jemand da war, der ihr helfen würde, die Sorge um den kranken Gatten und die beiden kleinen Kinder zu tragen. Und ihr Wiedersehen war, als wären sie nie voneinander getrennt gewesen.

Anna Lisa ergriff impulsiv seine Hand. »Wie schön, Sie wiederzusehen, Doktor! Auch wenn ich Ihnen leider gleich sagen muss, dass Simeon Ihre Dienste wieder brauchen wird und noch intensiver als damals.«

»Was! Hat er sich diesmal *beide* Beine verstaucht?«, fragte er und lachte, aber als er den Ausdruck auf ihrem Gesicht sah, erlosch seine Heiterkeit. »Um Himmels willen«, sagte er, während er ihre Hände in die seinen nahm, »ist er ernsthaft krank?«

»Ja. Er wurde vergiftet. Es war ein Mordanschlag – mit einer Pflanze, die man Rangdas Zunge nennt; ich weiß nicht, ob Sie davon schon gehört haben.«

Ernste Sorge prägte jetzt sein Gesicht. »Ja, ich habe davon gehört. Ihre Wirkung ist schrecklich, und was das Schlimmste ist, sie nistet sich im Körper ein und verlässt ihn nicht wieder. Andere organische Gifte werden mit der Zeit wieder ausgeschieden, aber dieses wirkt und wirkt weiter. Wie lange leidet er schon?«

»Drei Jahre. Es geschah kurz nach unserer Ankunft in Java. Er wäre gestorben, hätte Dr. Liao ihm nicht ein Gegenmittel verabreicht, das ihn jedenfalls am Leben erhielt, aber er ist körperlich und vor allem geistig in einem schlimmen Zustand. Nicht immer, manchmal geht es ihm wochenlang gut, aber er verträgt keine Aufregung, jeder kleinste Schrecken löst die entsetzlichen Halluzinationen wieder aus. Wäre da nicht das Elixier, mit dem ihn der Chinese behandelt und das ihn beruhigt, ich fürchte, er hätte sich längst das Leben genommen, so schrecklich leidet er bei diesen Wahnzuständen. Es ist auch eine Tragödie für die Kinder. So klein sie sind, sie bekommen mit, dass ihr Vater sehr krank ist, und vor allem Simone leidet auf eine Weise mit ihm, als wären sie durch ein unsichtbares Band miteinander verbunden …«

Dr. Lutter nickte. Dann sagte er: »Wir müssen jetzt vor allem darauf achten, dass er die Folgen der Katastrophe nicht zu sehen bekommt. Das würde ihn völlig verstören – es ist schlimm genug, um einem gesunden Menschen Albträume zu bereiten. Lassen Sie auch die Kinder nicht an Deck, ehe wir das offene Meer erreicht haben. Ich komme zu Ihnen, sobald Sie sich in Ihrer Kabine eingerichtet haben.«

Er hielt Wort. Anna Lisa sah ihm an, dass er bei Simeons Anblick erschrak. Obwohl er die Wirkung der Giftpflanze kannte, hatte er wohl nicht erwartet, dass es so schlimm sein würde. Aber er fasste sich rasch wieder und begrüßte den Kranken als alten Bekannten.

Simeon zeigte sich argwöhnisch; er wurde geradezu feindselig, als der Arzt ihn nach seinen Medikamenten fragte, und bemerkte, er sei mit Dr. Liaos Arzneien vollkommen zufrieden und brauche keinen anderen Arzt. Dr. Lutter, der als Schiffsarzt reichlich Erfahrungen mit aufsässigen Patienten gemacht hatte, widersprach nicht; er fragte nur, ob es sich um denselben Dr. Liao handle, der in ganz Batavia, weit über den Glodok hinaus, für seine Fähigkeiten berühmt sei.

Simeon nickte. Die Anspannung in seinem Körper ließ nach. »Ja. Die europäischen Ärzte verachten oft die Chinesen, sie betrachten sie als Scharlatane und Quacksalber, aber ohne seine Hilfe wäre ich längst unter der Erde.«

»Er muss ein sehr fähiger Arzt sein, wenn es ihm gelungen ist, Sie vor Rangdas Zunge zu retten; üblicherweise gibt es gegen das Gift keine Hilfe.«

»Den Europäern ist keine bekannt, das stimmt!«, kommentierte Simeon mit boshafter Befriedigung. Aber die Anerkennung, die seinem Retter zuteilwurde, stimmte ihn milde; er ließ sich auf ein Gespräch mit Dr. Lutter ein und zeigte sich willig, als dieser ihm riet, seine Kabine nicht zu verlassen, ehe sie nicht den Indischen Ozean erreicht hatten.

»Der Staub und die Gase der Explosion vergiften immer noch die Atmosphäre, und es fehlte gerade noch, dass Sie sich eine weitere Krankheit zuziehen, wenn Sie das Zeug in die Lunge bekommen. Auch Ihre Kinder sollten Sie bis dahin nicht an Deck lassen. Wenn wir auf dem offenen Meer sind, ist alles wieder in Ordnung; Sie werden dann sehen, wie gut Ihnen die Seereise tut.« Dann fragte er: »Erlauben Sie, dass ich meinen seinerzeitigen Dienst wiederhole und Ihrer Gattin beim Essen Gesellschaft leiste?«

»Tun Sie das. Ich vertraue sie Ihnen an.«

So kam es, dass Anna Lisa, als die Anne-Kathrin den Hafen von Batavia verließ, wieder mit Dr. Max Lutter von Lohenburg am Mittagstisch saß.

»Ist es nicht seltsam, wie sich manche Dinge wiederholen?«, sagte sie. »Auch damals war mein Mann krank, und ich fühlte mich so verloren …«

»Aber einiges hat sich auch geändert. Sie haben zwei Kinder.«

Anna Lisa errötete leicht, aber dann lachte sie, wobei sie die Serviette diskret vor den Mund drückte. »Ja, dieses Problem hat sich erledigt. Wir sind ein sehr zufriedenes Ehepaar. Wenn es ihm gut geht …« Ihr Gesicht wurde ernst. »Dr. Lutter, glauben

Sie, dass ihm das chinesische Medikament wirklich hilft, oder wirkt es nur, weil er so fest darauf vertraut?«

»Auch im letzteren Fall würde es helfen, nicht wahr? Aber ich denke, dieser Chinese kann wirklich mehr als Wasser kochen; ich habe noch von keinem Europäer gehört, dass es ihm gelungen wäre, einen mit Rangdas Zunge Vergifteten zu retten. Wie ist es überhaupt dazu gekommen?«

Die junge Frau erzählte. Sie saßen nach dem Essen noch lange beisammen, und Dr. Lutter hörte von der typhusverseuchten Plantage, von Godfrid Brägens' Ankunft und seinem Tod durch die Hand seiner eigenen Mutter, von Madame Lafayettes Selbstmord, dem Tod des alten Vanderheyden und der reichen Erbschaft. Aber er hörte nichts über Herrn Raharjo. Die Vanderheydens hatten das Sommerhaus eines reichen Javaners gemietet, das war alles, was er erfuhr. Die Erinnerung an den schönen Verführer war so tief in Anna Lisas Herzen verschlossen, dass sie Dritten gegenüber nicht einmal mehr seinen Namen erwähnte.

Später gingen sie kurz an Deck, und Anna Lisa verstand, warum Dr. Lutter Simeon den Anblick der Sundastraße ersparen wollte. Obwohl bereits alle Kräfte eingesetzt worden waren, die Schifffahrtsrinne zu säubern, dümpelten immer noch Wracks auf dem Wasser, lagen übereinandergetürmt in der schlammigen Wüste, die einst eine blühende Küstenlandschaft gewesen war. Ungeheure Mengen von Bimsstein trieben nach wie vor auf dem Wasser. Entlang der Meerenge zog sich bis zu einer Höhe von etwa vierzig Metern ein grauer Schlickstreifen dahin, wo die Flut Reisfelder und blühende Plantagen verschlungen hatte. Kein einziges Gebäude stand mehr in Anjer, Tjaringin, Merak, Telukbetung, Ketimbang und anderen Städten, die Villen der Reichen, die Hotels und Geschäftshäuser waren ebenso spurlos ausgelöscht wie die zerbrechlichen Marktstände am Kai.

Es war eine immense Erleichterung, als die Reisenden die Inseln hinter sich ließen und die Anne-Kathrin ihren Bug dem endlosen blauen Ozean zuwandte. Anna Lisa stand an der Reling und atmete tief die frische, salzige Luft ein. Es tat gut, nur Wasser und Horizont zu sehen und hier und da ein anderes Schiff, das gemächlich die Wellen durchpflügte. Neben ihr stand Gesine. Die war jetzt ihre ständige Gesellschaft, und sie war bester Laune, dass sie in einer so guten Stellung nach Deutschland zurückkehren durfte – Java war ihr doch nie ganz geheuer gewesen. Auch Simeon genoss diesen Teil der Reise. Er kam immer öfter freiwillig an Deck, von Pahti und Tietjens begleitet; dann legte er sich dort in einen der Deckstühle und blickte zufrieden ins Leere.

Der Schiffsarzt sah es mit Wohlgefallen. »Für solche Patienten«, sagte Dr. Lutter, »ist Monotonie, ja, Langeweile eine Labsal. Wo Sie und ich schon die Wände hochgehen, weil Tag für Tag nichts passiert, sind sie glücklich.«

Er machte vorsichtige Versuche, gesprächsweise aus Simeon herauszuholen, woraus seine geheimnisvolle Arznei bestand, aber der wusste es entweder wirklich nicht oder wollte es nicht sagen. Branntwein, Kampfer und Ingwer könne er herausschmecken, was sonst noch drinnen sei, hätte Dr. Liao ihm niemals verraten. Wozu auch? Das Elixier, das der chinesische Arzt ihm in ausreichenden Mengen auch nach Deutschland nachsenden wollte, wirkte ausgezeichnet – mehr interessierte ihn nicht. Wenn Dr. Lutter es wissen wolle, könne er ja bei seinem nächsten Besuch in Batavia der Kräuterhandlung einen Besuch abstatten.

»Oh, Sie wissen genau, dass er mir nichts sagen würde!«,

protestierte der Schiffsarzt. »Ihre Kenntnisse müssen ihn tief beeindruckt haben, dass er überhaupt mit Ihnen gesprochen hat; die Chinesen sind verschlossen wie die Austern, wenn es um Kontakte mit Europäern oder auch den Einheimischen geht. Und dabei sind Sie Amateur!«

Simeon antwortete mit einem Lächeln. »Gewiss, aber einer, der sich seit seinem sechsten Lebensjahr für nichts anderes interessiert hat als Botanik. Wenn man sich vierundzwanzig Stunden am Tag mit einer Sache leidenschaftlich beschäftigt, macht das ein Universitätsstudium wett. Und warten Sie nur ab! Jetzt bin ich ein freier und ein sehr reicher Mann, jetzt kann mich nichts mehr hindern ... außer meiner Krankheit«, fügte er dann mit einem Seufzer hinzu. »Gott verfluche das Teufelsweib, das mir das angetan hat!« Unmittelbar darauf sagte er: »Wissen Sie, dass meine Tochter jetzt schon anfängt, Interesse für Blumen zu zeigen? Alle kleinen Mädchen pflücken Blumen, das stimmt, aber sie pflückt sie nicht, um sich damit zu schmücken, sondern um sie zu erkennen; sie bringt sie mir und nennt mir die Farben: Blume blau, Blume rot, Blume gelb. Sie hat meine Leidenschaft geerbt, das wird man bald sehen. – Was ich an Java wirklich vermissen werde, ist seine Flora. Schön, unfassbar schön ... Adam im Garten Eden hat keine herrlicheren Gewächse gesehen.«

Manchmal kam es vor, dass er mitten in einem solchen Gespräch verstummte, den Kopf an die Lehne des Deckstuhls sinken ließ und in einen bleiernen Schlaf sank. Aber wenigstens suchten ihn die Halluzinationen während der ganzen Seereise nicht mehr heim. Dr. Lutter machte Anna Lisa Hoffnung, dass ein ruhiges, geborgenes Leben zusammen mit dem kühlen, ausgewogenen Klima Norddeutschlands sein Leiden mit der Zeit bessern würde.

»Die Tropen sind faszinierend schön, da kann ich ihm nur recht geben«, sagte er, als er neben der jungen Frau an der Reling stand und aufs Meer hinausblickte. »Aber sie sind kein Aufenthaltsort für einen körperlich oder psychisch kranken Menschen. Dort muss man robust wie ein Wasserbüffel sein, um gesund zu bleiben.«

»Dann bin ich ein Wasserbüffel«, antwortete sie. »Ich bin die ganze Zeit nicht krank gewesen, von ein paar Schwindelanfällen und einem gelegentlichen Sonnenbrand abgesehen.«

»Das mag sein, aber damit endet die Ähnlichkeit auch schon.«

Sie lachten beide. Anna Lisa fühlte sich froh und leicht in seiner Gegenwart. Sie wusste Simeon in guten Händen, und sie wusste, dass sie selbst einen treuen Freund hatte, obwohl die Distanz zwischen ihnen immer gewahrt blieb. Schade, dachte sie, dass sie ihn nach ihrer Ankunft in Deutschland nicht mehr wiedersehen würde – oder jedenfalls nur mehr sehr selten, denn die langen Reisen wurden nur durch kurze Aufenthalte in seinem Heimatland unterbrochen.

»Im Ernst!«, sagte er. »Als ich Sie auf Ihrer Hochzeitsreise sah, war ich ein wenig besorgt, wie eine zarte, kaum erblühte Frau mit den Plagen und Gefahren der Tropen zurechtkommen würde. Aber nicht nur Ihre Gesundheit ist besser denn je, Sie sind auch sonst sehr ... sehr gut gediehen. Sie wirken reif, erwachsen und zugleich immer noch jugendlich.« Dann, als fürchtete er, zu viel gesagt zu haben, wechselte er rasch das Thema.

Die Reise verlief ohne Zwischenfälle. Simeon war ruhig und bei verhältnismäßig guter Gesundheit, als die Anne-Kathrin im Hamburger Hafen anlegte und die Reisenden nach drei Jahren der Trennung von der Familie Lobrecht empfangen wurden.

Elmer Lobrecht war es als routinierter Geschäftsmann gewöhnt, sich seine Gefühle nicht ansehen zu lassen, aber Anna Lisa, die ihren Vater kannte, entdeckte sein kaum merkliches Zusammenzucken beim Anblick seines früh gealterten, gebrechlichen Schwiegersohns. Sie beeilte sich, ihm und ihren Brüdern zu versichern: »Wir hatten eine angenehme Reise, und es geht uns allen sehr gut. Nur müde sind wir von der endlosen Schaukelei.«

»Dann wollen wir jetzt kein großes Tamtam machen, sondern euch erst einmal ein paar Tage in Ruhe lassen. Aber meine Enkelkinder muss ich ansehen! He! Bürschchen, du bist also unser Stammhalter?« Er betrachtete den zweieinhalbjährigen Jakob, der sich selbstbewusst und furchtlos vor ihm aufgebaut hatte und ihn höflich begrüßte. »Er sieht dir mächtig ähnlich, Anna Lisa, nur schade, dass er auch deine kleine Statur geerbt hat. Aber was er für einen feurigen Blick hat! Und wie er dasteht! Er wird einmal ein Kapitän, ihr werdet sehen!«

Simone bekam, da sie eben nur ein Mädchen war, weniger Aufmerksamkeit; sie wurde kurz als »sehr hübsch und sicher ein braves kleines Mädchen« bezeichnet, das war es dann auch. Sie kümmerte sich indessen nicht weiter darum, sondern klammerte sich mit ihrer einen kleinen Hand am Hosenbein ihres Vaters und mit der anderen an Tietjens' Halsband fest und schien vollauf zufrieden mit dieser Gesellschaft.

1883 bis 1905

Wie Dr. Lutter es ihnen geraten hatte, führten die Vanderheydens ein stilles, zurückgezogenes Leben. Anna Lisa wusste sehr wohl, dass ihnen gar nichts anderes übrig geblieben wäre, denn in der Gesellschaft wurden sie geschnitten. Es hatte sich herumgesprochen, Simeon Vanderheyden sei wahnsinnig, und die Hamburger gute Gesellschaft hielt ebenso ängstlich von ihnen Abstand wie die *gemeenschap* in Batavia und Umgebung. Jeder wusste, dass sein Schwiegervater sein Vermögen verwaltete und Dr. Julius Ascher ihn in rechtlichen Dingen vertrat. Tatsächlich jedoch hatten Dr. Liaos Theriak und das Leben im heimatlichen Deutschland viel dazu beigetragen, dass der Zustand des Kranken sich merklich besserte. Obwohl körperlich gebrechlich, war er jetzt zumeist bei völlig klarem Verstand, nur hin und wieder machte das Gift sich durch plötzliche Angstanfälle und Furcht einflößende Halluzinationen bemerkbar. Er wäre durchaus in der Lage gewesen, sich selbst um seine Angelegenheiten zu kümmern, aber er fand es weit angenehmer, seine Geschäfte tüchtigen Leuten zu überlassen und sich selbst seinen Vorlieben zu widmen.

Anna Lisa hatte ihrem Vater, aber niemand anderem in Hamburg berichtet, wie es zu Simeons Krankheit gekommen war, und Herr Lobrecht war der Meinung, dass man dem Unheil nicht noch den Skandal hinzufügen musste. Es gab in Java genug Möglichkeiten, sich eine schlimme Krankheit zuzuziehen; es war nicht notwendig, das Ansehen der Familie zu schänden, mit der die Lobrechts wohl oder übel verschwägert waren.

Es wollte also niemand etwas mit den Vanderheydens zu tun haben, andererseits wollte niemand riskieren, sich durch unbedachte Bemerkungen den Zorn der mächtigen Lobrechts zuzuziehen, also wählte man den Mittelweg, das junge Ehepaar totzuschweigen. Simeon kam diese Isolation sehr entgegen. Sie hatten eine Villa in einem ummauerten Park gekauft, die in der vornehmen Gegend am Ufer der Alster lag, und dort konnte er sich in aller Ruhe seiner Leidenschaft hingeben. Da er jetzt Geld genug hatte, sammelte er seltene und kostbare botanische Bücher, und die Wissenschaftler seines Fachs, die Agenten und Buchhändler, Gärtner und Kräuterdoktoren nannten ihn einen zwar körperlich gebrechlichen, aber sehr verständigen Mann, mit dem es eine Freude war, über Botanik zu diskutieren. Sie folgten gerne den Einladungen in die Villa, zu deren regelmäßigen Gästen auch der – mittlerweile sehr erfolgreiche – Dr. Ascher gehörte.

Jakob wurde in den folgenden Jahren der ganze Stolz der Familie Lobrecht. Er wuchs zu einem hübschen Jungen heran, der Mutter sehr ähnlich, nur hatte er außergewöhnlich kleine, schneeweiße Zähne, und sein Haar war dunkler als ihres. Anna Lisa konnte zusehen, wie das Erbe seines Vaters in seinem Charakter Gestalt annahm. Der Junge trug noch kurze Hosen, da war er schon herrisch, selbstbewusst und von einer Kühnheit, mit der er andere seines Alters weit übertraf – und dabei so anmutig, so geschmeidig. Obwohl er außergewöhnlich klein und zierlich war, lernten seine Freunde und Feinde rasch, wie sehr dieses feminine Äußere täuschte. Wer ihm einmal zu nahe trat, versuchte es kein zweites Mal. Als er älter wurde, saß er auf dem Pferd, als sei er damit verwachsen; kein Tier warf ihn jemals ab, und er brauchte weder Sporen noch Gerte. Mit zwölf Jahren war er ein glänzender Fechter. Er lernte rasch und mit Eifer, und zum Entzücken seiner Verwandten interessierte er sich von Anfang an für die Schifffahrt. Er las und redete immerzu von fernen Ländern und noch unentdeckten Inseln, er stand am Hafen und sah den Schiffen nach und seufzte.

Sein Großvater und seine Onkel waren begeistert. Sie waren einhellig der Meinung, in dem erstgeborenen Enkel schlage eben die Lobrecht'sche Seite der Familie durch. Über den Umstand, dass der Junge zwar Anna Lisa ähnelte, aber sonst niemandem in der Familie, gingen sie in diskretem Schweigen hinweg. Er liebte das Meer und die Schiffe, das war genug. Das Kaufmännische an der Reederei freilich interessierte ihn nicht im Geringsten, nur die Seefahrt allein zog ihn an. Mit dreizehn Jahren sprach er seinen Großvater und seine Eltern darauf an, dass er als Schiffsjunge zur See fahren wollte, nicht auf einem der Schiffe des alten Lobrecht, wo man ihn protegiert hätte, sondern auf dem Schiff eines fremden Herrn.

Simeon war fest entschlossen, nicht denselben Fehler zu machen wie sein eigener Vater. Es wäre allerdings auch einem strengeren Vater nicht leichtgefallen, den Knaben zu etwas zu zwingen, das der nicht wollte, denn Jakob besaß eine außergewöhnliche Willensstärke. Hätten sie ihn zu halten versucht, wäre er weggelaufen. Simeon sagte nur: »Geh deinen Weg. Meinen Segen hast du. Und wenn du es dir anders überlegst, weißt du, wo wir zu Hause sind.« Und so zog Jakob also tatsächlich in jungen Jahren zur See – und wie sein Großvater es bei der ersten Begegnung prophezeit hatte, wurde er in späteren Jahren Kapitän.

Simone war das genaue Gegenteil ihres Bruders. Ihr Vater war ihr Ein und Alles. Sie suchte keine Freunde außer ihm, sie hatte keine anderen Interessen als er. Mit vier Jahren brachte sie ihm Blumen, die sie im Park gepflückt hatte, mit fünf Jahren begann sie ein intelligentes Interesse an seinen Herbarien zu zeigen. Mit sechs Jahren saß sie stundenlang neben ihm, geduldig damit beschäftigt, die gepressten Blumen einzukleben, die sie selbst gesammelt und präpariert hatte. Sie weigerte sich rundheraus, den Vater zu verlassen, um zur Schule zu gehen, und Anna Lisa – die sich insgeheim selber oft fragte, wie lange sie selber den Gatten und das Mädchen seinen Vater noch haben würde – bestellte ihr eine Gouvernante.

Die junge Dame, die diese Aufgabe übernahm, hatte bei gutem Lohn wenig zu tun. Was Simone lernen wollte, brachte ihr Vater ihr bei. Mit zwölf Jahren führte sie seine Korrespondenz in drei Sprachen. Sie geizte mit jeder Stunde, die sie anderen Menschen widmen musste; kaum konnte sie sich freimachen, sprang sie die Treppen hinauf zu seinen Zimmern, und dort herzte und küsste sie ihn, als hätte sie ihn monatelang nicht gesehen, wo sie doch kaum eine Stunde fort gewesen war. Sie kümmerte sich um Tietjens, die nach wie vor zu Simeons Füßen lag, das riesige Wrack eines uralten Hundes, bis sie – hochbetagt und lebenssatt, wie es in der Bibel heißt – eines Nachts im Schlaf starb und unter den Eiben im Garten begraben wurde. Pahti tröstete das weinende Mädchen mit der feierlichen Zusage, dass Dschinn niemals wirklich starben, sie wechselten nur ihre Gestalt; wenn es ihnen gefiel, erschienen sie als wirbelnde Windhosen, als Tiere oder Feuersäulen, und es mochte gut sein, dass sie die Erhabene eines Tages in anderer irdischer Form wiedersahen.

Auch im Äußeren war Simone das Alter Ego ihres Vaters.

Hochgewachsen und schlank, hatte sie seine reizvollen Züge, die edel geformten Hände und Füße, die großen, träumerischen Augen. Sie hatte neben seiner Intelligenz auch seine Neigung zur Melancholie geerbt, aber da sie weniger Anlass hatte, unglücklich zu sein, blieb diese Neigung bei ihr ein Schatten im Hintergrund. So innig sie ihren Vater liebte, so feindselig zeigte sie sich anderen Männern gegenüber. Selbst ihrem Großvater und ihren Onkeln brachte sie allenfalls eine frostige Höflichkeit entgegen. Anna Lisa hegte bald den Verdacht, dass dieses schöne Mädchen niemals heiraten würde. Aber sie sprach nie mit Simone darüber. Sie sprach eigentlich überhaupt nicht mit ihr, es sei denn über die alltäglichen Kleinigkeiten, die im familiären Verkehr unumgänglich waren. Manchmal schien es ihr, als hätte Simeon damals bei der Geburt des Kindes einen Fluch ausgesprochen, als er sagte: »Aber das Mädchen musst du mir lassen, das ist ganz meines.«

So hatte Anna Lisa fast nur in den Nächten Gelegenheit, den Gatten ganz für sich zu haben, und es waren sehr zärtliche Nächte. Das Gift hatte Simeons Fruchtbarkeit zerstört, sodass sie keine weiteren Kinder bekamen, aber es hatte seine Männlichkeit verschont, und beide Gatten liebten es, sich einander lange, geduldig und mit inniger Liebe zu widmen. Anna Lisas Ehebruch hinterließ keinen Riss in ihrer gegenseitigen Zuneigung. Herrn Raharjos Name wurde nie erwähnt, aber Anna Lisa hatte das sonderbare Gefühl, dass Simeon ohne Groll an den einstigen Nebenbuhler zurückdachte – fast, als wäre er kein Mann wie er selber gewesen, der ihm Konkurrenz machen konnte, sondern wirklich ein Feenkönig, ein schönes, unirdisches Wesen, das eine Menschenfrau besucht hatte und dann wieder in seinem eigenen Reich verschwunden war.

Gesine Schreiner war längst von einer Dienerin zu einer

Freundin geworden. Schon als sie noch in Java lebten, war hauptsächlich sie es, mit der Anna Lisa ihre Sorgen und Freuden teilte. Die junge Frau hatte ihre Freude an dem wachen Verstand des Mädchens. Da Gesine, als sie ihr das erste Mal begegnete, weder lesen noch schreiben konnte, füllte Anna Lisa ihre Zeit damit aus, ihr diese Fertigkeiten beizubringen. Sie stellte dabei fest, dass Gesine fähig war, noch weitaus mehr zu lernen, und brachte ihr alles bei, was sie selbst wusste – wobei sie feststellte, dass das nicht eben viel war. Mitgerissen von der Wissbegier ihrer Gefährtin, begann sie selbst, Neues zu lernen.

Und nun, wo sie, frei von Geldsorgen, frei von gesellschaftlichen Verpflichtungen, in ihrer Villa an der Rothenbaumchaussee nahe der Alster wohnte, waren die beiden Frauen einander nicht nur in tiefer Freundschaft verbunden, sondern auch durch ein gemeinsames Interesse am Lernen. Sie lasen gemeinsam Bücher, sie lasen einander vor, sie studierten Meyers Konversationslexikon zu jedem Thema, das sie interessierte, sie gingen gemeinsam ins Theater und zu den Vorführungen der neumodischen Kinematografen.

Als die Zwillinge fünfzehn Jahre alt waren, starb Simeon Vanderheyden. Eine Grippewelle, die Hamburg im Frühherbst heimsuchte, brachte dem seit so vielen Jahren kränkelnden Mann den Tod.

Anna Lisa hatte damit gerechnet, schon in jungen Jahren Witwe zu werden; dennoch traf der Tod ihres Mannes sie hart. Wäre Gesine nicht als ihre treue Freundin an ihrer Seite gewesen, so hätte der Schlag sie vollends zerschmettert. Ihre Kinder waren ihr kein Trost. Jakob war auf See, es würde lange dauern, bis er von Simeons Tod erfuhr, und noch länger, bis er nach Hause zurückkehrte. Simone sprach mit niemandem. Noch während der Verstorbene, wie es Sitte war, im Hause aufgebahrt lag, schloss sie sich in seinen Zimmern ein, setzte sich an seinen Platz und beschäftigte sich mit seinen Herbarien. Der inzwischen auch schon betagte Elmer Lobrecht war keine Hilfe, wo es um Trauer und Kummer ging, und ebenso wenig die drei Brüder, denen nichts Besseres einfiel als der Trost, sie sei noch jung und könne noch einmal heiraten.

Anna Lisa aber dachte gar nicht daran. Jetzt, wo beide Männer, die einen Platz in ihrem Herzen gehabt hatten, tot waren, mochte sie sich nicht einmal vorstellen, einen dritten zu nehmen. Sie wusste überhaupt noch nicht, was sie in Zukunft tun wollte.

Die drei Tage bis zum Begräbnis zogen sich quälend hin. Erst hatte Anna Lisa die Stunde gefürchtet, da sie an den bedrückenden Zeremonien teilnehmen musste, die in einer großbürgerlichen Familie unumgänglich waren. Dann wieder empfand sie Ungeduld, konnte die Stunde des Begräbnisses kaum mehr erwarten. Ihr war zumute, als liege sie begraben unter Haufen von moderndem Laub. Der Leichengeruch, den das Haus angenommen hatte, zog sich bis in ihr Schlafzimmer: der bittere Dunst erlöschender Kerzen, der Duft des Blumenschmucks und etwas Ekelhaftes, Undefinierbares. Sie dachte daran, wie Raharjos Leichnam in den Flammen zu Asche zerfallen war, und wünschte, sie könnte in einem solchen reinigenden Feuersturm diese leere Hülle loswerden, die einmal Simeon Vanderheyden gewesen war.

Wenigstens lenkten die zahlreichen, mit einem Begräbnis verbundenen häuslichen und gesellschaftlichen Pflichten sie ab. Auch wenn sie in der Hamburger Gesellschaft missachtet worden waren, hatte Simeon doch viele Freunde unter Gleichgesinnten gehabt. Alle die Professoren, Buchhändler, Antiquare, Kräuterhändler und Gärtner mussten zum Begräbnis und danach zum Leichenschmaus eingeladen werden. Anna Lisa weigerte sich entschieden, irgendjemand von denen einzuladen, die sie aus ihrem Kreis ausgeschlossen hatten, und mochten sie noch so reich und bedeutend sein. Kein Senator, kein Großkaufmann, kein Bischof würde die Schwelle ihres Hauses übertreten, der sie nicht auch zu Lebzeiten ihres Gatten besucht hatte. Ihr Vater protestierte: Sie könne doch nicht alle gute Sitte missachten, nur weil sie persönlich beleidigt sei!

Sie fuhr ihn an: Wer mit ihren Arrangements für das Begräbnis nicht einverstanden sei, könne diesem ja fernbleiben. Das gelte auch für ihre Familie.

Elmer Lobrecht stellte seufzend ein ums andere Mal fest, dass er sein einstiges Püppchen nicht wiedererkannte, aber er war jetzt zu alt, um sich auf einen Streit mit ihr einzulassen, also gab er nach.

Als der Morgen kam, an dem Simeon Vanderheyden zur letzten Ruhe gebettet werden sollte, erschien es Anna Lisa, als wohnte sie einer Theateraufführung bei. Das exklusive Bestattungsunternehmen, dem sie das Zeremoniell anvertraut hatte, hatte schon die Begräbnisse von Mitgliedern des Kaiserhauses ausgerichtet; dort saß jeder Handgriff. Alles lief wie am Schnürchen, dafür sorgte ein eigener Zeremonienmeister, der vom Prediger bis zum Kranzträger jeden scharf im Auge behielt.

Der dumpfe, dem Röhren eines Elefanten ähnliche Ton eines Bombardons gab das Signal zum Beginn des Pompes funèbres, als die Witwe in tiefer Trauer, Kopf und Gesicht von einem bis zu den Knien reichenden schwarzen Schleier verhüllt, die Freitreppe ihres Hauses hinabschritt. Simone war an ihrer rechten Seite, zu ihrer Linken ging Pahti. Zwar hatte der Zeremonienmeister bei der Planung Einspruch erhoben: Der erste Platz hinter dem Leichenwagen sei der engsten Familie vorbehalten, die Dienerschaft dürfte, nach ihrem Rang gereiht, erst viel später folgen. Aber Anna Lisa beharrte darauf. Sie wusste am besten, dass der Javaner es mehr als jeder andere verdient hatte, seinen Herrn auf seinem letzten Weg zu begleiten.

Das Bombardon verstummte, und nach einigen Sekunden Pause fing die zu beiden Seiten des schwarz verhängten Haustors postierte Kapelle auf ihren mit Trauerflor gezierten Instrumenten zu spielen an. Sechs in schwarze Livreen gekleidete Träger mit Dreispitzen auf den Köpfen hoben den Sarg von seinem Sockel und nahmen ihn auf die Schultern. Anna Lisa dachte, dass vermutlich zwei von ihnen genügt hätten, um die leichte Last des abgemagerten Körpers zu tragen, aber für einen Mann von gewissem gesellschaftlichem Rang waren nun einmal sechs vorgesehen, sei er leicht oder schwer. Gemessen schritten sie durch die Halle und unter der im Nieselregen schlaff herabhängenden Trauerdekoration des Tores auf die Straße hinaus. Dort wartete bereits in Formation der für Leichenbegängnisse großer erster Klasse vorgesehene Trauerzug.

Voran ritt ein Herold, hinter ihm zwei Reiter mit Laternen auf hohen Stangen, deren Licht den Nebel gelblich färbte. Als sie sich in Bewegung setzten, löste sich die Musikkapelle vom Hauseingang und folgte gemessenen Schrittes. Nun führten in spanische Tracht gekleidete Stallmeister die drei Paar in bodenlange Trauerschabracken gehüllten und mit schwarzen Federstößen geschmückten Pferde herbei, die den Prachtleichenwagen zogen. Elmer Lobrecht hatte darauf bestanden, dass wenigstens beim Leichenbegängnis nicht gespart werden durfte, wenn seine Tochter schon die Honoratioren vor den Kopf stoßen wollte. Er hatte eine geschlossene, mit vier Laternen und einer Urne auf dem Dach geschmückte Kutsche aus schwarz lackiertem Holz und Leder bestellt, verziert mit Metallbändern, die mit Gold und Perlmutter aufgeputzt waren.

Stumm und hoch aufgerichtet sah die Witwe zu, wie die Tür des Leichenwagens geöffnet, der Sarg mit feierlicher Sorgfalt hineingeschoben und die Tür wieder verschlossen wurde. In schweigender Ehrfurcht von den Umstehenden beobachtet, setzte der Zug sich in Bewegung. Langsam schritten die Pferde der beiden Laternenträger voran, feierlich folgten ihnen die Kirchenmänner mit ihren schneeweißen Halskrausen und bodenlangen Talaren. Da Simeon der reformierten Kirche angehört hatte, trat jedenfalls die Geistlichkeit sehr bescheiden auf, wie es dem kargen Wesen der Kalvinisten entsprach. Dann folgten, alle in prunkvollen Livreen, der Zeremonienleiter und seine Assistenten, dann der Oberstallmeister, der die Aufsicht über das gesamte Sechsergespann hatte, und die vermummten Pferde, geführt von den in spanische Gala gekleideten Stallknechten. Schweren Schrittes, mit geradezu unerträglicher Langsamkeit zogen sie den Leichenwagen, wobei die Straußenfederstöße auf ihrem Kopfschmuck träge nickten. Weitere Laternenträger folgten und hinter ihnen in aufwendig gezierten Kutschen die Trauergäste. In dem bleichen Nebel, der die Umrisse der Häuser, Kandelaber und Fahrzeuge ins Unbestimmte verzerrte, machte sich eine Prozession von Gespenstern auf die Reise ins Nichts.

Anna Lisa war froh, dass das Protokoll einen dichten Schleier gebot, so konnte ihr niemand ins Gesicht schauen und in ihren Zügen zu lesen versuchen. Sie fühlte sich zutiefst bedrückt angesichts dieses makabren Prunks, ihr schien, als sei der gesamte Zug feierlich aus dem Hades heraufgestiegen und würde ebenso feierlich in die ewige Tiefe hinabsinken. Dann wieder dachte sie an Herrn Raharjos Flammengrab und sagte sich, dass alle Dinge im Leben ihre Rituale brauchen, Anfang, Übergang und Abschied gleichermaßen, wenn alles seinen geregelten Gang gehen sollte. Sie war in dieser Sache ganz einer Meinung mit Pahti, der ihr erklärt hatte: Die Toten fanden keine Ruhe, wenn man sie nicht mit dem gebührenden Zeremoniell aus dem Leben hinausführte, sie klammerten sich in den Herzen der Hinterbliebenen fest und raubten ihnen mit ihrer quälenden Anwesenheit den Schlaf.

Anna Lisa war froh, dass sie den Weg in einem geschlossenen Wagen zurücklegen konnte, so unangenehm war die feuchte Kühle, die bis in die Kleider zog. Es schien endlos zu dauern, bis der Zug den neuen, erst 1877 angelegten Ohlsdorfer Friedhof erreichte. Eine Ulmenallee nahm den Trauerkondukt auf. Die Hufe der Pferde klopften weich auf einem Teppich dürrer und modernder Blätter. Rund um sie erstreckte sich das Labyrinth der Gräber und Mausoleen.

Auf dem Vorplatz einer halbkreisförmigen Anlage von Familiengrüften hielten die Kutschen an, die Trauergäste stiegen aus und machten sich zu Fuß auf den Weg zum Familiengrab der Lobrechts. Da die Familie Vanderheyden bis auf einige sehr entfernte Verwandte ausgestorben war, hatte Elmer Lobrecht verfügt, dass der Schwiegersohn in seiner Gruft die ewige Ruhe finden sollte.

Der Sarg wurde aus dem Wagen gehoben und von den sechs Männern auf den Schultern eine Eibenallee entlanggetragen. Man sah jetzt deutlich, dass der Verstorbene zeitlebens von leidenschaftlichen Blumen- und Pflanzenfreunden umgeben gewesen war. Noch nie hatte man so viele außergewöhnlich schöne, kunstvoll gebundene Kränze und Blumenbouquets gesehen. Neben den üblichen Astern, Chrysanthemen, Palmwedeln und Lilien waren vom Botanischen Garten und anderen Gärtnereien Gebinde aus seltenen, ja, kostbaren Blumen gespendet worden. Kein Wunder, dachte Anna Lisa. Simeon war nicht nur zu Lebzeiten ein großzügiger Förderer aller gewesen, die seine Interessen teilten, er hatte auch kein Hehl daraus gemacht, dass er einen beträchtlichen Teil seines Vermögens diesen Forschern und Gärtnern hinterlassen würde. Sie musste plötzlich daran denken, wie er seinerzeit von ihrem knappen Reisegeld einen Tiegel mit Mumia gekauft hatte und wie er vor Herrn Raharjo geprahlt hatte mit seiner Schilderung des botanischen Zauberbuchs, das einst Kaiser Rudolf II. gehört hatte. Es waren liebe Erinnerungen, und sie lächelte im Schutz des Witwenschleiers.

Die Gruft wurde aufgeschlossen, der Sarg noch einmal abgestellt, damit der Pfarrer seine kurze Leichenpredigt davor halten konnte. Er war ein häufiger Gast im Hause gewesen, zum einen, weil er Blumen liebte, und zum anderen, weil Simeon oft darüber nachgrübelte, warum Gott dem Teufel solche Gewalt über ihn gegeben hatte. Strafte Gott die Sünden seines Vaters an ihm? Oder seine eigenen? Glücklicherweise war der Blumen liebende Pfarrer für einen Kalvinisten sehr milde gesinnt gewesen, er hatte den Kranken oft getröstet, und Anna Lisa war froh, dass er seine Predigt unter den Bibelvers gestellt hatte: »Ein Gerechter muss viel leiden.«

Ja, dachte sie, ihr längst verstorbenes Kindermädchen Elsa hatte von Anfang an recht gehabt: Simeon war ein guter Mann gewesen, bereit, seiner untreuen Frau zu vergeben und das Kind seines Nebenbuhlers als sein eigenes anzuerkennen, geduldig in seiner Krankheit, liebevoll zu seiner Tochter, bei aller Schwäche bemüht, seine Frau glücklich zu machen.

Sie weinte ein wenig, dann sagte sie sich, dass sie eigentlich froh sein sollte, dass sie immerhin so lange glücklich miteinander gewesen waren. Der Tod war unausweichlich, und Simeons Leben war oft eine körperliche und seelische Tortur gewesen.

Dann wurde der Sarg in die Gruft hinuntergetragen, und Anna Lisa legte den Blumenstrauß aus roten Rosen auf den Deckel. Rote Rosen waren bei einem Begräbnis nicht üblich, aber die Anwesenden sollten sehen, dass sie einen geliebten Mann verabschiedete.

Als die letzten Zeremonien vollzogen waren und der Kondukt zum Trauerhaus zurückkehrte, empfand sie eine innere Leere, aber auch Erleichterung. Ein Teil ihres Lebens war für immer abgeschlossen. Sie erinnerte sich, wie sie vor dem rot lackierten, geschnitzten Tor von Buitenhus gestanden war, über dem die gelbe Pestflagge hing: Auch damals war der Weg, den sie als den ihren betrachtet hatte, unversehens zur Sackgasse geworden. Und dann, als sie in Java eben heimisch geworden war, hatte der Ausbruch des Krakatau wieder alles verändert. Jetzt stand sie neuerlich am Ende eines Weges. Was die Zukunft bringen mochte, darüber machte sie sich keine Gedanken. Vielleicht würde sie die Villa verkaufen. Das Haus war zu groß für sie allein. Simone hatte sie bereits darauf angesprochen, dass sie ins Internat der Englischen Fräulein wollte, um sich auf den Besuch des Frauencollege in London vorzubereiten – Preußen war ja, neben Österreich, das letzte Land Europas, das den Frauen den Zugang zu höheren Studien verwehrte, also musste sie ins Ausland.

Anna Lisa hatte ein schlechtes Gewissen, weil sie die Erlaubnis so bereitwillig, ja übereifrig erteilt hatte. Sie war im Grunde ebenso froh, das Mädchen loszuwerden, wie Simone es nicht erwarten konnte, das vaterlose Haus zu verlassen.

Und dann?

Gesine und Pahti würden bei ihr bleiben, das war gewiss. Ansonsten stand die Zukunft als ein einziges Fragezeichen vor ihr.

Ein unerwartetes Angebot

Ein halbes Jahr nach dem Begräbnis bat Elmer Lobrecht seine Tochter zu sich. Sie merkte sofort, dass er ein ernstes und schwerwiegendes Gespräch mit ihr zu führen gedachte, denn er rief sie in sein Arbeitszimmer, wohin er sonst nur Geschäftskunden einlud.

»Setz dich«, bot er ihr an. Er selber nahm jedoch nicht in dem mächtigen ledergepolsterten Stuhl hinter seinem Schreibtisch Platz, sondern schritt auf und ab, ein Zeichen, dass ihm das Thema des Gesprächs unangenehm war. Anna Lisa schloss daraus, dass es sich um etwas handelte, bei dem er einen Gefühlsausbruch ihrerseits erwartete. Er brauchte ein ganzes Glas Cognac und eine Zigarre, ehe er sich dazu durchrang, die Karten auf den Tisch zu legen.

»Du weißt«, sagte er, »es ist nicht meine Art, um den heißen Brei herumzureden; ich bin ein grader Michel, also nimm es mir nicht übel, wenn ich deine Gefühle verletze.«

Sie blickte ihn mit müden Augen an. »Was hast du mir Schreckliches zu sagen?«

»Nichts Schreckliches, nein, ich bitte dich! Nur ... ihr Frauen seid eben anders als Männer, und ich weiß, dass du Simeon sehr gern hattest. Aber ...« – er paffte so heftig an seiner Zigarre, dass sein Gesicht hinter Rauchschwaden verschwand – »... du bist erst zweiunddreißig Jahre alt. Das ist sehr jung für eine Witwe mit zwei Kindern. Und vor diesem Hintergrund … also, unter diesen Umständen … finde ich es bedenkenswert, dass jemand bei mir nachgefragt hat, ob du … Ich meine, du kannst ja nicht ewig trauern.«

»Und wer ist dieser Jemand?«, fragte Anna Lisa. Ihre Stimme verriet ein sehr mäßiges Interesse. Natürlich gab es genug Männer, zumeist selbst schon verwitwet, die einer zweiten Ehe mit einer immer noch attraktiven und vor allem finanziell gut versorgten Frau nicht abgeneigt waren. Sie hatte auch bemerkt, dass seit Simeons Begräbnis mehrere dieser Herren auffallend oft ihren Vater besuchten.

Lobrecht zögerte, dann platzte er heraus: »Dr. Max Lutter. Er ist seit Kurzem in Hamburg, er hat mich aufgesucht, und im Gespräch mit mir ließ er durchblicken, dass er von allem Anfang an sehr viel für dich empfand. Als Mann von Ehre durfte er sich natürlich nichts davon anmerken lassen.«

Jetzt schoss ihr das Blut in die Wangen. Lutter! Das hatte sie nicht erwartet. Gewiss, sie schätzte ihn als Freund, aber durch seine Arbeit als Schiffsarzt war ihr Kontakt mit ihm sehr lose gewesen, und solange Simeon lebte, hatte er es wohl auch als unpassend empfunden, ein allzu inniges Verhältnis zu dessen Frau aufzubauen. Aber jetzt fiel ihr mit einem Schlag alles wieder ein: Wie er sich als Freund und Vertrauter erwiesen hatte, als sie sich so vollkommen ratlos fühlte, wie einfühlsam er ihre Sorgen um Simeons Wohlbefinden geteilt hatte – das Wohlbefinden des Mannes, auf den er insgeheim eifersüchtig war, dessen Gattin er heimlich begehrte! Wie eine warme Welle ging es über sie hin, als ein Kaleidoskop von Bildern in ihrer Erinnerung auftauchte: Spaziergänge mit Tietjens auf dem sonnenbeschienenen Deck, das grüne Büchlein mit den listigen Ratschlägen, seine Gesellschaft beim Essen an ihrem ersten Tag an Bord … Es waren angenehme Erinnerungen, und sie spürte, wie die Wolken der Melancholie, die sie seit Simeons Tod heimgesucht hatten, sich ein wenig lichteten.

Lobrecht missverstand das Erröten und Schweigen seiner Tochter. »Wenn du ihn auf keinen Fall haben möchtest, brauchen wir nicht weiter darüber zu reden. Ich respektiere deine Entscheidung.«

»Keine Rede davon! Ich war nur überrascht. Wir hatten einander weitgehend aus den Augen verloren. Er ist so viel unterwegs, dass wir nur alle paar Monate einmal einen Brief von ihm bekommen haben, und da stand nicht viel Bedeutsames drinnen.«

»Nun, du warst ein verheiratete Frau, da konnte er dir nicht gut sein Herz ausschütten. Aber jetzt bist du Witwe, und er wird in Zukunft nicht mehr zur See fahren, sondern hat eine Stelle im europäischen Hospital in Batavia angenommen. Das heißt, er ist sesshaft geworden und lebt in sehr behaglichen Umständen, wie ich mich überzeugen konnte.«

Anna Lisa unterdrückte ein Lächeln. Das sah ihrem Vater ähnlich, dass er sich vorsichtshalber einmal erkundigt hatte, wie es mit dem Geldsäckel des Bewerbers aussah.

»Nun?«, fragte Lobrecht rundheraus. »Was hältst du davon?«

»Ich bin einverstanden.«

Der Reeder atmete tief durch. Anna Lisa merkte ihm an, dass ihm eine Last vom Herzen fiel. Eine verwitwete Tochter war ein fast ebenso unbequemes Anhängsel in einem Haushalt wie eine ledige Tochter; man wusste nie, was man mit ihr anfangen sollte, zu welchen Einladungen man sie mitnehmen konnte und welche Unternehmungen passend waren. Und außerdem traf der Bibelvers zu: Wo ein Aas ist, sammeln sich die Geier.

Reiche Witwen übten eine magische Anziehungskraft auf

dubiose Verehrer aus, und nichts wäre dem Vater unangenehmer gewesen, als wenn irgendein zwielichtiges Subjekt womöglich noch das Herz der Einsamen erobert hätte. Er war sehr zufrieden damit, dass sie Lutters Antrag auf der Stelle angenommen hatte, ohne Wenn und Aber. Gewiss, es gab Schwiegersöhne, die in der großbürgerlichen Gesellschaft mehr hermachten als ein Oberarzt am europäischen Hospital in Batavia, auch wenn er einen Adelstitel trug, aber der Beruf war anständig und angesehen, und man konnte davon leben. Herr Lobrecht hielt eisern an der Meinung fest, dass der Mann die Frau zu versorgen hatte, selbst wenn sie eine schwerreiche Erbin war.

»Ich bin froh, eine so vernünftige Tochter zu haben«, sagte er und ließ sich in seiner Erleichterung zu dem Gefühlsausbruch hinreißen, ihr die Schulter zu tätscheln.

Wenige Tage später wurde Dr. Max Lutters Besuch gemeldet. Anna Lisa fühlte ihr Herz klopfen, als sie die Treppe hinunterging in den kleinen Salon, in dem private Gäste empfangen wurden. So schön ihre Erinnerungen waren, jetzt bangte es sie doch ein wenig vor der Realität. Würde sie noch denselben Mann vorfinden, der damals an Bord der Anne-Kathrin mit ihr spazieren gegangen war? Natürlich war er gealtert, das allein machte ihr nichts aus, aber hatte er sich auch in anderer Weise verändert? Sie musste tief durchatmen, ehe sie den Mut aufbrachte, die Türklinke niederzudrücken und den Salon zu betreten.

Dr. Lutter hatte am Fenster gestanden und hinausgeblickt. Als er die Tür hörte, wandte er sich um, sein Blick erfasste Anna Lisas Blick, und in dem Augenblick wusste sie, dass ihre Sorgen überflüssig gewesen waren. Vor ihr stand, wenn auch mit angegrauten Schläfen und scharfen Falten zwischen Mund und

Nase, derselbe Mann, der ihr erster bester Freund gewesen war. Dieselbe warme Welle wie damals überschwemmte sie.

»Dr. Lutter!« Sie eilte ihm mit ausgestreckten Händen entgegen. »Was für eine Freude, Sie wiederzusehen!«

Er nahm ihre Hände, umschloss sie mit einem festen, tröstlichen Griff. »Es freut mich, dass Sie meinen Besuch so aufnehmen ... Ich wusste nicht, ob es nicht unschicklich ist, so kurz nach dem Tod Ihres Gatten ... aber dann dachte ich, wenn ich nicht schnell zugreife, kommt mir womöglich ein anderer Bewerber zuvor. Und ich machte mir Sorgen, es könnte vielleicht jemand Ihre Einsamkeit ausnutzen ...«

Sie lächelte ihn an. »Kommen Sie, setzen Sie sich. Der Tee wird gleich gebracht.«

Sie setzten sich in die beiden mit Brokat bezogenen Sessel, die einander vor dem Kamin gegenüberstanden. Das Dienstmädchen kam mit dem Tee. Sobald sie wieder verschwunden war, saßen die beiden einander eine Weile in verlegenem Schweigen gegenüber. Dr. Lutter empfand sehr deutlich die Barriere, die ihre Trauerkleidung zwischen ihnen aufrichtete; er hatte immer noch das Gefühl, in die Rechte eines anderen Mannes einzudringen, wenn er sich der seit Langem heimlich geliebten Frau näherte. Schließlich nahm er das Gespräch auf, indem er nach ihren Kindern fragte.

»Jakob ist nicht hier; er ist auf See. Zurzeit auf einem Handelsschiff, aber ich glaube, er wird nicht lange dabei bleiben. Das Kaufmännische ist ihm ganz fremd. Was ihn reizt, sind Expeditionen in ferne, unerforschte Länder.«

»Und Ihre Tochter? Wird sie mit Ihnen – mit uns kommen?«

»Nein. Sie hat mich gleich nach dem Tod ihres Vaters gebeten, ein Internat besuchen zu dürfen, und ist zu den Englischen Fräulein gegangen; dort legt man viel Wert auf eine gute

Ausbildung. Sie möchte später am Frauencollege in London studieren. Botanik, was sonst.« Leise Bitterkeit klang in ihrer Stimme mit, als sie hinzufügte: »Für Simone war ihr Vater ihr Ein und Alles. Der Rest der Familie interessierte sie nicht. Wenn das Kindermädchen sie einen Moment von der Hand ließ, rannte sie zu Simeon, nicht zu mir. Aber es hat ihn glücklich gemacht, dass sie beide so ein Herz und eine Seele waren.« Tränen traten ihr in die Augen, und sie tupfte sie mit dem Taschentuch weg.

Dr. Lutter sagte leise: »Wenn es noch zu früh ist ... Ich kann warten.«

»Nein. Nein.« Anna Lisa richtete sich entschlossen auf. »Das ist nicht notwendig. Dieser Teil meines Lebens ist abgeschlossen. Ich möchte ein neues beginnen.«

»Dann bitte ich Sie um eine baldige Hochzeit, denn meine Stelle am europäischen Hospital in Batavia wartet auf mich.«

Für Anna Lisa – jetzt Frau Dr. Lutter – war es ein seltsames Déjà-vu-Erlebnis, als sie an einem feuchten Spätwintertag von Neuem an Bord eines Überseedampfers ging. Es war nicht mehr die inzwischen veraltete Anne-Kathrin, sondern ein neues, hochmodernes Schiff mit dem stolzen Namen Elbvogel, aber als die Reisenden inmitten von Lärm und Gedränge das steile Fallreep hinaufstiegen, war es, als brauchte sie sich nur umzudrehen, um Simeon hinter sich zu sehen. Auch Tietjens' Schatten begleitete sie an Bord. Von den Lebendigen, die sie damals um sich gehabt hatte, war nur noch Pahti da, der mit ihr nach Java zurückkehrte, um den Rest seines Lebens unter seinem Volk zu verbringen. Wohnen würde er jedoch weiterhin unter dem Dach seiner früheren Herrin, wenn auch nicht mehr als Bediensteter, sondern als Pensionär. Ohne seine ständige treue Fürsorge, das wusste Anna Lisa besser als jeder andere, wäre Simeons Leben noch viel elender gewesen, als sein Unglücksstern es gefügt hatte.

Sie mussten sich beeilen, denn schon ertönte das lang gezogene Tuten der Dampfpfeife und warnte die Passagiere zum ersten Mal, dass es nicht mehr lange dauern würde, bis die Matrosen das Fallreep einholten und die Leinen losmachten. Auf diese Warnung hin verdoppelte sich die Hektik, das Geschrei war ohrenzerreißend. Anna Lisa schob die Hand unter den Arm ihres Mannes und hielt sich an ihm fest, um in dem Gedränge nicht umgestoßen zu werden. Von allen Seiten angerempelt, gelangten sie endlich an Deck und in ihre Kabine.

Max schloss die Tür hinter ihnen. »Gerettet!«, rief er lachend. »Es ist doch etwas ganz anderes, ein gewöhnlicher Passagier an Bord eines solchen Dampfers zu sein als der Schiffsarzt, dem alle ehrfürchtig Platz machen.« Mit einer fürsorglichen Geste nahm er ihr das vom Nebel durchfeuchtete Cape ab und legte es über einen Stuhl. Dann zog er sie in seine Arme und küsste zärtlich ihre Wange. »Du bereust es nicht, dass du dich für mich entschieden hast?«

»Nein.« Sie schmiegte sich in die Geborgenheit seiner Umarmung. »Es war ja auch keine schnelle Entscheidung. Als wir das erste Mal miteinander essen waren, da dachte ich: Wenn ich nicht schon verheiratet wäre, würde ich einen Mann wie Dr. Lutter wählen. Weißt du … ich habe Simeon sehr geliebt, auch später noch, als er so krank war. Aber ich habe mich auch immer nach einem Mann gesehnt, bei dem ich selber Ruhe finden konnte … der mich in die Arme nehmen würde und mir das Gefühl geben, dass er immer für mich da sein würde.«

»Und jetzt hast du dieses Gefühl?«

»Ja«, antwortete sie und erwiderte seinen Kuss.

PHILIPP ANDERSEN
MIRIAM BACH
WARTE
auf
MICH
Roman
pendo

Leseprobe aus dem Roman von
Philipp Andersen und Miriam Bach:
»*Warte auf mich*«, erschienen bei Pendo.

Kapitel 1

1.

Warten. Ihr schien es, als bestünde ihr Leben seit Monaten nur noch aus Warten. Warten auf das nächste Treffen mit ihm, die wenigen gestohlenen Stunden oder Tage, die sie miteinander hatten. Warten auf die Telefonate, immer spät in der Nacht, wenn er ungestört sprechen konnte. Und schließlich warten darauf, dass sich alles eines Tages änderte. Ohne auch nur die geringste Ahnung zu haben, ob das jemals passieren würde.

Doch sie wartete.

Ausgerechnet sie, die immer Rastlose, der nie etwas schnell genug gehen konnte. Immer zack, zack, höher, schneller, weiter, gehetzt und ohne jede Geduld, heute hier, morgen dort. Und jetzt also das Warten, stunden-, tage-, wochenlang, das gesamte Leben abgestellt auf ein paar Momente, diese wenigen Augenblicke, wenn sie in seinen Armen lag. Aber es machte ihr nicht einmal etwas aus. Denn in Wahrheit hatte sie schon eine kleine Ewigkeit auf ihn gewartet, viele Jahre auf den einen, der ihren grenzenlosen Durst, ihren quälenden Hunger nach dem stillte, was sie lange nicht hatte benennen können. Mehr. Sie hatte nach dem »Mehr« gesucht und es in ihm gefunden.

»Himmelfahrten« nannte er ihre gemeinsamen Fluchten, ihre heimlichen Treffen, bei denen nichts zählte außer ihren Gefühlen füreinander. Und es waren tatsächlich

Himmelfahrten, Momente, in denen sie den Rest der Welt vergaßen.
Aber kein Himmel ohne Hölle.

Sie kannte ihn schon einige Jahre, nur flüchtig zwar, aber sie wusste, wer er war. Zwei- oder dreimal hatte sie ihn auf der Buchmesse gesehen, als sie eine Zeit lang im selben Verlag veröffentlichten. Einmal hatte er ihr sogar einen seiner Romane signiert, den sie zu Hause ungelesen ins Regal gestellt und dann vergessen hatte. Er war ein arrivierter Autor, seine Bücher in den Bestsellerlisten, in zwei Dutzend Sprachen übersetzt. Sie selbst war auch nicht unerfolgreich, doch weit unterhalb seiner Wahrnehmungsschwelle und außerdem in einem vollkommen anderen Genre tätig; während er über die Vergangenheit schrieb, zog sie es vor, sich mit der Gegenwart, mit dem Hier und Jetzt, zu beschäftigen.
Sie mochte ihn nicht sonderlich. Arrogant und blasiert kam er ihr vor, ein selbstgerechter Schwätzer, der wie ein Pfau über die Messe stolzierte, immer umzingelt von Journalisten, Fans und Verehrerinnen. Es war wohl auch ein kleiner Stachel namens Neid, den sie in ihrer Brust verspürte, wenn dieselben Journalisten, die ihn zuvor in den Himmel gelobt hatten, ihr gegenüber eine gewisse Abfälligkeit an den Tag legten. Sie war noch ein halbes Kind gewesen, als sie ihren ersten Roman veröffentlicht hatte, und auch Jahre später musste sie darum kämpfen, dass sie als Schriftstellerin ernst genommen wurde. Und er war eben das Sinnbild dafür, der Sündenbock, auf den sie diese Ungerechtigkeit projizierte.

Dann der Abend, der alles veränderte: ein Verlagsjubiläum in München, dreihundert geladene Gäste. Darunter sie, Miriam Bach. Und natürlich auch er, Philipp Andersen, der Star des historischen Romans. Sie entdeckte ihn bereits zu Beginn der Feier, wie er im vorderen Teil des Festsaals saß, wichtig schwadronierend mit den Großen und Einflussreichen der Branche. Nicht ohne Genugtuung stellte sie fest, dass er anfing, in die Jahre zu kommen; seine dunklen Haare waren zwar voll, aber von weißen Strähnen durchzogen, und trotz seiner schlanken Statur zeichnete sich unter seinem Hemd ein deutlicher Bauchansatz ab, eine Lesebrille steckte in der Brusttasche seines Jacketts. Insgesamt war Philipp Andersen ein attraktiver Mann, keine Frage, aber eben einer, der seinen optischen Zenit vor gut und gern zehn Jahren überschritten hatte. Einer, dem Leben und Erfahrung unübersehbare Spuren ins Gesicht gezeichnet hatten, während sie selbst trotz ihrer neununddreißig Jahre immer noch mehr Mädchen als Frau zu sein schien. Nie hätte sie gedacht – niemals und nie! –, dass ausgerechnet dieser Abend eine schicksalhafte Wende in ihrem Leben bedeuten würde.

Und als sie zu späterer Stunde an der Bar stand, ein bisschen gelangweilt mit einer Kollegin plauderte und ihren Blick dabei beinahe abwesend durch den Raum schweifen ließ; als sie plötzlich bemerkte, dass Philipp Andersen sie von seinem Platz aus unverwandt ansah und ihr mit einer kleinen Geste bedeutete, dass sie zu ihm kommen sollte – da ging sie einfach zu ihm rüber.

Hätte sie um die Folgen dieser wenigen Schritte gewusst, sie hätte sich keinen Millimeter von der Bar weggerührt. Und wäre gleichzeitig, so schnell sie nur konnte, zu ihm gerannt.

2.
22. März

Plötzlich war sie da. Wie vom Himmel gefallen. Saß einfach neben mir, so nah, dass unsere Schenkel sich berührten, und hielt meine Hand, oder ich ihre, das ließ sich nicht unterscheiden. Wie war sie bloß auf diesen Stuhl geraten, auf dem doch eben noch mein alter Freund Christian gesessen und mir die Ohren vollgelabert hatte? Ich weiß es nicht mehr, so wenig, wie ich mich daran erinnern kann, wie wir uns begrüßt und über was wir als Erstes geredet haben. Ich weiß nur noch, dass wir uns von Anfang an duzten. Als würden wir uns seit einer Ewigkeit kennen. Und dass ich wahnsinnig gern mit ihr sprach, egal worüber, und wenn es der größte Blödsinn war.

Warum, zum Teufel, haben wir uns eigentlich geduzt? Herrgott, ich bin doch viel zu alt für so was! Das ist doch alles längst vorbei!

Wahrscheinlich waren es ihre Augen. Diese wasserhellen blauen Augen mit einem scharf konturierten, dunklen, fast schwarzen Ring um die Iris, mit denen sie mich von der Bar aus angeflirtet hatte. Huskyaugen. Noch nie hatte ich Augen gesehen, die so unglaublich traurig blicken konnten, um im nächsten Moment aufzuleuchten und zu strahlen, als hätte jemand ein Licht in ihr angeknipst. Und dann ihr Mund. Auch ihr Mund hatte diese Traurigkeit, wurde manchmal ganz klein und schmal, als wolle er sich selbst verschlucken, sogar wenn sie gerade einen Witz erzählte. Aber genauso wie die Augen konnte sich auch ihr Mund verändern, urplötzlich, von einem Moment zum anderen, wurde ganz weich und groß, blühte auf.

April, dachte ich. Eine Frau, in der Aprilwetter ist.

Bis Mittag hatte ich an meinem neuen Roman gearbeitet, und noch auf der Autobahn hatte ich mich gefragt, was ich eigentlich auf dieser Party sollte. Der Verlag, der sein hundertjähriges Jubiläum feierte, war ja gar nicht mehr mein Verlag, wir hatten uns nach meinem vorletzten Buch getrennt. Mein alter Verleger wollte immer dasselbe von mir, einen historischen Roman nach dem anderen. Aber ich bin nicht Autor geworden, um an einer Marketingstrategie entlangzuschreiben. Ich will Geschichten schreiben, die ich schreiben muss*! Doch wenn der Verlag mich trotz unserer Trennung zu diesem Festtag einlud, wäre es sehr unhöflich gewesen, die Einladung auszuschlagen. Außerdem war der Abend eine gute Gelegenheit, mal wieder ein paar Leute zu treffen. Präsenz zeigen, Backen aufblasen und wichtigtun. Schließlich brauchte ich bald neue Verträge.*

Und dann war sie plötzlich da, und all die wichtigen Leute, wegen derer ich gekommen war, interessierten mich nicht mehr. Ich schaute ihr in die Augen, schaute auf ihren Mund, ohne irgendetwas anderes von ihr wahrzunehmen, während unsere Hände miteinander sprachen, als würden sie uns vorauseilen, und ihr nackter Schenkel unter dem Saum ihres albernen goldenen Paillettenkleids, in dem sie zu Ehren des schwerhörigen Seniorverlegers und Sohn des Verlagsgründers »Happy birthday, Mr. Publisher« ins Mikrofon gehaucht hatte, immer höher an meinen Oberschenkel heraufrutschte und ich immer neugieriger wurde auf diese Frau, die ich nicht kannte und die mir doch so seltsam vertraut vorkam.

Wie siehst du wohl aus, wenn nicht April in dir ist, sondern Mai oder August oder November?

3.

Alles, wirklich alles, was sie je über ihn gedacht hatte, war falsch. Er war witzig und charmant, ein brillanter Geist, ein Kindskopf, ein Spinner, ein vollkommen verrückter Mensch. Sie saßen da und redeten miteinander, die Minuten flogen wie Sekunden vorüber. Auf einmal – sie konnte nicht sagen, wie es dazu kam – hielt er ihre Hand, sie steckten tuschelnd ihre Köpfe zusammen und nahmen nichts mehr wahr von dem, was um sie herum geschah. Sie sah nur noch seine großen blauen Augen, die ihr wie ein Spiegel ihrer selbst erschienen, hörte sein tiefes Lachen, das wie ein Stromschlag durch ihren Körper zitterte, spürte und roch seine Nähe, genoss jedes einzelne seiner Worte. Wie er von seinen Büchern erzählte und sie nach ihren fragte, wirklich und aufrichtig interessiert wollte er alles von ihr und ihrer Arbeit wissen. Keine Spur von dem blasierten Wichtigtuer, für den sie ihn immer gehalten hatte, im Gegenteil, seine Neugier beschämte sie fast, weil sie ihm ganz offensichtlich Unrecht getan hatte. Denn jetzt saß er vor ihr und sagte ihr, dass er unbedingt mal etwas von ihr lesen wolle, er hätte Lust, in ihrer Seele herumzuspazieren, um zu sehen, was sich in ihrem Köpfchen verbarg. Genauso sagte er es, »in deiner Seele herumspazieren«, und es kam ihr nicht einmal kitschig oder überzogen vor.

Und dann waren da ihre Hände, die einander festhielten und sich gegenseitig streichelten als sei es das Natürlichste der Welt. Hier, auf diesem Fest, wo jeder es sehen konnte und es trotzdem vollkommen egal war.

»Was machen unsere Hände da?«, fragte sie irgendwann, ohne ihn auch nur eine Sekunde lang loszulassen.

»Lass sie doch«, erwiderte er lächelnd, »die spielen nur und vertragen sich schon.« Ihr Blick wanderte über seine schönen, schlanken Finger, die verästelten Adern, die leicht unter der Haut durchschimmerten, die vielen kleinen Sommersprossen, die sich vom Handgelenk aus Richtung Ellbogen ausbreiteten, und seine behaarten Unterarme, die aus den Ärmeln seines Hemds hervorlugten. Und den Ring, seinen Ehering am vierten Finger seiner linken Hand, natürlich bemerkte sie auch den.

»Bist du zum Spielen nicht viel zu verheiratet?«

Er lachte. »Viel zu verheiratet? Kann man denn weniger verheiratet sein?«

»Ich weiß nicht. Kann man?«

»Vielleicht. Dann bin ich jetzt gerade mal weniger verheiratet.«

»Und hast du eher mehr oder weniger Kinder?«, setzte sie das Spiel fort.

»Eher weniger. Eine Tochter. Aber die ist schon erwachsen.«

»Dann muss ich dich jetzt wohl fragen, wie alt du eigentlich bist.« Er zögerte, seine Hand zuckte kurz zurück, aber sie hielt sie fest. Würde er jetzt lügen? Sie schätzte ihn auf Mitte oder Ende vierzig.

»Fünfundfünfzig, fast sechsundfünfzig.«

»Oh.« Noch nie hatte sie mit einem Mann dieses Alters Händchen gehalten oder auch nur geflirtet, im Gegenteil, mit ihrem kindlichen Aussehen zog sie meist wesentlich jüngere an. Doch es war seltsam: Hatte sie zu Beginn der Feier noch mit leichter Häme gedacht, dass er langsam in die Jahre kam, schien er jetzt, während er ihr gegenübersaß, mit ihr sprach und seine Finger mit ihren verschränkt hatte, von Sekunde zu Sekunde jünger zu werden. Benjamin Button, er war ein Benjamin Button! Seine großen blauen Augen, mit denen er sie neugierig musterte, lachten,

in beiden Wangen bildeten sich jungenhafte Grübchen, ständig fiel ihm eine dicke Strähne seines vollen Haars in die Stirn, die er sich wieder und wieder aus dem Gesicht pustete, und selbst auf seiner Stupsnase entdeckte sie mehrere große Sommersprossen und dann noch eine direkt links über seinen vollen Lippen. »Dein Alter macht mir nichts aus«, sagte sie und kam sich im selben Moment unglaublich dämlich vor. Wie konnte sie so etwas sagen?
Aber wieder lachte er nur. »Das freut mich. Mir macht es auch nichts, dass du fast zwanzig Jahre jünger bist.«
Dann schwiegen sie beide, sahen sich einfach nur an, ließen ihre Hände weiter miteinander spielen und reden, sich alles erzählen, was ihnen auf dem Herzen lag, durch die Berührung Geheimnisse austauschen.
Irgendwann war es Mitternacht, und sie musste gehen, am nächsten Morgen wartete ein früher Termin auf sie. Doch sie konnte nicht. Sie wollte nicht, wollte seine Hand nicht loslassen und ihn dadurch verlieren. Nicht, ohne ihm zu sagen, in welchem Hotel sie wohnte, und ihn zu bitten, ihr später zu folgen.

4.
23. März

Kaiserhof«, hatte sie mir beim Abschied ins Ohr geflüstert, »ich warte auf dich.« Fünf Minuten nachdem sie fort war, verließ auch ich die Party. Das Hotel lag nur ein paar Minuten entfernt. Einigermaßen nervös huschte ich durch die Bar, aber ich sah in dem schummrigen Raum keine Frau, die ihr im Entferntesten glich, nur ein paar Geschäftsleute, die sich gegenseitig bei einem Absacker langweilten. Halb enttäuscht, halb erleichtert gab ich es auf. Alter Trottel, was hast du hier verloren? Du bist verheiratet, seit fast dreißig Jahren, glücklich *verheiratet, und streunst mitten in der Nacht durch Hotelbars wie ein ralliger Kater? Sieh zu, dass du ins Bett kommst, und zwar in dein eigenes!*

»Suchen Sie jemanden?«, fragte der Portier, als ich wieder in die Halle kam. »Nein«, sagte ich, »das heißt – doch. Eine Frau, die angeblich hier wohnt. Sie muss gerade zurückgekommen sein.«

Der Portier zog ein sehr professionelles Gesicht. »Ihr Name?«

Verflucht, ich wusste nicht mal, wie sie hieß! Dabei war sie, so hatte mir der Verleger beim Abschied zugeraunt, in ihrem Genre eine kleine Zelebrität. Zum Glück fiel mir wenigstens ihr Vorname ein. »Miriam ...«, sagte ich und reichte dem Portier einen Geldschein. »Mitte dreißig. Blonde Locken, glaube ich ...«

Der Portier runzelte kurz irritiert die Brauen, dann schlug er im Gästebuch nach und griff zum Telefon: »Da ist ein Herr, der nach Ihnen fragt«, sprach er diskret in die Muschel. »Herr ...?« Ein fragender Blick in meine Richtung.

»Andersen.«

Ein paar Sekunden Hochspannung, während ich leise ihre Telefonstimme hörte, doch ohne etwas zu verstehen. Dann die Auskunft des Portiers: »Nr. 17.«

Das Zimmer lag im ersten Stock, doch da ich ziemlich eilig die

Treppe hinaufstieg, war ich ein bisschen außer Atem, als ich an ihre Tür klopfte.

»Sofort!«

Hinter der Tür Geraschel und Schritte. Als sie öffnete, holte ich tief Luft. Sie hatte sich schon ausgezogen, trug nur noch einen schwarzen BH und ein kleines bisschen schwarze Spitze unten herum.

»Komm rein«, sagte sie, als würde ich sie schon zum hundertstenmal mitten in der Nacht in einem Hotel besuchen, und tippelte auf ihren nackten Füßen zurück ins Zimmer. Vor dem Bett blieb sie stehen und drehte sich zu mir um.

»Du bist ja gar nicht blond«, sagte ich verwirrt.

»Wie bitte?«, lachte sie. »Warum sollte ich blond sein?«

»Ach nichts«, sagte ich, ging einen Schritt auf sie zu und strich über ihr glattes, braunes Haar. »Wahrscheinlich war es dein goldenes Kleid, weshalb ich …« Statt den Satz zu Ende zu sprechen, nahm ich ihr Gesicht zwischen die Hände.

Sie sah mich an, ein bisschen prüfend, ein bisschen spöttisch. »Was jetzt?«

»Was wohl?«

Ich hob ihr Kinn, und dann küssten wir uns. Doch seltsam, der Kuss fiel vollkommen leidenschaftslos aus. Wir küssten uns eher pflichtgemäß, weil es sich in dieser Situation eben gehörte, sich zu küssen, so wie es sich gehört, jemandem zur Begrüßung die Hand zu geben.

»Nur damit du es weißt«, sagte sie, als wir irgendwann aufs Bett sanken, »ich werde nicht mit dir schlafen.«

»Wie kommst du darauf, dass ich mit dir schlafen will?«, erwiderte ich. Statt einer Antwort warf sie einen kurzen Blick auf meine Hose. Ihr Mund lächelte, aber ohne ihre Augen.

»Oh Gott, bin ich müde.« Tatsächlich, jetzt gähnte sie auch noch.

»Willst du schon schlafen?«, fragte ich wie ein Idiot.

Sie gab keine Antwort, sondern kuschelte sich einfach unter ihre Decke, als wäre ich gar nicht da, und es dauerte keine Minute, bis sie schlief. Was war das denn für eine Nummer? Lädt mich in ihr Zimmer ein und pennt hier einfach vor mir weg? Für einen Moment war ich beleidigt, ein Reflex meiner männlichen Eitelkeit, aber der Moment dauerte gerade einen Wimpernschlag. Tatsächlich war ich gar nicht beleidigt, nicht im Geringsten. Eher amüsiert. Eine Verrückte! Total durchgeknallt! Ihr Atem ging schon ganz gleichmäßig, und ihre Lider zuckten, als würde in ihr immer noch irgendwas kämpfen. Plötzlich, ohne jeden Grund, hatte ich das Gefühl, dass ich sie wahnsinnig gernhaben würde, wenn wir uns erst kannten … Doch dazu würde es wohl nicht kommen. Schade. Sehr schade. Ich stand auf und suchte meine Schuhe.

»Wenn du willst, kannst du ruhig bleiben«, murmelte sie im Halbschlaf. »Du bist doch genauso müde wie ich.«

»Meinst du das im Ernst?«

»Natürlich.« Blinzelnd schlug sie die Bettdecke zurück und rückte ein Stück zur Seite. »Komm, stell dich nicht so an.«

Einen Moment zögerte ich. Meine Nacht bei Maude *fiel mir ein, ein uralter Film von Truffaut, mit Jean-Louis Trintignant und Jeanne Moreau. Nein, so blöd wie Trintignant, der die ganze Nacht im Mantel und mit hochgestelltem Kragen an Maudes Bett auf seinem Stuhl hockte, war ich nicht! Also zog ich mich aus und legte mich zu ihr.*

*Ohne sich umzudrehen, tastete sie mit einer Hand nach mir. »Oh, du bist ja nackt«, sagte sie. »*Ganz *nackt.«*